EL ENEMIGO DE DIOS

BERNARD CORNWELL

EL ENEMIGO
DE DIOS

Crónicas del Señor de la Guerra II

Traducción de Concha Cardeñoso

Consulte nuestra página web: https://www.edhasa.es
En ella encontrará el catálogo completo de Edhasa comentado.

Título original: *Enemy of God (The Warlord Trilogy)*

Diseño de la colección: Jordi Salvany

Diseño de la cubierta: Edhasa

Primera edición: enero de 2024

© Bernard Cornwell, 1996
© Por la traducción de Concepción Cardeñoso Sáenz de Miera, 1998
© de la presente edición: Edhasa, 2023
Diputación, 262, 2°1ª
08007 Barcelona
Tel. 93 494 97 20
España
E-mail: info@edhasa.es

ISBN: ISBN: 978-84-350-2265-1

Impreso en Barcelona por CPI Black Print

Depósito legal: B 21287-2023

Impreso en España

El enemigo de Dios está dedicado a Susan Watt,
su única progenitora

PRÓLOGO

El enemigo de Dios es la segunda novela de la serie Crónicas del Señor de la Guerra, continuación de los acontecimientos descritos en *El rey del invierno*, donde muere Uther, rey de Dumnonia y soberano de Britania, y le sucede su nieto Mordred, un niño tullido. Arturo, hijo bastardo de Uther, es nombrado guardián de Mordred junto con otros hombres y, con el tiempo, se convierte en el más importante de sus protectores. Arturo está dispuesto a cumplir el juramento hecho a Uther, por el que se compromete a poner a Mordred en el trono de Dumnonia cuando alcance la mayoría de edad.

Arturo aspira asimismo a llevar la paz a los reinos britanos, eternamente enfrentados. El conflicto principal tiene lugar entre Dumnonia y Powys, pero cuando a Arturo le ofrecen la mano de Ceinwyn, princesa de Powys, parece que puede evitarse la guerra. Sin embargo, Arturo se fuga con la desposeída princesa Ginebra, ofensa que acarrea años de guerra cuyo fin sólo es posible cuando Arturo derrota al rey Gorfyddyd de Powys en la batalla del valle del Lugg. Entonces hereda la corona de Powys Cuneglas, hermano de Ceinwyn; éste desea la paz entre los britanos tanto como Arturo para, juntos, enfrentarse al enemigo común: los sajones (o sais).

El rey del invierno, igual que el presente libro, fue narrado por Derfel (cuya efe se pronuncia como la uve francesa, por ejemplo), un joven esclavo de origen sajón que, criado bajo la protección de Merlín, llega a ser guerrero de Arturo. Arturo lo envía a Armórica (la actual Bretaña francesa), donde participa en la desdichada defensa del reino britano de Benoic contra los invasores francos. Entre los refugiados bretones que regresan a Britania se encuentra Lancelot, rey de Benoic, a quien Arturo pretende casar con Ceinwyn y sentar en el trono de Siluria. Por otra parte, Derfel está enamorado de Ceinwyn.

El otro amor de Derfel es Nimue, su compañera de la infancia, convertida en ayudante y amante de Merlín. Éste es un druida, caudillo además de la facción britana que desea devolver la isla a sus antiguos dioses, para lo cual se lanza a la búsqueda de la olla, uno de los trece tesoros de Britania, misión que para Merlín y Nimue está antes que cualquier batalla contra otros reinos o invasores. Los cristianos de Britania se oponen a Merlín, capitaneados entre otros por el obispo Sansum, que perdió gran parte de su influencia a raíz de un enfrentamiento con Ginebra. Sansum, caído en desgracia, sirve como abad en el monasterio del Santo Espino de Ynys Wydryn (Glastonbury).

El rey del invierno concluye con la victoria de Arturo en la gran batalla del valle del Lugg. El trono de Mordred está a salvo, los reinos del sur de Britania se han aliado y Arturo, a pesar de no ser rey, es la autoridad indiscutible.

PERSONAJES

ADE	Amante de Lancelot
AELLE	Rey sajón
AGRÍCOLA	Señor de la guerra de Gwent, al servicio del rey Tewdric
AILLEANN	Antigua amante de Arturo y madre de sus dos hijos gemelos, Amhar y Loholt
AMHAR	Hijo bastardo de Arturo
ARTURO	Señor dumnonio de la guerra y protector de Mordred
BALIN	Guerrero de Arturo
BAN	Antiguo rey de Benoic (un reino de la Bretaña), padre de Lancelot y Galahad
BEDWIN	Obispo de Dumnonia, consejero principal del rey
BORS	Primo y paladín de Lancelot
BROCHVAEL	Rey de Powys después de los tiempos de Arturo
BYRTHIG	Edling (heredero de la corona) de Gwynedd y, posteriormente, rey
CADOC	Obispo cristiano con fama de santo, un ermitaño
CADWALLON	Rey de Gwynedd
CADWY	Príncipe rebelde de Isca
CALLYN	Paladín de Kernow
CAVAN	Lugarteniente de Derfel

CEI	Compañero de infancia y después guerrero de Arturo
CEINWYN	Princesa de Powys, hermana de Cuneglas
CERDIC	Rey sajón
CULHWCH	Primo y guerrero de Arturo
CUNEGLAS	Rey de Powys, hijo de Gorfyddyd
CYTHRYN	Magistrado dumnonio y consejero del reino
DERFEL CADARN	El narrador, sajón de nacimiento, guerrero de Arturo y, posteriormente, monje
DIAN	Hija menor de Derfel
DINAS	Druida silurio, hermano gemelo de Lavaine
DIWRNACH	Rey irlandés de Lleyn, país llamado anteriormente Henis Wyren
EARCHEN	Lancero de Derfel
ELAINE	Madre de Lancelot y viuda del rey Ban
EMRYS	Obispo de Dumnonia, sucesor de Bedwin
ERCE	Madre de Derfel, también llamada Enna
GALAHAD	Príncipe de la perdida Benoic y medio hermano de Lancelot
GINEBRA	Esposa de Arturo
GORFYDDYD	Rey de Powys caído en la batalla del valle del Lugg, padre de Cuneglas y Ceinwyn
GUNDLEUS	Antiguo rey de Siluria, muerto tras la batalla del valle del Lugg
GWENHWYVACH	Hermana menor de Ginebra y princesa de la perdida Henis Wyren
GWLYDDYN	Sirviente de Merlín
GWYDRE	Hijo de Arturo y Ginebra
HELLEDD	Esposa de Cuneglas, reina de Powys
HYGWYDD	Sirviente de Arturo
IGRAINE	Reina de Powys después de los tiempos de Arturo, esposa de Brochvael
ISOLDA	Reina de Kernow, esposa de Mark

IORWETH	Druida de Powys
ISSA	Lancero de Derfel
LANCELOT	Rey exiliado de Benoic
LANVAL	Guerrero de Arturo
LAVAINE	Druida silurio, hermano gemelo de Dinas
LEODEGAN	Rey exiliado de Henis Wyren, padre de Ginebra y Gwenhwyvach
LIGESSAC	Traidor exiliado
LOHOLT	Hijo bastardo de Arturo, hermano gemelo de Amhar
LUNETE	Primera compañera de Derfel, dama de Ginebra posteriormente
MAELGWYN	Monje de Dinnewrac
MALAINE	Druida de Powys
MALLA	Esposa de Sagramor, sajona
MARK	Rey de Kernow y padre de Tristán
MELWAS	Rey de los belgas, en el exilio
MERLÍN	Druida principal de Dumnonia
MEURIG	Edling (príncipe de la corona) de Gwent y rey posteriormente
MORDRED	Rey de Dumnonia, hijo de Norwenna
MORFANS	*El Feo*, guerrero de Arturo
MORGANA	Hermana mayor de Arturo, antiguamente, principal sacerdotisa de Merlín
MORWENNA	Hija mayor de Derfel
NABUR	Magistrado cristiano de Durnovaria
NIMUE	Amada de Merlín y suma sacerdotisa
NORWENNA	Madre de Mordred, asesinada por Gundleus
OENGUS	
MAC AIREM	Rey irlandés de Demetia, tierra llamada antiguamente Dyfed
PEREDUR	Hijo de Lancelot y Ade
PYRLIG	Bardo de Derfel
RALLA	Esposa de Gwlyddyn y servidora de Merlín

SAGRAMOR	Comandante númida de Arturo, señor de Las Piedras
SANSUM	Obispo de Dumnonia y, posteriormente, superior de Derfel en Dinnewrac
SCARACH	Esposa de Issa
SEREN	Segunda hija de Derfel
TANABURS	Druida de Siluria, muerto tras la batalla del valle del Lugg a manos de Derfel
TEWDRIC	Rey de Gwent, padre de Meurig y, más tarde, ermitaño cristiano
TRISTÁN	Edling (príncipe de la corona) de Kernow, hijo de Mark
TUDWAL	Monje novicio de Dinnewrac
UTHER	El difunto rey supremo de Dumnonia, abuelo de Mordred

LUGARES

Los nombres señalados con un asterisco (*) son ficticios

ABONA	Avonmouth (Avon)
AQUAE SULIS	Bath (Avon)
BENOIC	Reino de la Bretaña (Armórica), conquistado por los francos
BODUAN	Garn Boduan (Gwynedd)
BROCELIANDE	Reino britano superviviente en Armórica
BURRIUM	Capital de Gwent. Usk (Gewnt)
CAER AMBRA*	Amesbury (Wiltshire)
CAER CARDAN*	South Cadbury (Somerset)
CAER GEI*	Capital de Gwynedd. Norte de Gales
CAER SWS*	Capital de Powys. Caersws (Powys)
CALLEVA	Silchester (Hampshire)
CORINIUM	Cirencester (Gloucestershire)
CWM ISAF	Cerca de Newtown (Powys)
DINNEWRAC*	Monasterio de Powys
DOLFORWYN	Cerca de Newtown (Powys)
DUN CEINACH*	Faro de Haresfield, cerca de Gloucester
DUNUM	Monte de Hod (Dorset)
DURNOVARIA	Dorchester (Dorset)
EL TOR	Pico de Glastonbury (Somerset)
FORTALEZA DE ERMID*	Near Street, Somerset
GLEVUM	Gloucester
HALCWM*	Salcombe (Devon)

ISCA, DUMNONIA	Exeter (Devon)
ISCA, SILURIA	Caerleon (Gwent)
LAS PIEDRAS	Stonehenge
LINDINIS	Ilchester (Somerset)
LLOEGYR	Parte de Britania ocupada por los sajones, literalmente: «las tierras perdidas». En galés moderno, *Lloegr* significa «Inglaterra»
LLYN CERRIG BACH	Lago de Little Stones, ahora aeródromo Valley (Anglesey)
MAGNIS	Kenchester (Hereford y Worcester)
NIDUM	Neath (Glamorgan)
PONTES	Staines (Surrey)
RATAE	Leicester
VALLE DEL LUGG*	Cruz de Mortimer (Hereford y Worcester)
VENTA	Winchester (Hampshire)
VINDOCLADIA	Fortificación romana cerca de Wimborne Minster, Dorset
YNYS MON	Anglesey
YNYS TREBES*	Capital perdida de Benoic. Monte San Miguel (Bretaña)
YNYS WIT	Isla de Wight
YNYS WYDRYN*	Glastonbury (Somerset)

PRIMERA PARTE

EL SENDERO TENEBROSO

Hoy he pensado en los muertos.

Es el último día del año viejo. Los helechos del cerro se han tornado marrones, los olmos del otro extremo del valle han perdido las hojas y la matanza invernal de ganado ha comenzado. Esta noche es la vigilia de Samain.

Esta noche, la cortina que separa a los muertos de los vivos tiembla, se deshilacha y finalmente desaparece. Esta noche los muertos cruzan el puente de espadas. Esta noche los muertos llegan desde el otro mundo al nuestro, pero no los vemos. No son más que sombras en la oscuridad, meros susurros del viento en una noche serena, pero aquí están.

El obispo Sansum, el santo varón que gobierna nuestra reducida comunidad de monjes, se burla de tal creencia. Dice que los muertos no tienen cuerpos de sombra ni pueden cruzar el puente de espadas, sino que yacen en sus frías tumbas aguardando el advenimiento triunfal de nuestro Señor Jesucristo. Dice que está bien recordar a los muertos y rezar por su alma inmortal, pero que los cuerpos ya no existen. Se corrompen, los ojos se descomponen, sólo quedan unas cuencas oscuras, los gusanos reducen las entrañas a un líquido infecto y el moho recubre los huesos. El santo insiste en que los muertos no vienen a molestar a los vivos en la noche de Samain, pero esta noche también él se cuidará de dejar una hogaza de pan y un cuenco de agua en el fogón del monasterio. Finge que es un descuido pero, de todos modos, esta noche habrá una hogaza de pan y un cuenco de agua junto al rescoldo de la cocina.

Yo dejaré algo más; una copa de hidromiel y un salmón. Son presentes modestos, pero es todo lo que tengo y esta noche lo dejaré en las sombras, junto al hogar, antes de retirarme a mi celda, donde daré la bienvenida a los muertos que acudan a esta casa fría y perdida en un cerro pelado.

Nombraré a los muertos. Ceinwyn, Ginebra, Nimue, Merlín, Lancelot, Galahad, Dian, Sagramor; ¡tantos son que llenaría de nombres dos pergaminos! Sus pasos no arrancarán un crujido a la madera ni espantarán a los ratones que habitan en el techo de paja del monasterio, pero hasta el obispo Sansum sabe que los gatos arquearán el lomo y bufarán desde los rincones de la cocina cuando las sombras que no son sombras se acerquen al lar a recoger los presentes que las disuadan de hacer el mal.

Así pues, hoy he pensado en los muertos.

Ya soy viejo, quizá tan viejo como llegó a ser Merlín, aunque ni de lejos tan sabio. Creo que el obispo Sansum y yo somos los únicos hombres que quedamos de aquellos días de gloria, y sólo yo los recuerdo con nostalgia. Quizá todavía vivan otros, en Irlanda o en los yermos que hay al norte de Lothian, pero nada sé de ellos; lo que sí sé es que si algún otro vive, esta noche se encogerá como yo ante la oscuridad invasora, igual que los espectros de esta noche intimidan a los gatos. Todo lo que un día amamos ha sido destruido; todo lo que construimos ha sido derruido y todo lo que sembramos lo han cosechado los sajones. Los britanos nos refugiamos en las tierras altas del oeste y hablamos de venganza, pero no existe espada capaz de desafiar a las tinieblas. Son muchos los momentos en que todo cuanto deseo es reunirme con los muertos. El obispo Sansum aplaude este deseo y dice que es loable mi anhelo de estar en el Cielo a la derecha del Señor, pero yo no creo que alcance el paraíso de los justos. He pecado mucho y temo merecer el infierno, pero aún espero, en contra de mi fe, que mi destino sea el otro mundo. Allí, bajo los manzanos de Annwn, la fortaleza de las cuatro torres, me aguarda una mesa rebosante de viandas a la que se sientan todos mis viejos amigos. Merlín engatusará a todos con sentencias, protestas y burlas, Galahad reventará de ganas de interrumpirle y Culhwch, aburrido de tanta cháchara, se hará con un gran pedazo de carne creyendo que nadie lo ha visto. También Ceinwyn estará allí, mi amada y adorable Ceinwyn, poniendo paz en el tumulto provocado por Nimue.

Mas aún debo soportar la maldición de seguir respirando. Vivo mientras mis amigos celebran un festín permanente, y en tanto, escribo la historia de Arturo. La escribo por mandato de la reina Igraine, la joven esposa del rey Brochvael de Powys, protector de nuestro humilde monasterio. Igraine deseaba conocer cuanto yo recordara de Arturo y así fue como emprendí la escritura de este relato que el obispo Sansum desaprueba. Dice que Arturo era el enemigo de Dios, un engendro del diablo, y por eso las escribo en sajón, mi lengua materna, que el santo no comprende. Igraine y yo le hemos dicho que estoy copiando el Evangelio de nuestro Señor Jesucristo en la lengua del enemigo, y a lo mejor nos cree, pero también puede ser que espere la oportunidad de probar el engaño para castigarme después.

No pasa un día sin que escriba. Igraine visita el monasterio con frecuencia para rogar a Dios que bendiga su vientre con un hijo y, una vez hechas sus plegarias, recoge los pergaminos escritos y los manda traducir al britano al escribano del tribunal de justicia de Brochvael. Tengo para mí que cambia la historia para adecuarla más al Arturo de sus deseos, sin respetar el que realmente fue, pero ¿qué importa, si nadie ha de leer esta historia? Soy como aquel que levanta un muro de barro y zarzo para protegerse de una inundación inminente. La oscuridad será completa cuando nadie lea. Sólo quedarán sajones.

Escribo acerca de los muertos y así pasa el tiempo, hasta que me reúna con ellos; llegará el día en que el hermano Derfel, el humilde monje de Dinnewrac, vuelva a ser lord Derfel Cadarn, Derfel el poderoso, paladín de Dumnonia y estimado amigo de Arturo. Pero hoy por hoy no soy más que un viejo monje aterido de frío que garabatea sus memorias con la única mano que le queda. Esta noche es Samain y mañana comienza un nuevo año. El invierno ya está aquí. La hojarasca forma remolinos de vivo color al pie de los setos, se ven malvises entre los rastrojos, las gaviotas han volado tierra adentro desde el mar y las chochas se reúnen bajo la luna llena. Igraine dice que la estación es propicia para escribir sobre cosas pasadas, y me ha traído nuevos pergaminos, un frasco de tinta recién mezclada y un manojo de plumas. Me pide que le hable de Arturo, del Arturo glorioso, nuestra mayor y última esperanza, nuestro rey que nunca lo fue, el enemigo de Dios, el azote de los sajones. «Háblame de Arturo.»

* * *

El campo después de la batalla es una visión terrorífica.

Habíamos ganado pero no había júbilo en nuestro espíritu, tan sólo agotamiento y alivio. Ateridos, nos reunimos en torno a la lumbre intentando no pensar en los espectros y fantasmas que poblaban la oscuridad en que yacían los muertos del valle del Lugg. Algunos durmieron, pero las pesadillas de la batalla nos impedían descansar. Me desperté en plena noche, sobresaltado por el recuerdo de la lanzada que tan cerca había estado de destrozarme el vientre. Issa me salvó desviando la pica enemiga con el canto del escudo, pero me perseguía el recuerdo de lo que había estado a punto de ocurrir. Intenté conciliar el sueño, pero la imagen de aquella embestida me mantenía despierto y finalmente me levanté, agotado y tiritando, y me eché el manto por los hombros. El valle estaba iluminado por hogueras mortecinas y en la oscuridad que reinaba entre las llamas flotaba una mezcolanza de humo y niebla del río. Algo se movía entre la bruma, pero no habría podido decir si eran fantasmas o seres vivos.

–¿No concilias el sueño, Derfel? –me habló una voz susurrante que provenía del pórtico del edificio romano en el que yacía el cuerpo del rey Gorfyddyd. Me giré y vi que Arturo me miraba.

—No concilio el sueño, señor —admití.

Se abrió camino entre los guerreros dormidos. Llevaba un manto blanco, tan de su gusto, que parecía brillar a la luz de las fogatas. No se apreciaba rastro de barro ni de sangre y pensé que debía de haberlo guardado aparte para tener algo limpio que ponerse después de la batalla. A los demás no nos habría importado acabar desnudos con tal de conservar la vida, pero Arturo siempre fue meticuloso. Llevaba la cabeza descubierta y su cabellera todavía mostraba las marcas del casco allí donde éste se ceñía al cráneo.

—Nunca duermo bien tras la batalla, por lo menos durante una semana. Pero al fin me es concedida la bendición de una noche de descanso —dijo y, sonriendo, añadió—: Estoy en deuda contigo.

—No, señor —repliqué, aunque en verdad lo estaba. Sagramor y yo habíamos resistido en el valle del Lugg durante todo el día, luchando en la barrera de escudos contra una vasta horda de enemigos, y Arturo no había acudido en nuestra ayuda. Finalmente, llegaron refuerzos, y con ellos la victoria, pero de todas las contiendas de Arturo, la del valle del Lugg era la que más cerca había estado de acabar en derrota. Hasta aquel día.

—Tendré presente mi deuda —prosiguió con voz entrañable—, aun si tú la olvidas. Ha llegado el momento de enriquecerte, Derfel, a ti y a tus hombres.

Sonrió, me puso la mano en el hombro y me condujo hacia un claro donde nuestras voces no perturbaran el inquieto sueño de los guerreros que yacían al amor de las humeantes fogatas. La tierra estaba húmeda y la lluvia se encharcaba en las profundas cicatrices hechas en la tierra por los cascos de los imponentes caballos de Arturo. Me preguntaba si los caballos tendrían pesadillas de guerra y si los muertos, recién llegados al otro mundo, todavía se estremecerían con el recuerdo del mandoble o la lanzada que había enviado su espíritu a cruzar el puente de espadas.

—Supongo que Gundleus está muerto —dijo Arturo interrumpiendo mis pensamientos.

—Muerto, señor —confirmé. El rey de Siluria había perecido poco después del anochecer, pero yo no había visto a Arturo desde el momento en que Nimue arrancara la vida a su enemigo.

—Oí sus alaridos —dijo Arturo con voz neutra.

—Se habrán oído por toda Britania —respondí con pareja indiferencia.

Nimue le había arrancado su negro espíritu recreándose en la venganza contra el hombre que la había violado y la había privado de un ojo.

—Así pues, Siluria necesita un rey —dijo Arturo, y miró al fondo del largo valle, donde unas figuras negras se movían entre la niebla y el humo. Las sombras que proyectaban las llamas en su rostro rasurado le hacían aparecer demacrado. No era un hombre de bellas facciones, ni tampoco feo. Su rostro era en cierto modo singular: alargado, huesudo y fuerte. En reposo tenía un aire triste que expresaba compasión y sabiduría, pero en cuanto entraba en conversación se animaba, se entusiasmaba y se mostraba pronto a la sonrisa. Todavía era joven por aquel entonces, había cumplido treinta años y el gris aún no plateaba su corta cabellera.

—Vamos —dijo tocándome el brazo y señalando al fondo del valle.

—¿Deseáis pasear entre los muertos? —Retrocedí atemorizado. Nunca me habría aventurado lejos de la protección del fuego sin esperar a que la aurora se llevara a los espectros.

—Fuimos nosotros quienes los matamos, Derfel, tú y yo, así que deberían ser ellos quienes nos temieran. —Nunca fue supersticioso, al contrario que todos nosotros, que buscábamos bendiciones, atesorábamos amuletos y andábamos siempre al acecho de presagios que nos avisaran de los peligros. Arturo se movía por el mundo de los espíritus como lo haría un ciego–. Vamos –me apremió, tocándome de nuevo el brazo.

Nos adentramos en la oscuridad. No todos los seres que yacían entre la bruma estaban muertos; algunos pedían ayuda con voz lastimera, pero Arturo, que siempre hacía honor a la piedad, desoyó los débiles lamentos. Pensaba en Britania.

–Mañana parto hacia el sur, a visitar a Tewdric –me confió.

El rey Tewdric de Gwent era aliado nuestro, pero se había negado a enviar hombres al valle del Lugg, convencido de que la victoria era punto menos que imposible. El rey estaba en deuda con nosotros, pues habíamos librado la batalla en su nombre, pero Arturo no era rencoroso.

–Voy a pedirle que envíe hombres al este para contener a los sajones, pero también mandaré a Sagramor. Tiene que bastar con eso para defender la frontera durante el invierno. Tus hombres –añadió con una breve sonrisa– bien merecen un descanso.

–Están a vuestras órdenes –respondí prestamente, aunque la sonrisa me hizo comprender que no habría tal descanso. Yo caminaba muy rígido, temeroso de las sombras circundantes, haciendo gestos sin cesar con la mano derecha para ahuyentar el mal. Algunos espíritus recién separados del cuerpo no encuentran la entrada al otro mundo y vagan por la tierra en busca de sus antiguos cuerpos, deseosos de vengarse de sus verdugos. Aquella noche en el valle del Lugg abundaban los espíritus perdidos y yo estaba aterrorizado, pero Arturo, indiferente al peligro, paseaba despreocupado por el campo sembrado de muertos, con el manto arremangado en una mano para evitar que se ensuciara de barro y hierba húmeda.

–Quiero a tus hombres en Siluria –dijo en tono concluyente–. Oengus Mac Airem se dispondrá a saquearla pero es preciso ponerle freno.

Oengus, rey irlandés de Demetia, había cambiado de bando en la batalla y había hecho posible la victoria de Arturo, pero el precio exigido por el irlandés era participar en el botín de esclavos y oro del reino del desaparecido Gundleus.

Le corresponden cien esclavos y un tercio del tesoro de Gundleus, tal como hemos acordado, pero aun así, intentará engañarnos.

–Me aseguraré de que no sea así, señor.

–No, tú no. ¿Dejarías que Galahad condujera a tus hombres?

Asentí ocultando la sorpresa.

–¿Qué esperáis de mí en tal caso? –pregunté.

–Siluria es un problema –murmuró sin responderme. Se detuvo y frunció el ceño pensando en el reino de Gundleus–. Ha estado mal gobernada, Derfel, muy mal gobernada. –Hablaba con profundo desagrado. Para el común de los mortales, la corrupción del gobierno era tan natural como la nieve en invierno o las flores en primavera, pero a Arturo le indignaba realmente. Ahora evocamos el recuerdo de Arturo como el señor de la guerra, el prohombre cubierto con su brillante armadura que convirtió a su espada en leyenda, pero a él le habría gustado ser recordado simplemente como un buen caudillo honrado y justo. La espada le confería poder, pero él prefería ceder su poder a la justicia–. No es un reino importante, pero será origen de conflictos sin fin si no ponemos orden. –Pensaba en voz alta, intentando prever cualquier obstáculo que pudiera interponerse entre aquella noche victoriosa y su sueño de una Britania unida y pacificada–. La solución idónea sería dividirlo entre Gwent y Powys.

–¿Por qué no hacerlo así, entonces? –pregunté.

–Porque he prometido Siluria a Lancelot –respondió en un tono que no admitía discusión. En silencio, rocé el pomo de *Hywelbane* para que el hierro me protegiera de los peligros de la noche y miré hacia el mediodía, hacia la barricada de troncos tras la que mis hombres habían luchado durante toda la jornada y en la que yacían los muertos como un riachuelo de la marea.

Habían participado muchos valientes en aquella batalla, pero Lancelot no se contaba entre ellos. A lo largo de tantos años como llevaba luchando por Arturo y a lo largo de los años que hacía que conocía a Lancelot, aún no lo había visto en una barrera de escudos. Lo había visto perseguir a fugitivos derrotados y conducir una columna de prisioneros desfilando ante la turba excitada, pero nunca en la fragorosa, dura y sudorosa embestida de la barrera de escudos. Era el rey exiliado de Benoic, destronado por la horda de francos que, procedentes de la Galia, habían sumido el reino de su padre en el olvido y ni una sola vez de que pudiera yo dar fe había esgrimido una lanza contra una banda de guerreros francos; aun así, los bardos cantaban su valentía a lo largo y ancho de Britania. Era Lancelot, el rey sin tierra, el héroe de batallas sin número, la espada de los britanos, el bello señor de las desgracias, el ejemplar, y tan alta reputación se había forjado a golpe de canciones, pero nunca, que yo supiera, con la espada. Yo era su enemigo, y él, el mío, pero compartíamos ambos la amistad de Arturo y por tal amistad manteníamos nuestro encono a raya en una incómoda posición.

Arturo estaba enterado de mi aversión. Me tocó el hombro y avanzamos juntos hacia el montón de muertos de la barrera.

—Lancelot es amigo de Dumnonia –insistió–; si reina en Siluria, no tendremos nada que temer, y si desposa a Ceinwyn, tendrá asimismo el apoyo de Powys.

Quedaba dicho, pero mi aversión bullía de ira, y ni aun entonces me opuse a los planes de Arturo. ¿Qué podía alegar? Yo era hijo de una esclava sajona, un joven guerrero con hombres a su cargo pero sin tierras, y Ceinwyn era princesa de Powys. Había merecido el apelativo de *seren*, la estrella, y brillaba en una tierra apagada como un fragmento de sol en el barro. Había sido prometida a Arturo, pero éste la abandonó por Ginebra; tal fue el origen de la guerra que había concluido aquel mismo día con la matanza del valle del Lugg. Entonces, en aras de la paz,

Ceinwyn tenía que casarse con Lancelot, mi enemigo, aunque yo, un ser insignificante, me hubiera enamorado de ella. Llevaba prendido su broche, y su imagen grabada en el pensamiento. Un día juré protegerla, ella no despreció el juramento y, al aceptarlo, me hizo concebir la necia esperanza de que mis deseos no fueran imposibles, pero lo eran. Ceinwyn, una princesa, tenía que casarse con un rey, y yo no era sino un simple guerrero nacido de una esclava y me casaría con quien pudiera.

Así pues, nada dije de mi amor por Ceinwyn, y Arturo, que en la noche de su gran victoria pensaba en el destino de Britania, nada sospechó. Ni había razón para que lo hiciera. Si le hubiera confesado mi amor por Ceinwyn habría considerado mis aspiraciones tan insultantes como si un gallo de corral intentara aparearse con un águila.

—Conoces a Ceinwyn, ¿no es cierto?

—Así es, señor.

—Y ella os aprecia —afirmó para que se lo corroborara.

—Me atrevo a pensar que sí —respondí con sinceridad, dividido entre el recuerdo del bello rostro de Ceinwyn, blanco como la plata, y la aversión que me inspiraba la idea de que fuera entregado a la custodia de Lancelot el hermoso—. Me aprecia lo suficiente —continué— como para confiarme el poco entusiasmo que siente por ese matrimonio.

—¿Por qué debería sentirlo? No conoce a Lancelot. No espero entusiasmo de su parte, Derfel, tan sólo obediencia.

Dudé. Antes de la batalla, cuando Tewdric deseaba desesperadamente poner punto final a la guerra que amenazaba con arruinar su reino, hube de visitar a Gorfyddyd en misión de paz. Fue un fracaso, pero también fue la ocasión de hablar con Ceinwyn y comunicarle las esperanzas de Arturo en sus esponsales con Lancelot. No rechazó la idea pero tampoco se alegró. En aquellos momentos, de todos modos, nadie creía capaz a Arturo de derrotar al padre de Ceinwyn, pero ella tuvo en cuenta tal posibilidad remota y me pidió que transmitiera a Arturo su deseo de ponerse bajo su protección en caso de que ganara. Perdidamente enamorado, lo interpreté como un ruego de que no la obligaran a contraer un matrimonio no deseado.

Entonces, le dije a Arturo que Ceiwnyn solicitaba su protección.

–Señor, son ya muchas las veces que ha estado prometida –añadí– y ha sufrido otras tantas decepciones; creo que desea permanecer sola por un tiempo.

–¡Tiempo! –rió–. No le queda tiempo, Derfel. ¡Pronto cumplirá los veinte! No puede permanecer soltera como gato que no caza ratones. ¿Con qué otro se casaría? –Dio unos pasos en silencio–. Cuenta con mi protección, pero ¿qué mejor protección que casarse con Lancelot y ascender al trono? –prosiguió en un tono menos jocoso, y de pronto me espetó–: ¿Y qué hay de ti?

–¿De mí, señor? –respondí sobresaltado, creyendo por un momento que me proponía que me casara con Ceinwyn.

–Tienes casi treinta años –dijo–. Es tiempo de que te cases, y lo arreglaremos tan pronto como regresemos a Dumnonia, pero por el momento quiero que vayas a Powys.

–¿Yo, señor? ¿A Powys? –Acabábamos de combatir y vencer al ejército de Powys y no cabía duda de que nadie allí daría la bienvenida a un guerrero enemigo.

–Derfel, lo más importante en las próximas semanas –me explicó cogiéndome del brazo– es que Cuneglas sea proclamado rey de Powys. Está convencido de que nadie le ha de disputar el trono, pero deseo asegurarme. Quiero que uno de mis hombres esté presente en Caer Sws como testimonio de nuestra amistad. Nada más. Sólo pretendo que cualquier aspirante a su trono sepa que tendría que enfrentarse no sólo con Cuneglas, sino también conmigo. Tu presencia como amigo de Cuneglas no dejará lugar a dudas.

–En tal caso, ¿por qué no enviar cien hombres? –pregunté.

–Porque parecería que tratamos de imponer a Cuneglas en el trono de Powys y no nos conviene. Necesito conservar su amistad y no quisiera que volviera a Powys como vencido. Además –sonrió–, Derfel, vales por un centenar de hombres, y así lo demostraste ayer.

Fruncí el ceño, incómodo como siempre ante las alabanzas excesivas, pero si tal misión significaba que era el hombre adecuado para representar a Arturo en Powys, me alegraba, pues tendría ocasión de acercarme a Ceinwyn otra vez. Guardaba celosamente el recuerdo del roce de su mano en la mía, como el broche que me había regalado tantos años atrás. Me dije que Lancelot no la había desposado todavía. Todo cuanto deseaba era una oportunidad para recrearme en mis quimeras.

–Y una vez que Cuneglas sea proclamado rey –pregunté–, ¿qué debo hacer?

–Esperarme –respondió–. Me dirigiré a Powys en cuanto me sea posible y, cuando hayamos resuelto los acuerdos de paz y Lancelot se haya prometido formalmente, volveremos a casa. El año próximo, amigo mío, llevaremos a los ejércitos britanos a la guerra contra los sajones –dijo con un regocijo desacostumbrado en lo tocante a asuntos de guerra. Era un buen guerrero, e incluso disfrutaba de las emociones desatadas que la batalla proporcionaba a su espíritu, tan prudente de ordinario, pero nunca favorecía la guerra si la paz era posible, pues desconfiaba de las incertidumbres de la batalla. Los caprichos de la victoria y la derrota eran impredecibles y a Arturo le disgustaba que el buen orden y la prudencia diplomática quedaran a merced de los avatares de la guerra. Pero la diplomacia y el tacto nunca derrotarían a los invasores sajones, que se adentraban sin cesar hacia el oeste por toda Britania como una plaga de gusanos. Arturo soñaba con una Britania en paz, gobernada por la ley y el orden, y los sajones no formaban parte de su sueño.

–¿Partiremos en primavera, señor? –le pregunté.

–Cuando broten las primeras hojas.

–En tal caso, antes quisiera pediros una gracia.

–Habla –respondió, satisfecho de que pidiera algo por haberle ayudado a conseguir la victoria.

–Deseo acompañar a Merlín, señor –dije.

Tardó en responder. Se quedó mirando la hoja completamente doblada de una espada caída en la tierra húmeda. En algún punto indeterminado en la oscuridad, un hombre gemía, luego lloraba y después enmudeció.

–La olla –dijo finalmente Arturo con pesadumbre.

–Sí, señor –respondí. Merlín había acudido a nosotros durante la batalla con la intención de que ambos bandos pusiéramos fin al enfrentamiento y le siguiéramos a una expedición en busca de la olla de Clyddno Eiddyn. La olla era el más preciado tesoro de Britania, el regalo mágico de los dioses antiguos, y hacía siglos que se había perdido. Merlín había dedicado su vida a recuperar los tesoros de Britania y la olla era su principal objetivo. Si conseguía encontrarla, nos dijo, devolvería Britania a sus verdaderos dioses.

–¿De verdad crees que la olla de Clyddno Eiddyn ha estado escondida todos estos años? ¿Durante todos los años de dominación romana? Se la llevaron a Roma, Derfel, y la fundieron para fabricar alfileres, broches o monedas. ¡No existe tal olla!

–Merlín afirma lo contrario, señor –insistí.

–Merlín da crédito a habladurías de viejas –respondió Arturo con rabia–. ¿Sabes a cuántos hombres pretende llevarse?

–No, señor.

–Ochenta, me dijo. O un centenar. O, mejor aún, ¡doscientos! Ni siquiera consiente en decir dónde está la olla, sólo quiere que le confíe un ejército para llevárselo a tierras salvajes. A Irlanda, o al desierto quizá. ¡No! –Le dio una patada a la espada torcida y me hundió con fuerza el dedo en el hombro–. Presta atención, Derfel. Preciso hasta la última lanza que logre reunir para el año próximo. Vamos a acabar con los sajones de una vez por todas y no puedo prescindir de ochenta o cien hombres para que busquen un caldero que desapareció hace cerca de quinientos años. Cuando los sajones de Aelle sean derrotados, ve tras ese sinsentido si no te queda más remedio. Pero te aseguro que es una necedad. No existe tal olla.

Se dio la vuelta y empezó a caminar hacia las hogueras. Le seguí deseoso de discutir con él aunque sabía que nunca lo persuadiría, pues era cierto que no podía prescindir de ninguna espada si se proponía derrotar a los sajones y no daría ningún paso que fuera en detrimento de sus posibilidades de éxito en primavera. Me sonrió como si deseara compensar la dureza con que había rechazado mi petición.

–Si tal marmita existe, no importa que permanezca oculta uno o dos años más. Pero entretanto, Derfel, quiero enriquecerte. Te casaremos con una rica heredera –dijo dándome una palmada en la espalda–. Será la última campaña, mi estimado Derfel, la última gran matanza, y entonces tendremos paz. Verdadera paz, y no harán falta pucheros mágicos –concluyó en tono exaltado. Aquella noche, entre los muertos, en verdad veía la paz aproximarse.

Caminamos hacia las hogueras que rodeaban la casa romana en la que el padre de Ceinwyn, Gorfyddyd, yacía muerto. Arturo estaba exultante, se sentía realmente feliz viendo que su sueño se convertía en realidad. Una guerra más y, luego, la paz por los siglos de los siglos. Arturo era nuestro señor de la guerra, el más grande guerrero de Britania y, sin embargo, en la noche siguiente a la batalla, entre los lamentos de los espíritus de los muertos envueltos en humo, lo único que deseaba era la paz. El heredero de Gorfyddyd, Cuneglas de Powys, compartía el sueño de Arturo. Tewdric de Gwent era nuestro aliado, Lancelot recibiría el reino de Siluria y los reyes de Britania unidos, junto con el ejército dumnonio de Arturo, derrotarían a los invasores sajones. Mordred, bajo la protección de Arturo, alcanzaría la mayoría de edad, sería proclamado rey de Dumnonia y Arturo se retiraría a disfrutar de la paz y la prosperidad que su espada había de proporcionar a Britania.

Así se figuraba Arturo que sería el prometedor futuro.

Pero no contaba con Merlín, más viejo, sabio y sutil que Arturo, y Merlín había olfateado la olla. Cuando la encontrara, su poder se desplegaría por toda Britania como un veneno, pues se trataba de la olla de Clyddno Eiddyn, la destructora de los sueños de los hombres, y Arturo, con todo su sentido práctico, era un soñador.

* * *

En Caer Sws el follaje se doblaba bajo el peso de la madurez estival.

Acompañé al norte al rey Cuneglas y a su ejército de guerreros derrotados y fui el único dumnonio que asistió a la incineración del cuerpo del rey Gorfyddyd en la cima de Dolforwyn. Vi las llamas de la pira elevarse muy alto en la noche cuando su espíritu cruzó el puente de espadas para encontrarse con su espectro en el otro mundo. Dos círculos de lanceros rodeaban la pira, balanceando antorchas encendidas al tiempo que entonaban la endecha por la muerte de Beli Mawr. Cantaron largamente y el sonido de sus voces reverberaba en las colinas cercanas como si un coro de espectros respondiera. El dolor reinaba en Caer Sws. Era grande el número de viudas y huérfanos recientes y, en la mañana siguiente a los funerales del viejo rey, cuando todavía el humo de la pira se elevaba hacia las montañas del septentrión, la noticia de la caída de Ratae vino a aumentar la congoja. Ratae era la gran fortaleza situada en la frontera este de Powys, pero Arturo la había entregado a los sajones a cambio de una tregua mientras luchaba contra Gorfyddyd. Nadie en Powys conocía aún la traición de Arturo y nada dije.

Durante tres días no vi a Ceinwyn, pues se guardó duelo por Gorfyddyd y las mujeres no asistían a las ceremonias funerarias. Sin embargo, las damas de la corte de Powys vistieron ropas negras de lana y se encerraron en el pabellón de las mujeres. No sonó una nota en las habitaciones que les estaban reservadas, sólo agua tuvieron para beber y, por toda comida, pan duro y ralas gachas de avena. En el exterior, los guerreros de Powys se reunían para la proclamación del nuevo rey y yo, obediente a las órdenes de Arturo, me mantuve alerta a cualquier intento de disputar a Cuneglas su derecho al trono, pero no percibí el menor indicio de oposición.

Al cumplirse los tres días, la puerta del pabellón de las mujeres se abrió para dar paso a una doncella que se detuvo en el portal y desparramó hojas de ruda por el umbral y la escalinata. Al poco, una vaharada de humo salió por la puerta y supimos que las mujeres quemaban el lecho nupcial del antiguo rey. Las volutas de humo cegaban las ventanas y la puerta y, sólo cuando la humareda se hubo disipado, Helledd, ya reina de Powys, descendió la escalinata para postrarse de hinojos ante su marido, el rey Cuneglas de Powys. Vestía una túnica de lino blanco y, cuando Cuneglas la hizo levantar, tenía manchas de barro allí donde las rodillas habían rozado el suelo. El nuevo rey la besó y la acompañó de regreso al pabellón. Iorweth, el druida mayor de Powys, iba envuelto en un manto negro y siguió al rey hasta el interior, mientras que en el exterior, formados en hileras de hierro y cuero en torno a las paredes de madera, los guerreros supervivientes observaban y esperaban.

Esperaron mientras un coro infantil cantaba el dueto amoroso de Gwydion y Aranrhod, la balada de Rhiannon, y todos y cada uno de los largos versos de la Marcha de Gofannon a Caer Idion. Sólo cuando la última recitación hubo concluido, Iorweth, vestido ya de blanco y sosteniendo un báculo con una rama de muérdago en el extremo, se acercó a la puerta y proclamó que los días de duelo habían concluido. Los guerreros lanzaron vivas, rompieron la formación y se precipitaron al encuentro de sus mujeres. Al día siguiente, Cuneglas ascendería al trono en la cima de Dolforwyn y, si algún hombre pretendía disputarle el derecho a gobernar Powys, la ceremonia de proclamación sería su oportunidad. Para mí, sería la primera ocasión, desde la gran batalla, de ver a la princesa.

Al día siguiente no dejé de mirar a Ceinwyn mientras Iorweth ejecutaba el ritual de proclamación. Ella miraba a su hermano y yo la miraba a ella extasiado en la contemplación de tanta hermosura. Ya soy viejo y quizá mi memoria decrépita exagere la belleza de la princesa Ceinwyn, aunque lo dudo. No en vano mereció el nombre de *seren*, la estrella. Era de estatura media, pero de constitución delgada, y esa esbeltez le daba una apariencia de fragilidad que con el tiempo supe que era engañosa, pues Ceinwyn tenía ante todo una voluntad de acero. Sus cabellos, como los míos, eran rubios, sólo que los suyos se asemejaban al oro cuando brilla al sol, mientras que los míos eran más parecidos a la paja sucia. Sus ojos eran azules, su porte, recatado y su rostro dulce como la miel de las abejas silvestres. Aquel día llevaba un vestido de lino azul ribeteado con piel de armiño de invierno, de color plata y manchas negras, el mismo que lucía el día que me rozó la mano para aceptar mi juramento. En un momento en que nuestras miradas se cruzaron, me dedicó una sonrisa solemne y juro que se me detuvo el corazón un instante.

Los ritos de la monarquía de Powys no eran muy diferentes de los nuestros. Cuneglas desfiló alrededor del círculo de piedra de Dolforwyn, recibió los símbolos de la realeza y un guerrero le declaró rey al tiempo que retaba a los presentes a desafiar a su señor en el día de la proclamación; el silencio fue la única respuesta. Las cenizas de la enorme pira todavía humeaban tras el círculo para señalar que había muerto un rey, pero el silencio en torno al círculo era en honor del nuevo monarca reinante. Cuneglas fue agasajado con presentes. Yo sabía que Arturo se presentaría en persona con un magnífico regalo, pero me había encomendado la espada de Gorfyddyd, hallada en el campo de batalla, que yo entregué entonces al hijo como gesto de paz entre Dumnonia y Powys.

Tras la aclamación se celebró un banquete en el solitario pabellón que se erguía en la cima de Dolforwyn. Fue un banquete pobre, en el que abundaron más la cerveza y el hidromiel que las viandas, pero sirvió para que Cuneglas transmitiera a los guerreros las esperanzas que albergaba para su reino.

Habló primero de la guerra que acababa de concluir. Nombró a los muertos del valle del Lugg y prometió a sus hombres que tales muertes no habían sido en vano.

–No han sido en vano –dijo–, porque han traído la paz entre los britanos. La paz entre Powys y Dumnonia. –Tales declaraciones provocaron protestas entre los guerreros, pero Cuneglas los apaciguó levantando la mano–. Nuestro enemigo –prosiguió con voz amenazadora– no es Dumnonia. ¡Nuestros enemigos son los sajones! –Hizo una pausa pero nadie se mostró en desacuerdo con sus palabras. Esperaban en silencio observando a su nuevo rey, que aunque en verdad no era un gran guerrero, sí era un hombre bueno y honesto. Sus cualidades se reflejaban claramente en su rostro redondo, joven y franco, al que en vano había intentado infundir dignidad dejándose crecer unos largos bigotes que le colgaban trenzados hasta el pecho. Podía no tener espíritu guerrero, pero era suficientemente sagaz para saber que debía ofrecer a sus guerreros la oportunidad de ir a la guerra, pues sólo en la guerra podía un hombre adquirir gloria y riqueza. Les prometió que Ratae sería recuperada y los sajones serían castigados por los horrores que habían infligido a sus habitantes. Lloegyr, la tierra perdida, sería reclamada a los sajones, y Powys, otrora el más poderoso de los reinos britanos, volvería a extenderse desde las montañas hasta el mar Germano. Se reconstruirían las ciudades romanas, sus muros se levantarían gloriosamente de nuevo y se restaurarían los caminos. Habría tierras de labor, botín y esclavos sajones para los guerreros de Powys. Todos aplaudieron sus promesas, pues Cuneglas ofrecía a sus decepcionados jefes la recompensa que tales hombres siempre esperan de sus reyes. Asimismo, tras levantar la mano para acallar los vítores, les advirtió que la riqueza de Lloegyr no sería reclamada por Powys en solitario–. Ahora marcharemos junto con los hombres de Gwent y los lanceros de Dumnonia. Fueron enemigos de mi padre, pero son amigos míos, motivo por el cual lord Derfel se encuentra hoy entre nosotros. –Me sonrió antes de proseguir–. Por el mismo motivo, con la próxima luna llena, mi amada hermana celebrará su compromiso de boda con Lancelot. Será reina de Siluria y los hombres de su país marcharán con nosotros, con Arturo y con Tewdric, para librar nuestras tierras de la plaga de los sajones. Destruiremos a nuestro verdadero enemigo. ¡Destruiremos a los sais!

Los vítores se sucedieron sin medida; Cuneglas se había ganado la voluntad de sus guerreros. Les ofrecía la riqueza y el poder de la antigua Britania y ellos batían palmas y pateaban el suelo como muestra de conformidad. Cuneglas permaneció de pie unos momentos, dejando que el clamor continuara, y luego se sentó y me sonrió como si quisiera decirme que sabía hasta qué punto Arturo habría aprobado sus palabras.

No me quedé en Dolforwyn a compartir el hidromiel que correría durante toda la noche, pues preferí regresar a Caer Sws caminando tras el carro de bueyes en que viajaban la reina Helledd, sus dos tías y Ceinwyn. Las regias damas deseaban estar de vuelta en Caer Sws antes del anochecer y me fui con ellas, no porque no hallara un lugar entre los hombres de Cuneglas sino porque no había tenido ocasión de hablar con Ceinwyn. Así pues, como un becerro tocado por la luna, me uní a la pequeña guardia de lanceros que escoltaba el carro de vuelta a la fortaleza. Aquel día, con el deseo de impresionar a Ceinwyn, me había vestido con esmero; bruñí la cota de malla, cepillé el barro de las botas y el manto, y me recogí la larga cabellera rubia en una trenza suelta que me colgaba a la espalda. Llevaba prendido su broche en el manto, en señal de devoción por ella.

Temía que no me prestara la menor atención, pues durante el largo camino de regreso a Caer Sws permaneció sentada en el carro mirando en otra dirección, pero finalmente, cuando al doblar un recodo se hizo visible la fortaleza, miró hacia atrás, se apeó del carro y me aguardó en la margen del camino. La escolta de lanceros se hizo a un lado a fin de que pudiera caminar a su lado. Sonrió al reconocer el broche, aunque se guardó de hacer alusión alguna.

–Nos preguntábamos, lord Derfel –dijo en cambio–, qué os ha traído aquí.

–Arturo quería que un dumnonio asistiera a la proclamación de vuestro hermano, señora –respondí.

–¿O se asegurara de que sería coronado? –preguntó astutamente.

–También –admití.

–No hay ningún otro que pudiera proclamarse rey. Mi padre se aseguró de eso. Había un jefe llamado Valerin que habría podido disputar el trono a Cuneglas, pero tuvimos noticia de que murió en la batalla.

–Así fue, señora –dije, pero no añadí que había sido yo quien diera muerte a Valerin en combate singular, junto al vado del valle del Lugg–. Fue un hombre aguerrido, al igual que vuestro padre. Deseo expresaros mi condolencia por su muerte.

Siguió caminando en silencio bajo la mirada desconfiada de Helledd, la reina de Powys, que nos observaba a distancia desde el carro de bueyes.

–Mi padre –continuó Ceinwyn un momento después– era un hombre amargado, pero siempre fue bueno conmigo. –Había desolación en su voz, pero no lloraba. Ya había derramado suficientes lágrimas, su hermano era rey y ella tenía que encarar un nuevo futuro. Se arremangó un poco la falda al pasar por un charco. Había llovido la noche anterior y las nubes que asomaban por el oeste amenazaban con más lluvias sin tardanza.

–Así pues, ¿Arturo viene hacia aquí? –preguntó.

–Llegará cualquier día, señora.

–¿Acompañado de Lancelot?

–Así lo creo.

–La última vez que nos vimos, lord Derfel –dijo haciendo una mueca de disgusto–, iba a casarme con Gundleus. Ahora es Lancelot. Un rey tras otro.

–Sí, señora –dije.

Era una respuesta inadecuada e incluso necia, pero me había invadido el exquisito aturdimiento que enmudece la lengua de los amantes. Mi único deseo era estar con Ceinwyn, pero a su vera era incapaz de expresar lo que sentía.

–Seré reina de Siluria –dijo Ceinwyn, sin asomo de entusiasmo. Se detuvo y señaló hacia atrás, hacia el ancho valle del Severn–. Pasado Dolforwyn se abre un pequeño valle recóndito en el que hay una casa y un puñado de manzanos. De niña pensaba que el otro mundo sería como ese valle; un lugar pequeño y seguro en donde podría vivir feliz y tener hijos. –Se rió de sí misma y siguió andando–. Por toda Britania abundan las muchachas que sueñan casarse con Lancelot, ser reinas y vivir en un palacio; sin embargo, mis deseos se reducen a un pequeño valle donde crecen manzanos.

–Señora –dije al tiempo que reunía fuerzas para decir lo que realmente deseaba expresar, pero ella inmediatamente me leyó el pensamiento y me tocó el brazo para hacerme callar.

–He de cumplir con mi deber, lord Derfel –me dijo, advirtiéndome de que era preferible el silencio.

–Tenéis mi juramento –dejé escapar. Era lo más cercano a una confesión de amor que fui capaz de pronunciar en aquel momento.

–Lo sé –respondió con gravedad–, y también que en vos tengo un amigo, ¿estoy en lo cierto?

–Vuestro más rendido amigo, señora –dije, aunque deseaba ser algo más.

–Entonces os contaré lo que hablé con mi hermano –dijo mirándome con una seria expresión en sus ojos azules–. No sé si deseo casarme con Lancelot, pero he prometido a Cuneglas que le conoceré antes de decidirme, y así debo hacerlo. Pero aún no sé si me casaré o no. –Siguió caminando en silencio y supe que deliberaba consigo misma sobre la oportunidad de confiarme algo más–. Después de la última vez que os vi –prosiguió finalmente–, visité a la sacerdotisa de Maesmwyr; me llevó a la gruta de los sueños y me hizo dormir en el lecho de calaveras. Deseaba descubrir mi destino, pero no recuerdo haber tenido ningún sueño. Sin embargo, al despertar la sacerdotisa me dijo que el próximo hombre que quisiera casarse conmigo terminaría casado con los muertos. ¿Qué sentido tiene?

–Ninguno, señora –dije al tiempo que tocaba la empuñadura de mi espada. ¿Quería advertirme de algo? Nunca habíamos hablado de amor, pero ella debía de haber percibido mi anhelo.

–Tampoco yo consigo comprenderlo –confesó–. Acudí a Iorweth para que interpretara la profecía, pero me respondió que dejara de preocuparme. Dijo que la sacerdotisa se expresaba con enigmas porque era incapaz de hablar con sentido común. Creo entender que no debo casarme, pero no lo sé. Sólo sé una cosa, lord Derfel, que no me casaré a la ligera.

–Sabéis dos cosas, señora –respondí–. Sabéis que mantendré mi juramento.

–También eso lo sé –dijo sonriéndome–. Me alegro de que estéis aquí, lord Derfel. –Dicho lo cual, salió corriendo y se encaramó al carro de bueyes dejándome desconcertado por el enigma; y no podía encontrar una respuesta que devolviera la paz a mi alma.

Arturo llegó a Caer Sws tres días más tarde. Se presentó con veinte caballeros y un centenar de lanceros. Bardos y arpistas completaban la comitiva. Trajo consigo a Merlín y a Nimue y una porción de oro del botín recogido entre los muertos del valle del Lugg; también lo acompañaban Ginebra y Lancelot.

Torcí el gesto al ver a Ginebra. Habíamos salido victoriosos y habíamos conseguido la paz, pero aun así me pareció cruel que Arturo trajera a la mujer por la que había despreciado a

Ceinwyn. Al parecer, Ginebra insistió en acompañar a su marido y entró en Caer Sws en un carro de bueyes forrado de pieles y engalanado con colgaduras de lino de colores y ramas verdes en señal de paz. La reina Elaine, la madre de Lancelot, viajaba en el carro junto a Ginebra, pero el blanco de las miradas era Ginebra, y no la reina. Se puso en pie cuando el carro empezó a atravesar lentamente las puertas de Caer Sws y así permaneció mientras los bueyes la conducían hasta la puerta del gran salón de Cuneglas. Llegó como conquistadora adonde en otro tiempo vivió como exiliada indeseable. Llevaba un vestido de lino dorado, joyas de oro en el cuello y las muñecas, y sus rizos pelirrojos estaban recogidos en un aro también de oro. Estaba encinta pero su estado no se traslucía bajo el hermoso lino dorado. Parecía una diosa.

Y si Ginebra parecía una diosa, Lancelot entró en Caer Sws a lomos de su caballo como un dios. Mucha gente lo confundió con Arturo al ver el magnífico porte con que cabalgaba en un blanco corcel con gualdrapas de lino claro tachonadas de pequeñas estrellas doradas. Portaba su blanca cota esmaltada, la vaina de su espada era asimismo blanca, y de sus hombros colgaba un largo manto blanco forrado de rojo. Su hermoso rostro de tez oscura quedaba enmarcado por los bordes dorados del casco, que en aquella ocasión había adornado con dos alas de cisne extendidas, en lugar de las alas de águila pescadora con que se tocaba en Ynys Trebes. Los presentes quedaron boquiabiertos al verlo y oí los susurros que recorrían la multitud llevando la noticia de que, a pesar de todo, aquel personaje no era Arturo, sino el rey Lancelot, el trágico héroe del reino perdido de Benoic, el hombre con el que se casaría la princesa Ceinwyn. Arturo, con su jubón de piel y su manto blanco, parecía cohibido en Caer Sws y pasó prácticamente desapercibido.

Por la noche se celebró un banquete. Dudo que Cuneglas se sintiera halagado por la presencia de Ginebra, pero era paciente y sensato y no se consideraba ofendido como su padre ante cualquier desaire imaginado y trató a Ginebra como a una reina. Le escanció el vino, le sirvió la comida e inclinó la cabeza para hablar con ella. Arturo, sentado al otro lado de Ginebra, estaba radiante de gozo. Siempre se mostraba alegre en compañía de Ginebra y aquella noche debía de sentir un profundo bienestar viendo el ceremonioso trato que se le dispensaba en el mismo lugar en que la había visto por primera vez, de pie en las últimas filas, con los más humildes.

Arturo dedicaba sus atenciones a Ceinwyn. Todos los presentes sabían que había roto su compromiso con ella, despreciándola para casarse con la desposeída Ginebra, y muchos hombres de Powys habían jurado no olvidar jamás tal ofensa, pero Ceinwyn lo había perdonado y hacía pública su indulgencia. Le sonreía, puso una mano en su brazo y se inclinó hacia él. Más tarde, cuando el hidromiel hubo disuelto todas las viejas rencillas, el rey Cuneglas tomó la mano de Arturo y la de su hermana y las unió entre las suyas, provocando los vítores de la muchedumbre que presenciaba el gesto de paz. El antiguo insulto había sido enterrado.

Al poco, en otro gesto simbólico, Arturo tomó la mano de Ceinwyn y la condujo hasta el asiento que había quedado libre al lado de Lancelot. Se renovaron los vítores. Observé con expresión glacial a Lancelot mientras se ponía en pie para recibir a Ceinwyn, se sentaba a su lado y le servía una copa de vino. Se quitó una gruesa pulsera de oro de la muñeca y se la ofreció, y aunque Ceinwyn hizo ostentación de rechazar el generoso regalo, finalmente lo deslizó en su brazo y la joya brilló a la luz de las velas de junco. Los guerreros sentados en el suelo pidieron ver la pulsera y Ceinwyn levantó el brazo tímidamente para mostrar la pesada alhaja de oro. Fui el único que no mostró entusiasmo. Me senté entre el estruendo circundante, al tiempo que una violenta lluvia empezaba a golpear la techumbre. Pensé que la había deslumbrado definitivamente. La estrella de Powys había sucumbido ante la elegante belleza morena de Lancelot.

Habría abandonado el salón en aquel mismo momento para quedarme a solas con mi pena en la negra noche de tormenta, pero Merlín estaba al acecho. Al empezar el banquete se había sentado a la mesa, pero luego la había abandonado y se había mezclado con los guerreros, deteniéndose aquí y allá a escuchar una conversación o a susurrar algo al oído de cualquier hombre. Se había peinado las canas hacia atrás, dejando la tonsura despejada, y se las había recogido en una larga trenza atada con una cinta negra, al igual que la barba, trenzada y sujeta de la misma forma. En su rostro alargado y surcado de arrugas, del color oscuro de las castañas romanas tan apreciadas en Dumnonia, se veía lo mucho que se divertía. Ya estaba haciendo de las suyas, pensé, y me encogí en un rincón a fin de que no me hiciera blanco de sus burlas. Amaba a Merlín como a un padre, pero no estaba de humor para acertijos. Sólo quería alejarme de Ceinwyn y Lancelot tanto como los dioses me lo permitieran.

Esperé hasta que me pareció que Merlín estaba en el otro extremo del salón y podía escabullirme sin que me viera, pero en aquel preciso momento me habló al oído.

–¿Te escondías de mí, Derfel? –preguntó y me dedicó un afectado gruñido mientras se acomodaba en el suelo junto a mí. Le gustaba fingir que sus muchos años lo habían debilitado y se dedicó a frotarse las rodillas ostensiblemente, quejándose de dolor en las articulaciones. Me arrebató el cuerno de hidromiel y lo apuró.

–He aquí la casta princesa –dijo señalando con el cuerno vacío hacia Ceinwyn– de camino a su espantoso destino. Veamos. –Se rascó entre las trenzas de la barba pensando en lo que diría a continuación–. ¿Quince días hasta que se prometa? La boda más o menos una semana después, y luego un puñado de meses hasta que el niño acabe con ella. Imposible que un niño salga de esas estrechas caderas sin partirla en dos. –Soltó una carcajada–. Será como si una minina pariera un buey. Horroroso de verdad, Derfel. –Se me quedó mirando, refocilándose con mi desasosiego.

–Creía –respondí con amargura– que habíais obrado en ella un conjuro de felicidad.

–Cierto –replicó suavemente–, ¿y qué? A las mujeres les gusta tener hijos y si la felicidad de Ceinwyn consiste en desgarrarse y desangrarse por su primogénito, mi conjuro habrá surtido efecto, ¿no es así?

–No ocupará el más alto lugar –dije citando fielmente la profecía que él había pronunciado en aquel mismo lugar hacía un mes escaso–ni sufrirá degradación, pero será feliz.

–Vaya memoria tienes para las naderías. Al cordero no hay quien le hinque el diente, ¿no crees? Poco hecho. ¡Y ni siquiera está caliente! No soporto la comida fría. –Y sin más me robó una porción del plato–. ¿Crees que ser reina de Siluria es ocupar un alto lugar?

–¿Acaso no lo es? –respondí amargamente.

–Oh no, hijo, no. ¡Qué idea tan absurda! Siluria es el lugar más desolado de la tierra, Derfel. No hay más que valles arrasados, playas pedregosas y gente fea. –Se estremeció–. Queman carbón en vez de leña y se quedan más negros que Sagramor. No creo que sepan lo que es lavarse. –Se sacó un trozo de cartílago de entre los dientes y lo arrojó a uno de los podencos que husmeaban entre los invitados–. ¡Lancelot se cansará enseguida de Siluria! No me imagino a nuestro galante Lancelot soportando durante mucho tiempo a esos desagradables holgazanes de rostro tiznado. Así que, si sobrevive al parto, cosa que dudo, la pobrecita Ceinwyn se quedará sola con un montón de carbón y un niño berreón. ¡Así terminará! –añadió con complacencia–. ¿No has observado, Derfel, que un día conoces a una joven en todo el esplendor de su belleza, con un rostro capaz de hacer saltar a las estrellas del firmamento y un año más tarde descubres que apesta a leche y mierda de niño y te preguntas cómo es posible que la encontraras hermosa? Los niños juegan malas pasadas a las mujeres, así que mírala ahora, Derfel; admírala cuanto puedas porque no volverá a ser tan encantadora.

Estaba encantadora en verdad, y lo que era peor, parecía feliz. Vestía de blanco y de su cuello colgaba una estrella de plata engarzada en una cadena del mismo metal. Había recogido su cabellera dorada con una cinta plateada y adornaba sus orejas con lágrimas del plata. Lancelot aquella noche tenía un aspecto tan impresionante como ella. Se decía que era el hombre más guapo de Britania y así debía de ser, si se considera hermoso un rostro delgado y alargado, de tez oscura, semejante al de un reptil. Llevaba un manto negro con rayas blancas, una torques de oro le adornaba la garganta y su larga cabellera negra, bien aceitada y ceñida al cráneo, se recogía en una diadema dorada antes de caerle en cascada por la espalda. También se había aceitado la barba, que llevaba recortada en punta.

–Ella me confesó –empecé, y nada más hacerlo supe que no debería abrir así mi corazón a aquel viejo perverso– que no estaba segura de querer casarse con Lancelot.

–Bien, muy propio de ella, ¿no? –replicó despreocupadamente al tiempo que hacía una señal a un esclavo que llevaba una fuente de cerdo a la mesa principal. Puso un puñado de costillas en el faldón de la sucia túnica blanca, empezó a chupetear una y sólo cuando hubo dejado mondo el hueso siguió hablando–. Ceinwyn es una tonta romántica. No sé por qué, cree que puede casarse cuando y con quien le plazca. ¡Los dioses sabrán qué lleva a las muchachas a soñar tal cosa! Ahora, sin embargo –dijo con la boca llena–, todo cambia. ¡Ha conocido a Lancelot! A estas horas debe de tenerla embobada. Puede que ni siquiera espere a casarse. ¿Quién sabe? Quizás esta misma noche, en la intimidad de su cámara, copule con el bastardo hasta dejarlo seco. Pero no creo que lo haga; es una muchacha muy convencional. –Pronunció las últimas palabras despectivamente–. Coge una costilla –dijo–. ¡Tendrías que haberte casado ya!

–No hay nadie con quien desee casarme –respondí malhumorado. A excepción de Ceinwyn, naturalmente, pero ¿qué esperanzas podía abrigar frente a un oponente como Lancelot?

–El matrimonio nada tiene que ver con el deseo –replicó Merlín con desdén–. Arturo no lo creyó así y ¡ya ves qué ojo tiene para las mujeres! Lo que necesitas, Derfel, es una chica bonita en la cama; sólo los necios creen que la chica y la esposa han de ser la misma criatura. Arturo piensa que deberías casarte con Gwenhwyvach –añadió sin darle importancia.

–¡Gwenhwyvach! –repetí en voz alta. Era la hermana menor de Ginebra. Una muchacha gorda, pálida y sin gracia a la que su hermana no podía soportar. Gwenhwyvach no me desagradaba en particular, pero no podía imaginarme casado con una muchacha tan insulsa, inexpresiva y triste.

–¿Y por qué no, si puede saberse? –preguntó Merlín afectando un tono ofendido–. Haríais una buena pareja, Derfel. ¿Quién eres, a fin de cuentas, sino el hijo de una esclava sajona? Gwenhwyvach es una verdadera princesa, sin dinero, naturalmente, y más fea que la cerda salvaje de Llyffan, pero ¡piensa en lo agradecida que se mostraría! ¡Piensa en sus caderas, Derfel! –añadió en tono malicioso–. No temas que ningún niño se quede ahí atascado. Expelería pequeños monstruos como quien escupe pipas.

Me pregunté si realmente era Arturo quien había propuesto el matrimonio o si era idea de Ginebra. Era más probable que fuera cosa de Ginebra. La vi sentada junto a Cuneglas, toda engalanada de oro, y la expresión de triunfo en su rostro era inconfundible. Estaba extraordinariamente hermosa aquella noche. Siempre fue la mujer más llamativa de Britania, pero aquella noche en Caer Sws parecía resplandecer con luz propia. Quizá se debiera a su estado de buena esperanza, pero lo más fácil es que la deleitara el poderío que había alcanzado sobre los que en otro tiempo la despreciaran por su condición de exiliada sin posibles. En aquellos momentos, merced a la espada de Arturo, los tenía a todos a su disposición de la misma manera que su esposo disponía de sus reinos. Yo sabía que Ginebra era la principal aliada de Lancelot en Dumnonia, que había conseguido de Arturo la promesa del trono de Siluria para Lancelot y que había decidido desposar a éste con Ceinwyn. Además, quería castigarme por mi hostilidad hacia su protegido convirtiendo a su molesta hermana en mi degradada novia.

–No pareces contento, Derfel –comentó Merlín a la ligera.

–¿Y vos señor? –pregunté, cuidándome de no responder a la provocación–. ¿Sois feliz?

–¿Acaso te importa? –preguntó alegremente.

–Señor, os amo como a un padre –dije.

Se echó a reír y se atragantó con una astilla de hueso, pero cuando se recuperó todavía seguía riendo.

–¡Como a un padre! Oh, Derfel, estás hecho una bestia absurdamente emotiva. La única razón que me llevó a criarte fue que pensé que eras un elegido de los dioses, y quizá lo seas. Los dioses a veces escogen a las criaturas más extrañas. Pero dime, dilecto hijastro, ¿llega tu amor filial hasta el punto de hacerme un servicio?

–¿De qué se trata, señor? –pregunté, sabiendo a ciencia cierta que necesitaba lanceros para la búsqueda de la olla.

–Britania –susurró inclinándose hacia mí, aunque dudo que nadie nos oyera en el bullicioso salón lleno de borrachos– adolece de dos males, pero Arturo y Cuneglas sólo ven uno.

–Los sajones.

–Pero Britania –continuó tras asentir con la cabeza–, aun sin los sajones, seguirá enferma, Derfel, porque está en peligro de perder a sus dioses. El cristianismo se extiende más rápido que los sajones, y los cristianos son una ofensa a nuestros dioses mayor que los sajones. Si no detenemos a los cristianos, nuestros dioses nos abandonarán completamente y ¿qué es Britania sin sus dioses? Pero si conseguimos poner arreos a los dioses y traerlos de vuelta a Britania, tanto los sajones como los cristianos desaparecerán de una vez por todas. Hemos tomado el rábano por las hojas, Derfel.

Miré a Arturo, que escuchaba atentamente a Cuneglas. Arturo no era irreligioso, pero no dejaba que sus creencias le preocuparan y no sentía animadversión hacia los hombres y mujeres que creían en otros dioses, sin embargo, le preocuparía oír hablar a Merlín de combatir a los cristianos.

–¿Nadie os escucha, señor? –pregunté a Merlín.

–Algunos –respondió entre dientes–, unos pocos, uno o dos. Arturo no. Me tiene por un viejo chocho al borde de la senilidad. Pero, ¿qué piensas tú, Derfel? ¿Crees que soy un viejo chocho?

–No, señor.

–¿Y crees en la magia, Derfel?

–Sí, señor –dije. Había visto que la magia surtía efecto y también había presenciado algún fracaso. La magia era un asunto difícil, pero yo creía en ella.

–Entonces ve a la cima de Dolforwyn esta noche, Derfel –me susurró acercándose todavía más a mi oído–, y te concederé lo que tu corazón anhela.

Un arpista tañó la cuerda que reuniría a los bardos para el canto. Las voces de los guerreros se apagaron cuando una ráfaga de viento helado hizo entrar la lluvia por la puerta abierta y las pequeñas llamas de las velas de sebo y juncos engrasados titilaron.

–Lo que tu corazón anhela –repitió en un susurro Merlín, pero cuando miré a mi izquierda había desaparecido.

Los truenos retumbaban en la noche. Los dioses no estaban con nosotros y yo tenía que ir a Dolforwyn.

* * *

Dejé el banquete antes de la entrega de presentes, antes de que los bardos cantaran y antes de que las voces de los guerreros borrachos se elevaran en la canción de caza de Nwyfre. Eché a andar, solo en la noche, y cuando llegaba al valle del río en el que Ceinwyn me había contado su visita al lecho de calaveras y la extraña profecía sin sentido, oí la conocida tonada a mis espaldas, ya amortiguada por la distancia.

Llevaba la armadura pero no el escudo, a *Hywelbane* en el costado y el manto verde sobre los hombros. Ningún hombre se internaba en la noche despreocupadamente, pues la noche pertenecía a los espíritus y a los fantasmas, pero Merlín me había llamado y eso me infundía seguridad.

El trayecto no era difícil pues había un camino desde las murallas hasta la vertiente sur de la cadena de montañas donde se hallaba Dolforwyn. Me esperaba una larga caminata de cuatro horas en la húmeda noche y el sendero era negro como la pez, pero los dioses debieron de velar por que llegara, ya que no perdí el rumbo ni topé con peligro alguno.

Merlín no podía llevarme demasiada ventaja y, aunque me triplicaba la edad, no lo alcancé ni llegué siquiera a oírlo. Tan sólo se oía la lejana melodía y, cuando se perdió en la oscuridad, el gorgoteo de las aguas al pasar entre las piedras, el repiqueteo de la lluvia sobre la vegetación y, más tarde, el grito de una liebre cazada por una comadreja y el chillido de un tejón que llamaba a su pareja. Pasé junto a dos míseros poblados; el brillo mortecino de los rescoldos se filtraba entre los resquicios de las techumbres de helechos. Desde una de las cabañas, la voz de un hombre me dio el alto, pero le contesté que viajaba con intenciones pacíficas y él tranquilizó a su perro, que ladraba alarmado.

Dejé el camino y tomé el sendero que serpenteaba por la falda de Dolforwyn hasta la cima con miedo de perderme en la oscuridad del denso robledal que poblaba aquella cara de la colina, pero las nubes de tormenta se dispersaron y la macilenta luz de la luna que se filtraba entre la húmeda y espesa vegetación iluminó la senda de piedra que subía de poniente a oriente hasta la cima del cerro de los reyes. Nadie habitaba en aquel lugar de robles, piedras y misterio.

El sendero llegaba desde la arboleda hasta el amplio espacio abierto de la cima; allí se erguía el solitario pabellón de festejos y el círculo de piedras erectas donde Cuneglas había sido proclamado rey. La cima era el lugar más sagrado de Powys, pero permanecía desierta la mayor parte del año, pues sólo se utilizaba para los grandes festejos y en ocasiones de gran solemnidad. En aquel instante, a la pálida luz de la luna, el salón era una mancha oscura y la explanada parecía desierta.

Me detuve en el lindero del bosque. Un búho blanco voló por encima de mí, rozando casi la cola de zorro que remataba el casco con el batir apresurado de sus cortas alas, que apenas sostenían el cuerpo rechoncho. El búho era un presagio, pero no habría sabido decir si bueno o malo y, de pronto, sentí miedo. Había acudido a la cita por curiosidad, pero en aquel momento percibí el peligro. Merlín no haría realidad el anhelo de mi corazón a cambio de nada, lo cual significaba que estaba allí para hacer una elección y empezaba a sospechar que era una elección que no quería hacer. En verdad, era tanto mi temor que estuve a punto de regresar a la oscuridad del robledal, pero entonces la cicatriz de la mano izquierda palpitó y me quedé allí clavado.

La cicatriz era obra de Nimue y cuando palpitaba indicaba que mi destino no dependía de mi voluntad. Había jurado fidelidad a Nimue y no podía echarme atrás.

La lluvia cesó y de las nubes sólo quedaban jirones. Un viento helado sacudía las copas de los árboles, pero ya no llovía. Todavía era negra la noche y, aunque el alba no podía tardar, no se columbraba ni una brizna de luz entre las colinas de levante. No había más luz que el tenue claro de luna que convertía las rocas del real círculo de Dolforwyn en formas plateadas que resaltaban en la oscuridad.

Me dirigí al círculo de piedras; el corazón me palpitaba con tanta fuerza que se oía más que las pisadas de las pesadas botas.

Aún no había visto a nadie y empecé a pensar si no sería una elaborada triquiñuela de Merlín, pero entonces, en el centro del redondel, donde se erguía la piedra solitaria de la monarquía de Powys, percibí un destello más brillante que cuantos reflejos pudiera arrancar la luz brumosa de la luna a las rocas relucientes de agua de lluvia.

Me acerqué con el corazón en un puño, me introduje en el círculo y vi que la luna se reflejaba en una copa. Una copa de plata. Una pequeña copa de plata. Cuando me aproximé a la piedra de los reyes, vi que contenía un líquido oscuro que refulgía a la luz de la luna.

–Bebe, Derfel –dijo la voz de Nimue en un susurro que apenas se oía más que el viento que agitaba las ramas de los robles–. Bebe.

Me giré buscándola con la mirada pero nada vi. El viento me levantaba el manto y sacudía algún fragmento suelto de la techumbre del salón.

–Bebe, Derfel –repitió la voz de Nimue–, bebe.

Alcé la mirada al cielo e imploré a Lleullaw que me protegiera. La mano izquierda, dolorida por las incesantes palpitaciones, sujetaba con fuerza la empuñadura de *Hywelbane*. Quería ponerme a salvo y eso, hasta donde yo sabía, significaba regresar al calor de la amistad de Arturo, pero la pesadumbre que me embargaba me había llevado hasta aquella colina desnuda y fría, y la imagen de la mano de Lancelot en la delicada muñeca de Ceinwyn me hizo bajar la mirada hacia la copa.

La levanté, dudé y la apuré.

Tenía un sabor amargo que me hizo estremecer al acabar de tragarlo. El gusto acre permanecía aún en mi boca cuando deposité la copa con todo cuidado sobre la piedra del rey.

–¿Nimue? –la llamé casi suplicando, pero no obtuve más respuesta que el viento entre los árboles.

–¡Nimue! –llamé de nuevo, pues se me iba la cabeza. Las nubes negras y grises giraban y la luna se fragmentaba en esquirlas de luz plateada que hendían el lejano arroyo y estallaban en las agitadas sombras que azotaban los árboles.

–¡Nimue! –la llamé cuando me fallaron las rodillas y noté que la cabeza me daba vueltas entre lúbricas imágenes. Me arrodillé junto a la piedra real, que de pronto creció hasta convertirse en una gran montaña que se alzaba ante mí. Caí al suelo con tal fuerza que el golpe del brazo hizo saltar por los aires la copa vacía. Aunque sentía náuseas, el vómito tardaría en producirse y, por el momento, el efecto se traducía en visiones, sueños terribles con espíritus de pesadilla que lanzaban alaridos en el interior de mi cabeza. Lloraba, sudaba y los músculos me temblaban con espasmos incontrolables.

Unas manos me sujetaron la cabeza y me retiraron el yelmo. Luego, alguien presionó su frente contra la mía. Era una frente blanca y fría, y las pesadillas dieron paso a la imagen de un cuerpo blanco, alto y desnudo, de piernas esbeltas y senos pequeños.

–Derfel, Derfel –me tranquilizó Nimue al tiempo que me acariciaba el pelo–, sueña, amor mío, sueña.

Lloré desconsolado. Yo, guerrero y lord de Dumnonia, amigo estimado de Arturo, el cual estaba en deuda conmigo tras la última gran batalla, y me había prometido tierras y riquezas que superaban todos mis sueños, lloraba como un niño abandonado. El anhelo de mi corazón era Ceinwyn, pero Lancelot la había deslumbrado y creí que jamás volvería a conocer la felicidad.

–Sueña, amor mío –me arrullaba Nimue, y debió de echar un manto negro sobre nuestras cabezas, porque de pronto la grisura de la noche se esfumó y me encontré en una oscuridad silenciosa, con sus brazos en torno a mi cuello y la cara apretada contra la mía. Nos arrodillamos sin separar las mejillas; las manos me temblaban de forma espasmódica y desamparada, apoyadas sobre sus fríos muslos desnudos. Me apoyé con todo el peso de mi cuerpo crispado en sus delgados hombros y allí, entre sus brazos, las lágrimas y los espasmos cesaron; al instante recobré la calma. Ya no sentía náuseas, el dolor de las piernas había desaparecido y noté un agradable calor, incluso llegué a sudar. No me moví, no quería moverme, sino dejar que los sueños vinieran.

Primero fue un sueño maravilloso, pues me habían otorgado unas grandes alas de águila y volaba alto sobre un lugar desconocido. Era una tierra muy accidentada, desgarrada por vertiginosos precipicios y escarpadas montañas de roca por las que caían en cascada pequeños arroyos espumosos que desembocaban en tenebrosos lagos. Las montañas parecían no acabar nunca ni ofrecer refugio alguno, pues al sobrevolarlas no percibí señal de vida; ni casas, ni chozas, ni campos, ni rebaños ni nada más que un lobo que corría entre los despeñaderos y los huesos de un corzo muerto en un bosquecillo. Por encima de mí, el cielo gris como el metal, por debajo, las montañas negras como la sangre seca, y alrededor de las alas el aire frío como un cuchillo en las costillas.

–Sueña, amor mío –murmuraba Nimue, y en el sueño descendí con mis amplias alas hasta ver un camino que serpenteaba entre las negras montañas. Era un camino de tierra apisonada sembrado de rocas que se retorcía cruelmente uniendo valles y subiendo, en ocasiones, hasta desfiladeros desolados antes de volver a descender a las rocas desnudas de otro valle. Bordeaba lagunas negras, precipicios tenebrosos, montañas heladas, pero siempre se dirigía hacia el norte. No sé por qué sabía que era el norte, pero en los sueños el saber no necesita razones.

Las alas del sueño me posaron en la superficie del camino y de pronto ya no volaba, sino que subía por el sendero hacia un paso entre las cumbres. Las escarpadas pendientes que se elevaban a los lados del paso estaban formadas por negras losas de pizarra sobre las que corría el agua, pero algo me dijo que el camino terminaba justo tras aquel lóbrego puerto y que, si lograba andar un poco más a pesar de la fatiga, hallaría lo que mi corazón anhelaba al otro lado de la cresta.

Jadeaba, respiraba a bocanadas, penosamente mientras soñaba que cubría el último tramo de aquel camino y, de pronto, en la cima, vi luz, color y calidez.

Rebasado el desfiladero, el camino descendía hasta un litoral poblado de arboledas y campos, y allí estaba el mar rutilante en el que destacaba una isla y, en ella, un lago al que el súbito sol arrancaba destellos.

–¡Allí! –exclamé en voz alta, pues supe que la isla era mi objetivo, pero en el momento en que mis fuerzas parecían renovarse para correr las últimas millas y lanzarme al soleado mar, un espectro se interpuso en mi camino. Era un engendro negro con armadura negra, escupía por la boca un limo del color de la pez y entre las negras garras de la mano esgrimía una espada de hoja negra que doblaba el largo de *Hywelbane*. Por sus aullidos entendí que me desafiaba.

También yo aullé y me acurruqué entre los brazos de Nimue, que me rodeó los hombros.

–Has visto el Sendero Tenebroso, Derfel, el Sendero Tenebroso –susurró y de pronto se apartó de mí, el manto me azotó en la espalda y caí en la hierba húmeda de Dolforwyn con el viento frío silbando a mi alrededor.

Allí quedé tendido largos minutos. El sueño se había desvanecido y me pregunté qué tendría que ver el Sendero Tenebroso con el anhelo de mi corazón. Me puse de costado súbitamente y vomité; la mente se me aclaró y vi la copa de plata caída a mi lado. La recogí, giré hasta ponerme en cuclillas y vi a Merlín que me observaba desde el extremo opuesto de la piedra de los reyes. Nimue, su amante y sacerdotisa, estaba junto a él arropada en una enorme capa negra, con la cabellera de azabache recogida con una cinta y el ojo de oro brillando a la luz de la luna. Gundleus le había sacado el ojo, y tuvo que pagar tamaña maldad multiplicada por mil.

Ninguno de los dos hablaba, se limitaban a mirarme mientras yo escupía los últimos vómitos, me pasaba la manga por los labios, sacudía la cabeza e intentaba ponerme en pie. Debía de estar débil todavía o la cabeza no había dejado de darme vueltas, porque no pude levantarme y, así, me arrodillé junto a la piedra y me apoyé en los codos. Todavía me sacudían ligeros espasmos.

–¿Qué me habéis dado a beber? –pregunté mientras dejaba la copa sobre la roca.

–No te he dado a beber nada –respondió Merlín–. Bebiste por tu propia voluntad, Derfel, del mismo modo que viniste por voluntad propia. –Ya no se percibía en su voz el tono burlón de que había hecho gala en el salón de Cuneglas, sino que hablaba con aire frío y distante.

–¿Qué has visto?

–El Sendero Tenebroso –contesté en tono sumiso.

–Que discurre por allí –dijo señalando hacia el norte en la oscuridad de la noche.

–¿Y el espectro? –pregunté.

–Diwrnach –afirmó.

Cerré los ojos, pues acababa de comprender sus propósitos.

–¿Y la isla es Ynys Mon? –pregunté abriéndolos de nuevo.

–Sí –respondió Merlín. La isla sagrada.

Antes de la llegada de los romanos y antes de tener siquiera noticia de los sajones, Britania era gobernada por los dioses, que tenían su oráculo en Ynys Mon. Pero la isla había sido saqueada por los romanos, que talaron los robles, arrasaron los bosques sagrados y asesinaron a los druidas que la guardaban. Habían transcurrido más de cuatrocientos años desde aquel Año Negro, pero Ynys Mon aún era sagrada para los contados druidas que, como Merlín, se habían empeñado en devolver los dioses a Britania. Sin embargo, en esos tiempos la isla sagrada formaba parte del reino de Lleyn, gobernado por Diwrnach, el más sanguinario de los reyes irlandeses que antaño cruzaron el mar para invadir las tierras britanas. Se decía de Diwrnach que pintaba sus escudos con sangre humana. No había en toda Britania rey más cruel ni más temido, y sólo lo exiguo de su ejército y las montañas que lo cercaban impedían que llevara el terror a Gwynedd. Diwrnach era una bestia a la que no se podía dar muerte, una criatura emboscada en los confines de Britania y a quien todos, de común acuerdo, procuraban no provocar.

–¿Deseáis que vaya a Ynys Mon? –inquirí.

–Deseo que vengas con nosotros a Ynys Mon –dijo señalando a Nimue–, con nosotros y con una persona casta.

–¿Casta? –me extrañé.

–Sólo una persona casta, Derfel, puede encontrar la olla de Clyddno Eiddyn. Y creo que ninguno de nosotros cumple el requisito –añadió recalcando con sarcasmo las últimas palabras.

–Y la olla –dije con recelo– está en Ynys Mon.

Merlín asintió y me estremecí al pensar en semejante misión. La olla de Clyddno Eiddyn era uno de los trece tesoros de Britania, que habían sido dispersados cuando los romanos arrasaron Ynys Mon, y la gran ambición de Merlín en su dilatada vida era reunir los trece, la marmita por encima de todos, pues afirmaba que con ella sería capaz de controlar a los dioses y destruir a los cristianos. Por eso me hallaba postrado de hinojos en una colina húmeda de Powys, con la boca amarga y el vientre conmocionado.

–Mi trabajo es combatir a los sajones –dije.

–¡Necio! –me espetó Merlín–. La guerra contra los sajones está perdida de antemano si no recuperamos los tesoros.

–Arturo no es de la misma opinión.

–En tal caso, Arturo es tan necio como tú. ¿Qué importan los sajones, insensato, si los dioses nos abandonan?

–He jurado servir a Arturo –protesté.

–También a mí me has jurado lealtad –dijo Nimue alzando la mano izquierda para mostrarme la cicatriz gemela de la mía.

–Pero en el Sendero Tenebroso no quiero a nadie –intervino Merlín– que no venga de buen grado. Debes escoger a quién guardar fidelidad, Derfel, y no puedo ayudarte en la decisión.

Dio un manotazo a la copa y en su lugar puso un montón de huesos de las costillas que había comido en el salón de Cuneglas. Se arrodilló, cogió un hueso y lo colocó en el centro de la piedra real.

–Éste es Arturo –dijo–, y éste –colocó otro hueso– es Cuneglas, y de éste otro –colocó el tercero en triángulo con los anteriores– hablaremos más tarde. Éste –situó el cuarto encima de un vértice del triángulo– es Tewdric de Gwent, y éste, la alianza de Arturo con Tewdric, y éste, la alianza con Cuneglas. –Así formó otro triángulo sobre el primero y resultó una tosca estrella de seis puntas–. Éste es Elmet –comenzó el tercer nivel paralelamente al primero–, y éste Siluria, y éste otro hueso –levantó el último en la mano– representa la alianza de todos los reinos. Helo aquí. –Se echó hacia atrás y señaló con ademán exagerado la precaria torre de huesos erigida en el centro de la piedra–. Ya lo ves, Derfel, la meditada estrategia de Arturo, pero te aseguro, te prometo, que sin los tesoros, tal estrategia tiene que derrumbarse.

Quedó en silencio mientras yo observaba los nueve huesos, todos a excepción del misterioso tercero, todavía con restos de carne, tendones y cartílagos. Sólo el tercer hueso había sido rebañado hasta dejarlo limpio y blanco. Lo toqué muy suavemente con el dedo, con cuidado de no descomponer el frágil equilibrio de la torre.

–¿Qué representa el tercer hueso? –pregunté.

–El tercer hueso, Derfel, es el matrimonio de Lancelot con Ceinwyn –dijo Merlín sonriendo–. Cógelo.

No me atreví a moverme. Coger el tercer hueso significaría provocar el derrumbamiento de la delicada red de alianzas de Arturo, el mejor camino, el único en verdad, para derrotar a los sajones.

Merlín observaba mi indecisión con gesto sarcástico; entonces, tomó entre los dedos el tercer hueso pero no tiró de él.

–Los dioses odian el orden –me dijo burlonamente–. El orden, Derfel, destruye a los dioses, y por eso lo destruyen. –Tiró del hueso y al punto la torre se vino abajo–. Arturo tiene que hacer regresar a los dioses si quiere traer la paz a Britania. –Me tendió el hueso mondo–: Cógelo –me dijo, pero no me moví.

–No es más que un montón de huesos –prosiguió–, pero éste es el anhelo de tu corazón, el matrimonio de Lancelot con Ceinwyn. Pártelo en dos, Derfel, y nunca se celebrará. Déjalo intacto y tu enemigo se llevará a tu mujer al lecho y la manoseará como un animal. –Me tendió el hueso otra vez pero tampoco quise cogerlo–. ¿Acaso crees que no llevas escrito en la cara tu amor por Ceinwyn? –me preguntó con sorna–. ¡Cógelo! Yo, Merlín de Avalon, te concedo, Derfel, poder sobre este hueso.

Lo cogí, que los dioses me perdonen, pero lo cogí. ¿Qué otra cosa podía hacer? La amaba; tomé el hueso mondo y me lo guardé en la bolsa.

–De nada servirá si no lo rompes –se mofó Merlín.

–Quizá no me sirva de nada de todos modos –respondí, y me di cuenta de que por fin podía tenerme en pie.

–Eres un necio, Derfel –me sermoneó–, pero eres un necio muy hábil con la espada y te necesito para recorrer el Sendero Tenebroso. –Se incorporó–. Depende de ti. Si rompes el hueso, Ceinwyn vendrá a ti, te lo prometo, pero entonces deberás tu lealtad al rescate de la olla. O bien, desposa a Gwenhwyvach y desperdicia tu vida abollando escudos de sajones mientras los cristianos se confabulan para tomar Dumnonia. Dejo la elección en tus manos, Derfel. Y ahora, cierra los ojos.

Obedecí y me quedé con los ojos cerrados largo rato, pero viendo que nada ocurría, acabé por abrirlos.

La explanada estaba vacía. Nada había oído, pero Merlín, Nimue, los ocho huesos y la copa de plata habían desaparecido. El alba despuntaba en el este, los pájaros alborotaban en los árboles y yo tenía un hueso pelado en la bolsa.

Bajé hasta el sendero que seguía la margen del río, pero en mi mente se me figuraba el otro camino, el Sendero Tenebroso que conducía a la guarida de Dirwrnach, y tuve miedo.

Pasamos la mañana en una partida de caza de jabalíes. Arturo buscó deliberadamente mi compañía cuando salíamos de Caer Sws.

—Te retiraste temprano anoche, Derfel —dijo a modo de saludo.

—El estómago, señor —repuse; no quería revelarle que había estado con Merlín porque habría sospechado que no había renunciado a la búsqueda de la olla, y preferí mentir—; tuve acedía.

—Nunca he entendido por qué los llamamos banquetes —dijo riendo—, son una mera excusa para embriagarse. —Se detuvo a esperar a Ginebra, que gustaba de la caza y aquella mañana se había calzado unas botas y embutido en unos calzones de cuero que se ceñían a sus largas piernas. Disimulaba su estado bajo un justillo de piel sobre el que se había echado un manto verde. Me tendió las correas de la pareja de perros de caza que tanto estimaba para que Arturo la tomara en brazos al atravesar el vado situado al pie de la vieja fortaleza. Lancelot ofreció la misma cortesía a Ceinwyn y ella lanzó una exclamación de evidente placer cuando éste la levantó del suelo. Ceinwyn también vestía ropas de hombre, pero las suyas no tenían el corte sutilmente entallado de las de Ginebra. Habría tomado prestada cualquier prenda desechada por su hermano, y las prendas anchas y demasiado largas le daban un aire masculino y juvenil que contrastaba con la refinada elegancia de Ginebra. Ninguna de las mujeres llevaba lanza, pero Bors, primo y paladín de Lancelot, portaba una de más en caso de que Ceinwyn deseara unirse a la caza. Arturo había insistido en que Ginebra no hiciera uso alguno del arma.

–Debes tener precaución hoy –le dijo al tiempo que la dejaba en la margen sur del Severn.

–Te preocupas en exceso –respondió cogiendo las correas de los perros y pasándose una mano por la espesa y rizada cabellera roja; luego se dirigió a Ceinwyn–: En cuanto estás encinta, los hombres piensa que eres de cristal.

Se adelantó hasta ponerse a la altura de Lancelot, Ceinwyn y Cuneglas y dejó atrás a Arturo, que caminaba a mi lado hacia el frondoso valle en el que los monteros de Cuneglas habían encontrado caza abundante. Debíamos de ser unos cincuenta cazadores, la mayoría guerreros, aunque se nos unió un puñado de mujeres, más un par de docenas de siervos que cerraban la marcha. Uno de ellos sopló el cuerno para avisar a los monteros del otro lado del valle que había llegado el momento de ojear la caza hacia el río; entonces, los cazadores levantamos las largas y pesadas lanzas de caza al tiempo que formábamos en línea. Era un día frío de finales de verano, tanto que el aliento se condensaba, pero no llovía y el sol brillaba sobre los campos en barbecho formando una puntilla de encaje con la niebla matutina. Arturo estaba animado y disfrutaba de la belleza de la mañana, de su juventud y de la montería misma.

–Un banquete más –me dijo–, y podrás volver a casa a descansar.

–¿Un banquete más? –pregunté distraído, con la mente embotada por el cansancio y la resaca del bebedizo que Merlín y Nimue me habían dado en la cima de Dolforwyn.

–El compromiso de Lancelot, Derfel –respondió dándome una palmada en la espalda–. Y luego, de vuelta a Dumnonia y ¡manos a la obra! –dijo, feliz con tal perspectiva, y me contó entusiasmado sus planes para el invierno siguiente. Quería reconstruir cuatro puentes romanos y enviar luego a los maestros albañiles del reino a culminar las obras del palacio real de Lindinis, la ciudad romana situada en los aledaños de Caer Cadarn, donde tenían lugar las ceremonias de proclamación de los monarcas de Dumnonia y a la que Arturo deseaba convertir en nueva capital–. En Durnovaria hay demasiados cristianos –dijo, aunque, como era típico en él, se apresuró a añadir que no tenía nada personal en contra de ellos.

–Es justo, señor –dije en tono seco–, que tengan algo contra vos.

–Es el caso de algunos –admitió.

Antes de la batalla, cuando la causa de Arturo parecía condenada al fracaso, en Dumnonia se había formado una fuerte facción en su contra, encabezada por los cristianos protectores de Mordred. La causa inmediata de su hostilidad fue el préstamo que Arturo obligó a pagar a la Iglesia para sufragar la campaña que concluyó en el valle del Lugg, préstamo que desencadenó una amarga enemistad. Me pareció curioso que predicaran tanto los méritos de la pobreza y no perdonaran al hombre que había tomado prestado su dinero.

–Quería hablar contigo de Mordred –dijo Arturo, y al fin supe por qué había buscado mi compañía aquella hermosa mañana–. Dentro de diez años alcanzará la edad de ascender al trono. Es poco tiempo, Derfel, poco tiempo, y necesita aprovecharlo para educarse adecuadamente. Se le deben enseñar letras, el manejo de la espada y lo que es la responsabilidad. –Asentí con la cabeza, aunque sin gran entusiasmo. Sin duda, el niño de cinco años que era Mordred aprendería todo lo que Arturo creía imprescindible; yo no entendía qué tenía que ver conmigo, pero Arturo tenía ideas propias–. Es mi deseo que seas su tutor –dijo sorprendiéndome.

–¡Yo!–exclamé.

–Nabur está más preocupado por su propia posición que por los avances de Mordred –dijo Arturo. Nabur era el magistrado cristiano que en aquellos momentos tenía la tutoría del rey; el mismo que se había destacado en la intriga para destruir el poder de Arturo, naturalmente, junto con el obispo Sansum–. Y Nabur no es soldado –prosiguió–. Rezo por que Mordred gobierne en paz, Derfel, pero necesita conocer las artes de la guerra, como cualquier rey, y no se me ocurre nadie más apto que tú para enseñárselas.

—Yo no –protesté–. ¡Soy muy joven!

—Los jóvenes deben ser educados por jóvenes –respondió riéndose de mi objeción.

En la lejanía sonó un cuerno anunciando que habían levantado la caza en el otro extremo del valle. Los cazadores nos adentramos en el bosque, entre la maraña de zarzas y troncos caídos recubiertos de musgo. Avanzábamos despacio, atentos al terrible ruido que hacía el jabalí, que se abría paso entre los matorrales.

—Además –continué–, mi lugar está entre vuestros guerreros, no entre amas de cría.

—Seguirás entre mis guerreros. ¿Crees que prescindiría de ti, Derfel? –respondió Arturo con una sonrisa–. No pretendo que lleves a Mordred pegado a las faldas, sino que sea educado en el seno de tu familia, en la familia de un hombre honrado.

Hice caso omiso del cumplido, pero pensé con remordimientos en el hueso limpio y todavía entero que guardaba en la bolsa. ¿Era honrado hacer uso de la magia para influir en la mente de Ceinwyn? La miré, y ella se giró y me dedicó una sonrisa tímida.

—No tengo familia –dije a Arturo.

—Pero la tendrás, y pronto –respondió. Entonces levantó la mano y me detuvo. Ambos escuchamos los ruidos que se oían justo delante de nosotros. Algo avanzaba pesadamente entre los árboles e instintivamente nos agazapamos, sosteniendo las lanzas a pocas pulgadas del suelo, entonces vimos que era un hermoso ciervo que lucía una vistosa cornamenta y nos relajamos al ver que pasaba de largo.

—Quizá lo atrapemos mañana –dijo Arturo observando su paso, tras lo cual se dirigió a Ginebra dando voces–. ¡Suelta a los perros, que corran un poco por la mañana!

Ella rió y descendió por la ladera hacia nosotros, con los galgos tirando de las correas.

—Me gustaría —dijo con los ojos brillantes y el rostro encendido por el relente—. La caza es mejor aquí que en Dumnonia.

—Pero no así la tierra —me dijo Arturo—. Hay una propiedad al norte de Durnovaria que pertenece a Mordred por derecho y deseo que vos la ocupéis. Os concederé otras tierras de vuestra absoluta propiedad, pero podéis construir una fortaleza en las tierras de Mordred y educarlo allí.

—Ya conoces ese terreno —intervino Ginebra—. Es el que se extiende al norte de las propiedades de Gyllad.

—Lo conozco —dije. Eran unas fértiles tierras de labor junto al río y un rico altiplano para las ovejas—, pero dudo que sepa criar a un chiquillo. —Los cuernos sonaban con fuerza frente a nosotros y los perros de los monteros ladraban. Lejos, a nuestra derecha, se oyeron vítores, señal de que alguien había cobrado una presa, pero nuestra parte del bosque seguía vacía. Un arroyo discurría por nuestra izquierda; por la derecha, el terreno se elevaba abruptamente. Las retorcidas raíces de los árboles y las piedras del camino estaban cubiertas de una gruesa capa de musgo.

—No tienes que educar a Mordred personalmente —dijo Arturo quitando importancia a mis temores—, pero deseo que se críe en tu casa, con tus siervos, a tu manera, según tu moral y tu juicio.

—Y con tu esposa —añadió Ginebra.

Oí el chasquido de una rama y levanté la mirada. Lancelot y su primo Bors estaban allí, en pie frente a Ceinwyn. Lancelot llevaba una lanza con el asta pintada de blanco, botas altas de cuero y un manto de piel finamente curtida.

—Lo de la esposa —dije girándome hacia Arturo— es nuevo para mí.

—Pienso nombrarte paladín de Dumnonia, Derfel —respondió dándome una palmada en el hombro, olvidada la caza del jabalí.

–No merezco tal honor, señor –dije con cautela–, y, por otra parte, vos sois el paladín de Mordred.

–El príncipe Arturo –dijo Ginebra, a la que le gustaba llamarlo así aunque hubiera nacido bastardo– encabeza el consejo. No puede ser también el paladín, a menos que se espere de él que haga todo el trabajo de Dumnonia.

–Estáis en lo cierto, señora –respondí. No me sentía reacio a aceptar tal honor, pues era elevado, pero todo tiene un precio; en la guerra, debería enfrentarme con cualquier paladín que requiriese combate singular, pero en la paz significaba disfrutar de riquezas y de una posición superior a la que tenía en aquellos momentos. Me habían distinguido ya con el título de lord, con hombres que respaldaban mi rango y con el derecho a pintar mi enseña en sus escudos, pero compartía tales privilegios con otros cuarenta comandantes dumnonios. Ser paladín del rey me convertiría en el principal guerrero de Dumnonia, pero no se me había ocurrido que nadie fuera a ostentar tal título mientras viviera Arturo. Ni tampoco, por cierto, mientras viviera Sagramor.

–Sagramor –dije en tono cauteloso– es mejor guerrero que yo, lord príncipe.

En presencia de Ginebra, debía acordarme de llamarle príncipe alguna que otra vez, aunque el tratamiento no fuera de su agrado.

–Nombraré a Sagramor señor de Las Piedras –respondió ventilando mis objeciones–, es lo único que desea.

El señorío de Las Piedras comportaba que Sagramor fuera el encargado de guardar la frontera con los sajones y no me cabía duda de que al negro Sagramor de ojos oscuros le satisfaría un destino tan beligerante.

–Tú, Derfel, serás el paladín –dijo dándome golpecitos con el dedo en el pecho.

–¿Y quién será la esposa del paladín? –pregunté en tono desabrido.

—Mi hermana Gwenhwyvach —respondió Ginebra mirándome fijamente.

—Me hacéis demasiado honor, señora —dije afablemente, agradeciendo que Merlín me hubiera puesto sobre aviso.

—Derfel, ¿te habías imaginado alguna vez que te casarías con una princesa? —preguntó Ginebra sonriendo complacida por mis palabras, que parecían implicar aceptación.

—No, señora —respondí. Gwenhwyvach, al igual que Ginebra, era realmente una princesa, una princesa de Henis Wyren, aunque aquel lugar ya no existiera. Aquel triste reino era entonces Lleyn y lo gobernaba el más terrible invasor irlandés, el rey Diwrnach.

—Podéis prometeros cuando regresemos a Dumnonia —añadió Ginebra al tiempo que tiraba de las correas para dominar a los excitados perdigueros—. Gwenhwyvach acepta el acuerdo.

—Existe un obstáculo, señor —dije a Arturo.

Ginebra tensó de nuevo las correas sin motivo, pero no le gustaba que se le llevara la contraria y descargó la irritación con los perros en vez de hacerlo conmigo. Yo no le desagradaba en aquel tiempo, pero tampoco me apreciaba especialmente. Conocía mi aversión hacia Lancelot y tal cosa sin duda la predisponía en mi contra, pero no debía de dar mucha importancia a mi oposición ya que me despreciaba como a cualquiera de los leales comandantes de su esposo; yo era un hombre alto, rubio y lerdo, sin los encantos cortesanos que ella tenía en tan alta estima.

—¿Un obstáculo? —me preguntó Ginebra alarmada.

—Lord príncipe, he jurado servir a una dama —dije, firme en mi voluntad de dirigirme a Arturo y no a su esposa, al tiempo que pensaba en el hueso que guardaba en la bolsa—. No tengo derecho alguno sobre ella ni puedo esperar nada de su parte, pero si me reclama, me debo a ella.

—¿Quién es ella? —inquirió Ginebra al punto.

—Mis labios están sellados, señora.

—¿Quién es ella? —insistió.

–No tiene por qué decirlo. –Arturo me defendió sonriendo–. ¿Hasta cuándo podrá esa dama reclamar vuestra lealtad?

–No por mucho tiempo, señor –respondí, pues Ceinwyn, una vez prometida a Lancelot, dejaría mi juramento sin vigencia–. Sólo unos días más.

–Bien –dijo enérgicamente y sonrió a Ginebra invitándola a compartir su alegría, pero ella siguió ceñuda. Detestaba a Gwenhwyvach por aburrida y falta de donosura, y tenía un ardiente deseo de casarla para que saliera de su vida–. Si todo va bien, os casaréis en Glevum a la vez que Lancelot y Ceinwyn.

–¿Pedís esos días para maquinar razones que os impidan casaros con mi hermana? –preguntó Ginebra con saña.

–Señora –respondí con sinceridad–, sería un honor casarme con Gwenhwyvach. –Creo que era verdad, pues Gwenhwyvach sin duda sería una buena esposa, aunque la cuestión de si yo sería un buen marido era harina de otro costal, pues la única razón por la que me casaría con ella sería el alto rango y las grandes riquezas que aportaría como dote, aunque tales solían ser las razones del matrimonio en la mayoría de los casos. Si no podía tener a Ceinwyn, ¿qué importaba con quién me casara? Merlín siempre nos prevenía de confundir el amor con el matrimonio, y a pesar de que ese consejo era cínico, encerraba gran parte de verdad. No se esperaba de mí que amara a Gwenhwyvach, sino sólo que me casara con ella, y su dote y alto rango eran el pago por la larga y cruenta batalla del valle del Lugg. Aun cuando tal compensación estuviera empañada por el desdén de Ginebra, no dejaba de ser un premio suntuoso–. Me casaré con vuestra hermana de buen grado siempre y cuando la depositaria de mi juramento no me reclame –prometí a Ginebra.

–Ojalá no lo haga –dijo Arturo con una sonrisa y giró en redondo al escuchar un grito colina arriba.

Bors estaba agazapado con la lanza en ristre. Lancelot, a su lado, miraba hacia la parte baja de la ladera en que estábamos, quizá temiendo que el animal escapara por el hueco que quedaba entre nosotros. Arturo empujó suavemente a Ginebra y me hizo un gesto para que subiera con ellos a tapar el hueco.

–¡Son dos! –nos gritó Lancelot.

–Uno debe de ser hembra –dijo Arturo, y dio unos cuantos saltos arroyo arriba antes de iniciar el ascenso–. ¿Dónde están?

–Allí –respondió Lancelot irritado, al tiempo que señalaba con el asta blanca de su lanza hacia un zarzal, pero yo todavía no conseguía ver nada entre la maleza.

Arturo y yo trepamos unos cuantos metros más y por fin avistamos al jabalí entre el follaje. Era una bestia grande y vieja, de colmillos amarillentos, ojos pequeños y, bajo el oscuro pellejo lleno de cicatrices, grandes músculos que le permitían moverse a la velocidad del rayo y clavar con mortal pericia sus colmillos afilados como espadas. Todos habíamos visto morir a algún hombre por heridas de colmillo y nada hacía más peligroso a un jabalí que ir acompañado de una hembra. Todos los cazadores rezaban para que el jabalí arremetiera en campo abierto para aprovechar así el peso y la velocidad de la propia bestia para hundirle la lanza en el cuerpo. Tal enfrentamiento requería habilidad y temple, pero no tanto como cuando era el hombre el que arremetía contra el animal.

–¿Quién lo vio primero? –preguntó Arturo.

–Mi señor rey –respondió Bors señalando a Lancelot.

–Consideradlo un presente, señor –replicó Lancelot.

Ceinwyn estaba en pie junto a él, con los ojos muy abiertos y mordiéndose el labio inferior. Había cogido la lanza sobrante que llevaba Bors, pero no porque pensara utilizarla, sino para librarle del peso, y la sostenía nerviosamente.

–¡Echadle los perros! –gritó Ginebra uniéndose al grupo. Tenía los ojos brillantes y el rostro encendido. Creo que se aburría en los grandes palacios de Dumnonia y la caza le proporcionaba las emociones que ansiaba.

–Perderás los dos perros –le advirtió Arturo–. Esta vieja bestia sabe pelear.

Avanzó con cautela buscando la mejor manera de provocar al animal, y de pronto dio un paso hacia delante y asestó un buen lanzazo entre los arbustos como abriendo camino al jabalí para que saliera de su refugio. El animal gruñó pero no hizo movimiento alguno, ni siquiera cuando el filo de la lanza brilló a unos dedos del hocico. La hembra permanecía detrás del macho, observándonos.

–No es la primera vez que se defiende así –comentó Arturo alegremente.

–Dejadme cobrarlo a mí, señor –dije, temiendo por él súbitamente.

–¿Piensas que he perdido facultades? –preguntó Arturo con una sonrisa. Golpeó de nuevo los arbustos sin conseguir aplastarlos ni hacer salir al animal–. Que los dioses te bendigan –dijo Arturo a la bestia, tras lo cual lanzó un grito de guerra y saltó a la maraña de espinos. Saltó a un lado del paso que había abierto a golpes y, al tiempo que caía cargó con la lanza dirigiendo la brillante hoja hacia el flanco izquierdo del animal, justo detrás de la paletilla.

El jabalí movió la cabeza muy levemente, lo suficiente como para desviar la hoja con el colmillo y que ésta le abriera una herida sangrante pero superficial en el lomo; y entonces embistió. Un buen jabalí es capaz de pasar en un instante de la inmovilidad total al torbellino de una embestida, con la cabeza baja y los colmillos dispuestos para ensartar lo que encuentren. La bestia embistió habiendo dejado atrás la punta de la lanza de Arturo, mientras éste se encontraba aún atrapado entre las zarzas.

Grité para distraer al jabalí y le hundí la lanza en el vientre. Arturo había perdido la suya y yacía de espaldas bajo el peso del jabalí. Los perros aullaban y Ginebra nos gritaba que le ayudáramos. Mi lanza se había hundido profundamente en el vientre del animal y, al hacer palanca para apartar a la bestia de encima de mi señor, la sangre me llegó a las manos. La fiera pesaba más que dos sacos llenos de grano y sus músculos, fuertes como cables de acero, me doblaban la lanza. La apreté con rabia y tiré hacia arriba, pero entonces embistió la hembra y me hizo perder pie. Al caer, arrastré conmigo el asta de la lanza y el jabalí cayó de nuevo sobre el vientre de Arturo.

Arturo se las arregló para coger a la bestia por los colmillos y, con todas sus fuerzas, trató de apartarse del pecho la cabeza del animal. Mientras, la hembra desaparecía colina abajo hacia el arroyo.

–Mátalo –gritó entre risas. Estaba en peligro de muerte, pero eso no le impedía disfrutar del momento–. ¡Mátalo! –aulló de nuevo, mientras el jabalí coceaba con las patas de atrás, le llenaba la cara de babas y le empapaba la ropa de sangre.

Yo había caído de espaldas y tenía la cara llena de pinchos. Me puse en pie tambaleando y fui a por la lanza, que seguía clavada en el vientre del animal agitándose con sus convulsiones. Entonces Bors le hundió un cuchillo en el pescuezo, la fuerza inmensa de la fiera empezó a disminuir y Arturo consiguió apartarse de las costillas la maloliente y sangrienta cabezota. Agarré la lanza y retorcí la punta buscándole las tripas para que se desangrara del todo, al tiempo que Bors le asestaba una segunda cuchillada. El jabalí de pronto orinó encima de Arturo, embistió a la desesperada con su enorme y potente cuello y se derrumbó. Arturo quedó empapado de sangre y orina, y medio enterrado bajo el enorme cuerpo del animal.

Soltó los colmillos con cautela y estalló en una risa incontenible. Bors y yo cogimos un colmillo cada uno y tiramos al unísono para librar a Arturo del cadáver. En el jubón tenía enganchado un colmillo que le desgarró la tela al tirar nosotros hacia arriba. Dejamos caer al animal entre las zarzas y ayudamos a Arturo a ponerse en pie. Los tres sonreíamos, con las ropas desgarradas y manchadas de barro, hojas, palos y sangre del jabalí.

–Me saldrá un buen moratón –dijo Arturo dándose golpecitos en el pecho. Se giró hacia Lancelot, que ni siquiera se había movido para participar en la escaramuza. Hubo un brevísimo silencio, tras el cual Arturo inclinó la cabeza–. Un noble presente, lord rey, que yo he tomado del modo más innoble –dijo frotándose los ojos–. Pero he disfrutado lo mismo y espero que todos lo saboreemos en el banquete de vuestro compromiso. –Miró a Ginebra, vio que estaba pálida y temblorosa y se acercó a ella inmediatamente–. ¿Te sientes mal?

–No, no –respondió ella echándole los brazos al cuello y recostando la cabeza contra su pecho ensangrentado. Lloraba. Era la primera vez que veía lágrimas en sus ojos.

–No había peligro, amor mío –la consoló dándole palmaditas en la espalda–. Ningún peligro. Lo único que ha ocurrido es que he provocado demasiado revuelo.

–¿Estás herido? –preguntó Ginebra separándose de él y enjugándose las lágrimas.

–Un par de rasguños, nada más. –Tenía el rostro y las manos arañados de los espinos, pero no había sufrido más heridas que el golpe del colmillo en el pecho. Se alejó de ella, recogió la lanza y lanzó un grito–. ¡Hacía doce años que no me tumbaban de espaldas de esa manera!

El rey Cuneglas llegó corriendo, preocupado por sus invitados, y los monteros procedieron a atar y arrastrar la pieza cobrada. Todos debieron de advertir el contraste entre las ropas impolutas de Lancelot y nuestro aspecto, desordenado y sucio, pero nadie lo comentó. Todos nos sentíamos exultantes, dábamos gracias por haber sobrevivido y comentábamos atropelladamente el episodio de Arturo agarrando a la bestia por los colmillos para apartarla. No tardó en correr de boca en boca y las carcajadas de los hombres resonaron entre los árboles. Lancelot era el único que no reía.

–Ahora tenemos que levantar un jabalí para vos, lord rey –le dije. Estábamos a unos pasos del exaltado grupo que se había reunido en torno a los monteros, que destripaban al jabalí y daban los despojos a los galgos de Ginebra.

Lancelot me miró de soslayo, sopesando. La aversión entre nosotros era recíproca, pero de pronto me sonrió.

–Creo que un jabalí es preferible a una cerda –dijo.

–¿Una cerda? –inquirí presumiendo un insulto.

–¿Acaso no fue la cerda la que os embistió? –preguntó, y de pronto abrió los ojos con expresión inocente–. ¿No habréis pensado ni por un momento que me refería a vuestro matrimonio? –Inclinó la cabeza irónicamente–. Debo felicitaros, lord Derfel. ¡Casarse con Gwenhwyvach!

Conseguí reprimir la ira y me obligué a mirar su delgado rostro burlón, con su delicada barba, sus ojos oscuros y su larga cabellera aceitada, negra y brillante como el plumaje de un cuervo.

–Y yo debo felicitaros por vuestro compromiso, lord rey.

–Con *Seren*, la estrella de Powys –dijo mirando a Ceinwyn, que se tapaba el rostro con las manos para no ver los cuchillos de los monteros, que sacaban la interminable ristra de intestinos de las entrañas del jabalí. Parecía jovencísima con el pelo recogido en la nuca–. ¿No es encantadora? –preguntó Lancelot con una voz que recordaba el ronroneo de un gato–. Tan frágil. Nunca di crédito a los cuentos acerca de su belleza, pues ¿quién habría esperado encontrar tal joya entre los cachorros de Gorfyddyd? Y sin embargo es muy bella. Me siento muy afortunado.

–Así es, señor.

Me dio la espalda riendo. Mi enemigo era un hombre en la plenitud de su gloria, un rey que había llegado a recoger a su futura esposa, sin embargo, yo tenía el hueso en la bolsa. Lo palpé, temiendo que se hubiera quebrado en la escaramuza con el jabalí, pero todavía estaba entero, bien escondido y esperando a satisfacer mis deseos.

* * *

Cavan, mi segundo en el mando, llegó a Caer Sws la víspera de la ceremonia de compromiso de Ceinwyn acompañado por cuarenta de mis lanceros. Galahad los había enviado de vuelta una vez que estuvo seguro de poder cumplir su misión en Siluria con los veinte hombres que le quedaron. Según parecía, los silurios habían aceptado la sombría derrota de su país y la muerte de su rey no había provocado revueltas, sino una dócil sumisión a las exigencias de los vencedores. Cavan me contó que Oengus de Demetia, el rey irlandés que hizo posible la victoria de Arturo en el valle del Lugg, había tomado los esclavos y las riquezas que le correspondían por derecho y había robado otro tanto antes de partir de nuevo a sus tierras, y que los silurios se alegraban con la perspectiva de que el renombrado Lancelot fuera su futuro rey.

—Creo que darán la bienvenida a ese bellaco —me comentó Cavan cuando nos reunimos en la fortaleza de Cuneglas donde yo dormía y comía, y, buscándose un piojo entre las barbas, añadió—: Siluria es un lugar infecto.

—Un criadero de buenos guerreros —dije.

—Que luchan por abandonar su país, no me cabe duda —dijo con desprecio—. ¿Quién os ha arañado el rostro, señor?

—Las zarzas, mientras peleaba con un jabalí.

—Pensé que os habíais casado aprovechando mi ausencia —dijo— y que los arañazos eran el regalo de boda de la novia.

—Me voy a casar —le conté cuando salimos de la fortaleza a la luz del día, y le hice saber el ofrecimiento de Arturo de nombrarme paladín de Mordred y convertirme en su cuñado. Se alegró con las noticias de mi inminente fortuna, pues era un exiliado irlandés que había pasado la vida procurándose una posición en la Dumnonia de Uther mediante su habilidad con la espada y la lanza pero, por alguna extraña razón, la fortuna siempre se le había escapado de entre las manos. Era un hombre achaparrado que me doblaba en edad, ancho de espaldas, de barba gris y con los dedos llenos de los anillos guerreros que entonces forjábamos con las armas de los enemigos derrotados. Se entusiasmó con la idea de que mi matrimonio me proporcionara una buena cantidad de oro y habló con tacto de la novia que aportaría el codiciado metal.

–No es una belleza como su hermana –dijo.

–Cierto –admití.

–En verdad –continuó abandonando toda diplomacia– es más fea que un saco de sapos.

–No es agraciada –concedí.

–Pero las feas son las mejores esposas –declaró, aunque no era casado, lo que no significaba que estuviera solo, y añadió alegremente–: Y nos hará ricos.

Ésa era, sin duda, la razón por la que me casaría con la pobre Gwenhwyvach. El sentido común me decía que no confiara en la costilla de cerdo que guardaba en la bolsa; además, era mi deber para con mis hombres recompensar su fidelidad. Habían menudeado las recompensas aquel año, pues perdimos todas las posesiones con la caída de Ynys Trebes y tuvimos que esforzarnos en el combate contra las tropas de Gorfyddyd en el valle del Lugg, de modo que mis hombres estaban cansados y empobrecidos y ningún hombre ha merecido más de su señor.

Saludé a mis cuarenta soldados, que esperaban a que se les asignara alojamiento. Me alegré de ver a Issa entre ellos, pues era el mejor de mis lanceros: un muchacho campesino con una fuerza brutal y un optimismo incombustible que me protegía el costado derecho en la batalla. Lo abracé y me disculpé por no tener nada que ofrecerles.

–La recompensa no tardará en llegar –les aseguré, y miré a las muchachas que los acompañaban y que, a buen seguro, habían encontrado en Siluria–, y me alegro de que la mayoría os hayáis dado un premio por cuenta propia.

Rieron. La muchacha que acompañaba a Issa era una preciosa niña de cabello oscuro que no debía de tener más de catorce años. Me la presentó.

–Scarach, señor –dijo, orgulloso de pronunciar su nombre.

–¿Irlandesa? –pregunté a la muchacha.

–Era esclava de Ladwys, señor –respondió ella.

Scarach hablaba la lengua de Irlanda, muy similar a la nuestra, pero suficientemente distinta, al igual que el sonido de su nombre, como para demostrar su origen. Pensé que habría sido capturada por Gundleus en alguna incursión en tierras del rey Oengus, en Demetia. La mayoría de los esclavos irlandeses procedían de los asentamientos de la costa occidental de Britania, pero yo sospechaba que ninguno había sido capturado en Lleyn. Sólo un necio se aventuraría a entrar en el territorio de Diwrnach sin ser invitado.

–¡Ladwys!–exclamé–. ¿Cómo se encuentra?

Ladwys, una mujer alta y morena, había sido la amante de Gundleus, el cual se había casado con ella en secreto, aunque se apresuró a renegar de tal matrimonio cuando Gorfyddyd le ofreció la mano de Ceinwyn.

–Está muerta, señor –contestó Scarach alegremente–. La matamos en la cocina. Yo misma le escupí en el vientre.

–Es una buena chica –afirmó Issa entusiasmado.

–Es evidente –dije–, así que cuida de ella.

Su última compañera lo había abandonado por un misionero cristiano que vagaba por los caminos de Dumnonia, y no me pareció que la temible Scarach fuera a resultar igual de insensata.

Al atardecer, mis hombres pintaron un nuevo emblema en sus escudos con cal procedente de las bodegas de Cuneglas. El honor de ostentar mi propio emblema me lo había concedido Arturo la víspera de la batalla del valle del Lugg, pero no habíamos tenido ocasión de cambiar los escudos, que hasta entonces siguieron con el símbolo del oso de Arturo. Mis hombres esperaban que eligiera una cabeza de lobo como emblema, en consonancia con las colas de lobo que en los bosques de Benoic habíamos empezado a llevar en los cascos, pero insistí en que todos pintaran una estrella de cinco puntas.

–¡Una estrella! –gruñó Cavan decepcionado. Habría deseado un símbolo más feroz, con garras, dientes y espolones, pero yo estaba empeñado en la estrella.

–*Seren*, pues somos las estrellas de la barrera de escudos –dije.

Les agradó la explicación y ninguno sospechó el resignado romanticismo que ocultaba mi elección. Extendimos una capa de negra pez en los redondos escudos de madera de sauce cubierta de cuero y luego pintamos las estrellas con cal, ayudándonos de la vaina de una espada para que los bordes quedaran rectos. Cuando la cal se hubo secado, aplicamos un barniz compuesto de resina de pino y clara de huevo a fin de proteger las estrellas de la lluvia durante algunos meses.

–Esto es otra cosa –concedió Cavan a regañadientes cuando contemplamos los escudos terminados.

–Es magnífico –dije, y aquella noche, mientras cenaba en el círculo de guerreros reunidos en el suelo del salón, Issa se situó detrás de mí en calidad de escudero. El barniz aún estaba húmedo y hacía brillar la estrella con mayor esplendor. Scarach se encargó de servirme. No había más viandas que unas míseras gachas de avena, pues las cocinas de Caer Sws no podían ofrecer nada mejor, ocupadas como estaban en el gran banquete que se celebraría la noche siguiente. En verdad, todas las dependencias se afanaban en los preparativos. El salón fue decorado con oscuras ramas de haya roja, barriéronse los suelos y se cubrieron con juncos nuevos, y de las habitaciones de las mujeres llegaban rumores de los vestidos de bordados exquisitos que se confeccionaban. No éramos menos de cuatrocientos los guerreros hospedados en Caer Sws, la mayoría alojados en destartalados albergues diseminados por los campos de extramuros, y las mujeres, los niños y los perros se hacinaban en la fortaleza. La mitad de los hombres pertenecían a Cuneglas y la otra mitad eran dumnonios, pero a pesar de la reciente guerra no hubo disputas, ni siquiera cuando circuló la noticia de que Ratae había caído en manos de la horda sajona de Aelle debido a la traición de Arturo. Cuneglas ya debía de sospechar que Arturo había comprado la paz con Aelle suciamente y aceptó el juramento de que los hombres de Dumnonia vengarían a los muertos de Powys que yacían entre las cenizas de la fortaleza capturada.

No había visto a Merlín ni a Nimue desde la noche de Dolforwyn. Merlín se había ido de Caer Sws y se rumoreaba que Nimue aún permanecía en la fortaleza, escondida en las habitaciones de las mujeres, donde frecuentaba la compañía de la princesa Ceinwyn, lo que en mi opinión era altamente improbable dadas las diferencias que las separaban. Nimue, algunos años mayor que Ceinwyn, era sombría e intensa, siempre en precario equilibrio entre la locura y la ira, mientras que Ceinwyn era luminosa y gentil, y si había de hacer caso de Merlín, muy convencional. No me imaginaba qué tendrían que contarse, de modo que di los rumores por falsos y supuse que Nimue habría acompañado a Merlín, al que me imaginaba buscando espadachines dispuestos a seguirlo a la inhóspita tierra de Diwrnach, donde pensaba recuperar la olla mágica.

¿Lo acompañaría yo? En la mañana del compromiso matrimonial de Ceinwyn me adentré, en dirección norte, en el viejo robledal que cubría el extenso valle que rodeaba Caer Sws en busca de un lugar preciso. Cuneglas me había indicado el camino e Issa, el leal Issa, me acompañaba, aunque ignoraba la razón del paseo por el oscuro y denso bosque.

En aquellas tierras, el corazón de Powys, los romanos apenas habían penetrado. Construyeron algunas fortalezas, como Caer Sws y abrieron algunas calzadas siguiendo el valle de los ríos, pero no dejaron villas ni ciudades como las que conferían a Dumnonia la pátina de una civilización perdida. En las tierras de Cuneglas tampoco abundaban los cristianos; el culto a los dioses antiguos había sobrevivido en Powys sin los rencores que agriaban el sentimiento religioso en el reino de Mordred, donde cristianos y paganos se disputaban los favores reales y el derecho a erigir sus templos en los lugares sagrados. Los altares romanos no habían reemplazado los bosquecillos de los druidas de Powys, ni se veían iglesias cristianas junto a los pozos sagrados. Los romanos habían derruido algunos templos pero muchos continuaban en pie. Issa y yo nos dirigíamos a uno de aquellos enclaves sagrados a la tamizada luz del mediodía que se filtraba entre el follaje.

Era el templo de un druida, un robledal más joven en lo profundo de un bosque inmenso. El follaje que daba sombra al sepulcro aún no había adquirido el característico color bronce de la estación, pero no tardaría en desprenderse y caer sobre el murete semicircular de piedra del centro del claro. En la piedra se abrían dos nichos con sendas calaveras. En otro tiempo abundaban los lugares semejantes en Dumnonia y muchos de ellos habían sido reconstruidos tras la marcha de los romanos. Con todo, era corriente que los cristianos irrumpieran en ellos, hicieran añicos las calaveras, derruyeran los muros de piedra y talaran los robles. Sin embargo, aquel templo de Powys debía de llevar más de mil años oculto en la espesura. Los campesinos que acudían al templo dejaban hebras de lana en las junturas de las piedras, como prueba de las oraciones ofrecidas.

El silencio pesaba en el robledal. Issa se quedó entre los árboles mirándome avanzar hasta el centro del semicírculo, donde me desabroché el pesado cinturón de *Hywelbane*.

Posé la espada en la piedra plana que señalaba el centro del templo, saqué de la bolsa el hueso mondo que me confería poder sobre el matrimonio de Lancelot y lo coloqué junto a la espada. Por último, puse en la piedra el broche de oro que Ceinwyn me había dado tantos años antes. Entonces, me acosté en el mantillo de hojas.

Me dormí con la esperanza de encontrar respuesta en un sueño, pero no hubo tal revelación. Quizás habría debido sacrificar un ave u otra bestia antes de dormir, un presente que moviera a los dioses a concederme la respuesta que buscaba y no llegó. No hubo sino silencio. Había confiado a los dioses la espada y el poder encerrado en el hueso, se los había ofrecido a Bel y Manwydan, a Taranis y Lleullaw, pero hicieron caso omiso. Sólo se oía el viento entre las hojas, el leve trepar de una ardilla por las ramas y el súbito repiqueteo de un pájaro carpintero.

Me desperté y permanecí inmóvil. Aun sin haber soñado, sabía lo que quería. Quería coger el hueso y romperlo en dos, mal que obrar así me obligara a recorrer el Sendero Tenebroso que conducía al reino de Diwrnach. Pero también quería que la Britania de Arturo, unida y próspera, se hiciera realidad. Quería que mis hombres poseyeran oro, tierras, esclavos y posición. Quería expulsar a los sajones de Lloegyr. Quería escuchar los alaridos procedentes de una barrera de escudos rota y el estruendo de los cuernos de guerra cuando el ejército victorioso persiguiera al enemigo disperso. Quería marchar con mis escudos de estrella por las tierras llanas de levante, que no había hollado ningún britano libre desde hacía una generación. Y quería a Ceinwyn.

Me incorporé e Issa fue a sentarse a mi lado. Debió de extrañarse viéndome mirar tan fijamente aquel hueso, pero nada dijo.

Pensé en la pequeña torre achaparrada con la que Merlín había simbolizado el sueño de Arturo y me pregunté si realmente se derrumbaría en caso de que Lancelot no se casara con Ceinwyn. No podía decirse que el matrimonio fuera el broche que cerrara las alianzas de Arturo, sino una cuestión de mera conveniencia para otorgar un trono a Lancelot y poner a un descendiente de la dinastía de Powys en la casa real de Siluria. Aunque la boda nunca se celebrara, no por eso dejarían de marchar juntos contra los sais los ejércitos de Dumnonia, Gwent, Powys y Elmet. Sabía que todo eso era cierto, pero de algún modo presentía que el hueso podía echar a perder los planes de Arturo. En el momento en que rompiera el hueso, debería fidelidad a Merlín y la búsqueda de la olla mágica prometía sembrar la discordia en Dumnonia y avivar el odio de los antiguos paganos contra la pujante religión cristiana.

—Ginebra —dije de pronto en voz alta.

—¿Señor? —preguntó Issa, perplejo.

Hice un gesto negativo con la cabeza dándole a entender que no tenía nada que añadir. En verdad, no había sido mi voluntad decir el nombre de Ginebra en voz alta, sino que de súbito comprendí que romper el hueso significaría algo más que adherirme a la campaña de Merlín contra el dios cristiano, convertiría asimismo a Ginebra en mi enemiga. Cerré los ojos. ¿La esposa de mi señor podría ser enemiga mía? ¿Y aunque así fuese? Contaría igualmente con el amor de Arturo, y Arturo con el mío, y mis espadas y escudos de estrella le serían más útiles que toda la fama de Lancelot.

Me puse en pie y recogí el broche, el hueso y la espada. Issa no dejó de observarme mientras yo arrancaba una hebra de lana verde de mi manto y la aprisionaba entre las piedras.

—¿No estabas en Caer Sws cuando Arturo rompió su compromiso con Ceinwyn? —le pregunté.

—No, señor, pero lo oí contar.

—Fue en la ceremonia de compromiso, en un banquete igual al que asistiremos esta noche. Arturo estaba en la mesa principal a la vera de Ceinwyn cuando descubrió a Ginebra en el fondo del salón. Estaba allí de pie, envuelta en un manto raído, con los perros a su lado. Arturo la vio y ya nada volvió a ser lo mismo. Sólo los dioses saben cuántos hombres murieron por haber descubierto Arturo aquella cabellera pelirroja. —Me giré hacia el murete y vi que en el interior de una de las mohosas calaveras había un nido abandonado—. Merlín me dijo que los dioses se complacen en el caos.

—Merlín se complace en el caos —replicó Issa suavemente, y en sus palabras había más verdad de lo que él imaginaba.

—Es cierto, pero la mayoría lo tememos y por eso intentamos poner orden —dije pensando en la torre de huesos, tan cuidadosamente construida—. Cuando hay orden, los dioses dejan de ser necesarios. Cuando todo está sujeto al orden y a la disciplina, no existe el imprevisto. Si todo es comprensible, no hay lugar para la magia. Sólo llamamos a los dioses cuando nos sentimos perdidos, temerosos y rodeados de tinieblas, y a los dioses les gusta que los llamemos. Eso los hace sentirse poderosos y por eso les agrada que vivamos en el caos. –Repetí las lecciones aprendidas en la infancia, impartidas por Merlín en el Tor–. Ahora debemos elegir entre vivir en el orden de la Britania de Arturo o en el caos de Merlín.

–Yo os sigo a vos, señor, cualquiera que sea vuestra elección –respondió Issa. No creo que alcanzara a comprender el significado de mis palabras, pero confiaba plenamente en mí.

–Desearía saber qué hacer –le confesé. ¡Qué fácil sería, pensé, si los dioses pasearan por Britania como antaño! Podríamos verlos, oírlos y hablarles, pero en aquellos momentos éramos como ciegos buscando una aguja en un pajar. Devolví la espada a su vaina y guardé el hueso de nuevo en la bolsa–. Te encomiendo que transmitas un mensaje a los hombres –le dije a Issa–. Con Cavan hablaré yo mismo, pero quiero que les digas que si algo extraño ocurriera esta noche, quedan libres de sus juramentos de lealtad.

–¿Libres de nuestros juramentos? –me preguntó con el ceño fruncido, y luego sacudió la cabeza con energía–. Yo no, señor.

–Y diles –continué haciendo un gesto para que callara– que si algo extraño ocurriera, lo que no es seguro, permanecer leales a mí supondría enfrentarse a Diwrnach.

–¡Diwrnach! –exclamó Issa, y se apresuró a escupir y a ahuyentar el mal con un gesto de la mano derecha.

–Transmíteles mi mensaje, Issa –le dije.

–¿Qué puede ocurrir esta noche? –preguntó angustiado.

–Quizá no ocurra nada, nada en absoluto –contesté, pues los dioses no me habían enviado señal alguna en el templo y yo no sabía si elegir el orden o el caos. O ninguna de ambas cosas, tal vez, pues bien podría ser que el hueso no fuera sino un vulgar resto de comida y, al romperlo, simbolizara simplemente mi corazón roto por amor a Ceinwyn. Sólo había una manera de averiguarlo, romper el hueso en el banquete del compromiso de Ceinwyn, si es que me atrevía.

* * *

Entre todos los festines de aquellas últimas noches de verano, el del compromiso de Lancelot y Ceinwyn fue el más fastuoso. Incluso los dioses parecían favorecerlo; la luna llena refulgía, un presagio maravilloso para la celebración de un compromiso. Salió, poco después del ocaso, una enorme esfera de plata que asomó entre los picos en cuyo seno se asentaba Dolforwyn. Ignoraba si el festejo había de tener lugar en la fortaleza de Dolforwyn, pero Cuneglas, viendo el ingente número de asistentes, decidió organizar la ceremonia en Caer Sws.

Los invitados superaban con creces la capacidad del salón del rey, por lo que sólo los más privilegiados accedieron al recinto de gruesos muros de madera. El resto se sentó en el exterior, dando gracias a los dioses por haber enviado una noche serena. La tierra todavía estaba mojada por las lluvias de principios de semana, pero se había repartido abundante paja para que los hombres improvisaran un asiento. Se habían clavado postes a los que ataron teas empapadas de pez y, momentos antes de que saliera la luna, se encendieron, de manera que la residencia real de súbito se vio iluminada por las llamas saltarinas. La boda se celebraría a la luz del día, de manera que Gwydion, el dios de la luz, y Belenos, el dios del sol, concedieran su bendición, pero la ceremonia de compromiso se encomendaba a la protección de la luna. De tanto en tanto, una pavesa encendida saltaba de una tea y al caer al suelo prendía en un montón de paja dando lugar a carcajadas, gritos infantiles, ladridos y nerviosismo, hasta que el fuego se extinguía.

Más de cien hombres habían sido invitados al salón de Cuneglas. Las candelas y las velas de junco se arracimaban en las paredes y proyectaban extrañas sombras en el altísimo techo de vigas, donde para la ocasión se habían trenzado los primeros brotes de acebo del año en el entramado de haya. La única mesa del recinto se alzaba en un estrado, tras una hilera de escudos, cada uno de ellos iluminado por una candela que iluminaba el emblema pintado en el cuero. El lugar central lo ocupaba el escudo real de Powys, perteneciente a Cuneglas, con el águila de alas extendidas, flanqueada por el oso negro de Arturo y el dragón rojo de Dumnonia. El emblema de Ginebra, el ciervo coronado por la luna, se encontraba junto al oso, mientras que el águila marina de Lancelot volaba con un pez entre las garras junto al dragón. No había representación de Gwent, pero Arturo insistió en colocar el toro negro de Tewdric, el caballo rojo de Elmet y la testa de zorro de Siluria. Las enseñas reales simbolizaban la gran alianza, la barrera de escudos que empujaría a los sajones otra vez al mar.

Iorweth, el druida mayor de Powys, cuando estuvo seguro de que los últimos rayos del sol poniente se habían hundido en el lejano mar irlandés, anunció que había llegado el momento y los invitados de honor ocuparon sus puestos en el estrado. Los demás estábamos ya sentados en el suelo del salón y los hombres pedían a gritos que llevaran más barricas de aquel famoso hidromiel de Powys, de sabor fuerte, destilado especialmente para la ocasión. Los invitados de honor fueron recibidos con vítores y aplausos.

Abrió la marcha la reina Elaine, madre de Lancelot, ataviada de azul con una torques de oro en la garganta y los rizos plateados recogidos con una cadena dorada. La entrada de Cuneglas y la reina Helledd fue recibida con grandes clamores de bienvenida. El redondo rostro del rey resplandecía de satisfacción ante las buenas expectativas de la celebración de aquella noche, para la que se había atado pequeñas cintas blancas a las puntas de sus largos bigotes. Arturo vestía sobriamente de negro, mientras que Ginebra, que lo seguía hacia el estrado, estaba espléndida con su vestido de lino dorado, magistralmente cortado y cosido de manera que la exquisita tela, teñida a la perfección con hollín y polen, se ceñía a su cuerpo alto y esbelto. El vientre apenas revelaba su estado y un murmullo de admiración corrió entre los hombres que la contemplaban. El vestido estaba adornado con lentejuelas de oro de modo que el cuerpo de Ginebra parecía brillar mientras seguía los pasos de Arturo hasta el centro del estrado. Sonrió viendo la lujuria que sabía que despertaba en los hombres y que aquella noche había determinado utilizar para hacer sombra a Ceinwyn, por magníficamente que ésta se ataviara. Se sujetaba la díscola cabellera roja con un aro de oro, de su cintura colgaba un cinturón de eslabones del mismo metal y, en honor a Lancelot, lucía en el cuello un broche dorado con el emblema del águila marina. Saludó a la reina Elaine con un beso en cada mejilla, a Cuneglas le dio un solo beso, inclinó la cabeza frente a la reina Helledd y luego se sentó a la derecha de Cuneglas, mientras que Arturo pasaba a ocupar el asiento vacío junto a Helledd.

Todavía quedaban dos lugares, pero antes de que fueran ocupados, Cuneglas se puso en pie y golpeó la mesa con el puño. Se hizo el silencio y el rey señaló sin decir palabra los tesoros dispuestos en el borde del estrado, frente al mantel de lino que colgaba de la mesa.

Aquellos tesoros eran los regalos que Lancelot ofrecía a Ceinwyn y su magnificencia provocó un estruendo de aclamación en la sala. Todos inspeccionaron los presentes, y el entusiasmo de los hombres ante la generosidad del rey de Benioc sólo despertó amargura en mí. Había torques de oro, de plata y de ambos metales mezclados; había tantas que servían de mera alfombra a los regalos más suntuosos. Había espejos romanos de mano, frascos de cristal romano y montones de joyas romanas, gargantillas, broches, aguamaniles, alfileres y pasadores. Entre metales brillantes, esmaltes, corales y piedras preciosas, allí se acumulaba el rescate de un rey y yo sabía que todo procedía de Ynys Trebes, cuando Lancelot, viendo la fortaleza en llamas y desdeñando la idea de combatir con la espada a los devastadores francos, había huido en el primer barco y escapado así de aquel infierno.

Todavía sonaban los aplausos cuando apareció Lancelot en toda su gloria. Al igual que Arturo, vestía de negro, pero las ropas de Lancelot estaban rematadas con tiras de una rara tela dorada. Habíase aceitado la negra cabellera y se la había peinado tirante hacia atrás, de manera que se le pegaba al cráneo y caía lisa por la espalda. En los dedos de la mano derecha lucía anillos de oro, mientras que en la izquierda llevaba sencillos aros de guerrero, aunque ninguno de ellos, como yo bien sabía, lo había ganado en la batalla. Ciñose al cuello una pesada torques de oro con florones cuajados de piedras brillantes, y en el pecho, en honor a Ceinwyn, el símbolo real del águila en vuelo perteneciente a la casa de Powys. No llevaba armas, pues a ningún hombre se le permitía entrar armado en el salón del rey, pero sí lucía el cinturón esmaltado con que sujetaba la vaina de la espada, un inestimable regalo de Arturo. Recibió los vítores alzando el brazo, besó a su madre en la mejilla y a Ginebra en la mano, se inclinó ante Helledd y ocupó su lugar.

Ya sólo quedaba un asiento vacío. Una arpista empezó a tocar, pero las plañideras notas apenas lograban oírse entre el murmullo de voces. El olor de la carne asada invadió la sala mientras las jóvenes esclavas se aprestaban a repartir jarras de hidromiel. Iorweth, el druida, se afanaba de un lado a otro abriendo un pasillo entre los hombres sentados en el suelo cubierto de juncos. Empujó a los hombres a los lados, se inclinó ante el rey tras abrir el pasillo por completo e hizo un gesto con el báculo en demanda de silencio.

Un clamor de vítores surgió entre la multitud reunida en el exterior.

Los invitados de honor habían entrado en el salón por el fondo, pasando directamente al estrado desde la oscuridad de la noche, pero Ceinwyn haría su entrada por la puerta grande de la fachada del pabellón y, para llegar a ella, debía pasar entre los invitados apiñados en los patios iluminados por las llamas de las teas. El clamor que oímos eran los aplausos que levantaba en su recorrido desde el pabellón de las mujeres, mientras que en el interior del salón del rey la aguardábamos en expectante silencio. Hasta la arpista levantó los dedos de las cuerdas para mirar a la puerta.

Primero entró una niña vestida de lino blanco, que avanzó de espaldas por el pasillo abierto por Iorweth para Ceinwyn. La niña esparcía pétalos secos de flores de primavera sobre los juncos recién cambiados. Nadie hablaba; todas las miradas convergían en la puerta, menos la mía, pues yo observaba a Lancelot, que sentado en el estrado escrutaba la puerta con un esbozo de sonrisa. Cuneglas tenía los ojos anegados en lágrimas de alegría. El rostro de Arturo, el artífice de la paz, resplandecía. La única que no sonreía era Ginebra; su expresión era de triunfo. Había sido objeto de burlas en aquel mismo salón real, pero en aquellos momentos disponía el matrimonio de la hija de la casa.

Me quedé observándola al tiempo que sacaba el hueso de la bolsa con la derecha. La costilla era suave al tacto. Issa, que permanecía en pie a mi espalda sosteniéndome el escudo, debió de preguntarse por el significado de semejante desecho en una noche de oro y fuego bañada por la luz de la luna.

Miré hacia la puerta grande del salón en el momento en que Ceinwyn apareció. Las gargantas enmudecieron de asombro por un instante antes de estallar en vítores, pues ni todo el oro de Britania ni todas las reinas antiguas juntas habrían podido ensombrecer a Ceinwyn aquella noche. No me hizo falta mirar a Ginebra para saber que sus aspiraciones habían rodado por el suelo en aquella noche de hermosura.

Era la cuarta ceremonia de compromiso de Ceinwyn. A la primera había acudido por Arturo, pero él rompió el compromiso bajo el influjo de su amor por Ginebra. Luego, fue prometida a un príncipe de la lejana Rheged, que había muerto de fiebres antes de los esponsales. No hacía mucho, había ofrecido la correa de compromiso a Gundleus de Siluria, pero éste había sucumbido entre alaridos a manos de la cruel Nimue y, aquel día, por cuarta vez, Ceinwyn ofrecía el cabestro a un hombre. Lancelot la había obsequiado con una fortuna en oro, pero la tradición mandaba que ella le correspondiera con un simple cabestro de buey, símbolo de que habría de someterse a su autoridad a partir de aquel día.

Lancelot se puso en pie cuando ella entró y el esbozo de sonrisa se convirtió en expresión de puro placer ante tanta belleza. A las anteriores ceremonias de compromiso, Ceinwyn había acudido, como corresponde a una princesa, engalanada con suntuosas telas y alhajas de plata y oro, pero aquella noche llevaba un sencillo vestido de color crema ceñido por un cordón azul claro rematado por borlas. Ni la plata recogía su cabellera, ni el oro adornaba su garganta, ni joya alguna subrayaba su belleza. Su único atavío era el sencillo vestido de lino y una delicada corona trenzada con las últimas violetas del verano, que lucía en torno a su clara cabellera rubia. Tampoco llevaba calzado y sus pies desnudos pisaban los pétalos secos. Prescindiendo de todo signo de jerarquía o riqueza, entró en el salón vestida con la sencillez de cualquier campesina y, sin embargo, triunfante. No es de extrañar que los hombres enmudecieran y la aclamaran a medida que ella avanzaba a pasos lentos y tímidos entre los invitados. Cuneglas vertía lágrimas de gozo, Arturo aplaudía entusiasmado, Lancelot se alisaba la aceitada cabellera y su madre resplandecía de satisfacción. Durante unos segundos, la expresión del rostro de Ginebra fue enigmática, pero enseguida sonrió, un gesto que proclamaba su íntima victoria. Aunque no hubiera logrado superar a Ceinwyn en belleza, aquélla era su noche, la noche en que su antigua rival se prometía según sus propios designios.

Ignoro si el gesto de triunfo de Ginebra y la acusada expresión de satisfacción de su rostro fueron los responsables de mi decisión. O quizá, la aversión que sentía por Lancelot, o el amor a Ceinwyn, o acaso Merlín tenía razón y los dioses se complacen en el caos. Lo cierto es que en un súbito arranque de cólera tomé el hueso con ambas manos. No pensé en las consecuencias de la magia de Merlín, en su odio hacia los cristianos ni en el riesgo de perder todos la vida en la búsqueda de la olla mágica allende las fronteras del reino de Diwrnach. Tampoco me detuve a considerar los cuidadosos planes de Arturo, pues en mi mente no cabía más que la imagen de Ceinwyn caminando hacia los brazos de un hombre al que yo odiaba. Al igual que cuantos me rodeaban, estaba en pie, mirando a Ceinwyn entre cabezas de guerreros. Ya había llegado al gran pilar central de roble, acosada por el estrépito bestial de vítores y silbidos. Yo era el único que permanecía en silencio. Sin dejar de mirarla, coloqué los pulgares en el centro del hueso y sujeté los extremos entre los puños. «Merlín –pensé–, viejo tunante, ha llegado la hora de que demuestres tus poderes.»

Quebré el hueso y el chasquido no se oyó entre el tumulto.

Guardé las dos mitades en la bolsa y juro que el corazón se me detuvo cuando volví a mirar a la princesa de Powys, que había surgido de la noche con flores en el pelo y que en aquel momento, inexplicablemente, se detenía junto a la gran columna ornada de acebo.

Desde el mismo momento en que entró, Ceinwyn no había apartado la mirada de Lancelot. Todavía le miraba y la sonrisa no se había borrado de su rostro, pero el hecho de que se detuviera tan súbitamente sumió el recinto en el silencio poco a poco. La niña que la precedía frunció el ceño y miró a su alrededor sin saber qué hacer, pero Ceinwyn no se movió.

Arturo debió de pensar que la habían traicionado los nervios, porque, sin dejar de sonreír, le daba ánimos haciendo gestos con la cabeza. Tembló el cabestro en las manos de Ceinwyn, y la arpista, tras arrancar una nota falsa a su instrumento, levantó los dedos de las cuerdas. La melodía moría en el silencio cuando, de entre la multitud apiñada tras la columna, vi surgir una figura envuelta en un manto negro.

Era Nimue, con su ojo de oro donde se reflejaban las llamas que iluminaban aquella sala dominada por el desconcierto.

Ceinwyn apartó la mirada de Lancelot y la fijó en Nimue; luego, muy despacio, levantó el brazo envuelto en lino blanco. Nimue le tomó la mano y la miró a los ojos con expresión interrogante. Ceinwyn quedó inmóvil por un instante y luego hizo un leve gesto de asentimiento. El salón se llenó de voces apremiantes súbitamente cuando Ceinwyn dio la espalda al estrado y se mezcló con la multitud tras Nimue.

Cesaron los apresurados comentarios poco a poco pues nadie sabía qué opinar ante comportamiento tan extraño. Lancelot, de pie en el estrado, no podía sino observar a distancia. Arturo se quedó boquiabierto y Cuneglas empezó a incorporarse observando con aire incrédulo cómo su hermana se deslizaba entre la multitud, que se apartaba presurosa ante el rostro desfigurado de Nimue, fiero y despectivo. Ginebra parecía dispuesta a matar.

La mirada de Nimue se cruzó con la mía y sonrió. Mi corazón brincaba como un animal salvaje en una trampa, pero entonces Ceinwyn me sonrió y ya no pensé más en Nimue, sólo en Ceinwyn, mi dulce Ceinwyn, que cruzaba, con el cabestro de buey en las manos, aquella aglomeración de hombres hasta el lugar en que me encontraba. Los guerreros se hicieron a un lado pero yo me quedé petrificado, incapaz de moverme o hablar viendo que Ceinwyn se me acercaba con lágrimas en los ojos y, sin mediar palabra, me ofrecía el cabestro. Un murmullo de asombro nos envolvió, mas no hice caso de las voces y, arrodillándome, tomé el cabestro y luego sus manos entre las mías, me las acerqué a la cara, que estaba bañada en lágrimas, como la suya.

La ira estalló en el salón, las protestas y el desconcierto se generalizaron, pero Issa me cubrió levantando el escudo. Nadie podía entrar armado en el salón del rey, pero Issa sostenía el escudo con el emblema de la estrella de cinco puntas dispuesto a derribar al primero que se atreviera a interrumpir aquel inaudito momento. Nimue, por su parte, susurraba maldiciones contra cualquiera que osara oponerse a la elección de la princesa.

Ceinwyn se postró de hinojos y acercó el rostro al mío.

—Jurasteis protegerme, señor —me susurró.

—Así fue, señora.

—Os dispenso de vuestro juramento si tal es vuestro deseo.

—Nunca —prometí.

—Jamás me casaré con hombre alguno, Derfel —me advirtió retirándose ligeramente, pero sin dejar de mirarme a los ojos—. Os lo ofrezco todo, excepto el matrimonio.

—Es todo cuanto deseo en la vida, señora —respondí con un nudo en la garganta y los ojos anegados en lágrimas de felicidad; a continuación sonreí y le devolví el cabestro—. Vuestro es.

El gesto la hizo sonreír, dejó caer la correa en la paja y me besó suavemente en la mejilla.

—Creo que esta fiesta —me susurró al oído con picardía— será más divertida sin nosotros. —Entonces nos incorporamos y, tomándonos de la mano, sordos a las preguntas, a las protestas e incluso a algunos vivas de los presentes, salimos a la noche clara. Atrás quedaban la confusión y la ira y, frente a nosotros, una multitud atónita, por entre la cual cruzamos caminando uno al lado del otro—. La casa al pie de Dolforwyn nos espera —dijo Ceinwyn.

—¿La casa rodeada de manzanos? —pregunté, recordando lo que me había contado de sus sueños de niña.

—Sí —respondió.

La multitud se apiñaba a la entrada del salón y nosotros alcanzamos las puertas de Caer Sws, iluminadas por antorchas. Issa nos siguió tras recuperar nuestras espadas y lanzas, y Nimue caminaba al otro lado de Ceinwyn. Tres sirvientes de Ceinwyn corrían para unirse a nosotros, al igual que una veintena de mis hombres.

–¿Estáis segura? –pregunté a Ceinwyn, como si hubiera medio de retroceder unos minutos en el tiempo para que pudiera ofrecer el cabestro a Lancelot.

–Nunca he estado tan segura de nada –dijo tranquilamente, y añadió con voz burlona–: ¿Acaso dudasteis de mí en algún momento, Derfel?

–Dudé de mí mismo –contesté, y ella me apretó la mano.

–No soy mujer de nadie, sino mía tan sólo –dijo. Luego, rió de puro gozo, me soltó la mano y echó a correr. De su pelo caían violetas mientras ella corría por la hierba embriagada de alegría. Corrí tras ella y entonces, desde las puertas del salón, se oyó la voz de Arturo que nos llamaba.

Pero seguimos corriendo... hacia el caos.

Al día siguiente, con una navaja de buen filo, limé los extremos astillados de los dos fragmentos del hueso y luego, con todo esmero, vacié dos surcos largos y estrechos en la madera de la empuñadura de *Hywelbane*. Issa se acercó a Caer Sws y llevó un poco de cola, que calentamos al fuego y, tras comprobar que los surcos se correspondían exactamente con los huesos, los impregnamos de cola e incrustamos los huesos en la empuñadura. Por último, limpiamos la cola sobrante y atamos todo con tendones para que los fragmentos quedaran firmemente encastados en la madera.

–Parece marfil –comentó Issa, admirado, una vez concluido el trabajo.

–Huesos de cerdo –dije con desprecio, aunque en verdad, las dos incrustaciones parecían de marfil y daban suntuosidad a *Hywelbane*. El nombre de la espada era en honor de su primer propietario, Hywel, el administrador de Merlín, que me había iniciado en el manejo de las armas.

–Pero ¿son huesos mágicos? –preguntó Issa con ansiedad.

–Cosas de la magia de Merlín –respondí sin dar más explicaciones.

Cavan se presentó a mediodía. Se postró de hinojos en la hierba e inclinó la cabeza sin pronunciar palabra, y en verdad no hacían falta pues yo ya sabía el porqué de su visita.

–Eres libre de marcharte, Cavan –le dije–. Te eximo del juramento. –Levantó la mirada, pero el oprobio de ser liberado de sus votos le impedía hablar–. Ya no eres ningún mozo, Cavan

–le animé sonriendo–, y mereces un señor que te compense con oro y una vida regalada en lugar de la incertidumbre del Sendero Tenebroso.

–Deseo morir en Irlanda, señor –dijo recuperando al fin la voz.

–¿Para estar con tu pueblo?

–Así es, señor, pero no quiero regresar pobremente. Necesito oro.

–En tal caso, quema el tablero de dados –le aconsejé en tono burlón, y le arranqué una sonrisa.

–¿No me guardaréis rencor, señor? –preguntó angustiado tras besar la empuñadura de *Hywelbane*.

–No, y si alguna vez necesitas ayuda, házmelo saber.

Se puso en pie y me abrazó. Volvía al servicio de Arturo llevándose consigo a la mitad de mis hombres. Sólo veinte quedaban conmigo. Los demás temían a Diwrnach o estaban ansiosos por acumular riquezas, y yo no podía reprochárselo. A mi servicio, habían conseguido honor, anillos de guerrero y colas de lobo pero muy poco oro. Les permití conservar la cola de lobo en el casco, pues las habían ganado en los terribles combates de Benoic, pero los obligué a borrar la nueva estrella del escudo.

La estrella era para los veinte hombres que permanecían conmigo, los más jóvenes, aguerridos y osados de mis lanceros. Bien saben los dioses que iban a precisar de tan excelentes cualidades, pues al quebrar el hueso los había entregado a los horrores del Sendero Tenebroso.

Ignoraba cuándo nos llamaría Merlín, de modo que esperé en la pequeña casa a la que Ceinwyn nos había conducido a la luz de la luna. Estaba al noreste de Dolforwyn, en un valle tan angosto que las sombras no se desvanecían del río hasta que el sol había recorrido la mitad de su trayectoria hacia el cenit. Abundantes robles cubrían los escarpados flancos del valle, pero alrededor de la casa se extendía un conjunto de campos diminutos donde medraba una veintena de manzanos. La casa carecía de nombre, igual que el valle, al que se conocía simplemente como Cwm Isaf, el valle de abajo, pero se convirtió en nuestro hogar.

Mis lanceros levantaron cabañas entre los árboles de la ladera sur del valle. No sabía cómo podría mantener a veinte hombres y sus familias, pues el producto de los diminutos campos de Cwm Isaf apenas habría bastado para sustentar a un ratón de campo, pero nunca a una banda de guerreros. Afortunadamente, Ceinwyn tenía oro y me aseguró que su hermano no nos dejaría morir de hambre. Los campos, según me dijo, eran una de las miles de propiedades dispersas que habían constituido el patrimonio de su padre. El último aparcero había sido un primo del chambelán de Caer Sws, muerto antes de la batalla del valle del Lugg, y las tierras aún no habían sido adjudicadas de nuevo. La casa era modesta, un pequeño rectángulo de piedra con una gruesa techumbre de paja y helechos en mal estado. De las tres estancias en que se dividía, la central había servido de cuadra a las escasas bestias de la granja y hubimos de barrerla a fondo para usarla como sala común. Las otras dos nos sirvieron de alcoba, una para Ceinwyn y otra para mí.

–Se lo he prometido a Merlín –me dijo Ceinwyn aquella primera noche, a modo de justificación de las dos alcobas.

–¿Qué es lo que le habéis prometido? –pregunté estremecido de arriba abajo.

Debió de ruborizarse, pero hasta aquel lugar en las profundidades de Cwm Isaf no llegaba ni un rayo de luna y no pude verle la cara, sólo noté la presión de su mano en la mía.

–Le he prometido –respondió pausadamente– que permaneceré virgen hasta que encuentre la marmita mágica.

Empecé entonces a calibrar hasta qué punto llegaba la sutileza de Merlín. La sutileza, la inteligencia y la perversidad. Necesitaba a un guerrero que lo protegiera cuando se adentrara en Lleyn y a una persona casta para encontrar la olla, de modo que nos había manipulado a ambos.

–¡No! –me opuse–. ¡Vos no podéis ir a Lleyn!

–Sólo una virgen puede descubrir la olla –susurró Nimue desde las sombras–. ¿Preferís que nos llevemos a una niña, Derfel?

–¡Ceinwyn no puede ir a Lleyn! –insistí.

–Calma. Lo prometí. Hice un juramento.

–¿Tenéis idea de cómo es Lleyn? –le pregunté–. ¿Conocéis las costumbres de Diwrnach?

–Sé que el viaje es el precio que pago por estar aquí con vos. Además, se lo prometí a Merlín –repitió–. Hice un juramento.

Así que aquella noche dormí solo, pero a la mañana siguiente, después de compartir un frugal desayuno con los lanceros y los siervos, y antes de incrustar el hueso en la empuñadura de *Hywelbane,* Ceinwyn me acompañó a pasear río arriba. Escuchó mis desesperados argumentos en contra de que nos acompañara en el viaje por el Sendero Tenebroso, pero los desechó todos aduciendo que, mientras Merlín estuviera con nosotros, seríamos invencibles.

–Diwrnach puede vencernos –dije lúgubremente.

–Pero, ¿vos acompañaréis a Merlín? –me preguntó.

–Sí.

–Entonces, no intentéis detenerme –insistió–. Estaré con vos y vos conmigo. –Y ya no quiso escuchar más razones. Era una mujer libre y había tomado una decisión.

Entonces, como es natural, hablamos de lo que había ocurrido en los últimos días y las palabras nos salían atropelladamente. Estábamos enamorados, nos habíamos sorbido el seso el uno al otro del mismo modo que a Arturo se lo sorbiera Ginebra, y no nos saciábamos de escuchar los pensamientos y las historias del otro. Le mostré el hueso de cerdo y se rió cuando le conté que había esperado hasta el último momento para romperlo.

–En verdad, no estaba segura de si osaría darle la espalda a Lancelot –admitió Ceinwyn–. Nada sabía del hueso, por descontado. Todavía creo que tomé la decisión al ver a Ginebra.

–¿A Ginebra? –pregunté sorprendido.

–Verla tan satisfecha me resultó imposible de soportar. Qué sentimiento tan despreciable por mi parte, ¿verdad? Pero me sentía como un gatito de su propiedad y no lo podía soportar. –Siguió caminando en silencio un rato. Caían hojas de los árboles, pero aún se conservaban verdes. Aquella misma mañana, al despertarme con la aurora tras mi primera noche en Cwm Isaf, vi a un vencejo echando a volar desde el tejado. Como no volvía, pensé que era el último que vería hasta la próxima primavera. Ceinwyn andaba descalza por la margen del río, de mi mano–. He pensado mucho en la profecía del lecho de calaveras –prosiguió– y creo que significa que no he de casarme. He estado prometida tres veces, Derfel, ¡tres! Y las tres veces perdí al hombre. ¿Qué ha de ser, sino un mensaje de los dioses?

–Se diría que Nimue habla por vuestra boca –dije.

–Me agrada esa mujer –respondió riendo.

–Me parecía imposible que congeniarais –confesé.

–¿Por qué razón? Es luchadora y eso me gusta. Hay que tomar la vida, no someterse. Me he pasado el tiempo complaciendo a los demás. Siempre he sido buena –dijo poniendo un acento irónico en la palabra «buena»–. Siempre fui una niña obediente, una hija ejemplar. Fue fácil, ya que mi padre me distinguía con su amor, él que tan parco se mostraba con los demás, pero he disfrutado de cuanto se me antojaba a cambio tan sólo de ser bonita y obediente. Y he sido muy obediente.

–Y bonita.

Me dio un codazo reprobatorio en las costillas. Una bandada de aguzanieves alzó el vuelo entre las brumas que cubrían la corriente río arriba.

–Siempre fui obediente –dijo con melancolía–. Sabía que tendría que casarme con quien dispusieran, pero no me preocupaba porque así ha de ser con las hijas de los reyes, y recuerdo haberme sentido muy feliz cuando conocí a Arturo. Pensé que mi buena estrella se prolongaría eternamente. Me habían asignado un hombre excepcional, pero entonces, sin previo aviso, él desapareció.

—Y ni siquiera os fijasteis en mí –dije.

Yo era el lancero más joven de la guardia de Arturo cuando éste fue a Caer Sws a prometerse con Ceinwyn. Fue entonces cuando ella me dio el pequeño broche que yo todavía llevaba prendido. Entregó un obsequio a cada hombre de la guardia de Arturo, pero nunca supo el fuego que aquel día encendió en mi corazón.

—Estoy segura de haber reparado en vos. ¿Quién podría pasar por alto un mocetón tan alto y desgarbado, con ese pelo del color de la paja? –Se rió de mí y después me permitió ayudarla a pasar por encima de un roble caído. Llevaba el mismo vestido de lino con que se había presentado la noche anterior, pero la blanqueada tela se había ensuciado de barro y musgo–. Luego me prometí con Caelgyn de Rheged, y me pareció que mi buena fortuna ya no era tan buena. Era una bestia taciturna, pero prometió a mi padre un centenar de lanceros y el precio de una novia en oro, y me convencí de que sería igualmente feliz aunque tuviera que vivir en Eheged, pero Caelgyn murió de fiebres. Luego fue Gundleus. –Frunció el ceño al recordar–. Fue entonces cuando comprendí que yo no era sino un peón en el juego de la guerra. Mi padre me amaba, pero me entregaría a Gundleus a cambio de lanzas con las que combatir a Arturo. Por primera vez entendí que sólo sería feliz en la medida en que yo fuera la artífice de mi propia felicidad, y en ese momento vinisteis vos y Galahad a visitarnos. ¿Lo recordáis?

—Lo recuerdo. –Había acompañado a Galahad en su fallida misión de paz. En aquella ocasión, Gorfyddyd nos insultó haciéndonos comer en el pabellón de las mujeres, pero allí, a la luz de las velas, acompañados por la música de una arpista, hablé con Ceinwyn y le juré protegerla.

—Y vos os preocupasteis de si era feliz –dijo.

–Estaba enamorado de vos –confesé–. Era como un perro aullando a una estrella –añadí, y ella sonrió.

–Entonces llegó Lancelot, el encantador Lancelot, el bello Lancelot. Todos me dijeron que era la mujer más afortunada de Britania, pero ¿sabéis lo que sentí? Que no sería sino una propiedad más de Lancelot, y parece tener tantas... Pero aun así no estaba segura de qué camino tomar, y entonces vino Merlín y me habló. Dejó a Nimue conmigo y ella también habló y habló, pero yo ya sabía que no deseaba pertenecer a ningún hombre. Toda mi vida he pertenecido a algún hombre. Entonces Nimue y yo hicimos una promesa a Don y juré que si me daba fuerzas para ganar mi propia libertad, nunca me casaría. Os amaré –me prometió mirándome a los ojos–, pero no he de pertenecer a ningún hombre.

Quizá no, pero no por eso dejaba de ser una pieza en el juego de Merlín. ¡Qué ocupado había estado, y Nimue con él! Así pensaba, pero nada dije, ni hablé del Sendero Tenebroso.

–Os habéis granjeado la enemistad de Ginebra –advertí a Ceinwyn cambiando de tema.

–Sí, pero siempre fue así, desde el mismo instante en que decidió arrebatarme a Arturo, pero entonces yo no era más que una niña y no sabía cómo enfrentarme. Anoche le devolví el golpe, pero en adelante me mantendré al margen. Y vos, ¿ibais a casaros con Gwenhwyvach? –preguntó sonriendo.

–Sí –confesé.

–Pobre Gwenhwyvach –dijo Ceinwyn–. Siempre me trató bien cuando vivió aquí, pero recuerdo que cada vez que su hermana entraba en una estancia, ella huía. Era como un ratón regordete, y su hermana le parecía el gato.

Arturo se presentó en el valle aquella tarde. La cola que sujetaba los huesos incrustados en la empuñadura de *Hywelbane* estaba todavía húmeda cuando sus guerreros aparecieron entre los árboles de la ladera sur de Cwm Isaf, frente a nuestra pequeña casa. La actitud de los lanceros no era amenazadora, sencilla-

mente se habían desviado en su larga marcha hacia las comodi-
dades de Dumnonia. No vimos rastro de Lancelot ni de Ginebra cuando Arturo cruzó el arroyo en solitario, sin espada ni
escudo.

Salimos a la puerta a recibirlo, él se inclinó ante Ceinwyn
y le sonrió.

—Mi querida señora —se limitó a decir.

—¿Estáis enojado conmigo, señor? —le preguntó angustiada.

—Así lo cree mi esposa, pero no es cierto. ¿Cómo podría
enojarme? Habéis procedido de igual modo que yo un día, pero
al menos tuvisteis la gracia de hacerlo antes de comprometeros
por juramento —añadió sonriendo de nuevo—. No digo que no
me hayáis incomodado, pero me lo merecía. ¿Permitís que me
lleve a Derfel a pasear?

Tomamos el mismo camino que habíamos recorrido por la
mañana Ceinwyn y yo, y Arturo, cuando estuvimos fuera de
la vista de sus lanceros, me pasó un brazo por los hombros.

—Bien hecho, Derfel —dijo en voz baja.

—Lamento haberos perjudicado, señor.

—No seas necio. Yo hice lo mismo en una ocasión, y os envidio por la novedad. Cambia las cosas, nada más, pero, como ya
he dicho, es sólo un inconveniente.

—No seré paladín de Mordred —dije.

—No, pero alguien ocupará el puesto. Si dependiera de mí,
amigo mío, os llevaría a los dos a casa, te nombraría paladín y os
daría cuanto estuviera en mi mano, pero las cosas no siempre son
de nuestro gusto.

—Eso significa que la princesa Ginebra no me perdonará
—dije sin rodeos.

—No. Y Lancelot tampoco —respondió con tristeza, y suspiró—. ¿Qué voy a hacer con Lancelot?

—Casadlo con Gwenhwyvach —dije— y enterradlos a ambos
en Siluria.

—Si pudiera, sin duda lo enviaría a Siluria —dijo riendo—,

pero dudo que Siluria sea bastante para él. Sus ambiciones van más allá de ese pequeño reino, Derfel. Yo esperaba que Ceinwyn y una familia lo retuvieran allí, pero ahora... Mejor habría sido daros el reino a vos. –Retiró el brazo de mis hombros y se puso frente a mí–: No te eximo del juramento, lord Derfel Cadarn –dijo en tono solemne–. Todavía estás a mi servicio y cuando te mande llamar, acudirás.

–Sí, señor.

–Será en primavera –dijo–. He jurado mantener la paz con los sajones durante tres meses y respetaré la tregua. Pasados los tres meses, el invierno impedirá que empuñemos las lanzas, pero en primavera marcharemos y necesito a tus hombres en mi barrera de escudos.

–Allí estarán, señor –prometí.

Levantó los brazos y me puso las manos en los hombros.

–¿Has jurado servir a Merlín? –me preguntó mirándome a los ojos.

–Así es, señor –admití.

–¿Vas a la caza de un puchero que no existe?

–En busca de la olla mágica, sí.

–¡Tamaña estupidez! –exclamó cerrando los ojos. Dejó caer los brazos y me miró de nuevo–. Creo en los dioses, Derfel, pero ¿creen los dioses en Britania? Ésta no es la vieja Britania –dijo con vehemencia–. Tal vez en otro tiempo fuéramos un pueblo de sangre pura, pero no ahora. Los romanos trajeron gentes de todos los rincones del mundo; dálmatas, libios, galos, númidas, griegos... Nuestra sangre se ha mezclado con la de todos ellos, del mismo modo que en ella bulle el espíritu romano y se junta ahora con sangre sajona. Somos lo que somos, Derfel, no lo que fuimos. Tenemos cientos de dioses ahora, no sólo los dioses antiguos, y no podemos recorrer los años en sentido contrario, ni siquiera con la olla mágica y todos los tesoros de Britania.

–Merlín es de otra opinión.

–Y Merlín querría que combatiera a los cristianos para dar campo libre a sus dioses, pero no lo haré, Derfel. –Hablaba indignado–. Busca ese puchero imaginario si lo deseas, pero no creas que seguiré el juego a Merlín persiguiendo a los cristianos.

–Merlín dejará el destino de los cristianos en manos de los dioses –respondí a la defensiva.

–¿Y qué somos nosotros sino instrumento de los dioses? Pero no seré yo quien combata a otros britanos por el hecho de que adoren a un dios diferente. Ni tú, Derfel, mientras no te exima de tus votos.

–No, señor.

Arturo dejó escapar un suspiro.

–En verdad siento aversión por tanto rencor religioso, pero Ginebra siempre me dice que soy ciego a los dioses. Dice que ése es mi gran error. –Sonrió–. Si has jurado servir a Merlín, Derfel, debes ir con él. ¿Adónde os dirigiréis?

–A Ynys Mon, señor.

Se quedó mirándome fijamente en silencio unos instantes y luego se estremeció.

–¿A Lleyn? –preguntó con incredulidad–. Nadie regresa vivo de Lleyn.

–Yo volveré –respondí con presunción.

–Asegúrate de que así sea, Derfel –dijo con voz fúnebre–. Necesito que me ayudes a derrotar a los sajones. Después, tal vez puedas regresar a Dumnonia. Ginebra no es rencorosa.

Yo lo dudaba, pero nada dije.

–Te llamaré en primavera –prosiguió Arturo–, y ruego por que vuelvas de Lleyn con vida. –Me cogió del brazo e iniciamos el camino de regreso a la casa–. Y si alguien te pregunta, Derfel, acabo de regañarte con mucha aspereza. Te he maldecido e incluso te he golpeado.

–Os perdono la paliza, señor –dije riendo.

–Date por amonestado –dijo– y considérate además el segundo hombre más afortunado de Britania.

El más afortunado del mundo, pensé, pues el anhelo de mi corazón se había hecho realidad. O se haría, con la ayuda de los dioses, cuando Merlín consiguiera el suyo.

Me quedé mirando la retirada de los lanceros. Vislumbré un momento el oso de la enseña de Arturo entre los árboles, él se despidió con un gesto, montó en su caballo y desapareció.

Estábamos solos.

* * *

Así pues, no estuve en Dumnonia para presenciar el regreso de Arturo, como habría sido mi deseo. Volvía como un héroe a un reino que había dudado seriamente de sus posibilidades de sobrevivir y había conspirado para sustituirle por criaturas de peor laya.

La comida escaseó aquel otoño. El repentino estallido de la guerra mermó la cosecha, pero no hubo hambruna y los hombres de Arturo recaudaron con justicia. Puede parecer que no fue una gran mejora, pero conociendo las circunstancias de los años anteriores, es comprensible la revolución que significó en la tierra. Sólo los ricos pagaron impuestos al tesoro real, pero, aunque algunos pagaban en oro, la mayoría entregaba grano, pieles, lino, sal, lana y pescado ahumado, recaudado previamente entre sus aparceros. En los últimos años, los ricos habían pagado muy poco al rey mientras que los pobres habían pagado mucho a los ricos, por lo que Arturo envió lanceros a preguntar a los pobres lo que habían pagado, y utilizó las respuestas para establecer lo diezmos que debían pagar los ricos. De las ganancias, retornó un tercio a las iglesias y a los magistrados, a fin de que éstos distribuyeran la comida en invierno. Con esta sola acción, Dumnonia supo que un nuevo poder había sido instaurado en el reino y, aunque los hacendados rezongaron, nadie osó levantar una barrera de escudos contra Arturo. Era el señor de la guerra de Mordred, el triunfador del valle del Lugg, el ejecutor de reyes, y sus oponentes le temían.

Mordred fue puesto bajo la custodia de Culhwch, un guerrero tosco y honrado, primo de Arturo, al que probablemente no preocupaba demasiado el destino de aquel niño problemático. Culhwch estaba ocupado en la represión de la revuelta que Cadwy de Isca había desencadenado en el oeste de Dumnonia. Según supe, atravesó el gran páramo con sus lanceros en una campaña rápida y luego se dirigió al sur, internándose en las tierras salvajes de la costa. Arrasó el centro de las tierras de Cadwy y luego asaltó la antigua plaza fuerte romana de Isca, donde se refugiaba el príncipe rebelde. Los veteranos del valle del Lugg treparon por las murallas, que el tiempo se había encargado de erosionar, y se lanzaron por las calles a la caza de los rebeldes. Al príncipe Cadwy lo descuartizaron en el mismo templo romano en que fue reducido. Arturo ordenó que las distintas partes de su cuerpo se exhibieran en las ciudades de Dumnonia y que la cabeza, fácilmente reconocible por los tatuajes azules de las mejillas, fuera enviada al rey Mark de Kernow, que había apoyado la revuelta. El rey Mark respondió enviando un tributo consistente en lingotes de estaño, un tonel de pescado ahumado, tres pulidos caparazones de tortuga, tan abundantes en las costas de sus agrestes tierras, y una inocente declaración en la que negaba toda complicidad en la rebelión de Cadwy.

Culhwch envió a Arturo las cartas que encontró tras el asalto a la plaza fuerte de Cadwy. Habían sido redactadas por la facción cristiana de Dumnonia antes de iniciarse la campaña que concluiría en el valle del Lugg y revelaban el alcance de los planes tramados para librar a Dumnonia de Arturo. Los cristianos se oponían a Arturo desde que éste había revocado la norma de Uther, el rey supremo, que eximía a la Iglesia de impuestos y empréstitos forzosos, y estaban convencidos de que su dios conduciría a Arturo a una gran derrota a manos de Gorfyddyd. Fue el convencimiento de la inevitabilidad de tal derrota lo que los animó a poner sus pensamientos por escrito, y dichos escritos pasaron entonces a manos de Arturo.

Las misivas hablaban de las preocupaciones de la comunidad cristiana, que deseaba la muerte de Arturo pero también temía la intromisión de los lanceros paganos de Gorfyddyd. Para cubrirse las espaldas y salvar sus pertenencias estaban dispuestos a sacrificar a Mordred, y en sus mensajes animaban a Cadwy a tomar Durnovaria por asalto durante la ausencia de Arturo, asesinar a Mordred y luego rendir el reino a Gorfyddyd. Los cristianos le garantizaban su ayuda con la esperanza de que los lanceros de Cadwy los protegieran cuando gobernara Gorfyddyd.

Sin embargo, tan sólo consiguieron castigos. El rey Melwas de los belgas, un rey vasallo que había apoyado a los cristianos que se oponían a Arturo, fue nombrado gobernador de las tierras de Cadwy. No podía considerarse una recompensa, ya que el nombramiento obligaba a Melwas a separarse de los suyos para acudir a un lugar en el que Arturo podía vigilarlo de cerca. Nabur, el magistrado cristiano que había sido el tutor de Mordred y que había utilizado su posición para organizar el grupo de oposición a Arturo, fue clavado en una cruz y expuesto en el anfiteatro de Durnovaria. En los tiempos que corren, como es natural, se le considera santo y mártir, pero lo único que recuerdo de Nabur es que era un embustero corrupto y sutil. Dos sacerdotes, otro magistrado y dos terratenientes fueron asimismo ejecutados. El obispo Sansum también había participado en la conspiración, pero no era tan ingenuo como para dejar constancia de su nombre en los escritos, previsión que, unida a la curiosa amistad que mantenía con Morgana, la deforme hermana de Arturo, de fe pagana, le salvó la vida. Prometió lealtad eterna a Arturo y, con la mano sobre un crucifijo, juró no haber conspirado jamás contra el rey y, de esa forma, conservó su puesto de guardián del templo del Santo Espino en Ynys Wydryn. Se podría atar a Sansum con cables de acero y ponerle una espada en la garganta, aun así conseguiría ponerse a salvo.

Morgana, su amiga pagana, había sido la suma sacerdotisa de Merlín hasta que la joven Nimue le arrebató tal posición, pero Merlín y Nimue estaban lejos, lo cual dejaba a Morgana como gobernadora en funciones de las tierras de Merlín en Avalon. Con la máscara de oro tras la que escondía su rostro deformado por el fuego y la túnica negra que cubría su cuerpo retorcido por las llamas, asumió el poder de Merlín, concluyó la reconstrucción de la fortaleza del Tor y organizó la recaudación de impuestos en la zona norte de las tierras de Arturo. Se convirtió en la consejera de mayor confianza de Arturo, y, de hecho, cuando el obispo Bedwin murió de fiebres en otoño, Arturo llegó a proponer, contra todo precedente, que fuera nombrada consejera real con plenos poderes. Ninguna mujer se había sentado nunca en el consejo real de Britania y Morgana bien pudo haber sido la primera, pero Ginebra se opuso. Ginebra nunca habría consentido que una mujer fuera consejera mientras ella no lo fuera; además, odiaba la fealdad y bien saben los dioses que la pobre Morgana era grotesca aun con la máscara de oro. Así pues, Morgana permaneció en Ynys Wydryn y Ginebra siguió ocupándose de la construcción del nuevo palacio en Lindinis.

Tratábase de un magnífico palacio. La antigua villa romana que Gundleus había incendiado fue reconstruida y ampliada, de manera que los claustros laterales rodeaban dos grandes patios en los que el agua corría por canales de mármol. Lindinis, cercana al pico de los reyes de Caer Cadarn, sería la nueva capital de Dumnonia, aunque Ginebra se aseguró de que Mordred, con su deforme pie izquierdo, no pudiera acercarse. Sólo la belleza tenía acceso a Lindinis; en los patios porticados, Ginebra reunió estatuas procedentes de todos los templos y villas de Dumnonia. No había capilla cristiana allí, pero Ginebra mandó construir un salón oscuro para Isis, la diosa de las mujeres, y reservó un ala de suntuosas estancias para cuando Lancelot fuera a visitarlos desde su nuevo reino en Siluria. Allí se alojó Elaine, la madre de Lancelot, que en su día había hecho de Ynys Trebes un lugar muy hermoso y en aquel tiempo ayudaba a Ginebra a convertir el palacio de Lindinis en un templo a la belleza.

Sé que Arturo rara vez estaba en Lindinis. Se dedicó por entero a los preparativos de la gran guerra contra los sajones, que comenzaron reforzando las antiguas ciudadelas de tierra del sur de Dumnonia. Incluso los muros de Caer Cadarn, en pleno corazón del reino, fueron reforzados, y en las murallas se colocaron nuevas plataformas de madera para el combate, pero las obras de mayor envergadura tuvieron lugar en Caer Ambra, a tan sólo media hora de camino al este de Las Piedras, que sería la nueva base de resistencia a los sais. El pueblo antiguo había levantado allí una fortaleza, pero durante todo el otoño y todo el invierno, los esclavos trabajaron sin cesar para hacer más inexpugnables las viejas murallas de tierra y construir nuevas empalizadas y plataformas de combate en lo alto de los muros. Fortificaron otras muchas plazas al sur de Caer Ambra para defender la zona meridional de Britania de las incursiones de los sajones de aquella región que, con Cerdic a la cabeza, nos atacarían sin duda aprovechando la ausencia de Arturo, el cual combatía contra Aelle en el norte. Me atrevería a afirmar que desde la época de los romanos no se había removido tanta tierra ni se habían talado tantos árboles en Britania. Arturo jamás habría logrado sufragar ni la mitad de tamaños esfuerzos con su probo sistema de impuestos, por lo cual tuvo que embargar el dinero necesario a las iglesias cristianas más ricas y poderosas del sur de Britania, las mismas que habían apoyado a Nabur y a Sansum en sus esfuerzos por deshacerse de él. El embargo fue retornado con el tiempo y a los cristianos les sirvió para protegerse de las terribles atenciones de los paganos sajones, pero nunca perdonaron a Arturo ni tuvieron en cuenta que el mismo embargo fue practicado en los escasos templos paganos que aún poseían riquezas.

No todos los cristianos eran enemigos de Arturo. Al menos un tercio de sus lanceros profesaban la nueva fe pero eran tan leales como cualquier pagano. Muchos otros cristianos aprobaban su forma de gobierno, pero la mayoría de los dirigentes de la Iglesia dejaron que la codicia dictara su lealtad, y fueron éstos los que se opusieron a él. Creían que su dios volvería algún día a la tierra y pasearía entre nosotros como un mortal, pero tal cosa no sucedería hasta que todos los paganos abrazaran su credo. Los predicadores maldecían a Arturo en voz baja porque sabían que era pagano, pero él hacía caso omiso y proseguía con sus continuos viajes al sur de Britania. Un día estaba con Sagramor en la frontera con Aelle, al siguiente luchaba contra un destacamento de Cerdic que se había internado en los valles fluviales del sur y, luego, cabalgaba hacia el norte de Dumnonia y recorría las tierras de Britania desde Gwent hasta Isca discutiendo con los jefes del lugar el número de lanceros que podrían reclutar en Gwent, al oeste, o en Siluria, al este. Tras la victoria del valle del Lugg, Arturo era mucho más que señor de la guerra de Dumnonia y protector de Mordred; era el señor de la guerra de Britania, jefe indiscutible de todos los ejércitos, y por entonces no había rey que se atreviera a rechazarlo, ni siquiera a pensar en ello.

Pero yo no viví tales acontecimientos, pues me encontraba en Caer Sws, en compañía de Ceinwyn, y estaba enamorado.

Aguardábamos a Merlín.

* * *

Merlín y Nimue llegaron a Cwm Isaf pocos días antes del solsticio de invierno. Las nubes negras se amontonaban por encima de las copas desnudas de los robles en las laderas del valle y la escarcha matutina duró hasta mucho después del mediodía. El río era un mosaico de témpanos de hielo y regueros de agua, las hojas caídas quedaban tiesas y el suelo estaba duro como la piedra. Encendimos una hoguera en la habitación central, de modo que la casa se calentó bastante, aunque el humo nos asfixiaba, pues se acumulaba entre los toscos maderos de la techumbre antes de encontrar el pequeño respiradero del caballete del techo. También humeaban hogueras en los refugios que mis lanceros habían construido por todo el valle, pequeñas cabañas anchas y bajas con paredes de tierra y guijarros, que sostenían techumbres de madera y helechos. Habíamos levantado un establo para las bestias detrás de la casa, donde por la noche se recogían, a salvo del lobo, un buey, dos vacas, tres cerdas, un verraco, una docena de ovejas y unos veinte pollos. Abundaban los lobos en aquellos bosques y oíamos sus aullidos todos los días a última hora del crepúsculo. Algunas noches los oíamos escarbar cerca del establo. Las ovejas balaban en tono lastimero y las gallinas armaban un gran alboroto de cacareos aterrorizados, hasta que Issa o quien estuviera de guardia gritaba y arrojaba una tea encendida al lindero del bosque ahuyentando así a los lobos. Una mañana en que iba a primera hora a coger agua al río, me encontré frente a frente con un perro lobo grande y viejo. Estaba bebiendo, pero cuando salí de entre los arbustos, levantó el hocico gris, me observó y esperó hasta que le hice un gesto de saludo antes de continuar su silencioso camino río arriba. Lo interpreté como un buen augurio, en aquellos días en los que, mientras esperábamos a Merlín, toda señal del destino era vital.

También cazábamos lobos. Cuneglas nos había dado tres parejas de perros lobos de pelo largo, más grandes y lanudos que los famosos perdigueros cazadores de ciervos de Powys como los que Ginebra tenía en Dumnonia. El deporte mantenía activos a mis lanceros e incluso Ceinwyn disfrutaba de aquellos largos y fríos días en el bosque. Se vestía con calzones, botas altas y un jubón de piel, y se colgaba un largo cuchillo de cazador en la cintura. Se recogía el pelo hacia atrás haciéndose un nudo y trepaba por las rocas, descendía por los barrancos y saltaba sobre los árboles caídos, siempre detrás de su pareja de perros, atados con largas correas de crin. La forma más simple de cazar lobos era con arco y flechas, pero como entre nosotros no había muchos que dominaran la técnica, utilizábamos perros, picas de guerra y cuchillos; cuando regresó Merlín, habíamos acumulado un buen montón de pellejos en el barracón de intendencia de Cuneglas. El rey habría querido que regresáramos a Caer Sws, pero Ceinwyn y yo ya éramos tan felices como lo permitía la perspectiva de lo que habríamos de pasar con Merlín, y preferimos quedarnos en nuestro pequeño valle contando los días.

Éramos felices en Cwm Isaf. Ceinwyn se empeñó en hacer todo aquello que hasta el momento los siervos habían hecho por ella, aunque, curiosamente, nunca logró retorcer el pescuezo a un pollo y yo me reía cuando la veía matando a una gallina. No tenía necesidad de hacerlo, pues cualquiera de los siervos los habría matado y mis lanceros se desvivían por servirla, pero ella insistía en participar en el trabajo aunque, tratándose de gallinas, patos o gansos jamás lograra hacerlo bien. El método que inventó para superar su aprensión consistía en dejar al pobre animal en el suelo, ponerle su pequeño pie en el cuello y luego, con los ojos bien cerrados, tirar fuertemente de la cabeza.

Se desenvolvía mejor con la rueca. Todas las mujeres de Britania, excepto las más ricas, tenían siempre entre las manos una rueca y un huso. El hilado de lana era una tarea interminable, tarea que no dejará de hacerse seguramente hasta que el sol complete su última vuelta alrededor de la tierra. Tan pronto como se hilaban los vellones de un año, los del año siguiente llenaban los almacenes y las mujeres acudían a recoger atadillos de lana, que lavaban y cardaban antes de empezar de nuevo el hilado. Hilaban paseando, hilaban hablando e hilaban siempre que no tuvieran las manos ocupadas en cualquier otra labor. Era un trabajo monótono pero que requería cierta habilidad; al principio, Ceinwyn no conseguía sino tristes hilachas de lana, pero enseguida mejoró aunque nunca fuera tan veloz como las mujeres que se habían dedicado a la tarea desde que les cupo la rueca entre las manos. Por la noche se sentaba a contarme las incidencias del día al tiempo que giraba la varilla con la mano izquierda y con la derecha daba golpecitos en el huso cargado que colgaba de la rueca para alargar y retorcer el hilo saliente. Cuando el huso llegaba al suelo, enrollaba el hilo devanado, lo sujetaba en la parte superior del huso con una pieza de hueso y empezaba de nuevo. La lana que hiló aquel invierno tenía nudos o se rompía, pero usé lealmente la camisa que me tejió después hasta que se cayó a trocitos.

Cuneglas nos visitaba con frecuencia, pero su esposa Helledd nunca lo acompañó. La reina Helledd era muy convencional y desaprobaba profundamente la conducta de Ceinwyn.

—Cree que traerá desgracias a la familia —comentó con despreocupación.

Junto con Arturo y Galahad, se convirtió en uno de mis amigos más queridos. Creo que se sentía solo en Caer Sws. Aparte de Iorweth y algunos druidas más jóvenes, no tenía más hombres con quien hablar de otra cosa que no fuera la caza o la guerra, de manera que ocupé el lugar de los hermanos que había perdido. Su hermano mayor, el que debería haber sucedido al padre en el trono, había muerto a consecuencia de una caída del caballo, el segundo cayó víctima de fiebres y el más joven pereció luchando contra los sajones. Cuneglas tampoco aprobaba la decisión de Ceinwyn de acompañarnos al Sendero Tenebroso, pero me confió que nada, salvo una espada certera, la detendría.

—Todos la tienen por dulce y amable —me confió—, pero posee una voluntad de hierro. Es terriblemente empecinada.

—No es capaz de matar un pollo.

—¡Ni siquiera la imagino intentándolo! —exclamó riendo—. Pero es feliz, Derfel, y por ello debo daros las gracias.

Fue una época de felicidad, la más feliz de cuantas épocas felices vivimos, aunque siempre empañada por la certidumbre de que Merlín volvería para que cumpliéramos nuestros juramentos.

Llegó una tarde helada. Estaba yo en el exterior de la casa cortando con un hacha de guerra sajona los troncos recién talados que llenarían la casa de humo, y Ceinwyn en el interior poniendo paz en una disputa surgida entre sus siervas y la indomable Scarach, cuando un cuerno sonó en el valle. Era la señal de mis lanceros que avisaba de la llegada de un extraño a Cwm Isaf y bajé el hacha a tiempo de ver la esbelta figura de Merlín avanzando entre los árboles. Nimue le acompañaba. Después de la ceremonia de compromiso de Lancelot, Nimue permaneció una semana con nosotros y luego, sin explicación alguna, una noche desapareció, pero allí estaba de nuevo, vestida de negro y junto a su señor, que llevaba su eterna túnica blanca.

Ceinwyn salió de la casa con el rostro tiznado de hollín y las manos manchadas de sangre, pues estaba descuartizando una liebre.

—Creí que vendría con una tropa de guerreros —comentó con los ojos fijos en Merlín.

Antes de marcharse, Nimue nos había dicho que Merlín estaba reuniendo el ejército que lo protegería en el Sendero Tenebroso.

—Quizá los haya dejado al otro lado del río —dije.

Apartóse de la cara un mechón de pelo, con lo que añadió una mancha de sangre al hollín.

—¿No tenéis frío? —me preguntó, pues me había desnudado el torso para cortar la leña.

—Todavía no —contesté, pero me puse una camisa de lana mientras Merlín cruzaba la corriente a grandes zancadas. Mis lanceros, ansiosos de noticias, salieron de las cabañas tras sus pasos, pero quedaron fuera de la casa cuando su druida desapareció por el bajo dintel de la puerta.

Pasó por nuestro lado sin saludarnos siquiera, Nimue lo siguió y, cuando entramos Ceinwyn y yo, ya estaban acuclillados junto al fuego. Merlín tendió las manos hacia las llamas y dejó escapar un largo suspiro. No pronunció palabra y no le preguntamos por las nuevas. Me senté, como él, junto al hogar mientras Ceinwyn guardaba la liebre a medio descuartizar en un recipiente y se limpiaba las manos de sangre. Hizo un gesto a Scarach y a las siervas para que salieran de la casa y se sentó a mi vera.

Merlín se estremeció y luego pareció relajarse. Su larga espalda se fue encorvando a medida que echaba el cuerpo hacia delante y cerraba los ojos. Así permaneció durante largos instantes, con el rostro cetrino surcado de arrugas profundas y la barba deslumbrantemente blanca. Como todos los druidas, se afeitaba la parte frontal del cráneo, pero aquel día la tonsura estaba cubierta de una fina capa de pelo cano, señal del largo tiempo que llevaba viajando, sin cuchilla ni espejo de bronce. Se le veía viejo, incluso débil, agazapado allí junto al fuego.

Nimue, sentada frente a él, tampoco abría la boca. Se levantó una vez y descolgó a *Hywelbane* de los clavos de los que pendía en la viga central y vi que sonreía al reconocer los dos huesos incrustados en la empuñadura. La desenvainó y la sostuvo sobre las ascuas humeantes hasta que el acero se cubrió de hollín, y luego, con una astilla, arañó cuidadosamente una inscripción. Las letras no eran como las que ahora utilizo yo, comunes a nuestra escritura y la de los sajones, sino antiguos caracteres mágicos, simples palotes cruzados, patrimonio exclusivo de druidas y brujos. Arrimó la vaina al muro y volvió a colgar la espada, pero no explicó el significado de la inscripción. Merlín no reparó en ella.

Súbitamente abrió los ojos y la aparente debilidad dio paso a una expresión de terrible fiereza.

–Maldigo –dijo pausadamente– a las criaturas de Siluria. –Chasqueó los dedos en dirección al hogar y una lengua de fuego surgió crepitando de la madera–. Que se agosten sus cosechas –gruñó–, que su ganado quede estéril, que sus hijos nazcan tullidos, que sus espadas pierdan el filo y sus enemigos triunfen. –Habida cuenta de su carácter, podía considerarse suave la maldición, pero su voz era un susurro pérfido–. Y que en Gwent –continuó– muera el ganado de epidemia, las heladas de estío arrasen la tierra y queden yermos los senos como pellejos secos.

–Escupió a las llamas–. En Elmet –dijo– las lágrimas formarán lagos, las plagas harán rebosar los cementerios y las ratas se apoderarán de las casas. –Escupió de nuevo–. ¿Cuántos hombres traerás, Derfel?

–Cuantos tengo, señor. –Temía confesar el mermado número, pero finalmente me decidí–. Veinte escudos.

–¿Y los que aún están con Galahad? –preguntó mirándome por debajo de las pobladas cejas blancas–. ¿De cuántos dispones?

–Nada sé de ellos, señor.

–Forman la guardia real del palacio de Lancelot –dijo con un gesto sardónico–, por deseo expreso de éste. Ha convertido a su hermano en chambelán del palacio. –Galahad era medio hermano de Lancelot, pero nada más tenían en común–. Bueno es, señora –prosiguió dirigiéndose a Ceinwyn–, que no te hayas casado con Lancelot.

–Soy de la misma opinión –respondió sonriéndome.

–Se aburre en Siluria, y no es de extrañar, pero buscará la vida regalada de Dumnonia y será una serpiente en el vientre de Arturo. Tú, señora –añadió sonriendo–, habrías sido su juguete.

–Prefiero estar aquí –dijo Ceinwyn, refiriéndose a las toscas paredes de piedra y a las vigas ahumadas del techo.

–Pero él intentará perjudicarte –le advirtió Merlín–. Es mayor su orgullo que alto el vuelo del águila de Lleullaw, y Ginebra te maldice. Mató a un perro en su templo de Isis y envolvió en el pellejo a una perra tullida a la que ha puesto tu nombre.

Ceinwyn se puso pálida, hizo la señal contra el mal y escupió al fuego.

–He contrarrestado la maldición –anunció Merlín encogiéndose de hombros, y luego extendió los largos brazos y echó la cabeza atrás, tanto que las trenzas adornadas de cintas casi tocaron el suelo cubierto de juncos–. Isis es una diosa extranjera y su poder es débil en esta tierra.

Adelantó la cabeza hasta su posición normal y se restregó los ojos con las largas manos.

–He vuelto con las manos vacías –dijo en tono fúnebre–. Nadie ha dado un paso para acompañarme, ni en Elmet ni en parte alguna. Dicen que sus lanzas son para el vientre de los sajones. No les ofrecí oro ni plata, tan sólo luchar en nombre de los dioses, y ellos me respondieron con sus plegarias, luego dejaron que las mujeres les hablaran de hijos y hogares, ganados y tierras, y así escurrieron el bulto. ¡Ochenta hombres! No he pedido nada más. Diwrnach puede reunir doscientos, tal vez algunos más, pero con ochenta habría bastado; mas no hallé dispuestos ni siquiera a ocho. Sus señores han jurado servir a Arturo y dicen que la olla puede esperar hasta la reconquista de Lloegyr. Están ávidos de tierras y oro sajones y todo lo que yo les ofrecía era sangre y frío en el Sendero Tenebroso.

Se hizo el silencio. Un tronco rodó en el hogar y levantó una constelación de pavesas hacia el techo ennegrecido.

–¿Ningún hombre os ofreció su lanza? –pregunté, conmocionado por las noticias.

–Unos pocos –dijo con desprecio–, pero ninguno en el que pudiera confiar. Ninguno digno de la olla mágica. –Hizo una pausa y de nuevo se hizo evidente su cansancio–. Me enfrento a la carnaza del oro sajón y a Morgana, que hoy lucha contra mí.

–¡Morgana! –No pude ocultar la sorpresa. Morgana, la hermana mayor de Arturo, había sido la compañera íntima de Merlín hasta que Nimue le usurpó el puesto, y aunque Morgana la odiaba no creí que su aversión se extendiera a Merlín.

–Morgana –afirmó con rotundidad–. Ha hecho correr por toda Britania la historia de que los dioses se oponen a la misión que he emprendido, que seré derrotado y que mi muerte arrastrará consigo a todos cuantos me acompañen. Dice que lo soñó, y el pueblo cree en sus sueños. Arguye que soy viejo, estoy débil y he perdido el juicio.

–Dice –terció Nimue con un susurro– que no será Diwrnach quien os mate, sino una mujer.

–Morgana sigue su propio juego –dijo Merlín encogiéndose de hombros–, y yo aún no lo entiendo. –Rebuscó en un bolsillo de la túnica y sacó varios manojos de hierbas secas y anudadas. Todos los manojos me parecieron iguales, pero él buscó entre el montón hasta elegir uno, y lo tendió hacia Ceinwyn–. Te eximo de tu juramento, señora.

Ceinwyn me miró y luego volvió los ojos hacia el manojo de hierbas.

–¿Emprenderéis vos de todos modos el Sendero Tenebroso, señor? –preguntó a Merlín.

–Sí.

–¿Cómo daréis con la olla mágica sin mi ayuda?

Merlín se encogió de hombros, pero no respondió.

–¿Cómo la encontraréis con su ayuda? –pregunté yo, pues aún no entendía por qué era preciso que fuera una virgen quien encontrara la olla o por qué esa virgen había de ser Ceinwyn. Merlín se encogió de hombros nuevamente.

–Siempre era una virgen la guardiana de la olla, y una virgen la custodia ahora, si mis sueños no me engañan; sólo a una mujer casta se le revelará el lugar en que se esconde. Tú lo soñarás –le dijo a Ceinwyn– si vienes por voluntad propia.

–Iré, señor –respondió Ceinwyn–, tal como os prometí.

Merlín se guardó las hierbas en el bolsillo y volvió a restregarse el rostro.

–Partiremos en dos días –anunció solemnemente–. Coced pan, empaquetad carne y pescado seco, afilad las armas y recoged pieles suficientes para guardaros del frío. –Miró a Nimue–. Pasaremos la noche en Caer Sws. ¡Vamos!

–Podéis quedaros aquí –les ofrecí.

–Tengo que hablar con Iorweth –replicó poniéndose en pie; rozaba con la cabeza los pares del techo–. Os eximo a ambos de los juramentos –dijo con gran formalismo–, pero no dejaré de rezar para que me acompañéis, aunque será más penoso que cuanto hayáis vivido hasta hoy, peor que vuestros sueños más terribles, pues he dado en prenda mi vida a cambio de la olla. –Se quedó mirándonos con una expresión de profunda tristeza–. El mismo día en que pisemos el Sendero Tenebroso empezaré a morir –nos dijo–. Empezaré a morir, pues tal ha sido mi juramento, pero aun así no tengo la certeza de que el éxito nos acompañe y, si la misión fracasa, moriré y os encontraréis solos en Lleyn.

–Tendremos a Nimue –dijo Ceinwyn.

–Y a nadie más que a Nimue –replicó Merlín sombríamente, y salió por la puerta con Nimue a la zaga.

Nos sentamos en silencio y eché otro tronco al fuego. Estaba verde, como toda la leña de la que disponíamos pues habíamos cortado los árboles hacía poco, fuera de temporada; por tal motivo, la humareda era continua. Me quedé mirando el humo, que se elevaba en densas volutas blancas, y tomé a Ceinwyn de la mano.

–¿Acaso queréis morir en Lleyn? –la reprendí.

–No –me respondió–, pero quiero contemplar la olla.

–Que rebosará de sangre –añadí con la mirada fija en el fuego.

–Cuando era niña –dijo Ceinwyn acariciándome la mano– escuché las historias de la antigua Britania, cuando los dioses vivían entre nosotros y todos eran felices. No había hambruna entonces, ni plagas, sólo estábamos nosotros y los dioses, conviviendo en paz. Deseo resucitar esa Britania, Derfel.

–Arturo dice que esa Britania nunca volverá, que somos lo que somos, no lo que fuimos.

–¿A quién creéis, entonces? –preguntó–. ¿A Arturo o a Merlín?

–A Merlín –dije finalmente tras meditar largo rato, tal vez porque deseaba creer en esa Britania en la que todas nuestras penas desaparecerían por arte de magia. También me atraía la

Britania de Arturo, pero precisaba de guerras, grandes esfuerzos y confianza en que los hombres respondieran bien al trato justo. El sueño de Merlín exigía menos y prometía más.

–Así pues, acompañaremos a Merlín –dijo Ceinwyn, pero entonces se me quedó mirando y dudó–. ¿Os preocupa la profecía de Morgana?

–Tiene poder, pero no tanto como él, ni siquiera como Nimue.

Merlín y Nimue habían sufrido las tres heridas de la sabiduría, mientras que Morgana sólo había soportado la herida al cuerpo, pero no la de la mente, ni la del orgullo. Sin embargo, la profecía de Morgana era astuta, pues en cierto modo, Merlín desafiaba a los dioses. Pretendía domeñar sus caprichos a cambio de todo un país dedicado a adorarles, pero ¿por qué habrían de prestarse los dioses a ser dominados? Quizás hubieran escogido los sencillos poderes de Morgana como instrumento contra la intromisión de Merlín. ¿Qué otra explicación podía darse a la hostilidad de Morgana? O quizá Morgana, como Arturo, creía que la misión de Merlín era un disparate, que Merlín no era más que un viejo empeñado en la inútil búsqueda de una Britania desaparecida con la llegada de las legiones. Arturo no concebía otro objetivo que la expulsión de los sajones de Britania y bien podía haber apoyado los rumores que extendía su hermana para no derrochar lanzas britanas en la lucha contra los escudos teñidos con sangre de Diwrnach. Acaso Arturo utilizara a su hermana para que ninguna vida dumnonia se perdiera en Lleyn, excepto la mía, las de mis hombres y la de mi amada Ceinwyn, obligados todos por juramento.

No obstante, Merlín nos había eximido de nuestros votos e intenté una vez más persuadir a Ceinwyn de que permaneciera en Powys. Le dije que Arturo no creía en la existencia de la olla, que posiblemente la hubieran robado los romanos y se la hubieran llevado al gran pozo de riquezas, a Roma, para fundirla y fabricar peines, alfileres, monedas o broches. Hablé y hablé y, cuando hube acabado, sonrió y me volvió a preguntar si daba más crédito a Merlín o a Arturo.

–A Merlín –respondí de nuevo.

–Yo también –dijo Ceinwyn–. Por eso os acompaño.

Cocimos pan, empaquetamos comida y afilamos las armas. A la noche siguiente, la víspera de nuestra partida en pos de los sueños de Merlín, cayeron las primeras nieves.

* * *

Cuneglas nos dio dos robustas jacas, que cargamos con la comida y las pieles. Luego, nos echamos a la espalda los escudos con la estrella pintada y tomamos el camino del norte. Iorweth nos bendijo y los lanceros de Cuneglas nos escoltaron durante las primeras millas, pero una vez rebasado el vasto desierto de hielo del pantano de Dugh, más allá de las montañas que se elevaban al norte de Caer Sws, los lanceros dieron media vuelta y nos quedamos solos. Había prometido a Cuneglas que protegería la vida de su hermana con la mía y él me abrazó en respuesta.

–Derfel, mátala antes que dejarla en manos de Diwrnach –me susurró al oído, con los ojos arrasados por las lágrimas, que a punto estuvieron de disuadirme.

–Si le prohibís venir, señor, quizás obedezca –le dije.

–Sería inútil –sentenció–. Pero nunca la había visto tan feliz. Además Iorweth me asegura que volveréis. Partid, amigo mío. –Dio un paso atrás. Como regalo de despedida nos entregó un zurrón lleno de lingotes de oro, que cargamos en una de las jacas.

El camino, cubierto de nieve, conducía a Gwynedd, un reino en el que nunca había estado y que encontré inhóspito y desangelado. Los romanos habían llegado hasta allí, pero sólo para extraer plomo y oro; dejaron poco rastro a su paso y ninguna de sus leyes. Las gentes del país vivían en chozas bajas y oscuras, apiñadas en el interior de muros de piedra circulares, sobre los que colocaban calaveras de lobos y osos a fin de ahuyentar a los espíritus. Los perros que guardaban las toscas fortificaciones aullaban a nuestro paso. En las cimas de las montañas encontramos pilas de piedras que hacían las veces de mojones y, cada pocas millas, en el borde del camino, topábamos con postes de los que colgaban huesos humanos y algunos harapos. Escaseaban los árboles, los ríos estaban congelados y algunos pasos estaban bloqueados por la nieve. Por la noche nos refugiábamos en alguna de aquellas piñas de casas y pagábamos tan parco rescoldo con esquirlas de oro de los lingotes de Cuneglas.

Todos vestíamos pieles. Ceinwyn y yo, al igual que mis hombres, nos cubríamos con pieles de lobo y de ciervo infestadas de piojos, mientras que Merlín se abrigaba con la piel de un gran oso negro. Las pieles de nutria gris en las que se envolvía Nimue eran mucho más ligeras que las nuestras, pero aun así, no parecía sentir el frío como los demás. Sólo ella no portaba armas. Merlín llevaba su vara negra, un arma temible en el combate, y mis hombres, lanzas y espadas; hasta Ceinwyn se había hecho con una lanza ligera y de su cintura colgaba, envainado, su largo cuchillo de caza. Había prescindido de sus joyas de oro y las gentes que nos daban cobijo no sospechaban su alto rango. Sí apreciaban, sin embargo, su esplendorosa cabellera, y deducían finalmente que sería, como Nimue, discípula de Merlín, al que todos conocían y adoraban hasta el punto de presentarle a niños tullidos para que les impusiera las manos.

Tardamos seis días en llegar a Caer Gei, la residencia de invierno de Cadwallon, rey de Gwynedd. No era más que una plaza fuerte en la cima de una montaña, pero bajo la explanada en la que se asentaba se abría un valle profundo con grandes árboles en las escarpadas laderas que lo jalonaban. Allí habían levantado una empalizada de madera que rodeaba una fortaleza de troncos, algunos graneros y una veintena de chozas para dormir, todas ellas bajo el blanco manto de la nieve y con grandes carámbanos de hielo colgando de los aleros. Cadwallon era un hombre viejo y amargado cuya fortaleza era un tercio de la de Cuneglas, en cuyo suelo de tierra se apiñaban ya los lechos de los guerreros recién llegados. Nos hicieron un hueco a regañadientes y en una esquina colocaron unas colgaduras de separación para Nimue y Ceinwyn. Aquella noche, Cadwallon nos obsequió con un frugal banquete consistente en cordero salado y zanahorias hervidas, lo mejor de sus despensas, no obstante. Se ofreció generosamente a librarnos de Ceinwyn convirtiéndola en su octava esposa, pero no se ofendió ni le decepcionó que ella lo rechazara. Sus siete esposas eran unas oscuras criaturas tristes que compartían una choza circular y pasaban el día disputando entre sí y persiguiendo a los hijos ajenos.

Caer Gei era un lugar miserable, aunque fuera la residencia de un rey. Se hacía difícil creer que el padre de Cadwallon hubiera sido Cunedda, el rey supremo que había precedido a Uther de Dumnonia. Las lanzas de Gwynedd habían decaído desde aquellos tiempos gloriosos. Tampoco era fácil hacerse a la idea de que allí, tras las altas montañas, refulgentes de nieve y hielo, se hubiera criado Arturo. Fui a visitar la casa en la que su madre hallara refugio cuando Uther la rechazó y descubrí que era una construcción de paredes de tierra no mayor que nuestra casa de Cwm Isaf. Estaba rodeada de abetos, cuyas ramas cedían bajo el peso de la nieve, y orientada al septentrión, hacia el Sendero Tenebroso. En aquel entonces vivían tres lanceros, cada uno con su familia y su ganado. La madre de Arturo era medio hermana del rey Cadwallon, el cual, por tanto, era su tío, pero siendo Arturo un hijo ilegítimo, era muy improbable que el parentesco le proporcionara más lanceros para la campaña de primavera contra los sajones. Cadwallon incluso había enviado algunos hombres a luchar contra Arturo en el valle del Lugg, pero la cesión de guerreros debía interpretarse más como un gesto de precaución a fin de conservar la amistad de Powys que como hostilidad del rey de Gwynedd hacia Dumnonia. En general, las lanzas de Cadwallon apuntaban hacia la frontera norte con Lleyn.

El rey invitó al banquete a Byrthig, el Edling, para que nos hablara de Lleyn. El príncipe Byrthig era fornido y de baja estatura, con una cicatriz que le atravesaba el rostro desde la sien izquierda hasta la barba, pasando por la nariz. Sólo le quedaban tres dientes y masticaba la carne lenta y trabajosamente. Con las manos, se llevaba la carne a su único diente delantero y la desgarraba hasta deshacerla en jirones, que hacía pasar garganta abajo con grandes tragos de hidromiel. El laborioso proceso le dejó la negra barba impregnada de jugo y restos de carne a medio masticar. Cadwallon, con sus lúgubres maneras, se lo ofreció a Ceinwyn como marido, pero de nuevo no parecieron afectarle las amables palabras con que ella rechazó la oferta.

El príncipe Byrthig nos informó de que Diwrnach vivía en Boduan, una fortaleza situada al oeste de la península de Lleyn. El rey era uno de los lores irlandeses de allende el mar, pero sus tropas no se nutrían de hombres de una sola tribu irlandesa como las de Oengus de Demetia, sino que eran una amalgama de fugitivos de todas las tribus.

–Acoge a todo el que llegue de la otra orilla, y cuanto más asesinos sean, mejor –nos contó Byrthig–. Los irlandeses se libran así de sus proscritos, que en los últimos tiempos son muy numerosos.

–Los cristianos –gruñó Cadwallon a modo de explicación, y escupió.

–¿Lleyn es cristiana? –pregunté sorprendido.

–No –contestó Cadwallon, como reprochándome la ignorancia–. Pero Irlanda adora al dios cristiano, se convierten por manadas, y los que no pueden soportar a ese dios huyen a Lleyn. –Se sacó una astilla de hueso de la boca y la miró sombríamente–. Pronto tendremos que enfrentarnos con ellos –añadió.

–¿Aumentan las tropas de Diwrnach? –preguntó Merlín.

–Pocas son las noticias que nos llegan, pero eso dicen –replicó Cadwallon, y dirigió su mirada al techo, donde una placa de nieve derretida por el calor descendía por la vertiente. Se oyó un crujido y luego el golpe sordo de la masa helada desprendida del techo al topar con el suelo.

–Lo único que desea Diwrnach es que lo dejen en paz –explicó Byrthig con una voz sibilante, producto de sus dientes podridos–. Si no lo molestamos, raramente nos molesta él. Sus hombres cruzan la frontera buscando esclavos, aunque en estos tiempos ya queda poca gente en el norte y no se internan demasiado, pero si sus tropas aumentan hasta agotar las cosechas de Lleyn, buscarán más tierras donde sea.

–Ynys Mon es famosa por la abundancia de sus cosechas –dijo Merlín.

Ynys Mon era la gran isla situada junto a la costa norte de Lleyn.

–Ynys Mon podría alimentar mil bocas –admitió Cadwallon–, pero a condición de que los hombres se tomen la molestia de arar y cosechar, y nadie lo hace. Cualquier britano con dos dedos de frente abandonó Lleyn hace años y los pocos que quedan viven aterrorizados, como viviríais vosotros si Diwrnach os visitara para tomar lo que desea.

–¿Qué es lo que desea? –pregunté.

Cadwallon me miró, hizo una pausa y se encogió de hombros.

–Esclavos –dijo.

–¿Con los que tú le pagas tributo? –preguntó Merlín con voz meliflua.

–Un pequeño tributo a cambio de la paz –respondió Cadwallon haciendo caso omiso del reproche.

–¿Cuántos?

–Cuarenta al año –admitió Cadwallon finalmente–. La mayoría niños huérfanos y en algunos casos prisioneros. De todos modos, prefiere a las niñas –añadió, mirando a Ceinwyn con expresión pensativa–. Le gustan las niñas.

–Como a muchos hombres, señor –respondió ella con sequedad.

–Pero no tanto como a Diwrnach –le advirtió–. Sus hechiceros le han dicho que el hombre que se protege tras un escudo cubierto con la piel curtida de una niña virgen es invencible en la batalla. No digo que no lo haya probado yo también.

–Así pues, ¿le enviáis niñas? –preguntó Ceinwyn en tono acusador.

–¿Conocéis alguna otra clase de virgen? –replicó Cadwallon.

–Creemos que es un elegido de los dioses –dijo Byrthig, como si eso explicara el gusto de Diwrnach por las esclavas vírgenes–, pues parece loco y tiene un ojo rojo. –Hizo una pausa para rasgar un trozo de cordero con el diente–. Forra los escudos de piel –continuó cuando hubo reducido la carne a delgadas fibras– y luego los pinta con sangre; por eso sus hombres se llaman a sí mismos los Escudos Sangrientos. –Cadwallon hizo la señal contra el mal–. Y dicen que se come la carne de las niñas –prosiguió Byrthig–, pero no lo sabemos. ¿Quién sabe lo que hacen los locos?

–Los locos están cerca de los dioses –gruñó Cadwallon, que vivía absolutamente aterrorizado por el rey vecino, lo que, por otra parte, no era de extrañar.

–Algunos locos están cerca de los dioses –dijo Merlín–, pero no todos.

–Diwrnach sí –le advirtió Cadwallon–. Hace cuanto quiere, a quien quiere y como quiere, y aun así los dioses lo protegen.

Hice la señal contra el mal y de pronto deseé estar de vuelta en la lejana Dumnonia, con sus tribunales, sus palacios y sus largas calzadas romanas.

–Con doscientas lanzas –dijo Merlín–, podrías barrer a Diwrnach de Lleyn. Podrías expulsarlo al mar.

–Lo intentamos en una ocasión –dijo Cadwallon–; cincuenta de mis hombres murieron de gripe en una semana y otros cincuenta temblaban sentados sobre sus propios excrementos, mientras los guerreros de Diwrnach cabalgaban en círculo a nuestro alrededor aullando y enarbolando sus largas lanzas en la noche. Cuando llegamos a Boduan, nos encontramos frente a un gran muro del que pendían seres moribundos que gritaban y se retorcían colgados de ganchos. Ninguno de mis hombres tuvo el coraje de escalar aquel muro de los horrores y no se lo reprocho. Pero ¿qué más da? Si hubiéramos entrado, habría huido a Ynys Mon y habríamos necesitado semanas para encontrar barcos con los que perseguirle por mar. No tengo tiempo, ni lanceros ni oro suficiente para expulsar a Diwrnach al mar, así que es mejor entregarle niñas. Es más barato.

Ordenó a gritos que un esclavo le llevara más hidromiel y miró a Ceinwyn con amargura.

–Dásela –dijo a Merlín– y quizá te entregue la olla.

–No le daré nada a cambio de la olla –replicó Merlín en tono airado–. Además, ni siquiera sabe que existe.

–Ahora sí –intervino Byrthig–. Toda Britania sabe por qué os dirigís hacia el norte. ¿Creéis que sus hechiceros no desean encontrarla?

–Déjame a tus lanceros, lord rey, y recuperaremos Lleyn y la olla –dijo Merlín sonriendo. Cadwallon resopló al oír la propuesta.

–Merlín, Diwrnach enseña a un hombre a ser buen vecino. Te permito pasar por mis tierras, pues temo que de otro modo me maldecirías, pero no te llevarás ni un solo hombre de Gwynedd, y cuando vuestros huesos queden enterrados bajo las arenas de Lleyn, diré a Diwrnach que pasasteis sin mi consentimiento.

–¿Le dirás también por dónde entramos? –preguntó Merlín, pues se abrían ante nosotros dos rutas, la que solía utilizarse en invierno, una vía que bordeaba la costa, y el Sendero Tenebroso, que la mayoría consideraba intransitable en invierno. Merlín esperaba burlar a Diwrnach optando por el Sendero Tenebroso y abandonar Ynys Mon sin que advirtiera siquiera que habíamos estado allí.

–Ya lo sabe –dijo Cadwallon sonriendo por primera y última vez aquella noche, y miró a Ceinwyn, la figura más radiante en aquella estancia negra de humo–. Y sin duda espera con ansiedad vuestra llegada.

¿Sabía Diwrnach realmente que proyectábamos tomar el Sendero Tenebroso, o sólo era la opinión de Cadwallon? Fuera como fuese, escupí para protegernos del mal. Se acercaba el solsticio de invierno, la noche más larga del año, cuando la vida decae, reina la desolación y los demonios se apoderan del aire; y nosotros nos encontraríamos en el Sendero Tenebroso.

Cadwallon nos tomaba por insensatos, Diwrnach nos esperaba y nosotros nos arrebujamos en las pieles para dormir.

* * *

El día siguiente amaneció con un sol espléndido que reverberaba en las montañas circundantes arrancándoles destellos como lenguas de luz cegadora. El cielo estaba despejado y un fuerte viento levantaba la nieve y la arremolinaba en cúmulos de partículas relucientes que pululaban en ráfagas a ras de suelo. Cargamos las jacas, aceptamos los pellejos de oveja que Cadwallon nos regaló a regañadientes y emprendimos la marcha hacia el Sendero Tenebroso, que empezaba justo al norte de Caer Gei. Tratábase de un camino sin asentamientos, sin caseríos, sin un alma que nos ofreciera refugio; nada sino un sendero accidentado que se internaba en la escarpada barrera montañosa que protegía las tierras de Cadwallon de los Escudos Sangrientos de Diwrnach. Dos postes marcaban el comienzo del camino, coronados por calaveras humanas envueltas en harapos cuyos largos carámbanos chocaban por efecto del viento. Las calaveras, talismanes destinados a impedir que el mal atravesara las montañas, estaban orientadas hacia las tierras septentrionales del país de Diwrnach. Merlín tocó un amuleto de hierro que llevaba al cuello cuando pasamos entre ellas y recordé su terrible promesa de empezar a morir en el momento en que pisáramos el Sendero Tenebroso. Cuando nuestras botas hollaron la inmaculada capa de nieve crujiente que cubría el camino, supe que la promesa de muerte había empezado a cumplirse. Subimos montañas todo el día, resbalando en la nieve y arrastrándonos envueltos en la nube de nuestro propio aliento helado, pero no percibí en él señales de agonía. Aquella noche dormimos en una choza de pastor abandonada, en la que afortunadamente todavía encontramos los troncos viejos y la paja podrida del antiguo techo, con los que hicimos un fuego que iluminó débilmente la nevada oscuridad.

A la mañana siguiente, no habíamos recorrido aún un cuarto de milla cuando sonó un cuerno a nuestra espalda, por el cielo. Nos detuvimos y, al mirar atrás protegiéndonos los ojos con la mano en la frente, vimos una línea negra de hombres encaramados en la cresta por donde nos habíamos deslizado la noche anterior. Eran quince, todos armados con escudos, lanzas y espadas, y viendo que habían logrado llamarnos la atención, se precipitaron entre carreras y resbalones por la traicionera pendiente levantando grandes nubes de nieve que el viento barría hacia el oeste.

Sin mediar orden alguna, mis hombres se dispusieron en línea, desataron los escudos y apuntaron las lanzas formando una barrera de escudos en el sendero. Issa, que había heredado el cargo de Cavan, dio la orden de firmes, pero tan pronto como la hubo dado, reconocí la extraña enseña pintada en uno de los escudos que se aproximaban. Era una cruz y yo sólo conocía a un hombre que llevara el símbolo cristiano, Galahad.

–¡Amigos! –grité en dirección a Issa y salí a la carrera. Enseguida los distinguí claramente, pertenecían todos al destacamento que había quedado en Siluria obligado a servir a Lancelot como guardia palaciega. La enseña que ostentaban en el escudo todavía era el oso de Arturo, pero los guiaba la cruz de Galahad, que avanzaba hacia mí gesticulando y gritando, aunque, como yo hacía lo propio, no nos entendimos ni palabra hasta que nos encontramos y nos abrazamos.

–Lord príncipe –le saludé, y volví a abrazarlo. De entre todos los amigos que he tenido en este mundo, él siempre fue el mejor.

Era rubio, de rostro ancho y fuerte, al contrario que el de su medio hermano Lancelot, alargado y sutil. Como Arturo, inspiraba confianza a primera vista. Si todos los cristianos hubieran sido como Galahad, creo que habría adoptado la cruz ya en aquellos primeros tiempos.

–De modo que hemos dormido medio helados en la cresta –dijo señalando hacia atrás– ¿mientras vosotros descansabais aquí?

–Secos y calientes –respondí, señalando los restos todavía humeantes de la hoguera.

Cuando los recién llegados hubieron saludado a sus antiguos compañeros, los abracé uno a uno al tiempo que se los presentaba a Ceinwyn. Se arrodillaron ante ella y le juraron fidelidad. Ya sabían que Ceinwyn había abandonado la ceremonia de compromiso para estar junto a mí, y la amaron desde el primer momento. Enseguida desnudaron las espadas y se las presentaron para que las tocara.

–¿Qué ha sido de los demás? –pregunté a Galahad.

–Se pusieron al servicio de Arturo –respondió con una mueca–. Desgraciadamente, todos los cristianos se quedaron, menos yo.

–¿Creéis que una olla pagana lo merece? –pregunté señalando el camino helado.

–Diwrnach nos espera al final del camino, amigo mío –contestó Galahad–, y ha llegado a mis oídos que su perversidad es mayor que la de cualquier ser surgido de los abismos del maligno. El deber del cristiano es luchar contra el mal, y aquí me tenéis. –Saludó a Merlín y a Nimue y, luego, puesto que era príncipe e igualaba en rango a Ceinwyn, la abrazó–. Sois una mujer afortunada –le oí susurrarle al oído.

–Y más ahora, porque estáis aquí, señor –replicó ella sonriendo tras besarle en la mejilla.

–Naturalmente –dijo Galahad riendo, y retrocediendo un poco, paseó la mirada entre ella y yo–. Toda Britania habla de vosotros.

–Porque en Britania sobran las lenguas ociosas –dijo Merlín en un sorprendente estallido de mal humor– y tenemos un largo viaje por delante cuando acabéis de cotillear. –Estaba agarrotado e irascible, pero lo atribuí a la edad y al frío e intenté olvidar su voto de muerte.

La marcha entre las montañas duró dos días más. El Sendero Tenebroso, aunque no era largo, discurría entre escarpados cerros y profundos valles donde el más ligero ruido resonaba entre las paredes de hielo aumentando la sensación de oquedad y frío. La segunda noche nos refugiamos en un poblado abandonado, un puñado de chozas circulares construidas en piedra, agrupadas al abrigo de un muro de la altura de un hombre, donde apostamos tres centinelas que se encargarían de vigilar las refulgentes lomas iluminadas por la luna. Puesto que no disponíamos de combustible para encender hogueras, nos sentamos muy juntos y pasamos el tiempo cantando canciones y contando relatos, procurando no acordarnos de los Escudos Sangrientos. Aquella noche, Galahad nos dio noticias de Siluria. Su hermano se negó a instalarse en Nidum, la antigua capital de Gundleus, pues distaba mucho de Dumnonia y no ofrecía mayor acomodo que una escuálida edificación romana en ruinas, de modo que trasladó el gobierno a Isca, la enorme fortaleza romana situada junto al Usk, en la misma frontera siluria y a un tiro de piedra de Gwent. Era el lugar más cercano a Dumnonia donde podía establecerse sin salir de Siluria.

–Le agradan los suelos de mosaico y las paredes de mármol –dijo Galahad–, y en Isca habrá encontrado suficientes para satisfacer sus gustos. Allí ha reunido a cuantos druidas viven en Siluria.

–No hay en Siluria druida alguno –gruñó Merlín–, no que merezca tal nombre, al menos.

–Aquellos que se llaman a sí mismos druidas, pues –respondió Galahad con tono resignado–. Hay dos a los que aprecia particularmente y a los que paga por lanzar maldiciones.

–¿Contra mí? –pregunté al tiempo que rozaba el hierro de la empuñadura de *Hywelbane*.

–Entre otros –respondió Galahad, y miró a Ceinwyn santiguándose–. Ya olvidará, con el tiempo –añadió con intención de tranquilizarnos.

–Olvidará cuando muera, y aun entonces cruzará el puente de espadas con el rencor a cuestas –dijo Merlín estremeciéndose, no por temor a la enemistad de Lancelot, sino por el frío–. ¿Quiénes son esos supuestos druidas a los que tanto aprecia?

–Los nietos de Tanaburs –le informó Galahad.

Una mano helada me aprisionó el corazón. Yo había matado a Tanaburs y, aunque tenía derecho a arrebatarle el espíritu, cualquiera que matara a un druida era un necio temerario, y la maldición que Tanaburs pronunció al morir todavía planeaba sobre mi cabeza.

Al día siguiente proseguimos el camino a paso lento a causa de Merlín. Él insistió en que se encontraba bien y no necesitaba ayuda, pero su paso era vacilante, tenía el rostro macilento y ojeroso y respiraba entrecortadamente. Teníamos idea de superar el último puerto antes del anochecer, pero nos hallábamos aún en la subida cuando empezó a desvanecerse la luz, aquel breve día. El Sendero Tenebroso había serpenteado cuesta arriba toda la tarde, aunque llamarlo sendero era casi una ironía, pues apenas era una vereda escarpada y pedregosa que cruzaba una y otra vez un arroyo helado jalonado por saltos de agua en los que proliferaban gruesos carámbanos de hielo. Las jacas resbalaban de continuo y en ocasiones se negaban a avanzar; más que conducirlas, habríase dicho que las arrastrábamos, pero cuando los últimos destellos de luz desaparecían por el oeste, coronamos el puerto, y vi, punto por punto, lo que había vistó en el escalofriante sueño de la cima de Dolforwyn, el mismo frío y la misma desolación, pero sin el espectro negro que en la pesadilla me cerraba el paso. A partir de allí, el Sendero Tenebroso descendía abruptamente hasta el estrecho llano costero de Lleyn y luego se dirigía por el norte hasta la playa.

Más allá, surgía del mar Ynys Mon.

Era la primera vez que contemplaba la isla sagrada. Toda mi vida había oído hablar de ella, conocía su poder y lamentaba el saqueo a que la sometieron los romanos en el Año Negro, pero tan sólo la había visto en aquel sueño. Lo que vi aquel anochecer de invierno no se asemejaba en nada a la maravillosa visión. La gran isla, lejos de estar bañada por el sol, apareció ensombrecida por las nubes, oscura y siniestra, impresión que subrayaba el tétrico destello de las negras oquedades que horadaban las lomas más bajas. La nieve apenas la cubría, pero un mar gris y miserable batía los rocosos acantilados ribeteándolos de blanco. Caí de hinojos a la vista de la isla, al igual que todos mis compañeros excepto Galahad, que por último también hincó una rodilla respetuosamente. Como cristiano que era, a veces soñaba con ir a Roma e incluso a la lejana Jerusalén, si es que tal lugar existía. Ynys Mon, cuyo sagrado suelo teníamos delante, era nuestra Roma y nuestra Jerusalén.

Habíamos traspasado la línea imaginaria de la frontera y estábamos en Lleyn; las escasas construcciones del llano costero eran propiedad de Diwrnach. Los campos estaban salpicados de nieve y salía humo de las cabañas, pero nada humano parecía habitar aquel sombrío espacio, y creo que todos pensábamos en el modo de llegar desde tierra firme hasta la isla.

—Hay barqueros en el estrecho —dijo Merlín, como si hubiera leído nuestros pensamientos. Sólo él, de entre todos, había estado en Ynys Mon, pero de eso hacía muchos años, mucho antes de saber que la olla mágica aún existía, en los días en que Leodegan, el padre de Ginebra, gobernaba el país, antes de que los terribles barcos de Diwrnach llegaran desde Irlanda y expulsaran del reino a Leodegan y a sus hijas, cuya madre ya había muerto por entonces–. Por la mañana –dijo Merlín– bajaremos a la costa y pagaremos a los barqueros. Cuando Diwrnach sepa que hemos llegado a sus tierras, ya nos habremos ido.

–Nos seguirá a Ynys Mon –dijo Galahad en tono nervioso.

–Y una vez más ya habremos marchado –aseguró Merlín, y estornudó.

Parecía haber contraído un lamentable enfriamiento. Moqueaba, tenía las mejillas pálidas y, de tanto en tanto, se estremecía incontrolablemente, pero sacó unas polvorientas hierbas de una pequeña bolsa de cuero y las tragó con un puñado de nieve derretida, tras lo cual anunció que estaba en perfectas condiciones.

A la mañana siguiente había empeorado. Tuvimos que pasar la noche en una hendidura entre las rocas, no osamos prender lumbre a pesar del encantamiento de invisibilidad que Nimue había obrado con un cráneo de turón que había encontrado por la mañana en el camino. Los centinelas vigilaron el llano costero, en el que tres pequeñas fogatas denunciaban la presencia de vida, mientras el resto, apretujados en la profunda grieta rocosa, temblábamos, maldecíamos el frío y suspirábamos por que llegara el amanecer. Cuando por fin llegó, con una luz macilenta y vacilante, la lejana isla parecía más oscura y amenazadora si cabe. Pero el encantamiento de Nimue debió de surtir efecto pues no avistamos lancero alguno apostado al final del camino.

Merlín temblaba constantemente y estaba muy débil para caminar, de modo que lo cargaron entre cuatro lanceros en una litera amañada con lanzas y capas, e iniciamos el lento y trabajoso descenso hasta los primeros árboles, escuálidos y doblegados por el viento, de las tierras de Lleyn. El camino se hundía y los surcos de tierra discurrían, duros y helados, entre robles jorobados, acebos raquíticos y minúsculos campos descuidados. Merlín gemía entre temblores, e Issa propuso volver atrás.

–Cruzar de nuevo las montañas sería su muerte –sentenció Nimue–. Sigamos.

Llegamos a una bifurcación donde encontramos la primera señal de Diwrnach, un esqueleto atado con cuerdas de crin de caballo y colgado de un poste, de manera que los huesos secos chocaban entre sí y repiqueteaban al viento de poniente. Bajo los huesos humanos, habían clavado tres cuervos en el poste y Nimue olió los cadáveres ya rígidos para averiguar la clase de magia que había sido imbuida en sus muertes.

–¡Orina! ¡Orina! –consiguió decir Merlín desde la litera–. ¡Aprisa, muchacha! ¡Orina! –Tosió con horribles espasmos y luego volvió la cabeza a un lado para arrojar un esputo en la zanja–. ¡No moriré! ¡No moriré! –dijo para sí y se recostó mientras Nimue se acuclillaba junto al poste–. Sabe que estamos aquí –me advirtió luego.

–¿Está aquí? –le pregunté agachándome junto a él.

–Hay alguien. Ten cuidado, Derfel. –Cerró los ojos y suspiró–. ¡Qué viejo soy! –exclamó débilmente–. ¡Qué viejo! Estamos rodeados de maldad. –Sacudió la cabeza–. Llévame a la isla, nada más. Si alcanzamos la isla, la olla todo lo sanará.

Nimue se levantó y esperó a ver de qué lado se decantaba el vapor de la orina; el viento lo llevó al ramal derecho de la bifurcación y decidió así nuestro camino. Antes de ponernos en marcha, Nimue se acercó a una de las jacas y buscó una bolsa de cuero, de la que sacó un puñado de dardos de elfo y piedras de águila y las distribuyó entre los lanceros.

–¡Os protegerán! –explicó al tiempo que ponía una piedra de serpiente en la litera de Merlín–. ¡Adelante! –nos ordenó.

Caminamos durante toda la mañana, lentamente, pues acarreábamos a Merlín. A nadie vimos, y tal ausencia de vida llenó de aprensivo temor a mis hombres, pues parecía que hubiéramos llegado al país de los muertos. En las márgenes del camino crecían acebos y serbales y en las ramas se posaban zorzales y petirrojos, pero no había rastro de vacas, ovejas u hombres. Columbramos un poblado, del que salía un hilillo de humo, pero quedaba lejos y no parecía que vigilaran desde el muro que lo rodeaba.

Sin embargo, en aquella tierra muerta había hombres. Lo supimos cuando nos detuvimos a descansar en un pequeño valle por el que discurría perezosamente un arroyo, entre márgenes heladas y a la sombra de un bosquecillo de robles negros, raquíticos y doblegados por el viento. Descansamos bajo las espesas ramas, cubiertas por un delicado dibujo de hielo, hasta que Gwilym, el lancero que vigilaba la retaguardia, me llamó.

Me acerqué al lindero del bosquecillo y vi una hoguera encendida al pie de las montañas. Aunque no se percibían las llamas, un denso humo gris se arremolinaba furiosamente antes de que lo arrastrara el viento de poniente. Gwilym señaló hacia el humo con la hoja de la lanza y escupió para alejar el mal que contuviera.

–¿Una señal? –preguntó Galahad, que en aquel momento ya estaba junto a mí.

–Probablemente.

–¿Quiere decir que saben dónde estamos? –dijo, y se santiguó.

–Lo saben –dijo Nimue, que acababa de acercarse. Llevaba el pesado báculo negro de Merlín y era la única que parecía bullir de energía en aquel paraje frío y tétrico. Merlín estaba enfermo, al resto nos paralizaba el miedo, pero cuanto más nos adentrábamos en las negras tierras de Diwrnach, más ardiente se tornaba Nimue. Nos aproximábamos a la codiciada olla y la cercanía prendía fuego en sus entrañas.

–Nos vigilan –dijo.

–¿Podrías escondernos? –le pregunté, deseoso de que nos hiciera pasar desapercibidos una vez más.

–Estamos en tierra ajena y otros dioses ostentan el poder

aquí –dijo negando con la cabeza, y frunció el ceño al ver que Galahad hacía la señal de la cruz por segunda vez–. Tu dios crucificado no derrotará a Crom Dubh.

–¿Está aquí? –pregunté sin poder ocultar mi miedo.

–Sino él, otro como él –dijo.

Crom Dubh era el dios negro, un ser deforme y malévolo que provocaba terribles pesadillas. Se decía que los otros dioses evitaban a Crom Dubh, lo que significaba que estábamos a su merced.

–Estamos condenados –afirmó categóricamente Gwilym.

Nimue le espetó:

–¡Necio! Sólo nos condenaremos si no damos con la olla, en cuyo caso, todo estaría perdido de todos modos. ¿Vas a quedarte mirando el humo todo el día? –me preguntó.

Continuamos la marcha. Merlín ya no podía hablar y, aunque lo abrigamos con varias capas de pieles, los dientes le castañeteaban sin parar.

–Está agonizando –me dijo Nimue sin aspavientos.

–Entonces, debemos buscar un refugio y encender fuego –dije.

–¿Para estar calentitos mientras nos asesinan los lanceros de Diwrnach? –se mofó de la propuesta–. Agoniza porque se aproxima a su sueño y porque hizo un trato con los dioses.

–¿Ofreció su vida por la olla? –preguntó Ceinwyn, que caminaba a mi lado.

–No exactamente. Pero mientras os instalabais en vuestra casita –añadió en tono sarcástico–, fuimos a Cadair Idris. Allí ofrecimos un sacrificio, el sacrificio antiguo, y Merlín ofreció su vida, no por la olla sino por la búsqueda. Si encontramos la olla, vivirá, pero si fracasamos, morirá y el cuerpo de sombra del sacrificado tendrá poder sobre el espíritu de Merlín eternamente.

Sabía en qué consistía el sacrificio antiguo, pero no había oído que aún se hiciera en nuestro tiempo.

–¿Quién fue el sacrificado? –pregunté.

–No lo conoces. Ninguno de nosotros lo conocía. Un hombre cualquiera –respondió Nimue sin darle importancia–. Pero su espectro está aquí vigilándonos y desea que fracasemos. Codicia la vida de Merlín.

–¿Qué ocurriría si Merlín muriera de todos modos? –pregunté.

–¡No morirá, estúpido! No, si encontramos la olla.

–Si la encuentro yo –dijo Ceinwyn nerviosamente.

–Lo harás –la tranquilizó Nimue.

–¿Cómo?

–Soñarás –dijo Nimue– y tu sueño nos conducirá a la olla.

Cuando llegamos al estrecho que separaba la isla de tierra firme, comprendí que Diwrnach también deseaba que la encontráramos. Las señales de humo nos confirmaron que sus hombres nos vigilaban, pero no se habían dejado ver ni habían intentado impedirnos el avance, lo cual indicaba que Diwrnach conocía nuestra misión y quería que lo consiguiéramos para quedarse luego él con la olla mágica. No podía haber otra razón por la que nos facilitara el camino hasta Ynys Mon.

El brazo de mar que nos separaba de la isla no era ancho, pero las turbulentas aguas grises barrían el canal de lado a lado formando espumosos remolinos que lo arrastraban todo mar adentro. Las corrientes se hacían rápidas en los pasos más angostos, se agolpaban en sombríos remolinos y estallaban de forma tumultuosa al chocar con las rocas sumergidas, pero el mar no era tan pavoroso como la orilla opuesta, tan descarnadamente vacía, oscura y lóbrega que se diría que nos esperase dispuesta a sorbernos el espíritu. Me estremecí a la vista de la lejana ladera herbosa y me vino a la memoria el día negro, cuando los romanos se plantaron en la misma costa rocosa que nosotros frente a la playa isleña, rebosante de druidas que gritaban maldiciones terribles contra los soldados extranjeros. Pero los maleficios no surtieron efecto, los romanos cruzaron el brazo de mar e Ynys Mon murió. Pero en aquel momento, éramos nosotros los que estábamos allí, en un último y desesperado intento de volver al pasado deshaciendo el ovillo de los siglos de tristeza y penurias, para restaurar en Britania el estado de bendición anterior a la llegada de los romanos. Sería la Britania de Merlín, una Britania de los dioses, libre de sajones, abundante en oro, salones de festejos y milagros.

Caminamos en dirección este, hacia la zona más estrecha del canal y, tras rebasar una roca saliente y bajo la silueta de una fortaleza de adobe abandonada, encontramos dos barcas varadas entre los guijarros de una pequeña ensenada. Una docena de hombres esperaba entre las barcas, casi como si hubieran previsto nuestra llegada.

–¿Son los barqueros? –me preguntó Ceinwyn.

–Los remeros de Diwrnach –dije, y rocé el hierro de la empuñadura de *Hywelbane*–. Quieren que crucemos.

Me asustaba el hecho de que el rey nos facilitara tanto las cosas. Aquellos hombres de cuerpo robusto y mirada dura, con las barbas y las gruesas ropas de lana salpicadas de escamas, no parecían temernos. No llevaban más armas que los cuchillos de limpiar pescado y los arpones. Cuando Galahad les preguntó si habían visto a los lanceros de Diwrnach, se encogieron de hombros como si sus palabras carecieran de sentido para ellos, pero luego Nimue se dirigió a ellos en su irlandés nativo y respondieron amablemente. Dijeron no haber visto ningún Escudo Sangriento y le advirtieron que habíamos de aguardar a la pleamar para cruzar, pues sólo entonces sería prudente la travesía.

Improvisamos un lecho para Merlín en una de las barcas y luego Issa y yo trepamos hasta la fortaleza desierta a observar lo que ocurría tierra adentro. Una segunda columna de humo se elevaba al cielo desde el valle de robles retorcidos, pero fue la única novedad y no había enemigo a la vista. Sin embargo, allí estaban; no era preciso ver sus escudos empapados en sangre para saber que rondaban en las cercanías.

–Me parece, señor –dijo Issa tocando hierro–, que Ynys Mon es un buen lugar para morir.

–Mejor sería para vivir –respondí sonriendo.

–Pero seguramente nuestros espíritus estarán a salvo si morimos en la isla sagrada –dijo en tono angustiado.

–Estarán a salvo, y tú y yo cruzaremos juntos el puente de espadas –le prometí. Y Ceinwyn, me prometí a mí mismo, caminaría dos pasos por delante, porque la mataría yo mismo antes de que ningún hombre de Diwrnach le pusiera la mano encima. Desenvainé a *Hywelbane,* cuya larga hoja conservaba aún el hollín donde Nimue había escrito su encantamiento, y dirigí la punta hacia el rostro de Issa–. Júrame una cosa –le ordené.

–Decidme qué es –respondió arrodillándose.

–Issa, si muero y Ceinwyn sigue viva, mátala de un mandoble certero antes de que caiga en manos de los hombres de Diwrnach.

–Lo juro, señor –dijo, y besó la punta de mi espada.

Cuando subió la marea, las turbulentas corrientes se aquietaron y el mar quedó en calma, a excepción del suave oleaje que el viento levantaba y que puso a flote las dos barcas varadas en la playa de guijarros. Subimos las jacas a bordo y luego cada cual tomó su posición. Se trataba de unas embarcaciones largas y estrechas y, tan pronto como nos acomodamos entre redes pegajosas, los barqueros nos indicaron con gestos que debíamos achicar el agua que entraba por las ranuras abiertas entre las tablas embreadas. Recurrimos a los yelmos para devolver el mar a su lugar y, cuando los barqueros encajaron los largos remos en los toletes, rogué a Manawydan, el dios de los mares, que nos protegiera. Merlín se estremecía y tenía el rostro más pálido que nunca, de un nauseabundo color amarillento y manchado por la espuma que le caía de las comisuras de los labios. Estaba inconsciente y murmuraba misteriosas palabras en su delirio.

Los barqueros remaban cantando una extraña tonada, pero al llegar a la mitad del canal se quedaron en silencio. Se detuvieron y un hombre de cada barca señaló hacia la orilla que habíamos dejado atrás.

Miramos hacia allí. Al principio, sólo distinguí la franja oscura de la playa al pie de la blancura de la nieve y la negra pizarra de las montañas del fondo, pero después percibí algo negro y ondulante que se movía más allá de la playa de guijarros. Era una enseña, meros harapos que ondeaban atados a un palo; un instante después, asomó una línea de guerreros en lo alto de la playa. Se mofaban de nosotros, el frío viento nos hizo llegar sus risas, que oímos con claridad por encima del rumor de las olas. Todos iban montados en jacas desgarbadas y vestían jirones de tela negra que se agitaban al viento como gallardetes. Portaban escudos y las larguísimas lanzas tan del gusto de los irlandeses; ni los unos ni las otras me intimidaban, pero había algo salvaje en sus largas melenas y sus ropas andrajosas que me provocó un súbito escalofrío, aunque quizá se debió a la aguanieve que empezó a escupir el viento del oeste formando burbujas en la superficie gris del mar.

Los desharrapados jinetes negros observaron la llegada de las barcas a Ynys Mon. Los barqueros nos ayudaron a llevar hasta la orilla a Merlín y a las bestias, y luego empujaron las barcas de nuevo al mar.

–¿No deberíamos haber retenido aquí las barcas? –me preguntó Galahad.

–¿Cómo? –pregunté–. Tendríamos que habernos dividido, unos para vigilar las barcas y otros para acompañar a Ceinwyn y Nimue.

–¿Y cómo saldremos de la isla?

–Con la olla mágica todo será posible –afirmé, imbuido de la seguridad de Nimue. No tenía otra respuesta que ofrecerle y no osaba decirle la verdad. La verdad era que me creía condenado. Me sentía como si las maldiciones de los antiguos druidas hubieran empezado a cuajar en nuestros espíritus.

Desde la orilla, nos dirigimos al norte. Las gaviotas nos graznaban y daban vueltas alrededor de nosotros entre la aguanieve del aire mientras trepábamos por las rocas hasta alcanzar un desolado páramo interrumpido sólo por peladas peñas sobresalientes. En los viejos tiempos, antes de que los romanos arrastraran Ynys Mon, la tierra estaba densamente poblada de robles sagrados entre los que se celebraban los grandes misterios de Britania. Aquellos rituales gobernaban las estaciones en Britania, Irlanda e incluso la Galia, ya que allí moraban los dioses y sus vínculos con los hombres habían sido fortísimos antes de que fueran cercenados por las cortas espadas romanas de cruel filo. Pisábamos suelo sagrado, pero no por ello menos difícil, y apenas habíamos caminado una hora cuando llegamos a una vasta ciénaga que parecía impedir el acceso al interior de la isla. La bordeamos buscando un camino pero no lo había, de modo que, cuando la luz empezaba a declinar, tuvimos que usar el asta de las lanzas para rastrear un paso firme entre las espinosas matas bajas y los traicioneros lodazales que amenazaban con tragarnos. Las piernas se nos empaparon de barro helado y la aguanieve se nos colaba entre las pieles. Una de las jacas quedó embarrancada y la otra empezó a asustarse, de modo que las descargamos, distribuimos los bultos y las abandonamos.

Continuamos el penoso avance descansando de vez en cuando sobre los escudos circulares, que hacían las veces de barquichuelas y soportaban nuestro peso hasta que, inevitablemente, el agua salobre rebasaba los bordes y nos obligaba a erguirnos de nuevo. La aguanieve caía cada vez más densa y compacta, arrastrada por el viento que abatía la hierba de la ciénaga, y el frío nos calaba hasta los huesos. Merlín gritaba palabras extrañas y sacudía la cabeza de un lado a otro, mientras que mis hombres perdían fuerzas por momentos, minados por el frío y por la malevolencia de cualesquiera que fueran los dioses de aquella tierra devastada.

Nimue fue la primera en llegar al otro lado. Saltó de mata en mata mostrándonos el camino hasta terreno firme, donde se puso a hacer cabriolas para demostrarnos que el final estaba cerca. De pronto, se quedó inmóvil durante unos segundos y luego señaló con el báculo de Merlín hacia el lugar de donde veníamos.

Nos volvimos a mirar y descubrimos la presencia de los jinetes negros, pero en mayor número que antes; toda una horda de andrajosos Escudos Sangrientos nos observaba desde el otro extremo de la ciénaga. Enarbolaban tres harapientas enseñas y levantaron una a modo de irónico saludo antes de azuzar a sus jacas hacia levante.

–Nunca debí traeros aquí –le dije a Ceinwyn.

–Vos no me trajisteis, vine por mi propia voluntad –me dijo, y me rozó la cara con un dedo enguantado–. Y del mismo modo regresaremos, amor mío.

Dejamos atrás la ciénaga y seguimos cuesta arriba hasta que, tras un cerro bajo, divisamos un paisaje de pequeños campos diseminados entre espesos brezales e inesperados afloramientos rocosos. Necesitábamos un refugio donde pasar la noche y lo hallamos en un poblado de ocho chozas de piedra rodeadas de un muro de la altura de una lanza. No había un alma, pero era evidente que el lugar estaba habitado, ya que las pequeñas chozas de piedra estaban bien barridas y las cenizas del hogar todavía se mantenían tibias al tacto. Arrancamos la techumbre de turba de una de las chozas y cortamos las vigas de madera en leños, con los que prendimos una hoguera para Merlín, que no dejaba de tiritar y delirar. Establecimos la guardia, nos despojamos de las pieles e intentamos secar los empapados calzones y las botas.

Luego, cuando ya los últimos resplandores se apagaban en el cielo plomizo, trepé al muro y desde allí escruté los alrededores, pero nada vi.

La primera parte de la noche montamos guardia cuatro hombres, luego, Galahad y tres lanceros más vigilaron durante las horas restantes de oscuridad y lluvia, pero ninguno de nosotros oyó nada, fuera del viento y el crepitar del fuego en la

cabaña. Nada oímos y nada vimos, pero con las primeras clari-
dades descubrimos en un lado del muro una cabeza de oveja
recién cortada que chorreaba sangre.

Nimue golpeó con furia la cabeza de oveja haciéndola caer
de la albardilla del muro y luego gritó clamando al cielo. Cogió
un puñado de polvo gris, que esparció sobre la sangre fresca, y
recorrió el muro dándole golpes con la vara de Merlín, tras lo
cual anunció que el maleficio había sido contrarrestado. La creímos porque deseábamos que fuera verdad, del mismo modo que
deseábamos creer que Merlín no se moría, aunque estaba mor-
talmente pálido y respiraba superficialmente y en silencio. Intentamos que tomase los últimos restos de pan, pero escupió con
desgana las migas que le dábamos.

–Es preciso encontrar la olla hoy mismo –dijo Nimue con
calma–, antes de que muera.

Recogimos los bultos, cargamos los escudos a la espalda,
empuñamos las lanzas y la seguimos en dirección norte.

Ella nos guiaba. Merlín le había contado cuanto sabía de
la isla sagrada y tales conocimientos nos tuvieron caminando
toda la mañana hacia el septentrión. Los Escudos Sangrientos
aparecieron poco después de que abandonáramos el refugio y,
a medida que nos acercábamos al objetivo, se mostraban más
audaces; en todo momento teníamos a la vista veinte, al menos,
y a veces el número llegaba a triplicarse. Formaban un anillo
disperso a nuestro alrededor, pero se guardaban mucho de acercarse a nuestras lanzas. La aguanieve había cesado al amanecer
dejando un viento frío y húmedo que abatía la hierba del páramo y levantaba los jirones negros de las capas de aquellos oscuros jinetes.

Poco después de mediodía llegamos a un lugar que Nimue
llamó Llyn Cerrig Bach, que significa «lago de piedras pequeñas», una oscura lámina de aguas poco profundas rodeada de
cenagales. Nimue dijo que allí habían celebrado las ceremonias
más sagradas los antiguos britanos, por lo que allí también empe-

zaba nuestra búsqueda, aunque un lugar tan desolado no pareciera apto para encontrar el mayor tesoro de Britania. Hacia el oeste había un brazo de mar estrecho y poco profundo tras el cual se erguía otra isla, hacia el sur y el norte sólo se veían caseríos y rocas y hacia el este se levantaba una pequeña colina escarpada coronada por un grupo de peñas grises semejantes a las que habíamos pasado aquella misma mañana. Merlín yacía como muerto. Tuve que arrodillarme a su lado y acercar el oído a su pecho para percibir el débil silbido de cada trabajosa inspiración. Le puse la mano en la frente, noté que estaba frío y le besé en la mejilla.

–Vivid, señor, vivid –le susurré.

Nimue ordenó a uno de mis hombres que clavara una lanza en el suelo, y así lo hizo, agrietando la dura tierra con la punta. Luego, Nimue cogió media docena de mantos, los colgó del extremo de la lanza, puso piedras sobre los bajos y de tal guisa preparó una especie de tienda. Los jinetes negros nos rodearon, pero se mantuvieron a una distancia prudencial desde la que no podían atacarnos ni ser atacados por nosotros.

Nimue rebuscó a tientas entre las pieles de nutria hasta encontrar la copa de plata en la que me había dado a beber en Dolforwyn y un frasco de loza sellado con cera. Hizo una señal a Ceinwyn para que la siguiera y se metió en la tienda.

Esperé observando el levísimo oleaje que el viento levantaba en la negra superficie del lago hasta que, de pronto, Ceinwyn lanzó un alarido. Cuando volvió a gritar de aquella manera terrible, fui hacia la tienda, pero la lanza de Issa me cerró el paso. Galahad, que siendo cristiano no tenía que creer en nada de todo aquello, se alineó con mi lugarteniente con un encogimiento de hombros.

–Puesto que hemos llegado hasta aquí –me dijo–, continuemos hasta el final.

Ceinwyn gritó por tercera vez y Merlín le hizo eco con un débil y penoso suspiro. Me arrodillé junto a él y le acaricié la frente intentando no pensar en los horrores con los que Ceinwyn soñaba en la negra tienda.

—¡Señor! —me llamó Issa.

Me volví y advertí que miraba hacia el sur, donde un nuevo grupo de jinetes se había unido al anillo de Escudos Sangrientos. Los recién llegados montaban jacas en su mayoría, pero uno cabalgaba a lomos de un sombrío caballo negro y supe que tenía que ser Diwrnach. Su enseña, un poste con un travesaño del que colgaban dos calaveras y un puñado de cintas negras, ondeaba tras él. Vestía una capa negra, su caballo negro iba cubierto con una gualdrapa del mismo color y en la mano esgrimía una gran lanza negra, que alzó en vertical antes de reanudar lentamente la marcha. Avanzó solo y, a unos cincuenta pasos de nosotros, descolgose el escudo e invirtiolo ostentosamente para demostrar que no iba en son de guerra.

Salí a su encuentro. Atrás quedaba Ceinwyn, jadeando y suspirando dentro de la tienda, en torno a la cual mis hombres habían formado un anillo protector.

El rey se protegía con una armadura de cuero negro bajo la capa, pero no llevaba yelmo. El escudo parecía de escamas oxidadas, aunque supuse que serían las capas de sangre seca, y el recubrimiento, la piel desollada de una niña esclava. Desmontó con el siniestro escudo colgando junto a la vaina de la larga espada negra y plantó el extremo de su enorme lanza en el suelo.

—Soy Diwrnach —dijo.

—Soy Derfel, lord rey —respondí con una inclinación de cabeza.

—Bienvenido a Ynys Mon, lord Derfel Cadarn —replicó sonriendo. Sin duda pretendía sorprenderme demostrando que conocía mi título y nombre completo, pero más me desconcertó el hecho de que su fisonomía fuera agradable. Me esperaba un espectro de nariz ganchuda, un ser de pesadilla, pero Diwrnach era un hombre en la primera etapa de la madurez, tenía la frente ancha, la boca grande y una barba negra bien recortada que acentuaba la severa línea de la quijada. Su apariencia en nada inspiraba locura, pero tenía un ojo rojo que era suficiente para infundir terror. Apoyó la lanza en el flanco de la montura y sacó una torta de avena de una alforja.

—Parecéis hambriento, lord Derfel —dijo.

—El invierno es época de hambre, lord rey.

—Sin embargo, no rechazaréis un pequeño regalo. —Partió en dos la torta de avena y me ofreció la mitad—. Comed.

Acepté la torta, pero luego dudé.

—Lord rey, he jurado no comer hasta cumplir mi propósito.

—¡Vuestro propósito! —se burló de mí; se metió lentamente en la boca su porción de torta y, cuando la hubo tragado, añadió—: No estaba envenenada, lord Derfel.

—¿Por qué habría de estarlo, lord rey?

—Porque soy Diwrnach, el rey que mata a sus enemigos de mil maneras —respondió con una sonrisa—. Decidme, ¿cuál es vuestro propósito?

—He venido a orar, lord rey.

—¡Ah!—exclamó modulando la voz como si le hubiera aclarado el misterio—. ¿Tan ineficaces son las plegarias recitadas en Dumnonia?

—Esta tierra es sagrada, lord rey —dije.

—Esta tierra también es mía, lord Derfel Cadarn —replicó—, y creo que los extranjeros deben pedirme permiso antes de defecar en su suelo y orinar en sus muros.

—Lord rey, os pido disculpas si os hemos ofendido.

Ya es tarde —respondió con suavidad—. Estáis aquí y huelo vuestros excrementos. Ya es tarde; no sé qué tengo que hacer con vos. —Hablaba en tono grave, casi compasivo, como si se tratara de un hombre con el que fuera fácil entenderse—. ¿Qué tengo que hacer con vos? —se preguntó de nuevo, pero yo no respondí. El círculo de jinetes negros seguía inmóvil bajo el cielo plomizo; los lamentos de Ceinwyn se redujeron a un débil gimoteo. El rey levantó el escudo, no en señal de amenaza, sino porque le incomodaba el peso que llevaba sobre la cadera, y vi con horror que del borde inferior colgaba la piel de un brazo y una mano humanos, cuyos gordos dedos se movían al viento. Diwrnach percibió la sensación que me causaba y sonrió–. Era mi sobrina –dijo; luego dirigió la mirada a algún punto tras de mí y de nuevo esbozó una lenta sonrisa–. La zorra ha salido del cubil, lord Derfel.

Me giré y vi que Ceinwyn ya estaba fuera de la tienda. Se había despojado de las pieles de lobo, bajo las que apareció el mismo vestido color crema que llevaba en el banquete de compromiso, con los bordes todavía sucios de lodo, del día en que huyó de Caer Sws. Iba descalza, con la dorada cabellera suelta, y me pareció que estaba en trance.

–La princesa Ceinwyn, presumo –dijo Diwrnach.

–Así es, lord rey.

–¿Todavía es doncella según he oído? –preguntó. No quise responder y Diwrnach se inclinó hacia delante para despeinar cariñosamente las crines de su caballo–. ¿No creéis que podría haber tenido la amabilidad de venir a saludarme a su llegada a mi reino?

–También ella ha venido a orar, lord rey.

–Entonces, esperemos que tanto rezo surta efecto –dijo riendo–. Entregádmela, lord Derfel, si no, os reservaré la más lenta de las muertes. Cuento con hombres capaces de desollar a cualquiera pulgada a pulgada hasta convertirlo en un amasijo de carne viva y sangre, que sin embargo aún puede tenerse en pie. ¡E incluso andar!

Dio unas palmaditas con su mano enguantada de negro en el cuello de su caballo y volvió a sonreír.

–He matado a hombres asfixiándolos con sus propios excrementos, lord Derfel, lapidándolos, quemándolos, enterrándolos vivos, encerrándolos en un nido de víboras, ahogándolos en el mar, e incluso los he matado de hambre o de miedo. Hay tantas maneras interesantes de matar, pero no tenéis más que entregarme a la princesa Ceinwyn, lord Derfel, y vuestra muerte será rápida como la caída de una estrella fugaz.

Ceinwyn había empezado a caminar hacia poniente y mis hombres recogieron a toda prisa sus capas, armas y fardos, izaron la litera de Merlín y fueron tras ella.

—Un día, señor, meteré vuestra cabeza en un pozo y la enterraré en heces de esclavos —dije mirándole a los ojos, y me fui.

—¡Sangre, lord Derfel! —gritó entre carcajadas—. ¡Los dioses se alimentan de sangre! Con la vuestra prepararemos un magnífico brebaje, que daré de beber a vuestra mujer en mi lecho. —Dicho lo cual, giró sobre sus botas con espuelas y se llevó al caballo hasta donde le esperaban sus hombres.

—Son setenta y cuatro —me informó Galahad cuando llegué a su lado—. Setenta y cuatro hombres y otras tantas lanzas contra treinta y seis, un moribundo y dos mujeres.

—Todavía no atacarán —le tranquilicé—. Esperarán a que descubramos la olla mágica.

Ceinwyn debía de estar helada con el fino vestido y sin botas; sin embargo caminaba sudorosa, a trompicones entre los hierbajos, como en un día de verano. Le costaba mantenerse en pie y aún más andar, pues sufría los mismos espasmos que yo en la cima de Dolforwyn tras apurar el contenido de la copa de plata, pero Nimue iba a su lado, hablándole y sujetándola, aunque, extrañamente, la desviaba al mismo tiempo de la dirección que ella quería tomar. Los jinetes negros de Diwrnach se mantenían a nuestro paso; se desplazaban por la isla en formación circular, dibujando un amplio y desmañado corro cuyo centro era nuestro pequeño grupo.

Ceinwyn, a pesar del mareo, casi corría. Parecía traspuesta todavía y murmuraba extrañas palabras que yo no alcanzaba a entender. Tenía la mirada perdida y Nimue constantemente la desviaba a un lado, obligándola a seguir un camino de cabras que serpenteaba en dirección norte y pasaba junto al montículo coronado de piedras grises, pero cuanto más nos acercábamos al elevado afloramiento de rocas cubiertas de líquenes, más se resistía Ceinwyn, hasta que Nimue tuvo que emplear toda la fuerza de sus nervudos músculos para que no se saliera de la estrecha senda. Los primeros jinetes negros del anillo ya habían rebasado la escarpada colina, que en aquel momento quedaba dentro de su radio, al igual que nosotros. Ceinwyn protestaba y gimoteaba, e incluso llegó a golpear a Nimue en las manos, pero ésta se mantuvo firme y siguió marcando el camino, mientras los hombres de Diwrnach seguían avanzando con nosotros.

Nimue esperó a llegar al punto del sendero más cercano a la abrupta cresta de rocas y entonces dejó que Ceinwyn corriera libremente.

–¡Hacia las peñas! –exclamó–. ¡Todos hacia las peñas! ¡Corred!

Corrimos y entonces entendí la estrategia de Nimue. Diwrnach no se habría arriesgado a atacarnos en tanto no supiera hacia dónde nos dirigíamos y, si hubiera visto que nos encaminábamos a la colina rocosa, probablemente habría enviado a una docena de lanceros a guarnecer la cima y al resto de sus hombres a capturarnos. Pero gracias a la astucia de Nimue, tendríamos la protección de las enormes peñas escabrosas, las mismas que, si Ceinwyn estaba en lo cierto, habían protegido la olla de Clyddno Eiddyn durante cuatro siglos y medio de impenetrable oscuridad.

–¡Corred! –gritó Nimue.

Los jinetes negros azuzaban sus jacas a fin de estrechar el anillo y barrarnos el paso.

–¡Corred! –seguía gritando Nimue.

Yo era uno de los que en aquel momento acarreaban a Merlín, Ceinwyn ya trepaba por las rocas y Galahad gritaba ordenando a los hombres que se apostaran entre las piedras debidamente para defendernos con las lanzas. Issa permaneció a mi lado, dispuesto a atravesar con la pica al primer jinete negro que se acercara. Cuando los dos jinetes más veloces iban a darnos alcance,

Gwilym y otros tres nos arrancaron la litera de las manos y se la llevaron al pie de las rocas. Los dos guerreros negros gritaron desafiantes y azuzaron a sus jacas cuesta arriba, pero con un golpe de escudo aparté la larga lanza del primero y hundí la punta de acero de la mía en el cráneo de la jaca, que cayó de lado relinchando de dolor. Issa clavó la lanza en el vientre del guerrero al tiempo que yo acometía al segundo, el cual paró el golpe con el asta y pasó de largo, pero tuve tiempo de asirlo por las largas tiras de harapos y logré derribarlo de la pequeña montura. Me golpeó al caer, pero lo inmovilicé pisándole la garganta, alcé la lanza y se la hinqué con fuerza en el corazón. Llevaba una coraza de cuero bajo la túnica andrajosa, pero la pica atravesó una y otro, y pronto su negra barba se tiñó de espuma sangrienta.

–¡Atrás! –nos gritó Galahad.

Issa y yo arrojamos los escudos y lanzas a los hombres que ya estaban a cubierto en las peñas más altas e iniciamos la ascensión a gatas. Una lanza de asta negra chocó contra las piedras a poca distancia de mí, pero ya me tendían una mano fuerte que me asió por la muñeca y me izó. Del mismo modo habían arrastrado a Merlín pendiente arriba hasta dejarlo caer sin ceremonias en el centro de la cima, donde se abría una profunda hondonada rocosa semejante a una copa bordeada por un anillo de enormes piedras. Ceinwyn también estaba en la hondonada, escarbando como un perro rabioso entre los guijarros que llenaban la copa. Había vomitado y revolvía con las manos el amasijo de vómitos y cantos.

La colina era una plaza fuerte idónea. El enemigo sólo podía trepar por las rocas utilizando pies y manos, mientras que nosotros nos resguardábamos entre las hendiduras de la corona de piedras y los atacábamos a medida que asomaban. Algunos intentaron alcanzarnos, pero cayeron entre alaridos cuando les hundimos en la cara las puntas de nuestras picas. Nos arrojaron una lluvia de lanzas, pero sostuvimos los escudos en alto y los proyectiles rebotaron sin hacernos el menor daño. Ordené a seis hombres que se colocaran en la hondonada central y protegieran con los escudos a Merlín, Nimue y Ceinwyn, mientras el resto de lanceros guarnecía la corona exterior. Los Escudos Sangrientos abandonaron las jacas para arremeter por segunda vez, y durante algunos minutos tuvimos que cortar y acuchillar a diestro y siniestro. Uno de mis hombres recibió un corte en el brazo en el breve enfrentamiento pero, aparte de ese percance, salimos ilesos, mientras que los jinetes negros se ocupaban ya de retirar a cuatro muertos y seis heridos hasta el pie de la loma.

–Ya veis de qué sirven los escudos forrados con piel de vírgenes –dije a mis hombres.

Quedamos a la espera de otro ataque, pero no se produjo. En cambio, Diwrnach se acercó solo cabalgando cuesta arriba.

–¡Lord Derfel! –me llamó con su engañosa voz amable y, cuando asomé entre dos rocas, sonrió plácidamente–. El precio ha subido. Ahora, a cambio de una muerte rápida, exijo a la princesa Ceinwyn y la olla mágica. ¿O acaso no es eso lo que habéis venido a buscar?

–La olla es patrimonio de toda Britania, señor –respondí.

–¡Ah! ¿Y consideráis que no soy digno de guardarla? –inquirió con un gesto de desengaño–. Lord Derfel, insultáis con excesiva ligereza. ¿Cómo dijisteis? ¿Mi cabeza en un pozo en el que defecarían los esclavos? ¡Qué imaginación tan pobre! La mía, en cambio, me parece incluso desmesurada, en ocasiones. –Hizo una pausa y miró al cielo como para calcular las horas de luz que quedaban–. No tengo muchos guerreros, lord Derfel –continuó con su convincente voz–, y no deseo perder ni uno más a causa de vuestras lanzas, pero antes o después os veréis obligados a abandonar esas peñas y estaré esperándoos; en tanto, haré volar mi imaginación hasta las más altas cotas. Saludad de mi parte a la princesa Ceinwyn y decidle que ardo en deseos de conocerla más íntimamente. –Alzó la pica en un saludo burlón y regresó al corro de jinetes negros, que habían rodeado totalmente la loma.

Me dejé caer hasta la depresión del centro del promontorio y supe que halláramos lo que hallásemos, para Merlín era tarde ya; tenía la muerte escrita en la cara. La quijada le colgaba inerte y los ojos parecían tan vacíos como el espacio que separa los mundos. Los dientes le castañetearon unos segundos, demostrando que seguía vivo, pero no era sino un tenue hálito de vida que se diluía por momentos. Nimue se había hecho con el cuchillo de Ceinwyn y se afanaba en levantar y separar las piedras que llenaban la hondonada, mientras Ceinwyn, tiritando y con el agotamiento reflejado en el rostro, se había desplomado en una roca y miraba cómo cavaba Nimue. El trance que la había poseído ya había pasado y la ayudé a limpiarse las manos, busqué sus pieles de lobo y la abrigué. Ella se puso los guantes.

—He tenido un sueño —me dijo en susurros—, he visto el final.

—¿Nuestro final? —pregunté alarmado.

—El final de Ynys Mon. Las líneas de soldados con faldas romanas, corazas y cascos de bronce se sucedían, líneas interminables de soldados, Derfel, con los brazos manchados de sangre hasta los hombros, pues no cesaban de matar y matar. Atravesaban los bosques sin romper la formación, matando sin tregua. Los brazos subían y bajaban, las mujeres y los niños huían, pero no había dónde refugiarse y finalmente los acorralaban y los cortaban en pedazos. ¡Niños pequeños, Derfel!

—¿Y los druidas?

—Todos muertos. Todos menos tres, que trajeron la olla hasta aquí. Habían abierto un pozo antes de que los romanos atravesaran el mar y ahí la enterraron; la cubrieron con cantos del lago y luego echaron cenizas sobre las piedras y levantaron fuego con sus solas manos a fin de que los romanos pensaran que allí nada podía enterrarse. Cumplido lo cual, bajaron cantando a los bosques al encuentro de la muerte.

Nimue susurraba nerviosamente y, al volverme, vi que había desenterrado un esqueleto pequeño. Hurgó entre las pieles de nutria hasta dar con una bolsa de cuero; la abrió de un tirón, extrajo dos plantas secas de hojas espinosas y flores de un desvaído tono dorado, y supe que iba a aplacar la furia de los huesos muertos con una ofrenda de asfódelo.

–Enterraron a una niña –dijo Ceinwyn, explicándose el tamaño de los huesos–; era la guardiana de la olla mágica, hija de uno de los tres druidas. Tenía el pelo corto y llevaba una pulsera de piel de zorro en la muñeca. La sepultaron viva para que guardara la olla hasta que la encontrásemos.

Una vez aplacado el espíritu de la guardiana de la olla gracias al asfódelo, Nimue retiró el esqueleto de entre los guijarros y atacó el agujero con el cuchillo al tiempo que me instaba a ayudarla.

–¡Cava con la espada, Derfel! –me ordenó, y yo, obedientemente, hinqué la punta de *Hywelbane* en el pozo.

Y hallamos la olla mágica.

Al principio sólo percibimos un destello de oro sucio, pero Nimue pasó la mano por encima y apareció un grueso borde de oro. La olla era mucho más grande que el agujero que habíamos abierto, así que ordené a Issa y a otro hombre que nos ayudaran a ensancharlo. Sacábamos las piedras con los cascos a un ritmo frenético, pues el espíritu de Merlín apuraba débilmente los últimos instantes de su larga vida. Nimue forcejeaba, entre lágrimas y jadeos, con las piedras incrustadas que antaño habían sido acarreadas hasta la cima desde el lago sagrado de Llyn Cerrig Bach.

–Ha muerto –gimió Ceinwyn, arrodillada junto a Merlín.

–¡No ha muerto! –replicó Nimue apretando los dientes, y entonces agarró el borde dorado con las dos manos y empezó a tirar de la olla con todas sus fuerzas. Parecía imposible mover la enorme vasija, con todo el peso de las piedras que aún quedaban en su profundo vientre, pero me uní a ella y de algún modo, con la ayuda de los dioses, sacamos del negro pozo el impresionante objeto de oro y plata.

Y así salió a la luz la olla perdida de Clyddno Eiddyn.

Era un gran caldero, de la anchura de un hombre con los brazos extendidos y profundo como la hoja de un machete de caza. Las gruesas paredes eran de plata rugosa, se apoyaba sobre tres cortas patas de oro y estaba decorada con profusas tracerías del mismo metal. En el borde le habían soldado tres argollas de oro para colgarlo sobre una chimenea. Habíamos arrancado de su tumba de piedras el mayor tesoro de Britania. Vi que las filigranas de oro representaban guerreros, dioses y ciervos, pero no tuvimos tiempo de admirarla más pues Nimue procedió a vaciar frenéticamente las últimas piedras; después la colocó de nuevo en el agujero, se acercó a Merlín y lo despojó de las pieles negras.

–¡Ayudadme! –gritó, y juntos arrastramos al anciano hasta el pozo y lo introdujimos en la panza del gran caldero de plata. Nimue le dobló las piernas hasta metérselas dentro, lo cubrió con una capa y sólo entonces reposó contra las grandes piedras.

–Está muerto –dijo Ceinwyn con voz débil y temerosa.

–No –insistió Nimue ya sin fuerzas–, no, no lo está.

–¡Estaba frío! –replicó Ceinwyn–. Estaba frío y no respiraba. –Se abrazó a mí y empezó a llorar suavemente–. Ha muerto.

–Vive –insistió Nimue con tono áspero.

Empezó a llover de nuevo, una llovizna punzante que el viento traía, que hacía brillar las piedras y formaba figuras de abalorios en las ensangrentadas cuchillas de las lanzas. Merlín seguía cubierto e inmóvil en el fondo de la olla, mis hombres vigilaban al enemigo por encima de las piedras grises, los jinetes negros nos rodeaban y yo me preguntaba qué clase de locura nos había arrastrado hasta aquel paraje desolado del negro y frío confín de Britania.

–¿Qué hacemos ahora? –preguntó Galahad.

–Esperar –le espetó Nimue–, sólo esperar.

* * *

Nunca olvidaré el frío de aquella noche. La helada escarchaba las rocas y el acero de las lanzas estaba tan frío que quemaba la piel con sólo tocarlo. Era un frío glacial. La llovizna se convirtió en nieve al anochecer, luego paró; el viento amainó llevándose las nubes hacia el este y el cielo quedó despejado, con una enorme luna llena en medio del mar. Era una luna portentosa, una gran esfera de plata empañada por la gasa de una nube distante que flotaba sobre un océano poblado de olas negras y plateadas. Jamás había visto estrellas tan brillantes. El magnífico carro de Bel destellaba sobre nuestras cabezas, eternamente a la caza de la constelación que llamábamos la Trucha. Los dioses moraban entre los astros y les envié una plegaria volando por el aire helado con la esperanza de que alcanzara los brillantes y remotos puntos de fuego.

Algunos dormitaban, pero era el sueño inquieto de unos hombres agotados, ateridos y llenos de miedo. Nuestros enemigos, que nos rodeaban a punta de lanza, encendieron hogueras. Sus jacas acarreaban leña; grandes lenguas de fuego ardieron en la noche lanzando al cielo claro chisporroteantes pavesas.

Nada se movía en el pozo de la olla donde Merlín reposaba envuelto en un manto, a la sombra del saliente rocoso que ocultaba la luna y desde el que, por turnos, vigilábamos las siluetas de los jinetes recortadas contra el resplandor de las hogueras. De tanto en tanto, volaba una larga lanza en la noche y la punta brillaba a la luz de la luna, pero todas se estrellaron inútilmente contra las rocas.

–¿Qué hay que hacer ahora con la olla? –pregunté a Nimue.

–Nada, hasta Samain –respondió en tono sombrío. Yacía acurrucada entre la pila de bultos arrojados al descuido en la hondonada, con los pies apoyados en los cantos que con tanta desesperación habíamos escarbado para abrir el pozo–. Todo debe hacerse correctamente, Derfel. La luna ha de estar llena, el tiempo ha de ser propicio y los trece tesoros deben estar reunidos.

—Habladme de los tesoros –dijo Galahad desde el otro extremo de la hondonada.

–¿Para que te burles de nosotros, cristiano? –le contestó Nimue con rabia tras escupir a un lado.

–Son millares las personas que se burlan de vosotros, Nimue –replicó Galahad sonriendo–. Dicen que los dioses están muertos y que deberíais creer en los hombres. Dicen que deberíamos seguir a Arturo y creen que las ollas, mantos, cuchillos y cuernos que buscáis no son sino disparates que murieron con la caída de Ynys Mon. ¿Cuántos reyes de Britania os han enviado hombres para apoyar esta búsqueda? –Cambió de posición buscando mejor acomodo en aquella fría velada–. Ninguno, Nimue, ninguno –prosiguió–, porque se burlan de vosotros. Dicen que ya es tarde. Los romanos lo cambiaron todo y los prudentes opinan que vuestra olla está más acabada que Ynys Trebes. Los cristianos os consideran sicarios del maligno, pero este cristiano, querida Nimue, ha venido hasta aquí con su espada y, aunque sólo sea por eso, me debéis, cuando menos, cortesía.

Nimue no estaba acostumbrada a las reprimendas, excepto acaso a las de Merlín, y se puso rígida ante el suave reproche de Galahad, pero finalmente, cedió.

–Los tesoros –comenzó– nos fueron entregados por los dioses hace mucho tiempo, cuando Britania era casi lo único del mundo. No había más tierras que Britania, y un ancho mar siempre cubierto de espesa niebla. Por entonces eran doce las tribus britanas, doce reyes, doce salones de festejos y sólo doce dioses. Aquellos dioses vivían en la tierra, como nosotros, y uno de ellos, Bel, llegó incluso a desposar a una humana. Esta dama –dijo señalando a Ceinwyn, que escuchaba tan ávidamente como cualquier lancero– desciende de aquel matrimonio.

Se oyó un grito procedente del anillo de hogueras y Nimue se detuvo, pero no parecía haber amenaza alguna, la noche volvió a quedar en silencio y Nimue retomó el hilo del relato.

–Pero otros dioses sintieron celos de los doce que gobernaban Britania y bajaron de las estrellas con el propósito de arrebatársela, y las encarnizadas batallas hicieron sufrir a las doce tribus. Una lanza arrojada por un dios mataba a un centenar de personas y no había en la tierra escudo que detuviera las espadas divinas. Entonces, los doce dioses, puesto que amaban a Britania, entregaron doce tesoros a las doce tribus. Cada tesoro debía guardarse en una fortaleza real y su presencia impedía que las lanzas de los dioses cayeran allí o hirieran a sus ocupantes. No eran tesoros de valor, pues si los dioses nos hubieran entregado regalos suntuosos, las otras divinidades los habrían visto, habrían adivinado su propósito y los habrían robado para su propia protección. Así pues, los doce regalos eran objetos comunes: una espada, una cesta, un cuerno, un carro, un cabestro, un cuchillo, una piedra de amolar, una cota con mangas, un manto, un plato, un tablero de dados y un aro de guerrero. Doce enseres ordinarios, y lo único que los dioses nos pidieron fue que los reverenciáramos, que los conserváramos y los honráramos; a cambio, además de disfrutar de la protección de los tesoros, cada tribu podía utilizar su regalo para invocar a su dios. Se les permitía una invocación al año, sólo una, pero era suficiente para que las tribus adquirieran cierto poder en la terrible guerra de los dioses.

Hizo una pequeña pausa y se arropó mejor los delgados hombros entre las pieles.

–Cada tribu poseía un tesoro –continuó–, pero Bel amaba tanto a su esposa humana que le dio otro regalo, el decimotercero. Le ofreció la olla mágica y le dijo que siempre que empezara a envejecer, sólo tenía que llenarla de agua y sumergirse para recobrar la juventud, y así podría caminar junto a Bel en toda su belleza eternamente. La olla, como habéis visto, es magnífica, de plata y oro, más hermosa que cuanto puedan forjar manos humanas. Pero tal tesoro despertó la envidia de las otras tribus y así estallaron las guerras de Britania. Los dioses contendían en el cielo y las tribus, en la tierra, y uno tras otro los tesoros fueron capturados o trocados por lanceros, y los dioses, iracundos, retiraron la protección. La olla mágica fue robada, la amada de Bel envejeció y murió, y Bel nos maldijo. La maldición es la existencia de otras tierras y otras gentes, pero Bel prometió que si un Samain reuníamos de nuevo los doce tesoros de las doce tribus, cumplíamos los ritos adecuados y llenábamos la olla con el agua que ningún hombre bebe pero sin la cual no puede vivir, los dioses vendrían de nuevo en nuestro auxilio. −Así concluyó el relato, se encogió de hombros y miró a Galahad−. Y ahora ya sabes, cristiano, por qué habéis traído vuestra espada hasta aquí.

Se produjo un largo silencio. La luz de la luna se colaba entre las rocas y se acercaba reptando hacia el pozo en el que yacía Merlín al abrigo de una delgada capa.

−¿Habéis reunido los doce tesoros? −preguntó Ceinwyn.

−Casi todos −respondió Nimue en tono evasivo−. Pero aun sin los doce, la olla tiene un poder inmenso, poderes muy superiores a los de los otros tesoros juntos. −Miró con expresión desafiante a Galahad, que estaba sentado al otro lado del pozo−. ¿Qué harás, cristiano, cuando seas testigo de tamaño poder?

−Os recordaré que puse mi espada a vuestro servicio −contestó serenamente.

−Como todos los demás. Somos los guerreros de la olla mágica −dijo tímidamente Issa en un arranque de lirismo que desconocía en él; los otros lanceros sonrieron. El hielo les blanqueaba las barbas, se habían envuelto las manos en tiras de tela y piel y tenían la mirada perdida, pero habían encontrado la olla mágica y el orgullo de la hazaña les calentaba el corazón, aun cuando sabían que con las primeras luces deberían hacer frente a los Escudos Sangrientos y presentían su fin.

Ceinwyn, arrebujada a mi lado en la capa de piel de lobo que compartíamos, aguardó a que Nimue se durmiera y me acercó la cara.

–Merlín está muerto, Derfel –me susurró con tristeza.

–Lo sé –respondí, pues en el pozo de la olla nada se había movido ni se había oído ruido alguno.

–Le he tocado la cara y las manos y estaban frías como el hielo –me susurró–. Le he arrimado la hoja del cuchillo a la boca y no se ha empañado. Está muerto.

Me quedé en silencio. Amaba a Merlín, que había sido un padre para mí, y no podía acabar de creer que hubiera muerto en el momento de su triunfo, pero tampoco podía reunir esperanzas de verle vivo de nuevo.

–Deberíamos enterrarlo aquí –dijo suavemente–, dentro de su olla mágica. –Yo seguía callado y me cogió la mano–. ¿Qué vamos a hacer? –preguntó.

«Morir», pensé, pero permanecí en silencio.

–¿No dejaréis que yo caiga en sus manos, verdad? –murmuró.

–Jamás.

–El día que os conocí, lord Derfel Cadarn –dijo–, fue el más afortunado de mi vida. –Sus palabras me hicieron llorar, aunque ignoro si fueron lágrimas de gozo o un lamento por cuanto perdería al amanecer.

Me quedé amodorrado y soñé que estaba atrapado en una ciénaga, rodeado de jinetes negros que por arte de magia caminaban sobre el lodo sin hundirse. De pronto noté que no podía levantar el brazo del escudo y vi una espada cernida sobre mi hombro derecho. Desperté sobresaltado buscando la lanza y me di cuenta de que Gwilym me había rozado el hombro sin querer al trepar por la peña para tomar el relevo de la guardia.

–Lo siento, señor –susurró.

Ceinwyn dormía acurrucada sobre mi brazo y Nimue se arrebujaba al otro lado. Galahad, con la barba blanca de hielo, roncaba suavemente, y los demás lanceros dormitaban o yacían tiesos de frío. La luna casi había llegado al punto más alto y su luz caía sesgada sobre las estrellas de los escudos amontonados de mis hombres y en la pared rocosa del pozo que habíamos abierto en la hondonada. La bruma que velaba el rostro hinchado de la luna cuando apenas se levantaba en el horizonte había desaparecido y, en aquel momento, el astro era un redondel puro, frío, claro y compacto, con los bordes tan nítidos como los de una moneda recién acuñada. Recordaba vagamente que mi madre me había dicho el nombre del hombre de la luna, pero no conseguí traerlo a la memoria. Mi madre era sajona y me llevaba en el vientre cuando fue capturada en una incursión dumnonia. Me habían dicho que aún vivía y que habitaba en Siluria, pero no la había vuelto a ver desde el día en que el druida Tanaburs me arrancara de sus brazos e intentara sacrificarme en el pozo de la muerte. Merlín se encargó de mí y llegué a ser britano, amigo de Arturo y el hombre que se llevó a la estrella de Powys de la fortaleza de su hermano. «¡Qué vueltas da la vida! –pensé–, y qué triste dar la última tan temprano, en la isla sagrada de Britania.»

–Supongo que se habrá terminado el queso –dijo Merlín.

Me quedé mirándolo convencido de que todavía soñaba.

–Del blanco, Derfel –dijo en tono ansioso–, del que se desmigaja. No de ese amarillo y duro. No puedo soportar el queso duro de color amarillo.

Se había puesto en pie dentro del pozo y me miraba con expresión seria, con la capa colgándole de un hombro a modo de mantón.

–¿Señor? –dije con un hilo de voz.

–Queso, Derfel. ¿No me has oído? Me muero por un poco de queso. Trajimos un poco, envuelto en lino. ¿Y dónde está mi vara? ¡Se echa uno una siestecilla y al punto le roban la vara! ¿Es que no hay honradez en este perro mundo? Ni queso, ni honradez ni vara.

–¡Señor!

–Deja de gritarme, Derfel. Sólo tengo hambre, no estoy sordo.

–¡Ay, señor!

–¡Ahora lloras! No soporto los lloriqueos. Lo único que pido es un bocado de queso y tú empiezas a berrear como un mocoso. Ah, aquí está mi báculo. Bien. –De un tirón, lo cogió del lado de Nimue y lo usó a modo de bastón para salir del pozo. Los otros lanceros se habían despertado y lo miraban boquiabiertos. Nimue se levantó y oí que Ceinwyn daba un respingo–. Veo, Derfel –dijo mientras revolvía entre los bultos en busca del queso–, que nos has metido en una ratonera. Estamos rodeados, ¿no?

–Sí, señor.

–¿Y nos superan en número?

–Así es, señor.

–¡Clama al cielo, Derfel! ¿Y te atreves a llamarte señor de guerreros? ¡Queso! Aquí está. Sabía que teníamos un poco. Magnífico.

–La olla, señor –dije señalando al pozo trémulamente. Quería saber si la olla había obrado un milagro, pero estaba tan confuso entre la perplejidad y el alivio que no atinaba a hilar las palabras.

–Una hermosa olla, Derfel. Ancha y profunda, con todas las cualidades deseables en una olla. –Mordió un buen pedazo de queso–. ¡Qué hambre tengo! –Dio otro mordisco, se acomodó entre las rocas y nos sonrió espléndidamente–. ¡Rodeados por un ejército más numeroso! ¡Bien, bien! ¿Y ahora qué? –Engulló el queso que quedaba de un bocado y se sacudió las migajas de las manos. Dedicó una cálida sonrisa a Ceinwyn y tendió su largo brazo hacia Nimue–. ¿Todo va bien? –le preguntó.

–Todo va bien –respondió ella con tranquilidad, y se acurrucó entre sus brazos. Era la única que no parecía sorprendida por su magnífico aspecto y su evidente buena salud.

–¡Sólo que estamos rodeados por un ejército más numeroso! –añadió en son de burla–. ¿Qué le vamos a hacer? Lo mejor en un caso de apuro suele ser sacrificar a alguien. –Recorrió con una mirada expectante los rostros pasmados que lo rodeaban. Había recobrado el color y la energía maliciosa de costumbre–. ¿Derfel, quizás?

–¡Señor! –protestó Ceinwyn.

–¡Tú no, señora! No, no, no, no, no. Ya has hecho bastante.

–Nada de sacrificios, señor –dijo Ceinwyn.

Merlín sonrió. Nimue parecía dormida en sus brazos, pero para el resto no habría más descanso. Una lanza se estrelló contra las rocas más bajas y el estrépito hizo que Merlín me tendiera su báculo.

–Trepa hasta lo más alto, Derfel, y sostén la vara apuntando a poniente. Recuerda, hacia poniente, no hacia oriente. Intenta hacer algo bien en tu vida, ¿quieres? Ya sé que cuando se quiere algo bien hecho tiene que hacerlo uno mismo, pero no pienso despertar a Nimue. ¡Arrea!

Tomé el báculo y subí peña arriba hasta el punto más alto y una vez allí, siguiendo las instrucciones de Merlín, lo dirigí hacia el horizonte marino.

–¡No embistas con él! –me gritó Merlín–. ¡Señala! ¡Siente su poder! ¡No es un cayado de pastor, rapaz, es un báculo de druida!

Sostuve la vara hacia el oeste y los jinetes negros de Diwrnach debieron de oler la magia, porque sus hechiceros empezaron a aullar y un grupo de lanceros se precipitó pendiente arriba amenazándome con las armas.

–Ahora –dijo Merlín al tiempo que las lanzas caían a mis pies–, transmítele poder, Derfel. ¡Transmítele poder! –Me concentré en el báculo pero no sentí nada, aunque Merlín pareció satisfecho de mis esfuerzos–. Ya puedes bajarlo y descansar un poco –dijo–. Por la mañana nos espera una buena caminata. ¿Queda algo más de queso? Me zamparía un saco entero.

Permanecimos tumbados al relente. Merlín no estaba dispuesto a hablar de la olla ni de su enfermedad, pero nuestro estado de ánimo era muy distinto. Renació la esperanza. Viviríamos.

Fue Ceinwyn la que primero vio el camino de salvación. Me tocó en el costado y luego señaló hacia la luna; vi entonces que lo que había sido una nítida forma brillante estaba empañada por una especie de torques de trémula neblina semejante a un anillo de gemas pulverizadas, tales eran la intensidad y el brillo de la luz lunar que se reflejaba en las minúsculas gotas.

Merlín seguía hablando de queso, indiferente a la luna.

–Había una mujer en Dun Seilo que hacía el mejor queso blanco del mundo. Creo recordar que lo envolvía en hojas de ortiga y luego lo dejaba reposar seis meses en un cuenco de madera empapado de orines de carnero. ¡Orines de carnero! Algunos se fían de las supersticiones más absurdas, pero de todos modos aquel queso era insuperable. –Chasqueó la lengua risueñamente–. Obligaba a su pobre marido a recoger los orines. ¿Cómo lo hacía? Nunca le pregunté. Tal vez cogía al animal por los cuernos y le hacía cosquillas ¿no?, o a lo mejor engañaba a su mujer y le daba sus propios orines. Eso es lo que yo habría hecho. Parece que ya no hace tanto frío, ¿verdad?

El resplandeciente velo helado que envolvía la luna se había disipado, pero no por ello su contorno aparecía menos bello, sino que reverberaba en la sutil bruma traída por un cálido aliento de poniente. El brillo de las estrellas se empañó, se disolvió la escarcha de las piedras en un espejeo de humedad y cesó el crudo frío. Podíamos tocar la punta de las lanzas sin quemarnos. Se empezó a levantar un banco de niebla.

–Los dumnonios, ya se sabe, se empeñan en que su queso es el mejor de Britania –siguió diciendo Merlín con toda seriedad, como si no tuviéramos nada mejor que hacer que escuchar una lección sobre el queso–, y debe admitirse que bueno lo es, pero suele pecar de duro. Recuerdo que en una ocasión Uther se rompió un diente comiendo queso de una granja cercana a Lindinis. ¡Se le partió en dos! Al pobre le duró semanas el dolor. No podía soportar que le arrancaran los dientes e insistía en que utilizara la magia, pero, por extraño que parezca, la magia nunca surte efecto con los dientes. Con los ojos, sí; con el vientre, siempre; e incluso a veces con los sesos, aunque en estos tiempos escaseen tanto en Britania, pero con los dientes, jamás. Tengo que ocuparme de ese asunto cuando tenga tiempo. ¡Andad con cuidado, porque me encanta arrancar dientes! –Nos dedicó una sonrisa forzada para enseñarnos su perfecta dentadura, bendición poco común de la que también Arturo disfrutaba, porque los demás sufríamos constantes dolores de muelas.

Levanté la vista y observé que las rocas más altas estaban casi ocultas por la niebla, que cada vez era más densa. Era niebla de druida, que se cuajaba, blanca y espesa, bajo la luna para envolver toda la isla de Ynys Mon en un denso manto de vapor.

–En Siluria –prosiguió Merlín–, sirven unos cuencos de bazofia blancuzca a la que se empeñan en llamar queso. Es tan repelente que ni los ratones la comen, pero ¿qué puede esperarse de Siluria? ¿Querías decirme algo, Derfel? Pareces inquieto.

–Niebla, señor –dije.

–Eres muy observador –dijo en tono de admiración–. ¿Por qué no sacas la olla del pozo? Es hora de irse, Derfel, es hora de irse.

Y nos fuimos.

SEGUNDA PARTE

LA GUERRA MALOGRADA

–¡No! –protestó Igraine cuando vio que era el último pergamino.

–¿No? –pregunté amablemente.

–¡No podéis dejar la historia en ese punto! –dijo–. ¿Qué ocurrió?

–Que nos fuimos, naturalmente.

–¡Oh, Derfel! –exclamó arrojando el pergamino a la mesa–. ¡Conozco marmitones que contarían la historia mejor que vos! ¿Qué ocurrió después? ¡Insisto!

Y se lo conté.

Ya alboreaba y la niebla tenía consistencia de lana, tan espesa era que cuando descendimos de las rocas y nos reunimos entre los matojos de la parte alta de la colina, dar un paso habría significado perderse. Merlín nos hizo formar en cadena, cada uno asido al manto del precedente y, con la olla atada a mi espalda, bajamos como pudimos en fila. Merlín, sosteniendo la vara con el brazo extendido, nos condujo por entre los Escudos Sangrientos que nos rodeaban y ninguno nos vio. Oímos a Diwrnach gritando que se dispersaran, pero los jinetes negros sabían que la niebla era mágica y prefirieron quedarse junto a las fogatas. Aun así, aquellos primeros pasos fueron la parte más peligrosa de nuestro viaje.

–Pero cuentan que desaparecisteis –insistió la reina–. Los hombres de Diwrnach dijeron que abandonasteis la isla volando. ¡Todo el mundo conoce la historia! Mi madre me la contó. ¡No podéis decir que simplemente salisteis andando!

–Pero así fue.

–¡Derfel! –me regañó.

–Ni desaparecimos –repliqué con paciencia–, ni salimos volando, pese a lo que vuestra madre os haya contado.

–Entonces, ¿qué ocurrió? –preguntó, desencantada todavía con la vulgar versión de la historia.

Caminamos durante horas siguiendo a Nimue, que poseía una extraordinaria habilidad para orientarse en la niebla y en la noche. También Nimue condujo a mi banda guerrera la víspera de la batalla del valle del Lugg. En aquellos momentos, entre la espesa niebla invernal que cubría Ynys Mon, nos llevó hasta un gran túmulo cubierto de hierba que el pueblo antiguo había hecho. Merlín conocía el lugar, donde, según contó, había dormido años atrás, y ordenó a tres de mis hombres que apartaran las piedras que bloqueaban la entrada, situada entre dos taludes curvos de tierra cubierta de hierba que sobresalían en forma de cuernos. Luego, uno tras otro, nos arrastramos hasta el negro interior del túmulo.

El pueblo antiguo había construido aquella sepultura amontonando rocas enormes para formar un pasillo central del que partían seis estancias menores; posteriormente cubrieron el corredor y las estancias con losas de piedra, sobre las que apilaron tierra. No incineraban a sus muertos como nosotros, ni los sepultaban en la fría tierra como los cristianos, sino que los depositaban en las cámaras de piedra en las que todavía descansan, cada cual con sus tesoros: copas de cuerno, astas de ciervo, puntas de lanza de piedra, cuchillos de pedernal, un plato de bronce y un collar de preciosas cuentas de azabache ensartadas en un raído tendón. Merlín insistió en que no debíamos molestar a los muertos, pues nos daban hospedaje, así que nos hacinamos en el pasillo central y respetamos los osarios. Allí pasamos las horas cantando y relatando historias. Merlín nos dijo que los antiguos eran los guardianes de Britania antes de la llegada de los britanos, y que aún existían en algunos lugares. Él los conoció en los profundos valles perdidos de las tierras salvajes y aprendió su magia. Nos contó que cogían el primer cordero que nacía cada año, lo envolvían en mimbre y lo sepultaban en un terreno de pastoreo para que los siguientes corderos nacieran sanos y fuertes.

–Nosotros todavía lo hacemos –dijo Issa.

–Porque vuestros antepasados lo aprendieron de los antiguos –aseveró Merlín.

–En Benoic –dijo Galahad–, cogíamos la piel del primer cordero y la clavábamos en un árbol.

–También surte efecto. –La voz de Merlín, retumbó en el oscuro y frío corredor.

–Pobres corderos –dijo Ceinwyn, y todos reímos.

La niebla se disipó, pero en el interior del túmulo no teníamos conciencia de si era noche o día, excepto cuando desbloqueábamos la entrada para que alguno saliera a gatas. Teníamos que hacerlo de tanto en tanto para no vivir en medio de nuestros propios excrementos. Si cuando apartábamos las piedras era de día, nos escondíamos en los cuernos de tierra del túmulo y observábamos a los jinetes negros, que registraban afanosamente campos, cuevas, prados, peñas, cabañas y arboledas doblegadas por el viento. Cinco largos días duró la búsqueda, durante los cuales comimos los últimos restos de comida y bebimos el agua que se filtraba en el túmulo, hasta que finalmente Diwrnach entendió que nuestra magia era superior a la suya y abandonó. Aguardamos dos días más, en caso de que se tratara de un ardid para hacernos salir de nuestro escondrijo, y luego nos fuimos. Añadimos oro a los tesoros de los muertos en pago por su hospitalidad, bloqueamos de nuevo la entrada y nos encaminamos hacia el este bajo el sol de invierno. Alcanzamos la playa y, con las espadas, impulsamos dos barcas de pesca y dejamos atrás la isla sagrada. Pusimos rumbo a levante; jamás olvidaré el brillo del sol en los ornamentos de oro y la gran panza de plata de la olla, mientras las destrozadas velas nos impulsaban hacia tierras de levante, más seguras. Compusimos una canción durante el viaje por mar, la canción de la olla mágica, que aún en estos días se oye cantar alguna vez, aunque resulta pobre comparada con las composiciones de los bardos. Desembarcamos en Cornovia y desde allí caminamos en dirección sur, cruzamos Elmet y llegamos a las tierras amigas de Powys.

–He ahí la razón, mi señora –concluí–, de que todas las leyendas digan que Merlín desapareció.

–¿Los jinetes negros no registraron el túmulo? –preguntó Igraine con el ceño fruncido.

–En dos ocasiones –respondí–, pero no sabían que la entrada podía abrirse, o quizá sintieran temor de los espíritus de los muertos que lo habitaban. Además, Merlín había obrado un encantamiento de invisibilidad.

–Más me placería que hubierais salido volando –murmuró, y soltó un suspiro de desilusión–. Habría sido un relato mucho más interesante, pero, la historia de la olla no acaba aquí, ¿verdad?

–¡Ay de mí! No.

–Entonces...

–Entonces, la contaré a su debido tiempo –la interrumpí.

Hizo una mueca de disgusto. Aquel día llevaba la capa de lana gris ribeteada con pieles de nutria que tanto la favorece. Todavía no está encinta, lo que me hace pensar que o bien no está destinada a tener hijos, o bien su esposo, el rey Brochvael, pasa demasiado tiempo con su amante Nwylle. Hace frío, las ráfagas de viento azotan la ventana y avivan las tímidas llamas del fuego encendido en un hogar que podría albergar una fogata diez veces mayor que la que me permite el obispo Sansum. Oigo la reprimenda del santo varón al hermano Arun, el cocinero del monasterio. Las gachas de esta mañana quemaban y san Tudwal se escaldó la lengua. Tudwal es un niño de nuestro monasterio, el compañero en Jesucristo que más quiere el obispo; lo declaró santo el año pasado. El maligno siembra de trampas la senda de la verdadera fe.

–Así que vos y Ceinwyn... –dijo Igraine acusadoramente.

–¿Qué?

–Fuisteis su amante –dijo Igraine.

–De por vida, señora –confesé.

–¿Nunca os casasteis?

–Nunca. Ella hizo un juramento, ¿recordáis?

–Y tampoco se desgarró al parir –dijo Igraine.

–En el tercer parto estuvo a punto de morir, pero los otros fueron más fáciles.

Igraine se acurrucó junto al fuego con las manos tendidas hacia las míseras llamas.

–Sois un hombre afortunado, Derfel.

–¿Lo creéis?

–Por haber vivido un amor tan grande.

La reina tenía una expresión soñadora. No era mayor que Ceinwyn cuando yo la conocí, y era igualmente hermosa. Merecería un amor digno de las trovas de un bardo.

–Fui afortunado –admití.

Por la ventana, veo al hermano Maelgwyn afanado en preparar la provisión de leña del monasterio. Corta los troncos en dos con una cuña y un mazo, y tararea mientras labora. La canción cuenta los amores de Rhydderch y Morag, es decir, que tendrá que soportar una buena regañina tan pronto como el santo varón terminé de humillar a Arun. Somos hermanos en Cristo, nos dice el obispo, unidos por el amor.

–¿No se disgustó Cuneglas con su hermana por huir con vos? –me preguntó Igraine–. ¿Ni siquiera un poco?

–En absoluto –le dije–. Quería que fuéramos a vivir a Caer Sws, pero a nosotros nos gustaba Cwm Isaf, y a Ceinwyn nunca le agradó su cuñada. Helledd era refunfuñona y sus dos tías eran muy desabridas. Ninguna de las tres aprobó la conducta de Ceinwyn y se encargaron de propagar rumores escandalosos que nosotros jamás provocamos. –Hice una pausa al recordar los primeros días–. En verdad, mucha gente se mostró bondadosa –proseguí–. En Powys todavía quedaba cierto resentimiento por la traición del valle del Lugg, pues muchos habían perdido padres, hermanos o maridos, y el desaire de Ceinwyn en cierto modo los desagraviaba. Los complacía ver a Arturo y a Lancelot en tan incómoda situación, de modo que, aparte de Helledd y las dos desabridas tías de Ceinwyn, nadie fue desagradable con nosotros.

—¿Y Lancelot no os retó por ella? —preguntó Igraine desconcertada.

—Ojalá lo hubiera hecho —respondí con dureza—. Me habría gustado sobremanera.

—¡Y Ceinwyn se decidió sin más! —exclamó, admirada por la mera osadía de aquella mujer. Se puso en pie y se acercó a la ventana, donde permaneció un momento escuchando la canción de Maelgwyn—. ¡Pobre Gwenhwyvach! —dijo de pronto—. La hacéis parecer fea, gorda y sin gracia.

—Así era en verdad, desgraciadamente.

—No todo el mundo puede ser hermoso —dijo con la seguridad del que sabe que lo es.

—No —admití—, pero vos no queréis oír historias de gente común. Queréis la Britania de Arturo vibrante de pasión, pero yo no podía sentir pasión alguna por Gwenhwyvach. El amor no obedece más ley que la de la belleza y la lujuria. ¿Ansiáis un mundo justo? Pues imaginadlo sin reyes, reinas, lores, pasión ni magia. ¿Os placería tan insípido mundo?

—Eso no tiene nada que ver con la belleza —protestó Igraine.

—Al contrario. ¿A qué se debe vuestro rango más que a la circunstancia accidental de vuestro nacimiento? ¿Qué es vuestra belleza sino un mero accidente? Si los dioses —dije, pero tuve que detenerme a corregir mis palabras—, si Dios nos quisiera iguales, nos habría hecho iguales, y si todos fuéramos iguales ¿de qué se alimentarían vuestros romances?

—¿Creéis en la magia, hermano Derfel? —me preguntó en tono desafiante, decidida a cambiar de tema.

—Sí —respondí tras pensarlo un poco—. Aun siendo cristianos, podemos creer en ella, pues ¿qué son los milagros, sino magia?

–¿Es cierto que Merlín podía hacer que la tierra se cubriera de niebla?

–Todo lo que Merlín hacía, señora –respondí con el ceño fruncido–, tenía otra explicación. La niebla viene del mar y todos los días se encuentran cosas que se han perdido.

–¿Y los muertos vuelven a la vida?

–Como Lázaro –respondí– y también Nuestro Señor. –Me santigüé e Igraine, respetuosa, me imitó.

–¿Pero Merlín regresó de entre los muertos?

–No sé si estaba muerto –repuse con prudencia.

–¿Pero Ceinwyn estaba segura?

–Lo mantuvo hasta el día de su muerte, señora.

Igraine retorcía entre los dedos el cordón trenzado de su vestido.

–¿Pero acaso la magia de la olla no consistía en devolver la vida?

–Eso dicen.

–Y que Ceinwyn descubriera la olla mágica no pudo ser sino cosa de magia –afirmó.

–Quizá, pero también pudo ser sentido común. Merlín pasó muchos meses reuniendo fragmentos de recuerdos sobre Ynys Mon. Sabía dónde estaba el centro sagrado de los druidas, junto a Llyn Cerrig Bach, y Ceinwyn se limitó a llevarnos hacia el lugar más cercano donde la olla podía haber sido puesta a buen recaudo. Aunque es cierto que lo vio en sueños.

–Del mismo modo que vos en Dolforwyn –dijo Igraine–. ¿Qué fue lo que Merlín os dio de beber?

–Lo mismo que Nimue dio a Ceinwyn en Llyn Cerrig Bach –dije–, probablemente una infusión de sombrerillo rojo.

–¡La seta! –exclamó horrorizada, y yo asentí con la cabeza.

–Ésa es la razón de que me estremeciera y no fuera capaz de tenerme en pie –dije.

—¡Podríais haber muerto! –se escandalizó.

—Pocos son los que mueren a causa del sombrerillo rojo y, además, Nimue sabía lo que se traía entre manos. –Prefería omitir que la mejor manera de prevenir un accidente con el sombrerillo rojo era que el hechicero comiera la seta y luego diera a beber una copa de su orina al que tenía que soñar–. O quizás utilizara cornezuelo de centeno –dije en cambio–. Aunque creo que fue sombrerillo rojo.

Igraine frunció el ceño al oír que Sansum ordenaba al hermano Maelgwyn que dejara de cantar la canción pagana. El santo está de un humor más irritable que de costumbre. Siente dolor al orinar; tal vez tenga una piedra. Todos rogamos por él.

—¿Y luego qué ocurrió? –preguntó Igraine olvidándose del ampuloso discurso de Sansum.

—Regresamos a Powys. Volvimos a casa.

—¿Con Arturo? –preguntó animada.

—Con Arturo –respondí orgulloso, pues ésta es su historia, la historia de nuestro amado señor de la guerra, de nuestro legislador, de nuestro Arturo.

* * *

Aquella primavera en Cwm Isaf fue maravillosa. Quizás era el amor lo que me hacía ver plenitud y brillo por doquier, pero creo que el mundo nunca había estado tan poblado de prímulas y mercuriales, campanillas y violetas, azucenas, lirios y grandes macizos de perifollo. Las mariposas azules campaban por la pradera, de donde arrancamos las enmarañadas matas de grama que crecían bajo los manzanos rebosantes de flores rosadas. Los torcecuellos cantaban entre las ramas floridas, cerca del río había lavanderas y un aguzanieves anidó bajo el techo de paja. Teníamos cinco becerros, todos sanos, glotones y de mirada mansa, y Ceinwyn quedó encinta.

Al regresar de Ynys Mon, forjé dos anillos en los que grabé la cruz de los amantes, distinta de la cristiana. Aquellos anillos los solían lucir las muchachas cuando dejaban de ser doncellas. Muchas llevaban un torzal de paja de sus amantes a modo de insignia y las mujeres de los lanceros se ponían un aro de guerrero con la cruz grabada; las damas de más alto rango raramente usaban anillos, pues los tenían por símbolos vulgares. Algunos hombres también los utilizaban, como Valerin, el comandante de Powys, que llevaba uno con la cruz de los amantes cuando murió en el valle del Lugg. Valerin era el prometido de Ginebra antes de que ella conociera a Arturo.

Nuestros anillos eran aros de guerrero hechos con el metal de un hacha sajona, pero antes de separarme de Merlín, que seguía su camino en dirección sur hacia Ynys Wydryn, arranqué secretamente un fragmento de los adornos de la olla, una diminuta espada de oro que esgrimía uno de los guerreros. Se desprendió con facilidad y la guardé en la bolsa. Una vez en Cwm Isaf, llevé el trocito de oro y los dos aros a un artesano del metal y vi cómo fundía el oro y hacía con él dos cruces que luego incrustó en el hierro. No aparté la vista ni un momento para asegurarme de que no sustituía el oro que le había entregado y, cuando el trabajo estuvo hecho, me puse uno de los anillos y le llevé el otro a Ceinwyn, que al verlo se echó a reír.

–Un torzal de paja habría hecho el mismo servicio, Derfel –dijo.

–El oro de la olla siempre será mejor –respondí, y desde entonces no nos los quitamos, para disgusto de la reina Helledd.

Arturo fue a vernos un día de aquella deliciosa primavera. Me encontró desbrozando el campo de grama con el torso desnudo, una tarea tan interminable como hilar. Me dio una voz desde el río y luego subió a grandes pasos y me saludó. Iba vestido con una camisa de lino gris y largos calzones oscuros, y no llevaba espada.

–¡Así trabajan los hombres! –se burló de mí.

—Arrancar grama es más pesado que luchar –gruñí, y me llevé las manos a los riñones–. ¿Habéis venido a ayudar?

—He venido a ver a Cuneglas –dijo, y se sentó en una piedra junto a uno de los manzanos diseminados por la hierba.

—¿La guerra? –pregunté, como si Arturo tuviera algún otro interés en Powys, y él asintió.

—Ha llegado el momento de reclutar lanzas, Derfel. Sobre todo –añadió con una sonrisa– las de los guerreros de la olla mágica. –Después insistió en que le contara la historia con todo detalle, aunque ya la debía de haber oído una docena de veces, y cuando hube terminado, tuvo el donaire de disculparse por haber dudado de la existencia de la olla. Estoy seguro de que todavía pensaba que era un disparate, y peligroso además, pues el éxito de nuestra empresa había provocado las iras de los cristianos dumnonios, que, tal como había dicho Galahad, creían que éramos instrumentos del maligno. Merlín se había llevado la preciosa olla de vuelta a Ynys Wydryn y la había puesto a buen recaudo en la torre. A su debido tiempo, invocaría sus vastos poderes, pero ya entonces, por el mero hecho de estar en Dumnonia y a pesar de la hostilidad de los cristianos, la olla había renovado las esperanzas del país.

—Aunque confieso –me dijo Arturo– que mayor confianza me inspira ver reunirse los ejércitos de lanceros. Cuneglas me ha dicho que se pondrá en marcha la semana que viene, los silurios de Lancelot se han concentrado en Isca y los hombres de Tewdric ya están dispuestos para la partida. Será un año seco, Derfel, un buen año para la lucha.

Me mostré de acuerdo. Los fresnos habían reverdecido antes que los robles, indicio de un verano seco, lo que significaba que las barreras de escudos se asentarían en terreno firme.

—¿Dónde queréis colocar a mis hombres? –pregunté.

—Conmigo, naturalmente –respondió, e hizo una pequeña pausa para sonreír maliciosamente–. Pensé que me felicitarías, Derfel.

–¿A vos, señor? –pregunté fingiendo que nada sabía para darle la oportunidad de que me anunciara las nuevas.

–Ginebra dio a luz hace un mes –dijo con una sonrisa amplísima–. ¡Un niño, un hermoso niño!

–¡Señor! –exclamé como si me sorprendiera la novedad, aunque ya nos lo habían contado hacía una semana.

–¡Un niño sano y tragón! Buena señal. –No cabía en sí de gozo, pero es que siempre se había complacido enormemente con las cosas más ordinarias de la vida, soñaba con una familia numerosa en una casa sólida y rodeada de campos bien cuidados–. Le hemos puesto de nombre Gwydre –dijo, y repitió el nombre con cariño–, Gwydre.

–Bonito nombre, señor –dije, y a mi vez le anuncié el embarazo de Ceinwyn. Arturo de inmediato decretó que nuestro hijo debería ser una niña, que como era natural se casaría con Gwydre llegado el momento. Me pasó un brazo por los hombros y juntos llegamos andando hasta la casa, donde encontramos a Ceinwyn desnatando un plato de leche. Arturo la abrazó cálidamente y la convenció de que dejara la tarea para los sirvientes y saliera a charlar al sol.

Nos sentamos en el banco que Issa había construido bajo el manzano que crecía junto a la puerta y Ceinwyn le preguntó por Ginebra.

–¿Fue fácil el parto? –preguntó.

–Sí. –Tocó un amuleto de hierro que llevaba colgado al cuello–. ¡Fue realmente fácil y ella está bien! –exclamó haciendo una mueca–. Le preocupa un poco que tener un hijo la haga envejecer, pero eso es una tontería. Mi madre nunca pareció una vieja y tener un niño le sentará bien. –Sonrió imaginando que Ginebra amaría a su hijo tanto como él. Gwydre no era su primer hijo, ya que Ailleann, su amante irlandesa, le había dado dos mellizos, Amhar y Loholt, que ya eran suficientemente mayores para ocupar un puesto en la barrera de escudos, pero Arturo no deseaba su compañía–. No me aprecian –confesó cuando le pregunté por los gemelos–, pero les agrada nuestro viejo amigo Lancelot. –Nos miró como disculpándose por haber pronunciado tal nombre–. Lucharán con sus hombres.

–¿Luchar? –preguntó Ceinwyn con cautela.

–He venido para llevarme a Derfel lejos de vos, señora mía –respondió Arturo con una sonrisa amable.

–Traedlo de vuelta, señor –fue todo lo que dijo ella.

–Cubierto de riquezas que bastarían para un reino –prometió Arturo y se volvió a mirar los muros bajos de Cwm Isaf, la abultada techumbre de paja que mantenía el calor del hogar y el enorme montón de estiércol que humeaba bajo el hastial.

No era tan grande como la mayoría de las casas de campo dumnonias, pero cualquier hombre libre y próspero de Powys se habría sentido orgulloso de una propiedad semejante, y nosotros nos encontrábamos a gusto. Pensé que Arturo haría algún comentario comparando mi presente humildad con las futuras riquezas y me dispuse a defender Cwm Isaf, pero en cambio adoptó una expresión de pesadumbre.

–Te envidio, Derfel.

–Todo lo que tengo es vuestro, señor –respondí al percibir ansiedad en su voz.

–Estoy condenado a vivir entre pilares de mármol y altísimos frontones –dijo, y se rió quitándole importancia–. Parto mañana. Cuneglas nos seguirá dentro de diez días. ¿Vendrás con él? Antes, si es posible. Trae cuantos víveres podáis cargar.

–¿Adónde? –pregunté.

–A Corinium –respondió, y luego se puso en pie, miró hacia el valle y me sonrió–. Sólo unas palabras más.

–Tengo que dejaros, no quiero que Scarach escalde la leche –dijo Ceinwyn, que captó la clara insinuación–. Que volváis victorioso, señor.

Se puso en pie y se despidió de Arturo con un abrazo. Mi señor y yo fuimos a pasear por el valle, donde admiró las cercas recién entretejidas, los manzanos bien podados y la presa donde habíamos construido un pequeño vivero de peces en el río.

–No te acostumbres demasiado a esta tierra, Derfel –me dijo–. Quiero que vuelvas a Dumnonia.

–Nada me gustaría más, señor –respondí, sabiendo que no era Arturo el que me retenía lejos de mi tierra, sino Ginebra y su aliado Lancelot.

–Ceinwyn parece muy feliz –dijo sonriendo, para cambiar de tema.

–Ciertamente; ambos lo somos.

–Acaso descubras –dijo, tras un instante de duda, con la autoridad del que acaba de ser padre– que el embarazo la vuelve turbulenta.

–Hasta ahora no, señor –respondí–, aunque ha cumplido pocas semanas.

–Eres afortunado de tener una mujer como ella –dijo suavemente y, al recordarlo, creo que fue la primera vez que oí la más ligera queja de Ginebra–. Tener un hijo comporta una gran tensión –añadió apresuradamente–, y los preparativos de guerra no ayudan. No puedo estar en casa cuanto quisiera. –Se detuvo junto a un roble añoso y hendido por un rayo y, aunque su tronco chamuscado había quedado partido en dos, el viejo árbol se esforzaba en echar nuevos brotes verdes–. Debo pedirte un favor –me dijo con cautela.

–Lo que sea, señor.

–No te precipites, Derfel; no sabes de qué se trata. –Se quedó en silencio y, viendo los apuros que pasaba para hacer la petición, supe que sería espinosa. Durante unos momentos no pudo decir palabra al respecto, miró hacia los bosques del extremo sur del valle y murmuró algo acerca de ciervos y campanillas.

–¿Campanillas? –pregunté, seguro de haberlo entendido mal.

–Me preguntaba por qué los ciervos no comen campanillas –dijo evasivamente–. Es lo único que no prueban.

—Lo ignoro, señor.

Volvió a dudar un instante y luego me miró a los ojos.

—He convocado un encuentro de adeptos de Mitra en Corinium —dijo por fin.

Supe lo que se avecinaba e hice de tripas corazón para afrontarlo. La guerra me había proporcionado muchas satisfacciones, pero ninguna tan preciada como los compañeros del culto a Mitra, el dios romano de la guerra que había permanecido en Britania cuando los romanos la abandonaron. Únicamente los elegidos por los iniciados eran admitidos a su culto, y éstos procedían de todos los reinos, de modo que tan pronto luchaban juntos como en bandos diferentes, pero cuando se reunían en el pabellón de Mitra, reinaba la paz entre ellos y sólo admitían en sus huestes a los más valientes entre los valientes. Ser iniciado equivalía a recibir el beneplácito de los mejores guerreros de Britania, un honor que no concedería yo con ligereza a ningún hombre. Naturalmente, a las mujeres no se les permitía adorar a Mitra y, de hecho, si alguna llegara a presenciar los misterios, sería castigada con la muerte.

—He convocado el encuentro —dijo Arturo— porque deseo que admitamos a Lancelot en los misterios. —Yo ya había adivinado el motivo, pues Ginebra me había hecho la misma petición el año anterior. En los meses siguientes, quise pensar que se olvidaría del proyecto, pero entonces, en los días previos al inicio de la guerra, volvía a la carga. Traté de desviar la cuestión.

—¿No sería mejor —propuse— que el rey Lancelot aguardara hasta que obtengamos la victoria sobre los sajones? Para entonces ya le habremos visto en la batalla.

Nadie había visto aún a Lancelot en una barrera de escudos y, en honor a la verdad, me habría sorprendido verlo luchar aquel verano, pero lo dije con la esperanza de retrasar la terrible decisión algunos meses.

Arturo hizo un gesto vago, como si mi propuesta fuera de algún modo irrelevante.

—Existen motivos —dijo sin precisar más— que aconsejan elegirlo ahora.

—¿Qué clase de motivos? —pregunté.

—La salud de su madre es precaria.

—No es razón para iniciar a un hombre en los misterios de Mitra —repliqué con una carcajada.

Arturo frunció el ceño, consciente de la fragilidad de sus argumentos.

—Es un rey, Derfel, y encabeza un ejército real en nuestra guerra. Siluria no es de su agrado y no puedo culparle. Añora a los poetas, a los arpistas y las suntuosas estancias de Ynys Trebes, pero perdió su reino porque no fui capaz de cumplir el juramento de acudir con mi ejército en ayuda de su padre. Se lo debemos, Derfel.

—Yo no, señor.

—Se lo debemos —insistió.

—Debería esperar antes de presentarse a Mitra —dije con firmeza—. Si proponéis su nombre ahora, señor, me atrevo a decir que sería rechazado.

Temía tal respuesta por mi parte, pero ni aún así cejó en su empeño.

—Eres amigo mío —dijo, sin darme lugar a replicar— y quisiera, Derfel, que mi amigo fuera tan honrado en Dumnonia como lo es en Powys —arguyó con la mirada baja, fija en el roble hendido, pero entonces alzó los ojos hacia mí—. Te necesito en Lindinis, amigo mío, y si tú sobre todos los demás apoyas el nombre de Lancelot en el templo de Mitra, su elección estará asegurada.

Sus palabras implicaban mucho más de lo que decían. De un modo sutil, confirmaban que la impulsora de la elección de Lancelot era Ginebra, y que ésta olvidaría mis ofensas si la ayudaba a satisfacer su deseo. Es decir, que si elegía a Lancelot, volvería a Dumnonia con Ceinwyn y asumiría el honor de ser el paladín de Mordred, con todas las riquezas, tierras y posición que tan elevado cargo conllevaba.

Me quedé mirando a un grupo de lanceros que descendía la empinada vertiente de la colina norte. Uno llevaba un cordero en brazos y pensé que sería otro huérfano que necesitaría ser criado por Ceinwyn. Habría que alimentarlo con una tetilla de tela empapada en leche, tarea laboriosa que en la mayor parte de los casos no surtía efecto, con la consiguiente muerte del cordero, pero Ceinwyn se empeñaba en intentarlo. Se había negado rotundamente a enterrar en mimbre a ninguno de los corderos y a permitir que fueran desollados para clavar el pellejo en un árbol y, sin embargo, el rebaño no había sufrido perjuicio alguno por la negligencia. Dejé escapar un suspiro.

–Así pues, ¿propondréis a Lancelot en Corinium? –pregunté.

–No, yo no. Lo propondrá Bors, que lo ha visto luchar.

–Entonces, esperemos que los dioses concedan a Bors un pico de oro.

Arturo sonrió.

–¿No me das respuesta ahora? –inquirió.

–No os gustaría oírla, señor.

Se encogió de hombros, me tomó del brazo y regresamos paseando.

–En verdad detesto las sociedades secretas –dijo con voz suave, y no me costó creerle, pues nunca le vi en los misterios de Mitra, aunque había sido iniciado muchos años antes–. Los cultos como el de Mitra habrían de servir para hermanar a los hombres, pero sólo traen rencillas provocadas por la envidia. No obstante, Derfel, un clavo saca otro clavo, de modo que estoy pensando en crear una nueva sociedad de guerreros. La formaré con todos los que participan en la lucha contra el sajón y será la más prestigiosa de Britania.

–Y la más numerosa, espero –añadí.

–Los de la leva quedarán excluidos –añadió, de manera que la prestigiosa sociedad quedaría restringida a los guerreros por juramento, no a los reclutados por el vínculo feudal–. Todos preferirán pertenecer a mi asociación antes que a cualquier secta secreta.

–¿Por qué nombre se la conocerá? –pregunté.

–No sé. ¿Guerreros de Britania? ¿Los camaradas? ¿Las lanzas de Cadarn? –Decía nombres a la ligera, pero la seriedad de su propósito era evidente.

–¿Creéis que si Lancelot perteneciera a los Guerreros de Britania –dije, eligiendo al azar uno de los nombres propuestos–, no le importaría ser excluido del culto a Mitra?

–Sería un consuelo –admitió–, pero no es eso lo que me mueve. Pienso imponer una condición a los candidatos. Para ser admitidos tendrán que renunciar para siempre a luchar entre sí y sellar tal compromiso con un juramento de sangre. –Sonrió brevemente–. Aunque los reyes de Britania se enzarcen en rencillas, los guerreros no podrán nunca combatir entre sí.

–No es exacto –dije con ánimo de provocarle–. El voto de obediencia a un rey está por encima de todos los demás, incluso de vuestro juramento de sangre.

–Al menos lo dificultaré –insistió–, porque estoy decidido a lograr la paz, Derfel. Habrá paz y tú, amigo mío, la disfrutarás a mi lado en Dumnonia.

–Así lo espero, señor.

–Nos encontraremos en Corinium –dijo, y me abrazó. Saludó a mis lanceros con la mano alzada y luego se volvió a mirarme–. Piensa en Lancelot, Derfel, y considera que, ciertamente, en ocasiones tenemos que ceder un poco en el orgullo en favor de la bendición de la paz.

Con esas palabras se alejó a grandes zancadas y fui a avisar a mis hombres de que la vida de campesinos había concluido. Teníamos lanzas y espadas que afilar y escudos que pintar, barnizar y amarrar. Volvíamos a la guerra.

* * *

Partimos dos días antes que Cuneglas, pues el rey esperaba la llegada de los jefes y los curtidos guerreros de las plazas fuertes de la montaña, al oeste de Powys. Me pidió que transmitiera a Arturo la promesa de que los hombres de Powys estarían en Corinium antes de una semana, me abrazó y juró por su vida que Ceinwyn estaría a salvo. La enviaría de nuevo a Caer Sws, donde una reducida guarnición de soldados protegería a su familia mientras él iba a la guerra. Al principio, Ceinwyn se mostró reacia a abandonar Cwm Isaf e instalarse en el pabellón de las mujeres, gobernado por Helledd y sus dos tías, pero yo tenía presente lo que Merlín nos había contado acerca del perro sacrificado con cuyo pellejo habían cubierto a una perra tullida en el templo que Ginebra había dedicado a Isis, y le rogué con insistencia que se refugiara aunque sólo fuera por mi tranquilidad, hasta que finalmente accedió.

Añadí seis hombres a la guardia de palacio de Cuneglas y marché hacia el sur con el resto, todos ellos guerreros de la olla mágica. Llevábamos la estrella de cinco puntas de Ceinwyn en los escudos, cada uno portaba dos lanzas, una espada y, cargados a la espalda, voluminosos fardos llenos de pan doblemente cocido, carne ahumada, queso curado y pescado en salazón. Era un placer volver a estar en camino, mal que nos viéramos obligados a pasar por el valle del Lugg, donde los muertos habían sido desenterrados por los cerdos salvajes y el valle semejaba un gran osario. Preocupado por que, a la vista de los huesos, los hombres de Cuneglas recordaran la derrota, decidí dedicar media jornada a sepultar de nuevo los cadáveres. A todos les faltaba un pie, pues, tras la batalla, no pudimos incinerarlos a todos como habríamos deseado, de forma que tuvimos que enterrar a la mayoría tomando la precaución de cercenarles un pie para evitar que las almas vagaran. Trabajamos de firme aquella media jornada, pero no conseguimos disimular la carnicería que se había producido. Abandoné el trabajo para visitar el templo romano en el que mi espada había terminado con la vida del druida Tanaburs y Nimue había extinguido el espíritu de Gundleus y allí, en el suelo aún manchado de sangre de ambos, me tumbé entre las pilas de calaveras cubiertas de telarañas y pedí regresar ileso junto a Ceinwyn.

Al día siguiente dormimos en Magnis, ciudad ajena donde las hubiera a las ollas protegidas por la niebla y a los cuentos nocturnos sobre tesoros de Britania. Estábamos en Gwent, territorio cristiano, donde todo era pura actividad bélica. Los herreros forjaban puntas de lanza, los curtidores preparaban cubiertas para escudos, vainas, cintos y botas, mientras las mujeres se afanaban en cocer panes duros y finos que tenían que durar tantas semanas de campaña. Los hombres del rey Tewdric llevaban uniformes romanos, con coraza de bronce, faldas de cuero y largas capas. Un centenar de ellos ya había partido hacia Corinium y doscientos más los seguirían, pero no a las órdenes del rey, pues Tewdric estaba enfermo, sino a las de su hijo Meurig, el Edling de Gwent. Al menos oficialmente, pues en verdad los dirigía Agrícola. El general era viejo, pero mantenía el porte erguido y su brazo, lleno de cicatrices, todavía podía blandir la espada. Tenía fama de ser más romano que los romanos y su severo semblante siempre me había inspirado cierto temor, pero aquel día de primavera, a las puertas de Magnis, me saludó de igual a igual. Asomó la cabeza de cortos cabellos grises bajo el dintel de su tienda y, entonces, en uniforme romano, se acercó a grandes zancadas y, para mi sorpresa, me saludó con un abrazo.

Pasó revista a mis treinta y cuatro lanceros, que parecían peludos y desaliñados al lado de sus bien rasurados soldados, pero dio el visto bueno a sus armas y aún más a la cantidad de comida que llevábamos.

–He pasado años predicando que de nada sirve enviar lanceros a la guerra sin un buen fardo de comida –gruñó–, y ¿qué hace Lancelot de Siluria? Mandarme un centenar con una mano delante y otra detrás. –Me invitó a su tienda y me sirvió un vino clarete de rancio sabor–. Os debo una disculpa, lord Derfel –dijo.

–No lo creo así, señor –dije. Me sentía cohibido por la intimidad que me dispensaba tan famoso guerrero, que contaba con edad suficiente como para ser mi abuelo, pero él desechó mi humildad con un gesto de la mano.

–Deberíamos haber acudido al valle del Lugg.

–Parecía una batalla perdida de antemano, señor –dije–. Nosotros no teníamos nada que perder, al contrario que vosotros.

–Pero vencisteis, ¿no es así? –replicó con un gruñido. Se volvió a recoger una laminilla de madera que una ráfaga de viento amenazaba con hacer volar de la mesa. Ésta estaba cubierta de decenas de laminillas similares con listas de hombres y raciones. La sujetó con un cuerno de tinta y volvió a mirarme–. He oído que nos reuniremos con el toro.

–En Corinium –confirmé.

Agrícola, contrariamente a su señor Tewdric, era pagano, pero no tenía tiempo para los dioses britanos, sólo para Mitra.

–Para elegir a Lancelot –dijo Agrícola con aspereza. Se detuvo a escuchar las órdenes que un hombre gritaba a las formaciones del campo, no oyó nada que le impeliera a salir de la tienda y volvió a mirarme–. ¿Qué sabéis de Lancelot?

–Suficiente –dije– como para oponerme.

–¿Ofenderíais a Arturo? –inquirió, sorprendido.

–Debo elegir entre ofender a Arturo o a Mitra –dije con amargura, e hice el gesto contra el mal–. Y Mitra es un dios.

–Arturo habló conmigo cuando pasó por aquí camino de Powys –me confió– y dijo que la elección de Lancelot fortalecería la unión de Britania. –Hizo una pausa y puso cara de desagrado–. Me insinuó que le debía mi voto en compensación por nuestra ausencia en el valle del Lugg.

Al parecer, Arturo estaba comprando votos por todos los medios posibles.

–En tal caso, dádselo, señor. Sólo es necesario uno para rechazarlo y con el mío bastará.

–Yo no miento a Mitra –se rebeló Agrícola–, y no me agrada el rey Lancelot. Estuvo aquí hace dos meses, comprando espejos.

–¡Espejos! –tuve que reírme por fuerza. Lancelot siempre había coleccionado espejos, y en el alto y espacioso palacio del mar que su padre tenía en Ynys Trebes había cubierto de espejos romanos los muros de toda una estancia. Debieron de fundirse en el fuego cuando las hordas de francos invadieron el palacio y, al parecer, Lancelot estaba reconstruyendo su colección.

–Tewdric le vendió un extraordinario espejo de electro –me contó Agrícola–, grande como un escudo, con la superficie nítida como un lago de aguas oscuras en un día de sol. Y lo pagó a buen precio. –Así debió de ser, pensé, pues los espejos de electro, una amalgama de oro y plata, no abundaban–. ¡Espejos! –exclamó en tono mordaz–. Más le valdría atender a sus obligaciones en Siluria, en vez de dedicarse a comprar espejos. –Cogió la espada y el casco rápidamente al oír un cuerno en la ciudad. Sonó dos veces y el general reconoció la señal.

–El Edling –gruñó. Fuimos afuera, bajo el sol y, efectivamente, Meurig salía cabalgando por la muralla romana de Magnis–. Acampo extramuros –me confió, mirando a la guardia de honor que formaba en dos filas– para evitar a sus sacerdotes.

El príncipe Meurig llegó acompañado por cuatro sacerdotes cristianos que se veían obligados a correr para mantenerse al paso del caballo. El príncipe era joven; ciertamente, la primera vez que lo vi todavía era un niño y no hacía mucho de eso, pero disimulaba su juventud con un talante irritable y quejumbroso. En aquel momento, era ya un joven pálido, delgado y de escasa estatura, con una rala barba morena, y notorio por su afición a los detalles más insignificantes en los pleitos de los tribunales y las reyertas eclesiásticas. Tenía fama de erudito; aseguraban que era un experto en la refutación de la herejía pelagiana, que tanto perjudicaba a la Iglesia cristiana en Britania, sabía de memoria los dieciocho capítulos de la ley tribal britana y era capaz de recitar las genealogías de diez reinos britanos remontándose veinte generaciones, así como los linajes de todos sus clanes y tribus, y eso era sólo era el principio de los vastos conocimientos de Meurig, según sus admiradores, los cuales lo tenían por joven ejemplar en cuestiones del saber y por el mejor retórico de Britania. Por contra, en mi opinión, el príncipe había heredado la gran inteligencia de su padre, pero no su sabiduría. Fue Meurig, más que ningún otro, el que persuadió al consejo de Gwent de que abandonara a Arturo ante la batalla del valle del Lugg, motivo que, por sí mismo, ya me parecía suficiente para no apreciar a Meurig, pero cuando el príncipe desmontó hinqué una rodilla en tierra como es de rigor.

–Derfel, me acuerdo de vos –dijo con su extraña voz aflautada, y pasó por mi lado hacia la tienda sin darme licencia para levantarme.

Agrícola me hizo seña de que entrara y me librara de la compañía de los cuatro jadeantes sacerdotes, que estaban allí con la única misión de mantenerse cerca del príncipe. Meurig, que vestía toga y llevaba una pesada cruz de madera colgada de una gruesa cadena de plata en torno al cuello, pareció molesto por mi presencia, pero se limitó a fruncir el ceño y prosiguió exponiendo sus quejas a Agrícola en el acostumbrado tono lastimero, pero como hablaban en latín, no entendí nada. Para respaldar sus argumentos, Meurig agitaba un pergamino en las narices de Agrícola, que soportaba la arenga pacientemente.

Por fin, el príncipe dejó la discusión, enrolló el pergamino y lo guardó en la toga. Luego, se dirigió a mí.

–¿No esperaréis que demos de comer a vuestros hombres? –dijo hablando de nuevo en britano.

–Hemos traído nuestros propios avíos, lord príncipe –dije, y a continuación me interesé por la salud de su padre.

–El rey está aquejado de una fístula en la ingle –me informó con su aguda voz–. Le hemos aplicado cataplasmas y los médicos le sangran con regularidad, pero desgraciadamente, Dios no ha creído oportuno devolverle la salud.

—Mandad llamar a Merlín, lord príncipe —propuse.

Meurig me miró con asombro. Era muy corto de vista y quizá fueran sus débiles ojos los que conferían a su rostro la expresión de permanente malhumor. Soltó una breve risita de burla.

—Claro, todos os conocen, si me permitís el comentario —dijo con sarcasmo—, por ser uno de los insensatos que se enfrentaron a Diwrnach para recuperar un caldero y llevarlo de vuelta a Dumnonia. Una marmita para hacer el cocido ¿no?

—Una olla mágica, lord príncipe.

Los delgados labios de Meurig se abrieron en una breve sonrisa.

—¿No se os alcanza, lord Derfel, que nuestros herreros habrían podido forjar una docena de ollas en el mismo tiempo?

—La próxima vez sabré dónde buscar cacharros de cocina, lord príncipe —dije; Meurig dio un respingo ante el insulto y el general sonrió.

—¿Habéis entendido algo? —me preguntó Agrícola cuando Meurig se hubo marchado.

—No entiendo de latines, señor.

—Se quejaba de un comandante que no ha pagado sus impuestos. El pobre hombre debía pagar treinta salmones ahumados y veinte carretadas de leña cortada, pero no hemos recibido de él más que cinco carretas de leña y ningún salmón. Pero lo que Meurig no entiende es que las pobres gentes de Cyllig sufrieron el flagelo de la peste el invierno pasado, los pescadores furtivos han dejado el río Wye vacío y, a pesar de todo, Cyllig me envía dos docenas de lanceros. —Agrícola escupió asqueado—. ¡Diez veces al día! —exclamó—. Diez veces al día, el príncipe viene a verme con un problema que cualquier escribano del tesoro de mediana inteligencia resolvería en un abrir y cerrar de ojos. Sólo desearía que su padre se atara bien fuerte la ingle y volviera al trono.

—¿Es grave el estado de Tewdric?

Agrícola se encogió de hombros.

—Está cansado, no enfermo. Quiere abdicar. Dice que se hará la tonsura y se convertirá en sacerdote. —Volvió a escupir en el suelo de la tienda—. Pero mantendré a raya a nuestro Edling. Haré que sus damas vayan a la guerra.

—¿Damas? —pregunté, pues el tono irónico con que Agrícola había pronunciado la palabra me despertó la curiosidad.

—Aunque esté más ciego que un gusano, lord Derfel, es capaz de divisar a una muchacha mejor que un halcón a su presa. Le gustan las mujeres, sí, y cuantas más, mejor. ¿Por qué no? Es la conducta propia de los príncipes. —Se desató el cinturón de la espada y lo colgó de un clavo que sobresalía en uno de los postes de la tienda.

—¿Partís mañana?

—Sí, señor.

—Cenad conmigo esta noche —dijo; me acompañó al exterior y observó el cielo—. Será un verano seco, lord Derfel. Un buen verano para matar sajones.

—Un verano que ha de inspirar grandes canciones —contesté entusiasmado.

—A veces creo que el problema de los britanos —reflexionó Agrícola con pesimismo— es que pasamos mucho tiempo cantando y poco matando sajones.

—Este año no será así —repliqué—, este año no. —Aquél era el año de Arturo, el año de la matanza de los sais. El año, rogaba yo, de la victoria total.

* * *

Al salir de Magnis, tomamos las rectas calzadas romanas que enlazaban las principales ciudades del centro de Britania. Marchábamos a paso ligero y llegamos a Corinium en dos días, contentos de estar de nuevo en Dumnonia. La estrella de cinco puntas de mi escudo todavía era una enseña desconocida, pero en cuanto los campesinos oían mi nombre, se arrodillaban para que los bendijera, pues yo era Derfel Cadarn, el defensor del valle del Lugg y guerrero de la olla mágica, y mi reputación parecía haber alcanzado cotas muy altas en mi tierra, al menos entre los paganos. En las ciudades y en los pueblos grandes, donde los cristianos eran más numerosos, solían recibirnos con sermones. Nos decían que asistiendo a la campaña contra los sajones cumplíamos la voluntad de Dios, pero que en caso de morir en la batalla, nuestras almas irían al infierno si todavía adorábamos a los antiguos dioses.

Yo temía a los sajones más que al infierno de los cristianos. Los sais eran un enemigo temible de gentes pobres, desesperadas y numerosas. A nuestra llegada a Corinium, oímos noticias inquietantes de barcos que atracaban diariamente en las costas orientales de Britania, cada cual con su ominosa carga de guerreros y familias hambrientas. Los invasores querían nuestras tierras y para conseguirlas reunían cientos de lanzas, espadas y hachas de doble filo, pero no por eso perdimos la confianza. Con despreocupación propia de locos, marchamos a la guerra casi con alegría. Supongo que, tras los horrores del valle del Lugg, nos creíamos invencibles. Éramos jóvenes y fuertes, los dioses nos amaban y teníamos a Arturo.

En Corinium encontré a Galahad. Desde el día en que nos separamos en Powys, él había ayudado a Merlín a volver a Ynys Wydryn con la olla mágica, y luego había pasado la primavera en la fortaleza reconstruida de Caer Ambra, desde la cual hizo incursiones adentrándose en Lloegyr con las tropas de Sagramor. Los sajones, me advirtió, estaban preparados para recibirnos y habían puesto almenaras en todos los cerros para avisar de nuestra llegada. Galahad había acudido a Corinium para asistir al gran consejo de guerra convocado por Arturo y le acompañaban Cavan y el grueso de mis lanceros, que se había negado a ir a las tierras septentrionales de Lleyn. Cavan hincó la rodilla en tierra y me rogó que les permitiera renovar su juramento de lealtad.

–No hemos prestado ningún otro juramento –me prometió–, excepto el de servir a Arturo, y él dice que podemos serviros a vos si nos admitís.

–Creí que ya serías rico –dije a Cavan– y te habrías ido a tu casa de Irlanda.

–Todavía conservo el tablero de dados, señor –dijo sonriendo.

Lo acogí de buen grado y besó la hoja de *Hywelbane*. Luego pidió licencia para pintar la estrella blanca en el escudo, y también sus hombres.

–Podéis pintarla –le dije–, pero sólo con cuatro puntas.

–¿Cuatro, señor? –se extrañó Cavan y me miró el escudo de reojo–. La vuestra tiene cinco.

–La quinta punta –le expliqué– es para los guerreros de la olla mágica.

Pareció desilusionado, pero se conformó. Arturo tampoco lo habría aprobado, pues habría comprendido que, en justicia, la quinta punta era una distinción que marcaba la superioridad de un grupo de hombres sobre el otro, pero a los guerreros les gustan tales distinciones y los hombres que habían osado recorrer el Sendero Tenebroso se la merecían.

Fui a saludar a los lanceros de Cavan y los encontré acampados junto al río Churn, que discurría al este de Corinium. Casi un centenar de hombres se había instalado al raso en la margen del pequeño río, pues no había espacio intramuros para acoger a todos los guerreros reunidos en torno a las murallas romanas. El grueso del ejército se concentraba en las inmediaciones de Caer Ambra, pero todos los jefes convocados al consejo de guerra habían acudido con algunos siervos, que por sí solos parecían ya un reducido ejército acampado en las verdes orillas del Churn. El éxito de la estrategia de Arturo se hacía evidente con una mera ojeada a los escudos amontonados, pues distinguí el toro negro de Gwent, el dragón rojo de Dumnonia, el lobo de Siluria, el oso de Arturo y las enseñas de los hombres que, como yo, habían merecido el honor de tener una propia: estrellas, halcones, águilas, jabalíes, la terrible calavera de Sagramor y la solitaria cruz cristiana de Galahad.

Culhwch, el primo de Arturo, acampaba con sus lanceros, y, tan pronto como se enteró de mi llegada, corrió a saludarme. Me complació volver a verle. Luchando a su lado en Benoic había llegado a apreciarle como a un hermano. Era un hombre vulgar, descarado, alegre, fanático, ignorante y grosero, pero no había mejor compañero de armas.

–Dicen que has metido un pan en el horno de la princesa –exclamó en cuanto me hubo abrazado–. Eres un perro con suerte. ¿Lograste que Merlín te hiciera un hechizo?

–Mil.

–No puedo quejarme –dijo riendo–. Ya tengo tres mujeres, que se sacarían los ojos entre ellas si pudieran, y las tres están preñadas. –Me miró fijamente con una amplia sonrisa y luego se rascó la ingle–. Piojos –me informó–. No me libro de ellos, pero tengo el consuelo de que también han infestado al enano malnacido de Mordred.

–¿A nuestro rey? –dije en son de broma.

–Es un enano malnacido –dijo con tono feroz–. Te lo aseguro, Derfel. Le he zurrado hasta hacerlo sangrar y ni así aprende. Es un sapejo rastrero. –Escupió–. ¿Así que mañana te opondrás a Lancelot?

–¿Cómo lo sabes? –Solamente a Agrícola había confirmado la firme decisión, pero de algún modo la noticia había llegado a Corinium antes que yo, o tal vez mi antipatía hacia el rey silurio fuera tan conocida que nadie podía imaginar otro proceder por mi parte.

–Lo sabe todo el mundo, y todos están contigo. –Miró hacia algún punto tras de mí y, de pronto, escupió–. Cuervos.

Me volví y vi una procesión de sacerdotes cristianos avanzando por la orilla opuesta del Churn. Eran unos doce, todos vestidos de negro, todos con barba y entonando al unísono uno de esos cantos fúnebres de su religión. Una veintena de lanceros seguía a los sacerdotes y advertí con sorpresa que en sus escudos figuraba el lobo de Siluria o el águila pescadora de Lancelot.

—Creí que el ceremonial sería dentro de dos días —dije a Galahad, que había permanecido a mi lado.

—Así es —contestó. Las ceremonias eran el preámbulo de la guerra y servían para rogar por la protección de los guerreros, tanto al dios cristiano como a las divinidades paganas—. Más parece un bautizo —añadió Galahad.

—En el nombre de Bel, ¿qué es un bautizo? —preguntó Culhwch.

—Es un signo externo, mi querido Culhwch —dijo Galahad con un suspiro—, que simboliza quedar limpio de pecado por la gracia de Dios.

Culhwch se dobló de risa al oír la explicación, lo que provocó el enfado inmediato de uno de los sacerdotes, que se había arremangado las faldas hasta la cintura y se adentraba en el vado. Iba tentando el lecho del río con una vara en busca de un tramo suficientemente profundo para la ceremonia del bautismo, y su torpeza atrajo un nutrido grupo de lanceros ociosos al juncal de la margen opuesta a la de los cristianos.

Durante unos momentos no ocurrió nada destacable. Los lanceros silurios hacían la guardia visiblemente avergonzados, mientras los tonsurados sacerdotes salmodiaban su cántico y el solitario vadeador seguía sondeando el río con el extremo romo de su larga vara acabada en una cruz de plata.

—¡Con eso no cogerás truchas jamás! —gritó Culhwch—. ¿Por qué no pruebas con un arpón de pesca? —Los lanceros congregados rieron y los sacerdotes fruncieron el ceño y cantaron con fuerzas redobladas. De la ciudad habían acudido algunas mujeres, que se unieron a los cánticos de los sacerdotes—. Es una religión de mujeres —sentenció Culhwch, y escupió.

—Es mi religión, estimado Culhwch —murmuró Galahad. Culhwch y él sostenían la misma discusión desde la larga guerra de Benoic, y sus disputas, al igual que su amistad, no tenían visos de acabar.

El sacerdote encontró un lugar bastante profundo, tanto, que el agua le llegaba a la cintura, e intentó clavar la vara en el fondo del río, pero la fuerza de la corriente la tumbaba y cada nuevo intento fallido arrancaba las carcajadas de los lanceros. Algunos de los mirones eran cristianos, pero nadie intentó poner fin a las mofas.

Finalmente, el sacerdote consiguió plantar la cruz, aunque de forma precaria, y salió de nuevo a la orilla. Los lanceros se mofaron con silbidos y abucheos de sus escuálidas piernecillas blancas y él se bajó precipitadamente las empapadas faldas para esconderlas.

Entonces apareció una segunda procesión cuya visión impuso el silencio en nuestra margen del río. Era un silencio respetuoso, pues se aproximaba una carreta de bueyes con colgaduras de lino blanco en la que viajaban dos mujeres y un sacerdote escoltados por doce lanceros. Una de las mujeres era Ginebra y la otra, la reina Elaine, la madre de Lancelot, pero lo más sorprendente fue la identidad del sacerdote. Tratábase del obispo Sansum, investido con todos los atributos de obispo, sepultado bajo llamativas capas pluviales y mucetas bordadas, y de su cuello colgaba una gruesa cruz de oro rojizo. La tonsura afeitada en la parte delantera de la cabeza se le había enrojecido por el sol y los mechones de pelo negro que le crecían alrededor se encrespaban como orejas de ratón. Nimue lo llamaba Lughtigern, el señor de los ratones.

—Creía que Ginebra no podía soportarlo —dije, pues siempre habían sido enemigos acérrimos, pero ahí estaba el señor de los ratones, acercándose al río en la carreta de Ginebra—. ¿Acaso no había caído en desgracia?

—La mierda flota algunas veces —gruñó Culhwch.

—Pero Ginebra ni siquiera es cristiana —me indigné.

—Y ahí llega la otra mierda que la acompaña —dijo Culhwch,

y señaló hacia un grupo de seis jinetes que seguía a la pesada carreta.

Lancelot iba a la cabeza, montado en un caballo negro y vestido con un simple par de calzones de lana y una camisa blanca. A los lados iban los hijos gemelos de Arturo, Amhar y Loholt, ataviados con toda la parafernalia de guerra, yelmo empenachado, cota de malla y botas altas. Tras ellos, cabalgaban otros tres jinetes; uno llevaba armadura y los otros dos, las largas túnicas blancas propias de los druidas.

–¿Druidas? –me extrañé–. ¿En un bautizo?

Galahad se encogió de hombros, incapaz como yo de encontrar una explicación.

Los druidas eran jóvenes fornidos, de hermoso rostro moreno, barba poblada y larga cabellera negra cuidadosamente peinada, que les crecía a partir de una mínima tonsura. Portaban báculo negro con muérdago en la punta y, lo que era más extraño en un druida, espada envainada al costado. Observé que el guerrero que cabalgaba a su lado no era hombre, sino mujer, una mujer alta, de espalda recta y con una extravagante melena de rizos rojos que caía en cascada desde el yelmo de plata hasta tocar el lomo del caballo.

–La llaman Ade –me dijo Culhwch.

–¿Quién es? –pregunté.

–¿Quién crees tú que ha de ser? ¿La cocinera? Es la que le calienta la cama –me contó con una sonrisa–. ¿No te recuerda a alguien?

Me acordé de Ladwys, la amante de Gundleus. Me pregunté si no sería el destino de los reyes silurios tener una amante que montara a caballo y blandiera la espada como un hombre. Ade llevaba una espada larga colgada de la cadera, una lanza en la mano y el escudo del águila pescadora en el brazo.

–A la amante de Gundleus –le dije.

–¿Con esa melena roja? –respondió Culhwch despectivamente.

–A Ginebra –dije, y era cierto que había un claro parecido entre Ade y la arrogante Ginebra, que acompañaba a la reina Elaine en la carreta. Elaine estaba pálida, pero por lo demás, nada hacía sospechar que la enfermedad la estuviera matando, tal como se rumoreaba. Ginebra estaba tan hermosa como siempre, sin señal alguna de los recientes sufrimientos del parto. No llevaba al niño consigo, aunque tampoco me lo esperaba. Gwydre estaría con toda seguridad en Lindinis, al cuidado de un ama de cría y suficientemente alejado de Ginebra como para no alterarle el sueño con sus llantos.

Los hijos gemelos de Arturo desmontaron tras Lancelot. Aquel año ya se les permitiría acudir a la guerra lanza en mano, pero en verdad eran aún muy jóvenes. Me había cruzado con ellos en multitud de ocasiones y ya sabía que no eran de mi agrado. Carecían totalmente del sentido práctico de Arturo. Malcriados desde su más tierna infancia, se habían convertido en dos jóvenes tempestuosos, egoístas y codiciosos, que guardaban rencor a su padre, despreciaban a su madre Ailleann y se vengaban de su bastardía abusando de las gentes que no osaban enfrentarse a ellos por ser vástagos de Arturo. Eran despreciables. Los dos druidas desmontaron y se situaron junto a la carreta de bueyes.

Culhwch fue el primero que entendió la maniobra de Lancelot.

–Si se bautiza –gruñó a mi oído–, no podrá ser iniciado de Mitra.

–Bedwin se inició –le hice notar– y era obispo.

–Nuestro estimado Bedwin jugaba a dos bandos –me contó–. Cuando murió, encontramos una imagen de Bel en su casa y su mujer nos dijo que le ofrecía sacrificios. Verás que tengo razón y esto no es sino una estratagema para evitar ser rechazado en el culto a Mitra.

–Acaso haya sentido la llamada de Dios –terció Galahad, levemente indignado.

—En tal caso, y perdona pues se trata de tu hermano, ese dios debe de tener las manos sucias –replicó Culhwch.

—Sólo es medio hermano –dijo Galahad, que no deseaba que le relacionaran íntimamente con Lancelot.

La carreta se detuvo muy cerca de la orilla. Sansum abandonó su mullido asiento y, sin molestarse en arremangarse las espléndidas vestiduras, se metió en el río. Lancelot desmontó y esperó en la orilla a que el obispo llegara a la cruz y la asiera. Sansum era un hombre de escasa talla y el agua le llegaba hasta la pesada cruz que adornaba su pecho estrecho. Miró hacia nosotros, su congregación involuntaria, y levantó su voz potente.

—Esta semana –atronó– marcharéis a combatir al enemigo con vuestras lanzas y Dios estará con vosotros. ¡Dios os bendice y os ayuda! En el día de hoy, en este mismo río, recibiréis una señal del poder de nuestro Dios. –Los cristianos allí reunidos se santiguaron, mientras que algunos paganos, como Culhwch y yo, escupimos para ahuyentar el mal.

—¡He aquí al rey Lancelot! –bramó Sansum señalándole con la mano como si no lo hubiéramos reconocido–. ¡He aquí al héroe de Benoic, el rey de Siluria y el señor de las águilas!

—¿El señor de qué? –preguntó Culhwch.

—Esta semana –continuó Sansum–, esta misma semana iba a ser recibido en la pútrida compañía de Mitra, ese falso dios cruento e iracundo.

—Eso pretendía –gruñó Culhwch entre los murmullos de protesta de algunos presentes que también eran iniciados.

—Pero ayer –vociferó Sansum acallando las protestas–, este noble monarca tuvo una visión. ¡Una visión! No una pesadilla engendrada en el vientre por un hechicero ebrio, sino un sueño puro, un sueño agradable que descendió del cielo volando con alas de oro. ¡Una visión sagrada!

—Ade se levantó las faldas –murmuró Culhwch.

—La santísima y bendita madre de Dios visitó al rey Lancelot –gritó Sansum–. La Virgen María en persona, la Señora de los afligidos, de cuyo seno inmaculado y perfecto nació el niño Jesús, el Salvador de toda la humanidad. Ayer, en un estallido de luz, en una nube de estrellas doradas, se presentó ante el rey Lancelot y tocó con su mano adorable a *Tanlladwyr*.

Señaló de nuevo hacia atrás y Ade desenvainó con toda solemnidad la espada de Lancelot, de nombre *Tanlladwyr*, que significa «Asesina Fulgurante», y la sostuvo en alto. El reflejo del sol sobre el acero me deslumbró un instante.

–Nuestra Señora –gritó Sansum– prometió a Lancelot que con esta espada daría la victoria a Britania. Dijo Nuestra Señora que esta espada había sido tocada por la mano del Hijo, traspasada por los clavos, y bendecida por la caricia de Su Madre. Desde el día de hoy, Nuestra Señora decretó que había de llamarse la *Espada de Cristo*, pues es sagrada.

Para su descargo, habría que decir que Lancelot mostraba una intensa turbación ante tales palabras. La ceremonia en sí debía de resultarle muy violenta, ya que era un hombre de orgullo desmesurado y dignidad frágil, pero debió de estimar preferible ser sumergido en un río que afrontar la vergüenza de no ser admitido en los misterios de Mitra. La certeza del rechazo le habría llevado a abjurar en público de todos los dioses paganos. Observé que Ginebra miraba deliberadamente hacia otro lado, aparentemente interesada en los estandartes guerreros izados en las murallas de madera y tierra de Corinium. Ella era pagana, adoradora de Isis, y su odio a los cristianos era de todos conocido, pero la necesidad de apoyar la ceremonia pública que evitaba a Lancelot la humillación de Mitra había sido claramente superior al odio que sentía. Los dos druidas hablaban con ella entre murmullos y de vez en cuando conseguían hacerla reír.

Sansum se dio la vuelta y miró a Lancelot.

–Lord rey –le llamó en voz bastante alta como para que oyéramos desde la otra orilla–, ¡acercaos! Entrad en las aguas de la vida, venid a recibir como un niño el bautismo en la Sagrada Iglesia del único Dios verdadero.

Ginebra se volvió lentamente para ver entrar a Lancelot en el río. Galahad se santiguó, los sacerdotes cristianos de la orilla opuesta oraban con los brazos extendidos y las mujeres de la ciudad cayeron de hinojos con la vista puesta en el alto y apuesto rey que vadeaba el río al encuentro del obispo. El sol se reflejaba en el agua y arrancaba destellos dorados de la cruz que sostenía Sansum. Lancelot mantenía los ojos bajos, como si no deseara ver quién presenciaba la humillante ceremonia.

Sansum alzó la mano y tocó a Lancelot en la coronilla.

–¿Abrazáis la única fe verdadera –bramó para que todos le oyéramos–, la fe de Cristo, que murió por nuestros pecados?

Lancelot debió de decir que sí, pero ninguno de nosotros oyó la respuesta.

–¿Renunciáis, pues –gritó Sansum aún más fuerte–, a todos los demás dioses, a cualquier otra religión y a todos los demás espíritus abyectos, demonios, ídolos y engendros del diablo, cuyos actos infames engañan al mundo?

Lancelot murmuró algo y asintió con la cabeza.

–¿Denunciáis y rechazáis –prosiguió Sansum con fruición– las prácticas de Mitra y declaráis que son, en honor a la verdad, el excremento de Satán y el horror de nuestro Señor Jesucristo?

–Sí.

En esta ocasión oímos la respuesta de Lancelot alta y clara.

–Así pues, en el nombre del Padre –proclamó Sansum–, del Hijo y del Espíritu Santo, os declaro cristiano. –Y con esto, puso la mano sobre la aceitada cabellera de Lancelot y lo empujó con fuerza hasta sumergirlo en las frías aguas del Churn. Lo mantuvo durante tanto rato que llegué a pensar que el mal nacido se ahogaría, pero finalmente lo soltó–. Ahora –anunció Sansum al tiempo que Lancelot tosía y escupía agua–, estáis limpio de vuestros pecados, sois cristiano y guerrero del sagrado ejército cristiano. –Ginebra, insegura del proceder más adecuado a la ocasión, aplaudió cortésmente, mientras que las mujeres y los sacerdotes entonaron una nueva canción curiosamente animada, para ser cristiana.

–Por el sagrado nombre de una santa ramera –preguntó Culhwch a Galahad–, ¿qué es un espíritu santo?

Pero Galahad ya no estaba allí para responder. En un arranque de alegría por el bautismo de su hermano se había lanzado al río y lo había cruzado a nado, de manera que emergió del agua al mismo tiempo que el sofocado Lancelot. Éste no esperaba verlo y por un momento se alarmó, sin duda pensando en la amistad que Galahad me profesaba, pero debió de recordar a tiempo el deber de amor cristiano que le acababan de imponer y se sometió al entusiasta abrazo de su medio hermano.

–¿Besamos a ese mal nacido nosotros también? –inquirió Culhwch con una sonrisa maliciosa.

–Dejémoslo en paz –dije. Lancelot no me había visto y yo no sentía necesidad alguna de hacerme notar, pero en aquel mismo instante, Sansum, que había salido del río y se escurría el agua de las pesadas vestiduras, me vio. El señor de los ratones nunca supo dejar pasar la oportunidad de provocar a un enemigo, y aquel día no fue la excepción.

–Lord Derfel –me interpeló.

Hice caso omiso. Ginebra, al oír mi nombre, alzó la cabeza bruscamente. Estaba hablando con Lancelot y Galahad, pero dio una orden súbita al carretero y éste descargó el látigo sobre el lomo de las bestias y la carreta se puso en marcha. Lancelot montó apresuradamente en el vehículo y dejó a sus seguidores a la orilla del río; Ade los siguió a pie, llevando al caballo por la brida.

–¡Lord Derfel! –insistió Sansum.

Muy a mi pesar, me giré hacia él.

–¿Obispo? –contesté.

–¿Permitís que os invite a seguir los pasos de Lancelot? ¿Queréis entrar en el río de la salvación?

–Ya me bañé en la última luna llena, obispo –le respondí, provocando carcajadas entre los guerreros de nuestra orilla.

Sansum hizo la señal de la cruz.

–¡Deberíais bañaros en la sagrada sangre del cordero de Cristo –gritó– para lavar la mancha de Mitra! Sois un ser maligno, Derfel, un pecador, un idólatra, un esclavo del diablo, vástago de sajones, protector de rameras.

Este último insulto encendió mi ira. Las otras invectivas no eran más que palabras, pero Sansum, aunque inteligente, nunca fue hábil en las confrontaciones públicas y no supo ahorrarse el insulto final a Ceinwyn. Semejante provocación me impulsó a cargar hacia delante entre la ovación de los guerreros de la orilla oriental del Churn, ovación que se inflamó más al ver que Sansum salía huyendo espoleado por el pánico. Me llevaba bastante ventaja y era un corredor ágil y veloz, pero las múltiples capas de pesados ropajes empapados le hicieron trastabillar y le di alcance a pocos pasos de la orilla opuesta. Le golpeé los pies con la lanza y cayó cuan largo era entre los macizos de margaritas y prímulas.

Desenvainé a *Hywelbane* y le acerqué la hoja a la garganta.

–Obispo, no he oído bien el último título que me habéis dirigido –le dije.

Nada dijo, sólo miró hacia los cuatro acompañantes de Lancelot, que se acercaron. Amhar y Loholt ya habían desenvainado, pero los dos druidas se limitaron a mirarme con una expresión indescifrable. Culhwch había cruzado el río y ya estaba a mi lado, igual que Galahad, mientras que los preocupados lanceros de Lancelot nos observaban desde la distancia.

–¿Qué palabra utilizasteis, obispo? –pregunté al tiempo que acariciaba su garganta con *Hywelbane*.

–¡La ramera de Babilonia! –farfulló desesperado–, todos los paganos la adoráis. La mujer escarlata, lord Derfel, ¡la bestia! ¡El Anticristo!

–Y yo que pensé que insultabais a Ceinwyn –dije sonriendo.

–¡No, señor, no! –dijo juntando las manos–. ¡Jamás!

–¿Me lo prometéis? –le pregunté.

–¡Lo juro, señor! Lo juro por el Espíritu Santo.

–No sé quién es el Espíritu Santo, obispo –dije y le di un golpecito en la nuez con la punta de *Hywelbane*–. Haced la promesa sobre mi espada, besadla y os creeré.

En aquel instante me aborreció. Nunca le había agradado, pero entonces empezó a odiarme. Sin embargo, acercó los labios a la hoja de *Hywelbane* y besó el acero.

–Juro que no era mi intención insultar a la princesa.

Dejé la espada pegada a sus labios durante un instante y luego la retiré y le permití ponerse en pie.

–Creí que teníais encomendada la custodia del Santo Espino en Ynys Wydryn.

–El señor me llama a cumplir misiones más altas –contestó mientras se sacudía las hierbas pegadas a las ropas húmedas.

–Habladme de ellas.

Me miró con odio en los ojos, pero el miedo era más fuerte que cualquier otro sentimiento.

–El Señor me llamó junto al rey Lancelot, lord Derfel –dijo–, y con Su gracia ablandó el corazón de la reina Ginebra. Tengo esperanzas de que también ella alcance a ver Su luz eterna.

–Ella ya tiene la luz de Isis –contesté riendo– y vos lo sabéis. Además, odia al ser abyecto que sois, así que decidme, ¿qué le ofrecisteis para hacerle cambiar de parecer?

–¿Ofrecerle? –preguntó hipócritamente–. ¿Qué podría ofrecer yo a una princesa? Nada tengo, soy pobre para mayor gloria de Dios, un humilde sacerdote nada más.

–Un sapo es lo que sois, Sansum –dije, y guardé la espada–, el barro que se me pega a las botas.

Escupí para protegerme de su maldad. Por sus palabras, entendí que él mismo había propuesto el bautismo a Lancelot, idea que permitiría a Lancelot soslayar la comprometida situación de la elección de Mitra, pero no lo juzgué suficiente para reconciliar a Ginebra con Sansum y su religión. Debía de haberle dado o prometido algo, pero estaba seguro de que nunca lo confesaría. Volví a escupir y Sansum, interpretando el escupitajo como señal de que podía marcharse, huyó hacia la ciudad.

—Lindo espectáculo —dijo uno de los druidas en tono mordaz.

—Y eso que lord Derfel Cadarn —añadió el otro— no destaca por sus lindezas. —Hizo una leve inclinación de cabeza cuando le miré con rabia—. Dinas —se presentó.

—Yo soy Lavaine —dijo su compañero.

Ambos eran jóvenes y altos, con cuerpo de guerrero y rostro duro y soberbio. Sus ropas eran de un blanco deslumbrante y se peinaban cuidadosamente la larga cabellera, indicios de un talante quisquilloso que resultaba espeluznante, combinado con su impavidez, la misma impavidez que poseían hombres como Sagramor. Arturo no era así, le sobraba impaciencia, pero Sagramor, al igual que otros grandes guerreros, hacía gala de una serenidad pavorosa en la batalla. No temo a los que alborotan en la batalla, pero me pongo en guardia cuando el enemigo se muestra tranquilo, pues así son los hombres peligrosos, y aquellos dos druidas poseían ese mismo frío aplomo. Se parecían mucho entre sí y supuse que eran hermanos.

—Somos gemelos —dijo Dinas adivinándome el pensamiento.

—Como Amhar y Loholt —añadió Lavaine, y señaló hacia los hijos de Arturo, que aún no habían envainado las espadas—. Pero nos podéis distinguir por esta cicatriz. —Señaló una marca blanca en la mejilla que se perdía en la hirsuta barba.

—Una herida recibida en el valle del Lugg —añadió Dinas. Como su hermano, tenía una voz profunda y áspera que no se correspondía con su edad.

—Vi a Tanaburs en el valle del Lugg —dije— y también recuerdo a Iorweth, pero no tengo memoria de ningún otro druida en las filas de Gorfyddyd.

—En el valle del Lugg —explicó Dinas sonriendo— estuvimos como guerreros.

–Y matamos a una buena porción de dumnonios –añadió Lavaine.

–No nos rapamos las tonsuras sino después de la batalla –dijo Dinas. Tenía una mirada fija e inquietante–. Y ahora –añadió en un susurro–, servimos al rey Lancelot.

–Hemos hecho nuestros sus juramentos –anunció Lavaine con visos de amenaza, una amenaza remota, no un reto inmediato.

–¿Cómo pueden dos druidas servir a un cristiano? –inquirí con ánimo de provocar.

–Sumando la magia antigua con la nueva, claro es –respondió Lavaine.

–Nosotros obramos magia, lord Derfel –puntualizó Dinas. Extendió la mano con la palma vacía, la cerró, giró el puño y, al abrir los dedos, vi un huevo de zorzal, que arrojó al suelo con indolencia–. Servimos al rey Lancelot por propia elección –dijo– y sus amigos son nuestros amigos.

–Y sus enemigos, nuestros enemigos –completó Lavaine.

–Y vos –dijo Loholt, el hijo de Arturo, incapaz de resistirse a intervenir en la provocación– sois enemigo de nuestro rey.

Miré a la pareja de gemelos más jóvenes, dos muchachos torpes e inmaduros que adolecían de exceso de soberbia combinado con una palpable falta de prudencia. Ambos tenían el alargado rostro huesudo de su padre, pero un velo de irritabilidad y resentimiento empañaba tan nobles rasgos.

–¿Cómo osáis decir que soy un enemigo de vuestro rey, Loholt? –le pregunté.

No supo qué contestarme y nadie acudió en su auxilio. Dinas y Lavaine no cometerían la imprudencia de empezar una pelea, por mucho que los guerreros de Lancelot todavía no se hubieran alejado, pues Culhwch y Galahad estaban conmigo y, a poca distancia de allí, al otro lado de las lentas aguas del Churn, decenas de seguidores míos. Loholt se sonrojó y permaneció en silencio.

Aparté su arma con *Hywelbane* y me acerqué a él.

–Déjame darte un consejo, Loholt –dije suavemente–. Harás bien en escoger a tus enemigos con más prudencia que a tus amigos. Nada tengo contra ti, ni quiero tenerlo, pero si buscas pendencia, te prometo que ni el amor que siento por tu padre ni la amistad que me une a tu madre me impedirán hundirte a *Hywelbane* en las tripas y enterrar tu espíritu en una montaña de estiércol. –Envainé la espada–. Y ahora, vete.

Loholt parpadeó pero le faltó coraje para retarme y se fue en busca de su caballo, seguido por su hermano Amhar. Dinas y Lavaine rieron y el primero incluso me dedicó una inclinación de cabeza.

–¡Victoria! –dijo en tono elogioso.

–Hemos sido derrotados, pero qué otra cosa podríamos esperar siendo vos un guerrero de la olla –dijo Lavaine pronunciando el título con sorna.

–Y un asesino de druidas –añadió Dinas sin rastro de ironía.

–De nuestro abuelo Tanaburs –dijo Lavaine, y entonces recordé que Galahad me había advertido en el Sendero Tenebroso de la enemistad de aquellos dos druidas.

–Todo el mundo sabe que es imprudente matar a un druida –sentenció Lavaine con su áspera voz.

–Sobre todo a nuestro abuelo –añadió Dinas–, que fue como un padre para nosotros.

–Puesto que el nuestro murió –prosiguió Lavaine.

–Cuando éramos niños.

–De una enfermedad terrible –puntualizó Lavaine.

–También era druida –dijo Dinas– y nos enseñó encantamientos. Podemos agostar cosechas.

–Hacer que las mujeres giman –dijo Lavaine.

–Agriar la leche.

–Mientras todavía está en el pecho –finalizó Lavaine, luego se dio la vuelta y de un salto montó en el caballo con agilidad sorprendente.

Su hermano se encaramó en su montura y cogió las riendas.

–Pero no sólo podemos agriar la leche –anunció Dinas mirándome con ojos siniestros desde lo alto del caballo y luego, tal como había hecho antes, me mostró la palma vacía, la cerró, le dio la vuelta y volvió a extenderla. Tenía en la mano una estrella de pergamino con cinco puntas. Sonriendo, rompió el pergamino en varios trozos y los diseminó entre la hierba–. También podemos hacer que las estrellas desaparezcan –añadió a modo de despedida, y espoleó a su caballo.

Se alejaron galopando y yo escupí. Culhwch recogió mi lanza del suelo y me la dio.

–¿Quién diablos son esos dos? –preguntó.

–Los nietos de Tanaburs. –Escupí por segunda vez para ahuyentar el mal–. Cachorros de un mal druida.

–¿Y pueden hacer desaparecer las estrellas? –preguntó con aire escéptico.

–Una estrella.

Me quedé mirando a los dos jinetes que se alejaban. Sabía que Ceinwyn estaba a salvo en la fortaleza de su hermano, pero también que tendría que matar a los gemelos silurios para librarla del peligro. La maldición de Tanaburs planeaba sobre mí con nombre propio: Dinas y Lavaine. Escupí por tercera vez y rocé la empuñadura de *Hywelbane* para que me diera buena suerte.

–Teníamos que haber acabado con tu hermano en Benoic –dijo Culhwch a Galahad con un gruñido.

–Que Dios me perdone –respondió Galahad–, pero tienes razón.

Dos días más tarde llegó Cuneglas y aquella misma noche se celebró el consejo de guerra. Tras el consejo, bajo la luna menguante y a la luz de las antorchas, comprometimos nuestras espadas en la guerra contra los sajones. Los guerreros de Mitra bañamos los aceros en sangre de toro pero no votamos para admitir nuevos iniciados. No hubo necesidad, pues Lancelot, con el bautismo, había evitado a tiempo la humillación del rechazo, aunque nadie supo explicarme el misterio de que un cristiano contara con dos druidas a su servicio.

Merlín apareció aquel mismo día y presidió los ritos paganos. Iorweth de Powys le ayudó, pero no vimos ni rastro de Dinas o Lavaine. Entonamos el canto de guerra de Beli Mawr, untamos las espadas en sangre, hicimos votos de no dejar un sajón con vida y, al día siguiente, nos pusimos en camino.

Había en Lloegyr dos importantes cabecillas sajones. Los sais tenían, igual que nosotros, caudillos, reyezuelos y, por descontado, tribus; algunos no se consideraban sajones siquiera sino que decían ser anglos o jutos, aunque nosotros a todos llamábamos sajones y sabíamos que entre ellos sólo destacaban dos reyes, los cabecillas Aelle y Cerdic, que se profesaban un odio recíproco.

En aquel entonces, Aelle era sin duda el más famoso. Hacíase llamar *Bretwalda*, que en su lengua significaba «jefe de Britania», y su territorio ocupaba desde el sur del Támesis hasta la frontera de la lejana Elmet. Cerdic, su rival, dominaba la costa sur de Britania, cuyas únicas fronteras lindaban con las tierras de Aelle y con Dumnonia. De los dos reyes, Aelle era el de más edad, el que mayor territorio poseía y el que contaba con guerreros más poderosos, por lo cual era también nuestro principal enemigo; creíamos que si vencíamos a Aelle, Cerdic caería tras él forzosamente.

El príncipe Meurig de Gwent, envuelto en su toga y con una ridícula corona de laurel forjada en bronce colocada sobre el ralo pelo castaño claro, expuso una estrategia diferente durante el consejo de guerra. Con su habitual retraimiento y su falsa humildad, propuso que nos aliáramos con Cerdic.

–Que luche por nosotros –dijo Meurig–. Que ataque a Aelle por el sur al tiempo que nosotros caemos sobre ellos por el norte. Aun sabiendo que no soy estratega –hizo una pausa y sonrió bobaliconamente como dando tiempo para que contradijéramos sus palabras, pero todos nos mordimos la lengua–, considero evidente, hasta para las más estrechas inteligencias, sin duda, que más vale luchar contra un enemigo que contra dos.

–Pero tenemos dos enemigos –replicó Arturo en tono tajante.

–Cierto; yo mismo me he erigido en portavoz de tal opinión, lord Arturo. Sin embargo, mi propuesta, si alcanzáis a comprenderla, consiste en convertir a uno de esos enemigos en amigo. –Juntó las manos y parpadeó mirando a Arturo–. En aliado –añadió, por si Arturo no hubiera comprendido aún.

–Cerdic no tiene honor –gruñó Sagramor con su espantoso acento–. Romperá su juramento tan fácilmente como una urraca rompe un huevo de gorrión. No quiero la paz con él.

–No lo comprendéis –dijo Meurig.

–No quiero la paz con él –interrumpió Sagramor al príncipe pronunciando las palabras muy despacio, como si se dirigiera a un niño. Meurig se sonrojó y calló. El alto guerrero númida infundía un pánico de muerte al Edling de Gwent, y no era de extrañar puesto que la fama de Sagramor inspiraba tanto pavor como su aspecto. El señor de Las Piedras era alto, muy delgado y rápido como el látigo. Tenía el cabello y el rostro negros como la pez y en su cara alargada, marcada por toda una vida en la guerra, una perpetua expresión hosca ocultaba un carácter no exento de sentido del humor e incluso de generosidad. Sagramor, a pesar de su imperfecto dominio de nuestra lengua, sabía mantener embelesado a todo un campamento durante horas con sus relatos de tierras remotas, pero la mayoría de los hombres sólo lo conocían como el más feroz de los guerreros de Arturo; el implacable Sagramor, el azote de los campos de batalla, huraño por lo demás, mientras que los sajones lo tenían por demonio negro enviado del otro mundo. Yo lo conocía bien, pues no sólo había sido el responsable de mi iniciación en el servicio de Mitra sino que había luchado a mi lado en la larga jornada del valle del Lugg.

–Se ha echado una sajona de buen tamaño –me cuchicheó

Culhwch al oído durante el consejo–, alta como un árbol y con más pelo que una bala de paja. No me extraña que esté tan delgado.

–Tus tres mujeres te mantienen en forma –le contesté pinchándole la rellenas costillas.

–Las escojo por su arte en la cocina, Derfel, no por su belleza.

–¿Algo que añadir, lord Culhwch? –preguntó Arturo.

–¡Nada, primo mío! –respondió éste risueñamente.

–Entonces, prosigamos –resumió Arturo. Preguntó a Sagramor qué posibilidades había de que los hombres de Cerdic defendieran la causa de Aelle, y el numidio, que había defendido la frontera sajona todo el invierno, se encogió de hombros y manifestó que cualquier cosa podía esperarse de Cerdic. Añadió que, al parecer, ambos jefes se habían reunido y habían intercambiado presentes, pero nadie había informado de una alianza efectiva entre ellos. Lo más probable, según Sagramor, era que Cerdic se contentara con dejar que Aelle debilitara sus fuerzas luchando contra el ejército de Dumnonia, en tanto él atacaba las costas para apoderarse de Durnovaria.

–Si estuviéramos en paz con Cerdic... –insistió Meurig de nuevo.

–No lo estaremos –lo cortó secamente el rey Cuneglas, y Meurig, superado en rango por el único rey presente, hubo de guardar silencio otra vez.

–Queda un detalle aún –dijo Sagramor en tono de advertencia–. Ahora los sais cuentan con perros. Perros grandes.

Abrió las manos para ilustrar la gran talla de los canes sajones de guerra. Todos habíamos oído hablar de tales fieras y las temíamos. Decían que los sajones los soltaban segundos antes de que las barreras de escudos entrechocaran, y que eran capaces de abrir enormes brechas en la defensa de los contrarios por las que los lanceros enemigos se colaban en tropel.

–Yo me encargaré de los perros –dijo Merlín. Fue su única contribución al consejo, pero el firme aplomo de tal declaración alivió los temores de algunos hombres. La inesperada presencia de Merlín en el ejército era ya contribución suficiente, pues poseía la olla mágica, hecho que lo hacía mucho más poderoso y temible que nunca, incluso a ojos de los cristianos. La mayoría no comprendía la trascendencia de la olla pero a todos satisfizo que el druida manifestara su intención de acompañar al ejército. Con Arturo a la cabeza y Merlín a nuestro lado, ¿cómo podríamos perder?

Arturo dio las órdenes. Dijo que el rey Lancelot, con los lanceros de Siluria y un destacamento de dumnonios, guardaría la frontera sur con Cerdic. Los demás nos reuniríamos en Caer Ambra y marcharíamos hacia el este por el valle del Támesis. Lancelot se mostró exageradamente reacio a ser apartado del ejército principal que habría de enfrentarse con Aelle, pero Culhwch, tras oír las disposiciones, hizo un gesto de admiración.

–Una vez más se libra de la batalla, Derfel –me susurró.

–No, si Cerdic lo ataca –repliqué.

Culhwch miró de reojo a Lancelot, que estaba entre los gemelos Dinas y Lavaine.

–Y continúa cerca de su protectora, ¿verdad? –añadió Culwhch–. No le conviene alejarse de Ginebra, no fuera a ser que tuviera que defenderse solo ante el mundo.

No me importó, al contrario, me alivió que Lancelot y sus hombres no formaran parte del ejército principal; bastante tenía con enfrentarme con los sajones como para tener que preocuparme además por los nietos de Tanaburs o por posibles cuchilladas silurias por la espalda.

Así pues, emprendimos la marcha. Formábamos un ejército desigual con contingentes de tres reinos britanos, y nuestros más lejanos aliados aún no habían llegado. Nos habían prometido hombres de Elmet e incluso de Kernow, pero nos seguirían por la calzada romana que discurría hacia el sureste desde Corinium y luego a levante hacia Londres.

Londres. Los romanos la llamaban Londinium, y antes de ellos, Londo simplemente, que significaba, según me dijo Merlín en una ocasión, «un lugar salvaje»; era nuestro próximo objetivo, la que fuera gran ciudad durante la dominación romana y que entonces decaía entre las tierras robadas por Aelle. Sagramor había dirigido un renombrado asalto a la antigua ciudad y halló a los habitantes britanos sometidos a sus nuevos amos, pero nosotros acudíamos con la esperanza de liberarlos. Tal esperanza prendió como las llamas en el corazón de los soldados, aunque Arturo la desmintiera repetidamente. Dijo que nuestra misión era atraer al sajón a la batalla, no dejarnos tentar por las ruinas de la ciudad destruida, mas en tal punto, Merlín se opuso a Arturo.

–No voy para ver a un puñado de sajones muertos –me comentó con sorna–. ¿Qué pinto yo matando sajones?

–Todo, señor –contesté–. Vuestra magia asusta al enemigo.

–No seas necio, Derfel. Cualquiera puede ponerse a saltar a la pata coja delante de un ejército haciendo ridículas muecas y maldiciendo. No hacen falta habilidades especiales para espantar sajones. ¡Hasta esos fantoches de druidas que tiene Lancelot sabrían hacerlo! Aunque en verdad no son auténticos druidas.

–¿No lo son?

–¡Claro que no! Para ser un druida de verdad es necesario estudiar, es necesario examinarse. Hay que demostrar a otros druidas que dominas la ciencia, y no me consta que ningún druida haya examinado a Dinas ni a Lavaine. A menos que lo haya hecho Tanaburs, pero ¿qué clase de druida es ése? Ha demostrado su baja categoría dejándote con vida. ¡Cuán deplorable es la ineptitud!

–Pero hacen magia, señor –repliqué.

–¡Hacen magia! –exclamó despectivamente–. ¿Lo dices porque uno de ellos puso un huevo de zorzal? Los zorzales los ponen sin tasa. Ahora bien, si hubiera puesto un huevo de oveja, sería harina de otro costal.

–También hizo una estrella, señor.

–¡Derfel! ¡Qué neciamente crédulo eres! –exclamó–. ¿Una estrella hecha con tijeras y pergamino? No te preocupes, he oído lo de la estrella esa, pero tu preciosa Ceinwyn no corre peligro. Nimue y yo nos ocupamos de ello... enterramos tres calaveras. No hace falta que te cuente los detalles pero ten por seguro que si ese par de impostores se acerca a Ceinwyn más de lo debido, se convertirán en culebras. Así podrán pasarse la vida poniendo huevos. –Se lo agradecí y luego le pregunté por qué acompañaba al ejército si no era para ayudarnos contra Aelle.

–Por el pergamino, naturalmente –me dijo, y se tocó un bolsillo de la sucia túnica negra señalándome dónde lo guardaba a buen recaudo.

–¿El pergamino de Caleddin? –pregunté.

–¿Existe algún otro? –replicó.

Merlín había rescatado el pergamino de Caleddin en Ynys Trebes y, a sus ojos, era tan valioso como todos los tesoros de Britania, pues el antiguo documento contenía el secreto de dichos tesoros. Los druidas tenían prohibido escribir; creían que fijar una fórmula mágica en pergamino destruía el poder del escritor impidiéndole seguir practicando, motivo por el cual toda su ciencia, sus ritos y sus conocimiento se traspasaban exclusivamente por vía oral. Sin embargo, antes de atacar Ynys Mon, los romanos temían tanto la religión britana que sobornaron a un druida llamado Caleddin y lo convencieron de que dictara cuanto sabía a un escribano romano; de ese modo, todo el saber britano de la antigüedad quedó preservado en el pergamino traidor de Caleddin. Merlín me había contado que gran parte de dichos conocimientos se había ido perdiendo con los siglos, pues los romanos persiguieron a los druidas cruelmente y su ciencia se diluyó en el tiempo, pero ahora, gracias al pergamino, estaba en condiciones de recrear el poder antiguo.

–¿Y el pergamino habla de Londres? –me aventuré a preguntar.

–¡Vaya, vaya! ¡Qué curioso eres! –se burló, pero, tal vez porque hacía buen día y el druida estaba de un humor radiante, transigió–. El último tesoro de Britania se halla en Londres –dijo–. O se hallaba –añadió apresuradamente–. Está enterrado allí. Había pensado darte una pala para que lo desenterraras, pero seguro que lo embarullarías todo. Pero, ¡sólo de pensar en los apuros que nos hiciste pasar en Ynys Mon...! Superados en número y completamente rodeados. Inolvidable. Por eso prefiero hacerlo yo. Primero tengo que averiguar dónde está enterrado, claro, y podría ser difícil.

–¿Y por ese motivo, señor, habéis traído perros? –Merlín y Nimue habían reunido una sarnosa jauría de chuchos mordedores que acompañaba al ejército. Merlín suspiró.

–Derfel –dijo–, permíteme un consejo. Sería estúpido comprar perros y seguir ladrando uno mismo. Sé para qué son, Nimue sabe para qué son, pero tú lo ignoras. Así es como lo quieren los dioses. ¿Alguna otra pregunta? ¿O puedo disfrutar ya de este paseo matutino? –Empezó a caminar a zancadas golpeando el suelo con su gran vara negra a cada paso.

El humo de grandes almenaras nos dio la bienvenida nada más pasar Calleva. Eran la señal del enemigo de que nos había avistado, y los sajones tenían orden de arrasar la tierra siempre que divisaran tal humareda. Entonces vaciaban los silos de grano, quemaban las casas y se llevaban los ganados. Aelle siempre se retiraba de esa forma, manteniéndose a un día de distancia de nosotros, tentándonos a adentrarnos en los terrenos desolados. Si el camino atravesaba un bosque, lo bloqueaban con troncos y, algunas veces, mientras nuestros hombres se esforzaban para apartarlos de en medio, una flecha o una lanza caía de entre los árboles y se cobraba una vida, o bien un gran perro sajón con la boca llena de espuma saltaba de pronto desde la maleza, pero eran los únicos ataques y nunca llegamos a ver su barrera de escudos. Él retrocedía y nosotros avanzábamos; todos los días, una flecha o un perro se llevaban la vida de uno o dos hombres.

Era la enfermedad, sin embargo, la que causaba verdaderos estragos. Ya nos había sucedido antes del valle del Lugg; los dioses nos hostigaban con enfermedades siempre que se reunía un ejército numeroso. Los enfermos nos impedían avanzar rápido, pues si no podían caminar, era necesario dejarlos en algún lugar resguardado con un puñado de lanceros que los protegieran de las bandas sajonas que merodeaban a lo largo de nuestros flancos. Durante el día, las bandas de enemigos se dejaban ver en la distancia en grupos dispersos, y durante la noche, sus fogatas iluminaban nuestro horizonte. No obstante, no eran los enfermos los principales responsables de la lenta marcha, sino el fárrago mismo de mover a tantos hombres. Me parecía un misterio que treinta lanceros pudieran cubrir sin prisa veinte millas en una jornada y, sin embargo, un ejército veinte veces más numeroso tenía que darse por satisfecho si, con gran esfuerzo, llegaba a las ocho o nueve. Las piedras romanas colocadas a la vera del camino, que especificaban la distancia que faltaba para llegar a Londres, jalonaban nuestra marcha; al cabo de un rato, me negué a seguir mirándolas, prefería desconocer su deprimente mensaje.

Las carretas de bueyes también contribuían a hacer premiosa la marcha. Cuarenta carros espaciosos con víveres y armas de repuesto se arrastraban a paso de caracol a la retaguardia del ejército. El príncipe Meurig comandaba la retaguardia afanándose entre las carretas, contándolas obsesivamente y quejándose sin cesar del paso ligero de los lanceros de vanguardia.

Los famosos jinetes de Arturo iban a la cabeza. Eran cincuenta ya, a esas alturas, a lomos de hermosos alazanes de largas crines criados en el corazón de Dumnonia. Otros jinetes, que no lucían la armadura de la banda de Arturo, avanzaban delante reconociendo el terreno y, a veces, no regresaban, aunque, un poco más adelante, siempre hallábamos sus cabezas segadas aguardándonos en el camino.

Componían el grueso del ejército quinientos lanceros. Arturo había optado por prescindir de los contingentes de la leva pues tales campesinos raramente contaban con armamento adecuado, de modo que éramos todos soldados comprometidos por juramento, armados de lanzas y escudos; la mayoría tenía también espadas. No todos podían permitirse una espada, pero Arturo había enviado órdenes a lo largo y ancho de Dumnonia de que toda hacienda que estuviera en posesión de una espada no comprometida previamente al servicio del ejército la entregara, y los ochenta aceros así reclutados fueron distribuidos entre los soldados. Algunos hombres, unos pocos, portaban hachas sajonas cobradas en anteriores batallas, aunque otros, entre los cuales me contaba, no éramos partidarios de un arma que tanta agilidad restaba.

¿Y para pagar los pertrechos? ¿Para pagar las espadas y las lanzas nuevas, los nuevos escudos, las carretas y los bueyes, la harina, las botas, los pendones y las correas, las cazuelas, los yelmos, los mantos, las dagas, las herraduras y la carne salada? Arturo se echó a reír cuando se lo pregunté.

—Agradéceselo a los cristianos, Derfel —me dijo.

—¿Han entregado más? —pregunté—. Daba esa ubre por seca.

—Seca ha quedado ahora —replicó con una sonrisa maliciosa—, pero es asombrosa la generosidad de sus templos si a cambio se ofrece el martirio a sus guardianes, y más asombroso es aún lo mucho que hemos prometido devolver.

—¿Llegamos a devolver algo al obispo Sansum? —pregunté. La fortuna empleada en comprar la paz con Aelle durante la campaña de otoño, que terminó en el valle del Lugg, había salido del monasterio de Ynys Wydryn, que el obispo Sansum tenía a su cargo.

Arturo contestó con un gesto negativo de la cabeza.

—Y no deja de recordármelo —añadió.

—El obispo —dije con precaución— ha hecho nuevas amistades, al parecer.

—Es capellán de Lancelot —respondió, riéndose de mi intento de diplomacia—. Nuestro querido obispo no puede permanecer abajo. Sale flotando siempre como una manzana en una barrica de agua.

–Y ha firmado la paz con vuestra esposa –señalé.

–Me gusta que las personas resuelvan sus diferencias –respondió sin gran entusiasmo–, pero es cierto, el obispo Sansum tiene aliados extraños últimamente. Ginebra lo tolera, Lancelot lo distingue y Morgana lo defiende. ¿Qué te parece? ¡Morgana!

–Arturo quería a su hermana, y le entristecía que Merlín la hubiera relegado. Gobernaba Ynys Wydryn con eficacia feroz, casi como si quisiera demostrar al druida que tenía mejores aptitudes que Nimue para ser su compañera, pero hacía tiempo que Morgana había perdido la batalla para ser la sacerdotisa principal del druida. Merlín la valoraba, según Arturo, pero ella quería que la amaran, y quién amaría jamás a una mujer tan marcada, consumida y desfigurada por el fuego, me preguntó Arturo con pesar–. Merlín nunca la consideró su amada aunque ella afirmara lo contrario, y nunca le importó que lo dijera puesto que, cuanta más gente le considere extravagante, más le agrada. En realidad, no soporta la presencia de Morgana sin la máscara. Está sola, Derfel.

Así pues, no era de extrañar que Arturo se alegrara de la amistad de su maltrecha hermana con el obispo Sansum, aunque a mí me desconcertaba que el más feroz propagador del cristianismo en Dumnonia tuviera amistad con una sacerdotisa pagana famosa por sus poderes. Me imaginé al señor de los ratones como una araña tejiendo una tela sospechosa. Había intentado hacer caer a Arturo en la anterior, ¿para quién tejía entonces con tanto afán?

Dejamos de tener nuevas de Dumnonia tan pronto como nuestro último aliado se hubo reunido con nosotros. Quedamos aislados, rodeados de sajones, aunque las últimas noticias de casa eran favorables. Cerdic no había hecho movimiento alguno contra las tropas de Lancelot ni se creía que hubiera acudido al este en ayuda de Aelle. Los últimos aliados que se unieron a nosotros eran una banda de guerreros de Kernow al mando de un viejo amigo, que avanzó al galope por la columna hasta dar conmigo, bajó del caballo, tropezó y cayó al suelo a mis pies. Era Tristán, príncipe y Edling de Kernow; se levantó, se sacudió el polvo del manto y me abrazó.

—Respirad a gusto, Derfel —me dijo—, los guerreros de Kernow acaban de llegar. Nada malo os sucederá. —Me reí.

—Tenéis buen aspecto, lord príncipe —y era cierto.

—Me he librado de mi padre —replicó a modo de explicación—. Me ha soltado de la jaula, seguramente con la esperanza de que un sajón me parta la cabeza de un hachazo. —Puso una cara grotesca imitando a un moribundo y yo escupí para ahuyentar el mal.

Tristán era un hombre atractivo y apuesto, de cabello negro, barba bifurcada y largos bigotes. Tenía la piel cetrina y solía parecer triste, pero aquel día irradiaba alegría. Había acudido al valle del Lugg con un puñado de hombres en contra de las órdenes de su padre, acto por el cual fue confinado a una remota fortaleza en la costa septentrional de Kernow durante todo el invierno, según supimos; pero el rey Mark había transigido y liberado a su hijo para aquella campaña.

—Ahora somos familia —añadió Tristán.

—¿Familia?

—Mi estimado padre —dijo con ironía— ha tomado nueva esposa. Ialle de Broceliande. —Broceliande era el único reino britano que quedaba en Armórica, gobernado por Budic ap Camran, casado con Anna la hermana de Arturo; es decir, que Ialle era sobrina de Arturo.

—¿Es vuestra sexta madrastra, ya?

—No, la séptima —me corrigió Tristán—; sólo tiene quince veranos, y mi padre debe de tener cincuenta al menos. ¡Yo ya tengo treinta! —añadió sombríamente.

—¿Y no habéis tomado esposa?

—Aún no. Pero mi padre las toma por los dos. Pobre Ialle. Dentro de cuatro años, Derfel, estará muerta como las anteriores. Pero de momento, él está satisfecho. La está desgastando, como a todas las demás. –Me rodeó los hombros con el brazo–. Me han dicho que vos sí habéis tomado esposa, ¿es cierto?

–No, pero estoy bien atado.

–¡A la legendaria Ceinwyn! –Soltó una carcajada–. ¡Bien por vos, amigo mío, bien por vos! Un día encontraré a mi propia Ceinwyn.

–Pronto, tal vez, lord príncipe.

–¡No queda otro remedio! ¡Me estoy haciendo viejo! El otro día me descubrí una cana, aquí en la barba. –Se tocó el mentón–. ¿La veis? –preguntó con ansiedad.

–¿Ver qué?–pregunté en son de burla–. ¡Pero si parecéis un tejón! –Debían de haber tres o cuatro mechones grises entre la negra barba, nada más.

Tristán se rió y miró hacia el esclavo que corría por un lado del camino con una docena de perros atados.

–¿Raciones de emergencia? –me preguntó.

–Magia de Merlín, pero no quiere contarme el propósito de traerlos. –Los perros del druida eran un estorbo; necesitaban comida de la que no podíamos prescindir, no nos dejaban dormir por la noche con sus aullidos y peleaban como demonios con los otros perros que acompañaban a nuestros hombres.

Al día siguiente de la incorporación de Tristán llegamos a Pontes, donde el camino cruza el Támesis por un extraordinario puente romano de piedra. Esperábamos encontrarlo derruido, pero nuestras avanzadillas informaron de que se mantenía en pie y, para asombro nuestro, seguía en pie cuando llegaron los primeros lanceros.

Fue el día más caluroso de la marcha. Arturo prohibió cruzar el puente hasta que las carretas se unieran al grueso del ejército, de modo que los hombres se desparramaron entretanto por la ribera. El puente tenía once ojos, dos en cada orilla por donde el camino empezaba a elevarse sobre los siete que cruzaban el río propiamente. Del lado del puente por donde llegaba la corriente había troncos de árbol y otros desechos flotantes, de modo que el río era más ancho y profundo en la parte occidental que en la oriental, y el agua se precipitaba sobre el improvisado dique de detritos haciendo espuma entre los pilares de piedra. En la orilla opuesta se divisaba un asentamiento romano; un puñado de edificaciones de piedra en torno a las ruinas de un embarcadero de tierra; en nuestro lado del puente, una gran torre guardaba la calzada, que discurría bajo su ruinoso arco, y conservaba todavía una inscripción romana. Arturo me la tradujo: el puente había sido construido por orden del emperador Adriano.

–*Imperator* –dije, mirando hacia la placa de piedra–. ¿Eso significa «emperador»?

–En efecto.

–¿Y el emperador está por encima del rey? –pregunté.

–El emperador es el rey de reyes –contestó Arturo. El puente lo entristeció. Pasó bajo los ojos de tierra, luego se dirigió a la torre, la tocó y miró la inscripción.

–Supongamos que tú y yo quisiéramos construir un puente como éste –me dijo–. ¿Cómo lo haríamos?

–Con troncos, señor –dije con un encogimiento de hombros–. Unos buenos pilares de olmo y lo demás, de roble.

–¿Crees tú –replicó con una mueca de desaprobación– que todavía seguiría en pie cuando nacieran los hijos de nuestros nietos?

–Que levanten otros puentes –dije, a modo de solución.

–No tenemos a nadie capaz de trabajar la piedra de esta forma –comentó acariciando la torre–. Nadie que sepa cómo anclar un pilar de piedra en el lecho del río. Nadie que recuerde siquiera cómo se hace. Derfel, es como si tuviéramos un tesoro escondido que día a día se hundiera más porque no supiéramos detenerlo ni aumentarlo. –Miró hacia atrás y vio aparecer en la distancia los primeros carros de Meurig. Nuestros exploradores se habían adentrado en los bosques de ambos lados del camino y habían informado de que no había rastro de sajones, pero Arturo todavía recelaba.

–Si yo fuera el enemigo, dejaría que el ejército cruzara y luego caería sobre las carretas –dijo.

De modo que decidió enviar una avanzadilla al otro lado del puente, hacer pasar luego los carros hasta las ruinosas murallas de tierra del asentamiento y, sólo entonces, cruzar el río con el grueso del ejército.

Mis hombres formaron la avanzadilla. La otra orilla era un terreno menos boscoso y, aunque quedaban algunos grupos de árboles suficientemente tupidos como para esconder un pequeño ejército, nadie salió a recibirnos. La única señal de los sajones fue una cabeza de caballo que nos aguardaba en mitad del puente. Mis hombres se negaron a pasar hasta que Nimue se acercó a deshacer el sortilegio. Se limitó a escupir a la cabeza de equino. Dijo que la magia sajona tenía poco poder y, tan pronto como hubo contrarrestado el encantamiento, Issa y yo arrojamos la testa pretil abajo.

Mis hombres montaron guardia en la muralla de tierra mientras cruzaban los carros y su escolta. Galahad había cruzado con nosotros y me acompañó a registrar las construcciones de intramuros. Por alguna razón, los sajones se mostraban reacios a ocupar los asentamientos romanos y preferían sus casas de troncos y paja, aunque aquellos edificios de piedra habían estado habitados hasta hacía poco, pues hallamos cenizas en los hogares y algunos suelos recién barridos.

–Podrían ser de los nuestros –dijo Galahad, pues muchos britanos vivían entre los sajones, la mayoría como esclavos, pero algunos como hombres libres sometidos al gobierno de los invasores.

Habríase dicho que los edificios hubieran servido de cuartel en algún tiempo, pero también había dos viviendas y otra edificación que tomé por granero pero cuya puerta rota, al abrirse, nos mostró un establo donde alojar el ganado durante la noche para protegerlo de los lobos. El suelo era un lodazal hondo de paja y boñiga tan apestoso que habría salido de allí en aquel mismo momento, pero Galahad descubrió algo al fondo, entre las sombras, y lo seguí hasta allí pisando el suelo viscoso y mojado.

El extremo opuesto no era una pared recta bajo el tejado sino que se rompía en un ábside curvo. Arriba, entre la sucia escayola del ábside y visible apenas bajo la suciedad y el polvo de los años, había un símbolo pintado que parecía una gran «equis» con una «pe» encima. Galahad se quedó mirando el símbolo e hizo la señal de la cruz.

–Esto era una iglesia, Derfel –dijo asombrado.

–Apesta –contesté.

–Aquí había cristianos –comentó Galahad, mirando el símbolo con reverencia.

–Pues ya no. –La espantosa fetidez me hizo estremecer, no podía parar de dar manotazos inútilmente a las moscas que revoloteaban alrededor de mi cabeza.

A Galahad no le importó la fetidez. Removió con la punta de la lanza la compacta masa de boñiga y paja podrida y terminó por descubrir un pequeño trozo de suelo. Lo que encontró le hizo perseverar hasta dejar al descubierto la parte superior de un hombre representado en las pequeñas baldosas. El hombre llevaba túnica de obispo, tenía un halo como un sol alrededor de la cabeza y levantaba una mano con una pequeña bestia de cuerpo delgado y gran cabeza peluda.

–San Marcos y el león –me dijo Galahad.

–Creía que los leones eran fieras enormes –comenté, decepcionado–. Sagramor dice que son más grandes que caballos y más feroces que osos. –Me quedé mirando la bestia manchada de mierda–. Esto no es mayor que un gatito.

–Es un león simbólico –me recriminó. Intentó limpiar otro poco, pero fue en vano, pues la suciedad era muy vieja y estaba muy pegada y amazacotada–. Algún día –dijo– levantaré una gran iglesia como ésta. Una iglesia enorme donde la gente se reúna ante Dios.

–Y cuando te mueras –contesté, empujándolo hacia la salida–, algún desgraciado cobijará aquí a diez rebaños en invierno y te estará muy agradecido.

Insistió en quedarse un minuto más y, mientras le sujetaba la lanza y el escudo, abrió los brazos a los lados y pronunció una nueva oración en un viejo recinto.

–Es una señal divina –dijo exaltado cuando por fin salió otra vez al sol–. Devolveremos el cristianismo a Lloegyr, Derfel. ¡Es una señal de victoria!

Aunque Galahad lo interpretara como una señal de victoria, aquella vieja iglesia estuvo a punto de abocarnos a la derrota. Al día siguiente, mientras avanzábamos en dirección este hacia Londres, tan tentadoramente cerca ya, el príncipe Meurig permaneció en Pontes. Envió las carretas por delante con la mayoría de su escolta pero se quedó con cincuenta hombres para despejar la iglesia de la viscosa suciedad. El descubrimiento de la antigua iglesia conmovió a Meurig tanto como a Galahad y decidió devolver el templo a su dios; mandó a sus hombres dejar las armas a un lado y limpiar el edificio de detritos y paja; los sacerdotes que lo acompañaban rezarían lo que fuera necesario para restituir su santidad al lugar.

Y mientras la retaguardia sacaba mierda con horcas, los sajones que nos seguían llegaron al puente.

Meurig escapó, tenía un caballo, pero casi todos los que estaban limpiando murieron, así como dos sacerdotes; después, los sajones cruzaron el puente y cayeron en tromba sobre las carretas. Lo que quedaba de retaguardia presentó batalla, pero los asaltantes eran más numerosos y los rodearon por los flancos, les dieron alcance y empezaron a matar a los lentos bueyes hasta que, una a una, detuvieron las carretas, que quedaron a merced del enemigo.

Entonces oímos la conmoción. El ejército se detuvo y los

jinetes de Arturo volvieron al galope hacia el lugar de donde procedía el fragor de la matanza. Ninguno de los jinetes iba convenientemente pertrechado para luchar pues hacía un calor excesivo y no cabalgaban toda la jornada con la armadura puesta; no obstante, su sola aparición fue suficiente para hacer huir al enemigo en desbandada. Pero el daño ya estaba hecho. Dieciocho de las cuarenta carretas quedaron inmovilizadas y, sin los bueyes, tendrían que ser abandonadas allí. Aquellas dieciocho habían sido saqueadas en su mayoría y los barriles de preciosa harina habían sido arrojados al suelo. Recogimos en nuestras capas cuanta harina pudimos, aunque el pan que con ella se cociera sería de poca calidad y lleno de polvo y ramas. Ya antes del asalto, habíamos recortado las raciones para estirarlas dos semanas, pero después, como la mayor parte de la comida iba en las últimas carretas, tuvimos que considerar la necesidad de reducir la marcha a una semana a partir de aquel día, y ni así habría alimento suficiente para volver sanos y salvos a Calleva o a Caer Ambra.

—En el río abunda la pesca —señaló Meurig.

—¡Dioses! ¡Pescado otra vez no! —gruñó Culhwch, recordando las privaciones de los últimos días en Ynys Trebes.

—No hay peces suficientes para alimentar a un ejército —replicó Arturo con rabia. Le habría gustado gritar a Meurig, haber dejado su estupidez en evidencia, pero Meurig era príncipe y el sentido del respeto no le permitía humillarlo. Si hubiéramos sido Culhwch o yo quienes hubiéramos dividido la retaguardia dejando las carretas a merced del enemigo, Arturo habría perdido los estribos, pero a Meurig lo protegía su alta cuna.

Nos reunimos en consejo al norte del camino, que en aquel punto atravesaba recto una llanura herbosa y oscura salpicada de arboledas: a ambos lados había maraña de aulagas y espinos. Estaban presentes todos los comandantes, los demás cargos menores se agolpaban por docenas para escuchar las discusiones. Naturalmente, Meurig declinó toda responsabilidad alegando que, de haber contado con mayor número de hombres, jamás habría ocurrido tal desastre.

—Por otra parte —añadió—, y disculpad que hable de eso, aunque lo considere algo que no necesita mucha explicación, un ejército que no cuenta con Dios no puede esperar ningún éxito.

—Entonces, ¿por qué Dios no cuenta con nosotros? —replicó Sagramor.

—Lo hecho, hecho está —dijo Arturo para acallar al númida—. Nos hemos reunido aquí para hablar del paso siguiente.

Pero el siguiente paso dependía más de Aelle que de nosotros. Había ganado la primera batalla, aunque tal vez ignorara el alcance de su triunfo. Nos habíamos internado muchas millas en su territorio y corríamos el riesgo de morir de hambre a menos que lográsemos preparar una encerrona a su ejército, destruirlo y llegar así a tierras en las que aún quedaran reservas. Los exploradores nos llevaban venados y, de vez en cuando, encontraban por azar alguna vaca o alguna oveja, pero tales exquisiteces escaseaban y no terminaban de compensar la pérdida de harina y carne en salazón.

—Tendrá que defender Londres, sin duda —dijo Cuneglas.

Sagramor negó con la cabeza.

—Londres está habitada principalmente por britanos —dijo—. A los sajones no les gusta y nos dejarán tomarla.

—En Londres habrá víveres —prosiguió Cuneglas.

—Pero ¿cuánto durarán, lord rey? —inquirió Arturo—. Y si nos los llevamos, ¿qué haremos? ¿Vagar eternamente con la esperanza de que Aelle decida presentar batalla? —Se quedó mirando al suelo con el rostro tenso, sumido en sus pensamientos. La táctica de Aelle ya estaba clara, los sajones permitirían que siguiéramos avanzando, sus hombres siempre irían por delante de nosotros limpiando el terreno de sustento y, tan pronto como nos debilitáramos física y moralmente, la horda sajona nos rodearía—. Lo que debemos hacer —manifestó Arturo— es atraerlos hacia nosotros. —Meurig parpadeó rápidamente.

–¿Cómo? –preguntó en un tono que pretendía ridiculizar a Arturo.

Los druidas que nos acompañaban, Merlín, Iorweth y dos más de Powys ocupaban un lateral en el consejo, y Merlín, que se había adueñado de un hormiguero y lo empleaba a modo de sitial, llamó la atención de los presentes levantando la vara en alto.

–¿Qué hacéis cuando queréis una cosa de valor? –preguntó con poco entusiasmo.

–Tomarla –replicó Agravain, que comandaba a los jinetes de Arturo para que éste pudiera hacerse cargo del ejército.

–Si queréis algo valioso de los dioses –concretó Merlín–, ¿qué hacéis?

Agravain se encogió de hombros y ninguno de los presentes supo responder.

Merlín se levantó y dominó el consejo con su elevada estatura.

–Si deseáis algo –dijo con sencillez, como si fuera el maestro y nosotros los discípulos–, tenéis que dar algo a cambio. Debéis hacer una ofrenda, un sacrificio. Lo que más deseaba yo por encima de todas las cosas de este mundo era la olla mágica, de modo que ofrecí mi vida por ella y mi deseo fue escuchado; de no haber ofrecido mi espíritu a cambio, el don no habría llegado a mí. Tenemos que ofrecer un sacrificio.

Meurig, como cristiano, se sintió ofendido y no pudo resistir el deseo de mofarse del druida.

–¿Vuestra vida, quizá, lord Merlín? La última vez os salió bien. –Estalló en carcajadas y, con una mirada, conminó a los sacerdotes supervivientes a que lo secundaran.

Las risas cesaron tan pronto como Merlín apuntó al príncipe con la vara. La mantuvo con pulso inmejorable a escasas pulgadas de la cara de Meurig y no la movió ni mucho después de que se acallaran las carcajadas ni cuando el silencio se hizo insoportable. Agrícola carraspeó respondiendo al deber de acudir en ayuda de su príncipe, pero una leve oscilación del negro báculo acalló cualquier protesta que Agrícola tuviera en mente. Meurig se revolvió incómodo, pero parecía hipnotizado. Se ruborizó, parpadeó y se le pusieron los pelos de punta. Arturo frunció el ceño pero nada dijo. Nimue sonrió ante las expectativas del sino del príncipe y los demás mirábamos en silencio, algunos estremecidos de miedo, pero Merlín siguió firme hasta que, por fin, Meurig no pudo soportar la tensión por más tiempo.

–Lo he dicho en broma –gritó al borde de la desesperación–, no pretendía ofender.

–¿Has dicho algo, lord príncipe? –inquirió Merlín sobresaltado, fingiendo que las aterrorizadas palabras de Meurig lo habían sacado bruscamente de su ensoñación. Bajó la vara–. Creo que soñaba despierto. ¿De qué hablábamos? ¡Ah, sí! De un sacrificio. ¿Qué es lo más precioso que poseemos, lord Arturo?

–Tenemos oro –respondió éste tras pensarlo unos momentos–, plata, mi armadura.

–Chucherías –replicó Merlín despectivamente.

De nuevo se hizo el silencio; después, los hombres que habían quedado fuera del consejo empezaron a manifestarse. Algunos se quitaron las torques que llevaban al cuello y las blandieron en el aire. Otros propusieron ofrecer armas, un hombre llegó a reclamar la espada de Arturo por su nombre, Excalibur. Los cristianos se abstuvieron, pues se trataba de una ceremonia pagana y ellos no ofrecerían sino plegarias; un hombre de Powys propuso sacrificar a un cristiano, idea que despertó entusiasmos e hizo ruborizarse a Meurig nuevamente.

–A veces tengo la impresión –dijo Merlín cuando las ideas se agotaron– de que estoy condenado a vivir entre idiotas. ¿Acaso está loco todo el mundo excepto yo? ¿No hay entre todos vosotros un solo pobre necio y corto de entendederas que vea lo que, evidentemente, es nuestro más preciado bien? ¿Ni uno solo?

–Comida –dije.

–¡Ah! –exclamó Merlín con deleite–. ¡Bien dicho, pobre necio y corto de entendederas! Comida, idiotas –escupió el insulto a todo el consejo–. Los planes de Aelle se fundamentan en la creencia de que andamos escasos de víveres, de modo que debemos demostrarle lo contrario. Mostrémonos pródigos en víveres como los cristianos en oraciones, echémosla al vacío de los cielos, despilfarrémosla, arrojémosla por el suelo, tenemos que –hizo una pausa para recalcar la siguiente palabra– «sacrificarla». –Aguardó para comprobar si alguien se oponía pero nadie habló–. Busca un lugar cerca de aquí –ordenó a Arturo– que te parezca oportuno para presentar batalla a Aelle. No hagas alarde de grandes fuerzas pues no conviene que rehúse el combate. Recuerda que es preciso tentarlo, hacerle creer en la victoria. ¿Cuánto tardará en aprestar sus fuerzas para la batalla?

–Tres días –replicó Arturo. Sospechaba que los hombres de Aelle estaban muy dispersos formando un amplio círculo que nos escoltaba y que tardarían al menos dos días en reunirse y formar un ejército compacto, más otro día entero para situarse en orden de batalla.

–Necesito dos días –dijo Merlín–, así que cuece pan para mantenernos vivos cinco días –ordenó–. Nada de raciones generosas, Arturo, pues el sacrificio ha de ser real. Luego, busca el campo de batalla y aguarda. Deja lo demás en mis manos pero dame a Derfel y a doce de sus hombres para hacer otros trabajos. ¿Hay alguien entre nosotros –prosiguió, levantando la voz para que le oyera la multitud que se apiñaba fuera del consejo– ducho en la talla de la madera?

Escogió a seis, dos de Powys, uno que llevaba el halcón de Kernow en el escudo y los demás, dumnonios. Les entregó hachas y cuchillos pero ninguna herramienta para tallar hasta que Arturo encontrara el campo de batalla.

Arturo escogió un extenso brezal que ascendía suavemente hasta una cima coronada por un bosquecillo de tejos y serbales blancos. La pendiente apenas se empinaba pero aun así dominaríamos desde cierta altura; Arturo plantó los pendones y, alrededor de las enseñas, surgió un campamento de refugios de ramas cortadas en la arboleda. Los lanceros se situarían en torno a las enseñas y, según nuestras esperanzas, allí se enfrentarían con Aelle. El pan que nos mantendría con vida mientras aguardábamos fue cocido en hornos de tierra.

Merlín se situó al norte del brezal, donde había una pradera con raquíticos alisos invadidos por la maleza a la orilla de un arroyo que serpenteaba hacia el Támesis. Mis hombres recibieron la orden de talar tres robles, cortar las ramas, descortezar el tronco y, luego, cavar tres hoyas para ponerlos de pie en tierra a modo de columnas, aunque primero, los artesanos de la madera tuvieron que convertirlos en ídolos macabros. Iorweth ayudó a Merlín y a Nimue; los tres se zambulleron gustosamente en una tarea que les daba ocasión de crear las imágenes más macabras y temibles, aunque no guardaran ni remota semejanza con ninguna imagen de dioses que hubiera visto en mi vida; mas a Merlín no le importaba. Dijo que los ídolos no eran para nosotros sino para los sajones y, por eso, los talladores y él convirtieron los troncos en horribles caras de animal con pecho de mujer y genitales de hombre; terminadas las columnas, mis hombres dejaron sus tareas y colocaron las tres figuras en los agujeros del suelo; Merlín y los artesanos rellenaron las hoyas con tierra y finalmente las columnas quedaron erguidas.

–¡El padre –exclamó Merlín brincando alegremente delante de los ídolos–, el hijo y el espíritu santo! –dijo riendo.

Mientras tanto, mis hombres levantaron una gran pila de leña delante de las hoyas donde colocaron las provisiones que nos quedaban. Matamos los bueyes restantes e izamos sus pesados cuerpos sobre los leños, que fueron impregnándose de sangre fresca hasta las capas inferiores; encima de los bueyes depositamos todo lo que habían acarreado; carne seca, pescado seco, queso, manzanas, cereal y legumbres y, sobre los preciosos víveres, el cadáver de un par de venados recién cazados y un carnero acabado de sacrificar. Cortamos la cabeza del carnero y la clavamos, con su par de cuernos iguales, en el pilar central.

Los sajones observaban nuestro trabajo. Se encontraban en la otra orilla del río y una o dos veces, durante el primer día, arrojaron las lanzas por encima del agua pero, tras los inútiles intentos de estorbar nuestra actividad, se conformaron con mirarnos y seguir con atención el desarrollo de nuestras actividades. Tenía la sensación de que cada vez eran más. Durante el primer día sólo avistamos unos doce entre los árboles, pero al caer la tarde del segundo, vimos al menos una veintena de fogatas humeantes tras la cortina vegetal.

–Ahora –dijo Merlín aquella misma tarde– vamos a darles un buen espectáculo.

Llevamos cazuelas con fuego desde la pequeña cima del brezal hasta la gran pila de madera y las arrojamos al fondo de la maraña de leña. La madera estaba verde, pero en el centro habíamos dispuesto montones de hierba seca y ramas rotas y, al caer la noche, la pira ardía intensamente. Las llamas proyectaban un resplandor espeluznante sobre nuestros toscos ídolos, el humo se elevaba en una gran columna que se extendía en dirección a Londres y el olor a carne asada inundaba el campamento y nos hacía la boca agua. La hoguera crujió y se derrumbó en un torrente de pavesas que se perdieron en el aire; en el tremendo calor, las reses sacrificadas se sacudían y se retorcían cuando las llamas alcanzaban los tendones y hacían estallar los cráneos. La grasa deshecha chisporroteaba en el fuego y prendía con brillos blancos y deslumbrantes que proyectaban sombras negras sobre los horrendos ídolos. El fuego ardió toda la noche quemando nuestras últimas esperanzas de salir de Lloegyr si no era como victoriosos; al amanecer, los sajones se acercaron con sigilo a observar los humeantes restos.

Y permanecimos a la espera, aunque no completamente inactivos. Nuestros jinetes partieron hacia levante a vigilar el camino de Londres y volvieron para informar de que había ban-

das de sajones en marcha. Otros cortamos más leña y empezamos a levantar una fortificación junto al mermado bosquecillo
de la cima del brezal. Para nada la necesitábamos, pero Arturo
quería dar la impresión de que estábamos montando una base
en el corazón de Lloegyr desde la cual hostigaríamos a Aelle. Tal
planteamiento, si lograba convencer a Aelle, seguramente lo inci-
taría a la batalla. Hicimos los preparativos para levantar una
muralla de tierra; la falta de herramientas apropiadas nos impidió dar una impresión de grandiosidad pero, no obstante, la
muralla debió de contribuir al engaño.

A pesar de lo mucho que teníamos que hacer, en el seno del
ejército las disensiones y hostilidades seguían manifestándose.
Algunos, como Meurig, creían que habíamos adoptado una táctica errónea desde el principio. Meurig decía que habría sido preferible enviar dos o tres ejércitos pequeños a tomar la fortaleza
sajona de la frontera. Teníamos que haber hostigado y provocado y, sin embargo, sólo habíamos conseguido pasar más hambre
cada día en nuestra propia trampa en plena Lloegyr.

—Tal vez esté en lo cierto —me confesó Arturo durante la
tercera mañana.

—No, señor —insistí y, para reforzar mi opinión, señalé hacia
el norte en dirección a la humareda, cada vez más gruesa, que
revelaba el incremento de la horda sajona del otro lado del río.

—Sí, es cierto que el ejército de Aelle está ahí —dijo—, pero
no significa que se disponga a atacar. Nos vigila, pero si tiene
dos dedos de frente, nos dejará aquí plantados hasta que nos
pudramos.

—Podríamos atacar nosotros —dije.

—Hacer que un ejército cruce un bosque y un río es la receta del desastre. Es nuestro último recurso, Derfel. Recemos para
que venga hoy.

Pero no fue así y hacía cinco días que los sajones habían
atacado las carretas de los víveres. Al día siguiente comeríamos
migas y al otro, estaríamos muriéndonos de hambre. Tres días

más y miraríamos la espantosa derrota a los ojos. Arturo no mostraba preocupación, aunque los gruñones del ejército vieran las perspectivas tan negras y, aquella tarde, cuando el sol se ponía por la lejana Dumnonia, Arturo me hizo seña de que subiera con él a la muralla de nuestra primitiva fortaleza en construcción. Trepé por los maderos hasta arriba.

–Mira –me dijo señalando hacia levante. A lo lejos, en el horizonte, divisé otra gruesa columna de humo gris y, bajo el humo, con los edificios iluminados por los rayos bajos del sol, la ciudad más grande que había visto en mi vida. Mayor que Glevum y Corinium, mayor incluso que Aquae Sulis–. Londres –dijo Arturo, admirado–. ¿Habías pensado en verla alguna vez?

–Sí, señor.

–Mi confiado Derfel Cadarn –replicó sonriendo. Estaba en lo más alto de la muralla, sujetándose a un pilar sin remate y mirando fijamente a la ciudad. A nuestra espalda, en el rectángulo que formaban los troncos, se encontraban recogidos los caballos del ejército. Los pobres animales estaban hambrientos pues escaseaba la hierba en aquella tierra seca y no habíamos cargado forraje para ellos–. Resulta extraño, ¿verdad? –prosiguió Arturo, sin dejar de mirar a Londres–. Tal vez a estas alturas, Lancelot y Cerdic se hayan enfrentado ya en combate, y nosotros sin saberlo.

–Roguemos que haya ganado Lancelot –dije.

–Ya ruego, Derfel; ya ruego. –Golpeó con el talón la muralla a medio construir–. ¡Qué oportunidad se le presenta a Aelle! –exclamó de pronto–. Podría terminar con los mejores guerreros de Britania aquí. A finales de año, Derfel, sus hombres podrían estar en posesión de nuestras plazas fuertes. Podrían acercarse paseando al mar Severn. Todo habría desaparecido. ¡Britania entera desaparecería! –La idea debió de parecerle divertida; se dio media vuelta y miró a los caballos–. Aún podríamos comérnoslos –dijo . Su carne nos sustentaría una o dos semanas más.

–¡Señor! –le recriminé su pesimismo.

–No te preocupes, Derfel –rió–. He enviado un mensaje a nuestro viejo amigo Aelle.

–¿Es cierto, señor?

–La mujer de Sagramor. Se llama Malla. ¡Qué nombres tan extraños tienen los sajones! ¿La conoces?

–La he visto, señor. –Malla era una muchacha alta de largas y fuertes piernas, con los hombros anchos como un tonel. Sagramor la había hecho cautiva en una de sus incursiones a finales del año anterior y ella había aceptado su destino con una pasividad que se reflejaba en su rostro inexpresivo, casi ausente, adornado por una generosa mata de pelo dorado. El cabello era el único rasgo especialmente llamativo de Malla, aunque de todos modos poseía un extraño atractivo; era una criatura grande, fuerte, lenta y robusta, dotada de una serenidad y una presencia tan taciturna como la de su amante numidio.

–Fingirá que ha escapado de nosotros –le explicó Arturo– y en estos mismos momentos debe de estar contando a Aelle que planeamos pasar aquí el próximo invierno y que Lancelot vendrá con otras trescientas espadas porque lo necesitamos, ya que muchos de los nuestros están débiles y enfermos, aunque contamos con unas despensas llenas de víveres. –Sonrió–. En fin, que le está llenando la cabeza de tonterías, o eso espero, al menos.

–Tal vez le cuente la verdad –dije sombríamente.

–Tal vez –dijo sin asomo de preocupación. Miraba a una hilera de hombres que transportaban pellejos de agua desde un manantial que brotaba al pie de la ladera sur–, pero Sagramor confía en ella –añadió– y yo aprendí a confiar en Sagramor hace mucho tiempo.

–Yo no permitiría que mi mujer fuera al campo enemigo –dije, e hice un signo contra el mal.

–Se ofreció voluntaria –repuso Arturo–. Asegura que los sajones no le harán daño alguno. Al parecer, es hija de uno de los caudillos.

–Esperemos que ame menos a su padre que a Sagramor.

Arturo se encogió de hombros. La suerte ya estaba echada y hablar de riesgos no mejoraría la situación. Cambió de tema.

—Quiero que estés en Dumnonia cuando todo esto termine.

—Con mucho gusto, señor, si me aseguráis que Ceinwyn estará a salvo –respondí y, cuando quiso disipar mis temores con un gesto de la mano, insistí nuevamente–. He oído que han matado a un perro y que han envuelto a una perra en el pellejo ensangrentado del animal.

Arturo se giró, colgó las piernas por encima del muro y saltó a los establos improvisados. Apartó a un caballo y me indicó que lo acompañara a un lugar donde nadie nos oyera ni nos viera. Yo tenía hambre.

—Cuéntame otra vez lo que te han dicho –me ordenó.

—Que mataron a un perro –dije después de saltar abajo– y con su pellejo ensangrentado envolvieron a una perra coja.

—¿Y quién lo ha hecho? –preguntó.

—Alguien cercano a Lancelot –respondí, pues no quería nombrar a su esposa.

Golpeó el muro de leños con la mano y asustó a los caballos de al lado.

—Mi esposa –dijo– es amiga del rey Lancelot. –No dije nada–. Y yo también –añadió en tono desafiante, pero de nuevo callé–. Es un hombre orgulloso, Derfel, y perdió el reino de su padre porque yo no cumplí mi palabra. Se lo debo. –Pronunció las últimas palabras fríamente.

—Me han dicho –repliqué con igual frialdad– que a la perra coja le dieron el nombre de Ceinwyn.

—¡Basta! –Volvió a golpear el muro–. ¡Cuentos! ¡No son más que cuentos! Nadie niega que haya resentimiento por lo que Ceinwyn y tú hicisteis, Derfel, no soy tan necio, pero no consiento que me digas semejantes sandeces. Ginebra se atrae tal clase de rumores. Le guardan rencor porque cualquier mujer bella, inteligente, con opiniones firmes y capaz de expresarlas sin temor inspira rencor, pero ¿insinúas que se prestaría a un sucio conjuro contra Ceinwyn? ¿Que mataría y despellejaría a un perro? ¿Acaso lo crees?

–Preferiría no creerlo, señor –respondí.

–Ginebra es mi esposa. –Bajó la voz pero su tono seguía siendo amargo–. No tengo ninguna otra, no me llevo esclavas al lecho, pertenezco a Ginebra y ella me pertenece a mí, Derfel, y a nadie permito hablar mal de ella. ¡Ni una palabra! –gritó. Me pregunté si se acordaría de los sucios insultos que Gorfyddyd le había dedicado en el valle del Lugg. Gorfyddyd había dicho que había yacido con Ginebra, y más aún, que toda una legión de hombres había hecho lo mismo. Me acordé del anillo de compromiso de Valerin, con una cruz en medio y el emblema de Ginebra, pero aparté el recuerdo de la cabeza.

–Señor –dije en voz baja–, yo no he pronunciado el nombre de vuestra esposa.

Se quedó mirándome y, por un segundo, creí que iba a golpearme; pero sacudió la cabeza con pesar.

–A veces, mi esposa es difícil, Derfel. En algunas ocasiones desearía que no fuera tan proclive al desdén, pero no me imagino la vida sin sus consejos. –Hizo una pausa y me dedicó una sonrisa espléndida–. No me imagino la vida sin ella. Derfel, te aseguro que no ha matado a perro alguno. Créeme. Su diosa Isis no exige sacrificios, al menos de seres vivos. De oro sí. –Sonrió, de buen humor repentinamente–. Isis devora oro.

–Os creo, señor –dije–, pero aun así, Ceinwyn corre peligro. Dinas y Lavaine la han amenazado.

–Ofendiste a Lancelot, Derfel –replicó–. No te lo reprocho porque conozco los motivos que te impulsaron, pero tú tampoco puedes reprocharle que esté resentido contigo. Dinas y Lavaine sirven a Lancelot, es justo que los hombres compartan los rencores de su señor. –Hizo una pausa–. Cuando termine esta guerra, Derfel –prosiguió–, lograremos la reconciliación. ¡Todos! Cuando convierta en hermanos a mis guerreros estableceremos la paz entre nosotros. Entre Lancelot y tú y todos los demás.

Hasta ese momento, juro por mi vida proteger a Ceinwyn, si insistes. Impón tú el juramento, Derfel. Pide el precio que desees, incluso la vida de mi hijo, porque te necesito. Dumnonia te necesita. Culhwch es un buen hombre pero no sabe dominar a Mordred.

–¿Y yo sí? –pregunté.

–Mordred es caprichoso –continuó Arturo haciendo caso omiso de mi pregunta–, pero ¿qué otra cosa podía esperarse? Es nieto de Uther, de sangre real, y no queremos que sea un gallina, pero necesita disciplina. Necesita orientación. Culhwch cree que es suficiente con golpearle, pero solamente consigue que se empecine más. Quiero que lo eduquéis Ceinwyn y tú.

–Señor –dije estremecido–, me hacéis cada vez más atractiva la vuelta a casa.

–No olvides, Derfel –replicó con el ceño fruncido por mi frivolidad–, que hemos jurado entregar el trono a Mordred. Por tal motivo volví a Britania. Es mi deber principal en Britania, y todo aquel que me preste juramento se compromete con esa misión. Nadie ha dicho que sería fácil, pero se cumplirá. Dentro de nueve años coronaremos a Mordred en Caer Cadarn. Ese mismo día, Derfel, quedaremos todos libres del juramento y ruego a todos los dioses que quieran escucharme que ese mismo día pueda yo colgar a Excalibur para siempre y no volver a luchar jamás. Pero, hasta que llegue tan esperada fecha, mantendremos nuestra palabra por encima de todo. ¿Lo entiendes?

–Sí, señor –respondí humildemente.

–Bien. –Arturo apartó a un caballo–. Mañana viene Aelle –dijo con confianza mientras nos alejábamos–, así pues, que descanses.

El sol se puso por Dumnonia y la bañó de rojo intenso. Hacia el norte, el enemigo cantaba canciones de guerra y nosotros entonamos baladas de nuestra tierra alrededor de las hogueras. Los centinelas escrutaban la oscuridad, los caballos piafaban, los perros de Merlín aullaban y algunos logramos dormir.

Al amanecer vimos que las tres columnas de Merlín habían sido abatidas durante la noche. Un mago sajón, con los pelos untados de heces y peinados en punta y el cuerpo desnudo, cubierto apenas por unos jirones de piel de lobo colgados de una cinta que llevaba al cuello, bailoteaba en el lugar que antes ocuparan los ídolos. Al ver al mago, Arturo se convenció de que Aelle se disponía a atacar.

Deliberadamente, no hicimos el menor movimiento de preparativo. Nuestros centinelas montaban guardia y los demás lanceros haraganeaban por la ladera como si esperaran una jornada más sin contratiempos, pero tras ellos, entre las sombras de los refugios, bajo los restos de tejos y serbales blancos y entre los muros de la fortificación a medio construir, el grueso del ejército se pertrechaba debidamente.

Tensamos las correas de los escudos, afilamos las espadas y hojas, aunque sus filos eran ya como cuchillas, y fijamos las puntas de las lanzas a martillazos. Tocamos nuestros amuletos, nos abrazamos unos a otros y, tras comer el poco pan que quedaba, rezamos, cada cual al dios del que esperaba recibir protección aquel día. Merlín, Iorweth y Nimue recorrieron los refugios tocando espadas y distribuyendo ramas secas de verbena a modo de protección.

Me puse el equipo de batalla. Calcé las pesadas botas hasta la rodilla con ataduras metálicas que me protegían las pantorrillas de los lanzazos que llegan por debajo del escudo. Me puse la camisa de tosca lana, tejida e hilada por Ceinwyn, bajo una coraza de cuero, en la que había prendido el pequeño broche de oro de Ceinwyn, mi talismán protector durante tantos años. Sobre la coraza, una cota de malla, un lujo cobrado a un cacique de Powys que cayó en el valle del Lugg. Era un antiguo pertrecho romano forjado con una perfección que nadie poseía ya y, a veces, me preguntaba qué otros hombres habrían usado aquella túnica hasta la rodillas hecha con aros de hierro entrelazados. El guerrero de Powys había muerto con la cota puesta y el cráneo partido en dos por un golpe de *Hywelbane,* pero tenía la sospecha de que algún otro propietario anterior había muerto con ella puesta también, pues se apreciaba un rasgón profundo en los aros de la parte derecha del pecho, que habían sido toscamente reparados con eslabones de una cadena de hierro.

En la mano izquierda llevaba anillos de guerrero, pues me protegían los dedos en la batalla, pero en la derecha no llevaba ninguno porque me impedían asir con fuerza la espada y la lanza. Me até a los brazos unos protectores de cuero. El yelmo era de hierro, en forma de casco simple y forrado de cuero acolchado con tela; en la parte de la nuca tenía una gruesa visera de cuero de cerdo que me tapaba el cuello; durante la primavera anterior, había pagado a un herrero de Caer Sws para que me pusiera unos protectores de mejillas a los lados. Del pomo de hierro de la parte superior pendía la cola de lobo cobrada en el corazón del bosque de Benoic. Me até a *Hywelbane* a la cintura, agarré el escudo con la izquierda y levanté la lanza. Era una pica más alta que un hombre, con el asta más gruesa que la muñeca de Ceinwyn y la punta, larga y pesada, en forma de hoja de árbol. Estaba afilada como una cuchilla, pero con los bordes redondeados para evitar que se atascara en las tripas o en la armadura del enemigo. No llevaba manto porque hacía mucho calor.

Cavan, vestido ya para la batalla, se acercó a mí y se arrodilló.

—Si lucho bien, señor —me dijo—, ¿puedo pintar la quinta punta en la estrella de mi escudo?

—Espero que todos los hombres luchen bien —respondí—, o sea que, ¿por qué habría de recompensarlos por cumplir su deber?

—¿Y si os traigo un trofeo, señor, como el hacha de un caudillo u oro?

—Tráeme a un caudillo sajón, Cavan, y podrás pintar cien puntas a tu estrella.

–Con cinco basta, señor.

La mañana transcurría lentamente. Los que llevábamos armadura metálica sudábamos al calor del día. Desde más allá del río del norte, donde los sajones se escondían tras los árboles, debía de dar la impresión de que nuestro campamento durmiera o no hubiera sino enfermos, hombres inmovilizados, pero tal ilusión no los hizo salir de entre los árboles. El sol siguió ascendiendo. Nuestros exploradores, los jinetes ligeramente armados que no llevaban más que un carcaj de lanzas arrojadizas, salieron del campamento al trote. No habría lugar para ellos en un enfrentamiento entre barreras de escudos, de modo que se llevaron a los inquietos caballos al sur del Támesis; de todas formas, podían volver enseguida y, si el desastre cayera sobre nosotros, tenían órdenes de cabalgar hacia poniente para dar aviso de la derrota en la distante Dumnonia. Los hombres de Arturo se pusieron sus pesadas armaduras de hierro y cuero y después, con ataduras que colocaron alrededor de la cruz de sus monturas, colgaron los pesados escudos de cuero que protegían los flancos a las bestias.

Arturo, oculto con sus jinetes en el interior de la improvisada fortificación, llevaba la famosa cota de malla de factura romana, formada por miles de pequeñas placas de hierro cosidas a un jubón de cuero, superpuestas unas a otras como las escamas de un pez. Entre las placas de hierro había algunas de plata y parecía que la cota temblara cada vez que se movía. Llevaba manto y a Excalibur colgada del costado izquierdo, enfundada en su vaina mágica de la cruz bordada que protegía a su portador de todo mal, mientras su escudero Hygwydd sujetaba la larga lanza, el yelmo plateado con copete de plumas de ganso y el escudo redondo con chapa de plata que semejaba un espejo. En tiempos de paz, a Arturo le gustaba vestir modestamente, pero para la guerra se ataviaba con todo esplendor. Aunque pensara que su reputación se basaba en la honradez de gobierno, la refulgente armadura y el pulido escudo lo contradecían y demostraban que sabía de dónde provenía realmente su fama.

Culhwch había cabalgado en una ocasión con la caballería pesada de Arturo, pero aquel día se situó al frente de un destacamento de lanceros, igual que yo y, hacia el mediodía, me buscó y se sentó a mi lado en la pequeña sombra de mi refugio. Llevaba coraza de hierro, jubón de cuero y grebas romanas de bronce sobre las pantorrillas desnudas.

—Ese rufián no viene —gruñó.

—Mañana, tal vez —dije.

Sorbió malhumorado por la nariz y me miró fijamente.

—Sé lo que vas a responder, Derfel, pero te pregunto de todos modos; sin embargo, antes de contestar quiero que tengas en cuenta una cosa. ¿Quién luchó a tu lado en Benoic? ¿Quién estuvo contigo en Ynys Trebes, escudo con escudo? ¿Quién compartió la cerveza contigo y a pesar de todo te dejó seducir a la muchacha marinera? ¿Quién te dio la mano en el valle del Lugg? Yo. Tenlo presente cuando me contestes. Bien, ¿qué comida tienes escondida?

—Nada —repliqué con una sonrisa.

—Eres un gran saco sajón de tripas inútiles —dijo—, ni más ni menos. —Miró a Galahad, que descansaba entre mis hombres—. ¿Tenéis algo de comer, lord príncipe? —le preguntó.

—Di el último mendrugo a Tristán —respondió Galahad.

—Un acto cristiano, supongo —comentó Culhwch en son de burla.

—Así me gustaría interpretarlo —replicó Galahad.

—Prefiero ser pagano —añadió Culhwch—. Necesito comer algo. No puedo matar sajones con las tripas vacías. —Miró con el ceño fruncido a mis hombres, pero no hubo quien le ofreciera nada pues nadie tenía nada que ofrecer—. ¿O sea que me vas a quitar al bellaco de Mordred de las manos? —me preguntó, perdidas las esperanzas de obtener un bocado.

—Así lo quiere Arturo.

—Así lo quiero yo —replicó con viveza—. Si tuviera algo de comer, Derfel, te daría hasta la última miga a cambio de ese favor.

Que te aproveche el cachorro llorica y mal nacido. Que te haga un desgraciado a ti, en vez de a mí, pero te lo advierto, gastarás el cinturón sobre su piel podrida.

–Tal vez no sea lo mejor –repliqué con cautela– azotar a mi futuro rey.

–Tal vez no sea lo mejor, pero es lo más satisfactorio. No es más que un sapejo feo. –Se giró a mirar fuera del refugio–. ¿Qué les pasa a los sajones? ¿No quieren pelear?

La respuesta llegó casi inmediatamente. De pronto sonó un cuerno profundo y triste, luego un mazazo de uno de los grandes tambores que los sajones llevaban a la guerra, y nos pusimos todos en movimiento a tiempo de ver salir al ejército de Aelle de entre los árboles del otro lado del río. Un momento antes, era un paisaje vacío, de hojas y sol primaveral y, de súbito, allí apareció el enemigo.

Había cientos; cientos de hombres envueltos en pieles y hierro, con hachas, perros, lanzas y escudos. Sus enseñas eran calaveras de toro izadas en palos, con trapos colgando al aire; a la cabeza, bailoteando ante la barrera de escudos y lanzándonos maldiciones, avanzaba una tropa de magos con el pelo en punta untado de heces.

Merlín y los demás druidas bajaron la colina al encuentro de los hechiceros. No caminaban sino que, como todos los druidas antes de la batalla, saltaban a la pata coja y mantenían el equilibrio apoyándose en las varas, al tiempo que agitaban una mano en el aire. Se detuvieron a unos cien pasos de los magos y les devolvieron las maldiciones; los sacerdotes cristianos del ejército permanecieron en lo alto de la loma con las manos y la mirada tendidas hacia el cielo rogando la ayuda de su dios.

Los demás íbamos alineándonos. Agrícola a la izquierda, con sus tropas uniformadas al estilo romano, el resto en el centro, y los jinetes de Arturo, que por el momento permanecían ocultos en la fortificación, se situarían más tarde en el ala izquierda. Arturo se colocó el yelmo, subió a lomos de *Llamrei*, extendió el manto blanco sobre la grupa de la yegua y tomó la pesada lanza y el resplandeciente escudo de manos de Hygwydd.

La infantería iba al mando de Sagramor, Cuneglas y Agrícola. Hasta el momento en que aparecieran los hombres de Arturo, mis soldados ocupaban el extremo derecho del frente, y me pareció que los sajones nos rodearían pronto porque su barrera de escudos era mucho más numerosa que la nuestra. Nos superaban en número. Los bardos cantarán que había miles de gusanos en la batalla, pero sospecho que Aelle no contaba con más de seiscientos hombres. El rey sajón poseía, naturalmente, muchos más lanceros que los que veíamos frente a nosotros, pero él, igual que nosotros, se había visto obligado a dejar nutridas guarniciones en las fortalezas fronterizas; de todos modos, un ejército de seiscientos hombres era suficientemente grande. Detrás de la barrera de escudos había otros tantos seguidores, mujeres y niños en su mayoría que no tomarían parte en la batalla pero que, sin duda, correrían a limpiar nuestros cadáveres tan pronto como terminara la batalla.

Nuestros druidas volvieron a subir la loma saltando esforzadamente sobre un pie. A Merlín le corría el sudor por la cara y le caía hasta las trenzas de la larga barba.

–Nada de magia –nos dijo–, esos hechiceros no conocen la verdadera magia. Estáis a salvo.

Se abrió paso entre los escudos y se alejó en busca de Nimue. Los sajones avanzaban despacio hacia nosotros. Sus magos escupían y chillaban; los hombres gritaban a los que los seguían para mantener la alineación mientras que otros nos insultaban a voces.

Sonó el aviso de nuestros cuernos de guerra y empezamos a cantar. En nuestro extremo de la barrera de escudos cantábamos la Gran Canción Guerrera de Beli Mawr, un grito triunfante de matanza que hace arder las entrañas de los hombres. Dos de mis soldados bailaban delante de la barrera de escudos brincando y saltando por encima de sus espadas y lanzas, colocadas en el suelo en forma de cruz. Los llamé para que se reintegraran, pues pensé que los sajones seguirían avanzando loma arriba y precipitarían un choque sangriento y rápido; sin embargo, se detuvieron a cien pasos de nosotros y rehicieron la alienación de los escudos hasta formar una muralla compacta de maderos reforzados con cuero. Guardaron silencio cuando sus magos lanzaron sus orines hacia nosotros. Los grandes perros ladraban y tiraban de las correas, los tambores de guerra seguían retumbando y, de vez en cuando, sonaba un cuerno tristemente, pero los sajones continuaban en silencio, golpeando las lanzas contra los escudos al ritmo del golpe fuerte del tambor.

–Los primeros sajones que veo –dijo Tristán, que se había situado a mi lado y miraba fijamente al ejército enemigo con sus armaduras de pieles, sus hachas de doble filo, sus perros y sus lanzas.

–Caen como moscas –le dije.

–No me gustan las hachas –confesó tocando el borde metálico de su escudo para que le diera buena suerte.

–Son armas poco ágiles –dije como para quitarle importancia–. Quedan inutilizadas al primer golpe. Hay que pararlas con el centro del escudo e hincar la espada por debajo. Siempre resulta; o casi siempre.

Los tambores sajones cesaron súbitamente, la línea enemiga se abrió por el centro y apareció Aelle en persona. Se detuvo, nos miró fijamente unos segundos y escupió; con gesto ostentoso, arrojó la lanza y el escudo al suelo en señal de que deseaba parlamentar. Avanzó hacia nosotros erguido en toda su estatura, corpulento y de pelo oscuro, envuelto en una gruesa piel negra de oso. Lo acompañaban dos magos y un hombre calvo y delgado que tomé por el intérprete.

Cuneglas, Meurig, Agrícola, Merlín y Sagramor se acercaron a hablar con él. Arturo prefirió quedarse con sus jinetes y, puesto que Cuneglas era el único rey de nuestro bando, era justo que él hablara, pero invitó a los demás a que lo acompañaran y me hizo seña de que me adelantara para actuar de intérprete. Así fue como me encontré con Aelle por segunda vez. Era alto, de ancho pecho, cara achatada y dura y ojos oscuros. Tenía la barba poblada, crecida y negra, las mejillas cosidas de cicatrices y la nariz rota; le faltaban dos dedos de la mano derecha. Llevaba cota de malla, botas de cuero y un yelmo con dos cuernos de toro incrustados. Lucía oro britano alrededor del cuello y en las muñecas. La piel de oso que le tapaba la armadura debía de resultar incómoda por lo asfixiante, aquel día caluroso, pero tan grueso pellejo detendría un mandoble con la misma eficacia que una armadura de hierro. Se quedó mirándome.

–Te conozco, gusano –dijo–, un sajón de quita y pon.

–Saludos, lord rey –dije con una leve inclinación de cabeza.

–¿Crees –dijo después de escupir– que por jactarte de buenos modales tu muerte será menos cruel?

–Mi muerte en nada os concierne, lord rey. Pero espero contar la vuestra a mis nietos.

Se echó a reír y luego miró desdeñosamente a los cinco jefes.

–¡Vosotros sois cinco y yo uno sólo! ¿Dónde está Arturo? ¿Vaciándose las tripas de miedo?

Dije a Aelle el nombre de nuestros jefes y, después, Cuneglas se sumó al diálogo que yo iba traduciendo. Empezó, según la costumbre, exigiendo a Aelle la rendición inmediata. Dijo que seríamos compasivos. Pediríamos la vida de Aelle y todos sus tesoros, armas, mujeres y esclavos, pero los lanceros podrían marchar libremente sin la mano derecha.

Aelle, siguiendo el protocolo, se burló de las exigencias y mostró una dentadura descarnada y descolorida.

–¿Acaso Arturo piensa –preguntó en tono imperioso– que escondiéndose no sabemos que está aquí con sus caballos? Dile, gusano, que esta noche su cadáver será mi almohada. Dile que su esposa será mi ramera y que cuando la haya exprimido, se la entregaré a mis esclavos. Y di a ese bufón bigotudo –señaló a Cuneglas– que a la caída del sol, este lugar se llamará la tumba de los britanos. Dile –prosiguió– que le arrancaré las patillas y se las daré a los gatos de mi hija para que jueguen. Dile que haré una copa con su cráneo y echaré sus entrañas a los perros. Y di a ese demonio –apuntó con la barba hacia Sagramor– que hoy su alma negra irá a parar a los horrores de Thor y que se retorcerá en el círculo de serpientes para siempre. Y en cuanto a ése –miró a Agrícola–, hace mucho que deseo su muerte; el recuerdo de su último suspiro endulzará las largas noches que están por venir. Y di a esa basura –escupió dirigiéndose a Meurig– que voy a rebanarle las pelotas y a convertirlo en mi copero personal. Diles cuanto te he dicho, gusano.

–Dice que no –informé a Cuneglas.

–Ha dicho más cosas –insistió Meurig con tono arrogante; era el único que estaba allí sólo porque el rango lo exigía.

–No os gustaría oírlas –replicó Sagramor cansinamente.

–Todo conocimiento es importante –protestó Meurig.

–¿Qué dicen, gusano? –me preguntó Aelle sin recurrir a su propio intérprete.

–Discuten por saber cuál de ellos tendrá el gusto de daros muerte, lord rey –dije. Aelle escupió.

–Di a Merlín –añadió el rey sajón mirando al druida– que a él no lo he insultado.

–Ya lo sabe, lord rey, pues habla vuestra lengua. –Los sajones temían a Merlín y ni siquiera en aquel momento querían enfrentarse con él. Los dos magos sajones le lanzaban maldiciones sin cesar, pero se limitaban a cumplir con su obligación y Merlín no se lo tuvo en cuenta. Tampoco parecía interesado en el parlamento, sencillamente, miraba altivamente a lo lejos, aunque concedió una sonrisa a Aelle tras el cumplido de éste.

Aelle me clavó la mirada unos segundos y, finalmente, me preguntó:

–¿De qué tribu eres?

–De Dumnonia, lord rey.

–¡Antes, idiota! ¡De nacimiento!

–De vuestro pueblo, señor –dije–, del pueblo de Aelle.

–¿Tu padre?

–No lo conocí, señor. Uther hizo cautiva a mi madre cuando me llevaba en el vientre.

–¿Su nombre?

Hube de pensarlo un par de segundos.

–Erce, lord rey –logré recordar al fin. Aelle sonrió al oírlo.

–¡Un buen nombre sajón! Erce, la diosa de la Tierra y la madre de todos nosotros. ¿Cómo está tu Erce?

–No la he vuelto a ver, lord rey, desde que era un niño, pero tengo entendido que vive.

Me miró gravemente. Meurig protestaba con impaciencia y exigía saber de qué estábamos hablando, pero se calmó cuando vio que los demás hacían caso omiso de él.

–No es bueno que el hombre olvide a su madre –dijo Aelle por fin–. ¿Cómo te llamas?

–Derfel, lord rey. –Me escupió en la cota de malla.

–Pues avergüénzate, Derfel, porque has olvidado a tu madre. ¿Lucharás hoy a nuestro lado? ¿A favor del pueblo de tu madre?

–No, lord rey –sonreí–, pero me honráis.

–Que sea dulce tu agonía, Derfel. Pero di a ese montón de basura –señaló con la cabeza a los cuatro jefes armados– que vengo a comerles el corazón. –Escupió por última vez, dio media vuelta y volvió con sus hombres.

–¿Qué ha dicho? –preguntó Meurig.

–Me ha hablado a mí, lord príncipe –dije–, de mi madre. Y me ha recordado mis pecados. –Que Dios me asista, pero aquel día, Aelle me gustó.

* * *

Ganamos la batalla.

Igraine querrá que cuente más cosas. Le gustan los grandes héroes, y los hubo, pero también hubo cobardes y hombres que se ensuciaron los calzones de terror y sin embargo se mantuvieron firmes en la barrera de escudos. Hubo quien no mató a nadie pero se defendió desesperadamente y hubo quien proporcionó nuevos motivos a los poetas para buscar palabras con que expresar sus proezas. En resumen, fue una batalla. Murieron amigos, como Cavan, otros fueron heridos, como Culhwch, y otros salieron indemnes, como Galahad, Tristán y Arturo. Yo recibí un hachazo en el hombro izquierdo y, aunque la cota de malla se llevó la mayor parte del impacto, la herida tardó semanas en sanar y, actualmente, la roja cicatriz me duele cuando hace frío.

Lo importante no fue la batalla sino lo que sucedió después; pero antes, y porque mi querida reina Igraine insistirá en que describa las grandes gestas del abuelo de su esposo, el rey Cuneglas, relataré la batalla brevemente.

Los sajones nos atacaron. Aelle tardó más de una hora en persuadir a sus hombres de que asaltaran nuestra barrera de escudos y, durante todo ese tiempo, los hechiceros cubiertos de boñiga nos gritaban, los tambores redoblaban y los pellejos de cerveza corrían entre las filas sajonas. Muchos de los nuestros bebían hidromiel pues, aunque nos hubiéramos quedado sin víveres, las provisiones de hidromiel no parecían faltar jamás en los ejércitos britanos. Al menos la mitad de los nuestros estaban embotados por la bebida, pero tales hombres no faltaban nunca en las batallas, pues pocas cosas más logran imbuir a los guerreros del valor suficiente para lanzarse a la más terrible maniobra bélica, el asalto directo a un muro de escudos que aguarda. Yo permanecía sobrio porque tal era mi costumbre, pero la tentación de beber era fuerte. Unos cuantos sajones trataron de incitarnos a lanzar una carga a destiempo, se acercaron exhibiéndose sin escudos ni yelmos, pero lo único que recibieron por las molestias fueron unas cuantas lanzas arrojadas con mala intención.

Nos respondieron otras lanzas, que rebotaron en nuestros escudos sin resultado. Dos hombres desnudos, enloquecidos por la bebida o por la magia, nos atacaron; Culhwch atajó al primero y Tristán al segundo. Vitoreamos a nuestros dos jefes, y los sajones, desatada la lengua bajo los efectos de la cerveza, replicaron con insultos.

El ataque de Aelle, cuando por fin se produjo, fue desastroso. Los sajones confiaban en que sus perros de guerra nos romperían la defensa, pero Merlín y Nimue tenían preparados sus propios canes, sólo que nuestros ejemplares no eran machos sino hembras, y muchas en celo, suficientes para volver locas a las alimañas de los sajones. En vez de abalanzarse sobre nosotros, los grandes canes se dirigieron directamente a las hembras y se produjo una gran barahúnda de gruñidos, peleas, ladridos y aullidos; de pronto, había animales fornicando por todas partes, acosados por los menos afortunados que trataban de ocupar su lugar, pero ni uno se acordó de los britanos. Los sajones, que estaban preparados para comenzar la matanza sin más preámbulos, se desorientaron a causa de la reacción de los perros. Vacilaron y Aelle, temiendo un ataque por nuestra parte, los arrojó al asalto y así se nos echaron encima. Pero lo hicieron desigualmente, en vez de mantener la formación unida.

Los perros que se apareaban fueron pisoteados y, después, los escudos entrechocaron con ese estrépito sordo y terrible que resuena durante años. Es el rugido de la batalla, el sonido de los cuernos de guerra, los hombres gritan y luego los escudos golpean unos contra otros secamente; después del choque comienzan los gemidos, cuando las lanzas encuentran resquicios entre los escudos y las hachas caen en picado desde arriba. Aquel día, los sajones se llevaron la peor parte. Los perros sueltos entre las dos alineaciones les hicieron romper su cuidadosa formación y en todos los puntos donde tal cosa sucedió al ejército que avanzaba, los nuestros encontraron huecos por donde embestir, mientras las filas de atrás entraban a embudo por las brechas formando cuñas de escudos y armas que ahondaban en las filas enemigas. Cuneglas iba al frente de una de las cuñas y a punto estuvo de alcanzar al mismísimo Aelle. No lo vi en combate aunque, más tarde, los bardos cantaron sus hazañas y él me aseguró modestamente que no habían exagerado mucho.

Me hirieron temprano. El escudo contuvo la mayor parte del impacto pero de todas formas, la hoja me alcanzó el hombro y me entumeció el brazo izquierdo; no obstante, la herida no me impidió rebanar la garganta al autor del hachazo. Después, cuando la presión de los hombres hizo inútiles las lanzas, saqué a *Hywelbane,* hundí la hoja y rajé cuanto pude entre la masa humana que gruñía, oscilaba y empujaba. La batalla se convirtió en una pelea a empujones, como ocurre siempre, hasta que una de las partes se quiebra. Simples peleas a empujones, sudorosas, calurosas y sucias.

La nuestra tuvo la dificultad añadida de que la defensa sajona, de a cinco en fondo a lo largo de toda su extensión, rodeaba nuestra barrera de escudos. Para defendernos del sitio, arqueamos la formación por los extremos y presentamos dos frentes de escudos a los atacantes; durante un rato, las dos alas sajonas vacilaron con la esperanza, tal vez, de que los del centro fueran los primeros en rompernos la formación. Entonces, un jefe sajón llegó al extremo de mi barrera y lanzó a sus hombres al ataque avergonzándolos. Echó a correr en solitario, se abrió paso entre dos lanzas con el escudo y se arrojó al centro de la corta línea de nuestro flanco. Cavan murió allí atravesado por la espada del jefe sajón, y a la vista de ese valiente que por sí solo abría una brecha en nuestra ala, sus hombres se arrojaron en tromba de forma salvaje y delirante.

En aquel momento, Arturo cargó desde la fortificación inacabada. No lo vi pero lo oí. Los bardos dicen que el mundo se conmovió bajo los cascos de su montura y, en realidad, habríase dicho que la tierra temblaba, aunque tal vez fuera sólo el estrépito de los nobles brutos envueltos en placas de hierro fuertemente sujetas a los cascos. Los caballos cayeron sobre el ala desprotegida de las líneas enemigas y, verdaderamente, el terrible impacto de esa acción marcó el final de la batalla. Aelle había contado con que sus perros abrieran brecha y que la retaguardia contuviera la embestida de los jinetes con escudos y lanzas, pues sabía perfectamente que no hay caballo capaz de embestir contra una muralla de lanzas bien defendida y, sin duda, se habría enterado de que los lanceros de Gorfyddyd habían mantenido a Arturo a raya de tal guisa en el valle del Lugg. Pero el ala débil de los sajones cargó desordenadamente y Arturo supo medir el momento de su intervención con exactitud. No esperó a que sus jinetes se reorganizaran, simplemente salió disparado de entre las sombras, gritó a sus hombres que lo siguieran y obligó a *Llamrei* a entrar decididamente en la brecha de las filas sajonas.

Cuando Arturo cargó, yo escupía a un sajón barbudo y desdentado que maldecía por encima del borde de los escudos. El manto blanco flotaba tras él, las plumas blancas se alzaban altaneramente y, al arremeter con la lanza, su escudo resplandeciente abatió la enseña del jefe sajón, que era un cráneo de toro pintado de sangre. Abandonó la lanza en las entrañas de un enemigo, desenvainó a Excalibur y fue penetrando en las filas enemigas pinchando a diestra y siniestra. Después cargó Agravain espantando sajones aterrorizados; luego, Lanval y los demás arremetieron a golpes de espada y lanza contra la rota defensa enemiga.

Las fuerzas sajonas se dispersaron como huevos bajo un martillo. Simplemente, echaron a correr. Dudo que la batalla durara más de diez minutos desde el punto de partida marcado por los perros hasta el momento final señalado por los caballos, aunque nuestros hombres tardaron una hora o más en completar la matanza. Nuestra caballería ligera galopaba por el brezal lanza en ristre persiguiendo con gran griterío al enemigo que huía, mientras que los caballos más pesados de Arturo se movían entre la desbandada humana matando sin tino, seguidos por los lanceros que se abalanzaban a por los despojos.

Los sajones corrían como corzos. Dejaban por el camino capas, armaduras y armas en su prisa por huir. Aelle trató de detenerlos unos momentos, pero comprendió que era inútil y, tirando su capa de piel de oso al suelo, huyó con sus hombres. Escapó entre los árboles unos momentos antes de que nuestra caballería ligera se lanzara en su persecución.

Yo permanecí entre los muertos y heridos. Los perros heridos aullaban lastimeramente. Culhwch se arrastraba sangrando por un muslo pero sobreviviría, de modo que no le presté atención y me acuclillé junto a Cavan. Nunca lo había visto llorar hasta aquel momento, pero el dolor debía de ser terrible porque la espada del jefe sajón le había atravesado el vientre. Le tomé la mano, le enjugué las lágrimas y le dije que había acabado con su enemigo al contraatacar. No importaba que fuera cierto o no, sólo pretendía hacérselo creer, y le aseguré que cruzaría el puente de espadas con la quinta punta de la estrella en su escudo.

–Serás el primero de nosotros en llegar al otro mundo –le dije–, así que vete preparándonos un sitio.

–Sí, señor.

–Y nos reuniremos contigo.

Apretó los dientes y arqueó la espalda para contenerse un grito; lo sujeté por el cuello con la derecha y acerqué la cara a su mejilla. Se me escaparon las lágrimas.

–Diles a los del otro mundo –le susurré al oído– que Derfel Cadarn te reconoce como un valiente.

–La olla mágica –dijo–. Tendría que haberme...

–No –le interrumpí–, no –y, con un leve gemido, expiró.

Me quedé sentado a su lado, meciéndome adelante y atrás por el dolor del hombro y la pesadumbre de mi espíritu. Las lágrimas me corrían por las mejillas. Issa estaba a mi lado sin saber qué decir, y por lo tanto no dijo nada.

–Siempre quiso morir en casa –dije–, en Irlanda. –Y pensé que, después de aquella batalla, habría podido hacerlo con todos los honores y todas las riquezas.

–Señor –me dijo Issa.

Creí que quería consolarme pero yo no deseaba consuelo alguno. La muerte de un valiente merece lágrimas, de modo que no presté atención a Issa y seguí abrazado al cuerpo de Cavan mientras su espíritu emprendía el último viaje hacia el puente de espadas que se abre más allá de la gruta de Cruachan.

–¡Señor! –insistió Issa, y su tono de voz me hizo levantar la mirada. Señaló hacia el este, en dirección a Londres, pero al volverme hacia allí no vi nada porque las lágrimas me nublaban la vista. Rabioso, me las limpié con el puño.

Entonces descubrí que había acudido otro ejército al campo de batalla. Otro ejército enfundado en pieles, tras enseñas de calaveras y cuernos de toro. Otro ejército con perros y hachas. Otra horda sajona.

Cerdic había llegado.

Más tarde comprendí que todas las estratagemas ideadas para provocar el ataque de Aelle y las buenas viandas sacrificadas para tentarlo habían sido en vano, pues el *Bretwalda* debía de saber que Cerdic estaba en camino, pero no para luchar contra nosotros sino contra sus congéneres sajones. Ciertamente, Cerdic se proponía unirse a nosotros y Aelle debió de pensar que la mejor combinación para sobrevivir a los dos ejércitos sería vencer primero a Arturo y habérselas después con Cerdic.

Aelle perdió la apuesta. Los jinetes de Arturo lo aplastaron y Cerdic llegó tarde para sumarse al combate, aunque, sin duda, en algún momento, por breve que fuera, el traidor Cerdic debió de sentir la tentación de atacar a Arturo. Un ataque relámpago habría acabado con nosotros y, ciertamente, una semana de campaña habría liquidado al destrozado ejército de Aelle; así Cerdic se habría convertido en amo y señor de todo el sur de Britania. Con toda certeza sentiría la tentación de hacerlo, pero vaciló. Contaba con menos de trescientos hombres, más que suficientes para haber arrollado a los pocos britanos que quedaban en la cima de la loma, pero el cuerno de plata de Arturo sonó una y otra vez y a su llamada salió de entre los árboles suficiente caballería pesada como para hacer una convincente exhibición de valentía en el flanco norte de Cerdic. El caudillo sajón nunca se había enfrentado a los grandes brutos en la batalla; la sola estampa que componían le hizo detenerse a pensar, tiempo suficiente para que Sagramor, Agrícola y Cuneglas organizaran una barrera de escudos en la cima de la loma. Era una defensa peligrosamente escasa porque muchos de los nuestros perseguían aún a los guerreros de Aelle o saqueaban su campamento en busca de víveres.

Los que quedábamos en la baja cima nos preparamos para una batalla poco prometedora, pues nuestro frente, reunido de nuevo a toda prisa, era mucho menor que el de Cerdic. En aquellos momentos, todavía no sabíamos que se trataba del ejército de Cerdic; al principio dimos por supuesto que eran refuerzos del propio Aelle que se unían tardíamente a la batalla; la enseña que desplegaron, una calavera de lobo pintada de rojo y adornada con una piel humana curtida, carecía de significado para nosotros. La enseña habitual de Cerdic consistía en un par de colas de caballo atadas a un fémur cruzado sobre un palo, pero sus magos habían inventado el nuevo símbolo que nos confundió momentáneamente. Cuando Arturo volvió con sus jinetes a la cima de la loma, empezaron a llegar más hombres que abandonaban la persecución de los soldados de Aelle para engrosar nuestra barrera. Pasó al trote entre nuestras filas y recuerdo que tenía el manto blanco manchado de sangre.

–¡Morirán como los demás! –nos animaba, con Excalibur ensangrentada en la mano–. ¡Morirán como los demás!

Entonces, de la misma forma que el ejército se había abierto para dar paso a Aelle, se abrió la nueva formación sajona para dar paso a sus jefes, que se acercaron a nosotros. Tres se aproximaron a pie y seis a caballo, refrenando las monturas para mantener el paso con los de a pie. Unos de los que caminaban portaba la truculenta enseña del cráneo de lobo; otro izó un segundo pendón que arrancó una contenida exclamación de asombro de nuestro ejército. Al oír la exclamación, Arturo se dio la vuelta en su yegua y se quedó mirando horrorizado a los hombres que se acercaban.

Dicho pendón mostraba un águila pescadora con un pez entre las garras. Era el distintivo de Lancelot y en aquel momento lo identifiqué entre los seis jinetes. Venía espléndidamente ataviado con su blanca armadura esmaltada y su casco con alas de cisne, flanqueado por los dos hijos gemelos de Arturo, Amhar y Loholt. Dinas y Lavaine cabalgaban detrás vestidos de druidas, y Ade, la amante pelirroja de Lancelot, portaba la bandera del rey de Siluria.

Sagramor se había colocado a mi lado y me miró para cerciorarse de que los dos veíamos lo mismo; luego escupió al suelo.

–¿Malla está a salvo? –le pregunté.

–A salvo y entera –contestó, satisfecho de mi interés. Volvió a mirar a Lancelot, que ya estaba más cerca–. ¿Entiendes lo que está pasando?

–No. –Ninguno de nosotros lo entendía.

Arturo envainó a Excalibur y se dirigió a mí.

–¡Derfel! –me llamó para que hiciera de intérprete, y luego hizo señas a los demás jefes en el momento en que Lancelot se separaba del resto de la delegación y animaba emocionado a su caballo colina arriba, hacia nosotros.

–¡Aliados! –le oí gritar, y señaló hacia los sajones–. ¡Aliados! –exclamó de nuevo, y su caballo se acercó a Arturo.

Arturo no dijo nada. Se limitó a mantener quieto a su caballo mientras Lancelot se esforzaba por dominar a su negro semental.

–¡Aliados! –gritó por tercera vez–. Es Cerdic –añadió en tono exaltado, señalando con gestos al rey sajón que caminaba lentamente hacia nosotros.

–¿Qué has hecho? –preguntó Arturo en voz baja.

–¡Traigo aliados! –replicó Lancelot satisfecho, y me miró de soslayo–. Cerdic tiene su propio intérprete –añadió con desprecio.

–¡Derfel se queda! –replicó Arturo con la voz repentinamente impregnada de ira. Entonces recordó que Lancelot era un rey y suspiró–. ¿Qué habéis hecho, lord rey? –volvió a preguntar.

Dinas, que se había adelantado con los demás jinetes, cometió la torpeza de responder en lugar de Lancelot.

–¡Hemos conseguido la paz, señor! –dijo con su lóbrega voz.

–¡Idos! –rugió Arturo, asustando y asombrando al par de druidas con su furor. Siempre lo habían visto como hombre sereno, paciente y procurador de paz, no sospechaban ni remotamente que fuera capaz de tanta rabia. Pero esa rabia no era nada comparada con la furia que lo había devorado en el valle del Lugg, cuando el moribundo Gorfyddyd llamó ramera a Ginebra, aunque de todas formas no dejaba de ser impresionante–. ¡Idos! –gritó a los nietos de Tanaburs–. Esta reunión es de lores. ¡Y vosotros idos también! –añadió, señalando a sus hijos. Aguardó a que los acompañantes de Lancelot se hubieran retirado y se dirigió nuevamente al rey de Siluria–. ¿Qué habéis hecho? –preguntó por tercera vez con voz desabrida.

Lancelot se sintió herido en su dignidad y se puso tenso.

–He conseguido la paz –contestó con acritud–. He evitado que Cerdic os atacara. He hecho lo que he podido por ayudaros.

–Lo que habéis hecho –replicó Arturo enfadado, pero en voz tan baja que ninguno de los que rodeaban a Cerdic pudo apreciarlo– es librar el combate de Cerdic. Acabamos de destruir a Aelle, ¿en qué posición queda Cerdic ahora? ¡Es dos veces más poderoso que antes! ¡Eso es lo que habéis conseguido! ¡Que los dioses nos asistan! –Con tales palabras, movió las riendas en dirección a Lancelot, un insulto sutil, se bajó del caballo, se alisó el ensangrentado manto y se quedó mirando a los sajones altivamente.

Aquélla fue la primera vez que vi a Cerdic y, aunque los bardos lo pintan como un demonio de pezuñas hendidas y mordacidad de serpiente, era en realidad un hombre de baja estatura, ligeramente gordo, de cabellos finos y rubios recogidos en un moño en la nuca. Tenía el cutis muy claro, la frente ancha y el mentón estrecho y bien rasurado. Los labios eran finos, la nariz puntiaguda y los ojos claros como el agua del rocío. Aelle no ocultaba sus emociones, sin embargo, a primera vista, me pareció que Cerdic controlaba sus pensamientos y no permitía que se traslucieran en sus expresiones. Llevaba cota romana, calzones de lana y una capa de piel de zorro. Tenía un aspecto pulcro y preciso; ciertamente, de no ser por el oro que lucía en el cuello y en las muñecas, lo habría tomado por un escribano. Sin embargo, no miraba como un amanuense; sus ojos claros no perdían detalle de nada ni revelaban nada.

–Soy Cerdic –se presentó solo, en voz baja.

Arturo se hizo a un lado para que Cuneglas se presentara también y Meurig insistió en tomar parte en la conversación. Cerdic miró a ambos, le parecieron poco importantes y volvió a dirigirse a Arturo.

–Te traigo un regalo –dijo, al tiempo que tendía la mano hacia el jefe que lo acompañaba, el cual le entregó un cuchillo con empuñadura de oro que Cerdic ofreció a Arturo.

–Ese regalo –traduje las palabras de Arturo– debe ser entregado a nuestro rey Cuneglas.

Cerdic se puso la hoja en la palma y cerró la mano. Sin dejar de mirar a Arturo a los ojos, la abrió de nuevo y había sangre.

–El regalo es para Arturo –insistió.

Arturo lo tomó con un nerviosismo poco común en él; tal vez temiera algún efecto mágico del acero ensangrentado o que el hecho de aceptar el presente le hiciera cómplice de las ambiciones de Cerdic.

–Dile al rey   mc pidió– que no tengo presentes para él.

Cerdic sonrió glacialmente y me imaginé lo que el lobo debe de parecer al cordero extraviado.

–Dile a lord Arturo que él me ha dado el regalo de la paz –me pidió.

–Pero, ¿y si prefiero la guerra? –preguntó Arturo en tono desafiante–. ¡Aquí y ahora! –Señaló a la cima de la loma, donde nuestros lanceros seguían congregándose a toda prisa, de modo que nuestro número igualaba ya el de los contingentes de Cerdic.

—Dile —me ordenó Cerdic— que tengo más hombres que estos que veis —dijo, refiriéndose a su barrera de escudos, que nos observaba— y que el rey Lancelot me ha dado la paz en nombre de Arturo.

Se lo traduje a Arturo y vi que se le movía un músculo de la cara, aunque mantuvo la ira bajo control.

—Dentro de dos días —dijo, no como una invitación sino como una orden— nos reuniremos en Londres. Allí discutiremos los términos de la paz.

Se colocó el cuchillo ensangrentado en el cinto y, cuando terminé de traducir sus palabras, me llamó. No esperó a escuchar la respuesta de Cerdic sino que me llevó loma arriba hasta que ninguna de las dos delegaciones podía oírnos. Fue entonces cuando me vio el hombro herido.

—¿Es grave? —se interesó.

—Sanará —respondí. Arturo se detuvo, cerró los ojos y respiró hondo.

—Lo que Cerdic quiere —me dijo abriéndolos de nuevo— es reinar en toda Lloegyr. Pero si se lo permitimos, tendremos un solo enemigo temible en vez de dos más débiles. —Dio unos pasos en silencio entre los muertos sembrados durante el ataque de Aelle—. Antes de esta guerra —continuó con amargura— Aelle era poderoso y Cerdic, un estorbo; tras el triunfo sobre Aelle, habríamos podido volvernos contra Cerdic. Ahora, es justo al revés. Aelle se ha debilitado pero Cerdic es poderoso.

—Pues luchemos ahora contra él —dije. Me miró con cansados ojos castaños.

—Sé sincero, Derfel —dijo en voz baja—, no fanfarronees. ¿Ganaríamos si nos enfrentáramos con él?

Miré al ejército de Cerdic. Mantenía una formación compacta, listo para atacar, mientras que nuestros hombres estaban cansados y hambrientos, pero los de Cerdic nunca se habían enfrentado a los jinetes de Arturo.

–Creo que ganaríamos, señor –respondí sinceramente.

–Yo también, aunque sería una batalla dura, Derfel, y terminaríamos con más de cien heridos a los que tendríamos que devolver a casa, mientras que los sajones reunirían hasta la última guarnición que tengan en Lloegyr para luchar contra nosotros. Podríamos vencer a Cerdic aquí, pero jamás llegaríamos vivos a casa. Nos hemos adentrado mucho en Lloegyr. –Hizo un gesto de estremecimiento al recordarlo–. Y si nos debilitamos luchando contra Cerdic, ¿crees que Aelle no nos prepararía una emboscada en el camino de regreso? –Un repentino acceso de violencia lo estremeció–. ¿En qué estaría pensando Lancelot? ¡No podemos aliarnos con Cerdic! Se adueñará de la mitad de Britania, se volverá contra nosotros y tendremos un enemigo sajón dos veces más fuerte que antes. –Soltó una maldición, cosa inusual en él, y se rascó la huesuda cara con la mano enguantada–. Bueno, se ha estropeado el cocido –añadió con amargura–, pero aun así hemos de comérnoslo. La única respuesta es dejar a Aelle con fuerza suficiente como para que Cerdic siga temiéndolo, de modo que reúne a seis de mis jinetes y ve en su busca. Encuéntralo, Derfel, entrégale este desdichado objeto como regalo –me entregó el cuchillo de Cerdic con brusquedad–, límpialo antes –añadió irritado– y llévale también la piel de oso. La encontró Agravain. Dáselo como un segundo presente y dile que acuda a Londres. Dile que, por mi honor, su vida no correrá peligro y que es la única oportunidad que tiene de quedarse con algunas tierras. Cuentas con dos días, Derfel, de modo que encuéntralo.

Dudé, no porque no estuviera de acuerdo sino porque no comprendía la necesidad de que Aelle compareciera en Londres.

–Porque –me explicó Arturo en tono cansino– no puedo quedarme en Londres mientras Aelle anda suelto por Lloegyr. Aunque haya perdido a su ejército aquí, cuenta con guarniciones suficientes como para formar otro y, mientras aclaramos la situación con Cerdic, él podría devastar la mitad de Dumnonia. –Se volvió y miró torvamente a Lancelot y a Cerdic. Creí que iba a maldecir de nuevo, pero se limitó a suspirar de agotamiento–. Pienso instaurar la paz, Derfel. Bien saben los dioses que no es la que yo quería, pero tal vez logremos hacerlo bien. Ahora, vete amigo mío. Vete.

Antes de partir, me tomé el tiempo justo para asegurarme de que Issa haría lo pertinente para la incineración del cuerpo de Cavan y que buscaría un lago y arrojaría a sus aguas la espada del irlandés; después, cabalgué hacia el norte tras el rastro del ejército vencido.

Mientras tanto, Arturo, malogrados sus planes por causa de un necio, marchaba hacia Londres.

* * *

Mucho había soñado yo con ver Londres, pero ni en mis más desmesuradas visiones me había aproximado a la realidad. Pensaba que sería como Glevum, un poco mayor, tal vez, pero igualmente una plaza con altos edificios en torno a un espacio abierto, callejuelas pequeñas detrás y una muralla de tierra alrededor, pero en Londres había seis espacios abiertos, cada uno con sus casas de columnas, sus templos con arcadas y sus palacios de ladrillo. Las viviendas normales, que en Glevum o Durnovaria eran bajas y con tejado de paja, se elevaban dos o tres pisos. Muchas se habían derrumbado con el paso del tiempo, pero la mayoría conservaban todavía su techumbre de tejas y sus empinadas escaleras de madera. Pocos habíamos visto alguna vez escaleras dentro de las casas y, el primer día que pasamos allí, muchos se lanzaron escaleras arriba a contemplar el panorama desde los pisos más altos. Uno de los edificios se derrumbó bajo el peso de tantos hombres y, a partir de aquel momento, Arturo prohibió que volvieran a subir.

La fortaleza de Londres, mayor que la de Caer Sws, no era sino el bastión noroccidental de la muralla de la ciudad. Albergaba en su interior doce barracones mayores que salones de festejos construidos de pequeños ladrillos rojos. Al lado de la fortaleza se levantaban un anfiteatro, un templo y una de las diez casas de baños de la ciudad. Otras ciudades contaban con servicios semejantes, claro está, pero en Londres todo era más alto y espacioso. El anfiteatro de Durnovaria, una construcción de tierra cubierta de hierba, siempre me había parecido impresionante, hasta que vi el de Londres, donde habrían cabido cinco como el de Durnovaria. La muralla de la ciudad no era de tierra sino de piedra y, aunque Aelle había dejado que algunas partes se derrumbaran, no dejaba de ser una formidable barrera en cuya cúspide se hallaban en aquel momento los victoriosos hombres de Cerdic. Éste mismo había ocupado la ciudad y la presencia de sus pendones de calaveras indicaba que tenía intenciones de quedársela.

En la orilla del río veíase también un muro de piedra, construido en principio como protección contra los piratas sajones. Tenía aberturas por donde se accedía a diferentes muelles; una de ellas se convertía en un canal que se adentraba hasta un gran jardín, en medio del cual se levantaba un palacio. Aún se veían bustos y estatuas en el palacio, largos corredores de azulejos y una gran sala de columnas donde supuse que antaño se reunirían nuestros gobernadores romanos. En aquellos momentos caía agua por las paredes pintadas, los azulejos del suelo estaban rotos y el jardín era una maraña de malas hierbas, pero aún se percibía la gloria, aunque no fuera más que una sombra. La ciudad entera era la sombra de su antigua gloria. Ninguno de los baños de la ciudad continuaba en funcionamiento. Las piscinas estaban vacías y resquebrajadas, las calderas, frías, y el mosaico del suelo se había pandeado y agrietado por el efecto de las heladas y la maleza. Las calles empedradas se habían convertido en caminos de barro pero, a pesar de la decadencia, la ciudad seguía siendo enorme y magnífica. Me hizo pensar en lo que sería Roma. Galahad me dijo que Londres no era más que una aldea en comparación, que el anfiteatro de Roma era veinte veces mayor que el de Londres, pero no di crédito a sus palabras, pues apenas creía siquiera que el que tenía delante fuera realidad. Parecía obra de colosos.

A Aelle no le gustaba la ciudad y no deseaba vivir allí, de modo que su única población era un puñado de sajones y unos cuantos britanos que se habían sometido a la dominación sajona. Algunos de aquellos britanos aún medraban. La mayoría eran mercaderes que comerciaban con los galos, sus grandes casas se levantaban a orillas del río y sus almacenes se alzaban al resguardo de sus propios muros, vigilados por sus propios soldados, pero la mayor parte de la ciudad estaba abandonada. Era una urbe moribunda, entregada al dominio de la ratas, la que antaño había ostentado el título de Augusta. Antiguamente se la llamaba Londres la Magnífica y en las aguas de su río flotaban numeroso mástiles de galeras; pero en aquel momento era un habitáculo de fantasmas.

Aelle fue conmigo a Londres. Lo encontré a medio día de marcha al norte de la ciudad. Se había refugiado en un fuerte romano y trataba de volver a reunir un ejército. Al principio no se fió de mi mensaje. Me gritó, me acusó de utilizar la brujería para vencerlo, luego me amenazó con matarme, a mí y a mi escolta, pero tuve la sensatez de esperar pacientemente a que se le pasara el mal humor y, al cabo de un rato, se calmó. Arrojó a lo lejos el cuchillo de Cerdic con rabia, pero recibió con alegría la capa de piel de oso que le devolví. En realidad, en ningún momento me sentí verdaderamente en peligro, pues me pareció que me apreciaba y, ciertamente, vencida la primera rabia, me rodeó los hombros con su pesado brazo y me llevó de paseo por las murallas.

—¿Qué quiere Arturo? —me preguntó.

—Paz, lord rey. —El peso de su brazo me hacía daño en el hombro herido, pero no me atreví a protestar.

—¡Paz! —escupió la palabra como si de un trozo de carne envenenada se tratara, pero sin rastro del sarcasmo que había utilizado para rechazar la paz de Arturo antes de la batalla del valle del Lugg. Entonces, Aelle era más fuerte y podía permitirse la exigencia de un precio más elevado. Sin embargo, acababa de sufrir una humillación y lo sabía—. Nosotros, los sajones —dijo—, no estamos hechos para la paz. Nos alimentamos del grano de nuestros enemigos, nos cubrimos con su lana, nos deleitamos con sus mujeres. ¿Qué atractivo tiene la paz para nosotros?

—La oportunidad de rehacer vuestras fuerzas, lord rey; de otro modo, será Cerdic quien se alimente de vuestro grano y se cubra con vuestra lana.

—También le gustarían las mujeres —comentó con una sonrisa. Me había librado de su brazo y miraba fijamente hacia el norte, más allá de los campos—. Tendré que entregar tierras —gruñó.

—Pero si escogéis la guerra, lord rey —dije—, el precio será mayor. Os enfrentaréis a Arturo y a Cerdic y tal vez terminéis sin tierra ninguna, salvo la hierba que crezca sobre vuestra tumba.

Se volvió hacia mí con una mirada astuta.

—Arturo sólo quiere la paz para que sea yo quien se enfrente a Cerdic.

—Naturalmente, lord rey —repliqué. Se rió por mi sinceridad.

—Y si no acudo a Londres —dijo—, me cazaréis como a un perro.

—Como a un gran oso, lord rey, cuyos colmillos aún están afilados.

—Hablas igual que luchas, Derfel. Bien. —Había ordenado a sus magos que hicieran una cataplasma de musgo y telarañas para que me la aplicaran a la herida mientras él consultaba a su consejo. La consulta no duró mucho, pues Aelle sabía que no tenía dónde escoger. Así pues, a la mañana siguiente, marchamos juntos por la calzada romana que volvía a la ciudad. Quiso llevarse una escolta de sesenta lanceros—. Aunque confiéis en

Cerdic –me adivirtió–, no hay promesa que no haya roto. Díselo a Arturo.

–Decídselo vos, lord rey.

Aelle y Arturo se reunieron en secreto la noche anterior a la negociación prevista con Cerdic, y aquella misma noche arreglaron la paz entre ellos en sus propios términos. Aelle tuvo que renunciar a mucho, tuvo que entregar grandes parcelas de tierra de la frontera de poniente y tuvo que avenirse a devolver a Arturo todo el oro que éste le había entregado el año anterior, y más aún. A cambio, Arturo le prometió cuatro años seguidos de paz y su apoyo si Cerdic no firmaba el acuerdo al día siguiente. Se abrazaron, una vez acordada la paz y, después, mientras volvíamos a nuestro campamento fuera de los muros de la ciudad, Arturo sacudió la cabeza con pesadumbre.

–No es bueno reunirse con el enemigo cara a cara –me comentó–, menos aún cuando se sabe que algún día habremos de destruirlo. O es así o los sajones tendrán que someterse a nosotros, y no lo harán. No lo harán.

–Tal vez sí.

–Derfel, sajones y britanos no se mezclan.

–Yo soy mezcla, señor –repliqué. Arturo se echó a reír.

–Pero si tu madre no hubiera sido prisionera, Derfel, te habrías criado como sajón y seguramente en estos momentos estarías en el ejército de Aelle. Serías el enemigo, adorarías a los dioses sajones, soñarías lo que ellos sueñan y codiciarías nuestras tierras. Esos sajones necesitan mucho espacio.

Pero al menos habíamos acorralado a Aelle y, al día siguiente, en el gran palacio que había junto al río, nos reuniríamos con Cerdic. Aquel día brillaba el sol, se reflejaba en el canal donde antaño amarraba el gobernador de Britania su nave fluvial. Los brillantes reflejos del sol escondían la espuma, el barro y la suciedad que obstruían el canal, pero nada paliaba el hedor de sus aguas residuales.

Cerdic reunió previamente al consejo y, mientras discutían,

los britanos nos reunimos en una sala más elevada que la muralla desde la que se veía el agua; en el techo, decorado con curiosos seres mitad mujer y mitad pez, se reflejaban los luminosos destellos del río. Nuestros lanceros se apostaron en todas las puertas y ventanas para que nadie pudiera oírnos.

Allí estaba Lancelot, a quien se había permitido acudir con Dinas y Lavaine. Los tres mantenían aún lo ventajoso de la paz ganada con Cerdic, pero sólo Meurig les prestó apoyo, pues los demás nos mostramos furiosos ante su resentida rebeldía. Arturo escuchó nuestras protestas por un tiempo, hasta que nos interrumpió para decir que nada se resolvería discutiendo el pasado.

—Lo hecho, hecho está —dijo—, pero tengo que saber una cosa. —Miró a Lancelot—. Prometedme que no os habéis comprometido a nada con Cerdic.

—Le he dado la paz —insistió Lancelot— y le insinué que os apoyara en la lucha contra Aelle. Eso es todo.

Hallábase Merlín sentado en la ventana sobre el río. Había adoptado a un gato que vagaba por el palacio y en aquel momento lo tenía en el regazo y lo acariciaba.

—¿Qué quería Cerdic? —preguntó con suavidad.

—La derrota de Aelle.

—¿Sólo? —inquirió Merlín sin esforzarse por ocultar su incredulidad.

—Sólo —ratificó Lancelot—, nada más que eso. —Todos lo observábamos. Arturo, Cuneglas, Meurig, Agrícola, Sagramor, Galahad, Culhwch y yo. Ninguno decía nada pero todos lo mirábamos—. ¡No quería nada más! —insistió Lancelot, y en aquel momento se me antojó un niño diciendo puras mentiras.

—¡Cosa extraordinaria en un rey! —exclamó Merlín plácidamente—. Pedir tan poco... —Empezó a hacer cosquillas al gato en las patas con la punta de una trenza de la barba—. ¿Y tú qué pediste? —preguntó con igual suavidad que antes.

—La victoria de Arturo —declaró Lancelot.

–¿Acaso no creías que Arturo pudiera vencer por sus propios medios? –dijo Merlín sin dejar de jugar con el gato.

–Pretendía asegurársela –contestó Lancelot–. ¡Sólo quería ayudar! –Echó una mirada en torno en busca de apoyo tácito, pero no halló sino el del jovial Meurig–. Si no deseáis la paz con Cerdic –dijo con suficiencia–, ¿por qué no peleáis ahora contra él?

–Lord rey, la razón es que vos mismo habéis utilizado mi nombre como garantía de la tregua –replicó Arturo con paciencia–, y además, mi ejército se encuentra ahora a muchas jornadas de casa y el camino está plagado de hombres de Cerdic. Si no hubierais hecho ese trato –siguió explicando amablemente–, la mitad de su ejército estaría en la frontera vigilando a vuestros hombres y yo habría podido marchar hacia el sur y atacar a la otra mitad. Pero, tal como están las cosas –añadió con un encogimiento de hombros–, ¿qué nos pedirá Cerdic en el día de hoy?

–Tierra –respondió Agrícola con firmeza–, es lo que siempre quieren los sajones. Tierra, tierra y más tierra. No quedarán satisfechos hasta que posean hasta el último palmo de tierra del mundo, y entonces empezarán a buscar otros mundos que someter a su arado.

–Tendrá que conformarse –dijo Arturo– con las tierras que le ha quitado a Aelle. De nosotros nada obtendrá.

–Tenemos que exigirle algo –dije, interviniendo por primera vez–, las tierras que nos robó el año pasado. –Tratábase de una franja de buen terreno a orillas del río en la frontera meridional, una zona fértil y rica que corría desde los altos páramos hasta el mar. Había pertenecido a Melwas, el rey de los belgas, vasallo de Dumnonia, a quien Arturo había desterrado a Isca; lamentábamos mucho la pérdida de dicha franja porque suponía un peligroso acercamiento de Cerdic a las ricas propiedades de Durnovaria y permitía que sus naves se situaran muy cerca, a pocos minutos de Ynys Wit, la gran isla situada frente a nuestras costas que los romanos llamaban Vectis. Hacía ya un año que los sajones de Cerdic hacían correrías tremendas en Ynys Wit, y sus habitantes no cesaban de pedir lanceros a Arturo para que protegieran sus propiedades.

–Esas tierras tienen que devolvérnoslas –me apoyó Sagramor. Había dado las gracias a Mitra por devolverle a su mujer sana y salva dejando una espada cobrada en el combate en el templo londinense del dios.

–Dudo –terció Meurig– que Cerdic haya acordado la paz a cambio de ceder tierras.

–Tampoco nosotros nos hemos lanzado a la guerra para ceder terreno –replicó Arturo furioso.

–Pensé, y perdonadme –insistió Meurig provocando un contenido murmullo de protesta en toda la sala por insistir en sus teorías–, pero habéis manifestado, ¿no es cierto?, que no podíais continuar con la guerra por hallaros lejos de casa. Y sin embargo ahora, por una estrecha franja de tierra, ¿estáis dispuesto a arriesgar la vida de todos? Espero no estar comportándome neciamente –chasqueó la lengua para demostrar que había hecho una broma–, pero no alcanzo a comprender cómo es que nos arriesgamos con lo único que no podemos permitirnos.

–Lord príncipe –contestó Arturo con suavidad– si aquí somos débiles, no debemos mostrarlo, porque acabaríamos muertos. No acudimos a la reunión con Cerdic dispuestos a ceder ni un palmo, acudimos con exigencias.

–¿Y si se niega? –inquirió Meurig solivantado.

–En tal caso, la retirada será difícil –admitió Arturo con calma. Miró por la ventana que daba al patio de armas–. Parece que nuestro enemigo está preparado para recibirnos. ¿Vamos allá?

Merlín se quitó al gato de encima y se levantó apoyándose en la vara.

–¿No os importa si no os acompaño? –preguntó–. Estoy muy viejo para soportar todo un día de negociaciones, tanta bravuconería y tanta ira. –Se sacudió de la túnica los pelos del gato y se volvió lentamente hacia Dinas y Lavaine–. ¿Desde cuándo llevan espada los druidas? –preguntó en tono reprobatorio–. ¿Y desde cuándo sirven a reyes cristianos?

–Desde que decidimos ambas cosas –respondió Dinas. Los gemelos, que eran casi tan altos como Merlín y mucho más corpulentos, le sostuvieron la mirada retadoramente.

–¿Quién os nombró druidas? –preguntó Merlín.

–El mismo poder que te nombró a ti –replicó Lavaine.

–¿Y qué poder es ése? –prosiguió Merlín y, como los gemelos no respondieran, se burló de ellos–. Al menos sabéis poner huevos de zorzal. Supongo que tales triquiñuelas engañan a los cristianos. ¿Siempre convertís su vino en sangre y su pan en carne?

–Utilizamos nuestra magia –dijo Dinas– y también la suya. Ya no estamos en la antigua Britania sino en una Britania nueva con nuevos dioses. Mezclamos su magia con la antigua. Tenéis mucho que aprender de nosotros, lord Merlín.

Merlín escupió en respuesta a tal consejo y después, sin más palabras, salió de la sala. Dinas y Lavaine no se inmutaron por su hostilidad. Poseían un temple extraordinario.

Seguimos a Arturo hasta la gran sala de columnas donde, tal como Merlín había previsto, llovieron bravuconadas y demostraciones de ira, gritos y zalamerías. Al principio, casi todo el alboroto lo armaron Cerdic y Aelle, mientras que Arturo, unas veces sí y otras no, mediaba entre ambos; pero ni siquiera él logró impedir que Cerdic aumentara sus tierras a expensas de Aelle. Se quedó con Londres y ganó el valle del Támesis amén de grandes extensiones de feraces vegas río arriba. El reino de Aelle quedó reducido en un cuarto, pero aun así poseía un reino y se lo debía a Arturo. Sin embargo, no se lo agradeció sino que abandonó la sala tan pronto como terminaron las conversaciones y partió de Londres aquel mismo día como un gran oso herido que se retira a su guarida.

Aelle partió a media tarde y Arturo, conmigo como intérprete, sacó a relucir el tema de los terrenos de los belgas que Cerdic había conquistado el año anterior, y siguió exigiendo la devolución de tales dominios mucho más tiempo del que cualquiera de nosotros habría sido capaz de soportar. No amenazó con nada, se limitó a reiterar su petición una y otra vez hasta que Culhwch cayó dormido, Agrícola bostezaba y yo me cansé de quitarle veneno a las reiteradas negativas de Cerdic. Pero Arturo siguió insistiendo. Intuía que Cerdic necesitaba tiempo para consolidar las nuevas propiedades entregadas por Aelle y manifestó que no dejaría en paz a Cerdic a menos que le devolviera las tierras ribereñas. Cerdic amenazó con enfrentarse con nosotros en Londres, pero Arturo le reveló al fin que acudiría a Aelle en busca de apoyo si había un combate de esa índole, y Cerdic sabía que no podría enfrentarse a ambos ejércitos a la vez.

Era casi de noche cuando Cerdic dio por fin su brazo a torcer. No cedió de buen grado sino que, a regañadientes, manifestó que discutiría el asunto con su consejo privado. Así pues, despertamos a Culhwch y salimos al patio de armas y, desde allí, por una puerta pequeña de la muralla del río, llegamos a un muelle desde el cual contemplamos las oscuras aguas del Támesis. Casi nadie hablaba, aunque Meurig, para irritación general, trataba de aleccionar a Arturo sobre la pérdida de tiempo que suponía hacer demandas imposibles; cuando Arturo se negó a discutir, el príncipe fue callándose poco a poco. Sagramor se sentó con la espalda apoyada en la muralla pasando incansablemente una piedra de afilar por la hoja de su espada. Lancelot y los druidas silurios se situaron aparte: tres hombres altos y atractivos, tiesos de soberbia. Diñas miraba los oscuros árboles de la otra orilla mientras su hermano me miraba a mí profunda e inquisitivamente.

Aguardamos una hora; entonces, Cerdic se acercó a la orilla del río.

–Di esto a Arturo –me espetó sin más preámbulos–, que no confío en ninguno de vosotros y no quiero más que eliminaros a todos. Pero le cedo la tierra de los belgas con una condición. Que Lancelot sea nombrado rey de esas tierras, y no un rey vasallo –añadió– sino un rey con todas las prerrogativas de los reyes independientes.

Me quedé mirando los ojos azul grisáceos del rey sajón. La cláusula me dejó tan perplejo que no dije nada, ni siquiera una palabra para confirmar que había entendido el mensaje. De pronto quedó todo tan evidente... Lancelot había hecho un trato con el sajón y Cerdic lo había ocultado con burlonas negativas durante toda la tarde. No tenía pruebas para demostrarlo pero sabía que no podía ser de otro modo. Cuando aparté la mirada de Cerdic vi que Lancelot me vigilaba con expectación. Él no hablaba la lengua de los sajones pero sabía exactamente lo que Cerdic acababa de decir.

–¡Comunícaselo! –me ordenó.

Traduje a Arturo las palabras de Cerdic. Agrícola y Sagramor escupieron asqueados y Culhwch soltó una breve risotada amarga, pero Arturo se limitó a mirarme a los ojos unos segundos que se me antojaron eternos, y finalmente, asintió con cansancio.

–De acuerdo –dijo.

–Abandonaréis este lugar al amanecer –ordenó Cerdic bruscamente.

–Marcharemos dentro de dos días –respondí sin molestarme en consultar con Arturo.

–De acuerdo –replicó Cerdic, y se alejó.

Y así fue como conseguimos la paz con los sais.

* * *

No era la paz que Arturo quería. Él deseaba debilitar a los sajones, que sus naves dejaran de llegar del otro lado del mar germánico y que, en uno o dos años más, hubiéramos expulsado de Britania a los restantes por completo. No obstante, paz hubo.

–El destino es inexorable –me dijo Merlín a la mañana

siguiente. Lo encontré en el centro del anfiteatro romano, donde se volvió lentamente mirando las filas de asientos de piedra que se elevaban en un círculo completo sobre el ruedo. Había reclutado a cuatro de mis lanceros, que estaban sentados al pie de las gradas y lo observaban, aunque ignoraban qué debían hacer, igual que yo.

—¿Todavía buscáis el último tesoro? —le pregunté.

—Me gusta este recinto —dijo, pasando por alto mi pregunta y girándose a mirar de nuevo el tendido—. Me gusta.

—Creía que odiabais a los romanos.

—¿Yo? ¿Odiar a los romanos? —preguntó, falsamente ofendido—. ¡Cuánto ruego, Derfel, por que mis enseñanzas no pasen a la posteridad tamizadas por el maltrecho cedazo que das en llamar cerebro! ¡Yo amo a toda la humanidad! —declaró pomposamente—, y hasta los romanos son perfectamente aceptables si permanecen en Roma. Ya te dije que estuve en Roma en una ocasión, ¿no es cierto? ¡Llena de sacerdotes y efebos! Allí Sansum se sentiría como en su propia casa. No, Derfel, lo malo de los romanos fue que vinieran a Britania a estropearlo todo, pero no todo lo que hicieron aquí fue tan malo.

—Por lo menos, esto nos lo dieron —dije, refiriéndome a las doce filas de asientos y a la galería saliente desde la cual los lores romanos contemplarían la arena.

—¡Oh, por favor! Ahórrame el discurso de Arturo sobre calzadas, tribunales, puentes y estructuras. —Escupió la última palabra—. ¡Estructuras! ¿Qué es la estructura de la ley, de los caminos y de las plazas fuertes sino un yugo? ¡Los romanos nos domesticaron, Derfel! Nos convirtieron en tributarios, y de una forma tan inteligente que hasta creemos que nos hicieron un favor. Antiguamente caminábamos junto a los dioses, éramos un pueblo libre, pero agachamos la cabeza ante el yugo romano y nos convertimos en tributarios.

—Entonces —pregunté con paciencia—, ¿qué hicieron de bueno los romanos?

–En algún tiempo –contestó con una sonrisa lobuna– llenaban este ruedo de cristianos, Derfel, y les echaban perros. Claro que en Roma lo hacían convenientemente; les echaban leones. Aunque, a la larga, los leones salieron perdiendo, por desgracia.

–He visto un león dibujado –dije con orgullo.

–¡Oh, qué maravilla! –exclamó, sin tomarse la molestia de disimular un bostezo–. ¿Por qué no me lo cuentas? –Tras cerrarme la boca de tal guisa, sonrió–. Yo he visto un león de verdad, una especie de ser desgastado, nada impresionante. Supongo que no le daban alimento apropiado. A lo mejor le echaban adoradores de Mitra, en vez de cristianos. Fue en Roma, naturalmente. Le di un golpe con la vara y el animal bostezó y se rascó una pulga. También vi un cocodrilo, aunque estaba muerto.

–¿Qué es un cocodrilo?

–Algo semejante a Lancelot.

–Rey de los belgas –añadí con acritud.

–¡Ha sido inteligente! ¿Verdad? –comentó riéndose–. No le gustaba Siluria, y ¿quién se lo puede reprochar? Con ese pueblo tan aburrido y esos valles oscuros... no es lugar para Lancelot, pero el país de los belgas sí que le gustará. Allí el sol brilla, abundan los edificios romanos y, lo que es mejor aún, está cerca de su querida amiga Ginebra.

–¿Eso es tan importante?

–¡Qué insincero eres, Derfel!

–No sé qué significa eso.

–Significa, mi ignorante guerrero, que Lancelot maneja a Arturo a su antojo. Toma lo que quiere y hace lo que le da la gana, y puede, porque Arturo tiene esa estúpida conciencia llamada culpabilidad. En ese aspecto, es muy cristiano. ¿Entiendes una religión que te haga sentir culpable? ¡Qué idea tan absurda! Pero Arturo sería un cristiano ejemplar. Cree que estaba obligado por juramento a salvar Benoic y, como no lo consiguió, creyó haber abandonado a Lancelot; mientras le quede la espina de tal culpa, Lancelot seguirá haciendo de su capa un sayo.

–¿Con Ginebra también? –pregunté; la anterior alusión a la amistad entre Lancelot y Ginebra, no exenta de ciertos tintes obscenos, había despertado mi curiosidad.

–Jamás hablo de lo que no sé –replicó Merlín en tono altanero–. Pero conjeturo que Ginebra se ha cansado de Arturo, y no me extraña. Es una criatura inteligente y le gustan los seres inteligentes; Arturo, por mucho que lo amemos, no es complicado. Sus deseos son simples hasta el patetismo: ley, justicia, limpieza. Desea de verdad que todos sean felices, cosa prácticamente imposible. Ginebra, por el contrario, no es tan sencilla. Tú sí, por descontado.

–Entonces ¿Ginebra qué quiere? –pregunté, pasando por alto el insulto.

–Que Arturo sea rey de Dumnonia, naturalmente; y reinar ella a través de él en toda Britania, pero hasta que eso se haga realidad, Derfel, procura divertirse cuanto le sea posible. –Se le puso cara de maldad al ocurrírsele una idea–. Si Lancelot se convierte en rey de los belgas –dijo riendo–, ya verás como Ginebra de pronto piensa que no le gusta su palacio nuevo de Lindinis. Buscará un lugar mucho más cercano a Venta. Ya me dirás si tengo o no tengo razón. –Chasqueó la lengua otra vez–. ¡Qué listos han sido los dos! –añadió con admiración.

–¿Ginebra y Lancelot?

–¡Qué obtuso eres, Derfel! ¿Quién demonios habla de Ginebra? En verdad que tu gusto por las habladurías raya en la indecencia. Me refiero a Lancelot y a Cerdic, naturalmente. ¡Todo un ejemplo de sutil diplomacia! Arturo se encarga de la guerra, Aelle renuncia a una gran porción de terreno, Lancelot se hace con un reino más adecuado y Cerdic dobla su poder y sitúa a Lancelot de vecino en la costa en lugar de Arturo. ¡Sublime! ¡Cómo medran los malvados! Me gusta comprobarlo. –Sonrió y se volvió en el mismo momento en que Nimue aparecía por uno de los dos túneles que conducían por debajo de las graderías hasta el ruedo. Andaba presurosa por el suelo lleno de hierbajos, con una expresión anhelante en el rostro. Su ojo de oro, que tanto amedrentaba a los sajones, refulgió bajo el sol de la mañana.

–¡Derfel! –exclamó–. ¿Qué se hace con la sangre de toro?

–No lo confundas –dijo Merlín–, esta mañana lo encuentro más necio que de costumbre.

–En Mitra –insistió con vehemencia–. ¿Qué se hace con la sangre?

–Nada –respondí.

–Se mezcla con avena y grasa –replicó Merlín–, y se hacen postres.

–¡Dímelo! –insistió Nimue.

–Es un secreto –respondí cohibido.

Merlín lanzó un silbido al oír la respuesta.

–¿Secreto? ¡Secreto! ¡Oh, gran Mitra –exclamó con una voz que retumbó por todas las gradas–, el de la espada afilada en la cima de las montañas, el de la punta de lanza forjada en las profundidades del océano, el del escudo que hace palidecer a las más fulgurantes estrellas, escúchanos! ¿Continúo, dilectísimo hijo? –me preguntó. Acababa de recitar la invocación con que empezábamos las reuniones y que formaba parte, teóricamente, de los ritos secretos. Con un gesto burlón dejó de mirarme–. Tienen un pozo, querida Nimue –le dijo– tapado con una reja de hierro, y la pobre bestia agoniza desangrándose en el pozo y luego mojan las puntas de las lanzas en la sangre, se emborrachan y creen que han hecho algo importante.

–Eso me parecía –dijo Nimue, y sonrió–. No hay pozo.

–¡Querida niña! –exclamó Merlín rezumando admiración–. ¡Querida niña! ¡A trabajar! –Se alejó deprisa.

–¿Adónde vas? –le pregunté a voces, pero se limitó a despedirse con un ademán y siguió caminando; con una seña, indicó a mis ociosos lanceros que lo acompañaran. Los seguí y no hizo nada por impedírmelo. Salimos por un túnel a una de las extrañas calles de altos edificios, luego hacia poniente, en dirección a la gran fortaleza que formaba el bastión noroccidental de las murallas de la ciudad y, justo al lado de la fortaleza, construido contra la misma muralla, había un templo.

Seguí a Merlín al interior.

Era una bonita edificación; larga, oscura, estrecha y alta, con altos techos pintados que se apoyaban en dos hileras gemelas de siete pilares cada una. El templo servía de almacén en aquellos momentos, pues en uno de los pasillos laterales se amontonaban balas de lana y pieles en abundancia, aunque debían de frecuentarlo algunos adoradores porque, en un extremo, descubrí una estatua de Mitra con su curioso sombrero suelto y otras estatuas menores frente a los pilares de forma de flauta. Supuse que los fieles que allí orasen serían descendientes de los moradores romanos que prefirieron quedarse en Britania cuando las legiones marcharon y, al parecer, habían abandonado gran parte de sus antiguos dioses, Mitra incluido, porque las pocas ofrendas de flores, viandas y teas goteantes de juncos se apiñaban en torno a tres únicas estatuas. Dos eran elegantes tallas de deidades romanas, pero la tercera era un ídolo britano: un fálico bloque de piedra lisa con una cara brutal de grandes ojos tallada en la punta; era la única que estaba manchada de sangre seca; la única ofrenda que había junto a la estatua de Mitra era la espada sajona que Sagramor ofreció por la recuperación de Malla. Era un día de sol pero al templo sólo llegaba una tenue claridad que se colaba por un agujero del tejado, de donde habían desaparecido algunas tejas. En realidad el templo debía estar a oscuras, pues Mitra había nacido en una gruta y en la oscuridad de una gruta lo adorábamos.

Merlín golpeó las losas del suelo con la vara hasta que se detuvo por fin cerca del final de la nave, cerca de la estatua de Mitra.

–¿Es aquí donde mojáis las lanzas, Derfel? –me preguntó.

Di unos pasos hacia el pasillo lateral donde estaban los pellejos y la lana.

–Aquí –dije, señalando un pozo poco profundo medio oculto por uno de los montones de pellejos.

–¡No digas sandeces! –replicó Merlín–. ¡Ése lo han hecho más tarde! ¿Crees de verdad que guardas los secretos de tu patética religión? –Golpeó nuevamente el suelo al pie de la estatua y luego probó en otro punto a pocos pasos de distancia; dedujo que el sonido no era el mismo en los dos lugares, así que volvió a golpear el primero, el que estaba al pie de la estatua–. Cavad aquí –ordenó a mis lanceros.

La perspectiva del sacrilegio me hizo temblar.

–Ella no debería estar presente, señor –dije, refiriéndome a Nimue.

–Una palabra más, Derfel, y te convierto en un erizo artrítico. ¡Levantad esas losas! –gritó, dirigiéndose a mis hombres–. ¡Usad las lanzas a modo de palanca, inútiles! ¡Vamos! ¡Trabajad!

Me senté junto al ídolo britano, cerré los ojos y rogué a Mitra que me perdonara el sacrilegio. Luego rogué por Ceinwyn y por que la criatura que llevaba en el vientre continuara con vida, y seguía rezando por mi hijo que no había nacido aún, cuando la puerta del templo se abrió y unas botas resonaron fuertemente en las losas. Abrí los ojos, volví la cabeza y vi que Cerdic había entrado en el templo.

Acudió con veinte lanceros, con su intérprete y, lo que fue más sorprendente, con Dinas y Lavaine.

Me puse de pie como pude y rocé los huesos del pomo de *Hywelbane* para que me dieran suerte mientras el rey sajón avanzaba despacio por la nave.

–Esta ciudad es mía –dijo Cerdic con voz suave–, y mío es todo lo que se halla entre sus muros. –Miró fijamente a Merlín y a Nimue unos momentos, y luego a mí–. Diles que exijo una explicación –me ordenó.

–Di a ese necio que se largue y se empape la mollera en un cubo –me dijo Merlín de malos modos. Hablaba sobradamente la lengua sajona, pero le convino hacer creer lo contrario.

–Ése es su intérprete, señor –advertí a Merlín, refiriéndome al hombre que estaba al lado de Cerdic.

–Pues que le diga a su rey que se empape la mollera –repitió Merlín.

El intérprete cumplió al pie de la letra y Cerdic esgrimió una sonrisa peligrosa.

–Lord rey –le dije, procurando deshacer el entuerto de Merlín–, mi señor Merlín desea devolver el templo a su antigua condición.

Cerdic se detuvo a sopesar la respuesta mientras observaba lo que se estaba llevando a cabo. Mis cuatro lanceros habían levantado las losas del suelo; debajo se veía una masa compacta de arena y grava que ya habían empezado a sacar a paladas; bajo la masa compacta había una plataforma inferior de vigas embreadas. El rey miró al pozo y ordenó a mis lanceros que siguieran adelante con su trabajo.

–Si encontráis oro –me dijo–, me pertenece. –Empecé a traducírselo a Merlín, pero Cerdic me interrumpió con un gesto de la mano–. Él habla nuestra lengua –dijo, mirando al druida–, me lo han dicho ellos –añadió, al tiempo que señalaba con la cabeza a Dinas y Lavaine.

Miré a los funestos gemelos y después a Cerdic otra vez.

–Os rodeáis de extraños amigos, lord rey –le dije.

–No más extraños que tú –replicó, fijándose en el ojo dorado de Nimue. Ella se lo quitó con un dedo y le ofreció la horrenda imagen de la marchita cuenca vacía; pero Cerdic no se inmutó ante la amenaza, sino que me preguntó qué sabía yo sobre los diferentes dioses del templo. Le respondí lo mejor que supe, pero era evidente que en realidad el sajón no tenía el menor interés. Me interrumpió para mirar a Merlín de nuevo–. ¿Dónde está tu olla mágica, Merlín? –preguntó.

Merlín clavó una mirada asesina a los gemelos silurios y luego escupió en el suelo.

—Escondida —contestó.

Cerdic no pareció sorprendido por la respuesta. Pasó de largo ante el pozo, cada vez más hondo, y recogió la espada sajona que Sagramor había ofrendado a Mitra. Blandió la hoja en el aire y pareció aprobar el equilibrio del arma.

—Esa olla —preguntó a Merlín—, ¿tiene grandes poderes?

Merlín se negó a responder, de forma que lo hice yo en su lugar.

—Eso dicen, lord rey.

—¿Poderes —Cerdic me miraba fijamente con sus claros ojos azules— para expulsar de Britania a los sajones?

—Ése es precisamente el motivo de nuestras oraciones, lord rey —respondí.

Sonrió por la respuesta y volvió a dirigirse a Merlín.

—¿Qué precio pones a tu olla, anciano?

—Tu hígado, Cerdic —replicó el druida fulminándolo con la mirada.

Cerdic se acercó a Merlín y lo miró profundamente a los ojos. No vi ni rastro de temor en Cerdic, ni rastro. Sus dioses no eran los de Merlín. Tal vez Aelle temiera a Merlín, pero Cerdic jamás había sufrido a causa de la magia del druida y, por lo que a él concernía, Merlín no era más que un anciano sacerdote britano cuya fama se había inflado en demasía. Súbitamente agarró a Merlín por una de las negras trenzas de la barba.

—Te ofrezco mucho oro a cambio, anciano —le dijo.

—Ya te he dicho el precio —replicó Merlín. Trató de alejarse de Cerdic, pero el rey sajón aferró con mayor fuerza la trenza de la barba del druida.

—Te doy tu peso en oro —insistió Cerdic.

—Tu hígado —replicó Merlín.

Cerdic levantó la hoja sajona en el aire y, con un pase rápido, cortó la trenza de la barba al druida. Luego retrocedió.

–Juega con tu olla, Merlín de Avalon –dijo, apartando la espada–, pero un día coceré tu hígado en la olla y se lo echaré a mis perros.

Nimue, pálida, miraba al rey. Merlín, absolutamente sorprendido, no se movió ni dijo una palabra; mis cuatro hombres se quedaron con la boca abierta.

–¡Vamos, idiotas, seguid! –les dije de mal humor–. ¡Trabajad!

Me sentía mortificado. Nunca había visto a Merlín humillado, ni lo deseaba. No pensaba que fuera posible, siquiera. Merlín se rascó la barba violada.

–Algún día, lord rey –le dijo serenamente– me vengaré.

Cerdic desoyó la débil amenaza con un encogimiento de hombros y se reunió con sus hombres. Entregó la trenza cortada a Dinas, el cual se lo agradeció con una inclinación. Escupí, pues sabía que a partir de aquel momento la pareja de silurios podía obrar grandes males. Pocas cosas hay tan valiosas para realizar hechizos mágicos como los cabellos o los recortes de uñas de un enemigo, razón por la cual, y para evitar que caigan en manos malintencionadas, tenemos todos tanto cuidado de quemar tales desechos convenientemente. Hasta un niño es capaz de hacer maldades con un mechón de pelo.

–¿Queréis que recupere la trenza, señor? –pregunté a Merlín.

–No seas tonto, Derfel –dijo con impaciencia, señalando a los veinte lanceros que acompañaban a Cerdic–. ¿Crees que podrías con todos? –Sacudió la cabeza y miró a Nimue–. Ya ves qué lejos de nuestros dioses nos hallamos aquí –dijo, como para justificar su impotencia.

–Cavad –ordenó Nimue a mis hombres en tono áspero, aunque ya habían terminado de cavar y trataban de levantar la primera gran viga. Cerdic, que evidentemente había acudido al templo porque Dinas y Lavaine le habían dicho que Merlín buscaba un tesoro, ordenó a tres de sus lanceros que ayudaran a mis hombres. Los tres saltaron al pozo y empujaron con las lanzas el extremo de la viga hasta que despacio, muy poco a poco, la desencajaron y mis hombres pudieron asirla y sacarla.

Era el pozo de la sangre, el lugar donde el toro se desangraba hasta la muerte sobre la madre tierra, pero en algún momento, lo habían camuflado hábilmente con vigas, arena, grava y piedra.

—Lo hicieron —me dijo Merlín sin que nos oyeran los hombres de Cerdic— cuando se marcharon los romanos. —Volvió a rascarse la barba.

—Señor —le dije, falto de soltura, entristecido por la humillación.

—No te preocupes, Derfel. —Me tocó el hombro para darme ánimos—. ¿Crees que debería atraer el fuego de los dioses? ¿O que la tierra abriera sus fauces y se lo tragara? ¿O llamar a una serpiente del mundo de los espíritus?

—Sí, señor —repliqué cabizbajo.

—No se llama a la magia, Derfel —me dijo, en voz más baja aún—, se la utiliza, y aquí no hay nada que nos sirva. Por eso necesitamos los tesoros. Derfel, en Samain reuniré los tesoros y descubriré la olla. Encenderemos hogueras y obraremos un encantamiento que hará clamar al cielo y gruñir a la tierra. Eso te lo prometo. He vivido toda mi vida para ese momento, y la magia volverá a Britania. —Se apoyó en un pilar y se acarició la calva que le había quedado en el mentón—. Nuestros amigos de Siluria —dijo, mirando a los gemelos de negra barba— creen que me tienen en sus manos, pero un mechón de la barba de un viejo no es nada comparado con el poder de la olla, Derfel, tan sólo puede hacerme daño a mí, la olla, en cambio, sacudirá los cimientos de Britania entera y esos dos aspirantes tendrán que venir de rodillas a suplicarme clemencia. Pero hasta entonces, Derfel, hasta que llegue ese momento, tenemos que ver cómo prosperan nuestros enemigos. Los dioses se alejan más y más. Se debilitan, y los que los amamos nos debilitamos con ellos, pero no será siempre así. Los llamaremos, los haremos volver y la magia, que tan débil es ahora en Britania, se espesará como la niebla de Ynys Mon. –Volvió a tocarme en el hombro herido–. Te lo prometo.

Cerdic no nos perdía de vista. No nos oía pero en su rostro se reflejaba el buen humor.

–Se quedará con lo que hay en el pozo, señor –murmuré.

–Espero que no conozca su valor –replicó Merlín en voz baja.

–Pero ellos sí, señor –dije, refiriéndome a los dos druidas vestidos de blanco.

–Son traidores como serpientes –dijo Merlín entre dientes, mirando a Dinas y Lavaine que se habían aproximado al pozo–, pero aunque se queden con lo que encontremos ahora, todavía seré yo quien posea once de los trece tesoros, Derfel, y sé dónde hallar el decimosegundo; no hay hombre en Britania que haya reunido tanto poder en mil años. –Se apoyó en la vara–. Ese rey va a sufrir, te lo prometo.

Sacaron del agujero la última viga y la dejaron caer con un ruido sordo sobre las losas del suelo. Los sudorosos lanceros se retiraron cuando Cerdic y los druidas silurios se aproximaron lentamente y se asomaron al pozo. Cerdic se quedó mirando un largo rato y, al cabo, rompió a reír.

–Me gusta el enemigo –dijo Cerdic– que deposita tanta fe en la mierda. –Hizo apartarse a sus lanceros y nos indicó que nos acercáramos nosotros–. Ven a ver lo que has descubierto, Merlín de Avalon.

Me acerqué al borde del pozo con Merlín y vi un montón de madera vieja, oscura y destrozada por la humedad. No parecía sino una pila de leña para el fuego, astillas y fragmentos de troncos; algunas se pudrían a causa de la humedad que rezumaba por una esquina de los ladrillos del pozo, y el resto era tan viejo y frágil que habría prendido y se habría reducido a cenizas en un instante.

–¿Qué es? –pregunté a Merlín.

–Me parece –dijo Merlín en lengua sajona– que nos hemos equivocado de excavación. Vamos –añadió en britano al tiempo que volvía a pasarme el brazo por el hombro–. Hemos perdido el tiempo.

–Pero nosotros no –dijo Dinas bruscamente.

–Veo una rueda –dijo Lavaine.

Merlín se volvió despacio con una expresión trastocada. Había intentado engañar a Cerdic y a los gemelos silurios pero había fracasado estrepitosamente.

–Dos ruedas –corrigió Dinas.

–Y un báculo cortado en tres pedazos –completó Lavaine.

Volví a mirar el sórdido montón de basura y no vi más que restos de madera, pero de pronto me fijé en que algunos fragmentos eran curvos y que, unidos todos y fijados con los numerosos palos cortos, se formarían verdaderamente dos ruedas. Entre los restos de las ruedas había unas piezas delgadas y una vara larga del grosor de mi muñeca, pero tan larga que había sido partida en tres trozos para que cupiera en el agujero. También se distinguía el cubo de un eje con una ranura en el centro donde habría cabido la hoja de un cuchillo largo. El montón de astillas era lo que quedaba de un antiguo carro de los que usaban antes los guerreros britanos en la batalla.

–El carro de Modron –dijo Dinas respetuosamente.

–Modron –repitió Lavaine–, la madre de los dioses.

–Cuyo carro –prosiguió Dinas– conecta la tierra con los cielos. Y Merlín no lo quiere –añadió con sorna.

–Pues lo tomaremos nosotros –anunció Lavaine.

El intérprete de Cerdic había hecho grandes esfuerzos por traducir a su rey cuanto se decía, pero, evidentemente, Cerdic permanecía impasible ante el lamentable montón de maderos podridos. No obstante, ordenó a sus hombres que recogieran los fragmentos y los colocaran en una capa que Lavaine tomó. Nimue los maldijo entre dientes y Lavaine se limitó a reírse de ella.

–¿Quieres pelear con nosotros por el carro? –inquirió, señalando hacia los hombres de Cerdic.

–No podréis ocultaros en las faldas de los sajones eternamente –dije–; llegará el día en que tendréis que luchar.

Dinas escupió al pozo vacío.

–Somos druidas, Derfel, y no puedes arrebatarnos la vida sin condenar al horror tu espíritu y el de todos sus seres queridos por los siglos de los siglos.

–Yo sí puedo mataros –dijo Nimue y los escupió.

Dinas la miró fijamente y luego la amenazó con el puño. Nimue escupió al puño para evitar el maleficio, pero Dinas se lo devolvió, abrió la palma de la mano, le mostró un huevo de zorzal y se lo arrojó.

–Toma, mujer, para la cuenca del ojo –añadió despectivamente; se dio media vuelta y salió del templo detrás de su hermano y de Cerdic.

–Lo siento, señor –le dije a Merlín una vez nos quedamos solos.

–¿Por qué, Derfel? ¿Crees que habrías podido vencer a veinte lanceros? –Suspiró y volvió a rascarse la barba violada–. ¿Ves con qué golpes responden los nuevos dioses? Pero, mientras estemos en posesión de la olla, estamos en posesión del mayor de los poderes. Vamos. –Tendió el brazo sobre los hombros de Nimue, no para consolarla sino porque necesitaba apoyarse. Lo vi viejo y cansado de pronto, avanzando lentamente por la nave.

–¿Qué hacemos, señor? –me preguntó uno de mis hombres.

–Preparaos para marchar –contesté, sin perder de vista la espalda encorvada de Merlín. Pensé que la trenza cortada era un acontecimiento más trágico de lo que él quería admitir, pero me consolé recordándome que poseía la olla de Clyddno Eiddyn. Tenía aún grandes poderes, pero había algo en aquella espalda encorvada y el lento arrastrarse que me entristecía infinitamente–. Preparémonos para marchar –repetí.

Partimos al día siguiente. Seguíamos con hambre, pero volvíamos a casa. Y, en cierto modo, teníamos paz.

* * *

Al norte de las ruinas de Calleva, en tierras recuperadas de manos de Aelle, encontramos el tributo que nos esperaba. Aelle había mantenido su palabra.

No encontramos guardia de ninguna clase, sólo grandes montones de oro aguardándonos en el camino, sin vigilancia. Había copas, cruces, cadenas, lingotes, broches y torques. No teníamos con qué pesarlo y, tanto Arturo como Cuneglas sospecharon que el tributo no se ajustaba a lo acordado, pero era suficiente, un verdadero tesoro.

Envolvimos el oro en los mantos, colgamos los pesados fardos a lomos de los caballos de guerra y proseguimos la marcha. Arturo caminaba a nuestro lado, cada vez más animado a medida que nos acercábamos a casa, aunque aún quedaban algunas cosas que lamentar.

–¿Recuerdas el juramento que hice cerca de aquí? –me preguntó, poco después de haber recogido el oro de Aelle.

–Lo recuerdo, señor. –Había prestado el juramento el año anterior, la noche en que enviamos a Aelle gran parte de aquel mismo cargamento de oro, que había de servir para mantener al sajón lejos de nuestra frontera y arrojarlo sobre Ratae, la fortaleza de Powys. Aquella noche, Arturo juró matar a Aelle.

–Y sin embargo, ahora lo protejo –comentó con arrepentimiento.

–Cuneglas ha recuperado Ratae –dije.

–Pero el juramento está por cumplir, Derfel. ¡Cuántos juramentos incumplidos! –Levantó la mirada hacia un gavilán que planeaba ante una gran masa nubosa–. Sugerí a Cuneglas y a Meurig que partieran Siluria en dos, y Cuneglas dijo que tal vez a ti te gustara ser rey de una de esas partes. ¿Te gustaría?

Tan grande fue la sorpresa que apenas pude responder.

–Si tal es vuestro deseo, señor –logré articular.

–Bien; no es mi deseo. Prefiero que seas guardián de Mordred.

Di unos cuantos pasos más un tanto decepcionado.

–Tal vez a Siluria no le guste ser dividida –dije.

–Siluria hará lo que se le ordene –replicó Arturo con firmeza–, y Ceinwyn y tú viviréis en Dumnonia, en el palacio de Mordred.

–Si vos lo decís, señor. –De pronto, el deseo de abandonar los placeres más humildes de Cwm Isaf se desvaneció.

–¡Alégrate, Derfel! –exclamó Arturo–. Yo no soy rey, ¿por qué habrías de serlo tú?

–No lamento la pérdida de un reino, señor, sino la suma de un rey a mi hogar.

–Saldrás airoso de la empresa, Derfel; sales airoso de todas.

Al día siguiente, el ejército se dividió. Sagramor ya había abandonado las filas y había partido con sus hombres a defender la nueva frontera con el reino de Cerdic; los demás marchamos por dos caminos diferentes. Arturo, Merlín, Tristán y Lancelot se dirigieron al mediodía y Cuneglas y Meurig tomaron el camino de poniente, hacia sus tierras. Abracé a Arturo y a Tristán y me arrodillé ante Merlín para recibir su bendición, que él me impartió con benignidad. Durante la marcha desde Londres había recuperado su energía en parte, pero no podía ocultar lo mucho que le había afectado la humillación sufrida en el templo de Mitra. Aunque poseyera la olla mágica, sus enemigos se habían hecho con una trenza de su barba y necesitaría emplear toda su magia para protegerse de los hechizos. Me abrazó, besé a Nimue y me quedé mirando cómo se alejaban; después, seguí a Cuneglas hacia poniente. Mi destino era Powys, iba al encuentro de mi amada Ceinwyn y llevaba conmigo una parte del oro de Aelle, pero no sentía el sabor del triunfo. Habíamos vencido a Aelle y habíamos asegurado la paz, pero los verdaderos ganadores de la campaña habían sido Cerdic y Lancelot, no nosotros.

Aquella noche descansamos en Corinium y una tormenta me despertó a medianoche. La tormenta se hallaba lejos aún hacia el sur, pero era tal la violencia de los truenos y tan intenso el resplandor de los relámpagos que se reflejaba en los muros del patio donde dormía que llegaron a despertarme. Aillean, antigua amada de Arturo y madre de sus dos gemelos, me había ofrecido refugio y llegó en aquel momento con cara de preocupación. Me envolví en el manto y me fui con ella hacia las murallas de la ciudad, donde encontré a la mitad de mis hombres contemplando el lejano torbellino. También Cuneglas y Agrícola observaban desde lo alto de la fortificación, pero no Meurig, pues éste negaba toda calidad de portento a las manifestaciones meteorológicas.

Pero los demás no éramos tontos. Las tormentas son mensajes divinos, y la que presenciábamos a lo lejos era un estallido tumultuoso. Sobre Corinium no llovía, ni el vendaval nos levantaba los mantos, pero hacia el sur, en alguna parte de Dumnonia, los dioses hacían trizas la tierra. Los rayos hendían limpiamente la oscuridad del cielo y clavaban quebradas dagas en el suelo. Los truenos rugían sin tregua, estampido tras estampido, y a cada explosión retumbante, los relámpagos se encendían, ardían y esparcían su fuego irregular por la estremecida noche.

Issa estaba detrás de mí, cerca, y su rostro honrado se iluminaba con cada latigazo flamígero.

–¿Habrá muerto alguien?

–No lo sabemos, Issa.

–¿Estamos malditos, señor? –me preguntó.

–No –repliqué con una seguridad que no sentía.

–Pero dicen que a Merlín le cortaron la barba.

–Cuatro pelos nada más –respondí quitándole importancia–. ¿Y qué?

–Si Merlín no tiene poder, señor, ¿quién lo tiene?

–Merlín es poderoso –dije, procurando calmarlo. Y yo también lo sería pronto, pues me convertiría en el paladín de Mordred y moraría en una gran propiedad. Yo moldearía al niño y Arturo le haría un reino.

La tormenta me preocupaba, no obstante, y más me habría preocupado de haber sabido su significado. Aquella noche llegó el desastre, aunque nada supimos hasta pasados tres días, pero al menos llegamos a conocer el mensaje de los truenos y de los relámpagos.

El desastre cayó sobre el Tor, sobre la fortaleza de Merlín donde los vientos aullaban alrededor de la hueca torre de los sueños. Y allí, en la hora de nuestra victoria, los rayos habían incendiado el torreón de madera levantando llamas que abrasaron, se extendieron y bramaron toda la noche; por la mañana, cuando la lluvia moribunda de la tormenta salpicó y extinguió la brasas, no quedaban tesoros en Ynys Wydryn. No había olla mágica entre las cenizas, sólo un vacío en la chimenea requemada de Dumnonia.

Al parecer, los nuevos dioses contraatacaban. O bien, los gemelos silurios habían realizado un maleficio poderoso con la trenza cortada a Merlín, pues la olla desapareció y los tesoros se desvanecieron.

Yo partí hacia al norte, al reencuentro con Ceinwyn.

TERCERA PARTE

CAMELOT

–¿Se quemaron todos los tesoros? –me preguntó Igraine.

–Todo desapareció –contesté.

–Pobre Merlín –dijo Igraine. Se ha sentado donde siempre, en el poyo de mi ventana, aunque está bien arropada contra este día frío en un grueso manto de piel de castor. Y buena falta le hace pues el frío es penetrante hoy. Cayeron unas ráfagas de nieve esta mañana y, por el oeste, el cielo está cargado de amenazadoras nubes plomizas–. No puedo quedarme mucho tiempo hoy –me advirtió al llegar; enseguida se puso a hojear los pergaminos terminados–, no sea que vuelva a nevar.

–Nevará. Las bayas de los arbustos están gordas, y eso sólo anuncia un crudo invierno.

–Los viejos dicen lo mismo todos los años –comentó con aspereza.

–Cuando se es viejo –repliqué–, todos los inviernos son crudos.

–¿Cuántos años tenía Merlín?

–¿Cuando perdió la olla mágica? Andaba cerca de los ochenta. Pero aún vivió mucho tiempo después.

–¿Y no llegó a reconstruir la torre de los sueños?

–No.

Igraine suspiró y se arropó en el manto.

–Me gustaría poseer una torre de los sueños. ¡Cuánto me gustaría tener una torre de los sueños!

–Pues haced que os la construyan. Sois reina. Ordenad, armad un escándalo. Es fácil, simplemente, una torre con cuatro paredes, sin tejado y con una plataforma a media altura. Una vez construida, nadie sino vos podrá acceder a ella, y el truco consiste en dormir en la plataforma y aguardar a que los dioses os envíen mensajes. Merlín siempre decía que era un lugar espantosamente frío para dormir en invierno.

–¿Y la olla mágica estaba escondida en la torre? –preguntó.

–Sí.

–Pero no se quemó, ¿verdad, hermano Derfel? –insistió.

–La historia de la olla continúa –admití–, pero no os la voy a relatar ahora.

Me sacó la lengua. Hoy está bellísima. Tal vez deba al frío el color que enciende sus mejillas y el brillo de sus ojos oscuros, o tal vez sea porque la piel de castor la favorece, aunque sospecho que espera un hijo. Siempre sabía cuando Ceinwyn esperaba un hijo, y veo en Igraine ese mismo destello vital. Sin embargo, Igraine no ha dicho nada, de modo que no le pregunto. Ha rezado mucho, bien lo sabe Dios, por concebir un hijo, y tal vez nuestro Dios cristiano escuche las plegarias. Él es nuestra única esperanza, pues nuestros dioses han muerto, han huido o nos han relegado al olvido.

–Los bardos –dijo Igraine, y supe que estaba a punto de traer a colación otra de mis deficiencias de relatador de cuentos– dicen que la batalla de las afueras de Londres fue terrible. Dicen que Arturo luchó durante toda la jornada.

–Diez minutos –repliqué sin darle importancia.

–Y todos declaran que Lancelot lo salvó llegando en el último momento con cien lanceros.

–Lo dicen todos porque fueron los poetas de Lancelot los que escribieron las canciones. –Igraine sacudió la cabeza con tristeza.

–Si esto –dijo, dando un golpe a la gran bolsa de piel en la que se lleva los pergaminos terminados al Caer– es lo único que se sabe de Lancelot, Derfel, ¿qué pensaría la gente? ¿Que los poetas mienten?

—¿A quién le importa lo que piensa la gente? —repliqué provocativamente—. Los poetas mienten siempre. Les pagan por ello. Pero vos me habéis pedido la verdad, os la cuento, y luego os quejáis.

—«Los guerreros de Lancelot —citó unos versos—, tan osados lanceros, hacedores de viudas y dadores de oro. Verdugos de sajones, temidos por los sais...»

—¡Basta! —la interrumpí—. Os lo ruego. Oí la canción una semana después de que la compusieran.

—Pero si las canciones mienten —replicó en tono suplicante—, ¿por qué Arturo no dijo nada en contra?

—Porque nunca dio importancia a las canciones. ¿Por qué habría de dársela? Era un guerrero, no un bardo y, mientras sus hombres cantaran antes de la batalla, lo demás le daba igual. Además, nunca fue capaz de cantar. Él creía que tenía buena voz, pero Ceinwyn siempre decía que parecía una vaca con flatulencia.

—Sigo sin entender —me dijo con el ceño fruncido— por qué fue tan mala la paz de Lancelot.

—No es difícil de entender —dije. Me bajé de la banqueta y me dirigí a la chimenea y, con un palo, saqué unas ascuas del pequeño fuego. Alineé seis brasas en el suelo y luego las dividí en dos y cuatro.

—Cuatro brasas —dije—, que representan las fuerzas de Aelle. Estas dos son Cerdic. Ahora, comprended que jamás habríamos podido vencer a los sajones si todas las brasas hubieran estado unidas. No podíamos contra seis, pero sí contra cuatro. Arturo pensó en vencer a esos cuatro y enfrentarse después con los dos; de tal forma habríamos podido limpiar Britania de sais. Sin embargo, la paz de Lancelot reforzó el poder de Cerdic. —Añadí otra brasa a las dos, quedaron cuatro frente a tres y apagué la llama del palo de un soplido—. Habíamos debilitado a Aelle —proseguí—, pero también nosotros quedamos más débiles, pues ya no contábamos con los trescientos lanceros de Lancelot. Se habían comprometido con la paz, compromiso que reforzaba la posición de Cerdic. –Coloqué dos brasas de Aelle en el campo de Cerdic y dividí la línea en cinco y dos–. En conclusión, el resultado fue debilitar a Aelle y reforzar a Cerdic. Y todo gracias a la paz negociada por Lancelot.

–¿Enseñas a contar a nuestra señora? –Sansum había entrado en la habitación sigilosamente con una expresión suspicaz–. Y yo que te creía componiendo palabras del Señor –añadió ladinamente.

–Los cinco panes y los dos peces –terció Igraine rápidamente–. El hermano Derfel pensaba que podían ser cinco peces y dos panes, pero estoy segura de que no, ¿me equivoco, lord obispo?

–Mi señora tiene toda la razón –dijo Sansum–. El hermano Derfel no es buen cristiano. ¿Cómo puede un hombre tan ignorante escribir el evangelio para los sajones?

–Sólo con vuestro amoroso apoyo, lord obispo –replicó Igraine– y, naturalmente con el de mi esposo. ¿O debo decirle al rey que os oponéis a él en esta nimiedad sin trascendencia?

–Si lo hicierais serías culpable de la mayor falsedad –mintió Sansum, hábilmente manipulado por mi inteligente reina–. He venido a deciros, señora, que vuestros lanceros opinan que deberíais partir. El cielo amenaza nieve.

Igraine recogió la bolsa de pergaminos y me dedicó una sonrisa.

–Nos veremos cuando cese la nieve, hermano Derfel.

–Ruego porque llegue el momento, señora.

Sonrió de nuevo y pasó ante el santo, que permaneció semiinclinado hasta que ella salió por la puerta. Pero, tan pronto como ella desapareció, se enderezó y me miró fijamente. Los mechones que le sobresalen por encima de las orejas, y que nos hicieron llamarlo señor de los ratones, se han tornado blancos, pero la edad no ha ablandado al santo. Aún es capaz de erizarse en vituperios, y el dolor que le produce orinar sólo consigue agriarle el temperamento.

—En el infierno hay un rincón especial, hermano Derfel —me dijo entre dientes—, para los que cuentan mentiras.

—Rogaré por esas pobres almas, señor —dije y, dándole la espalda, mojé esta pluma en tinta para proseguir con el relato de Arturo, mi señor de la guerra, mi hacedor de la paz y mi amigo.

* * *

Los años que siguieron fueron de gloria. Igraine, que escucha en exceso a los poetas, los llama Camelot. Nosotros no. Fueron los años del mejor gobierno de Arturo, cuando dio forma a un país según sus deseos, cuando Dumnonia estuvo más cerca de su idea de una nación en paz consigo misma y con sus vecinos; pero, al mirar atrás nos parecen mucho mejores de lo que fueron, sólo porque los que siguieron fueron mucho peores. Quien escuche los relatos que se cuentan por la noche al amor de la lumbre pensará que construimos una Britania enteramente nueva, llamada Camelot y poblada de brillantes héroes, pero la realidad es que, sencillamente, gobernamos Dumnonia de la mejor forma que supimos, con justicia, y jamás la llamamos Camelot. Ni siquiera había oído tal nombre hasta hace un par de años. Camelot sólo existe en las visiones de los poetas, pero en verdad, en nuestra Dumnonia, incluso durante aquellos años buenos, las cosechas seguían perdiéndose, la peste nos asolaba y las guerras nos diezmaban.

Ceinwyn acudió a Dumnonia; nuestro primer hijo nació en Lindinis. Fue una niña y la llamamos Morwenna, como la madre de Ceinwyn. Nació con el cabello oscuro pero, al cabo de un tiempo, se le tornó claro como el oro, igual que el de su madre. Mi preciosa Morwenna.

El tiempo hubo de dar la razón a Merlín con respecto a Ginebra pues, poco después de que Lancelot estableciera su nuevo gobierno en Venta, se mostró hastiada de su nuevo palacio de Lindinis. Dijo además que resultaba muy frío en invierno y excesivamente húmedo, pues quedaba a merced de los vientos provenientes de los pantanos que rodeaban Ynys Wydryn; súbitamente, no podía conformarse con nada que no fuera regresar nuevamente al antiguo palacio de invierno de Uther en Durnovaria. No obstante, Durnovaria estaba casi tan alejada de Venta como la propia Lindinis; así pues, Ginebra convenció a Arturo de la necesidad de preparar una casa para el lejano día en que Mordred se convirtiera en rey y, por derecho real, exigiera la devolución del palacio de invierno. Finalmente, Arturo dejó la elección en manos de Ginebra. Arturo soñaba con una construcción sólida rodeada de una empalizada, con cuadras y graneros, pero Ginebra encontró una villa romana al sur de la fortaleza de Vindocladia, situada, tal como previera Merlín, en la frontera entre Dumnonia y el nuevo reino de Lancelot. La villa se levantaba sobre una loma, dominando una ría marina, y Ginebra le dio el nombre de palacio del mar. Un hormiguero de albañiles comenzó a renovar la residencia que Ginebra llenó de estatuas, las que antes habían adornado Lindinis. Incluso hizo levantar el mosaico del salón de la entrada de Lindinis para llevarlo a la nueva casa. Durante un tiempo, a Arturo le preocupaba la proximidad del palacio del mar a las tierras de Cerdic, pero Ginebra insistió en que la paz lograda en Londres sería duradera y Arturo, que comprendió lo mucho que a ella le complacía aquel lugar, cedió. Nunca le importó dónde estuviera su casa, pues rara vez se hallaba en ella. Le gustaba ir de acá para allá visitando todos los rincones del reino de Mordred.

El propio Mordred se trasladó al saqueado palacio de Lindinis y Ceinwyn y yo, como teníamos su tutela, también nos instalamos allí, junto con sesenta lanceros, diez jinetes mensajeros, dieciséis cocineras y veintiocho esclavos domésticos. Teníamos un mayordomo, un chambelán, un bardo, dos cazadores, un destilador de hidromiel, un halconero, un médico, un ujier, un antorchero mayor y seis cocineros, cada cual con sus esclavos; además de los esclavos de la casa había otro nutrido grupo que trabajaba las tierras, desmochaba los árboles y mantenía los canales bien drenados. Alrededor del palacio se desarrolló una pequeña población de alfareros, zapateros y herreros; comerciantes que se enriquecieron gracias a nosotros.

Todo parecía muy lejos de Cwm Isaf. Dormíamos en una cámara con azulejos, lisas paredes revocadas y puertas con columnas. Comíamos en un salón de banquetes con capacidad para cien personas, aunque un día sí y otro también lo dejábamos vacío, pues preferíamos la intimidad de una estancia pequeña adyacente a las cocinas; nunca he podido soportar comer fría la comida que se debe tomar caliente. Si llovía, podíamos pasear por la arcada del patio sin mojarnos y en verano, cuando el sol quemaba en las baldosas, nos bañábamos en un estanque con una fuente en el patio interior. Nada de todo aquello era nuestro, claro está; el palacio y las extensas tierras que lo rodeaban eran honores reales que pertenecían al pequeño Mordred, de seis años.

Ceinwyn estaba acostumbrada al lujo, aunque no en tan gran variedad, pero la presencia constante de esclavos y sirvientes no la cohibía como a mí, y despachaba sus deberes con una eficiencia y una discreción que mantenían el palacio tranquilo y feliz. Ceinwyn mandaba a los sirvientes, supervisaba la cocina y repasaba las cuentas, pero yo sabía que echaba de menos Cwm Isaf y todavía, algunas noches, se sentaba con la rueca e hilaba lana mientras hablábamos.

Hablábamos de Mordred a menudo. Ambos teníamos la esperanza de que su fama de atravesado fuera una exageración, pero era en vano, pues si alguna vez existió un niño malo, Mordred lo fue. Desde el primer día en que llegó en una carreta de bueyes, procedente de la casa de Culhwch, cerca de Durnovaria, y descendió en nuestro patio, dio muestras de mal comportamiento. Llegué a odiarlo, que Dios me perdone. No era más que un niño y yo lo odiaba.

El rey, siempre pequeño para su edad y a pesar del pie malformado, era de constitución fuerte, musculoso y correoso. Tenía

el rostro redondo pero desfigurado por una curiosa nariz de patata que afeaba mucho al pobre pequeño; su cabello era rizado,
castaño oscuro, y le crecía en dos grandes porciones que sobresalían, una a cada lado de la raya del medio, de tal manera que
los demás niños de Lindinis dieron en llamarlo «cabeza de cepillo», aunque nunca delante de él. Tenía una mirada extrañamente madura, pues incluso a la tierna edad de seis años observaba
con recelo y suspicacia; sus ojos no llegaron a endulzarse con la
madurez de la edad adulta. Era inteligente, aunque se negaba
obstinadamente a aprender las letras. El bardo de la casa, un joven
entusiasta llamado Pyrlig, era el responsable de enseñar a Mordred a leer, a contar, a estampar su nombre, a tañer el arpa, a nombrar a los dioses y a recitar la genealogía de su real linaje, pero
Mordred enseguida le dio ciento y raya.

—¡No quiere hacer nada, señor! —se quejaba el pobre Pyrlig—.
Le doy pergamino y lo rompe, le doy pluma y la parte. Le pego
y me muerde, ¡mirad! —Me enseñó la fina muñeca con picadas
de pulga y la enrojecida e irritada señal de los regios dientes.

Destiné a Eachern, un lancero irlandés curtido y de baja
estatura, al aula de estudio con orden de mantener a raya al rey,
y no dio mal resultado. Con una sola azotaina, Eachern persuadió al niño de que había encontrado la horma de su zapato y,
malhumorado, se sometió a la disciplina pero siguió sin aprender nada. Al parecer, es posible conseguir que un niño no se mue-
va, pero no obligarlo a aprender. No obstante, Mordred trató de
intimidar a Eachern amenazándolo de vengarse de las palizas
que le daba cuando fuera rey, pero Eachern se limitó a darle otro
azote y le aseguró que él habría regresado a Irlanda cuando Mordred fuera mayor de edad.

—O sea, lord rey —le dijo Eachern, propinando al niño otro
soplamocos—, que si deseáis vengaros, tendréis que ir a Irlanda
con vuestro ejército y nosotros os demostraremos lo que es una
auténtica paliza de personas mayores.

Mordred no era sencillamente un niño travieso —habríamos podido lidiar con algo así– sino un malandrín redomado. Actuaba con la intención de hacer daño, de matar incluso. En una ocasión, cuando tenía diez años, encontramos cinco víboras en la oscura bodega donde guardábamos los barriles de hidromiel. Nadie sino Mordred las habría colocado allí, y sin duda lo hizo con la esperanza de que mordieran a un esclavo o a un sirviente. El frío de la bodega las había dejado adormiladas y pudimos matarlas sin dificultad, pero un mes más tarde, una sirvienta murió tras ingerir unos champiñones que resultaron ser setas no comestibles. Nadie sabía quién los había cambiado, pero todo el mundo pensó en Mordred. Era como si, según palabras de Ceinwyn, dentro de aquel belicoso cuerpecillo se ocultara una mente calculadora de adulto. Creo que a ella le gustaba tan poco como a mí, pero se esforzaba mucho por tratarlo con amabilidad y no soportaba las azotainas que todos le propinábamos.

–Empeoran su carácter –me advirtió en una ocasión.

–Eso me temo –confesé.

–Entonces, ¿por qué se le azota?

–Porque si se le trata amablemente –repliqué encogiéndome de hombros–, aun saca provecho.

Al principio, cuando Mordred acababa de llegar a Lindinis, me prometí a mí mismo no ponerle jamás la mano encima, pero tan noble intención desapareció a los pocos días y, al cumplirse el primer año, con sólo verle la fea y malcarada nariz de patata y la cabeza de cepillo, me entraban unos deseos irrefrenables de ponérmelo en las rodillas y azotarlo hasta hacerle sangrar.

La propia Ceinwyn llegó a castigarlo. Ella no quería, pero un día la oí gritar. Mordred había encontrado una aguja y comenzó a pinchar a Morwenna en la cabeza como si tal cosa. Acababa de ocurrírsele comprobar lo que sucedería si pinchaba al bebé en un ojo con la dichosa aguja cuando Ceinwyn llegó corriendo y comprendió el motivo de los gritos de su hija. Levantó a Mordred en el aire y le sacudió un bofetón tan contundente que el niño salió disparado hasta el centro de la habitación. A partir de entonces, nunca dejamos que nuestros hijos durmieran solos, siempre había un sirviente a su lado y Mordred añadió el nombre de Ceinwyn a su lista de enemigos.

–Es malo, simplemente –me decía Merlín–. Seguro que no has olvidado la noche en que nació.

–Ni un detalle –respondí, pues yo había estado presente, al contrario que Merlín.

–Dejaron que los cristianos asistieran al alumbramiento, ¿no es cierto? –me preguntó–. Y llamaron a Morgana cuando todo empezó a torcerse. ¿Qué precauciones tomaron los cristianos?

–Oraciones –dije con un encogimiento de hombros–. Me acuerdo también de un crucifijo. –Yo no había entrado en la cámara del parto, claro está, pues los hombres no entraban jamás, sino que vigilaba desde las almenas de Caer Cadarn.

–No es de extrañar que todo se torciera –comentó Merlín–. ¡Oraciones! ¿De qué sirven las oraciones contra un espíritu maligno? Hay que verter orina en el dintel de la puerta, colocar hierro en la cama y echar artemisa al fuego. –Sacudió la cabeza, apesadumbrado–. Un espíritu se apoderó del niño antes de que Morgana pudiera intervenir, por eso tiene el pie tan retorcido. Seguramente, el espíritu se agarraría al pie del niño cuando notó la llegada de Morgana.

–¿Y qué hay que hacer para sacarle el espíritu? –pregunté.

–Clavar una espada en su pervertido corazón –replicó con una sonrisa, y se reclinó en el respaldo de la silla.

–¡Os lo ruego, señor! –insistí–. ¿Qué hay que hacer?

–El viejo Balise decía que se podía intentar colocando al poseso en una cama entre dos vírgenes; todos desnudos, claro está. –Chasqueó la lengua–. Pobre Balise. Era un buen druida, pero la inmensa mayoría de sus hechizos requerían desnudar a jovencitas. La idea era que el espíritu preferiría alojarse en una virgen, ¿comprendes?, de modo que se le ofrecían dos niñas virginales para que no supiera por cuál decidirse; el truco consistía en sacarlos a todos de la cama en el preciso momento en que el espíritu salía del cuerpo del loco sin haber decidido todavía en qué virgen instalarse; en ese momento exacto, se sacaba de la cama a los tres y se arrojaba una tea encendida al colchón. Teóricamente, así se quemaba al espíritu, que se convertía en humo, pero a mí nunca me pareció un remedio sensato. Confieso que lo intenté en una ocasión. Traté de sanar a un pobre viejo demente, de nombre Malldyn, y lo único que conseguí fue un idiota tan loco como un cuco, dos niñas esclavas aterrorizadas y los tres ligeramente chamuscado. –Suspiró–. Enviamos a Malldyn a la isla de los Muertos, el mejor sitio para él. ¿No podrías enviar a Mordred allí?

La isla de los Muertos era el destierro donde confinábamos a locos de remate. Nimue había estado allí en una ocasión y yo había ido a rescatarla del horror.

–Arturo no lo consentiría jamás –dije.

–Supongo que no, claro. Voy a hacer un encantamiento, pero te advierto que tengo pocas esperanzas. –Merlín vivía con nosotros entonces. Era un anciano que iba consumiéndose poco a poco, o al menos eso nos parecía a todos, pues el fuego que había reducido el Tor a cenizas le había exprimido toda la energía y, con la energía, se habían evaporado también sus sueños de reunir los tesoros de Britania. Lo único que quedaba de él era un cascarón seco y cada vez más viejo. Pasaba horas sentado al sol y, en invierno, se acurrucaba junto al fuego. Conservaba la tonsura de druida pero ya no se trenzaba la barba, que crecía y crecía, blanca y desmesurada. Comía poco y siempre estaba dispuesto a hablar, aunque nunca de Dinas y Lavaine ni del horrible instante en que Cerdic le había cortado la trenza de la barba. Pensé que aquella violación sumada al rayo que cayó sobre el Tor le habían sorbido la vida, aunque aún alimentaba una pequeña chispa de esperanza. Estaba convencido de que la olla no se había quemado sino que había sido robada, y me lo demostró un día en el jardín de Lindinis, al poco de habernos instalado. Construyó una torre de juguete con leños, colocó una copa de oro en el centro y un puñado de yesca en la base y luego ordenó que le llevaran fuego de las cocinas.

Hasta Mordred se comportó aquella tarde. El fuego siempre embelesaba al rey, que se quedó mirando con los ojos muy abiertos la maqueta de la torre ardiendo a la luz del sol. Los leños apilados se derrumbaron sobre el centro y las llamas siguieron ardiendo; ya casi era de noche cuando Merlín fue a buscar un rastrillo de jardinero y peinó las cenizas. Rescató la copa de oro, que ya no parecía tal de tan retorcida y desfigurada como estaba, pero seguía siendo oro.

–Llegué al Tor a la mañana siguiente del incendio, Derfel –me dijo–, y busqué y rebusqué entre las cenizas. Levanté hasta el último resto de viga requemada con mis propias manos, pasé las cenizas por el tamiz, rastrillé lo que quedó y no encontré oro. Ni una gota. Se llevaron la olla e incendiaron la torre. Sospecho que robaron los tesoros al mismo tiempo, pues allí los tenía todos guardados, excepto el carro y el otro.

–¿Qué otro?

Por un momento, me dio la impresión de que no iba a contestar, pero después se encogió de hombros como si ya nada importara.

–La espada de Rhydderch. La conoces por el nombre de *Caledfwlch*. –Se refería a la espada de Arturo, Excalibur.

–¿Se la regalasteis a pesar de ser uno de los tesoros? –pregunté, atónito.

–¿Por qué no? Ha jurado devolvérmela cuando la necesite. No sabe que es la espada de Rhydderch, Derfel, y debes prometerme que no se lo dirás. Si lo descubre, cometerá cualquier estupidez, como fundirla para demostrar que no teme a los dioses. Arturo llega a ser muy obtuso en algunos momentos, pero es el mejor gobernante que tenemos, de modo que he decidido darle un poco más de poder secreto permitiéndole que use la espada de Rhydderch. Se mofaría si lo supiera, claro, pero un día, la hoja se convertirá en una llama y entonces no se lo tomará a risa.

Yo quería saber más sobre la espada, pero Merlín se negó a seguir hablando.

—Ahora no tiene importancia —dijo—, todo eso ha pasado ya. Los tesoros han desaparecido. Nimue irá a buscarlos, supongo, pero yo ya soy muy viejo, viejo en exceso.

Yo no podía soportar que dijera aquellas palabras. Después de todo el esfuerzo empleado en reunir los tesoros, parecía que los hubiera abandonado sin más. Hasta la olla mágica, por la que tanto penamos en la Senda Tenebrosa, parecía haber perdido todo interés.

—Si los tesoros existen todavía, señor —insistí—, pueden ser hallados. —Merlín sonrió con indulgencia.

—Serán hallados.

—En ese caso ¿por qué no los buscamos?

Suspiró como si la pregunta fuera una impertinencia.

—Porque están escondidos, Derfel, guardados en algún lugar con un encantamiento de invisibilidad. Lo sé, lo noto. Así que tenemos que esperar a que alguien intente hacer uso de la olla. Cuando tal cosa suceda lo sabremos pues sólo yo sé darle el uso debido, y si otra persona convocara sus poderes, desataría el horror por toda Britania. —Se encogió de hombros—. Esperemos el horror, Derfel, y entonces iremos hasta su mismo centro y allí encontraremos la olla.

—¿Entonces, quién creéis que la ha robado? —persistí.

—¿Los hombres de Lancelot? —preguntó, abriendo las manos en señal de ignorancia—. Para entregársela a Cerdic, seguramente. O tal vez hayan sido esos dos gemelos silurios. Creo que los subestimé, ¿verdad? Aunque eso ya no tiene importancia. Sólo el tiempo dirá quién va a quedarse con ella, Derfel, sólo el tiempo. Espera a que el horror se muestre y la encontraremos.

Parecía satisfecho con esperar y, mientras esperaba, contaba viejas historias y escuchaba las nuevas, aunque de vez en cuando se arrastraba hasta su habitación, que comunicaba con el patio exterior, y allí hacía algún conjuro, casi siempre en favor de Morwenna. Seguía adivinando el porvenir; generalmente extendía una capa de cenizas frías sobre las losas del patio y soltaba una culebra de agua, la cual pasaba dejando un rastro en ellas, que era lo que él leía; pero me di cuenta de que siempre hacía predicciones suaves y optimistas. No disfrutaba con la tarea. Aún conservaba cierto poder, no obstante, pues, cuando Morwenna contrajo unas fiebres, hizo un hechizo con lana y cáscaras de hayuco y luego le administró un brebaje de carcomas machacadas que le quitó la fiebre; sin embargo, cuando Mordred enfermaba, siempre inventaba encantamientos que lo empeoraran, aunque el rey nunca llegó a debilitarse hasta la muerte.

–Lo protege el demonio –me decía Merlín– y, en estos días, me faltan fuerzas para enfrentarme a un demonio joven.

Se quedaba recostado entre cojines y atraía a uno de sus gatos para que se posara en su regazo. Siempre le habían gustado los gatos, y en Lindinis abundaban. Merlín se encontraba a gusto en aquel lugar. Éramos amigos, tenía un gran apego a Ceinwyn y a nuestra creciente prole de niñas, y Gwlyddyn, Ralla y Caddwg, sus viejos sirvientes del Tor, le prodigaban toda clase de cuidados. Los hijos de Gwlyddyn y Ralla crecían junto a los nuestros, unidos todos contra Mordred. Cuando el rey cumplió doce años, la vieja Ceinwyn había dado a luz cinco veces. Las tres niñas sobrevivieron, pero los dos varones murieron al cabo de una semana de su nacimiento, y Ceinwyn culpaba de tan tempranas muertes al perverso espíritu de Mordred.

–No quiere que haya más varones aquí –decía apesadumbrada–, sólo niñas.

–Mordred se marchará enseguida –le prometí, pues ya contábamos los días que faltaban hasta su decimoquinto aniversario, momento en que sería proclamado rey.

También Arturo contaba los días, aunque con cierta aprensión, pues temía que Mordred destruyera cuanto él había construido. Durante aquellos años, Arturo acudía a Lindinis frecuentemente. De pronto oíamos cascos de caballo en el patio, abríamos las puertas de par en par y su voz resonaba por las grandes estancias medio vacías del palacio.

–¡Morwenna! ¡Seren! ¡Dian! –gritaba, y nuestras tres rubias hijas acudían presurosas, a pie o a gatas, a tirarse a sus grandes brazos; después les prodigaba regalos, como panales de miel, pequeños broches o conchas en forma de delicada espiral. Luego, arropado entre niñas, entraba en la estancia donde nos halláramos y nos daba las últimas nuevas: se había construido un puente, se había abierto un nuevo tribunal, había encontrado a un magistrado honrado, se había ejecutado a un bandido... o bien nos relataba alguna maravilla de la naturaleza, como que habían visto una serpiente marina en la costa, que había nacido una ternera con cinco patas o, como en una ocasión, nos habló de un juglar que tragaba fuego.

–¿Cómo se encuentra el rey? –preguntaba siempre al concluir sus relatos.

–El rey crece –respondía Ceinwyn invariablemente, sin entusiasmo, y Arturo no preguntaba más.

Nos contaba cosas de Ginebra, buenas siempre, aunque tanto Ceinwyn como yo sospechábamos que su entusiasmo ocultaba una extraña soledad. Nunca estaba solo, pero creo que no llegó a encontrar el alma gemela que tanto ansiaba. En otro tiempo, Ginebra mostraba igual pasión y entusiasmo que Arturo en las cosas del gobierno, pero poco a poco había ido derivando sus energías hacia el culto a Isis. Arturo, que jamás se enfervorizó por culto religioso alguno, fingía interés en la diosa, pero creo que en realidad opinaba que Ginebra perdía el tiempo buscando un poder inexistente, de la misma forma que nosotros habíamos perdido el tiempo en otra ocasión buscando la olla mágica.

Ginebra le dio un único hijo. Ceinwyn decía que, o bien dormían separados o bien Ginebra utilizaba alguna magia femenina para evitar el embarazo. En todos los pueblos, siempre había una mujer sabia que conocía el poder de las hierbas y las sustancias capaces de provocar un aborto o curar una enfermedad. Me consta que a Arturo le habría gustado tener más hijos, pues le complacían en gran medida los niños, y vivió algunos de sus momentos más felices con Gwydre en nuestro palacio. Arturo y su hijo disfrutaban sobremanera entre el salvaje grupo de mocosos desastrados y despeinados que correteaban por Lindinis sin recato, pero evitando siempre la nefasta y hosca presencia de Mordred. Gwydre jugaba con nuestras hijas, con los tres de Ralla y con las dos docenas de niños de los esclavos o siervos, que formaban ejércitos en miniatura y se batían en falsos combates; o colgaban mantos de guerra de las ramas de un peral bajo del jardín y lo convertían en una casa, donde imitaban las pasiones y la actividad del palacio de verdad. Mordred tenía compañeros propios, todos niños e hijos de esclavos, y ellos, como eran mayores, alborotaban más salvajemente. Nos llegaban rumores de que habían robado una guadaña de una cabaña, de que habían incendiado un pajar o un almiar, de que habían roto una criba o destrozado un seto recién colocado y, en años posteriores, también supimos que habían asaltado a la hija de algún pastor o campesino. Arturo escuchaba, se estremecía y se iba a hablar con el rey, pero nada cambiaba.

Ginebra apenas visitaba Lindinis, aunque mis deberes, que me hacían recorrer Dumnonia al servicio de Arturo, me llevaban con harta frecuencia al palacio de invierno y allí, una vez sí y otra también, veía a Ginebra. Me trataba con deferencia, pero en aquel tiempo todos nos tratábamos con deferencia, pues Arturo había inaugurado su gran banda de guerreros. Me habló de su idea por primera vez en Cwm Isaf, pero, durante los años que siguieron a la batalla de las afueras de Londres, convirtió en realidad su hermandad de lanceros.

Hasta el día de hoy, la mera mención de la Mesa Redonda hace chasquear la lengua a algunos ancianos, que se ríen de aquel intento de domesticar la rivalidad, la hostilidad y la ambición.

En realidad, «Mesa Redonda» no fue nunca su nombre propio sino una especie de sobrenombre. Arturo la llamaba la Hermandad de Britania, un nombre mucho más impresionante, pero nadie la llamó así jamás. Los pocos que recordaban aquella institución se referían a ella como «el juramento de la mesa redonda», y seguramente olvidaron que su fin era preservar la paz. Pobre Arturo; realmente confiaba en la hermandad, como si los besos pudieran proporcionar la paz y mil muertos pudieran seguir con vida hasta el día de hoy. Arturo intentó de veras cambiar el mundo, y su instrumento era el amor.

* * *

La Hermandad de Britania fue inaugurada oficialmente en el palacio de invierno de Durnovaria durante el verano que siguió a la muerte de Leodegan, padre de Ginebra y rey exiliado de Henis Wyren, a causa de la peste. Pero aquel mes de julio, cuando teníamos que reunirnos todos, la peste llegó a Durnovaria de nuevo y así, en el último momento, Arturo convocó la gran reunión en el palacio del mar, que ya estaba terminado y relumbraba en su loma sobre el arroyo. Lindinis habría sido un lugar más apropiado para las ceremonias inaugurales, pues el palacio era mucho más espacioso, pero Ginebra debió de poner todo su empeño en mostrar al mundo su nueva casa. Le complacía, sin duda, llenar sus salones civilizados y sus umbrías arcadas de guerreros rudos de largos cabellos y barbas enmarañadas. Parecía querer decirnos que vivíamos para defender esa belleza, aunque tomó las medidas necesarias para que pocos de nosotros durmiéramos en realidad dentro de la agrandada villa. Acampamos fuera, donde ciertamente nos hallábamos más a nuestras anchas.

Ceinwyn me acompañó. No estaba bien de salud, pues las ceremonias tuvieron lugar poco después del alumbramiento de su tercer hijo, un varón, que, tras un laborioso parto que la debilitó hasta la desesperación, desembocó en la muerte del recién nacido; pero Arturo le rogó que asistiera. Quería que estuvieran presentes todos los lores de Britania y, aunque no acudió ninguno en representación de Gwynedd, Elmet y los demás reinos del norte, fueron muchos los que hicieron un largo viaje y, al final, todos los grandes de Dumnonia hicieron acto de presencia. Acudieron Cuneglas de Powys, Meurig de Gwent, el príncipe Tristán de Kernow y, cómo no, Lancelot; todos esos reyes trajeron consigo a sus lores, a sus druidas, a sus obispos y lugartenientes, de modo que las tiendas y los refugios se extendieron en una amplia franja alrededor de la colina del palacio del mar. Mordred, que entonces contaba nueve años, acudió con nosotros y le fueron adjudicadas, contra la voluntad de Ginebra, unas habitaciones dentro del palacio junto con los demás reyes. Merlín se negó a asistir. Dijo que era muy viejo ya para semejantes tonterías. Galahad fue nombrado mariscal de la hermandad y, por tanto, presidía la reunión al lado de Arturo y, al igual que éste, creía devotamente en la idea.

Jamás se lo confesé a Arturo, pero todo aquello me resultaba ridículo. Su idea era que todos nos jurásemos paz y amistad, zanjásemos las enemistades y nos comprometiéramos unos con otros por medio de votos para evitar toda clase de enfrentamientos en el seno de la hermandad a partir de entonces; pero hasta los dioses parecieron burlarse de semejante ambición, pues el día de los actos más importantes amaneció helado y oscuro, aunque en realidad no llegó a llover, cosa que Arturo, ridículamente optimista con respecto a todo el proyecto, declaró de buen augurio.

No se llevaron espadas, lanzas ni escudos a la ceremonia, que tuvo lugar en el gran jardín que se extendía entre dos arcadas de reciente construcción que continuaban hasta el arroyo en un terraplén cubierto de hierba. Colgaban los pendones de los arcos, donde dos coros que cantaban solemnemente daban a las ceremonias la debida dignidad. En el extremo norte del jardín, cerca de una gran puerta arqueada que llevaba al palacio, habían preparado una mesa. Casualmente, era redonda, aunque tal forma no encerraba simbolismo alguno; simplemente, era la mesa más adecuada para sacar al jardín. No era de gran tamaño, como los brazos estirados de un hombre, tal vez, pero sí de una gran hermosura; romana, naturalmente, hecha de una piedra blanca y translúcida y tenía grabado un extraordinario caballo con grandes alas extendidas. Una de las alas estaba deteriorada por una resquebrajadura que corría de arriba abajo, pero la mesa no dejaba de ser un objeto impresionante, y el caballo alado, una maravilla. Sagramor dijo que jamás había visto un animal semejante en sus largos viajes, aunque aseguraba que existían los caballos alados en los misteriosos y remotos países de más allá de los océanos de arena. Sagramor había contraído matrimonio con su corpulenta sajona Malla y era ya padre de dos niños.

Las únicas espadas que asistieron a la ceremonia fueron las de los reyes y príncipes. La espada de Mordred estaba en la mesa y, cruzadas sobre ella, las de Lancelot, Meurig, Cuneglas, Galahad y Tristán. Uno a uno fuimos desfilando todos, reyes, príncipes, lugartenientes y lores, colocando una mano en el punto donde se tocaban las seis hojas y recitando el juramento de Arturo que nos unía en la amistad y en la paz. Ceinwyn había vestido a Mordred, que contaba nueve años, con nuevas ropas, le había cortado el pelo y lo había peinado con la intención de domeñar los erizados rizos que sobresalían como cepillos gemelos de su redondo cráneo, pero seguía componiendo una estampa poco atractiva cuando se acercó, cojeando con el retorcido pie izquierdo, a murmurar el juramento. Admito que el momento en que puse la mano sobre las seis espadas me pareció muy solemne; como la mayoría de los asistentes, tenía la intención de mantener la palabra que, naturalmente, sólo comprometía a hombres, pues a Arturo no le pareció asunto de mujeres a pesar del gran número de éstas que siguieron la larga ceremonia desde la terraza que se levantaba sobre la puerta arqueada. Y realmente fue larga. En principio, Arturo había pensado restringir el número de miembros de la hermandad a los guerreros que hubieran comprometido su espada por juramento en la lucha contra los sajones, pero al final lo amplió para admitir a todos los grandes que pudo atraer al palacio; cuando concluyeron los juramentos, lo pronunció él y, de pie en la terraza, nos dijo que la palabra que habíamos dado era tan sagrada como cualquier otro voto, que habíamos prometido mantener la paz en Britania y que si alguno de nosotros faltaba al juramento, todos los demás miembros tendrían la obligación de castigar al transgresor. Después, nos dio instrucciones para que nos abrazáramos unos a otros y luego, cómo no, empezó a correr la bebida.

La solemnidad de la jornada no concluyó cuando empezamos a beber. Arturo había tomado buena nota de quién evitaba abrazar a quién, y luego, grupo a grupo, esos espíritus recalcitrantes fueron convocados al gran salón del palacio, donde Arturo insistió en la necesidad de que se reconciliaran. El propio Arturo dio ejemplo siendo el primero en abrazar a Sansum, y luego Melwas, el destronado rey de los belgas al que Arturo había desterrado a Isca. Melwas se sometió, falto de bríos, al beso de la paz, y murió un mes después a causa de un desayuno de ostras en mal estado. El destino es inexorable, como solía decirnos Merlín.

Tales reconciliaciones en la intimidad retrasaron, como era de esperar, el comienzo del banquete que se serviría en el gran salón, donde Arturo reunía a los enemigos; así pues, tuvieron que llevar más hidromiel al jardín, donde los guerreros aguardaban aburridos haciendo apuestas sobre quién sería el próximo al que Arturo llamara para jurar la paz. Yo sabía que me llamaría, pues había rehuido a Lancelot a lo largo de toda la ceremonia; naturalmente, Hygwydd, el escudero de Arturo, me encontró e insistió en que me presentara en el gran salón donde, tal como temía, me aguardaban Lancelot y su corte. Arturo había convencido a Ceinwyn de que asistiera también y, para que la situación no le resultara tan violenta, rogó a Cuneglas que estuviera presente. Los tres permanecimos en un extremo del salón, Lancelot y sus hombres en el opuesto; Arturo, Ginebra y Galahad presidían desde el estrado donde se hallaba dispuesta la alta mesa para el gran festín. Arturo nos miró radiante.

—He reunido en esta sala —declaró— a algunos de mis amigos más queridos. El rey Cuneglas, el mejor aliado que cualquier hombre pueda desear en la guerra o en la paz, el rey Lancelot, a quien me debo por juramento como un hermano, lord Derfel Cadarn, el más valiente de mis valientes guerreros, y mi estimada princesa Ceinwyn. —Sonrió.

Me sentía tan ridículo como un espantapájaros en un campo de guisantes. Ceinwyn mantenía su gracioso porte, Cuneglas miraba las pinturas del techo, Lancelot tenía el ceño fruncido, Amhar y Loholt trataban de parecer hostiles y Dinas y Lavaine no mostraban sino un altanero desdén. Ginebra nos observaba atentamente y su sorprendente rostro no delataba nada, aunque sospecho que sentía el mismo desprecio que Dinas y Lavaine por la ceremonia inventada que tanto ilusionaba a su esposo. Arturo deseaba la paz fervientemente, sólo Galahad y él no parecían cohibidos por el ridículo.

En vista de que ninguno decía una palabra, Arturo abrió los brazos y bajó del estrado.

—Exijo —dijo— que la mala sangre que existe entre vosotros sea derramada de una vez por todas y olvidada para siempre.

Aguardó de nuevo. Yo arrastré los pies y Cuneglas se estiró los largos bigotes.

—Os lo ruego —insistió Arturo.

Ceinwyn se encogió de hombros ligeramente.

—Lamento —dijo— el daño que causé al rey Lancelot.

Arturo, entusiasmado porque el hielo empezara a derretirse, sonrió al rey de los belgas.

—¿Señor rey? —le invitó a responder—. ¿Vos la perdonáis?

Lancelot, que aquel día iba vestido de blanco de la cabeza a los pies, la miró fijamente y después inclinó la cabeza.

—¿Eso es perdón? —inquirí con un gruñido.

Lancelot se sonrojó pero logró mantenerse a la altura de las expectativas de Arturo.

–Nada tengo contra la princesa Ceinwyn –añadió rígidamente.

–¡Bien! –exclamó Arturo con entusiasmo renovado por las malhadadas palabras, y abrió los brazos otra vez para que ambos dieran un paso adelante–. Abrazaos –dijo–. ¡Tendremos la paz!

Se reunieron los dos a medio camino, se besaron en la mejilla y se separaron otra vez. Fue un gesto cálido como la noche estrellada que tuvimos que pasar velando la olla en las rocas en Llyn Cerrig Bach, pero satisfizo a Arturo.

–Derfel –dijo mirándome–, ¿no abrazas al rey?

Me preparé para el conflicto.

–Lo abrazaré, señor, cuando sus druidas retiren las amenazas que pesan sobre la princesa Ceinwyn.

Se hizo el silencio. Ginebra suspiró y golpeó el mosaico del estrado con el pie, el mosaico que había transportado desde Lindinis. Tenía un aspecto soberbio, como siempre. Llevaba una túnica negra, tal vez en reconocimiento de la solemnidad de la ocasión, recamada de medias lunas de plata. Se había recogido la roja melena en dos trenzas enroscadas alrededor de la cabeza, sujetas con dos prendedores de oro en forma de dragón. Llevaba al cuello el collar bárbaro de oro que Arturo le había regalado tras una antigua batalla contra los sajones de Aelle. En su día, me dijo que el collar le desagradaba, pero en ella lucía esplendorosamente. Aunque despreciara los acontecimientos del día, hacía todo lo posible por ayudar a su esposo.

–¿Qué amenazas? –me preguntó con frialdad.

–Ellos lo saben –dije, refiriéndome a los druidas gemelos.

–Nosotros no la hemos amenazado –protestó Lavaine secamente.

–Pero haces que las estrellas se desvanezcan –le acusé.

Dinas permitió que una sonrisa asomara a su rostro, bello y brutal.

–¿La pequeña estrella de papel, lord Derfel? –preguntó con fingida sorpresa–. ¿Os referís a ese insulto?

–Ésa fue vuestra amenaza.

–¡Mi señor! –apeló Dinas a Arturo–. No fue sino un truco de niños, sin trascendencia alguna.

Arturo dejó de mirarme e interpeló a los druidas.

–¿Lo juráis? –preguntó con tono apremiante.

–Por la vida de mi hermano –respondió Dinas.

–¿Y la barba de Merlín? ¿Todavía la tenéis?

Ginebra dejó escapar un suspiro como insinuando que me estaba comportando tozudamente. Galahad frunció el ceño. Fuera del palacio, las voces de los guerreros empezaban a elevarse y a abroncarse bajo el efecto del alcohol. Lavaine miró a Arturo.

–Es cierto, señor –dijo con cortesía–, que poseíamos un mechón de la barba de Merlín, pues le fue cortado por insultar al rey Cerdic. Pero, por mi vida, señor, lo quemamos.

–No luchamos contra los ancianos –gruñó Dinas, y luego miró a Ceinwyn–, ni contra las mujeres.

–Acércate, Derfel –me dijo Arturo con una alegre sonrisa–, abrazaos. Mi deseo es que haya paz entre mis amigos más amados.

Aún vacilé, pero tanto Ceinwyn como su hermano me instaron a que me adelantara y así, por segunda y última vez en mi vida, abracé a Lancelot. En aquella ocasión, en vez de susurrarnos insultos como había sucedido la primera vez que tuvimos que abrazarnos, no dijimos nada. Sólo nos besamos y nos separamos.

–Que haya paz entre vosotros –insistió Arturo.

–Lo juro, señor –respondí haciendo un esfuerzo.

–No tengo nada contra él –añadió Lancelot con idéntica frialdad.

Arturo hubo de conformarse con tan grosera reconciliación y soltó un enorme suspiro de alivio como si ya hubiera superado la parte más espinosa de la jornada; después nos abrazó a ambos y luego insistió en que Ginebra, Galahad, Ceinwyn y Cuneglas se acercaran e intercambiaran besos.

El mal trago había pasado. Las últimas víctimas de Arturo fueron su propia esposa y Mordred y, como no deseaba presenciar tal escena, me llevé a Ceinwyn de la sala. Su hermano se quedó, a petición de Arturo, de forma que salimos solos.

—Lo siento —le dije.

—Ha sido un mal trago inevitable —replicó con un encogimiento de hombros.

—Sigo sin fiarme de ese mamarracho —dije en tono vengativo.

—Tú, Derfel Cadarn —contestó con una sonrisa—, eres un gran guerrero, y él es Lancelot. ¿Acaso el lobo teme a la liebre?

—Teme a la serpiente —repliqué sombríamente. No me sentía con ánimos de encontrarme con mis amigos y contarles la reconciliación con Lancelot, de modo que me fui con Ceinwyn a recorrer las hermosas estancias del palacio del mar, con sus paredes de columnas, suelos decorados y pesadas lámparas de bronce que colgaban de gruesas cadenas de hierro fijadas a los techos, decorados con escenas de caza. A Ceinwyn, el palacio le pareció inconmensurablemente grande y frío, al mismo tiempo.

—Como los romanos —comentó.

—Como Ginebra —la contradije. Encontramos unas escaleras que descendían a las bulliciosas cocinas; allí había una puerta que salía a los huertos de atrás, donde la fruta y la verdura crecían en ordenados setos—. Me parece imposible —dije, una vez fuera, al aire libre— que la tal Hermandad de Britania sirva para algo.

—Servirá —dijo Ceinwyn— si sois muchos los que os tomáis el juramento en serio.

—Tal vez. —Me detuve en seco, avergonzado, porque justo delante de mí, enderezándose tras inspeccionar unas matas de perejil, estaba Gwenhwyvach, la hermana menor de Ginebra.

Ceinwyn la saludó con alegría. Se me había olvidado que

habían sido amigas durante los largos años de exilio de Ginebra y Gwenhwyvach en Powys y, después de besarse, Ceinwyn la llevó hacia mí. Pensé que tal vez me reprochara el no haber contraído matrimonio con ella, pero me pareció que no me guardaba rencor.

—Ahora soy la jardinera de mi hermana —me dijo.

—No puede ser, señora —respondí.

—El nombramiento no es oficial —contestó secamente—, como tampoco el de mayordoma superior ni el de guardiana de perros, pero alguien tiene que hacer esas funciones y, cuando mi padre murió, hizo prometer a Ginebra que cuidaría de mí.

—Sentí mucho lo de vuestro padre —dijo Ceinwyn.

—Empezó a perder más y más peso —comentó encogiéndose de hombros—, hasta que un buen día desapareció. —Gwenhwyvach, por el contrario, no había adelgazado, sino al contrario, estaba obesa, era una mujer gorda de cara colorada que, con el vestido manchado de barro y el sucio delantal blanco, más parecía una campesina que una princesa—. Vivo allí —dijo, indicando una edificación de madera relativamente grande que se levantaba a unos cien pasos del palacio—. Mi hermana espera que cumpla con mis tareas todos los días, pero cuando suena la campana de la noche debo retirarme de la vista. Comprended que nada mal parecido puede mancillar el palacio del mar.

—¡Señora! —protesté por el menosprecio de sí misma.

—Soy feliz —prosiguió sin entusiasmo, tras acallarme con un gesto—. Llevo a los perros a dar largos paseos y converso con la abejas.

—Ven a Lindinis —le pidió Ceinwyn.

—¡No me lo permitirían! —exclamó Gwenhwyvach con fingida alarma.

—¿Por qué no? —preguntó Ceinwyn—. Nos sobran estancias. Te lo ruego.

—Sé demasiado, Ceinwyn, por eso no podría —contestó con una sonrisa artera—. Sé quién viene y quién se queda y qué hacen aquí. –Ninguno de nosotros dos quería conocer los pormenores y por eso no dijimos nada, pero Gwenhwyvach necesitaba hablar. Debía de estar muy sola y Ceinwyn era una persona amable y querida del pasado. Gwenhwyvach arrojó súbitamente las hierbas que acababa de cortar y nos llevó con premura de vuelta al palacio–. Voy a enseñarte una cosa –dijo.

–Seguro que es mejor que no lo veamos –replicó Ceinwyn, temiendo la revelación de un misterio.

–Tú puedes verlo –le dijo–, pero Derfel no, o no debería, al menos. Los hombres no pueden entrar en el templo. –Nos llevó hasta una puerta que había al final de unos peldaños de ladrillo; se abría a una bodega que se extendía bajo el suelo del palacio sujetada por gruesos arcos de ladrillo romano–. Aquí se guarda el vino –nos explicó, para justificar las jarras y los pellejos colocados en las estanterías. Había dejado la puerta abierta para que la luz del día iluminara un poco la oscura y polvorienta maraña de arcos–. Por aquí –nos indicó, y desapareció entre los pilares de la derecha.

La seguimos despacio, adivinando el camino a tientas, cada vez con más cuidado a medida que nos alejábamos de la luz que llegaba por la entrada. Oímos a nuestra guía levantando una tranca y, de pronto, una ráfaga de aire frío nos envolvió al abrirse una puerta enorme.

–¿Eso es un templo de Isis? –le pregunté.

–¿Habías oído hablar de él? –preguntó Gwenhwyvach decepcionada.

–Ginebra me enseñó el que tenía en Durnovaria –dije–, hace muchos años.

–Éste no te lo enseñaría –replicó Gwenhwyvach, y apartó las gruesas cortinas negras que colgaban a pocas pulgadas de la puerta del templo para que Ceinwyn y yo contempláramos el interior de la capilla privada de Ginebra. Gwenhwyvach, por temor a la ira de su hermana, no me permitió traspasar el reducido vestíbulo que había entre la puerta y las gruesas colgaduras, pero hizo bajar a Ceinwyn los dos escalones que descendían hasta la alargada estancia. Tenía el suelo de piedra negra pulida, las paredes y el techo abovedado pintados con pez, un estrado de piedra negra con un trono de piedra negra y, tras el trono, otras cortinas negras. Sabía que frente a la baja tarima había un estanque poco profundo que se llenaba de agua durante las ceremonias de Isis. En realidad, el templo era casi exactamente igual al que Ginebra me había mostrado hacía tantos años, y muy semejante a la capilla desierta que habíamos descubierto en el palacio de Lindinis. La única diferencia, aparte del mayor tamaño y el techo más bajo que las dos anteriores, era que allí se permitía el paso de la luz, pues había un espacioso orificio en el techo abovedado exactamente encima del estanque.

–Ahí arriba hay una pared más alta que un hombre –musitó Gwenhwyvach, señalando el orificio–. Es para que la luz de la luna entre por la chimenea, pero nadie puede asomarse desde fuera. Ingenioso, ¿verdad?

La existencia de la chimenea de la luna parecía indicar que la bodega estaba situada bajo el jardín lateral del palacio, y así me lo confirmó Gwenhwyvach.

–Antes había una entrada aquí –dijo, señalando una línea quebrada de la negra pared que recorría el largo del templo a media altura–, para almacenar los víveres directamente en la bodega, pero Ginebra amplió el arco, ¿veis? Y lo cubrió todo con turba.

El templo no tenía nada excesivamente siniestro, más que la malévola negrura, pues no había ídolos, fuego para sacrificios ni altar. En el mejor de los casos, resultaba decepcionante porque el subterráneo abovedado carecía del esplendor de las salas de arriba. Tenía un aspecto chabacano, ligeramente sucio incluso. Pensé que los romanos habrían sabido convertir aquella estancia en un lugar digno de una diosa, pero Ginebra, a pesar de sus esfuerzos, sólo había conseguido transformar una bodega de ladrillo en una cueva negra, aunque el trono bajo, hecho de un solo bloque de piedra negra y que me pareció el mismo que había

visto en Durnovaria, era impresionante por sí solo. Gwenhwyvach dio la vuelta al trono, levantó la cortina negra e hizo pasar
a Ceinwyn al otro lado. Permanecieron un buen rato tras la cortina, pero cuando salimos de allí, Ceinwyn me dijo que no había
gran cosa que ver.

–No era más que una alcoba negra y pequeña –me dijo–
con una cama grande y muchas cagadas de ratón.

–¿Una cama? –pregunté intrigado.

–La cama de los sueños –replicó Ceinwyn con firmeza–,
como la que había a media altura en la torre de Merlín.

–¿Y eso es todo? –pregunté, intrigado todavía.

–Gwenhwyvach insinuó que la usaba para otros fines –añadió en tono reprobatorio–, pero no tiene pruebas y, finalmente, tuvo que admitir que su hermana dormía allí para recibir sueños. –Sonrió con tristeza–. Me da la impresión de que la pobre
Gwenhwyvach está tocada de la cabeza. Cree que Lancelot vendrá a buscarla algún día.

–¿De verdad? –pregunté atónito.

–Se ha enamorado de él, pobre mujer. –Habíamos intentado convencer a Gwenhwyvach de que acudiera a la fiesta del jardín principal con nosotros, pero se negó. Nos confesó que no
sería bien recibida y se alejó apresuradamente, mirando con temor
a diestra y siniestra–. Pobre Gwenhwyvach –repitió Ceinwyn,
y luego se rió–. ¡Qué característico de Ginebra! ¿Verdad?

–¿A qué te refieres?

–¡Adoptar una religión tan exótica! ¿Por qué no adora a los
dioses britanos, como los demás? ¡No, claro! Ella necesita otra
cosa, algo extraño y retorcido. –Suspiró y después me tomó del
brazo–. ¿Tenemos que quedarnos en la fiesta obligatoriamente?

Se sentía débil, aún no se había recuperado por completo
del último alumbramiento.

–Arturo lo comprenderá –dije.

–Pero Ginebra no –suspiró–, o sea que será mejor que me
sobreponga.

Habíamos ido paseando por el largo lado occidental del palacio y pasamos ante la alta empalizada de madera que rodeaba la chimenea del templo; en aquel momento llegamos al final de la arcada. Detuve a Ceinwyn antes de doblar la esquina y le rodeé los hombros.

–Ceinwyn de Powys –dije, contemplando su rostro admirable y hermoso–, te amo.

–Lo sé –dijo sonriendo, y se puso de puntillas para darme un beso. Después me llevó unos pasos más adelante y miramos el conjunto del jardín principal del palacio del mar.

–Ahí tienes –dijo riéndose– la Hermandad de Britania de Arturo.

El jardín era un torbellino de hombres ebrios. Habían tenido que esperar tanto tiempo para el festín que en aquel momento se abrazaban unos a otros rebuscadamente e intercambiaban rimbombantes promesas de amistad eterna. Algunos abrazos se transformaron en combates cuerpo a cuerpo y los hombres rodaban por los macizos de flores de Ginebra. Hacía tiempo que los coros habían renunciado a seguir cantando música solemne y algunas de las cantoras bebían con los guerreros. No todos estaban borrachos, claro está, pero los sobrios se habían retirado a la terraza para proteger a las mujeres, muchas de las cuales eran sirvientas de Ginebra; entre ellas se encontraba Lunette, mi primer amor de hacía tanto tiempo. Ginebra también, y desde allí observaba horrorizada el destrozo de su jardín, aunque en realidad ella era la culpable, pues había servido un hidromiel muy fuerte que había ordenado destilar para la ocasión, y al menos cincuenta hombres parrandeaban en los jardines. Algunos habían arrancado flores y las usaban a modo de espadas; al menos uno de ellos tenía sangre en la cara, mientras que otro trataba de arrancarse un diente suelto y mentaba con sucia lengua a la madre del miembro de la hermandad que le había partido la boca. Además, alguien había vomitado en la mesa redonda.

Acompañé a Ceinwyn al resguardo de los arcos en tanto la Hermandad de Britania maldecía, se peleaba y se embriagaba hasta el embotamiento.

Y así fue como comenzó la Hermandad de Britania de Arturo, aunque Igraine no lo crea, la hermandad que los ignorantes siguen denominando la Mesa Redonda.

* * *

Me gustaría afirmar que el nuevo espíritu de paz engendrado por el juramento de la Mesa Redonda fue responsable de la felicidad que se extendió por todo el reino, pero la mayoría del pueblo llano no llegó a tener noticia siquiera de la instauración de tal juramento. A nadie le importaba lo que hicieran sus señores siempre y cuando dejaran en paz a sus familias y tierras. Naturalmente, Arturo depositó una gran confianza en los votos. Como solía decir Ceinwyn, para ser un hombre que renegaba de los juramentos, era extraordinariamente proclive a pronunciarlos.

Pero al menos los votos fueron respetados durante aquellos años y Britania prosperó gracias a la paz. Aelle y Cerdic luchaban uno contra otro por la supremacía en Lloegyr, y su encarnizada rivalidad libró al resto de Britania de las lanzas sajonas. Los reyes irlandeses de la Britania occidental ponían sus armas a prueba constantemente contra los escudos britanos, pero se trataba de conflictos esporádicos y sin importancia, y casi todos disfrutamos de un largo período de tranquilidad. El consejo de Mordred, del cual yo formaba parte, pudo dedicarse a las leyes, los tributos y las disputas por la propiedad en vez de estar pendiente del enemigo.

Arturo presidía el consejo, aunque jamás ocupó el lugar presidencial de la mesa porque era el trono reservado al rey, que aguardaba vacante hasta que Mordred alcanzara la mayoría de edad. Merlín era el consejero oficial del rey, pero nunca se desplazaba a Durnovaria y hablaba poco en las contadas ocasiones en que el consejo se reunió en Lindinis. La mitad de los consejeros eran guerreros, aunque casi nunca acudían a las sesiones. Agravain aducía que los negocios le hastiaban y Sagramor prefería continuar manteniendo la paz en la frontera con los sajones. El consejo se completaba con dos bardos que conocían las leyes y las genealogías de Britania, dos magistrados, un comerciante y dos obispos cristianos. Uno de los ellos era un anciano meditabundo llamado Emrys, sucesor de Bedwin en el obispado de Durnovaria, el otro era Sansum.

Sansum, que había conspirado contra Arturo y, según la opinión de muchos, debería haber sido ejecutado por ello, logró no obstante librarse del castigo. No llegó a aprender a leer ni a escribir, pero era inteligente y desmesuradamente ambicioso. Procedía de Gwent, era hijo de un curtidor y había prosperado hasta convertirse en sacerdote de Tewdric, pero alcanzó su máxima influencia al casar a Arturo y Ginebra cuando huyeron de Caer Sws. En recompensa por tal servicio fue nombrado obispo de Dumnonia y capellán de Mordred, aunque perdió este último nombramiento tras la conspiración con Nabur y Melwas. A raíz de dicha conspiración, debía de haber quedado relegado al humilde cargo de guardián de la capilla del Santo Espino, pero Sansum no era capaz de conformarse con tan poca cosa. Posteriormente salvó a Lancelot de la humillación de ser rechazado por Mitra, hecho que le ganó la tácita amistad de Ginebra, pero ni su amistad con Lancelot ni su pacto con Ginebra habrían bastado para alzarlo al consejo de Dumnonia.

Alcanzó tal rango por medio del matrimonio, y la mujer a la que desposó fue la hermana mayor de Arturo, Morgana... la sacerdotisa de Merlín, la adepta de los misterios, Morgana la pagana. Con semejante alianza, Sansum se deshizo de las secuelas de su antigua desgracia y se elevó hasta la cumbre del poder de Dumnonia. Fue nombrado consejero y obispo de Lindinis y repuesto en el cargo de capellán de Mordred, aunque, afortunadamente, la repulsión que le inspiraba el joven rey lo mantenía alejado del palacio de Lindinis. Asumió la autoridad sobre todas las iglesias del norte de Dumnonia, de la misma forma que Emrys era la cabeza de las del sur. Para Sansum fue un matrimonio brillante, aunque a los demás no nos produjo sino asombro.

La boda se celebró en la iglesia del Santo Espino, en Ynys Wydryn. Arturo y Ginebra estaban en Lindinis y acudimos juntos a la capilla en aquella gran ocasión. La ceremonia empezó con el bautismo de Morgana en las aguas del lago Issa, rodeado de cañas. Había trocado su antigua máscara con la imagen de Cernunnos, el dios cornudo, por otra decorada con una cruz cristiana y, para señalar el júbilo de la ocasión, vistió túnica blanca en vez de la negra de costumbre. Arturo gritó de felicidad al ver a su hermana entrar cojeando en el lago, donde Sansum, con evidente ternura, la sujetó por la espalda mientras ella se sumergía en las aguas. Un coro cantaba aleluyas. Esperamos a que Morgana se secara y se pusiera otra túnica blanca; después se acercó renqueando al altar donde el obispo Emrys los unió en matrimonio.

Creo que no me habría asombrado más si Merlín hubiera abandonado a los dioses antiguos para abrazar la cruz. Claro está que para Sansum el triunfo fue doble, pues no sólo alcanzó ascendencia sobre el consejo real del reino sino que además, la conversión de la hermana de Arturo al cristianismo fue un duro golpe al paganismo. Algunos lo acusaron enconadamente de oportunismo, pero para hacerle justicia, creo que amaba a Morgana a su manera, calculadora sin duda, y ella ciertamente lo adoraba. Eran dos personas inteligentes unidas por el resentimiento. Sansum siempre se consideró acreedor de un lugar más elevado, mientras que Morgana, que había sido bella, albergaba un gran resentimiento por el incendio que había desfigurado su cuerpo y destrozado su rostro hasta el horror. También sentía rencor por Nimue, puesto que le había usurpado el lugar de suma sacerdotisa de Merlín, y, para vengarse, Morgana se convirtió en la más ardiente cristiana. Alababa a Cristo con la misma estridencia con que antes había servido a los dioses y, después del matrimonio, empeñó su formidable voluntad por entero en la campaña misionera de Sansum.

Merlín no asistió a la ceremonia, pero aun así, extrajo diversión del acontecimiento.

—Está sola —me dijo, al conocer la noticia—, y el señor de los ratones le hace compañía, al menos. No copularán, ¿verdad Derfel? ¡Dioses, si la pobre Morgana se desnuda delante de Sansum, seguro que el hombre vomita! Además, ése no sabe copular. Al menos con mujeres.

El matrimonio no suavizó a Morgana. Encontró en Sansum a un hombre deseoso de dejarse guiar por sus astutos consejos, un hombre cuyas ambiciones podía respaldar con todo el ardor de su energía, pero para el resto del mundo, siguió siendo la mujer más amargada y taimada, la que se ocultaba tras la imponente máscara de oro. Continuó viviendo en Ynys Wydryn, pero en vez de quedarse en el Tor de Merlín se trasladó a la casa del obispo, junto a la capilla, desde donde veía los restos requemados del Tor, el refugio de su enemiga Nimue.

Nimue, huérfana de Merlín, estaba convencida de que Morgana había robado los tesoros de Britania. Por lo que yo sabía, tal convicción se basaba únicamente en el odio que sentía hacia ella, pues la tenía por la mayor traidora de Britania. Al fin y al cabo, Morgana era la sacerdotisa pagana que había abandonado a los dioses para entregarse al cristianismo, y Nimue, siempre que la veía, escupía y le lanzaba maldiciones que Morgana le devolvía enérgicamente; maldiciones paganas contra condenas cristianas. Jamás se reconciliarían, aunque en una ocasión, a requerimiento de Nimue, tuve que interrogar a Morgana sobre la olla perdida. Fue al cabo de un año de su matrimonio y, aunque yo ya era lord entonces y uno de los hombres más ricos de Dumnonia, Morgana me intimidó como antaño. Durante mi infancia, ella era la temida, respetada e imponente autoridad que gobernaba el Tor con talante brusco y malhumorado y un bastón siempre dispuesto para imponer disciplina. Años después, cuando me encontré frente a ella, me causó idéntica inquietud.

Nos reunimos en uno de los edificios levantados por Sansum en Ynys Wydryn. El más espacioso era del tamaño de un salón de festejos y hacía las veces de escuela donde docenas de sacerdotes aprendían a ser misioneros. Dichos ministros empezaban a estudiar a los seis años, a los dieciséis se los nombraba hombres santos y se los enviaba por los caminos de Bretaña a convertir infieles. Muchas veces me encontré en mis viajes con esos hombres entregados. Caminaban en parejas, con sólo una pequeña bolsa y un vara, aunque a veces los acompañaban grupos de mujeres, que sentían una curiosa atracción hacia ellos. No tenían miedo. Siempre que me los encontraba, me provocaban para que negara a su dios, pero siempre les respondía amablemente que admitía la existencia de su dios pero que los nuestros también existían, y entonces me maldecían y sus mujeres aullaban insultos contra mí. En una ocasión en que dos de tales fanáticos asustaron a mis hijas, utilicé contra ellos el extremo inferior de la lanza, y confieso que los golpeé con fuerza, pues el balance de la discusión fue un cráneo roto y una muñeca desarticulada, ninguno de los cuales era mío. Arturo insistió en que debía ser juzgado para demostrar que hasta los más privilegiados dumnonios habían de someterse a la ley, y así, acudimos al tribunal de justicia de Lindinis, donde un magistrado cristiano me condenó a pagar una multa de la mitad de mi peso en plata.

–Tenían que haberte azotado. –Morgana conocía el incidente y me soltó su veredicto tan pronto como me recibió–. En público, hasta despellejarte.

–Creo que hasta para vos sería difícil ahora, señora –le dije con indiferencia.

–Dios me daría la energía necesaria –sonrió tras la nueva máscara de oro con la cruz cristiana. Estaba sentada a una mesa llena de pergaminos y tablillas de madera cubiertas de señales de tinta, pues no sólo dirigía la escuela de Sansum sino que además llevaba la contabilidad de los tesoros de todas las iglesias y monasterios del norte de Dumnonia, aunque de lo que más orgullosa se sentía era de la comunidad de mujeres santas que cantaban y rezaban en una casa aparte donde los hombres tenían prohibida la entrada. Las oía cantar con dulces voces mientras Morgana me miraba de arriba abajo. Evidentemente, no le gustaba lo que veía–. Si has venido a por más dinero –me espetó– no te lo daré hasta que pagues las deudas pendientes.

–Que yo sepa, no hay ninguna cuenta pendiente –repliqué sin inmutarme.

–No sabes lo que dices. –Cogió una tablilla de madera y leyó una lista inventada de préstamos impagados.

Dejé que concluyera y luego, suavemente, le dije que el consejo no precisaba dinero de la Iglesia.

–Y en caso de que así fuera –añadí–, no me cabe le menor duda de que vuestro esposo os lo habría comunicado.

–Como tampoco cabe la menor duda de que vosotros, los paganos del consejo, urdís cosas a espaldas del santo. –Dio un respingo despectivo–. ¿Cómo está mi hermano?

–Ocupado, señora.

–Y mucho, ya veo, como para venir a verme.

–Como vos para ir a verlo a él –repliqué sin amabilidad.

–¿Yo? ¿Ir a Durnovaria? ¿Y verle la cara a esa bruja de Ginebra? –Se santiguó, introdujo la mano en un cuenco de agua y volvió a santiguarse–. Antes bajaría al infierno a verle la cara al propio Satán que mirar a esa bruja de Isis. –A punto estuvo de escupir para evitar el mal, pero de pronto se acordó y repitió la señal de la cruz–. ¿Sabes qué clase de ceremonias exige Isis? –me preguntó en tono iracundo.

–No, señora.

–¡Indecencias, Derfel, indecencias! ¡Isis es la mujer escarlata! ¡La prostituta de Babilonia! Es la fe del diablo. Yacen juntos, el hombre y la mujer. –Se estremeció ante tan espantoso pensamiento–. ¡Indecencias!

—No se permite la entrada a los hombres en su templo, señora –argüí en defensa de Ginebra–, como tampoco en la casa de vuestras mujeres.

—Conque no ¿eh? –graznó Morgana–. Entran por la noche, insensato, y adoran a su sucia socia desnudos. Hombres y mujeres juntos, sudando como cerdos. ¿crees que no lo sé, yo, que fui tan gran pecadora? Crees saber más que yo de religiones paganas? Te lo aseguro, Derfel, se revuelcan juntos en su propio sudor, el hombre desnudo y la mujer desnuda. Isis y Osiris, mujer y hombre, y la mujer da vida al hombre, ¿en qué te crees que consiste tal cosa, insensato? Consiste en el sucio acto de la fornicación, ¡eso es! –Mojó los dedos en el cuenco de agua otra vez y se santiguó nuevamente; una gota de agua bendita quedó en su máscara de oro–. ¡Eres un crédulo ignorante, Derfel! –recalcó. No quise continuar la discusión. Las diferentes religiones siempre se insultaban de modo semejante. Muchos paganos acusaban a los cristianos de conductas parecidas cuando celebraban las llamadas «fiestas del amor», y muchos campesinos creían que los cristianos raptaban niños, los mataban y se los comían–. También Arturo es un insensato –gruñó Morgana– por confiar en Ginebra. –Me miró torvamente con su único ojo–. Entonces, ¿qué quieres de mí, Derfel, si no es dinero?

—Deseo saber, señora, qué sucedió la noche en que desapareció la olla mágica.

Se echó a reír; un eco de su antigua risa, el graznido cruel que siempre anunciaba conflictos en el Tor.

—Tú, miserable e imbécil, me haces perder el tiempo. –Con esas palabras se volvió a su mesa de trabajo. Aguardé a que hiciera unas cuantas marcas más en las tablillas de la contabilidad y unas anotaciones al margen de unos cuantos pergaminos fingiendo que yo no estaba–. ¿Sigues ahí, insensato? –preguntó al cabo de un rato.

—Sigo aquí, señora –respondí.

—¿Qué quieres saber? –preguntó volviéndose hacia mí–.

¿Te manda esa ramera insignificante y perversa de la colina?
–Señaló hacia el Tor.

–Me manda Merlín, señora –mentí–. Siente curiosidad por el pasado pero le falla la memoria.

–Pronto la perderá para siempre en el infierno –dijo en tono vengativo; luego, sopesó mi pregunta y por fin se encogió de hombros–. Voy a contarte lo que sucedió aquella noche, pero sólo te lo diré una vez y, cuando termine, no quiero que vuelvas a preguntarme jamás.

–Basta con una vez, señora.

Se levantó y se acercó cojeando a la ventana, desde la cual se veía el Tor.

–El Señor Todopoderoso –dijo–, el único Dios verdadero, Nuestro Padre, mandó fuego desde el cielo. Yo estaba allí, así que sé lo que pasó. Mandó el rayo, que cayó en la techumbre de paja y la incendió. Yo grité, pues tengo buenas razones para temer al fuego. Conozco el fuego, soy hija del fuego. El fuego echó mi vida a perder. Pero aquel fuego fue otra cosa. Era el fuego divino de la purificación, el que acabó para siempre con mi vida de pecado. El fuego se extendió del tejado a la torre y lo arrasó todo. Yo lo vi, y hasta habría muerto en el incendio si el bendito Sansum no hubiera acudido a rescatarme. –Se santiguó una vez más y me dio la espalda–. ¡Eso fue lo que sucedió, insensato! –concluyó.

De modo que Sansum estaba en el Tor aquella noche; ¡qué interesante! Sin embargo, no hice comentario alguno al respecto sino que repliqué amablemente.

–El fuego no pudo quemar la olla, señora. Merlín llegó al día siguiente, buscó entre las cenizas y no halló el oro.

–¡Insensato! –Morgana me escupió a través de la ranura de la boca que tenía la máscara–. ¿Te crees que el fuego de Dios quema como tus débiles llamas? La maldita olla era el orinal del diablo, la lacra más deleznable en esta tierra de Dios. Era el orinal donde se aliviaba el diablo, y Dios nuestro señor lo redujo a nada.

¡Lo vi con este ojo! –Señaló el lugar de la máscara por el que atisbaba su único ojo sano–. Vi cómo ardía, era un resplandor de caldera brillante, que chasqueaba y crujía en el corazón mismo del incendio, era la llama más ardorosa del infierno y oí a los demonios aullar de dolor cuando la olla se convirtió en humo. ¡Dios la abrasó! La abrasó y la mandó de vuelta a su sitio, ¡al infierno! –Hizo una pausa y me pareció que su rostro deformado, derretido por las llamas, se resquebrajaba al sonreír oculto tras la máscara–. Ha desaparecido, Derfel –añadió en voz más serena–, y ahora, desaparece tú también.

Me marché, salí del templo y subí al Tor, donde empujé la puerta de agua, medio abierta, que pendía inútilmente de un gozne de cuerda. La tierra iba tragándose las cenizas ennegrecidas de la fortaleza y de la torre y, alrededor, aún permanecían las doce sucias cabañas donde vivían Nimue y su pueblo. Eran los despreciados de nuestro mundo, los tullidos, los mendigos, las gentes sin hogar y las criaturas semidementes que sobrevivían gracias a la comida que Ceinwyn y yo les enviábamos desde Lindinis todas las semanas. Nimue decía que su pueblo hablaba con los dioses, pero lo único que oí de sus bocas fue cháchara sin sentido o tristes gemidos.

–Lo niega todo –comuniqué a Nimue.

–Naturalmente.

–Dice que su dios lo redujo a la nada.

–Su dios no es capaz de freír un huevo –replicó con voz rencorosa. En los años transcurridos desde la desaparición de la olla, Nimue se había deteriorado lamentablemente, mientras que Merlín se había sumido en la serenidad. Nimue estaba sucia, mugrienta y delgada y casi tan enloquecida como cuando la rescaté de la isla de los Muertos. A veces se estremecía o se le retorcía la cara en un millón de gestos descontrolados. Hacía tiempo que había vendido o despreciado el ojo de oro y no llevaba más que un parche de cuero sobre la cuenca vacía. Toda la belleza misteriosa que hubiera poseído antaño se ocultaba bajo la suciedad y los rasguños, perdida en la maraña de pelo negro, tan sucio y grasiento que hasta los campesinos que acudían a ella para que les predijera el futuro o los sanase retrocedían espantados por el tufo que despedía. Yo mismo, que estaba ligado a ella por un juramento y que en algún tiempo la había amado, soportaba su proximidad a duras penas.

—La olla mágica vive todavía —me dijo Nimue aquel día.

—Eso afirma Merlín.

—Y Merlín también vive, Derfel. —Me agarró el brazo con la mano de uñas mordidas—. Está esperando, nada más, ahorrando fuerzas.

Esperando el fuego de su pira funeraria, pensé, pero no dije nada.

Nimue se volvió en el sentido del sol hacia el horizonte.

—La olla mágica sigue ahí, Derfel, escondida en alguna parte. Y alguien pretende descubrir cómo usarla. —Se rió por lo bajo—. Cuando lo consiga, Derfel, la tierra se cubrirá de sangre, ya verás. —Me miró con el ojo sano—. ¡Sangre! —musitó entre dientes—. Tal día, la tierra vomitará sangre, Derfel, y Merlín cabalgará de nuevo.

Tal vez, pensé; pero en aquel momento lucía el sol y había paz en Dumnonia. Una paz conseguida por Arturo gracias a su espada, mantenida gracias a sus tribunales, aumentada gracias a sus carreteras y sellada gracias a su hermandad. Todo parecía tan lejos del mundo de la olla mágica y de los tesoros perdidos... pero Nimue aún creía en esa magia y, por ella, no expresé mi falta de fe; aquel día soleado en la Dumnonia de Arturo me pareció que Britania forjaba su camino para salir de la oscuridad a la luz, del caos al orden y de la barbarie a la ley. Todo debido a Arturo; tal era su Camelot.

Sin embargo, Nimue no se equivocaba. La olla mágica no se había perdido y tanto ella como Merlín aguardaban el horror que desataría.

Nuestra misión principal en aquellos días consistía en preparar a Mordred para el trono. Ya era nuestro rey, pues así había sido declarado en la cima de Caer Sws el día en que nació, pero Arturo decidió repetir la ceremonia cuando Mordred cumpliera la edad necesaria. Creo que Arturo tenía la esperanza de que una especie de poder místico invistiera a Mordred de responsabilidad y sabiduría durante la repetición de la ceremonia, pues ninguna otra cosa parecía susceptible de mejorar al muchacho. Lo intentamos, bien lo saben los dioses, pero el joven Mordred seguía siendo la misma criatura hosca, rencorosa y grosera de siempre. A Arturo no le gustaba, pero permanecía voluntariosamente ciego a las más graves faltas del chico, pues la única religión que consideraba verdaderamente sagrada era su fe en la divinidad de la monarquía. Llegaría el momento en que tendría que enfrentarse por fuerza con la verdad sobre Mordred, pero durante aquellos años, siempre que salía a colación en el consejo real el tema de la nula aptitud de Mordred, Arturo reaccionaba de idéntica forma. Estaba de acuerdo en que resultaba un niño poco atractivo, pero todos conocíamos casos de niños parecidos que se habían convertido en hombres hechos y derechos, y la solemnidad de la coronación y las responsabilidades del trono lograrían atemperarlo con toda seguridad.

–Yo tampoco fui un niño modelo –solía decir–, y no creo que haya resultado tan malo, finalmente. Tened fe en el muchacho. –Y siempre añadía con una sonrisa que Mordred contaría con la guía de un consejo sabio y experimentado.

–Pero es que nombrará a otro consejo –objetaba entonces alguno de nosotros, y Arturo dejaba el tema de lado con un ademán y nos repetía, risueño y despreocupado, que todo saldría bien.

Ginebra no compartía tales ilusiones. Ciertamente, en los años que siguieron al juramento de la Mesa Redonda, se obsesionó con el destino de Mordred. No asistía a las sesiones del consejo real, pues estaba vetado a las mujeres, pero cuando se hallaba en Durnovaria, sospecho que escuchaba tras la cortina de un arco que daba a la sala del consejo. La mayor parte de lo que allí se debatía debía de aburrirla, pues pasábamos horas discutiendo si reforzar un vado con nuevas piedras o emplear dinero en la construcción de un puente, si tal magistrado aceptaba sobornos o a quién se había de confiar la custodia de un heredero o heredera huérfanos. Esa clase de asuntos eran moneda corriente en las reuniones del consejo, y estoy seguro de que los encontraría tediosos, pero con qué avidez debía de escuchar cuando se trataba de Mordred.

Ginebra apenas conocía a Mordred pero lo odiaba. Lo odiaba porque era rey y Arturo no, y trató de convencer de su punto de vista a todos los consejeros reales, uno por uno. Conmigo, se mostró incluso agradable, pues sospecho que vio el fondo de mi espíritu y supo que estaba de acuerdo con ella, aunque en secreto. Tras la primera reunión que celebró el consejo tras la fundación de la Mesa Redonda, me tomó del brazo y me llevó a pasear por el claustro de Durnovaria, neblinoso por el humo de hierbas que se quemaban en grandes braseros para evitar el rebrote de la peste. Tal vez me afectase el humo embriagador, aunque me inclino a pensar que fue la proximidad de Ginebra lo que me provocó aquella especie de mareo. Se había perfumado con una esencia fuerte, su cabellera roja era espléndida y salvaje, su cuerpo delgado y recto y su rostro, perfecto y rebosante de ánimo. Expresé mis condolencias por la muerte de su padre.

–Pobre padre –dijo–. Sólo soñaba con regresar a su Henis

Wyren. –Hizo una pausa y me pregunté si habría censurado a Arturo por no haberse esforzado en expulsar a Diwrnach. No creo que Ginebra deseara volver a ver la accidentada costa de Henis Wyren, pero su padre siempre había deseado recuperar la tierra de sus antepasados–. No me has hablado de tu visita a Henis Wyren –me dijo en tono de reproche–. Tengo entendido que conociste a Diwrnach.

–Espero no volver a verlo en la vida, señora.

–A veces –dijo con un encogimiento de hombros–, para un rey, resulta ventajoso tener fama de salvaje. –Me preguntó en qué condiciones se hallaba Henis Wyren, pero me dio la impresión de que mis respuestas no le interesaban de verdad, como cuando me preguntó qué tal se encontraba Ceinwyn.

–Bien, señora –contesté–. Gracias.

–¿Está encinta de nuevo? –preguntó con cierta ironía.

–Eso creemos, señora.

–¡Sí que os mantenéis activos los dos, Derfel! –comentó en tono un tanto burlón. Su animadversión hacia Ceinwyn se había suavizado con el tiempo, aunque nunca llegaron a hacerse amigas. Ginebra cogió una hoja de un laurel que crecía en una vasija romana decorada con ninfas y la frotó entre los dedos.

–¿Y qué tal se encuentra nuestro señor el rey? –preguntó agriamente.

–Es un quebradero de cabeza, señora.

–¿Lo crees apto para el trono? –Típico de Ginebra, preguntas directas, brutales y sinceras.

–Nació para reinar, señora –dije a la defensiva–, y hemos jurado que así se cumplirá.

Se rió con desdén. Sus sandalias doradas golpearon las losas del suelo y la cadena de oro con perlas tintineó en su cuello.

–Hace muchos años, Derfel –dijo–, tú y yo hablamos de este tema y me dijiste que el hombre más apto para ser rey de Dumnonia era Arturo.

–Cierto –admití.

–¿Crees a Mordred más adecuado?

–No, señora.

–¿Entonces? –Se giró a mirarme. Pocas mujeres eran capaces de mirarme directamente a los ojos, pero Ginebra sí–. ¿Entonces? –insistió.

–Señora, me debo a un juramento, igual que vuestro esposo.

–¡Juramentos! –repitió indignada, y me soltó el brazo–. Arturo juró matar a Aelle y Aelle continúa con vida. Juró recuperar Henis Wyren y sin embargo, Diwrnach sigue reinando allí. ¡Juramentos! Los hombres os escondéis detrás de los juramentos como los sirvientes tras la estupidez, pero tan pronto como el juramento se convierte en un estorbo, lo echáis en el olvido. ¿Crees que no puedes olvidar la palabra dada a Uther?

–He dado mi palabra al príncipe Arturo –repliqué, sin olvidarme de dar a Arturo el título de príncipe delante de Ginebra–. ¿Deseáis que lo olvide? –le pregunté.

–Derfel, lo que quiero es que le hagas entrar en razón. A ti te escucha.

–Os escucha a vos, señora.

–No en lo relativo a Mordred. Tal vez en todo lo demás, pero en eso no. –Se estremeció, quizás al recordar el abrazo que tuvo que dar a Mordred en el palacio del mar; después arrugó la hoja de laurel con rabia y la tiró al suelo. Sabía que, inmediatamente, un criado la barrería. El palacio de invierno de Durnovaria siempre estaba limpísimo, mientras que en el nuestro de Lindinis había tantos chiquillos que era imposible mantener el orden, y el ala de Mordred era una pocilga–. Arturó –insistió Ginebra con cansancio– es el primogénito de Uther. Debería ser el rey.

Desde luego, pensé; pero había jurado colocar a Mordred en el trono y en el valle del Lugg habían muerto muchos hombres en defensa de tal juramento. A veces, y que Dios me perdone, deseaba que Mordred muriera y así se resolviera el problema, pero, a pesar de ser tullido y en contra de todos los malos augurios del día de su nacimiento, parecía gozar de una salud de hierro. Miré a Ginebra a los verdes ojos.

–Señora –le dije con precaución–, recuerdo que hace muchos años me hicisteis entrar por esas puertas –señalé un arco pequeño que llevaba fuera del claustro– y me mostrasteis vuestro templo de Isis.

–¿De verdad? –Se defendió como arrepintiéndose de un momento de intimidad. Aquel día lejano intentó ganarme como aliado para la misma causa que en aquel momento la impulsaba a tomarme del brazo y pasear conmigo por el claustro. Quería destruir a Mordred para que Arturo reinara.

–Me mostrasteis el trono de Isis –dije, procurando no revelar que había vuelto a verlo en el palacio del mar– y me dijisteis que Isis era la diosa que determinaba qué hombre había de ocupar el trono de un país. ¿Estoy en lo cierto?

–Sí, es una. de sus atribuciones –replicó sin darle mayor importancia.

–Pues rogad a la diosa, señora –le dije.

–¿Crees que no lo hago, Derfel? –inquirió–. ¿Crees que no he saturado sus oídos con mis plegarias? Quiero que Arturo sea rey, y que le suceda Gwydre, pero no se puede imponer a un hombre en el trono. Antes de que Isis me lo conceda, Arturo debe desearlo.

Me pareció una defensa débil. Si Isis no lograba hacer cambiar a Arturo de parecer, ¿cómo podía esperarse que lo lográramos los mortales? Lo habíamos intentado muchas veces pero Arturo se negaba a discutir el asunto, de la misma forma que Ginebra dio por concluida nuestra discusión tan pronto como comprendió que no me convencería de unirme a su campaña para sustituir a Mordred por Arturo.

Yo quería que Arturo fuera rey, pero sólo en una ocasión a lo largo de tantos años llegué más allá de sus meras evasivas y hablé seriamente con él sobre su derecho al trono; tal conversación no tuvo lugar hasta cinco años después del juramento de la Mesa Redonda, durante el verano anterior al año de la proclamación de Mordred, momento en que las murmuraciones hostiles se habían convertido en un grito ensordecedor. Sólo los cristianos estaban a favor de la aclamación de Mordred, y ni siquiera se mostraban entusiastas, pero se sabía que su madre había sido cristiana y que el niño había recibido el bautismo; tales argumentos bastaron para persuadir a los cristianos de que Mordred tal vez apoyara sus ambiciones. El resto de Dumnonia confiaba en que Arturo los libraría del pequeño, pero éste pasaba sus deseos por alto serenamente. Aquel verano era, según el cómputo solar que hemos adoptado, el cuatrocientos noventa y cinco después del nacimiento de Cristo, una estación maravillosa inundada de sol. Arturo se hallaba en el cenit de su gloria, Merlín tomaba el sol en nuestro jardín con mis tres hijas menores, que siempre le pedían más cuentos, y Ceinwyn era feliz. Ginebra se deleitaba en su encantador palacio del mar, con sus arcos y galerías y su oscuro templo oculto, Lancelot parecía satisfecho en su reino junto al mar, los sajones se enfrentaban unos con otros y Dumnonia vivía en paz. Recuerdo que, por otra parte, aquel verano fue tremendamente desgraciado.

Pues fue el verano de Tristán e Isolda.

* * *

Kernow es el reino salvaje que se agarra a la esquina occidental de Dumnonia como una zarpa. Los romanos llegaron allí pero pocos se asentaron en tan salvaje terreno y, cuando dejaron Britania, el pueblo de Kernow siguió viviendo su vida como si los invasores no hubieran pasado por allí. Labraban pequeños campos, pescaban en aguas procelosas y extraían el precioso estaño de la tierra. Decían que viajar a Kernow era como volver a la Britania de antes de la llegada de los romanos, aunque nunca visité aquellas tierras, ni Arturo tampoco.

El rey Mark ocupaba el trono de Kernow desde que yo tenía conciencia. Casi nunca nos importunaba, aunque de vez en cuando –generalmente cuando Dumnonia tenía algún conflicto con algún enemigo más poderoso del este– consideraba que algunas de nuestras tierras más occidentales le pertenecían; entonces se producía una breve refriega fronteriza y las naves bélicas de Kernow invadían y saqueaban nuestras costas. Siempre vencíamos, cómo no. Dumnonia era grande y Kernow pequeña y, concluido el conflicto, Mark enviaba emisarios para decir que todo había sido un malentendido. Durante una breve temporada, al principio de la era de Arturo, cuando Cadwy de Isca se rebeló contra el resto de Dumnonia, Mark llegó a apoderarse de una gran porción de tierra dumnonia adyacente a su frontera, pero Culhwch terminó con la rebelión y cuando Arturo envió la cabeza de Cadwy como presente para Mark, los lanceros de Kernow se retiraron silenciosamente a sus antiguas fortalezas.

No menudeaban tales escaramuzas, pues el rey Mark solventaba sus campañas más notables en el lecho. Era famoso por el número de esposas que había tenido pero, mientras que otros como él poseían varias al mismo tiempo, Mark las desposaba de una en una. Ellas morían con una regularidad apabullante, casi siempre, al parecer, al cabo de cuatro años justos de la celebración del matrimonio, efectuada por sus druidas; Mark siempre encontraba la forma de explicar tales muertes (unas fiebres, un accidente o un parto difícil), pero casi todos sospechábamos que era el aburrimiento del rey lo que alimentaba el fuego de las piras donde se incineraban los cuerpos de las reinas en Caer Dore, la fortaleza real. La séptima esposa que murió fue Ialle, sobrina de Arturo, y Mark envió un mensajero con un triste comunicado sobre setas venenosas y el apetito voraz de Ialle. Envió además una mula de carga con lingotes de estaño y unos raros huesos de ballena para evitar la posible ira de Arturo.

La muerte de las esposas, sin embargo, no parecía evitar que otras princesas osaran cruzar el mar para compartir el lecho con Mark. Tal vez fuera preferible ser reina en Kernow, aunque por breve tiempo, que aguardar en las estancias de las mujeres a que se presentara un pretendiente que tal vez no llegara nunca; además, las justificaciones de las muertes siempre eran plausibles. Se trataba de simples accidentes.

Tras la muerte de Ialle, no se produjo otro matrimonio hasta mucho después. Mark envejecía y se dio por supuesto que el rey había dejado de jugar al matrimonio, pero aquel delicioso verano del año anterior al ascenso de Mordred al trono, el viejo rey Mark tomó una nueva esposa. Tratábase de la hija de nuestro antiguo aliado Oengus Mac Airem, el rey irlandés de Demetia que nos sirvió la victoria en bandeja en el valle del Lugg, victoria por la cual Arturo le perdonó los millares de delitos que aún cometía en tierras de Cuneglas. Los temidos Escudos Negros de Oengus hacían incursiones continuamente en Powys y en lo que había sido Siluria y, a lo largo de aquellos años, Cuneglas se vio obligado a mantener costosas bandas de guerreros en la frontera occidental. Oengus siempre negaba toda responsabilidad en tales correrías aduciendo que sus jefes eran ingobernables y prometiendo segar algunas cabezas, pero ninguna cabeza rodó y, en tiempos de cosecha, los hambrientos Escudos Negros volvían a Powys. Arturo enviaba a algunos de nuestros lanceros jóvenes para que adquirieran experiencia en la batalla en esas guerras estivales, de tal forma entrenábamos a nuestros soldados bisoños y manteníamos en forma a los más veteranos. Cuneglas quería terminar con Demetia de una vez por todas, pero Arturo tenía a Oengus en cierta estima y lo justificaba con el argumento de que sus ataques valían la pena por la experiencia que proporcionaban a nuestros lanceros, y así sobrevivían los Escudos Negros.

El matrimonio del viejo rey Mark con la niña de Demetia era un pacto entre dos reinos pequeños que a nadie importunaba y, por otra parte, nadie creyó que el rey Mark se casara con la princesa a cambio de beneficios políticos. Lo hizo únicamente porque tenía un apetito insaciable de jóvenes de sangre real. Contaba ya casi sesenta años, su hijo Tristán cerca de cuarenta e Isolda, la nueva reina, sólo contaba quince.

El desastre comenzó cuando Culhwch nos envió un mensaje diciendo que Tristán había llegado a Isca con la jovencísima esposa de su padre. Culhwch había sido nombrado gobernador de la provincia occidental de Dumnonia tras la muerte de Melwas por envenenamiento con ostras, y en su mensaje decía que Tristán e Isolda habían huido del rey Mark. La llegada de los fugitivos parecía complacer a Culhwch, lejos de preocuparle, pues, al igual que yo, había luchado junto a Tristán en el valle del Lugg y en las afueras de Londres, y apreciaba al príncipe.

–Al menos esta esposa sobrevivirá –escribió su amanuense al consejo–, y lo merece. Les he dejado una vieja fortaleza y una guardia de lanceros. –El mensaje continuaba con la descripción de una incursión de piratas irlandeses de la otra orilla del mar y concluía con la petición de rebaja de los tributos, habitual en Culhwch, y la advertencia, también habitual, de que la cosecha prometía ser escasa. En resumen, se trataba de un despacho normal sin nada que pudiera despertar aprensión en el consejo, pues todos sabíamos que la cosecha sería abundante y que Culhwch se disponía a la disputa de siempre sobre los impuestos. En cuanto a Tristán e Isolda, nos tomamos la anécdota como cosa divertida y nadie vio ningún peligro en ella. Los escribanos de Arturo archivaron la carta y el consejo pasó a discutir la petición de Sansum, que consistía en levantar una gran iglesia para celebrar el quinto centenario del nacimiento de Cristo. Yo me opuse a tal requerimiento, el obispo Sansum golpeó la mesa y declaró a grandes voces que el templo era necesario para que el mundo no cayera en poder del diablo, y esa feliz discusión mantuvo al consejo ocupado hasta la comida del mediodía, que fue servida en el patio de palacio.

Dicha sesión fue celebrada en Durnovaria y, como de costumbre, Ginebra había acudido desde su palacio del mar a la ciudad durante el tiempo de las reuniones, y nos acompañó a la hora de la comida. Tomó asiento junto a Arturo y, como siempre, su proximidad le hacía resplandecer de felicidad. ¡Qué orgulloso se sentía de ella! Aunque el matrimonio le hubiera reportado algunos sinsabores, principalmente por el escaso número de hijos, resultaba evidente que seguía muy enamorado de ella. Cada vez que la miraba parecía proclamar su asombro por que una mujer semejante se hubiera casado con él, pero jamás se le ocurrió pensar que el trofeo era él mismo, que él era el buen gobernante y la buena persona. La adoraba y, aquel día, mientras comíamos fruta, pan y queso bajo el cálido sol, era muy fácil de entender. Ginebra podía ser ocurrente e hiriente, graciosa y sabia, y su aspecto físico seguía llamando la atención. Los años no parecían pasar por ella. Tenía la piel blanca como leche sin nata y alrededor de sus ojos no se veían las finas arrugas que habían aparecido en los de Ceinwyn; verdaderamente, habríase dicho que no había envejecido un momento desde aquel lejano día en que Arturo la vio por vez primera al otro extremo del atiborrado salón de Gorfyddyd. Y sin embargo, creo que cada vez que Arturo regresaba a casa tras algún viaje por el reino de Mordred, al verla de nuevo, sentía la misma felicidad desbordante que en la primera ocasión. Ginebra sabía mantenerlo hechizado, pues siempre, misteriosamente, se hallaba un paso por delante de él y lo hundía así en su pasión más y más. Supongo que era una receta amorosa.

Aquel día, Mordred estaba con nosotros. Arturo había insistido en que el rey comenzara a asistir a las sesiones del consejo antes de la proclamación y la consiguiente asunción de sus plenos poderes, y siempre animaba a Mordred a tomar parte en los debates; pero la única contribución del joven era sentarse y hurgarse las sucias uñas o bostezar a medida que se hablaba de los tediosos temas. Arturo tenía la esperanza de que se hiciera responsable asistiendo a las reuniones, pero yo me temía que el rey estaba aprendiendo sencillamente a evitar los detalles molestos de la tarea de gobernar. Aquel día se sentó, como era de rigor, en el centro de la mesa del comedor y no se molestó en fingir el menor interés por la historia del obispo Emrys sobre un manantial que había aparecido milagrosamente en un monte al bendecirlo un sacerdote.

–Y ese manantial, obispo –intervino Ginebra– ¿por azar se halla en los montes del norte de Dunum?

–¡Efectivamente, señora! –replicó Emrys, feliz de contar con más oyentes, aparte del insensible Mordred–. ¿Habíais tenido noticia del milagro?

–Mucho antes de la llegada de vuestro sacerdote –contestó Ginebra–. Obispo, ese manantial aparece y desaparece con las lluvias. Y si no recordáis mal, las últimas lluvias del invierno pasado fueron más abundantes de lo común. –Sonrió con expresión victoriosa. Seguía oponiéndose a la Iglesia, aunque calladamente.

–Se trata de un manantial nuevo –insistió Emrys–. Los campesinos del lugar aseguran que jamás lo habían visto antes. –Se dirigió a Mordred otra vez–. Deberíais visitarlo, lord rey. Es un verdadero milagro.

Mordred bostezó y se quedó mirando fijamente a las palomas de un tejado lejano. Tenía el manto salpicado de hidromiel y la reciente barba rizada llena de migas de pan.

–¿Hemos terminado la sesión? –preguntó en tono hosco.

–Ni mucho menos, lord rey –contestó Emrys con entusiasmo–. Aún hemos de tomar la decisión sobre la construcción de la iglesia y tenemos tres nombres propuestos para la magistratura. ¿Se hallan presentes los nombrados para ser interrogados? –preguntó a Arturo.

–Así es, obispo –confirmó Arturo.

–¡Todo un día de trabajo para nosotros! –exclamó Emrys, satisfecho.

–Para mí no –replicó Mordred–. Me voy de caza.

–Pero, lord rey... –protestó Emrys con escasa convicción.

–De caza –le interrumpió Mordred. Apartó el asiento de la mesa y se alejó cojeando por el patio.

Se hizo silencio entre los comensales. Todos sabíamos lo que pensaba cada cual pero nadie habló en voz alta, hasta que me decidí a decir algo favorable.

–Se cuida de sus armas –dije.

–Porque le gusta matar –replicó Ginebra fríamente.

–¡Cuánto me placería que al menos dijera algo de vez en cuando! –se lamentó Emrys–. ¡Sólo se sienta ahí, con la cabeza gacha, hurgándose las uñas!

–Al menos no se hurga la nariz –añadió Ginebra ácidamente, y levantó la mirada al entrar en el patio un desconocido; lo acompañaba Hygwydd, el escudero de Arturo, y lo anunció como Cyllan, el paladín de Kernow; ciertamente tenía aspecto de paladín de un rey, pues era un bruto enorme, de negros cabellos y poblada barba, con un hacha azul tatuada en la frente. Se inclinó ante Ginebra y sacó un espadón bárbaro que depositó en el suelo con la hoja apuntada hacia Arturo. Tal gesto significaba tensión entre ambos países.

–Tomad asiento, lord Cyllan. –Arturo le indicó el asiento vacío de Mordred–. ¿Gustáis un poco de queso o de vino? El pan es reciente.

Cyllan se quitó el yelmo de hierro, terminado en una feroz máscara de lince.

–Señor –anunció con voz de trueno–, vengo con una queja.

–Y con el estómago vacío, sin duda –le interrumpió Arturo–. ¡Sentaos! Darán de comer a vuestra escolta en las cocinas. ¡Y recoged la espada!

Cyllan se rindió a la falta de protocolo de Arturo. Partió una hogaza por la mitad y cortó un buen pedazo de queso.

–Tristán –explicó secamente cuando Arturo le preguntó el motivo de la queja. Cyllan habló con la boca medio llena de comida, detalle que hizo estremecer de repulsión a Ginebra–. El Edling ha huido a estas tierras, señor –prosiguió el paladín de Kernow–, llevando consigo a la reina. –Tomó un cuerno de vino y lo apuró de un trago–. El rey Mark desea que vuelvan.

Arturo no respondió, se limitó a tamborilear con los dedos en el borde de la mesa.

Cyllan siguió engullendo queso y pan y volvió a servirse vino.

–Ya es mal suficiente –prosiguió tras un eructo prodigioso– que el Edling haya... –hizo una pausa y miró a Ginebra de soslayo, luego corrigió la frase– ... esté con su madrastra.

Ginebra le interrumpió para pronunciar la palabra que Cyllan no se había atrevido a pronunciar en su presencia. El emisario asintió, enrojeció y prosiguió.

–No es cierto, señora. No es que haya copulado con su propia madrastra sino que ha robado a su padre la mitad del tesoro. Ha roto dos votos, señor. El de obediencia hacia su propio padre y el de respeto a su reina; y hemos sabido que se les ha dado asilo cerca de Isca.

–Tengo entendido que el príncipe se halla en Dumnonia –replicó Arturo sin entusiasmo.

–Y mi rey quiere que vuelva, quiere que vuelvan los dos. –Cyllan, una vez transmitido el mensaje, atacó al queso de nuevo.

El consejo reanudó la sesión y Cyllan se quedó estirando las piernas al sol. A los tres candidatos a la magistratura se les pidió que aguardaran y el controvertido tema de la iglesia de Sansum fue postergado para debatir la respuesta de Arturo al rey Mark.

–Tristán –dije– siempre ha sido amigo de nuestro país. Luchó con nosotros cuando nadie más lo hizo. Llevó hombres al valle del Lugg. Estuvo en Londres con nosotros. Merece nuestro apoyo.

–Ha roto juramentos hechos a un rey –adujo Arturo en tono preocupado.

–Juramentos paganos –dijo Sansum, como si tal argumento aliviara la falta de Tristán.

–Pero ha robado dinero –añadió el obispo Emrys.

–Dinero que pronto sería suyo por derecho –dije en defensa de mi viejo compañero de batallas.

–Y eso es precisamente lo que preocupa al rey Mark –añadió Arturo–. Ponte en su lugar, Derfel, ¿qué temerías más?

–¿La escasez de princesas? –dije. Arturo desaprobó mi ligereza frunciendo el ceño.

–Teme que Tristán vuelva a Kernow al frente de un grupo de lanceros. Teme la guerra civil. Teme que su hijo se haya cansado de esperar su muerte, y tiene razón al temerlo.

–Señor –dije–, Tristán nunca ha sido calculador. Actúa impulsivamente. Se ha enamorado tontamente de la esposa de su padre, no pretende robarle el trono.

–Todavía no –replicó Arturo como un mal presagio–, pero lo hará.

–Si damos refugio a Tristán, ¿qué hará el rey Mark? –inquirió Sansum astutamente.

–Incursiones –replicó Arturo–. Quemar algunas granjas, robar ganado. O enviar lanzas para llevarse a Tristán vivo. Sus naves podrían hacerlo. –Entre los reinos de Dumnonia, sólo los hombres de Kernow eran buenos navegantes, y los sajones, en sus primeras invasiones, aprendieron a temer las barcas alargadas de los lanceros de Mark–. Sería una irritación constante. Diez o doce campesinos y sus esposas muertos todos los meses. Habrá que destinar un centenar de lanceros a la frontera hasta que todo se arregle.

–Caro –comentó Sansum.

–Excesivamente caro –asintió Arturo con tristeza.

–El rey Mark debe recuperar su dinero a toda costa –insistió Emrys.

–Y a la reina, seguramente –dijo Cythryn, uno de los magistrados del consejo–. Me imagino que el orgullo del rey Mark no le permitirá dejar tal insulto sin venganza.

–¿Qué le sucederá a la niña si regresa? –preguntó Emrys.

–Eso –replicó Arturo con firmeza– es asunto que sólo concierne al rey Mark, y no a nosotros. –Se frotó la larga y huesuda cara con ambas manos–. Creo –añadió con cansancio– que debemos meditarlo. –Sonrió–. Hace mucho tiempo que no voy a esa parte del mundo. Tal vez sea el momento de volver. ¿Me acompañarías, Derfel? Eres amigo de Tristán, tal vez a ti te escuche.

–Es un placer, señor –dije.

El consejo acordó que Arturo mediara en el asunto; enviaron a Cyllan de vuelta a Kernow con un mensaje donde se describía lo que Arturo se disponía a hacer y luego, con doce de mis hombres, cabalgamos hacia el sudoeste al encuentro de los amantes errantes.

El viaje empezó con alegría, a pesar de la delicada empresa que nos aguardaba al final. Nueve años de paz habían aumentado la riqueza del país y, si el buen tiempo estival no cambiaba y a pesar de las negras predicciones de Culhwch, todo prometía una gran cosecha. Mucho complacieron a Arturo los campos bien cuidados y los nuevos silos. Lo saludaban a la entrada de todos los pueblos y villas, y siempre cálidamente. Los niños cantaban a coro ante él y depositaban regalos a sus pies: muñecas de trigo, cestos de frutas o pellejos de zorro. Él repartía oro a cambio, discutía de cuantos problemas hubiera en el lugar, conversaba con el magistrado residente y proseguía su camino. La única nota desagradable fue la hostilidad de los cristianos, pues en casi todos los pueblos había un pequeño grupo de ellos que insultaba a Arturo hasta que sus vecinos acallaban las voces o expulsaban a los responsables. Abundaban las iglesias nuevas, erigidas generalmente en los mismos lugares donde antes hubiera una fuente o pozo motivo de adoración pagana. Los templos eran producto de la actividad de los misioneros de Sansum y me pregunté por qué los paganos no emplearían a hombres semejantes que viajaran por los caminos predicando entre los campesinos. Las nuevas iglesias cristianas eran, efectivamente, pequeñas, simples chozas de paja y adobe con una cruz clavada en el hastial, pero proliferaban; los sacerdotes más iracundos maldecían a Arturo por ser pagano y detestaban a Ginebra por su adhesión a Isis. A Ginebra nunca le importó que la odiaran, pero a Arturo le disgustaban los rencores religiosos. En aquel viaje a Isca, detúvose numerosas veces a conversar con los cristianos que le escupían, pero sus palabras no hacían efecto. A los cristianos no les importaba que hubiera logrado la paz en el reino, ni que ellos mismos hubieran prosperado, sólo insistían en que Arturo era pagano.

–Son como los sajones –me comentó apesadumbrado, tras dejar atrás a otro grupo hostil–; no se quedarán tranquilos hasta que todo lo posean.

–En tal caso, deberíamos darles el mismo trato que a los sajones, señor –dije–. Enfrentarlos a unos con otros.

–Ya luchan unos contra otros –replicó Arturo–. ¿Entiendes esa discusión sobre pelagianismo?

–Ni siquiera lo intentaría –repliqué frívolamente, aunque en realidad, la discusión se encarnizaba de día en día; un bando de cristianos acusaba al otro de herejía y ambos mataban a sus oponentes–. ¿Vos lo entendéis?

–Eso creo. Pelagio se negó a creer en la maldad intrínseca del género humano, mientras que otros como Sansum y Emrys dicen que todos nacemos en pecado. –Se detuvo–. Sospecho –prosiguió al cabo– que si yo fuera cristiano sería pelagiano. –Pensé en Mordred y me pareció que sí, que el género humano podía ser intrínsecamente malo, pero no dije nada–. Yo creo en la humanidad –añadió Arturo– mucho más que en cualquier dios.

Escupí al borde del camino para espantar el mal que sus palabras pudieran atraer.

–A veces me pregunto –dije– si las cosas habrían sido diferentes de haber conservado Merlín la olla mágica.

–¿Aquel puchero viejo? –Arturo se rió–. ¡Hace años que ni me acuerdo de eso! –Sonrió al recordar los viejos tiempos–. Nada habría cambiado, Derfel –prosiguió–. A veces pienso que

Merlín se ha pasado la vida coleccionando tesoros y, en cuanto los tuvo todos, no le quedó nada por hacer. No se atrevió a poner su magia en funcionamiento porque sospechaba que no desencadenaría nada.

Miré de reojo la espada que le colgaba de la cadera, uno de los trece tesoros, pero nada comenté pues había prometido a Merlín no revelar a Arturo el verdadero poder de Excalibur.

–¿Pensáis acaso que Merlín incendió su propia torre? –le pregunté.

–A veces lo he sospechado –confesó.

–No –dije con firmeza–, él creía. Y a veces, me parece que se atreve a soñar que vivirá para encontrar otra vez los tesoros.

–Pues más vale que se apresure –dijo Arturo con aspereza– porque no creo que le quede mucho tiempo.

Pasamos aquella noche en el antiguo palacio del gobernador romano de Isca, donde vivía Culhwch. Lo hallamos sumido en la preocupación, no por causa de Tristán sino porque la ciudad estaba infestada de cristianos fanáticos. La misma semana anterior, un grupo de jóvenes cristianos había invadido los templos paganos de la ciudad, habían tirado al suelo las estatuas de los dioses y habían ensuciado las paredes con excrementos. Los lanceros de Culhwch detuvieron a unos cuantos profanadores y llenaron las mazmorras, pero estaba preocupado por el futuro.

–Si no reducimos ahora a esos rufianes –dijo–, irán a la guerra por su dios.

–Absurdo –dijo Arturo quitándole importancia. Culhwch negó con la cabeza.

–Quieren un rey cristiano, Arturo.

–El año que viene tendrán a Mordred –replicó.

–¿Es cristiano? –preguntó Culhwch.

–Si es que es algo –dije yo.

–Pero a él no lo quieren –replicó Culhwch sombríamente.

–Entonces, ¿a quién quieren? –preguntó Arturo, intrigado por los avisos de su primo.

–A Lancelot –dijo, tras vacilar un momento, y se encogió de hombros.

–¡Lancelot! –repitió Arturo jocosamente–. ¿Acaso no saben que mantiene abiertos sus templos paganos?

–No saben nada de él –contestó Culhwch–, pero tampoco les hace falta. Piensan en él como el pueblo pensaba en vos durante los últimos años de vida de Uther. Piensan que él los va a liberar.

–¿Liberarlos de qué? –pregunté socarronamente.

–De nosotros los paganos, claro –dijo Culhwch–. Insisten en que Lancelot es el rey cristiano que los llevará a los cielos. ¿Y sabéis por qué? Por el águila pescadora que lleva en el escudo. Tiene un pez entre las patas, ¿os acordáis? Y el pez es un símbolo cristiano. –Escupió asqueado–. No saben nada de él –repitió–, pero ven el pez y piensan que es una señal de su dios.

–¿Un pez? –Arturo no creía una palabra de todo lo que Culhwch le contaba.

–Un pez –insistió el primo de Arturo–. A lo mejor adoran a una trucha. ¿Cómo voy a saberlo yo? Adoran a un espíritu santo, a una virgen y a un carpintero, ¿por qué no a un pez, también? ¡Esos cristianos están locos!

–No están locos –dijo Arturo–, ansiosos, tal vez.

–¡Ansiosos! ¿Habéis asistido a alguna ceremonia suya últimamente? –preguntó Culhwch a su primo en tono desafiante.

–No, desde la boda de Morgana.

–Pues venid a verlo con vuestros propios ojos.

Era de noche y habíamos terminado de cenar, pero Culhwch insistió en que nos pusiéramos mantos oscuros y lo siguiéramos a la calle saliendo por una puerta lateral del palacio. Subimos por un callejón oscuro hasta el foro donde los cristianos tenían su capilla, en un antiguo templo romano antes dedicado a Apolo y convenientemente restregado y encalado para borrar el paganismo antes de dedicarlo al cristianismo. Entramos por la puerta occidental y encontramos un nicho oscuro

donde, imitando a la gran multitud de adoradores, nos arrodillamos.

Culhwch nos dijo que los cristianos acudían allí a orar todas
las noches y que cada noche, después del reparto de pan y vino
que el sacerdote hacía entre los fieles, se producía el mismo frenesí. El pan y el vino eran mágicos, el cuerpo y la sangre de su
dios, decían, y nos quedamos mirando mientras los cristianos se
agolpaban ante el altar para recibir aquellas migajas. Al menos
la mitad de los presentes eran mujeres y, tan pronto como hubieron recibido el pan que les daba el sacerdote, entraron en éxtasis. Ya había visto tan extraños fervores antes, pues las ceremonias paganas de Merlín solían terminar con mujeres gritando y
bailando alrededor de las hogueras del Tor, y las que en aquel
momento vi se comportaban de modo muy similar. Bailaban con
los ojos cerrados y levantaban las manos, moviéndolas sin parar
hacia el techo, donde el humo de las antorchas y del incienso formaba una niebla espesa. Algunas gritaban extrañas palabras, otras
entraban en trance y simplemente miraban con fijeza la estatua
de la madre de su dios; algunas se retorcían en el suelo, pero la
mayoría bailaban siguiendo el ritmo del canto de tres sacerdotes. Los hombres miraban sin más, aunque algunos se unieron
al baile y fueron los primeros en desnudarse el torso y, con unas
correas de nudos, se azotaron la espalda. Eso sí que me dejó perplejo, pues jamás había visto nada semejante, pero mi perplejidad pronto se convirtió en horror cuando las mujeres se unieron a los hombres y empezaron a gritar presas de un delirio
gozoso mientras las correas hacían saltar la sangre en sus pechos
y espaldas.

–¡Es una locura! –musitó Arturo, pues le pareció deleznable.

–Y va extendiéndose –añadió Culhwch sombríamente. Una
mujer se azotaba la espalda desnuda con una cadena oxidada y
sus frenéticos gritos retumbaban en la gran cámara de piedra
mientras espesos goterones de sangre iban salpicando el suelo.

–Y pasan así toda la noche –dijo Culhwch.

Los fieles habían ido acercándose poco a poco hasta rodear a los transidos que bailaban y nosotros tres quedamos aislados en nuestro nicho oscuro. Un sacerdote nos descubrió y se acercó rápidamente.

–¿Habéis comido el cuerpo de Cristo? –preguntó en tono de apremio.

–Hemos comido ganso asado –contestó Arturo cortésmente, poniéndose en pie.

El sacerdote nos miró con fijeza y, al reconocer a Culhwch, le escupió en la cara.

–¡Pagano! –gritó–. ¡Idólatra! ¿Te atreves a profanar el templo de Dios? –Golpeó a Culhwch, un grave error, pues éste respondió con un empujón que lo mandó lejos por el suelo, pero el altercado llamó la atención de algunos y una exclamación se elevó entre los que miraban a los bailarines que se flagelaban.

–Es el momento de marchar –dijo Arturo, y los tres nos escabullimos por el foro con elegancia y llegamos al puesto de guardia de los arcos del palacio, vigilado por lanceros de Culhwch. Los cristianos salieron en desbandada de su iglesia para perseguirnos, pero los lanceros se cerraron impasibles en una barrera de escudos y apuntaron las espadas, de modo que los cristianos desistieron de su empeño de asaltar el palacio.

–Aunque no ataquen esta noche –comentó Culhwch–, se vuelven más temerarios cada día.

Desde una ventana del palacio, Arturo contemplaba a los cristianos que protestaban.

–¿Qué quieren? –preguntó, confuso. Prefería una religión decorosa. Cuando iba a visitarnos a Lindinis siempre se unía a Ceinwyn y a mí en nuestras oraciones de la mañana; nos arrodillábamos en silencio ante nuestros dioses del hogar, les ofrecíamos pan y les rogábamos que nuestros deberes cotidianos se resolvieran bien, y ésa era la clase de adoración que Arturo prefería. Sencillamente, le desconcertaba lo que había visto en la iglesia de Isca.

–Creen –dijo Culhwch, tratando de explicar el fanatismo que habíamos presenciado– que su dios volverá al mundo dentro de cinco años, y creen que tienen el deber de preparar la tierra para su llegada. Sus sacerdotes les dicen que es necesario acabar con los paganos antes de que su dios regrese y predican que los dumnonios deben tener un rey cristiano.

–Tendrán a Mordred –dijo Arturo gravemente.

–En ese caso, más vale que cambiéis el dragón de su escudo por un pez –dijo Culhwch–, os aseguro que todo ese fervor empeora a diario. Habrá problemas.

–Los aplacaremos –respondió Arturo–. Les haremos saber que Mordred es cristiano y tal vez así se calmen. Quizá valga la pena construir esa iglesia que Sansum pide –añadió, dirigiéndose a mí.

–Si ha de servir para que no se amotinen, ¿por qué no? –dije.

A la mañana siguiente salimos de Isca escoltados por Culhwch y una docena de hombres, cruzamos el Exe por el puente romano y torcimos hacia el sur, hacia las tierras marítimas de las costas más extremas de Dumnonia. Arturo no hizo más comentarios sobre el frenesí de los cristianos, pero aquel día se mantuvo singularmente silencioso y me imaginé que la ceremonia que habíamos presenciado lo había afectado profundamente. Detestaba toda manifestación de frenesí pues hacía perder el sentido a hombres y mujeres, y debió de sentir temor por el daño que semejante locura podía infligir a la paz por él conseguida.

Pero, en aquellos momentos, el problema no eran los cristianos dumnonios sino Tristán. Culhwch había enviado un mensaje al príncipe advirtiéndole de nuestra llegada, y Tristán salió a nuestro encuentro. Cabalgaba solo y su caballo levantaba nubes de polvo al galopar en nuestra dirección. Nos saludó con alegría, pero la fría reserva de Arturo le enfrió el ánimo. Tal reserva no se debía a ningún rechazo innato que sintiera por el príncipe (al contrario, lo apreciaba), sino al hecho de que su misión no se reducía a actuar de mediador en la disputa sino que habría de juzgar a un viejo amigo.

—Está preocupado —le dije sin precisar más, procurando hacerle entender que la actitud de Arturo no presagiaba nada en su contra.

Yo llevaba el caballo por las riendas, pues, como de costumbre, me sentía más seguro a pie, y Tristán, tras saludar a Culhwch, bajó de la silla y continuó a pie, a mi lado. Le conté la salvaje escena del éxtasis de los cristianos y atribuí la frialdad de Arturo a la preocupación que le habían creado, pero Tristán no escuchaba. Estaba enamorado y, como todos los amantes, no sabía hablar sino de su amada.

—Una joya, Derfel —me dijo—. Eso es lo que es, ¡una joya irlandesa! —Andaba a mi lado a grandes zancadas, con un brazo sobre mis hombros y sus luengas barbas negras tintineando, pues intercalaba aros de guerrero en las trenzas. Tenía la barba más entrecana, pero seguía siendo atractivo, con una nariz huesuda y los vivos ojos negros encendidos de pasión—. Y se llama —dijo con aire soñador— Isolda.

—Lo sabíamos —contesté secamente.

—Una niña de Demetia —dijo—, hija de Oengus Mac Airem. Una princesa de los Uí Liatháin, amigo mío. —Pronunció el nombre de la tribu de Oengus Mac Airem como si estuviera forjado en oro puro—. Isolda —repitió—, de los Uí Liatháin. Tiene quince veranos y es bella como la noche.

Pensé en la ingobernable pasión de Arturo por Ginebra y en los propios deseos de mi espíritu por Ceinwyn, y me dolió el corazón por mi amigo. El amor lo había cegado, lo había barrido, lo había enloquecido. Tristán siempre había sido apasionado, dado a caer en el pozo de la desesperación o a elevarse de felicidad hasta las alturas, pero era la primera vez que lo veía poseído por los tempestuosos vientos del amor.

–Tu padre –le advertí con sumo cuidado– quiere que Isolda vuelva.

–Mi padre es viejo –dijo, despreciando todo obstáculo– y cuando muera, llevaré en barco a mi princesa de los Uí Liatháin hasta las verjas de hierro de Tintagel y le construiré un castillo con torres de plata que llegue hasta las estrellas. –Su propia extravagancia le hizo reír–. ¡Verás como te parecerá adorable, Derfel!

No dije nada más, le dejé seguir hablando. No tenía ganas de escuchar noticias de nosotros, no le importó que yo tuviera tres hijas ni que los sajones estuvieran a la defensiva; en su universo sólo había espacio para Isolda.

–¡Verás cuando la conozcas, Derfel! –repetía una y otra vez y, cuanto más nos acercábamos a su refugio, más se exaltaba, hasta que al final, incapaz de permanecer alejado de su Isolda un momento más, montó en su caballo y partió al galope delante de nosotros. Arturo me miró socarronamente y le sonreí.

–Está enamorado –le dije, como si fuera necesario explicarlo.

–Con lo que le gustan a su padre las jovencitas –añadió Arturo sombríamente.

–Vos y yo conocemos el amor, señor –le dije–, tratadlos con benevolencia.

El refugio de Tristán e Isolda era un hermoso palacio, quizás el más bonito que yo había visto. Las bajas colinas estaban regadas por innumerables arroyos y cubiertas de bosques densos, con ríos abundantes que se precipitaban hacia el mar y altos acantilados donde chillaban las aves. Era un rincón salvaje de gran belleza, muy apropiado para la pura locura del amor.

Y allí, en la pequeña fortaleza oscura, entre profundos bosques verdes, conocí a Isolda.

La recuerdo pequeña y morena, fantasiosa y frágil. Poco más que una niña, en realidad; aunque obligada a ser mujer por su matrimonio con Mark, pareciome una niña tímida, menuda, delgada, un jirón apenas de una madurez próxima; miraba fijamente a Tristán con enormes ojos oscuros hasta que éste insistió en que nos saludara. Se inclinó ante Arturo.

–No os inclinéis ante mí –le dijo Arturo, ayudándola a erguirse de nuevo–, pues sois reina. –E hincando él una rodilla en tierra, le besó la menuda mano.

Hablaba en murmullos, como una sombra. Tenía el pelo negro y, para parecer mayor, se lo había recogido en un gran moño en la coronilla y se había adornado con joyas, aunque las lucía con cierta torpeza; me recordó a Morwenna, cuando se disfrazaba con ropas de su madre. Nos miraba con temor. Creo que Isolda comprendió antes que Tristán que la incursión de hombres armados no era la visita de unos amigos sino la llegada de quienes habían de juzgarla.

Culhwch les había proporcionado refugio. Era una fortaleza de madera y paja de centeno, no muy grande pero bien construida, que había pertenecido a un caudillo partidario de la rebelión de Cadwy, motivo por el cual perdió la cabeza. La fortaleza, que tenía tres cabañas y un almacén, estaba rodeada por una empalizada y situada en una depresión boscosa del terreno, a resguardo de los vientos del mar, y allí, junto a seis fieles lanceros y un montón de tesoro robado, Tristán e Isolda pensaron convertir su amor en una gran canción.

Arturo hizo trizas su música.

–El tesoro –le dijo a Tristán aquella noche– debe volver a manos de vuestro padre.

–Pues que se lo quede –declaró Tristán–. Lo tomé sólo por no pediros caridad a vos, señor.

–Mientras estéis en esta tierra, lord príncipe –dijo Arturo gravemente– seréis nuestros invitados.

–¿Y por cuánto tiempo, señor? –preguntó Tristán.

Arturo miró hacia las oscuras vigas del techo con el ceño fruncido.

–¿Llueve? ¡Hacía mucho que no llovía!

Tristán repitió la pregunta y Arturo rehusó contestar nuevamente. Isolda tomó la mano de su príncipe y la sostuvo mientras Tristán recordaba a Arturo la batalla del valle del Lugg.

—Cuando todos os abandonaron, señor, yo acudí a vuestro lado —le dijo.

—Ciertamente, príncipe —admitió Arturo.

—Y cuando luchasteis contra Owain, señor, estuve a vuestro lado.

—Así fue.

—Y llevé los halcones de mis escudos a Londres.

—Es verdad, lord príncipe, y allí lucharon bravamente.

—Y di mi palabra en la Mesa Redonda —añadió Tristán. Ya nadie la llamaba la Hermandad de Britania.

—Cierto, señor —asintió Arturo con pesadez.

—Así pues, señor —suplicó Tristán—, ¿no merezco acaso vuestra ayuda?

—Merecéis mucho, lord príncipe, y todo lo tengo en cuenta. —Fue una respuesta evasiva, la única que Tristán recibiría aquella noche.

Dejamos a los amantes en la fortaleza y nos preparamos unas yacijas de paja en los pequeños almacenes. La lluvia cesó durante la noche y el día siguiente amaneció cálido y espléndido. Me desperté tarde y descubrí que Tristán e Isolda habían huido de la fortaleza.

—Si tienen dos dedos de frente —me dijo Culhwch con un gruñido— se habrán alejado cuanto hayan podido.

—¿Seguro?

—No tienen dos dedos de frente, Derfel, están enamorados. Creen que el mundo existe sólo para su conveniencia. —Culhwch caminaba cojeando ligeramente, consecuencia de la herida sufrida en la batalla contra Aelle—. Se han ido hacia el mar —me dijo—, a rezar a Manawydan.

Culhwch y yo seguimos a los amantes; salimos de la hondonada boscosa a una colina barrida por el viento que terminaba en un acantilado agreste donde sobrevolaban las gaviotas y el ancho océano rompía en blancas embestidas de espuma. Nos detuvimos en la cima del acantilado y miramos hacia abajo, donde, en una pequeña cala, descubrimos a Tristán e Isolda paseando por la arena. La noche anterior, contemplando a la tímida reina, no llegué a comprender en realidad qué era lo que había sumido a Tristán en la locura de amor, pero aquella mañana ventosa lo entendí.

Me quedé mirando y la niña echó a correr de pronto alejándose de Tristán, brincando, dándose media vuelta y riéndose de su amado, que caminaba despacio tras ella. Llevaba un amplio vestido blanco, su pelo negro volaba libremente al viento salado. Parecía un espíritu, una ninfa del agua como las que danzaban en Britania antes de la llegada de los romanos. Y entonces, acaso para hacer una broma a Tristán, o tal vez para llevar sus plegarias más cerca de Manawydan, el dios del mar, se arrojó de cabeza al agitado oleaje. Zambullose en las aguas y desapareció por completo, mientras Tristán permanecía consternado en la arena contemplando la demoledora masa blanca del agitado mar. Después, lustrosa como una nutria en la corriente, apareció su cabeza. Agitó la mano, nadó un poco y regresó a la playa con el vestido blanco pegado a su patético cuerpecillo delgado. No pude evitar la vista de sus pequeños y altos senos y sus largas y estilizadas piernas; Tristán la ocultó a nuestros ojos envolviéndola en las alas de su gran manto negro y allí, a la orilla del mar, la estrechó con fuerza y apoyó la mejilla en su pelo, empapado de agua salobre. Culhwch y yo nos retiramos y dejamos a los amantes solos en el viento marino que soplaba desde la fabulosa Lyonesse.

—No puede enviarlos allá —gruñó Culhwch.

—No puede —dije. Nos quedamos contemplando el movimiento del mar infinito.

—Entonces, ¿por qué no les quita un peso de encima? —preguntó Culhwch enfadado.

—No lo sé.

–Tenía que haberlos enviado a Brocielande –dijo Culhwch. Empezamos a caminar hacia el oeste, rodeando las colinas por encima de la cala, y el viento le levantaba la capa. El camino nos llevó a una gran altura desde donde avistamos un enorme puerto natural; el mar había invadido un valle fluvial y formaba una cadena de lagos marinos amplia y bien resguardada.

–Halcwm –dijo Culhwch que se llamaba el puerto–, y el humo procede de las minas de sal. –Señaló hacia un tenue color gris que rielaba en el lado más lejano de los lagos.

–Aquí tiene que haber marineros capaces de llevarlos a Brocielande –dije al ver al menos doce barcos anclados al abrigo del puerto.

–Tristán no lo aceptaría –contestó Culhwch sombríamente–. Se lo propuse, pero cree que Arturo es amigo suyo. Confía en él. No puede esperar a ser rey, pues dice que para entonces, todas las lanzas de Kernow estarán al servicio de Arturo.

–¿Por qué no mataría a su padre, simplemente? –pregunté con amargura.

–Por la misma razón por la que ninguno de nosotros mata a ese enano mal nacido de Mordred –replicó Cwlhwch–. Matar a un rey no es moco de pavo.

Aquella noche cenamos de nuevo en la fortaleza, y nuevamente presionó Tristán a Arturo para que le dijera cuánto tiempo podrían permanecer Isolda y él en Dumnonia, pero Arturo tampoco quiso responder en aquella ocasión.

–Mañana, lord príncipe –le prometió–, mañana lo decidiremos todo.

Pero a la mañana siguiente, dos grandes naves de altos mástiles e irregulares velas y con proas altas talladas en forma de cabeza de halcón entraron en los lagos salados de Halcwm. Los bancos de ambas naves estaban llenos de hombres que, al quedarse sin viento para las velas a causa del resguardo que la tierra proporcionaba, prepararon los remos e impulsaron las grandes naves negras hacia la playa. Veíanse a popa haces de picas en reposo mientras los remeros trabajaban con los pesados remos. A proa, las cabezas de halcón lucían ramas verdes, señal de que acudían en son paz.

No sabía quién arribaba en las dos naves, pero me imaginé que sería el rey Mark, que acababa de llegar de Kernow.

* * *

El rey Mark era un hombre muy corpulento que me recordaba a Uther cuando ya chocheaba. Tan obeso estaba que no podía subir las colinas de Halcwm sin ayuda, de modo que hubieron de transportarlo cuatro lanceros en una silla sujeta por dos fuertes palos. Acompañaban al rey cuarenta lanceros más y abría la marcha Cyllan, su paladín. Las inestables parihuelas se balanceaban colina arriba y ladera abajo, hasta llegar a la hondonada boscosa donde Tristán e Isolda creían haber encontrado refugio.

Isolda dejó escapar un grito al verlos y después, presa de pánico, echó a correr desesperada, huyendo de su esposo, pero en la empalizada no había más que una entrada y el enorme palanquín de Mark la cerraba por entero, de modo que volvió corriendo a la fortaleza donde estaba atrapado su amado. Las puertas de la fortaleza estaban guardadas por los hombres de Culhwch, que impidieron el paso a Cyllan y al resto de los lanceros de Mark. Isolda lloraba, Tristán gritaba y Arturo rogaba. El rey Mark ordenó que posaran las angarillas frente a la puerta de entrada y allí aguardó hasta que Arturo, pálido y tenso, salió y se arrodilló ante él.

El rey de Kernow tenía grandes mofletes y la cara surcada de capilares rotos, la barba rala y blanca, la respiración, superficial y ronca, y los ojos pegajosos de legañas. Indicó a Arturo que se levantara y se bajó como pudo de la silla; de pie sobre sus gordas e inseguras piernas siguió a Arturo hasta la choza más grande. Era un día cálido, pero Mark no se deshizo del manto de piel de foca con que se cubría como si aún tuviera frío. Entró en la choza apoyado en el brazo de Arturo; dentro habían dispuesto un par de asientos.

Culhwch, asqueado, se plantó a la entrada de la fortaleza con la espada desenvainada. Yo me quedé a su lado y, detrás de nosotros, la morena Isolda lloraba.

Arturo permaneció en la choza una hora entera, al cabo de la cual salió y nos miró a su primo y a mí. Exhaló una especie de suspiro y luego entró en la fortaleza pasando de largo entre nosotros. No oímos sus palabras pero sí el llanto de Isolda.

Culhwch fulminaba con la mirada a los lanceros de Kernow rogando que uno lo desafiara, pero nadie se movió. Cyllan, el paladín, permanecía inmóvil junto a la verja con una gran lanza de guerra y su enorme espadón.

Isolda gritó de nuevo y, de pronto, Arturo salió a la luz del sol y me asió del brazo.

–Ven, Derfel.

–¿Y yo, qué? –preguntó Culhwch en tono desafiante.

–Mantén la guardia –le dijo Arturo–, que nadie entre en la fortaleza. –Se alejó y le seguí los pasos.

No dijo nada mientras subíamos la colina que se levantaba frente a la fortaleza, ni cuando seguimos el sendero empinado, ni tampoco cuando llegamos a la alta cima del acantilado. El farallón del cabo se adentraba en el mar a nuestros pies, el agua rompía alta y ascendía hecha espuma para caer hacia levante con el viento incesante. El sol brillaba sobre nuestras cabezas, pero mar adentro cerníase un gran nubarrón y Arturo se quedó mirando la lluvia oscura que caía sobre las olas vacías. El viento hacía ondear su manto blanco.

–¿Conoces la leyenda de Excalibur? –me preguntó repentinamente.

Mejor que él, me dije, pero no pronuncié una palabra sobre los tesoros de Britania.

–Sé, señor –dije, aunque ignoraba el porqué de tal pregunta en semejante ocasión–, que Merlín la ganó en un concurso de sueños en Irlanda y que os la confió a vos en Las Piedras.

–Y me dijo que si alguna vez me encontraba en un apuro grave, lo único que tenía que hacer era desenvainarla, hundirla en tierra y Gofannon acudiría desde el otro mundo para ayudarme. ¿No es así?

–Sí, señor.

–Entonces, ¡Gofannon! –gritó al viento del mar al sacar la gran hoja–. ¡Ven! –Y con tal invocación hundió la hoja en tierra brutalmente.

Una gaviota gritó en el aire, el mar lamió la rocas al retirarse de nuevo a las profundidades y el viento salobre nos agitó los mantos, pero no acudió ningún dios.

–Que los dioses me ayuden –dijo Arturo por fin, con la mirada fija en la hoja temblorosa–. ¡Cuánto he deseado matar a ese monstruo seboso!

–¿Y por qué no lo habéis hecho? –pregunté con voz ronca.

No respondió inmediatamente, vi que las lágrimas le corrían por las hundidas mejillas.

–Les he ofrecido la muerte, Derfel –dijo–, rápida e indolora. –Se secó las mejillas con los puños y después, con una ira súbita, dio una patada a la espada–. ¡Dioses! –Escupió a la hoja oscilante–. ¿Qué dioses?

Saqué a Excalibur del suelo y limpié la tierra de la punta. No quiso volver a cogerla, de modo que la dejé respetuosamente sobre una peña gris.

–¿Qué les va a suceder, señor? –pregunté.

Se sentó en otra piedra. Permaneció un largo rato en silencio, contemplando la lluvia a lo lejos, en el mar, con las mejillas inundadas de lágrimas.

–He vivido, Derfel –dijo– según los juramentos que he hecho. No conozco otra forma, pero esos juramentos me contrarían, como tendría que suceder a todos los hombres, porque coartan el libre albedrío y, ¿quién de nosotros no quiere ser libre? Pero si los abandonamos, perdemos la guía y nos sumimos en el caos. Caemos, simplemente, y no somos mejores que las bestias. –De pronto, no pudo continuar, sólo lloraba.

Yo miraba la masa gris del mar. Me pregunté dónde nacerían y morirían aquellas olas tan grandes.

–Supongamos –dije– que ofrecer votos fuera un error.

–¿Un error? –Me miró de hito en hito y volvió perderse en el océano–. A veces –prosiguió sin entusiasmo– los juramentos no pueden cumplirse. No logré salvar el reino de Ban, aunque bien sabe Dios que lo intenté, pero no pudo ser. De modo que falté a mi palabra y pagaré por ello, mal que no fuera por voluntad propia. Aún tengo que matar a Aelle, y ese voto debo mantenerlo, no lo he roto aún sino que he retrasado su cumplimiento. Prometí rescatar Henis Wyren de manos de Diwrnach, y lo haré. Acaso tal compromiso fue un error, pero estoy obligado a llevarlo a cabo. Es decir, ahí tienes la respuesta. Aunque un juramento sea un error, tienes obligación de cumplirlo porque lo has jurado –Se secó las mejillas–. Es decir, sí, un día tengo que mandar mis lanzas contra Diwrnach.

–Ningún juramento os ata a Mark –dije con amargura.

–Ninguno, pero Tristán sí está comprometido, y también Isolda.

–¿Nos afectan a nosotros sus juramentos? –pregunté.

Miró la espada. El gris acero, cincelado con volutas intrincadas y cabezas de dragón de larga lengua, reflejaba las nubes lejanas, oscuras como la pizarra.

–Una espada y una piedra –dijo en voz baja, pensando tal vez en el momento en que Mordred se convirtiera en rey. De pronto se puso en pie dando la espalda a Excalibur y mirando tierra adentro, hacia las verdes colinas–. Supongamos –me dijo– que dos votos se contradicen. Supongamos que hubiera jurado luchar por ti y que hubiera jurado combatirte como enemigo, ¿qué juramento habría de cumplir?

–El que hubierais pronunciado primero –contesté, porque conocía la ley tan bien como él.

–¿Y si ambos se pronunciaron al mismo tiempo?

–En tal caso, tendríais que someteros al juicio del rey.

–¿Por qué del rey? –me confundía como si yo fuera un lancero novato aprendiendo las leyes de Dumnonia.

–Porque vuestro juramento al rey –repliqué obedientemente– está por encima de todos los demás juramentos, y vuestro deber primero es para con él.

–De modo que el rey –dijo con convicción– es el guardián de nuestros juramentos, y sin rey no queda más que una maraña confusa de votos contradictorios. Sin rey, sólo hay caos. Todos los juramentos llevan al rey, Derfel, todas nuestras obligaciones terminan en el rey y todas nuestras leyes son patrimonio del rey. Si desafiamos al rey, desafiamos el orden. Podemos luchar contra otros reyes e incluso matarlos, pero sólo cuando amenacen al nuestro y a su orden justo. El rey, Derfel, es la nación y nosotros pertenecemos al rey. Hagamos lo que hagamos, tú o yo, debemos hacerlo siempre en favor del rey.

Sabía que no hablaba de Mark y Tristán. Pensaba en Mordred, y por eso me atreví a decir en voz alta el pensamiento no pronunciado que tanto pesaba sobre Dumnonia desde hacía muchos años.

–Hay muchos, señor –comencé–, que opinan que el rey deberíais ser vos.

–¡No! –gritó al viento–. ¡No! –repitió más calmado, mirándome.

–¿Por qué no? –pregunté, mirando la espada que reposaba en la peña.

–Porque se lo juré a Uther.

–Mordred no es apto para el trono. Y vos lo sabéis, señor.

–Derfel –replicó mirando de nuevo al mar–, Mordred es nuestro rey, y eso es todo lo que tenemos que saber tú y yo. Tiene nuestra palabra. No podemos juzgarlo, él nos juzgará a nosotros; de modo que si tú o yo decidimos que el rey sea otro, ¿dónde quedaría el orden? Si un hombre se apodera injustamente del trono, cualquiera podría hacer lo mismo. Si lo tomara yo, ¿por qué no habría de disputármelo otro cualquiera? El orden desaparecería y nos hundiríamos en el caos.

–¿Creéis que a Mordred le interesa el orden? –pregunté con amargura.

–Creo que Mordred todavía no ha sido proclamado debidamente. Creo que tal vez cambie cuando asuma los grandes deberes. Más probable me parece que no llegue a cambiar, pero por encima de todo, Derfel, creo que es nuestro rey y que debemos soportarlo porque es nuestra obligación, nos guste o no. En todo este mundo, Derfel –dijo, recogiendo a Excalibur de pronto y señalando el vasto horizonte con un amplio movimiento de la hoja–, en este mundo sólo hay un orden seguro: el orden del rey. No el de los dioses, que se han marchado de Britania. Merlín creyó que podría hacerlos regresar, pero fíjate cómo está Merlín ahora. Sansum nos dice que su dios tiene poder y tal vez sea cierto, pero para mí no. Yo sólo veo reyes, y en los reyes se concentran nuestros juramentos y nuestros deberes. Sin ellos, seríamos fieras salvajes en liza por un territorio. –Envainó a Excalibur con determinación–. Tengo que apoyar a los reyes porque sin ellos sólo habría caos, y por eso he dicho a Tristán e Isolda que deben someterse a juicio.

–¡A juicio! –exclamé, y escupí en la tierra.

–Se les acusa de robo –replicó Arturo fulminándome con la mirada–. Se les acusa de quebrantar juramentos, se les acusa de fornicación. –Al decir la última palabra se le torció la boca y tuvo que darme la espalda para escupir al mar.

–¡Están enamorados! –protesté y, como no dijo nada, lo ataqué más directamente–. ¿Y vos, Arturo ap Uther, tuvisteis que someteros a juicio cuando faltasteis a un juramento? Y no me refiero al de Ban sino a la palabra que disteis cuando os comprometisteis con Ceinwyn. ¡Rompisteis un compromiso y nadie os llevó ante el tribunal!

Se volvió iracundo hacia mí y, durante unos instantes, creí que iba a desenvainar a Excalibur otra vez para acometerme, pero se estremeció y permaneció inmóvil. Las lágrimas le brillaban en los ojos de nuevo. Tardó largo en rato volver a hablar y, por fin, hizo un gesto de asentimiento con la cabeza.

—Falté a aquel juramento, cierto, Derfel. ¿Crees que no lo he lamentado?

—¿Y no vais a permitir que Tristán falte a otro?

—¡Es un ladrón! —replicó furioso—. ¿Crees que podemos arriesgarnos a padecer años de ataques en la frontera por culpa de un ladrón que fornica con su madrastra? ¿Serías capaz de ir a hablar con las familias de los campesinos muertos en la frontera y justificar su muerte en nombre del amor de Tristán? ¿Crees que las mujeres y los niños deben morir porque un príncipe esté enamorado? ¿A eso llamas justicia?

—Creo que Tristán es amigo nuestro —contesté, y como no me dijo nada, escupí a sus pies—. ¿Mandasteis recado a Mark, no es así? —le acusé.

—Sí. Le mandé un mensajero desde Isca.

—¡Tristán es amigo nuestro! —le reproché a gritos. Arturo cerró los ojos.

—Ha robado a un rey —insistió con tozudez—. Le ha robado oro, esposa y honor. Ha quebrado votos. Su padre quiere justicia y yo he jurado cumplir con la justicia.

—Pero es amigo vuestro —insistí—, ¡y mío!

Abrió los ojos y me miró.

—Derfel, un rey acude a mí pidiendo justicia. ¿Debo negársela a Mark porque sea viejo, gordo y feo? ¿Por ventura la juventud y la belleza merecen una justicia pervertida? ¿Por qué he luchado durante todos estos años, sino para asegurar que la justicia sea igual para todos? —Estaba suplicándome en aquellos momentos—. Cuando veníamos hacia aquí y pasamos por todos los pueblos y villas, ¿la gente huía al ver nuestras espadas? ¡No! ¿Y por qué? Porque saben que en el reino de Mordred hay justicia. Y ahora, sólo porque un hombre yace con la esposa de su padre ¿quieres que eche a perder toda la justicia como si fuera una carga inconveniente?

—Sí –dije–, porque se trata de un amigo y porque si lo obligáis a someterse a juicio lo declararán culpable. No tiene la menor oportunidad de salvarse –argüí con amargura– porque Mark es el único testigo con derecho.

Arturo sonrió tristemente al reconocer los hechos que yo quería que recordara. Me refería a nuestro primer encuentro verdadero con Tristán, un encuentro relacionado también con asuntos legales, una injusticia flagrante que en aquel caso estuvo a punto de perpetrarse porque el acusado era un testigo con derecho. Según nuestra ley, el testimonio de un testigo con derecho era incontrovertible. Aunque mil personas juraran lo contrario, sus testimonios carecían de valor ante la palabra de un lord, un druida, un sacerdote, un padre refiriéndose a sus hijos, alguien que hubiera hecho un regalo y hablara del regalo, una doncella con respecto a su virginidad, un pastor con respecto a sus rebaños o un condenado que pronunciara sus últimas palabras. Y Mark era lord, un rey; su palabra estaba por encima de la de príncipes y reinas. Ningún tribunal de Britania escucharía a Tristán e Isolda, y Arturo lo sabía. Pero Arturo había jurado defender la ley.

Sin embargo, en aquel lejano día en que Owain estuvo a punto de pervertir la justicia por usar su privilegio de testigo con derecho para mentir, Arturo apeló al tribunal de espadas. El propio Arturo luchó por Tristán contra Owain, y ganó.

—Tristán –le dije podría apelar al tribunal de espadas.

—Eso es un privilegio –dijo Arturo.

—Y yo soy su amigo –repliqué fríamente–, puedo luchar por él.

Arturo me miró de hito en hito como si acabara de descubrir la hondura de mi hostilidad.

—¿Tú, Derfel?

—Lucharé por Tristán —repetí fríamente— porque es amigo mío. Como lo fuisteis vos en otro tiempo.

—Puedes hacer uso de tal privilegio —comentó por fin, tras unos segundos—, pero yo he cumplido con mi deber. —Se alejó unos pasos y lo seguí a diez de distancia; cuando él se detenía me detenía yo también y cuando se giraba a mirarme yo volvía la cabeza a otro lado. Iba a luchar por un amigo.

* * *

Arturo ordenó secamente a los lanceros de Culhwch que escoltaran a Tristán e Isolda a Isca; decretó que el juicio se celebraría allí. El rey Mark podía presentar un juez y los dumnonios otro.

El rey Mark estaba sentado en su asiento sin decir palabra. Había discutido para que el juicio se celebrara en Kernow pero debió de comprender que en realidad no importaba. Tristán no se presentaría a juicio porque jamás podría ganarlo, de modo que sólo podría recurrir a la espada.

El príncipe llegó a la puerta de la sala y miró a su padre a la cara. Mark le devolvió una mirada inexpresiva, Tristán estaba pálido y Arturo se hallaba entre los dos, con la cabeza gacha para no tener que mirar a ninguno de ellos.

Tristán no llevaba armadura ni escudo. Se había recogido el negro cabello, lleno de aros de guerrero, con una tira de tela blanca, arrancada del vestido de Isolda, seguramente. Vestía camisa, calzas y botas, con la espada ceñida a un lado. Se acercó a su padre y se detuvo a medio camino. Desenvainó, lo miró a los ojos implacables y clavó la hoja con fuerza en el suelo.

—Me someto al tribunal de espadas —declaró.

Mark se encogió de hombros y, al letárgico gesto de su mano, Cyllan se adelantó. Evidentemente, Tristán conocía la pericia del paladín, sin duda, pues se puso nervioso tan pronto como el hombretón, de barbas crecidas hasta la cintura, se despojó del manto. Cyllan se retiró el pelo del hacha tatuada y se colocó el yelmo de hierro. Luego se escupió en las manos, se frotó las palmas con la saliva y avanzó lentamente hasta la espada de Tristán, la cual tiró al suelo de un golpe. Tal gesto significaba que aceptaba el combate.

Desenvainé a *Hywelbane*.

–Yo lucharé por Tristán –dijo Culhwch. Se acercó y se situó a mi lado–. Tú tienes hijas, insensato –musitó.

–Y tú también.

–Pero yo me cargo a este sapo barbudo antes que tú, sajón, que eres un saco de tripas –añadió Culhwch cariñosamente. Tristán se interpuso entre nosotros y manifestó que él se enfrentaría con Cyllan en combate singular, que el combate le pertenecía a él y a nadie más; pero Culhwch le hizo retirarse con un gruñido–. He vencido a hombres que harían dos de este patán barbudo –le dijo.

Cyllan esgrimió su espadón y cortó el aire con la hoja.

–Cualquiera de vosotros –dijo en tono displicente–, no me importa cuál.

–¡No! –gritó Mark de pronto. Llamó a Cyllan y a dos lanceros más y los tres se arrodillaron junto a la silla del rey a escuchar sus instrucciones.

Culhwch y yo nos imaginamos que Mark estaría ordenando a sus tres hombres que lucharan uno contra cada uno de nosotros.

–Yo me quedo con el bellaco de la barba y la frente embadurnada –dijo Culhwch–; tú, con ese pedo de perro pelirrojo y mi señor príncipe que se las entienda con el calvo. ¿Los despachamos en dos minutos?

Isolda apareció sigilosamente. Parecía aterrorizada en presencia de Mark, pero se acercó a abrazarnos a Culhwch y a mí. Culhwch la envolvió en sus brazos pero yo me arrodillé y le besé la pequeña y blanca mano.

–Gracias –nos dijo con su triste vocecilla. Tenía los ojos

enrojecidos por las lágrimas. De puntillas, besó a Tristán y luego, con una mirada amedrentada a su esposo, volvió a refugiarse en las sombras de la sala.

Mark levantó la cabezota por encima del cuello del manto de foca.

—El tribunal de espadas —dijo con voz gangosa— exige que los hombres se enfrenten uno a uno. Siempre ha sido así.

—Pues enviad a vuestras vírgenes de una en una, lord rey —gritó Culhwch—, y las mataré de una en una.

—Un hombre, una espada —insistió Mark—; mi hijo ha solicitado hacer uso del privilegio, pues que luche él.

—Lord rey —dije—, según la costumbre, un hombre puede luchar por su amigo en el tribunal de espadas. Yo, Derfel Cadarn, solicito tal privilegio.

—Desconozco tal costumbre—mintió Mark.

—Arturo sí la conoce —repliqué con brusquedad—. Luchó por vuestro hijo en un tribunal de espadas y hoy seré yo quien luche.

Mark miró con ojos legañosos a Arturo, pero éste hizo un gesto negativo con la cabeza como si no quisiera entrar en la discusión. Mark volvió a dirigirse a mí.

—La ofensa de mi hijo es indecente —dijo—, y nadie sino él debe defenderlo.

—¡Yo lo defiendo! —exclamó Culhwch, y de nuevo se situó a mi lado reiterando que lucharía por Tristán. El rey se limitó a mirarnos, levantó la mano derecha e hizo un gesto cansino.

Los lanceros de Kernow, al mando del lancero pelirrojo y del calvo, formaron una barrera de escudos a la señal del rey, una barrera de a dos en fondo; la primera fila cerró la formación de escudos y la segunda los levantó para proteger las cabezas de los soldados de la primera. Entonces, a una orden, arrojaron las lanzas al suelo.

—¡Malditos! —exclamó Culhwch, pues comprendió lo que iba a suceder—. ¿Rompemos la barrera, lord Derfel? —me preguntó.

–Rompámosla, lord Culhwch –respondí en tono vengativo.

Éramos tres hombres contra cuarenta de Kernow. Avanzaron los cuarenta arrastrando los pies lentamente tras su tupida barrera de escudos, vigilándonos inquietos por debajo del borde del casco. No llevaban lanzas ni desenvainaron espadas, pues no iban a matarnos sino a inmovilizarnos.

Y Culhwch cargó contra ellos. Hacía años que no me veía en la necesidad de romper una barrera de escudos, pero la antigua locura me poseyó al gritar el nombre de Bel; luego grité el de Ceinwyn y cargué con la punta de *Hywelbane* contra los ojos de un hombre; éste apartó la cabeza a un lado y entonces empujé con el hombro en el punto donde su escudo se unía al de su compañero.

La barrera se abrió y grité triunfalmente al tiempo que golpeaba a un oponente en la nuca con la empuñadura de la espada; después la clavé hacia delante para ampliar la brecha. En el campo de batalla, a esas alturas del combate, mis hombres estarían empujando detrás de mí, abriendo más la brecha y empapando el suelo de sangre enemiga; pero mis hombres no estaban detrás ni se me oponían armas por delante, sólo escudos y más escudos y, aunque giraba en círculo haciendo silbar la hoja de *Hywelbane* en el aire, los escudos iban encerrándome inexorablemente. No me atrevía a matar a ningún lancero pues habría sido una deshonra, ya que ellos habían renunciado deliberadamente a sus armas y, despojado así de tal oportunidad, sólo podía tratar de asustarlos. Pero sabían que no mataría y el círculo de escudos se fue cerrando más y más a mi alrededor hasta que *Hywelbane* quedó inmovilizada en el tachón de hierro de un escudo; súbitamente, los escudos de Kernow me presionaron por todas partes.

Oí a Arturo dar una orden a voces; supuse que algunos lanceros de Culhwch y los míos se habrían aprestado a socorrer a sus señores y que Arturo se lo habría impedido. No deseaba que corriera la sangre entre Kernow y Dumnonia, sólo quería que el escabroso asunto terminara de una vez por todas.

Culhwch también estaba atrapado como yo. Gritaba rabiosamente a quienes lo mantenían cautivo, los llamaba infames, perros y gusanos, pero los hombres de Kernow cumplían órdenes. No debían herir a ninguno de los dos sino mantenernos inmóviles entre hombres y escudos. De tal forma tuvimos que presenciar, igual que Isolda, al campeón de Kernow, que se acercó al príncipe con la espada baja y se inclinó ante él.

Tristán supo que iba a morir. Se había quitado la tira de paño del pelo y la había atado a la hoja de la espada; en aquel momento la besó. Después, esgrimió la espada, tocó con ella la hoja del paladín y saltó hacia delante al ataque.

Cyllan lo esquivó. El choque de los aceros resonó en la empalizada y volvió a resonar con el segundo ataque de Tristán, que acometió con un movimiento rápido de arriba abajo, pero Cyllan lo evitó otra vez. Lo paró con toda facilidad, casi con aburrimiento. Tristán arremetió dos veces más y luego siguió asestando mandobles, moviendo la hoja y clavándola con la mayor velocidad de que era capaz, intentando desesperadamente agotar la defensa de Cyllan, pero sólo logró cansarse él y, al detenerse un momento para tomar aire y dar un paso atrás, el paladín atacó.

Fue un lance magistral, bello de ver para quien gustase del espectáculo de una espada bien esgrimida. Fue incluso una estocada piadosa, porque Cyllan acabó con el espíritu de Tristán en un abrir y cerrar de ojos. El príncipe no tuvo tiempo siquiera de volverse hacia la puerta en sombras del salón a mirar a su amada. Sólo pudo fijar la vista en el que le robaba la vida mientras la sangre se le escapaba por la garganta cercenada y teñía de rojo su camisa blanca; luego se le cayó la espada al tiempo que expiraba con un resuello atragantado y sofocado y, cuando el espíritu lo abandonó, cayó al suelo.

–Se ha hecho justicia, lord rey –declaró Cyllan sin entusiasmo al tiempo que sacaba la espada de la garganta de Tristán y se alejaba. Los lanceros que me rodeaban, y que no se habían atrevido a mirarme a los ojos, se retiraron. Levanté a *Hywelbane* y vi su hoja gris borrosa a causa de las lágrimas. Oí gritar a Isolda cuando los hombres de su esposo mataron a los seis lanceros que habían acompañado a Tristán y que en aquel momento defendían a su reina. Cerré los ojos.

No miraría a Arturo, no le hablaría. Me fui hasta el cabo a rezar a mis dioses y a rogarles que volvieran a Britania y, mientras oraba, los hombres de Kernow se llevaron a Isolda al lago salobre donde aguardaban las dos naves oscuras. Pero no se la llevaron a Kernow. La princesa de los Uí Liatháin, aquella niña de quince veranos que saltaba descalza entre las olas y cuya voz era un susurro en la sombra, como la de los espíritus de los marineros que cabalgan en los vientos viajeros del mar, fue atada a un mástil y rodeada de maderos, que tanto abundaban en la playa de Halcwm; y allí, ante la mirada implacable de su esposo, fue quemada viva. El cuerpo de su amante fue incinerado en la misma pira.

No quise partir con Arturo; no quise hablar con él. Dejé que se marchara y aquella noche dormí en la vieja y oscura fortaleza donde habían dormido los amantes. Luego me fui a Lindinis, a casa, y entonces fue cuando confesé a Ceinwyn la masacre de los páramos de hacía muchos años, cuando maté inocentes en cumplimiento de un juramento. Le conté la muerte de Isolda en la hoguera, le conté que gritaba y gemía mientras su esposo miraba.

Ceinwyn me abrazó.

–¿No sabías que Arturo podía ser tan inclemente? –me preguntó en voz baja.

–No.

–Él es lo único que nos separa del horror –añadió–, ¿cómo podría ser, sino de granito?

Y todavía ahora, cuando cierro los ojos, veo a veces a aquella niña saliendo del mar con una sonrisa en la cara, el vestido blanco empapado y pegado a su menudo cuerpo y las manos tendidas hacia su amado. La veo cada vez que oigo a las gaviotas, pues su imagen no me abandonará hasta el día en que me muera y, aun después de la muerte, vaya donde vaya mi espíritu, allí estará ella; una niña quemada en la hoguera por un rey, por la ley, en Camelot.

Después del juramento de la Mesa Redonda no volví a ver a Lancelot ni a ninguno de sus esbirros durante mucho tiempo. Amhar y Loholt, los gemelos hijos de Arturo, vivían en Venta, la capital de Lancelot, y poseían sendas bandas de lanceros, pero los únicos combates que parecían librar tenían lugar en las tabernas. También los druidas Dinas y Lavaine residían en Venta, donde presidían un templo dedicado a Mercurio, un dios romano, y sus ceremonias rivalizaban con las que Lancelot celebraba en la iglesia del palacio, consagrada por el obispo Sansum. El obispo, que visitaba Venta frecuentemente, informaba de que los belgas parecían satisfechos con Lancelot, lo cual interpretábamos como que no se rebelaban abiertamente.

Lancelot y sus compañeros también visitaban Dumnonia, casi siempre para acercarse al palacio del mar, su vecino, pero a veces llegaban a Durnovaria para asistir a alguna fiesta importante, aunque yo evitaba coincidir con él si sabía que iba a presentarse, y Arturo y Ginebra jamás me pidieron que asistiera. Tampoco me invitaron al gran funeral que se celebró a la muerte de Elaine, la madre de Lancelot.

En realidad, Lancelot no era mal gobernante. No en el mismo sentido que Arturo, pues nada le importaban la justicia, y la ecuanimidad de los tributos ni el estado de los caminos, sencillamente pasaba por encima de tales cuestiones, pero como antes de su ascenso al trono nadie se ocupaba tampoco de ellas, la diferencia no se percibía. Lancelot, al igual que Ginebra, se ocupaba únicamente de su propio bienestar y, como ella, construyó un lujoso palacio que llenó de estatuas, pintó de arriba abajo y cubrió de extravagantes espejos donde admirar constantemente su propia imagen. El presupuesto para tales lujos salía de los tributos y, cuando resultaban gravosos, la compensación consistía en que las tierras de los belgas se libraban de correrías sajonas. Sorprendentemente, Cerdic mantenía su palabra con Lancelot, y los temidos lanceros sais jamás irrumpieron en los ricos campos de labranza de Lancelot.

Aunque tampoco tenían necesidad de saquear, pues Lancelot los había invitado a instalarse de por vida en su reino. Los largos años de guerra habían despoblado grandes extensiones de tierras feraces que comenzaban a cubrirse de árboles otra vez, de modo que Lancelot invitó al pueblo de Cerdic a que se instalara y labrara los campos. Los sajones juraron lealtad a Lancelot, limpiaron el terreno, construyeron nuevos pueblos, pagaron tributos y los lanceros se unieron a la banda de guerra de Lancelot. Contaban que la guardia de palacio estaba compuesta únicamente por sajones. Los llamaba la guardia sajona y los seleccionaba por su altura y el color del cabello. En aquellos días no llegué a verlos, aunque me los encontré por casualidad, y eran todos altos y rubios, armados con hachas pulidas como espejos. Se decía que Lancelot pagaba tributo a Cerdic, aunque Arturo lo negaba furiosamente siempre que el consejo le preguntaba si era cierto. A Arturo no le complacía que los sajones fueran invitados a establecerse como colonos en tierras britanas, pero, según decía, era un asunto que dependía de Lancelot, no del consejo y, al menos, reinaba la paz. Al parecer, todo se justificaba en nombre de la paz.

Lancelot alardeaba incluso de haber convertido a su guardia sajona al cristianismo, pues al parecer, no se había bautizado sólo por trámite sino que se había convertido realmente; al menos así me lo contó Galahad en una de sus frecuentes visitas a Lindinis. Me describió la iglesia que Lancelot había construido en el palacio de Venta y me dijo que todos los días cantaba un coro allí y un grupo de sacerdotes celebraba los misterios cristianos.

—Es todo bellísimo —comentaba Galahad con nostalgia. Esto sucedía antes de haber presenciado los éxtasis de Isca y no tenía la menor idea de que tamaño frenesí pudiera tener lugar, de modo que no le pregunté si en Venta ocurría lo mismo o si su hermano reforzaba entre los cristianos la idea de que él era una especie de salvador.

—¿El cristianismo ha hecho cambiar a vuestro hermano? —le preguntó Ceinwyn.

Galahad se quedó mirando el rápido movimiento de las manos de Ceinwyn al llevar la hebra de la rueca al huso.

—No —dijo—. Cree que basta con decir unas oraciones una vez al día; luego se comporta a su voluntad el resto del tiempo. Pero, ¡ay! muchos cristianos son así.

—¿Y cómo se comporta? —insistió Ceinwyn.

—Mal.

—¿Deseáis que salga de la habitación —preguntó Ceinwyn dulcemente— para hablar con Derfel sin temor a ofenderme? Ya me lo contará él después, en el lecho. —Galahad se echó a reír.

—Se aburre, señora, y procura distraerse de la misma forma que siempre: cazando.

—Derfel también, y yo. Cazar no es malo.

—Caza muchachas —dijo Galahad sin inmutarse—. No las trata mal, pero en realidad no les da la menor oportunidad. A algunas les gusta y llegan a enriquecerse bastante, pero también se convierten en prostitutas suyas.

—Como ocurre con casi todos los reyes —dijo Ceinwyn secamente—. ¿Eso es todo lo que hace?

—Pasa horas con ese par de druidas pervertidos —añadió Galahad—, aunque nadie sabe por qué un rey cristiano habría de tener tales compañías; él dice que es simple amistad. Apoya a sus poetas, colecciona espejos y visita el palacio del mar de Ginebra.

—¿Con qué objeto? —pregunté.

–Dice que para hablar. –Se encogió de hombros–. Dice que hablan de religión. O mejor dicho, que discuten de religión. Ella se ha hecho muy devota.

–De Isis –añadió Ceinwyn reprobatoriamente.

En los años que transcurrieron después del juramento de la Mesa Redonda, se había extendido la idea de que Ginebra se dedicaba más y más a la práctica de su religión, de modo que se decía que su palacio del mar era un gran templo a Isis, y que las sirvientas de Ginebra, todas ellas escogidas por su gracia y su belleza, eran sacerdotisas de Isis.

–La diosa suprema –comentó Galahad en tono desdeñoso, y luego se santiguó para ahuyentar el mal pagano–. Es evidente que Ginebra cree que la diosa tiene grandes poderes, y que puede conducirlos hacia cuestiones humanas. No creo que a Arturo le complazca.

–Está harto de todo ello –dijo Ceinwyn, devanando la última hebra y dejándola a un lado–. Ahora, lo único que hace es quejarse de que Ginebra no habla con él más que de su religión. Debe de resultarle todo muy aburrido. –La conversación tuvo lugar mucho antes de que Tristán se refugiara en Dumnonia con Isolda, cuando Arturo era todavía un huésped bienvenido en nuestra casa.

–Mi hermano dice que le fascinan sus ideas –prosiguió Galahad–, y tal vez sea cierto. Dice que es la mujer más inteligente de Britania y que no contraerá matrimonio hasta que halle otra como ella.

–Me alegro, pues, de que me perdiera a mí –comentó Ceinwyn riendo de buena gana–. ¿Cuántos años tiene ya?

–Treinta y tres, creo.

–¡Qué viejo! –exclamó Ceinwyn mirándome, pues yo sólo tenía un año menos–. ¿Qué ha sido de Ade?

–Le dio un hijo, y murió a consecuencia del parto.

–¡No! –se lamentó Ceinwyn, que siempre lamentaba la muerte de una mujer en el alumbramiento–. ¿Y dices que tiene un hijo?

–Un hijo bastardo –comentó Galahad sin ocultar su desaprobación–. Se llama Peredur. Ahora tiene cuatro años y no es mal niño. En realidad, lo aprecio bastante.

–¿Acaso ha habido alguna vez un niño que te disgustara? –pregunté secamente.

–Cabeza de cepillo –replicó, y todos sonreímos al recordar el viejo mote.

–¡Hay que ver, Lancelot tiene un hijo! –comentó Ceinwyn con ese tono de sorpresa y trascendencia con que las mujeres suelen tomarse tales noticias. Para mí, la existencia de otro bastardo real era completamente normal, pero he comprobado que las mujeres y los hombres responden de forma distinta a esas cosas.

Galahad, igual que su hermano, no había contraído matrimonio. Aunque tampoco poseía tierras, pero era feliz y se mantenía en activo sirviendo a Arturo como enviado. Procuraba mantener viva la Hermandad de Britania, aunque me di cuenta de la rapidez con que decaían los deberes que tal compromiso comportaba, y se dedicaba a recorrer los reinos britanos llevando mensajes, arreglando querellas y recurriendo a su rango real para suavizar cualquier problema que Dumnonia tuviera con otros Estados. Generalmente era Galahad quien viajaba a Demetia para detener las incursiones de Oengus Mac Airem en Powys, y también él quien, tras la muerte de Tristán, llevó las nuevas del fin de Isolda a su padre. Después de aquel suceso, tardé muchos meses en volver a verlo.

También procuraba evitar a Arturo. Estaba muy enfadado con él y no contestaba a sus cartas ni asistía al consejo. Estuvo en Lindinis en dos ocasiones después de la muerte de Tristán; en ambas me mostré correcto y frío y me deshice de él lo más pronto posible. En cambio, con Ceinwyn habló largo y tendido, y ella trató de reconciliarnos, pero yo no podía olvidar a aquella criatura en la hoguera.

No obstante, tampoco podía olvidarme de Arturo para siempre. Faltaban pocos meses para la segunda proclamación de

Mordred y era necesario hacer los preparativos. La ceremonia se llevaría a cabo en Caer Cadarn, a un corto paseo al este de Lindinis, y Ceinwyn y yo, inevitablemente, formábamos parte de los planes. Hasta el propio Mordred demostró cierto interés, tal vez porque se daba cuenta de que la ceremonia lo liberaría al fin de toda disciplina.

–Debéis decidir –le dije un día– quién deseáis que os proclame.

–Arturo, ¿no? –preguntó sombríamente.

–Lo normal es que lo haga un druida –dije–, pero si preferís una ceremonia cristiana, tenéis que escoger entre Sansum y Emrys.

–Sansum, supongo –dijo con un encogimiento de hombros.

–En tal caso, debemos ir a verlo.

Partimos un frío día de pleno invierno. Tenía yo otros asuntos que resolver en Ynys Wydryn, pero antes acompañé a Mordred al templo cristiano, donde un sacerdote nos dijo que el obispo Sansum estaba celebrando misa y que debíamos esperar.

–¿Sabe que su rey está aquí? –pregunté.

–Se lo comunicaré, señor –respondió el sacerdote, y se alejó pisando el helado suelo.

Mordred se había acercado a la tumba de su madre donde, a pesar del frío día, había unos cuantos peregrinos arrodillados orando. Era una fosa sencilla sin otra cosa que un túmulo de tierra con una cruz de piedra, empequeñecida por la vasija de plomo que Sansum había colocado para recibir las ofrendas de los peregrinos.

–El obispo se reunirá enseguida con nosotros –le dije–. ¿Entramos?

Mordred negó con la cabeza mirando el túmulo con el ceño fruncido.

–Debería tener una tumba más digna –dijo.

–Creo que es cierto –respondí, sorprendido de que hablara siquiera–. Vos podéis construirla.

–Habría sido más apropiado –añadió insidiosamente– que otros le hubieran rendido tal homenaje.

–Lord rey, estábamos muy ocupados defendiendo la vida de su hijo y no tuvimos tiempo de ocuparnos de los huesos de la madre. Pero estáis en lo cierto, hemos sido negligentes.

Dio un caprichoso puntapié a la vasija y se asomó a ver los pequeños tesoros que los peregrinos habían depositado. Los que estaban rezando junto a la tumba se alejaron, no por temor a Mordred, a quien no creo que reconocieran siquiera, sino a causa del amuleto de hierro que yo llevaba al pecho, pues delataba mi condición de pagano.

–¿Por qué la enterraron? –preguntó Mordred de pronto–. ¿Por qué no la incineraron?

–Porque era cristiana –dije, ocultando el horror que me producía su ignorancia. Le conté que los cristianos creían que sus cuerpos resucitarían cuando Cristo llegara definitivamente, mientras que los paganos tomaban nuevos cuerpos de sombra en el más allá y por eso no precisaban de los cuerpos terrenales, los cuales, si podíamos, incinerábamos para evitar que el espíritu quedara vagando por la tierra. En caso de no poder encender una pira, quemábamos el pelo del difunto y le cortábamos un pie.

–Le construiré un panteón –dijo, cuando terminé con mi explicación teológica. Me preguntó cómo había muerto su madre y le conté todo lo sucedido con Gundleus de Siluria, su traidor matrimonio con Norwenna y el asesinato cometido cuando ella se arrodilló ante él. También le conté que Nimue se había vengado de Gundleus.

–Esa bruja –dijo Mordred. Temía a Nimue, y no era de extrañar, pues su ferocidad aumentaba en la misma medida que su aspecto macabro y sucio. En aquellos momentos era ya una reclusa que sobrevivía entre las ruinas de la fortaleza de Merlín, donde entonaba hechizos, encendía hogueras a los dioses y recibía a algunos visitantes, aunque de vez en cuando, sin previo aviso, bajaba a Lindinis a consultar a Merlín. En tan escasas visitas, procuraba darle alimento, los niños huían al verla y enseguida se marchaba murmurando entre dientes, con su único ojo de salvaje mirada, su túnica tiesa de suciedad y cenizas y su abundante pelo negro enmarañado y lleno de porquería. A los pies de su refugio del Tor veía prosperar el templo cristiano, cada vez más grande, más fuerte y mejor organizado. Pensé que los dioses antiguos perdían Britania a marchas forzadas. Sansum, lógicamente, estaba desesperado porque Merlín muriera cuanto antes, para apoderarse del Tor y construir un templo en la cima, incendiada por dos veces; pero el obispo ignoraba que Merlín me había nombrado heredero de todas sus posesiones.

Mordred, de pie ante la tumba de su madre, se sintió intrigado por la similitud entre el nombre de mi hija mayor y el de su difunta madre, y le expliqué que Ceinwyn era prima de Norwenna.

—Morwenna y Norwenna son antiguos nombres típicos de Powys —le dije.

—¿Me quería mi madre? —preguntó Mordred, y la incongruencia de tal palabra salida de su boca me hizo detenerme un momento. Pensé que a lo mejor Arturo tenía razón y que tal vez Mordred llegara a ponerse a la altura de sus responsabilidades. Ciertamente, durante los años que lo había tenido tan cerca jamás habíamos sostenido una conversación tan cortés.

—Os amaba muchísimo —respondí son sinceridad—. Nunca vi a vuestra madre tan dichosa —proseguí— como cuando vos estabais con ella. Y fue allí arriba —señalé la cicatriz negra que antes ocupaban la fortaleza de Merlín y su torre de los sueños en el Tor. Allí había muerto Norwenna asesinada y allí le habían arrebatado a Mordred. Era un niño muy pequeño entonces, menor que yo cuando me arrebataron de los brazos de mi madre, Erce. ¿Seguiría viva Erce? Todavía no había ido a Siluria a buscarla y semejante omisión me hacía sentir culpable. Toqué el amuleto de hierro.

–Cuando muera –dijo Mordred– quiero que me entierren en la misma tumba que mi madre. Yo mismo la construiré. Un panteón de piedra –prosiguió–, con nuestros cuerpos en un pedestal.

–Hablad con el obispo Sansum –le recomendé–; estoy seguro de que os ayudará de muy buen grado en cuanto le sea posible. –«Siempre que no tenga que sufragar él los gastos del panteón, claro», pensé cínicamente.

Me volví hacia Sansum, que se acercaba presuroso por la hierba. Inclinose ante Mordred y luego me dio la bienvenida al templo.

–Venís, espero, en busca de la verdad, ¿o acaso no es así, lord Derfel?

–Vengo a visitar aquel templo –respondí, señalando al Tor–, pero mi señor rey tiene asuntos propios que tratar con vos.

Los dejé solos y me fui cabalgando hacia el Tor, pasando entre los cristianos que de día y de noche rogaban al pie del Tor por la expulsión de los habitantes paganos. Soporté sus insultos y subí la empinada cuesta. La puerta de agua se había desprendido definitivamente de sus goznes. Até el caballo a lo que quedaba de la empalizada y cargué con el paquete de ropa y pieles que Ceinwyn había preparado para que la pobre gente que compartía el refugio con Nimue no se congelara durante el crudo invierno. Entregué la ropa a Nimue y ella dejó caer el paquete en la nieve al descuido, luego, tirándome de la manga, me llevó a su nueva choza, que se había construido en el mismo lugar donde de antaño se levantaba la torre de los sueños de Merlín. La choza hedía de forma tan insoportable que a punto estuve de asfixiarme, pero ella no parecía percibir la pestilencia. Era un día muy frío y un viento helado arrastraba aguanieve desde el este y, sin embargo, habría preferido soportar el congelador aguacero que la fetidez de la choza.

–Mira –me dijo con orgullo, y me enseñó una olla, no la de Clyddno Eiddyn sino una vulgar marmita de hierro que colgaba de una viga del techo llena de un líquido oscuro. De las vigas pendían también ramas de muérdago, un par de alas de murciélago, mudas viejas de serpiente, un asta rota y puñados de hierbas, pero el techo era tan bajo que tuve que agacharme para entrar en la choza, que estaba llena de humo picante. Había un hombre desnudo en una yacija, al fondo, entre las sombras, y protestó al verme.

—Calla —le dijo Nimue con mala cara; luego cogió un palo y revolvió el líquido negro de la olla, que humeaba poco a poco sobre una fogata pequeña que producía más humo que calor. Siguió revolviendo en la olla hasta encontrar lo que buscaba y lo sacó del líquido. Era un cráneo humano.

—¿Te acuerdas de Balise? —me preguntó Nimue.

—Claro —dije. Balise, un druida que ya era anciano cuando yo era un niño y que hacía tiempo que había muerto.

—Quemaron su cuerpo —me dijo Nimue—, menos la cabeza, y la cabeza de un druida, Derfel, tiene grandes poderes. Me la trajo un hombre la semana pasada. La tenía en un barril de cera de abejas y yo se la compré.

Es decir, que la había pagado yo. Nimue siempre andaba comprando objetos con poderes mágicos: la placenta de un niño muerto, los dientes de un dragón, una porción de pan mágico de los cristianos, dardos de elfos, y por último, el cráneo de un muerto. Solía acudir al palacio a pedir dinero para adquirir tales tesoros, pero aquel día me pareció más sencillo darle un poco de oro, aunque sabía que gastaría el preciado metal en cualquier rareza que le ofrecieran. En una ocasión entregó un lingote de oro por el cadáver de un cordero que había nacido con dos cabezas, y lo clavó en la empalizada mirando hacia el templo de los cristianos, donde acabó pudriéndose. No quise preguntar cuánto había pagado por un barril de cera con una cabeza humana dentro.

—Quité toda la cera —me contó— y herví la cabeza en la olla para descarnarla. —Ése era uno de los motivos del insoportable hedor de la choza—. No hay oráculo tan poderoso —me dijo, con su único ojo brillando en la oscuridad– como la cabeza de un druida hervida en orines con diez hierbas marrones de Crom Dubh. –Dejó caer el cráneo, que se hundió de nuevo bajo la oscura superficie líquida–. Ahora, espera –me ordenó.

Me daba vueltas la cabeza a causa de la fetidez y el humo, pero esperé obedientemente mientras el caldo de la olla terminaba de temblar y hacer reflejos y quedaba quieto por fin, reducido a una lámina oscura, lisa como un espejo, que sólo desprendía una finísima hebra de humo. Nimue se acercó, contuvo el aliento y supe que estaba viendo portentos en la superficie del caldo. El hombre de la yacija tosió terriblemente y se agarró con debilidad a la gastada manta que cubría a medias su desnudez.

–Tengo hambre –se lamentó, pero Nimue no le hizo el menor caso. Yo seguí esperando.

–Me has decepcionado, Derfel –dijo Nimue de pronto, rizando apenas el líquido con su aliento.

–¿Por qué?

–Veo a una reina que murió en la hoguera en una playa. Me habría gustado poseer sus cenizas, Derfel –añadió con reproche–. Me serían muy útiles las cenizas de una reina –prosiguió–. Tenías que saberlo. –Se calló y no dijo nada más del tema. El líquido volvió a quedarse quieto y cuando Nimue habló de nuevo, lo hizo con una voz desconocida y profunda que no perturbó en absoluto la superficie del caldo–. Dos reyes irán a Cadarn –dijo– pero gobernará uno que no es rey. Los muertos se casarán, los perdidos saldrán a la luz y una espada descansará sobre la garganta de un niño. –Luego lanzó un chillido espantoso que sobresaltó al hombre desnudo, el cual corrió desesperado a refugiarse en el último rincón de la choza, donde se acuclilló tapándose la cabeza con las manos–. Díselo a Merlín –añadió con su voz normal–, él sabrá lo que significa.

–Se lo diré –le prometí.

–Y dile también –continuó con fervor desesperado, apretándome el brazo con una mano llena de costras de suciedad–

que he visto la olla en el líquido. Dile que pronto será utilizada. ¡Pronto, Derfel! Díselo todo.

—Sí —respondí, y entonces, incapaz de seguir respirando aquel hedor, me deshice de su mano y salí a la aguanieve otra vez.

Me siguió al exterior y me levantó un ala de la capa para protegerse de la aguanieve. Me acompañó hasta la puerta de agua animada por una extraña alegría.

—Todo el mundo cree que estamos perdiendo, Derfel —dijo—, todos piensan que esos sucios cristianos están tomando la tierra, pero no es así. Pronto se revelará la olla, Merlín volverá y desatará sus poderes.

Me detuve en la puerta y me quedé mirando hacia abajo, al grupo de cristianos que siempre se reunían al pie del Tor a rezar sus extravagantes plegarias con los brazos extendidos. Sansum y Morgana procuraban que hubiera un grupo permanentemente para que sus rezos constantes ayudaran a expulsar a los paganos de la cima incendiada del Tor. Nimue los miró burlonamente. Algunos cristianos se santiguaron al reconocerla.

—Derfel, ¿tú crees que están ganando los cristianos? —me preguntó.

—Eso me temo —contesté, escuchando las voces de rabia procedentes del pie del Tor. Me acordé de los enfervorizados adoradores de Isca y me pregunté cuánto tiempo podría mantenerse bajo control el horror de tal fanatismo—. Temo que así es —repetí con tristeza.

—Los cristianos no están ganando —dijo Nimue con voz sarcástica—. Observa. —Salió de debajo de mi capa y se levantó el sucio vestido enseñando a los cristianos su desdichada desnudez, luego movió las caderas obscenamente hacia ellos y soltó un grito quejumbroso que murió en el viento, y se bajó el vestido de nuevo. Algunos hicieron la señal de la cruz, pero observé que la mayoría, instintivamente, hacían con la mano derecha la señal pagana para ahuyentar el mal y luego escupían al suelo—. ¿Lo ves? Todavía creen en los dioses antiguos.

Siguen creyendo. Y pronto, Derfel, tendrán pruebas. Díselo a Merlín.

Se lo conté a Merlín, efectivamente. Me presenté a él y le conté que dos reyes acudirían a Cadarn y que el que no era rey gobernaría allí, que los difuntos contraerían matrimonio, que los perdidos saldrían a la luz y que una espada descansaría sobre la garganta de un niño.

—Repítelo, Derfel —dijo mirándome con los ojos entrecerrados y acariciando a un viejo gato atigrado que dormitaba en su regazo.

Se lo repetí solemnemente y añadí la profecía de Nimue de que la olla se revelaría pronto y que su horror era inminente. Merlín se echó a reír, sacudió la cabeza y soltó otra carcajada. Calmó al gato que tenía en el regazo.

—¿Y dices que tiene la cabeza de un druida? —preguntó.

—La de Balise, señor.

—La cabeza de Balise —dijo, cosquilleando al gato en la barbilla— ardió hace años, Derfel. La quemaron y la molieron. La machacaron hasta reducirla a nada. Lo sé porque lo hice yo. —Cerró los ojos y se durmió.

* * *

Al verano siguiente, una víspera de luna llena, cuando los árboles que crecían al pie de Caer Cadarn estaban cargados de hojas, una espléndida mañana en que el sol se derramaba sobre los arbustos cubiertos de brionia, correhuela, adelfilla y vidarra, Mordred fue proclamado rey en la antigua cima del Caer.

La vieja fortaleza de Caer Cadarn permanecía vacía gran parte del año, pero seguía siendo el peñasco real, el lugar de las ceremonias solemnes, el corazón de Dumnonia, y las murallas de la fortaleza se conservaban fuertes; sin embargo el interior era un lugar triste de ruinosas cabañas agrupadas en torno al lóbrego salón de los festines, donde se guarecían pájaros, murciélagos y ratones. El espacioso salón ocupaba la parte inferior de la gran cima de Caer Cadarn, y en la parte superior, hacia poniente, se levantaba el círculo de piedras, cubiertas de líquenes, que rodeaban la losa gris, que era la antigua piedra de la realeza de Dumnonia. Allí, el gran dios Bel había ungido a su hijo Beli Mawr, semidiós y semihombre, como primer rey y desde entonces, incluso durante la dominación romana, nuestros reyes acudían allí para la ceremonia de proclamación. Mordred había nacido en aquel mismo monte y también allí había sido proclamado de niño, aunque aquella ceremonia no fue más que un símbolo de su condición de rey y no le confirió deber alguno. Pero, a partir del momento de su recién estrenada mayoría de edad, sería rey y no sólo de título. La ceremonia de la segunda proclamación liberaría a Arturo de su juramento y traspasaría a Mordred todo el poder de Uther.

La multitud se congregó temprano. Habían barrido el salón de los festines, habían colgado los pendones y habían engalanado las paredes con ramas verdes. Sobre la hierba aguardaban las cubas de hidromiel, y los barriles de cerveza y humeaban las grandes hogueras donde se asaban bueyes, cerdos y venados para el banquete. Los tatuados hombres de Isca se mezclaban con los elegantes ciudadanos de Durnovaria y Corinium, ataviados con togas, y todos escuchaban a los bardos de vestiduras blancas, que entonaban canciones compuestas para la ocasión alabando el carácter de Mordred y loando las futuras glorias de su reinado. Jamás se podrá confiar en los bardos.

Yo era el paladín de Mordred, y como tal, el único entre todos los lores de la colina que llevaba armadura completa; pero no los avíos deslucidos y mal reparados que usé en la batalla de las afueras de Londres, sino una valiosa armadura nueva acorde con mi condición: fina cota romana de malla con aros de oro engastados en el cuello, en los bordes y las mangas, botas hasta las rodillas con pulidos cierres de bronce, guanteletes hasta los codos cubiertos de placas de hierro que me protegían los antebrazos y los dedos y un bello yelmo de plata cincelada con una visera movible que me protegía el cuello. El yelmo tenía también protectores de mejillas que se cerraban herméticamente sobre la cara y un remate de oro del que pendía mi cola de lobo, recién cepillada. Además, llevaba un manto verde, a *Hywelbane* a la cadera y un escudo que, en honor a la solemne ocasión del día, exhibía el dragón rojo de Mordred en vez de mi propia estrella blanca.

Culhwch, que había venido desde Isca, me abrazó.

—Esto es una farsa, Derfel —gruñó.

—Una ocasión feliz, lord Culhwch —dije muy seriamente.

Él no sonrió sino que miró con rencor a la multitud expectante.

—¡Cristianos! —escupió.

—Diríase que proliferan.

—¿Ha venido Merlín?

—Se sentía cansado —dije.

—¿O sea que tiene el suficiente sentido común como para no venir? —preguntó Culhwch—. Entonces, ¿quién hace los honores hoy?

—El obispo Sansum.

Culhwch volvió escupir. En los últimos meses, su barba se había tornado gris y sus piernas se movían con rigidez, aunque seguía siendo una especie de oso grande.

—¿Ya hablas con Arturo? —me preguntó.

—Hablamos cuando no nos queda otro remedio —respondí evasivamente.

—Quiere renovar vuestra antigua amistad —me dijo.

—Ahora tiene amigos muy raros —respondí rígidamente.

—Necesita amigos.

—Pues que se considere afortunado por tenerte a ti —repliqué.

En aquel momento, un cuerno vino a interrumpir nuestra conversación. Unos lanceros formaron un pasillo entre la multitud empujándola hacia atrás suavemente con los escudos y las lanzas; por el pasillo avanzaba con solemnidad una procesión de lores, magistrados y sacerdotes en dirección al círculo de piedras. Me incorporé al desfile en mi puesto, junto a Ceinwyn y mis hijas.

La reunión de aquel día fue más un tributo a Arturo que a Mordred, pues se congregaron todos los aliados de Arturo. Cuneglas acudió desde Powys acompañado por una docena de lores y el Edling del reino, el príncipe Perddel, que ya era un apuesto muchacho con la misma cara redonda y atenta que su padre. Agrícola, viejo y artrítico ya, acompañaba al rey Meurig, ambos ataviados con togas. Tewdric, el padre de Meurig, aún vivía, pero el anciano rey había abdicado el trono, se había rasurado la tonsura sacerdotal y se había retirado a un monasterio del valle de Wyre, donde pacientemente coleccionaba una biblioteca de textos cristianos, dejando que su pedante hijo gobernara Gwent en su lugar. Byrthig, sucesor de su padre en el trono de Gwynedd y que conservaba únicamente dos dientes, no paraba de removerse inquieto como si las ceremonias fueran una formalidad irritante que tenía que cumplirse antes de acceder a las cubas de hidromiel que le esperaban. Oengus Mac Airem, padre de Isolda y rey de Demetia, acudió con un puñado de sus temidos Escudos Negros, y Lancelot, rey de los belgas, se presentó escoltado por doce gigantes de su guardia sajona y las funestas parejas de gemelos, Dinas y Lavaine, Amhar y Loholt.

Vi que Arturo abrazaba a Oengus, el cual correspondió dichoso. No se guardaban rencor, al parecer, a pesar de la horrenda muerte de Isolda. Arturo llevaba un manto marrón en vez de uno de sus favoritos blancos, acaso por no hacer sombra al héroe del día. Ginebra estaba espléndida con un vestido rojizo de remates plateados y un bordado con su símbolo del corzo coronado por la luna creciente. Sagramor vestía un traje negro y acudió acompañado de su esposa, la sajona Malla, que estaba encinta, y sus dos hijos varones. De Kernow nadie acudió.

Los pendones de los reyes, caciques y lores ondeaban en las almenas, donde un círculo de lanceros, armados de escudos que tenían el dragón acabado de pintar, montaban guardia. Volvió a sonar el cuerno emitiendo una nota lúgubre que cortó el aire soleado y veinte lanceros más entraron escoltando a Mordred hasta el círculo de piedras donde, quince años atrás, fuera proclamado rey por vez primera. Aquella celebración había tenido lugar en invierno y el pequeño Mordred había comparecido envuelto en pieles para dar la vuelta al ruedo de piedra sobre un escudo vuelto del revés. En aquella ocasión la maestra de ceremonias fue Morgana, cuyos pasos fueron marcados por el sacrificio de un sajón cautivo; en la segunda, se celebrarían únicamente ritos cristianos. Los cristianos habían ganado, pensé con amargura, pese a lo que dijera Nimue. Allí no había más druidas que Dinas y Lavaine, y no porque fueran a participar en la proclamación; mientras tanto, Merlín dormitaba en el jardín de Lindinis, Nimue se hallaba en el Tor y no se sacrificaría a ningún cautivo para interpretar los augurios sobre el reinado del rey doblemente proclamado. En la primera aclamación del rey sacrificamos a un prisionero sajón clavándole una lanza en el diafragma para que su agonía fuera lenta y dolorosa, y Morgana observó cada penoso traspiés y cada borbotón de sangre deduciendo las señales del futuro. Según recordaba, aquellos augurios no habían sido buenos, aunque sí aseguraban a Mordred un reinado largo. Hice un esfuerzo por acordarme del nombre del desgraciado sajón, pero tan sólo logré revivir su expresión aterrorizada y el hecho de que a mí, el muchacho me había parecido agradable, y de pronto, cuando menos lo esperaba, su nombre volvió como un gemido desde el pasado. ¡Wlenca! Pobre Wlenca, cómo temblaba. Morgana insistió en sacrificarlo, pero el día de la segunda proclamación, con la cruz que llevaba colgada por debajo de la máscara, sólo estaba presente como esposa de Sansum y no tomaría parte activa en la ceremonia.

Unos vítores apagados saludaron a Mordred. Los cristianos aplaudieron y los paganos sólo nos tocamos las manos como era de rigor y permanecimos en silencio. El rey iba completamente vestido de negro: camisa negra, calzas negras, manto negro y botas negras, una de las cuales tenía una forma espantosa para encajar en su malformado pie izquierdo. Llevaba un crucifijo de oro al pecho y me dio la impresión de que en su rostro, feo y redondo, había una especie de sonrisa forzada, o tal vez sólo el gesto que delataba su nerviosismo. No se había afeitado la barba, cuatro tristes pelos que escasamente favorecían su cara de patata con sobresalientes mechones de pelo. Entró solo en el círculo real y ocupó su puesto junto a la piedra de los reyes.

Sansum, espléndidamente cubierto de blanco y oro, se apresuró a ponerse su lado. El obispo elevó los brazos y, sin ningún preámbulo, comenzó a rezar en voz alta. Su voz, siempre fuerte, llegaba sin dificultad hasta la multitud que se apretujaba tras los lores y hasta los inmóviles lanceros de las almenas.

–¡Dios nuestro señor! –gritó–, prodíganos tu bendición por tu hijo Mordred, por este rey consagrado, por esta luz de Britania, por este monarca que ahora llevará a tu reino de Dumnonia a una nueva era de santidad. –Confieso que en parte me invento la oración porque en realidad apenas presté atención a la arenga de Sansum a su dios. Sabía arengar en tonos altisonantes, aunque sus discursos siempre parecían iguales; largos en exceso, rebosantes de loas al cristianismo y de burla del paganismo, de modo que en vez de escucharle me dediqué a observar a la multitud para ver quién abría los brazos y cerraba los ojos. Casi todos lo hicieron. Arturo, siempre tan dispuesto a mostrar respeto por cualquier religión, se limitó a permanecer con la cabeza agachada. Sujetaba a su hijo de la mano y, al otro lado de Gwydre, Ginebra contemplaba el cielo con una sonrisa enigmática en su bello rostro. Amhar y Loholt, los hijos de Arturo y Ailleann, rezaban con los cristianos, mientras que Dinas y Lavaine posaban con los brazos cruzados sobre sus blancas túnicas mirando fijamente a Ceinwyn, que, al igual que el día en que huyó de su prometido, no se adornó con oro y plata. Su pelo aún brillaba fino y claro y, a mis ojos, seguía siendo la criatura más adorable que jamás caminara sobre la tierra. Su hermano el rey Cuneglas estaba a su lado; cruzamos una mirada durante uno de los momentos más floridos y elevados de Sansum y me sonrió irónicamente. Mordred, con los brazos abiertos en actitud de rezar, nos miraba a todos con una sonrisa torva.

Concluida la oración, el obispo Sansum tomó a Mordred del brazo y lo condujo hasta Arturo, el cual, como guardián del reino, presentaría al pueblo a su nuevo monarca. Arturo sonrió a Mordred como para infundirle coraje y luego lo llevó alrededor del círculo, por fuera, y los que no eran reyes se postraron de hinojos. Yo caminaba tras él en calidad de paladín, con la espada desenvainada. Caminábamos en el sentido contrario al sol, única ocasión en que se describía un círculo de tal guisa, para demostrar que el nuevo rey descendía de Beli Mawr y por ello podía desafiar el orden natural de las cosas vivas, aunque el obispo Sansum, claro está, declaró que el paseo al contrario del sol demostraba la muerte de la superstición pagana. Vi que Culhwch se las había arreglado para ocultarse durante el paseo y evitar el postrarse de hinojos.

Terminadas dos vueltas al círculo de piedras, Arturo condujo a Mordred hasta la piedra real y lo ayudó a encaramarse, de modo que el rey se quedó solo allá arriba. Dian, mi hija menor, adornada con una guirnalda de girasoles, se adelantó con torpes pasos de niña pequeña y depositó a los disparejos pies de Mordred una hogaza de pan, símbolo del deber de alimentar a su pueblo. Las mujeres murmuraron al verla, pues Dian, al igual que sus hermanas, había heredado la belleza natural de su madre. Dejó la hogaza y miró alrededor en busca de algo que le indicara lo que debía hacer a continuación y, al no descubrir mensaje alguno, miró a Mordred solemnemente a la cara y al punto rompió a llorar. Las mujeres suspiraron aliviadas al ver que la pequeña volaba hacia su madre deshecha en llanto, y Ceinwyn la acogió entre sus brazos y le secó las lágrimas. Gwydre, el hijo de Arturo, depositó a los pies del rey un látigo de cuero, símbolo del deber de Mordred de ofrecer justicia, y después, yo presenté la nueva espada real, forjada en Gwent, con pomo de cuero negro envuelto en hilo de oro, y se la puse a Mordred en la mano derecha.

–Lord rey –dije, mirándolo a los ojos–, he aquí el símbolo de vuestro deber de proteger a vuestro pueblo. –Mordred había dejado de sonreír burlonamente y me miraba con fría dignidad, lo cual avivó mi esperanza de que Arturo no se equivocara y la solemnidad de la ceremonia lograra inculcarle las cualidades de un buen monarca.

Después, uno a uno, le entregamos nuestros presentes. Yo le regalé un buen yelmo rematado en oro, con un dragón de esmalte engastado en la parte del cráneo. Arturo le entregó una cota de malla, una lanza y una caja de marfil llena de monedas de oro. Cuneglas le ofreció lingotes de oro de las minas de Powys. La dádiva de Lancelot consistió en una inmensa cruz de oro y un pequeño espejo de oro y plata enmarcado en oro. Oengus Mac Airem dejó a sus pies dos gruesas pieles de oso y Sagramor añadió una imagen sajona de una cabeza de toro hecha de oro. Sansum entregó al rey un fragmento de la cruz en la que, según proclamó a voces, Cristo había sido crucificado. La oscura astilla estaba en un frasco romano sellado con oro. Únicamente Culhwch no le regaló nada. Y, ciertamente, cuando llegó el momento del reparto de regalos y los lores hacían cola para arrodillarse ante el rey y jurarle lealtad, Culhwch no compareció. Yo fui el segundo en pronunciar el juramento, seguí a Arturo hasta la piedra de los reyes y me arrodillé frente al gran montón de brillante oro; acerqué los labios a la punta de la espada nueva de Mordred y juré servirlo lealmente por mi vida. Fue un momento solemne, pues era el juramento al rey, el voto que gobernaba por encima de todos los demás.

En la proclamación, a Arturo se le ocurrió incluir una nueva ceremonia que habría de servir para garantizar la paz que con tanto esfuerzo había construido y mantenido a lo largo de los años. Se trataba de una ampliación de la Hermandad de Britania, pues convenció a los reyes de Britania, al menos a los presentes, de que intercambiaran besos con Mordred y juraran no luchar jamás unos contra otros. Mordred, Meurig, Cuneglas, Byrthig, Oengus y Lancelot se abrazaron entre ellos, unieron la punta de sus espadas y juraron mantener la paz entre sí. Arturo resplandecía y Oengus Mac Airem, granuja donde los hubiera, me dedicó un gran guiño. Tan pronto como llegara el tiempo de cosecha, sus guerreros se lanzarían sobre los silos de Powys por muchos juramentos que hiciera.

Pronunciados los votos, realicé el último acto de la proclamación. Primero ayudé a Mordred a descender del altar, luego lo llevé hasta la piedra del círculo que quedaba al norte y después tomé su real espada y la dejé, desnuda, sobre el altar de nuevo. Allí quedó, brillando, acero sobre piedra, el verdadero símbolo de un rey; a continuación cumplí con el deber del paladín caminando alrededor del círculo y escupiendo a los que miraban, desafiando a quien se atreviera a negar el derecho de Mordred ap Mordred ap Uther al trono y al reino. A mis hijas les guiñé un ojo al pasar, apunté el escupitajo a las brillantes ropas de Sansum y procuré no ensuciar el vestido de Ginebra.

–¡Declaro que Mordred ap Mordred ap Uther es el rey! –grité una y otra vez–. Y si alguno lo niega, que luche ahora contra mí.

Iba caminando despacio con *Hywelbane* desnuda en la mano, pronunciando el reto a voces.

–¡Declaro que Mordred ap Mordred ap Uther es el rey! Y si alguno lo niega, que luche ahora contra mí.

Casi había completado el círculo cuando oí una hoja que rascaba la vaina.

–¡Yo lo niego! –gritó una voz, y al grito siguió una exclamación contenida de horror entre el público. Ceinwyn palideció y mis hijas, que estaban ya bastante asustadas al verme vestido de forma tan aparatosa, con hierro, acero, cuero y la cola de lobo, escondieron la cara entre las faldas de su madre.

Me giré lentamente y vi que Culhwch había vuelto al círculo y me miraba con su gran espada de batalla en ristre.

–¡No! –le dije–. Por favor.

Culhwch, muy serio, se plantó en el centro del círculo y levantó la espada del rey agarrándola por el pomo dorado.

–Yo rechazo a Mordred ap Mordred ap Uther –dijo Culhwch ceremoniosamente, y arrojó el arma real al suelo.

–¡Matadlo! –gritó Mordred desde su puesto, al lado de Arturo–. ¡Cumplid con vuestro deber, lord Derfel!

–¡Niego que sea apto para el trono! –gritó Culhwch a todos. Un soplo de viento agitó los pendones de las paredes y el pelo dorado de Ceinwyn.

–¡Os ordeno que lo matéis! –gritó Mordred presa de excitación.

Di la vuelta al círculo hasta quedar frente a Culhwch. Mi deber era luchar contra él y, si me mataba, saldría otro paladín del rey y la absurda querella continuaría hasta que Culhwch, malherido y cubierto de sangre, cayera al suelo perdiendo la vida en el polvo de Caer Cadarn o, lo que era más probable, hasta que estallara una verdadera batalla en la cumbre que terminaría con la victoria de uno u otro partido. Me quité el yelmo de la cabeza, me aparté el pelo de los ojos y colgué el yelmo de la vaina de la espada. Luego, con *Hywelbane* todavía en la mano, abracé a Culhwch.

–No lo hagas –le murmuré al oído–, no puedo matarte, amigo mío, o sea que tendrás que matarme tú a mí.

–Ese sapejo es un mal nacido, un gusano, y no un rey –musitó.

–Por favor –dije–, no puedo matarte. Lo sabes.

—Haz las paces con Arturo, amigo mío —me dijo abrazándome con fuerza. Después, retrocedió unos pasos y volvió a envainar la espada. Levantó la de Mordred del suelo, echó al rey una mirada asesina y dejó el acero en la piedra.

—Renuncio al combate —dijo en voz alta para que se le oyera en toda la cumbre; luego se acercó a Cuneglas y se arrodilló ante él—. ¿Aceptáis mi juramento, lord rey?

Fue un momento delicado pero el rey de Powys aceptó la lealtad de Culhwch, y al hacerlo, el primer acto de Powys en la nueva era de Dumnonia fue acoger a un enemigo de Mordred, pero Cuneglas no lo dudó un momento. Sacó la espada con la cruz por delante para que Culhwch la besara.

—Con mucho gusto, lord Culhwch —dijo—, con mucho gusto.

Culhwch besó la espada de Cuneglas, se levantó y se dirigió a la puerta occidental. Tras él salieron sus lanceros y así, sin Culhwch presente, Mordred consiguió por fin el poder del reino sin que nadie se opusiera. Se hizo el silencio; inmediatamente, Sansum empezó a lanzar vivas, los cristianos lo secundaron y así aclamaron a su nuevo rey. Los hombres rodearon al monarca para felicitarlo y vi que Arturo quedaba solo, desplazado, a un lado. Me miró y sonrió pero yo le volví la espalda. Envainé a *Hywelbane* y me acuclillé al lado de mis hijas para decirles que no había de qué preocuparse. Di el yelmo a Morwenna para que lo sujetara y le enseñé cómo se abrían y se cerraban los protectores de las mejillas.

—No lo rompas —le advertí.

—Pobre lobo —dijo Seren, mirando la cola del animal.

—Mató a muchos corderos.

—¿Y por eso tú mataste al lobo?

—Claro.

—¡Lord Derfel! —me llamó de pronto Mordred; me erguí y vi que el rey se había sacudido a sus admiradores de encima y se acercaba cojeando por el círculo.

Salí a su encuentro e incliné la cabeza.

–Lord rey.

Los cristianos se agolpaban detrás de Mordred. Eran dueños de la situación y la victoria se reflejaba en sus caras.

–Lord Derfel, me habéis jurado obediencia.

–Así es, lord rey.

–Pero Culhwch sigue con vida –añadió confundido–. ¿No es cierto?

–Es cierto, lord rey.

–No cumplir un juramento –prosiguió con una sonrisa– merece un castigo. ¿No es eso lo que me habéis enseñado siempre?

–Sí, lord rey.

–Y el juramento, lord Derfel, ¿no lo habéis pronunciado por vuestra vida?

–Sí, lord rey.

–Sin embargo –dijo, rascándose la rala barba–, tenéis unas hijas muy bonitas, Derfel, y lamentaría que Dumnonia os perdiera. Os perdono que Culhwch siga con vida.

–Gracias, lord rey –dije, dominando la tentación de golpearle.

–Pero el haber faltado a un juramento precisa castigo, no obstante –añadió con voz emocionada.

–Sí, lord rey, así es.

Se detuvo un instante y luego me golpeó fuertemente en la cara con el látigo de la justicia. Se echó a reír, y tanta gracia le hizo mi expresión de sorpresa que me cruzó la cara nuevamente.

–Castigo cumplido, lord Derfel –dijo, y se alejó. Sus partidarios rieron y aplaudieron.

No nos quedamos a la fiesta, a las justas ni al torneo; ni a los juegos malabares, ni a ver bailar al oso amaestrado ni al concurso de bardos. Volvimos a Lindinis. Nos fuimos paseando por la orilla del río donde crecían los sauces y florecían las arroyuelas moradas. Marchamos a casa.

* * *

Cuneglas nos siguió poco después. Quería pasar una semana con nosotros antes de regresar a Powys.

−Ven conmigo −me dijo.

−He jurado lealtad a Mordred, lord rey.

−¡Ay, Derfel, Derfel! −Me rodeó el cuello con un brazo y nos fuimos a pasear por el patio exterior−. ¡Mi querido Derfel, eres tan malo como Arturo! ¿Tú crees que a Mordred le importa que cumplas un juramento?

−Espero que no desee tenerme como enemigo.

−¿Quién sabe lo que quiere? −replicó Cuneglas−. Chicas, seguramente, y caballos veloces, venados en los montes e hidromiel fuerte. ¡Ven a casa, Derfel! También estará Culhwch.

−Lo echaré mucho de menos, señor −dije. Había vuelto de Caer Cadarn con la esperanza de que Culhwch estuviera esperándonos en Lindinis, pero evidentemente no se había arriesgado a perder un momento y había partido velozmente hacia el norte para escapar de los lanceros que sin duda enviarían tras él para detenerlo antes de que alcanzara la frontera.

Cuneglas dejó de insistir en que me fuera con él al norte.

−¿Qué hacía aquí ese ladrón de Oengus? −me preguntó malhumorado−. ¡Y además juró mantener la paz!

−Lord rey −respondí−, sabe que si pierde la amistad de Arturo, vuestras lanzas invadirán sus tierras.

−Y tiene razón −admitió Cuneglas con amargura−. A lo mejor encargo ese trabajo a Culhwch. ¿Cuál será el puesto de Arturo ahora?

−Depende de Mordred.

−Esperemos que Mordred no sea un necio sin remedio. Dumnonia sin Arturo no tiene sentido para mí. −Se giró, pues una voz de la puerta de entrada anunciaba más visitantes. Casi esperaba ver los escudos del dragón y una partida de hombres de Mordred en busca de Culhwch, pero fue Arturo quien llegó, con Oengus Mac Airem y un puñado de hombres. Arturo se detuvo en el umbral de la casa.

–¿Dais licencia? –me preguntó.

–Naturalmente, señor –repliqué con frialdad.

Mis hijas lo vieron por una ventana y, al momento, echaron todas a correr hacia él gritando alborozadas. Cuneglas también se acercó a Arturo obviando descaradamente la presencia del rey Oengus Mac Airem, el cual se situó a mi lado. Me incliné ante él pero Oengus me hizo erguirme y me envolvió en sus brazos. El cuello de pieles apestaba a sudor y a grasa rancia. Me sonrió.

–Dice Arturo que hace diez años que no participas en una batalla de verdad –me contó.

–Ni un día menos, seguro, señor.

–Te falta práctica, Derfel. En el próximo combate, cualquier mocoso de tres al cuarto te abrirá las tripas y se las echará de comer a los perros. ¿Cómo estás?

–Con más años que antes, señor, pero bien, ¿y vos?

–Aún respiro –dijo, y miró a Cuneglas–. Doy por sentado que el rey de Powys no quiere saludarme.

–Opina, lord rey, que vuestros lanceros dan mucha guerra en sus fronteras.

–Hay que darles trabajo, Derfel, bien lo sabes tú –comentó con una carcajada–. Soldados inactivos, querella segura. Y además, tengo más de los que quiero últimamente. ¡Irlanda se está convirtiendo al cristianismo! –escupió–. Un bretón entrometido llamado Padraig los torna gallinas. Como no os atreveríais jamás a conquistarnos por las armas, nos enviáis a esa especie de mierda de foca para que nos debilite, así que, todos los irlandeses que los tienen bien puestos huyen a los reinos irlandeses de Britania para escapar del cristianismo. ¡Predica con una hoja de trébol! ¿Te imaginas, conquistar Irlanda con una hoja de trébol? ¡No me extraña que los guerreros decentes me busquen a mí! ¿Pero qué hago con tantos?

–Enviadlos a matar a Padraig –le dije.

—Ya está muerto, Derfel, pero sus seguidores están más vivos de la cuenta. —Oengus me había llevado hasta un rincón del patio, y allí se detuvo a mirarme a la cara—. Tengo entendido que trataste de proteger a mi hija.

—Así es, señor —respondí. Vi que Ceinwyn había salido del palacio y abrazaba a Arturo. Hablaban abrazados y ella me miró reprobatoriamente. Volví la cara a Oengus otra vez—. Desenvainé para defenderla, lord rey.

—Bien hecho, Derfel —comentó al descuido—, bien hecho, pero no importa; tengo varias hijas. No estoy seguro de acordarme de quién era Isolda. Una muy menuda, ¿verdad?

—Una muchacha bellísima, lord rey. —Se echó a reír.

—Cualquier jovencita con tetas es bellísima, cuando se es viejo. Tengo una auténtica belleza en mi prole. Se llama Argante y va a romper unos cuantos corazones antes de que su vida termine. Vuestro nuevo rey buscará esposa, ¿no es así?

—Supongo.

—Argante le conviene —dijo Oengus. Ofrecer a su bella hija como reina de Dumnonia no era un gesto de deferencia hacia Mordred sino una forma de asegurarse de que seguiríamos protegiendo Demetia de las represalias de Powys—. Es posible que traiga a Argante aquí de visita —añadió. Después, dejó el tema de la posible alianza y me clavó el puño lleno de cicatrices en el pecho—. Escucha, amigo mío —dijo convincentemente—, no vale la pena romper con Arturo por Isolda.

—¿Por eso os ha traído aquí, señor? —pregunté con recelo.

—¡Claro que sí, insensato! —replicó Oengus en tono risueño—, y porque no podía soportar a tantos cristianos juntos en el Caer. Haced las paces, Derfel. Britania no es tan grande como para que dos hombres decentes empiecen a escupirse el uno al otro. ¿Es cierto que Merlín vive aquí?

—Lo encontraréis por allí —dije, señalando hacia un arco que llevaba al jardín donde florecían las rosas de Ceinwyn—, lo que queda de él.

–Voy a meterle un poco de vida a patadas a ese bellaco. A lo mejor sabe decirme qué tiene de especial la hoja de trébol. Además, necesito un encantamiento que me ayude a fabricar más hijas –se alejó riéndose–. Me estoy haciendo viejo, Derfel, muy viejo.

Arturo dejó a mis tres hijas al cuidado de Ceinwyn y su tío Cuneglas y se dirigió a mí. Vacilé, luego le hice seña de que saliéramos al exterior y di unos pasos precediéndole hasta unos prados, donde le esperé contemplando las almenas con colgaduras de Caer Cadarn que se levantaban por encima de algunos árboles.

Se detuvo a mi espalda.

–Fue en la primera proclamación de Mordred –dijo en voz baja– cuando conocimos a Tristán. ¿Lo recuerdas?

–Sí, señor –dije, sin volverme.

–Ya no soy tu señor, Derfel –dijo–. El juramento que hicimos a Uther se ha cumplido, ha concluido. No soy tu señor pero me gustaría ser tu amigo. –Dudó un momento–. Y en cuanto a lo que pasó –prosiguió–, lo lamento.

No me volví aún, pero no por orgullo sino porque tenía lágrimas en los ojos.

–Yo también lo lamento –dije.

–Entonces, ¿me perdonas? –preguntó humildemente–. ¿Seremos amigos?

Seguí mirando el Caer fijamente y pensé en todas las cosas que yo había hecho y que necesitaban ser perdonadas. Pensé en los cadáveres de los páramos. Yo era un joven lancero entonces, pero la juventud no excusa la matanza. Pensé que no estaba en mis manos perdonar a Arturo por lo que había hecho, sino en las suyas propias.

–Seremos amigos –dije– hasta la muerte. –Y me volví.

Nos abrazamos. El juramento a Uther se había cumplido y Mordred era rey.

CUARTA PARTE

LOS MISTERIOS DE ISIS

–¿Era bella Isolda? –me preguntó Igraine.

Me quedé pensando en la pregunta unos momentos.

–Era joven –respondí al fin– y, tal como dijo su padre...

–He leído lo que dijo su padre –me interrumpió secamente.

Cuando Igraine viene a Dinnewarc, siempre se sienta a leer todos los pergaminos terminados en el antepecho de la ventana, y habla conmigo. Hoy, de la ventana cuelga una cortina de cuero para que no entre tanto frío en la estancia, pero nos hemos quedado a media luz, con sólo unas palmatorias de juncos en el pupitre donde escribo, y ahogados en humo, pues sopla viento del norte y el humo de la chimenea no encuentra la salida por el agujero del tejado.

–Ha pasado mucho tiempo –dije cansado–, y tan sólo la vi un día y dos noches. La recuerdo muy bonita, pero supongo que siempre se nos antojan bellos los que mueren jóvenes.

–Todas las canciones dicen que era muy bella –comentó Igraine con voz soñadora.

–Pagué a los bardos para que las compusieran –dije. De la misma forma que pagué a unos hombres para que llevaran sus cenizas a Kernow. Me pareció que era lo justo, que Tristán debía volver a su tierra una vez muerto, y mezclé sus huesos con los de Isolda y las cenizas de ambos, junto con cenizas de vulgar madera, sin duda; y lo sellé todo en un frasco que encontramos en el salón donde habían compartido un sueño de amor imposible. Yo era rico entonces, un gran lord, señor de esclavos, sirvientes y lanceros, suficientemente rico como para comprar una docena de canciones sobre Tristán e Isolda que todavía hoy se cantan en los salones de festejos. También procuré que esas canciones culparan de las muertes a Arturo.

–¿Pero por qué lo hizo Arturo? –preguntó Igraine.

Me froté la cara con mi única mano.

–Arturo adoraba el orden –dije–. En mi opinión, nunca creyó de verdad en los dioses. Bien, sí creía en su existencia, no era tan insensato. Recuerdo que en una ocasión se rió porque le parecía muy arrogante por nuestra parte pensar que los dioses no tenían nada mejor que hacer que preocuparse de nosotros. «¿Acaso los ratones del tejado nos hacen perder el sueño?», me preguntó. «Entonces, ¿por qué habrían de preocuparse los dioses por nosotros?» Es decir, lo único que le quedaba, habiendo renunciado a los dioses, era el orden, y lo único que mantenía el orden era la ley, y lo único que obligaba a los poderosos a obedecer la ley eran los juramentos. Sencillo, en realidad. –Me encogí de hombros–. Tenía razón, claro, como casi siempre.

–Tenía que haberlos dejado con vida –insistió Igraine.

–Obedecía la ley –repliqué sin entusiasmo. Muchas veces me he arrepentido de permitir que los bardos culparan a Arturo, pero él me perdonó.

–¿Isolda fue quemada viva –dijo Igraine con un estremecimiento– y Arturo lo consintió?

–A veces era de granito –dije–, y no podía evitarlo, pues los demás, bien lo sabe Dios, a veces éramos de mantequilla.

–Tenía que haberlos perdonado –repitió.

–Entonces, las canciones y los relatos no habrían existido –repliqué–. Ellos habrían envejecido, engordado, peleado y muerto. O Tristán habría regresado a Kernow a la muerte de su padre y habría tomado otras esposas. ¿Quién sabe?

–¿Cuántos años vivió Mark?

–Un año más. Murió de estranguria.

–¿De qué?

Sonreí.

–De una enfermedad indecente, señora. Creo que las mujeres no la padecen. Entonces, un sobrino se hizo con el trono, pero ni siquiera recuerdo su nombre. –Igraine sonrió.

–Sin embargo, sí que os acordáis de Isolda corriendo desde el mar –me reprochó– porque su vestido estaba mojado.

–Como si fuera ayer, señora –contesté con una sonrisa.

–El mar de Galilea –dijo Igraine con vivacidad, pues el santo Tudwal acaba de irrumpir en la habitación. Tudwal tiene ahora diez u once años, es un niño delgado de cabello negro, y su cara me recuerda a Cerdic. Es como una rata. Comparte con Sansum la celda y la autoridad. ¡Cuán afortunados somos por contar con dos santos en nuestra pequeña comunidad!

–El santo desea que descifres estos dos pergaminos –dijo el niño–. Cree que son salmos pero dice que tiene los ojos muy apagados y no puede leer.

–Naturalmente –respondí. La verdad, claro, es que Sansum no sabe leer y Tudwal no se aplica a aprender, aunque todos hemos intentado enseñarle y todos fingimos que sabe. Desenrollé con cuidado el viejo, crujiente y frágil pergamino. Estaba en latín, una lengua que apenas entiendo, pero distinguí la palabra *Cristus*–. No son salmos –dije–, pero son escritos cristianos, fragmentos del evangelio, sospecho.

–El mercader pide cuatro monedas de oro.

–Dos –le dije, aunque en realidad no me importaba si los comprábamos o no. Solté el pergamino, que se enrolló solo–. ¿Ha dicho ese hombre de dónde los ha sacado? –pregunté.

–De los sajones –respondió Tudwal con un encogimiento de hombros.

–Deberíamos preservarlos, ciertamente –comenté con aplicación, y se los devolví–. Deberían estar en el almacén de tesoros –junto a *Hywelbane* y todos los demás pequeños tesoros que traje de mi antigua vida, pensé. Todo, excepto el pequeño broche de oro de Ceinwyn que conservo oculto a los ojos del otro santo más viejo. Di las gracias humildemente al joven santo por consultarme e incliné la cabeza mientras él salía.

—¡Sapejo lleno de granos! —exclamó Igraine en cuando Tudwal desapareció. Escupió al fuego—. ¿Sois cristiano, Derfel?

—¡Cómo podéis dudarlo, señora! —protesté—. ¡Hay que ver qué pregunta!

—Lo pregunto —dijo, mirándome intrigada, con el ceño fruncido— porque tengo la impresión de que sois menos cristiano ahora que cuando comenzasteis a escribir esta historia.

Pensé que la observación demostraba agudeza, y además no iba errada, pero no me atreví a confesarlo abiertamente porque Sansum se agarraría de mil amores a la menor excusa para acusarme de hereje y hacerme quemar en la hoguera. Pensé que la madera así empleada no le dolería, aunque mucho nos racionaba la destinada a las chimeneas. Sonreí.

—Me hacéis recordar viejas cosas, señora, nada más. —Pero sí había más. Cuanto más recuerdo aquellos años, más cosas del pasado recupero. Toqué un clavo de hierro del escritorio de madera para alejar el mal del odio de Sansum—. Hace mucho que abandoné el paganismo.

—Ojalá yo fuera pagana —dijo Igraine soñadoramente, arropándose en la capa de castor. Aún le brillan los ojos y su rostro rebosa de vida, tanto que estoy seguro de que está encinta—. No digáis a los santos lo que acabo de deciros —añadió precipitadamente—. Y Mordred, ¿era cristiano?

—No, pero sabía que así encontraría apoyo en Dumnonia, de modo que hizo lo que le pareció para tenerlos contentos. Dio permiso a Sansum para erigir su iglesia.

—¿Dónde?

—En Caer Cadarn —sonreí al recordar—. Nunca llegó a terminarse, pero tenía que haber sido un gran templo en forma de cruz. Decía que acogería la segunda venida de Cristo en el año 500, y derribó la mayor parte del salón de festejos; utilizó las mismas vigas para levantar los muros y las piedras del círculo para los cimientos. Conservó la piedra de los reyes, naturalmente. Luego se apoderó de la mitad de las tierras pertenecientes al palacio de Lindinis y con esas rentas pagó a los monjes de Caer Cadarn.

–¿Vuestra tierra?

–Jamás fue mía esa tierra, sino de Mordred. Y, por descontado, Mordred quería desalojarnos de Lindinis.

–¿Para vivir él en el palacio?

–Para que viviera Sansum. Mordred se trasladó al palacio de invierno de Uther porque le gustaba.

–¿Y vos, adónde fuisteis?

–Buscamos una casa. La vieja fortaleza de Ermid, al sur del lago Issa. El lago no se llamaba así por mi Issa, claro, sino por un antiguo caudillo; Ermid era otro cacique que había vivido en la orilla sur. Cuando murió, compré sus tierras y, cuando Sansum y Morgana se trasladaron a Lindinis, nosotros nos fuimos allí. Las niñas echaban de menos los amplios corredores y las sonoras habitaciones de Lindinis, pero a mí me gustaba la fortaleza de Ermid. Era vieja, con la techumbre de paja, a la sombra de unos árboles y llena de arañas que hacían gritar a Morwenna; por el bien de mi hija mayor tuve que convertirme en lord Derfel Cadarn, el exterminador de arañas.

–¿Habríais matado a Culhwch? –me preguntó Igraine.

–¡Por descontado que no!

–Odio a Mordred –dijo.

–En eso no sois única, señora.

–¿En realidad tenía que convertirse en rey? –preguntó con la mirada en el fuego.

–Como dependía de Arturo, sí, pero si hubiera estado en mis manos, lo habría matado con *Hywelbane,* aunque con ello hubiera roto mi juramento. Era una pena de chico.

–Todo parece muy penoso.

–No escaseó la felicidad en aquellos años –contesté–, e incluso después, algunas veces. Fuimos bastante dichosos entonces.

Todavía recuerdo las voces de las niñas resonando en Lindinis, el ruido de pasos y la emoción que sentían con cualquier juego nuevo o cualquier descubrimiento extraño. Ceinwyn siempre estaba alegre, tenía ese don, y quienes la rodeaban se contagiaban de su alegría y la comunicaban a otros. Supongo que también Dumnonia era feliz. Ciertamente prosperaba, los que se esforzaban se enriquecían. Los cristianos hervían de descontento, pero a pesar de todo, fueron tiempos de gloria y de paz, la era de Arturo.

Igraine pasó las hojas de pergamino hasta encontrar un párrafo concreto.

–De la Mesa Redonda –empezó.

–Por favor –dije levantando una mano para que no formulara la protesta que sabía que iba a formular.

–¡Derfel! –se quejó severamente–. Todo el mundo sabe que fue un asunto muy serio. ¡Muy importante! Los mejores guerreros de Britania comprometidos con Arturo por un juramento, y todos amigos entre sí. ¡Lo sabe todo el mundo!

–La mesa redonda de piedra estaba rota y, al final del día, estaba más rota aún y cubierta de vómitos. Todo el mundo se emborrachó mucho.

–Supongo que, sencillamente, habréis olvidado la verdad –dijo con un suspiro, y dejó de lado el asunto con tanta facilidad que me hizo sospechar que Dafydd, el escribano que traduce mi palabra a la lengua britana, lo arreglará todo al gusto de Igraine. No hace mucho, oí un relato según el cual la mesa era un enorme círculo de madera en torno al cual se sentaba solemnemente la hermandad, pero jamás existió tal mesa ni habría podido existir a menos que hubiésemos cortado la mitad de los árboles de Dumnonia para construirla.

–La Hermandad de Britania –dije pacientemente– fue una idea de Arturo que no llegó a cuajar nunca, en realidad. ¡No era posible! El juramento real estaba por encima del juramento de la Mesa Redonda, y además, nadie sino Arturo y Galahad creyó nunca en ello. Y al final, creedme, hasta él se avergonzaba cuando alguien hablaba de ello.

–Seguro que tenéis razón –dijo, cuando en verdad quería decir que tenía la certeza absoluta de que yo estaba en un error–. Y quiero saber –prosiguió– qué sucedió con Merlín.

–Os lo contaré, lo prometo.

–¡Ahora! –insistió–. Contádmelo ahora. ¿Acaso se desvaneció en el aire, sin más?

–No –dije–. Llegó su hora, al fin. Nimue tenía razón, ¿comprendéis? Simplemente, esperaba su hora en Lindinis. No olvidéis lo mucho que le gustaba engañar y, durante aquel tiempo, se fingió anciano, agonizante, pero por dentro, donde nadie lo veía, su poder seguía intacto. Pero era viejo y ciertamente tenía que reservar sus fuerzas. Comprended que aguardaba el momento en que la olla se revelara. Sabía que precisaría de todo su poder para tal acontecimiento, pero mientras tanto, dejaba que Nimue conservara la llama.

–¿Y qué sucedió? –preguntó Igraine con voz emocionada.

Me enrollé la manga del hábito sobre el muñón.

–Si Dios me conserva la vida, señora, os lo contaré –dije, sin intención de añadir una palabra más. Estaba al borde de las lágrimas al recordar la última y bestial exhibición de poder de Merlín en Britania, pero ese momento todavía queda muy lejano en esta historia, mucho después del cumplimiento de la profecía de Nimue sobre el encuentro de los reyes en Caer Cadarn.

–Si no me lo contáis –me amenazó–, no os contaré yo mis noticias.

–Estáis encinta –dije–, y me alegro muchísimo por vos.

–¡Qué bestia sois, Derfel! –protestó–. Quería daros una sorpresa.

–Habéis rezado mucho, señora, y yo he rogado por vos, ¿cómo no había de escuchar Dios nuestras plegarias?

–Dios envió viruelas a Nwylle –dijo con una sonrisa–, eso

es lo que hizo. Toda ella era un puro grano, con heridas y pus por todas partes, así que el rey la despidió.

—Me alegro.

—Sólo espero que viva para ser rey —comentó, acariciándose el vientre.

—¿Varón? —pregunté.

—Varón —replicó con firmeza.

—Entonces, uniré mis plegarias a las vuestras —dije en tono piadoso, aunque no sé si rezaré al dios de Sansum o a los indómitos dioses de Britania. He rezado tantas veces en mi vida, tantas, pero ¿qué provecho he obtenido? Acabar en este refugio húmedo de las montañas, mientras nuestras antiguos enemigos cantan en nuestras antiguas fortalezas. Pero tal final se halla muy lejos todavía en el relato, y la historia de Arturo está aún muy incompleta. Apenas ha dado comienzo, en ciertos aspectos, pues en aquel momento, cuando Arturo se despojó de su gloria y pasó su poder a Mordred, llegaron los tiempos de pruebas, los tiempos de poner a prueba los juicios de Arturo, mi señor de los juramentos, mi señor terrible, pero mi amigo hasta la muerte.

* * *

Al principio nada sucedió. Todos contuvimos el aliento esperando lo peor pero nada sucedió.

Segamos y secamos el heno, cortamos el lino y colocamos los fibrosos tallos en las cubas de enriado, de modo que nuestros pueblos pasaron semanas respirando un aire pestilente. Segamos los campos de centeno, cebada y trigo, luego escuchamos a los esclavos cantar canciones en la era y el incesante rodar de las muelas del molino. Recogimos todas las manzanas, cortamos leña para el invierno y almacenamos cañas de sauce para los canasteros. Comimos moras y avellanas; con humo, hicimos salir a las abejas de las colmenas y pusimos a gotear la miel en bolsas que colgábamos frente al fuego del hogar, donde dejábamos alimentos para los muertos la víspera de Samain.

Los sajones se quedaron en Lloegyr, en nuestros tribunales se hacía justicia, se desposaban las doncellas, nacían niños, y también morían. El final del año trajo la niebla y la helada. Llegó la matanza de ganado y el hedor de las cubas de enriado dio paso a la pestilencia nauseabunda de los curtidos. El lino recién tejido se guardaba en cubas llenas de cenizas de leña, agua de lluvia y orines recogidos durante todo el año, se pagaron los tributos de verano y, el día del solsticio, los que servíamos a Mitra matamos un toro durante nuestra fiesta anual en honor del sol, mientras que ese mismo día, los cristianos celebraban el nacimiento de su dios. En Imbloc, la gran festividad de la estación fría, invitamos a comer a doscientas personas en nuestra casa, dejamos tres cuchillos en la mesa para uso de los dioses invisibles y ofrecimos sacrificios por la cosecha del año venidero. La primera señal del año nuevo fue el nacimiento de los corderos, luego llegó el momento de arar la tierra, la siembra después, y enseguida empezaron a despuntar yemas verdes en los árboles desnudos. Fue el primer año nuevo del reinado de Mordred.

Este reinado supuso algunos cambios. Mordred pidió el palacio de invierno de su abuelo, cosa que a nadie sorprendió; lo sorprendente fue que Sansum solicitara el palacio de Lindinis para sí. Hizo la petición en el consejo aduciendo que necesitaba el espacio del palacio para su escuela y para la comunidad de mujeres santas de Morgana, y porque deseaba hallarse cerca de la iglesia que estaba construyendo en la cima de Caer Cadarn. Mordred asintió con un gesto y Ceinwyn y yo quedamos despojados sin apelación, pero la fortaleza de Ermid estaba vacía y nos trasladamos al conjunto de construcciones junto al neblinoso lago. Arturo se opuso a la entrada de Sansum en Lindinis, de la misma forma que se opuso a que el tesoro real se hiciera cargo de las reparaciones de los daños causados en el palacio por, según dijo Sansum, la sobreabundancia de niños indisciplinados, pero Mordred estaba por encima de Arturo. Tales fueron las únicas decisiones de Mordred pues, por lo demás, prefería dejar los asuntos de Estado en manos de Arturo. Éste, aunque ya no era protector de Mordred, era el consejero principal y el rey apenas acudía a las sesiones del consejo porque prefería ir de cacería. No siempre perseguía corzos o lobos, y Arturo y yo tuvimos que acostumbrarnos a llevar oro a la choza de algunos campesinos para compensar al padre por la perdida doncellez de su hija o por el honor de su esposa. No era tarea agradable, pero raro y afortunado era el reino donde tal trámite no se hiciera necesario.

Dian, nuestra hija menor, enfermó aquel verano. Sufría de una fiebre que no desaparecía, o mejor dicho, que subía y bajaba con tal virulencia que por tres veces creímos que había muerto, y por tres veces las pócimas de Merlín la revivieron, aunque nada de lo que hiciera el anciano parecía limpiarla por completo de la enfermedad. Dian prometía ser la más alegre y animada de nuestras hijas. Morwenna, la mayor, era una niña sensata que amaba a su madre y a sus hermanas menores y que gustaba de las tareas de la casa; siempre sentía curiosidad por las cocinas, por las cubas de enriado o los barriles de lino. Seren, la estrella, era nuestra belleza, una niña que había heredado toda la hermosura y delicadeza de su madre, a lo que había añadido un carácter nostálgico y encantador de su propia cosecha. Pasaba horas en compañía de los bardos aprendiendo sus canciones y tañendo sus arpas, pero Dian, como siempre decía Ceinwyn, era mía. Dian no tenía miedo. Disparaba el arco y la flecha, sentía gran placer montando a caballo, a los seis años era capaz de manejar una barca de mimbre y cuero con la misma facilidad que un pescador del lago. La fiebre la alcanzó a los seis años y, de no haber sido por esas fiebres, seguramente habríamos viajado todos juntos a Powys, pues poco antes de un mes del primer aniversario de la ascensión de Mordred al trono, el rey pidió súbitamente que Arturo y yo nos trasladáramos a la corte de Cuneglas.

Mordred dictó la orden en una de sus raras comparecencias en el consejo real. Tan imprevisto deseo nos tomó a todos por sorpresa, y también la misión misma que nos iba a encomendar, pero el rey había tomado la firme determinación. Naturalmente, existía un motivo ulterior, aunque ni Arturo ni yo supimos verlo en aquel momento, ni nadie en el consejo, excepto Sansum, pues fue el impulsor de la idea, y tardamos mucho en deducir los verdaderos motivos del señor de los ratones. Tampoco había razones para recelar del mandato del rey, pues parecía razonable, aunque ni Arturo ni yo entendimos por qué teníamos que acudir los dos a Powys.

El asunto surgió a raíz de un acontecimiento sucedido en tiempos lejanos. Norwenna, la madre de Mordred, había muerto asesinada por Gundleus, el rey de Siluria, y aunque Gundleus había recibido su castigo, el hombre que había traicionado a Norwenna continuaba con vida. Se llamaba Ligessac y había sido jefe de la guardia de Mordred cuando el rey era un niño de pecho. Pero Ligessac aceptó el soborno de Gundleus y abrió las puertas del Tor de Merlín al rey silurio, que llegaba con intenciones asesinas. Mordred se salvó gracias a Morgana, pero su madre murió. Ligessac, por cuya traición murió Norwenna, sobrevivió a la guerra que siguió al asesinato y también a la batalla del valle del Lugg.

Mordred, naturalmente, tuvo noticia de lo sucedido y, como era de esperar, se interesó por el destino de Ligessac; pero fue el obispo Sansum quien convirtió tal interés en una obsesión. Sansum descubrió de alguna manera que Ligessac se había refugiado con un grupo de ermitaños cristianos en una remota región montañosa del norte de Siluria perteneciente a la corona de Cuneglas.

—Me duele traicionar a un hermano cristiano –anunció inapelablemente el señor de los ratones en la sesión del consejo–, pero asimismo me duele que un cristiano sea culpable de tan baja traición. Ligessac continúa con vida, lord rey –le dijo a Mordred–, y debería comparecer ante vos.

Arturo propuso solicitar a Cuneglas el arresto del fugitivo y su deportación a Dumnonia. Sansum hizo un gesto negativo con la cabeza y adujo que sin duda sería una descortesía pedir a otro rey que diera inicio a una venganza que tan de cerca atañía al honor de Mordred.

–Este asunto concierne a Dumnonia –insistió Sansum–, y los dumnonios deben ser los agentes de su éxito, lord rey.

Mordred asintió y después repitió que tanto Arturo como yo debíamos partir en busca del traidor. Arturo, sorprendido como siempre que Mordred imponía su voluntad en el consejo, tuvo algo que oponer. Preguntó por qué debían de ir dos lores a cumplir un encargo que podía encomendarse fácilmente a una docena de lanceros. Mordred sonrió ante la pregunta.

–¿Creéis, lord Arturo, que Dumnonia se hundirá sin Derfel y sin vos?

–No, lord rey; pero Ligessac será un anciano ya y no habrá necesidad de reunir a dos bandas de guerreros para capturarlo.

El rey golpeó la mesa con el puño.

–Tras el asesinato de mi madre –acusó a Arturo–, dejasteis escapar a Ligessac. En el valle del Lugg, lord Arturo, lo dejasteis huir de nuevo. Me debéis la vida de Ligessac.

Arturo se puso tenso un momento al escuchar tal acusación, pero inclinó la cabeza en reconocimiento de su obligación.

–Sin embargo, Derfel no es responsable –señaló.

Mordred me miró fijamente. Todavía me guardaba rencor por las azotainas que le había dado de niño, pero yo esperaba que los golpes que me había propinado en el día de su proclamación y el pequeño triunfo de habernos expulsado de Lindinis hubieran aplacado un poco la sed de venganza.

–Lord Derfel –dijo, pronunciando el título de forma que sonara ridículo, como siempre– conoce al traidor. ¿Quién más podría reconocerlo? Insisto en que vayáis los dos. Y no es necesario que llevéis dos bandas enteras de guerreros –dijo, retomando la objeción de Arturo–. Bastará con unos cuantos hombres.

–Debía de sentirse un poco cohibido al dar semejantes consejos militares a Arturo, porque la voz se le quebró y tuvo que mirar inquieto a los demás consejeros antes de recobrar la poca presencia de ánimo que poseía–. Quiero a Ligessac aquí antes de Samain –repitió–, y lo quiero vivo.

Cuando un rey insiste, los hombres obedecen, de modo que Arturo y yo partimos a caballo hacia el norte con treinta hombres cada uno. Ninguno de nosotros creía necesarios tantos soldados, pero era la ocasión de proporcionar a unos cuantos hombres mal empleados el ejercicio de una marcha larga. Los otros treinta lanceros míos se quedaron protegiendo a Ceinwyn, mientras que el resto de los de Arturo permanecieron en Durnovaria o partieron en apoyo de Sagramor, apostado como siempre en las defensas de la frontera norte con los sajones. En aquella frontera, los grupos sajones no cesaban de hostigar, sin intención de invadirnos pero robando ganado y esclavos durante todos los años de paz. Nosotros hacíamos incursiones parecidas, pero ambas partes evitábamos cuidadosamente transformarlas en una guerra declarada. La paz provisional que habíamos pactado en Londres había durado mucho, aunque entre Aelle y Cerdic el caso no era el mismo. Habían peleado uno contra otro hasta inmovilizarse y nos habían dejado al margen de sus disputas. Ciertamente, llegamos a acostumbrarnos a la paz.

Mis hombres emprendieron la marcha a pie hacia el norte, mientras que los de Arturo cabalgaron, o al menos condujeron sus caballos, por las buenas calzadas romanas que nos llevaron primero a Gwent, el reino de Meurig. El rey nos ofreció una mezquina fiesta en la que sus sacerdotes superaban en número a nuestros soldados; después, dimos un rodeo hasta el valle del Wye para visitar al anciano Tewdric, a quien encontramos viviendo en una humilde choza de paja la mitad de grande que la construcción donde guardaba su colección de pergaminos cristianos. Su esposa, la reina Enid, maldecía el destino que la había alejado de los palacios de Gwent para confinarla en los bosques, entre ratones, pero el viejo rey era feliz. Había tomado las órdenes cristianas y pasaba por alto alegremente las recriminaciones de Enid. Nos ofreció un plato de alubias, pan y agua y se alegró de la noticia de que el cristianismo se expandía en Dumnonia. Le preguntamos sobre las profecías que anunciaban el advenimiento de Cristo para cuatro años más tarde y nos dijo que él rogaba porque fueran ciertas, sospechaba que era mucho más probable que Cristo aguardara mil años más antes de regresar en toda su gloria.

–Pero, ¿quién sabe? –dijo–. Es posible que vuelva dentro de cuatro años. ¡Qué pensamiento tan glorioso!

–Sólo deseo que vuestros hermanos cristianos se conformen con esperar en paz –comentó Arturo.

–Tienen el deber de preparar la tierra para el advenimiento –replicó Tewdric en tono muy serio–. Deben convertir a otros, lord Arturo, y limpiar la tierra de pecado.

–Pues si no tienen cuidado, sólo conseguirán la guerra entre ellos y los demás –gruñó Arturo.

Contó a Tewdric las revueltas que se producían en todas las ciudades de Dumnonia porque los cristianos querían derribar o profanar templos paganos. Las escenas que habíamos contemplado en Isca no fueron sino el comienzo de los problemas, la desazón se extendía rápidamente; uno de los síntomas del creciente malestar era el símbolo del pez, un simple garabato de dos líneas curvas, que los cristianos pintaban en las paredes paganas o grababan en la corteza de los árboles en los sotos de los druidas. Culhwch tenía razón: el pez era un símbolo cristiano.

–Es porque pez en griego se dice *ichtus* –nos explicó Tewdric, que escrito en letras griegas sería el nombre de Cristo. *Iesous Christos, Theou Uios, Soter*. Jesús Cristo, Hijo de Dios, Salvador. Muy sencillo, muy sencillo en realidad. –Chasqueó la lengua, satisfecho de su explicación, y comprendí sin dificultad de dónde había heredado Tewdric su irritante pedantería–. Claro que si yo estuviera gobernando ahora –prosiguió Tewdric–, me preocuparía tanto tumulto, pero como cristiano, me alegro. Los santos padres nos dicen que habrá muchas señales y se verán grandes portentos en los últimos días, lord Arturo, y los conflictos civiles no son más que una parte, de modo que tal vez el fin esté cerca.

Arturo desmigajó un trozo de pan en el plato.

–¿De verdad os congratulan las revueltas? –le preguntó–. ¿Os parece bien que ataquen a los paganos? ¿Que se incendien y se pintarrajeen los templos?

Tewdric miró por la puerta abierta hacia los verdes bosques que se apelmazaban alrededor de su pequeño monasterio.

–Supongo que ha de ser difícil de entender para los demás –dijo, evitando responder directamente a la pregunta de Arturo–. Los disturbios deben ser interpretados como síntomas de excitación, lord Arturo, no como señales de la gracia divina. –Se santiguó y nos sonrió–. Nuestra fe –dijo con convicción– es la fe del amor. El hijo de Dios se humilló para salvarnos de nuestros pecados, y nos invita a imitarlo en todos nuestros actos y pensamientos. Nos dice que amemos a nuestros enemigos y que hagamos el bien a los que nos odian, aunque son mandamientos difíciles de cumplir, excesivamente difíciles para la mayoría de la gente. Y no debemos olvidar qué rogamos en nuestras más fervientes oraciones, rogamos por el regreso de Nuestro Señor Jesucristo. –Se santiguó nuevamente–. La gente reza y desea el segundo advenimiento del Señor, y temen que si en el mundo impera el paganismo todavía, tal vez no regrese, y por eso sienten el impulso de acabar con los infieles.

–La destrucción del paganismo –puntualizó Arturo con aspereza– no me parece un fin propio de una religión que predica el amor.

–Acabar con el paganismo es un acto lleno de amor –insistió Tewdric–. Si vosotros los paganos os negáis a aceptar a Cristo, seguro que iréis al infierno. Aunque hayáis sido virtuosos arderéis eternamente. Los cristianos tenemos el deber de salvaros de tan horrendo destino, ¿acaso tal deber no es un acto de amor?

–No, si no deseo ser salvado –replicó Arturo.

–Entonces, debéis soportar la enemistad de los que os aman –replicó Tewdric–, al menos hasta que la excitación se aplaque, porque se aplacará. Estos entusiasmos nunca duran mucho tiempo, y si nuestro Señor Jesucristo no vuelve dentro de cuatro años, seguro que la exaltación se desvanecerá hasta la celebración del primer milenio. –Se quedó mirando de nuevo los profundos bosques–. ¡Qué gloria sería –exclamó como transido– si yo viviera para ver a mi Salvador en Britania! –Se volvió otra vez hacia Arturo–. Los portentos que precederán su regreso serán inquietantes, me temo. Sin duda, los sajones serán una molestia. ¿Son motivo de graves problemas últimamente?

–No –replicó Arturo–, pero su número aumenta de año en año. Creo que no permanecerán tranquilos mucho tiempo.

–Rezaré para que Cristo venga antes de que ellos se agiten –dijo Tewdric–. No creo que pueda soportar que los sajones se apoderen de nuestras tierras. Aunque a mí ya no me concierne, claro –añadió apresuradamente–; ahora he dejado esa clase de asuntos en manos de Meurig. –Se levantó al oír un cuerno cerca de la capilla–. ¡Es la hora de la oración! –exclamó contento–. ¿Deseáis uniros a mí, por ventura?

Nos excusamos y, a la mañana siguiente, nos alejamos del monasterio del viejo rey y subimos las colinas hasta llegar a Powys. Dos noches más tarde entramos en Caer Sws, donde nos reunimos con Culhwch, que prosperaba en su nuevo reino. Aquella noche bebimos todos hidromiel en exceso y a la mañana siguiente, cuando Cuneglas y yo cabalgamos hasta Cwm Isaf, me dolía la cabeza. El rey había mantenido intacta nuestra antigua casa.

–Nunca se sabe cuándo podrás necesitarla otra vez, Derfel –me dijo.

–Pronto, tal vez –admití con tristeza.

–¿Pronto? Eso espero.

–En realidad, no somos queridos en Dumnonia. Mordred me guarda rencor.

–Pues pide que te liberen de tu juramento.

–Lo pedí, y se negó a dármelo. –Lo había solicitado después de la ceremonia de proclamación, cuando la vergüenza de los dos azotes todavía me quemaba la cara; seis meses más tarde, insistí y una vez más me lo negó. Así demostró inteligencia, pues sabía que la forma más efectiva de castigarme era obligarme a servirle.

–¿Necesita a tus lanceros? –me preguntó Cuneglas, sentado en un banco bajo un manzano, a la puerta de su casa.

–Sólo mi lealtad a regañadientes –repliqué con amargura–. No parece que quiera librar batalla alguna.

–Entonces no es tan insensato –comentó secamente. Después hablamos de Ceinwyn y de las niñas; Cuneglas se ofreció a mandar a Malaine, su nuevo druida mayor, junto a Dian–. Malaine domina admirablemente la hierbas –dijo–. Mejor que el viejo Iorweth. ¿Sabías que ha muerto?

–Lo sabía. Y si podéis prescindir de Malaine, lord rey, os lo agradecería.

–Partirá mañana. No puedo soportar que mis sobrinas estén enfermas. ¿Nimue no os ayuda?

–Ni más ni menos que Merlín –dije, rozando la punta de la hoja de una vieja hoz incrustada en la corteza del manzano. Toqué el hierro para evitar el mal que amenazaba a Dian–. Los viejos dioses –dije con amargura– han abandonado a Dumnonia.

–Derfel –dijo Cuneglas con una sonrisa–, subestimar a los dioses nunca da buen resultado. Volverán a florecer en Dumnonia. –Hizo una pausa–. A los cristianos les gusta llamarse ovejas a sí mismos, ¿no es así? Bueno, pues oíremos sus balidos cuando vengan los lobos.

–¿Qué lobos?

—Los sajones —replicó, descontento—. Nos han dejado en paz diez años pero no cesan de arribar naves a las costas orientales y noto que su poder crece. Si comienzan a luchar de nuevo contra nosotros, esos cristianos que tanto te preocupan agradecerán las espadas paganas. —Se levantó y me puso la mano en el hombro—. El asunto de los sajones no ha concluido, Derfel, no ha concluido.

Aquella noche nos ofreció una fiesta y a la mañana siguiente, con un guía que nos proporcionó el propio Cuneglas, viajamos hacia el sur, hacia las grises montañas que formaban la antigua frontera de Siluria.

Nos dirigíamos a una remota comunidad cristiana. Aún escaseaban los cristianos en Powys, pues Cuneglas expulsaba de su reino, sin miramientos, a los misioneros de Sansum siempre que descubría su presencia; pero había algunos en el reino, y abundaban en las antiguas tierras de Siluria. El grupo que buscábamos era famoso entre los cristianos de Britania por su santidad, la cual demostraban viviendo en la extrema pobreza en un lugar salvaje y hostil. Ligessac había encontrado refugio entre aquellos cristianos fanáticos que, como nos había contado Tewdric, mortificaban su cuerpo, es decir, que competían unos con otros por ver quién era capaz de vivir más miserablemente. Algunos moraban en cavernas, otros sobrevivían a la intemperie, otros sólo comían cosas verdes, otros rechazaban cualquier prenda de vestir, otros se cubrían con camisas de pelo en las que entretejían zarzas, otros llevaban coronas de espinas y otros se azotaban a sí mismos hasta sangrar, día tras día como los que habíamos visto flagelándose en Isca. En mi opinión, el mejor castigo para Ligessac era dejarlo allí, pero teníamos órdenes de prenderlo y llevarlo a Dumnonia, es decir, que tendríamos que enfrentarnos con el jefe de la comunidad, un obispo feroz llamado Cadoc, renombrado por su beligerancia.

Tal reputación nos persuadió de acudir armados al escuálido refugio de Cadoc, situado en los altos montes. No utilizamos nuestras mejores armaduras, al menos los que teníamos donde escoger, pues tanto lujo habría sido inútil con un grupo de santos fanáticos y medio locos, pero todos llevábamos yelmo, cota de malla o de cuero y escudo. Pensamos que al menos los avíos de guerrero intimidarían a los discípulos de Cadoc, que, según nuestro guía, no eran más de veinte.

–Y todos están locos –nos dijo el guía–. ¡Uno estuvo quieto como un muerto durante un año entero! Dicen que no movía ni un músculo..., tieso como un palo, y le metían comida por un lado y, por el otro, le retiraban la mierda. ¡Qué exigencias tan raras, las de ese dios!

El camino que llevaba al refugio de Cadoc, hecho por pies de peregrinos, subía retorciéndose por las laderas de montes anchos y desnudos donde los únicos seres vivos que se veían eran ovejas y cabras. No avistamos pastores, aunque seguro que ellos a nosotros sí.

–Si Ligessac tiene algo de sentido común –dijo Arturo– se habrá marchado. Seguro que a estas alturas ya nos han visto.

–¿Y qué vamos a decirle a Mordred?

–La verdad, naturalmente –replicó Arturo sin entusiasmo. Su armadura consistía en un sencillo casco de lancero y una coraza de cuero, pero hasta tan humildes aperos parecían limpios y correctos en él. Nunca tuvo la ostentosa vanidad de Lancelot pero le enorgullecía la buena presencia, y la expedición a aquellas áridas tierras altas ofendía de alguna manera su sentido del aseo y la corrección. El tiempo no ayudó mucho, pues hacía un día plomizo y gris de verano y un viento helado traía llovizna del oeste.

A pesar del triste ánimo de Arturo, nuestros hombres estaban alegres. Bromeaban sobre asaltar la fortaleza del poderoso rey Cadoc y se jactaban del oro, los aros de guerrero y los esclavos que capturarían, y tales extravagancias los hacían reír, hasta que por fin salvamos el último repecho de los montes y contemplamos desde lo alto el valle donde Ligessac se había refugiado. Era verdaderamente un lugar inhóspito, un mar de lodo donde se levantaban una docena de cabañas redondas de piedra en torno a una pequeña iglesia cuadrada, de piedra también. Había algunos huertos míseros, una charca oscura y unos corrales de piedra para las cabras de la comunidad, pero no había empalizada.

La única defensa de que presumía el valle era una gran cruz de piedra con intrincados dibujos grabados y una imagen del dios cristiano gloriosamente entronizado. La cruz, una maravillosa obra de arte, marcaba el collado donde comenzaba la tierra de Cadoc y, al lado de la cruz, a la vista del diminuto asentamiento que se levantaba a unos escasos doce tiros de lanza, Arturo detuvo a la compañía.

—No invadiremos el terreno —nos dijo suavemente— hasta que hayamos hablado con ellos. —Apoyó la lanza en el suelo junto a los cascos delanteros de su montura y aguardó.

Vimos a unas cuantas personas en el poblado y, tan pronto como nos avistaron, corrieron a refugiarse en la iglesia de donde, un momento después, salió un hombre muy corpulento que se dirigió a nosotros a grandes zancadas. Era un verdadero gigante, alto como Merlín, de ancho pecho y grandes manos. También estaba muy sucio, no se había lavado la cara y llevaba un sayo marrón lleno de barro y porquería, mientras que su pelo gris, sucio como la ropa, no parecía haber recibido un lavado en su vida. La barba le crecía al descuido hasta más abajo de la cintura y, por detrás de la tonsura, le salían los enmarañados mechones disparados como si fuera un enorme vellocino gris recién esquilado. Tenía la cara muy morena y su boca era ancha, la frente prominente y los ojos iracundos. Era un rostro impresionante. En la mano derecha llevaba un báculo y, de la cadera izquierda, colgaba, sin vaina, una gran espada oxidada. Parecía haber sido un buen lancero en algún tiempo, y no dudé que fuera capaz de asestar todavía dos o tres estocadas mortales.

—No sois bienvenidos aquí —gritó, mientras se acercaba a

nosotros–, a menos que queráis ofrecer a Dios vuestra alma miserable.

–Ya se la hemos ofrecido a nuestros dioses –replicó Arturo en tono risueño.

–¡Infieles! –El hombretón, al que tomé por el famoso Cadoc, nos escupió–. ¿Osáis venir con hierro y acero a un lugar donde los discípulos de Cristo juegan con el Cordero de Dios?

–Venimos en son de paz –insistió Arturo.

El obispo escupió un esputo enorme y amarillento en dirección al caballo de Arturo.

–Eres Arturo ap Uther ap Satán –dijo– y tu alma es un trapo sucio.

–Y vos sois el obispo Cadoc, supongo –replicó Arturo amablemente.

El obispo se plantó junto a la cruz y marcó una línea en el suelo con el báculo.

–Sólo los fieles y los penitentes pueden cruzar esta raya –declaró–, porque esto es tierra sagrada.

Arturo miró unos segundos la extensión fangosa y mísera que tenía delante y sonrió gravemente al osado Cadoc.

–No deseo entrar en vuestra tierra sagrada, obispo, pero os pido pacíficamente que nos entreguéis a un hombre llamado Ligessac.

–Ligessac –tronó Cadoc, como si se dirigiera a una multitud de miles– es hijo de Dios, bendito y santo. Aquí está acogido a sagrado y ni vosotros ni ninguno de los que llamáis lord podéis violar el santuario.

–Aquí gobierna un rey, obispo, no vuestro dios –replicó Arturo con una sonrisa–. Sólo Cuneglas puede ofrecer refugio, y no lo ha hecho.

–Mi rey, Arturo –replicó Cadoc con orgullo–, es el rey de los reyes, y Él me ordena que os niegue la entrada.

–¿Os resistís? –preguntó Arturo con un tono de amable sorpresa.

–¡A muerte! –gritó Cadoc.

–Obispo –contestó Arturo sin alterarse–, yo no soy cristiano, pero, ¿no predicáis acaso que vuestro más allá es un lugar de delicias sin fin? –Cadoc no respondió y Arturo se encogió de hombros–. Así pues, os haría un favor, ¿no es cierto?, acelerando vuestra llegada a tal destino –dijo, y desenvainó a Excalibur.

El obispo ahondó la línea del suelo con el báculo.

–Te prohíbo que cruces esta raya –gritó–, ¡te lo prohíbo en el nombre del Padre, del Hijo y del Espíritu Santo! –Alzó el báculo y señaló a Arturo con él; lo mantuvo así un instante y después movió la punta señalándonos a todos; confieso que en aquel momento me estremecí. Cadoc no era como Merlín y pensé que su dios no tenía el mismo poder que los dioses de Merlín, y sin embargo me estremecí al ver el báculo apuntándome, y el temor me hizo tocar la cota de hierro y escupir en el camino–. Ahora me retiro a mis oraciones, Arturo –añadió Cadoc–, y si deseas vivir, da media vuelta y aléjate de este lugar, pues si cruzas esta santa cruz, te juro, por la dulce sangre de nuestro Señor Jesucristo, que vuestras almas arderán en el tormento. Conoceréis el fuego eterno, seréis malditos desde el principio de los tiempos hasta el final y desde las bóvedas celestiales hasta las simas más profundas del infierno. –Y tras tan terrible maldición, escupió una vez más, dio medio vuelta y se alejó.

Arturo limpió las gotas de llovizna de la espada con una punta del manto y la envainó.

–Parece que aquí no nos quieren –dijo de buen humor; luego hizo una seña a Balin, que era el jinete más veterano de los presentes–. Idos con los caballos hasta detrás del pueblo y cubrid la salida, que no escape nadie. En cuanto hayáis tomado posiciones, Derfel y sus hombres registrarán las casas. ¡Y escuchad! –exclamó, levantando la voz para que los sesenta hombres le oyeran–: Estas gentes presentarán oposición. Nos provocarán y lucharán contra nosotros, pero no tenemos pendencia alguna con ellos. Sólo queremos a Ligessac. No robéis nada y no hagáis daño a nadie sin necesidad. Recordad que sois soldados y ellos no. Tratadlos respetuosamente y responded a sus insultos con el silencio. –Habló con severidad y luego, cuando creyó que todos nuestros hombres le habían entendido, sonrió a Balin y le hizo seña de que partiera.

Los treinta hombres a caballo se lanzaron al galope abandonando el camino y dando un rodeo por el margen del valle para llegar a la colina más lejana, que se levantaba al otro lado del asentamiento. Cadoc, que todavía estaba de camino a la iglesia, los miró pero no dio señales de alarma.

–Me pregunto –comentó Arturo– cómo sabía quién soy.

–Sois famoso, señor –dije. Seguía llamándolo señor, y así lo haría siempre.

–Es posible que haya oído mi nombre, pero no habrá visto mi cara. Aquí no, desde luego. –Se encogió de hombros–. ¿Ligessac siempre fue cristiano?

–Desde que lo conocí por primera vez, pero nunca fue un buen cristiano.

–Es más fácil ser virtuoso cuando se es mayor –comentó Arturo con una sonrisa–. Al menos eso me parece. –Observó el avance de los caballos, que ya habían pasado la aldea de largo levantando agua del suelo empapado con sus cascos, después alzó la lanza y miró a mis hombres–. ¡No lo olvidéis! ¡Nada de robar! –Me pregunté qué botín podía haber en un lugar tan miserable, pero Arturo sabía que los lanceros siempre encuentran algo que llevarse de recuerdo–. No quiero complicaciones –insistió Arturo–. Buscaremos a nuestro hombre y nos marcharemos. –Tocó a *Llamrei* en el flanco y la yegua negra se puso en marcha obedientemente. Los soldados de a pie le seguimos y nuestras botas borraron la línea que Cadoc había marcado en la tierra junto a la cruz de intrincados adornos. No cayó fuego del cielo.

El obispo ya había llegado a la iglesia y se detuvo en la puerta, se volvió, nos vio llegar y entró en el templo.

–Sabían que veníamos –dijo Arturo– de modo que no creo que encontremos a Ligessac aquí. Mucho me temo que estemos perdiendo el tiempo, Derfel. –Una mansa oveja se cruzó cojeando en el camino y Arturo detuvo al caballo para cederle el paso. Le vi estremecerse y supe que le ofendía la suciedad del poblado, que prácticamente rivalizaba con la miseria del Tor de Nimue.

Cadoc reapareció a la puerta de la iglesia cuando nos encontrábamos a unos cien pasos. Nuestros jinetes ya esperaban detrás de las casas, pero el obispo no se preocupó de mirar dónde estaban. Se llevó un gran cuerno de carnero a la boca y arrancó una nota que resonó hueca en las desnudas paredes del cuenco que formaban los montes. Volvió a soplar, se detuvo a tomar aliento y tocó por tercera vez.

Súbitamente, se nos presentó la batalla.

Sabían sin duda que habíamos de llegar, y nos esperaban convenientemente preparados. Debían de haber convocado hasta al último cristiano de Powys y Siluria en defensa de Cadoc; aquellos hombres aparecieron en aquel momento en las cimas que rodeaban el valle, mientras otros corrían a cerrarnos el camino a nuestra espalda. Unos llevaban lanzas, otros escudos y otros, simples garfios u horcas de recoger heno, pero parecían muy seguros de lo que hacían. Comprendí que muchos habrían sido lanceros y que habrían luchado en la guerra como soldados de leva, pues lo que tanta confianza infundía a aquellos cristianos, aparte de la fe en su dios, era el hecho de haberse reunido al menos doscientos.

–¡Locos! –gritó Arturo enfadado. Odiaba la violencia innecesaria y sabía que con tal respuesta, sería inevitable derramar sangre. También sabía que ganaríamos, pues sólo unos fanáticos que creyeran que su dios lucharía por ellos se atreverían a enfrentarse a sesenta de los más aguerridos soldados de Dumnonia–. ¡Locos! –De nuevo escupió; echó una ojeada a la aldea y vio que de las cabañas salían más hombres armados–. Quédate aquí, Derfel –dijo–. Sólo resiste la embestida, nosotros los haremos dispersarse. –Picó espuelas y se dirigió al galope, él solo, al otro extremo de la aldea para reunirse con sus hombres.

–Círculo de escudos –dije en voz baja.

Éramos sólo treinta hombres; nuestro corro de dos filas era tan pequeño que a los entusiasmados cristianos que bajaban gritando de los montes y salían de las cabañas con la intención de aniquilarnos debió de parecerles un blanco fácil. La formación en círculo nunca ha sido la preferida de los soldados porque la separación entre las lanzas que salen fuera del círculo hace que las puntas queden también muy separadas entre sí, y cuanto menor sea el círculo más amplios son los huecos, pero mis hombres estaban bien entrenados. Los del primer anillo se arrodillaron uniendo los escudos, con las lanzas firmemente clavadas en el suelo detrás del escudo. Los del segundo anillo colocamos los escudos sobre los anteriores, de pie en el suelo, de forma que los oponentes tendrían que habérselas con un grueso muro doble de madera cubierta de cuero. Después, nos colocamos de pie, cada uno detrás de uno de los que estaban arrodillados, y levantamos las lanzas por encima de sus cabezas. Nuestra labor consistía en proteger el anillo exterior, que a su vez había de aguantar la embestida. Sería un trabajo duro y sangriento, pero mientras los soldados arrodillados mantuvieran los escudos en alto y sujetaran firmemente las lanzas y nosotros los protegiéramos, el círculo de escudos sería suficiente. Recordé maniobras de instrucción a los del exterior, les dije que su función era actuar de simple obstáculo y que dejaran la matanza para nosotros.

–Bel nos acompaña –les dije.

–Y Arturo también –añadió Issa con entusiasmo.

Pues sería Arturo quien en realidad llevara a cabo la matanza aquel día. Nosotros éramos el anzuelo y él, el brazo ejecutor, y los hombres de Cadoc mordieron el anzuelo como un salmón hambriento se abalanza sobre una cachipolla. El propio Cadoc iba a la cabeza de los que salían de la aldea, con su oxidada espada y un gran escudo redondo pintado con una cruz negra, bajo la cual vi el contorno semiborrado del zorro de Siluria, es decir, que el obispo había servido en las filas de Gundleus.

La horda cristiana no avanzaba en formación de barrera de escudos. Tal vez de esa forma habrían logrado la victoria, pero atacaron al estilo antiguo, el que dio la victoria a los romanos en su día. Antiguamente, cuando los romanos estaban en Britania, las tribus cargaban contra ellos todos a una, en avalancha, gloriosamente impelidos por el hidromiel. Tales ataques intimidaban a la vista pero eran fáciles de superar por un ejército de hombres disciplinados, y mis lanceros estaban muy bien disciplinados.

Sin duda sintieron miedo. Yo también, pues la carga de hombres vociferantes es terrible de ver. Da buenos resultados contra bandas sin disciplina por el terror que infunde, y aquella fue la primera ocasión en que vi el antiguo estilo guerrero de Britania. Los cristianos de Cadoc se abalanzaron frenéticamente sobre nosotros, compitiendo por ver quién sería el primero en caer ante nuestras lanzas. Gritaban y nos maldecían, habríase dicho que todos querían ser mártires o héroes. Incluso había mujeres entre ellos, que gritaban blandiendo bastones de madera o afilados cuchillos. Hasta niños vimos entre la horda vociferante.

–¡Bel! –grité, cuando el primer hombre trató de saltar sobre un soldado arrodillado del anillo exterior, y murió en la punta de mi lanza. Lo ensarté limpiamente como a una liebre en un asador, y luego lo arrojé, con lanza y todo, fuera del círculo para que su cadáver sirviera de obstáculo a sus camaradas. *Hywelbane* mató al siguiente, y oí a mis lanceros entonar su temible canto de guerra mientras pinchaban, rajaban, acuchillaban y clavaban. Todos éramos rápidos y buenos y estábamos perfectamente entrenados. Horas de aburridas maniobras salieron a la luz en aquel anillo de escudos y, aunque hacía años que muchos de nosotros no combatíamos, descubrimos que nuestros viejos instintos continuaban tan despiertos como siempre, y aquel día, sólo el instinto y la experiencia nos mantuvieron con vida. El enemigo era una prensa chirriante de fanáticos que se apelotonaban alrededor del círculo y hendían el aire con las espadas, pero nuestros soldados del primer anillo aguantaron firmes como rocas y la montaña de cadáveres y moribundos crecía tan deprisa frente a nuestros escudos que entorpecía mucho a los demás atacantes. Durante los dos primeros minutos, cuando el campo situado frente al círculo de escudos todavía estaba despejado y los más valientes enemigos podían acercarse mucho aún, la pelea fue tremenda, pero tan pronto como el montón de muertos y agonizantes empezó a protegernos, sólo los más osados trataban de acercarse a nosotros, y entonces, los quince que formábamos el anillo interior escogíamos nuestro blanco y lo aprovechábamos para practicar la esgrima, o el dominio de la lanza. Luchamos deprisa, nos animábamos unos a otros y matábamos sin compasión.

Cadoc acudió pronto al combate. Llegó blandiendo la enorme espada oxidada tan rápidamente que el aire silbaba. Sabía perfectamente lo que hacía e intentó abatir a un soldado de la primera fila, pues si rompía el anillo exterior, los demás caeríamos rápidamente. Detuve su primer mandoble con *Hywelbane*, contraataqué con un giro rápido que se perdió en su sucia mata de pelo y entonces, Eachern, el pequeño y corpulento irlandés que aún estaba a mi servicio a pesar de las amenazas de Mordred, asestó un golpe con la vara de la lanza al obispo en plena cara. El tajo de una espada le había segado la punta del arma, pero clavó el extremo de hierro de la vara a Cadoc en la frente. El obispo bizqueó un instante, abrió la boca llena de dientes podridos y se hundió en el barro.

El último que intentó romper el círculo de escudos fue una mujer muy despeinada que trepó por el montón de muertos y me maldijo a voz en grito, al tiempo que trataba de saltar sobre los hombres arrodillados del primer anillo. La agarré por el cabello, dejé que despuntara su cuchillo de carnicero dando golpes contra mi cota de malla, luego la metí en el círculo arrastrándola e Issa le pisó la cabeza con fuerza. En aquel momento, Arturo entró en acción.

Treinta jinetes con largas picas cayeron como látigos sobre la muchedumbre. Supongo que nosotros habíamos estado defendiéndonos unos tres minutos, pero en cuanto intervino Arturo, la pelea concluyó en un abrir y cerrar de ojos. Los jinetes llegaron con las lanzas en ristre, al galope, y una terrible lluvia de sangre saltó al aire cuando una de las lanzas dio en el blanco; súbitamente, nuestros atacantes huyeron a la desbandada, presos del pánico. Arturo, perdida la lanza y con Excalibur refulgente en la mano, gritaba a sus hombres que dejaran de matar.

–¡Dispersadlos sólo! –decía a grandes voces–. ¡Dispersadlos!

Los jinetes se dividieron en pequeños grupos que dispersaron a los aterrorizados supervivientes y luego fueron tras ellos y les cerraron la huida obligándolos a volver a la cruz guardiana.

Mis hombres se tranquilizaron. Issa todavía estaba sentado encima de la mujer despeinada y Eachern buscaba la punta de su lanza. Dos hombres del círculo de escudos sufrían heridas de consideración y uno del segundo anillo tenía la mandíbula rota y le sangraba, pero por lo demás, estábamos sanos y salvos; sin embargo, veintitrés cadáveres yacían a nuestro alrededor, además de otros tantos heridos graves. Cadoc, que se había desvanecido a causa del golpe de Eachern, vivía todavía; lo atamos de pies y manos y después, a pesar de las instrucciones de Arturo sobre el respeto hacia el enemigo, lo humillamos cortándole el pelo y la barba. Él escupía y maldecía, pero le llenamos la boca con los mechones de su grasienta barba y luego lo llevamos de vuelta a la aldea.

Y allí encontramos a Ligessac. No había huido, al fin y al cabo, sino que sencillamente, esperaba al pie del pequeño altar de la iglesia. Era ya un anciano de pelo escaso y canoso, y se entregó mansamente, ni siquiera opuso resistencia cuando le cortamos la barba y tejimos una basta cuerda con ella para atársela alrededor del cuello, la señal del condenado por traición. Incluso pareció alegrarse de volver a verme al cabo de tantos años.

—Ya les dije que no podrían contigo —dijo—, con Derfel Cadarn, no.

—¿Sabían que estábamos en camino? —le pregunté.

—Desde hace una semana —respondió tendiendo las manos discretamente para que Issa se las atara con una cuerda—. Hasta os esperábamos con ilusión. Pensamos que era nuestra oportunidad para librar a Britania de Arturo.

—¿Y por qué deseáis tal cosa?

—Porque Arturo es enemigo de los cristianos, ni más ni menos —contestó Ligessac.

—No es cierto —dije burlonamente.

—¿Y tú qué sabes, Derfel? —me preguntó Ligessac—. ¡Estamos preparando Britania para la venida de Cristo y tenemos que limpiar esta tierra de infieles! —declaró a voces, en tono desafiante, y luego se encogió de hombros y sonrió—. Pero les advertí que así no podrían matar a Arturo y a Derfel. Advertí a Cadoc que erais excelentes guerreros. —Se levantó y salió de la iglesia detrás de Issa, pero de pronto, en la puerta, se volvió hacia mí—. Supongo que ahora voy a morir, ¿no? —preguntó.

—En Dumnonia —le dije.

—Veré la cara de Dios —comentó con un encogimiento de hombros—, así que no tengo nada que temer.

Salí del templo detrás de ellos. Arturo había vaciado la boca al obispo, el cual nos maldecía con un verdadero chorro de sucio lenguaje. Rocé la barbilla recién afeitada del obispo con la punta de *Hywelbane*.

—Sabían que veníamos —le dije a Arturo—, y pretendían darnos muerte aquí mismo.

—Han fallado —replicó Arturo, y apartó la cabeza para evitar un escupitajo del obispo—. Guarda la espada —me ordenó.

—¿No lo queréis muerto? —pregunté.

–Su castigo es vivir aquí –declaró Arturo–, y no en el cielo.

Nos alejamos con Ligessac, pero ninguno de nosotros reflexionó seriamente sobre las palabras que el prisionero había dicho en la iglesia. Según él, hacía una semana que estaban enterados de nuestra llegada, pero una semana antes aún estábamos en Dumnonia, no en Powys, lo cual significaba que desde Dumnonia habían enviado a alguien para prevenirlos. Pero en ningún momento se nos ocurrió relacionar a nadie de Dumnonia con aquella masacre en medio del lodo, en unos montes pelados; adjudicamos la matanza al fanatismo cristiano, y no a la traición, pero todo había sido una emboscada premeditada.

Hoy en día, naturalmente, hay cristianos que cuentan la historia de modo diverso. Dicen que Arturo sorprendió a Cadoc en su refugio, violó a las mujeres, mató a los hombres y robó los tesoros de Cadoc, pero yo no vi violación alguna, matamos sólo a los que querían matarnos a nosotros y no hallamos tesoros que robar... y aunque los hubiera habido, Arturo no habría consentido que los tocáramos. Llegaría el día, no muy lejano, en que vería a Arturo matar sin ningún miramiento, pero esos muertos serían todos paganos; y sin embargo, los cristianos seguían insistiendo en que Arturo era su enemigo, y la historia de la derrota de Cadoc sólo aumentó el odio que le profesaban. Cadoc fue elevado a la categoría de santo en vida y, por esa misma época, los cristianos comenzaron a insultar a Arturo con el nombre de Enemigo de Dios. No llegó a deshacerse de tan virulento apelativo en el resto de sus días.

Su pecado, naturalmente, no fue cortar unas pocas cabezas cristianas en el valle de Cadoc, sino haber tolerado el paganismo durante el tiempo en que gobernó Dumnonia. Ni al más furibundo cristiano se le ocurrió jamás pensar que el propio Arturo era pagano y, por tanto, había tolerado el cristianismo; lo condenaron sencillamente porque, teniendo el poder de abolir a los infieles, no lo hizo, y tal falta lo convirtió en el Enemigo de Dios. Tampoco olvidaron, claro está, que había rescindido la exención de préstamos forzosos que Uther concediera previamente a la Iglesia.

No todos los cristianos lo odiaban. Entre los lanceros que lucharon con nosotros en el valle de Cadoc había unos cuantos cristianos. Galahad lo amaba, igual que muchos otros, como el obispo Emrys, que eran los que lo apoyaban en silencio, pero la iglesia, en aquellos días inciertos de finales del año quinientos de la era de Cristo sobre la tierra, no escuchaba a los hombres honrados y discretos sino a los fanáticos que decían que había que limpiar el mundo de paganos, si Cristo había de volver. Ahora sé, claro está, que la fe de nuestro Señor Jesucristo es la única verdadera y que no puede existir ninguna otra a la gloriosa luz de su verdad, pero aun así, se me antojaba extraño, y se me antoja hoy, que Arturo, el gobernante más justo y ceñido a la ley, recibiera el nombre de Enemigo de Dios.

En fin... A Cadoc le proporcionamos un buen dolor de cabeza, a Ligessac lo atamos con la cuerda hecha con su barba y nos marchamos de allí.

* * *

Arturo y yo nos separamos al pie de la cruz de piedra, a la boca del valle de Cadoc. Se llevaría a Ligessac hacia el norte y luego se desviaría hacia levante, hacia las buenas calzadas que llevaban a Dumnonia, pero yo preferí adentrarme en Siluria para buscar a mi madre. Llevé conmigo a Issa y a cuatro lanceros más, y el resto partió con Arturo.

Mi grupo rodeó el valle de Cadoc; un puñado de cristianos acongojados, heridos y cubiertos de sangre se había reunido a cantar oraciones por los muertos; después cruzamos a pie los altos montes pelados y bajamos a los hondos valles verdes que conducían al mar Severn. No tenía idea de dónde vivía Erce, pero sospechaba que no sería difícil localizarla, pues Tanaburs, el druida al que di muerte en el valle del Lugg, la había buscado para

433

lanzarle una maldición terrible, y seguro que una esclava sajona tan horriblemente sancionada por un druida sería harto conocida. Y no me equivoqué.

La encontré viviendo a orillas del mar, en una aldea donde las mujeres extraían sal y los hombres pescaban. Los aldeanos se ocultaron temerosos a la vista de los escudos desconocidos de mis hombres, pero me asomé al interior de una de las casuchas donde un niño amedrentado me señaló la vivienda de una sajona, una choza encaramada en un risco escarpado que se alzaba sobre la playa. No era una choza siquiera, sino un tosco refugio construido con maderas que traía el mar, con una techumbre de algas marinas y paja. En el reducido espacio de la entrada del refugio ardía una pequeña fogata donde se asaban una docena de peces y, del pie del risco, donde unos recipientes para obtener sal hervían lentamente sobre las brasas del carbón, provenía un humo asfixiante. Dejé la lanza y el escudo al pie del risco y subí por el empinado sendero. Un gato me enseñó los dientes y bufó cuando me agaché para atisbar en el interior de la oscura choza.

–¡Erce! –llamé–. ¡Erce!

Noté movimiento en la oscuridad. Una monstruosa forma negra que arrastraba andrajosas capas de pieles y paño me miraba.

–¡Erce! –repetí–. ¿Eres Erce?

¿Qué esperaba yo aquel día? Hacía más de veinticinco años que no veía a mi madre, desde el día en que los lanceros de Gundleus me arrancaron de sus brazos y me entregaron a Tanaburs para que me sacrificara en el pozo de la muerte. Erce gritó cuando le arrebataron a su hijo, y luego se la llevaron a continuar su vida de esclavitud en Siluria, y me habría tenido por muerto hasta que Tanaburs le revelara que yo seguía con vida. Durante el trayecto hacia el sur, cruzando los profundos valles de Siluria, mi enfebrecida imaginación había previsto un abrazo, lágrimas, el perdón y la felicidad.

Sin embargo, una mujer descomunal, con su pelo rubio

transformado en un sucio amasijo gris, salió a rastras de entre el lío de pieles y mantas y me miró con suspicacia, parpadeando. Era una criatura de inmensas proporciones, una montaña de carne en putrefacción, con la cara redonda como un escudo y la piel llena de pústulas y cicatrices; tenía los ojos pequeños, duros e inyectados en sangre.

–Hubo un tiempo en que me llamaba Erce –dijo con voz ronca.

Salí de la choza repelido por el hedor de orina y podredumbre. Ella me siguió arrastrándose pesadamente a cuatro patas, parpadeando al sol de la mañana, cubierta de harapos.

–¿Eres Erce? –le pregunté.

–Lo fui –dijo, y bostezó enseñándome una boca descarnada y sin dientes–. Hace mucho tiempo. Ahora me llaman Enna. –Hizo una pausa–. Enna *la Loca* –añadió con tristeza, y fijó la vista en mi refinada vestimenta, el cinturón de la espada y las altas botas–. ¿Quién sois vos, señor?

–Me llamo Derfel Cadarn –dije–, soy un señor de Dumnonia. –El nombre no le decía nada–. Soy tu hijo –añadí.

No reaccionó, simplemente se sentó apoyando la espalda contra la pared de madera de la choza, que se alabeó peligrosamente bajo su peso. Se metió la mano entre los andrajos y se rascó el pecho.

–Todos mis hijos han muerto –dijo.

–Tanaburs me cogió –le recordé– y me arrojó al pozo de la muerte.

No parecía que la historia le sonara. Permanecía recostada en la pared, respirando con un esfuerzo enorme cada vez. Acarició al gato y miró a lo lejos, al mar Severn, hacia la lejana raya oscura que era la costa de Dumnonia, cubierta de una hilera de negras nubes de tormenta.

–Una vez tuve un hijo –dijo al fin– que fue entregado a los dioses en el pozo de la muerte. Se llamaba Wygga. Wygga, sí, un buen muchacho.

¿Wygga? ¡Wygga! El nombre, crudo y feo, me detuvo el corazón varios segundos.

–Yo soy Wygga –logré decir, repudiando el nombre–. Me pusieron otro nombre después, cuando me rescataron del pozo de la muerte –le dije. Hablábamos en sajón, una lengua que en aquel momento dominaba yo mejor que mi madre, pues hacía muchos años que ella no la hablaba.

–¡Oh, no! –dijo con el ceño fruncido. Un piojo corría por encima de su pelo–. ¡No! –repitió–. Wygga no era más que un niño pequeño, un niño de pecho. Fue el primero que tuve, y me lo quitaron.

–Estoy vivo, madre –dije. Me asqueaba mi madre, me fascinaba y me hacía lamentar no haber ido a buscarla antes–. Sobreviví al pozo –le dije–, y no me olvidé de ti. –Y era cierto, pero en mi recuerdo, ella era esbelta como Ceinwyn.

–Un niñito pequeño –repitió Erce soñadoramente. Cerró los ojos y creí que se había dormido, pero al parecer, estaba orinando porque de pronto vi un reguerillo que salía por debajo de sus faldas y fue cayendo hacia la hoguera.

–Háblame de Wygga –le dije.

–Estaba yo encinta de él cuando Uther me tomó cautiva. Era un hombre grande, Uther, con un gran dragón en el escudo. –Se rascó el piojo, el cual desapareció entre el pelo–. Me entregó a Madog –prosiguió–, y Wygga nació en la casa de Madog. Con Madog estábamos bien. Era un buen lord, amable con los esclavos, pero entonces llegó Gundleus y mataron a Wygga.

–No lo mataron –insistí–. ¿No te lo contó Tanaburs?

Al oír el nombre del druida se estremeció y se arropó los inmensos hombros con el andrajoso manto. No dijo nada, pero al cabo de unos momentos se le llenaron los ojos de lágrimas.

Una mujer subía hacia nosotros por el camino. Se acercaba despacio, recelosa, mirándome con desconfianza y avanzando por un lado de la plataforma rocosa. Cuando por fin creyó que no había peligro, pasó de largo a mi lado y se acuclilló junto a Erce.

—Me llamo —le dije a la recién llegada— Derfel Cadarn, pero de pequeño me llamaba Wygga.

—Yo me llamo Linna —dijo la mujer en lengua britana. Era más joven que yo, pero la dureza de la vida en la costa le había llenado la cara de profundas arrugas, le había inclinado los hombros y le había oxidado las articulaciones, las emanaciones del carbón del duro trabajo de atender los recipientes de extracción de sal le había ennegrecido la piel.

—¿Eres hija de Erce? —pregunté.

—Soy hija de Enna —me corrigió.

—Entonces, soy medio hermano tuyo —dije.

Tuve la impresión de que no me creía, ¿por qué había de creerme? Nadie salía vivo del pozo de la muerte, pero yo sí, y por tanto, había sido tocado por los dioses y me habían confiado a Merlín, pero ¿qué significado podía tener semejante historia para aquellas dos mujeres cansadas y vencidas?

—¡Tanaburs! —dijo Erce de pronto, y levantó ambas manos para librarse del mal—. ¡Se llevó al padre de Wygga! —Gimió y se balanceó de adelante atrás—. Entró en mí y se llevó al padre de Wygga. Me maldijo y maldijo a Wygga y maldijo mis entrañas. —La mujer lloraba y Linna la consolaba acariciándole la cabeza y mirándome con expresión de reproche.

—Tanaburs —le dije— no tiene poder sobre Wygga. Wygga lo mató porque tenía poder sobre Tanaburs. Tanaburs no pudo llevarse al padre de Wygga.

Aunque mi madre me escuchara, no me creyó. Se dejaba acunar en brazos de su hija mientras las lágrimas corrían por sus mejillas sucias y marcadas de viruelas, recordando la maldición de Tanaburs, entendida a medias.

—Wygga mataría a su padre —me dijo—, eso decía la maldición, que el hijo mataría al padre.

—Pero Wygga vive —insistí.

Detuvo su movimiento en seco y me miró fijamente. Sacudió la cabeza.

–Los muertos vuelven para matar. ¡Niños muertos! Los veo, señor, ahí fuera –hablaba con vehemencia, señalando el mar–, todos los niños muertos van a vengarse. –Volvió a balancearse entre los brazos de su hija–. Y Wygga matará a su padre. –Lloraba a raudales–. ¡El padre de Wygga era un hombre muy bueno! Un héroe. Era alto y fuerte. Y Tanaburs lo maldijo. –Sorbió y luego cantó una nana entre suspiros un momento, antes de seguir hablando de mi padre, diciendo que su pueblo había navegado por el mar hasta Britania y que se había construido una buena casa con su propia espada. Supuse que Erce había servido en aquella casa, que el señor sajón la había llevado a su cama y así me había dado el ser, de la misma forma que Tanaburs no consiguió robármelo en el pozo de la muerte–. Era un hombre magnífico –dijo Erce refiriéndose a mi padre–, bondadoso y apuesto. Todos lo temían pero conmigo era bueno. Nos reíamos juntos.

–¿Cómo se llamaba? –pregunté, y creo que sabía la respuesta antes de escucharla.

–Aelle –dijo en un susurro–, apuesto y bondadoso Aelle.

Aelle. El humo me daba vueltas en la cabeza y, por un momento, me sentí tan confuso como mi madre. ¿Aelle? ¿Yo era hijo de Aelle?

–Aelle –repitió Erce soñadoramente– apuesto y bondadoso Aelle.

No tenía más preguntas que hacerle de modo que me obligué a arrodillarme ante mi madre y la abracé. La besé en ambas mejillas y luego la estreché fuertemente entre los brazos como si pudiera devolverle un poco de la vida que ella me había dado a mí y, aunque ella aceptó el abrazo, no quiso reconocerme como hijo suyo. Me contagió unos cuantos piojos.

Me llevé a Linna escalones abajo y descubrí que estaba casada y que tenía seis hijos vivos. Le di oro, más, creo, del que hubiera esperado ver en su vida, más del que pudiera suponer que existía. Se quedó mirando los pequeños lingotes con incredulidad.

–¿Nuestra madre es esclava todavía? –le pregunté.

–Todos lo somos –dijo, refiriéndose a la miserable aldea.

–Con eso puedes comprar la libertad, si lo deseas –dije, señalando el oro.

Se encogió de hombros; dudé que la libertad pudiera suponer una gran diferencia en sus vidas. Podría haber ido a buscar a su señor y comprarles la libertad directamente, pero seguramente viviría lejos de allí y el oro, convenientemente administrado, les facilitaría la vida tanto si eran esclavas como si no. Me prometí volver algún día y hacer algo más.

–Cuida de nuestra madre –le dije a Linna.

–Sí, señor –dijo obedientemente, aunque me pareció que seguía sin creerme.

–No llames señor a tu propio hermano –le pedí, pero no logré convencerla.

La dejé y me fui caminando por la playa donde aguardaban mis hombres y la impedimenta.

–Nos vamos a casa –dije. No había terminado la mañana y nos aguardaba una larga jornada hasta casa.

Hasta casa, con Ceinwyn, con mis hijas, nacidas de una estirpe de reyes britanos y de la sangre real de sus enemigos sajones. Pues yo era hijo de Aelle. Me detuve en lo alto de un monte verde que dominaba el mar y me maravillé del giro extraordinario que había tomado la vida, pero no le encontré sentido alguno. Era hijo de Aelle pero ¿qué importancia tenía? Nada explicaba ni nada implicaba. El destino es inexorable. Volvería a casa.

Fue Issa quien primero divisó la humareda. Siempre había tenido vista de halcón y, aquel día, mientras meditaba de pie en la colina sobre el significado de la revelación de mi madre, Issa descubrió humo al otro lado del mar.

–Señor –me dijo, y al principio no respondí, pues estaba trastornado por el reciente descubrimiento. ¿Había de matar yo a mi padre? ¿Y tal padre era Aelle?–. ¡Señor! –insistió Issa, despertándome de mi ensoñación–. Mirad, señor, humo.

Señalaba al sur, hacia Dumnonia, y al principio pensé que la mancha blanca no era sino una nube más entre los oscuros cúmulos de tormenta, pero Issa tenía razón y otros dos lanceros corroboraron que se trataba de humo, no de nubes ni de lluvia.

–Hay más, señor –informó uno de ellos señalando a poniente, de donde otra delgada columna blanca se elevaba contra el gris del cielo.

Un incendio podía ser accidental, tal vez se hubiera prendido fuego en una fortaleza o quemaran rastrojos en un campo, pero con el tiempo tan lluvioso que hacía, ningún campo podría arder y en mi vida había visto dos fortalezas en llamas a un tiempo, a menos que fuera debido a antorchas enemigas.

–Señor –me apremió Issa, pues él, igual que yo, tenía a su esposa en Dumnonia.

–Volvamos a la aldea –dije–. Ahora mismo.

El esposo de Linna aceptó llevarnos por mar. La travesía no era larga, pues allí el mar no tenía más de ocho o nueve millas de anchura y nos ofrecía la ruta más rápida a casa, pero, como todos los lanceros, preferíamos una larga jornada seca que una corta y húmeda, aquella travesía fue un tormento de asfixiante y fría humedad. Un viento cortante se levantó de poniente y trajo más nubes y lluvia, y además, el mar se erizó y nos salpicaba por encima de la baja borda. Achicábamos el agua para no hundirnos y la desgarrada vela se hinchaba, golpeaba y nos arrastraba hacia el sur. Nuestro barquero, que se llamaba Balig y era cuñado mío, decía que no había mayor regocijo que una barca con viento fuerte, y dio las gracias a Manawydan a grandes voces por enviarnos semejante tiempo, pero Issa se mareó como un perro, yo sufría náuseas y todos nos alegramos mucho cuando, a media tarde, nos acercó a las costas de Dumnonia y nos dejó en una playa a no más de dos o tres horas de casa.

Pagué a Balig y nos adentramos en tierra firme cruzando campos llanos y húmedos. No lejos de la playa había un poblado, pero los habitantes habían avistado el humo, estaban asustados y, tomándonos por enemigos, huyeron a sus cabañas. En el poblado había una pequeña iglesia, una simple choza de paja con una cruz de madera clavada al hastial, pero no vimos rastro de los cristianos. Uno de los habitantes paganos, que no habían desaparecido, me contó que todos los cristianos se habían ido hacia el este.

—Seguían a su sacerdote, señor —me dijo.

—¿Por qué? ¿Adónde iban? —le pregunté.

—No lo sabemos, señor. —Se quedó mirando el humo en la lejanía—. ¿Han vuelto los sajones?

—No —le consolé, con la esperanza de no equivocarme. La humareda parecía provenir de unas seis o siete millas de distancia y no creí posible que Cerdic ni Aelle se hubieran adentrado tanto en Dumnonia. De ser así, toda Britania estaría perdida.

Continuamos la marcha apresuradamente. En aquellos momentos lo único que deseábamos era encontrar a nuestras familias y asegurarnos de que estaban a salvo, ya averiguaríamos después lo que sucedía. Teníamos dos rutas posibles para llegar a la fortaleza de Ermid. Una, la más larga, se adentraba en la tierra, nos llevaría cuatro o cinco horas y tendríamos que cubrirla en su mayor parte durante la noche, y la otra cruzaba las extensas marismas de Avalon; era una zona pantanosa traicionera, jalonada de arroyuelos, ciénagas rodeadas de sauces y yermos cubiertos de juncias donde, con la pleamar y cuando el viento soplaba de poniente, el mar entraba a veces y llenaba e inundaba los niveles ahogando a los viajeros desprevenidos. Existían algunas rutas entre las ciénagas, e incluso senderos de troncos que llevaban a los sotos de sauces desmochados y a los pozos donde se tendían trampas para pescar anguilas y otros peces, pero ninguno de nosotros conocía aquellos vericuetos. A pesar de todo, escogimos el camino peligroso porque era el más corto para llegar a casa.

Encontramos a un guía al caer la tarde. Era pagano, como la mayoría de los habitantes de las marismas y, tan pronto como supo quién era yo, se ofreció a ayudarnos de buena gana. En medio de las marismas, alzándose oscuro en el ocaso, avistamos el Tor. Teníamos que pasar por allí forzosamente, nos dijo el guía, y luego buscar a un barquero de Ynys Wydryn que nos transportara en una barca de juncos por las aguas poco profundas del lago de Issa.

Aún llovía cuando salimos del pueblo del pantano, las gotas golpeaban los juncos y moteaban los charcos, pero al cabo de una hora cesó y, poco a poco, la luna, lechosa y lánguida, empezó a brillar tenuemente tras las nubes ligeras que la brisa arrastraba desde poniente. Nuestro camino cruzaba negras zanjas sobre puentes de tablones, pasaba por las intrincadas urdimbres de mimbre de las trampas para anguilas y serpenteaba incomprensiblemente entre relucientes ciénagas donde el guía musitaba encantamientos contra los espíritus del pantano. Nos contó que algunas noches se veían extrañas luces azules flotando sobre las húmedas planicies; pensaba que eran los espíritus de las gentes que habían muerto en aquellos laberintos de agua, cieno y juncias. El ruido de nuestros pasos asustaba a las aves silvestres, que, presas de pánico, levantaban el vuelo de sus nidos agitando las alas oscuras contra el cielo nublado. El guía iba hablando conmigo y me contaba que, bajo las aguas del pantano, dormían dragones y demonios necrófagos que se deslizaban entre los ponzoñosos arroyos. Llevaba un collar hecho con las vértebras de un ahogado; según él era el único amuleto seguro contra los seres temibles que poblaban nuestro tétrico camino.

Tenía la impresión de que no acortábamos distancias al Tor, pero no era sino el producto de la impaciencia pues yarda a yarda, arroyo a arroyo, íbamos acercándonos; a medida que el gran farallón crecía y se elevaba contra el cielo, empezamos a distinguir un brillante resplandor de luz al pie de la peña. Era una gran llama, y al principio pensamos que el templo del Santo Espino estaría ardiendo, pero al acercarnos, el resplandor no aumentaba y supuse que se trataría de hogueras, encendidas quizá para iluminar alguna ceremonia cristiana cuyo fin fuera preservar el templo de la desgracia. Hicimos todos un gesto contra el mal y, por fin, alcanzamos el terraplén que llevaba directamente de las tierras húmedas al terreno más elevado de Ynys Wydryn.

Allí nos dejó el guía. Prefería los peligros del pantano a los del fuego de Ynys Wydryn, de modo que se arrodilló ante mí y le recompensé con el último oro que me quedaba, después se levantó y le di las gracias.

Cruzamos los seis el pueblo de Ynys Wydryn, lugar de pescadores y canasteros. Las casas estaban a oscuras y los callejones vacíos, sólo encontramos perros y ratas. Nos dirigíamos hacia la empalizada de madera que rodeaba el templo y, aunque veíamos el humo iluminado de las hogueras que se levantaba por encima de la valla, aún no podíamos ver lo que sucedía dentro; pero el camino nos llevó más allá de la entrada principal de la iglesia y, al acercarnos, vi a dos lanceros haciendo guardia en la puerta. El resplandor de las fogatas que llegaba por las puertas abiertas iluminó el escudo de uno de ellos y vi un símbolo que jamás hubiera esperado ver en Ynys Wydryn. Era el águila pescadora de Lancelot con el pez entre las patas.

Nosotros llevábamos el escudo atado a la espalda, de modo que no se veían las estrellas blancas y, aunque todos teníamos la cola de lobo gris, los lanceros debieron de tomarnos por amigos, pues no hicieron amago de detenernos cuando nos aproximamos. Al contrario, pensarían que deseábamos entrar en el templo y se hicieron a un lado; sólo cuando ya estaba en medio de la entrada, atraído por la curiosidad que me despertaba la inesperada presencia de Lancelot, los dos lanceros se percataron de que no éramos camaradas suyos. Uno intentó cerrarme el paso con la pica.

–¿Quién eres? –preguntó en tono desafiante.

Aparté la lanza y entonces, antes de que pudiera dar la voz de alarma, lo arrojé de la entrada con un empujón mientras Issa se llevaba a su compañero a rastras. Había una numerosa congregación en el templo, pero todos estaban de espaldas a nosotros y nadie se percató del incidente de la entrada. Tampoco pudieron oír nada porque la multitud cantaba y recitaba y el poco ruido que hicimos quedó ahogado por su confuso parloteo. Arrastré a mi cautivo hacia las sombras del camino y me arrodillé a su lado. Se me había caído la lanza al atacarlo en la entrada, de modo que saqué el puñal que llevaba al cinturón.

–¿Eres soldado de Lancelot? –le pregunté.

–Sí –dijo entre dientes.

–¿Y qué haces aquí? Esto es el país de Mordred.

–El rey Mordred ha muerto –respondió, intimidado por el puñal que le amenazaba la garganta. No dije nada, pues la respuesta me sorprendió tanto que me quedé sin palabras. El hombre debió de tomar mi silencio por el presagio de su muerte, pues gritó desesperado–: ¡Todos han muerto! –exclamó.

–¿Quiénes?

–Mordred, Arturo, todos.

Durante unos segundos, mi mundo se tambaleó desde los cimientos. El hombre intentó oponer resistencia, pero la presión de la hoja en la garganta lo aquietó.

–¿Cómo? –pregunté entre dientes.

–No lo sé.

–¿Cómo? –pregunté en voz más alta.

–No lo sabemos –insistió–. Mordred fue asesinado antes de que llegáramos y dicen que Arturo murió en Powys.

Me giré e hice una seña a uno de mis hombres para que mantuvieran a los dos lanceros en silencio a punta de lanza. Luego, conté las horas desde que me había despedido de Arturo. Hacía muy pocos días que me había separado de él en la cruz de Cadoc y su camino de vuelta era mucho más largo que el mío; pensé que si hubiera muerto, la noticia no habría podido llegar a Ynys Wydryn antes que yo.

–¿Vuestro rey está aquí? –pregunté al hombre.

–Sí.

–¿A qué ha venido?

–A tomar posesión del trono, señor –contestó el lancero en un susurro audible apenas.

Cortamos unas tiras de tela del manto de los lanceros, los atamos de pies y manos y les llenamos la boca de lana para que guardaran silencio. Los abandonamos en una zanja, les advertimos que no se movieran y volví con mis cinco hombres a las puertas del templo. Quería ver lo que pasaba dentro, enterarme de cuanto pudiera y después, volver rápidamente a casa.

–Cubríos el casco con el manto –ordené a mis hombres, e invertid el escudo.

Nos colocamos el manto por encima del casco con el fin de ocultar la cola de lobo y nos sujetamos el escudo más abajo de lo normal para que las estrellas no se vieran, y de tal guisa entramos sigilosamente en el templo, esta vez ya sin centinelas en la puerta. Nos movimos entre las sombras, rodeando las últimas filas de la exaltada multitud hasta que llegamos a los cimientos de piedra de la capilla que Mordred había empezado a construir para su difunta madre. Nos encaramamos a las piedras más altas del sepulcro inacabado y desde allí vimos las cabezas de la gente y las cosas extrañas que sucedían entre la doble fila de hogueras que iluminaba la noche de Ynys Wydryn.

Al principio me pareció una ceremonia cristiana igual a la que había presenciado en Isca, porque el pasillo entre las hogueras estaba lleno de mujeres que bailaban, hombres que se bamboleaban y sacerdotes que cantaban. Sus voces eran una barahúnda de gritos, gemidos y lamentos. Unos monjes con látigos de cuero paseaban entre los extasiados azotándoles las desnudas espaldas, y cada nuevo azote arrancaba mayores exclamaciones de gozo. Una mujer, arrodillada ante el espino sagrado, gritaba:

—¡Jesús nuestro señor! ¡Ven! —Un monje, presa de un rapto, la azotó con tanta fuerza que su espalda desnuda quedó completamente cubierta de sangre; cada golpe de flagelo aumentaba el frenesí de su oración.

Estaba a punto de saltar del sepulcro para volver a las puertas cuando llegaron unos lanceros procedentes de los edificios anexos al templo y apartaron rudamente a los suplicantes para dejar libre un espacio entre las hogueras que iluminaban el espino sagrado. Se llevaron a rastras a la mujer que gritaba y entraron más lanceros, dos de los cuales portaban una litera tras la cual el obispo Sansum avanzaba con un séquito de sacerdotes suntuosamente ataviados. Lancelot y su ayudantes desfilaban con los sacerdotes. Bors, el paladín de Lancelot, también estaba allí, y Amhar y Loholt, pero no vi a los temibles gemelos Lavaine y Dinas.

El griterío de la multitud aumentó cuando apareció Lancelot. Tendían las manos hacia él y algunos hasta se arrodillaron a su paso. Se había ataviado con su blanca cota de escamas esmaltadas, que según juraba, había pertenecido a un antiguo héroe llamado Agamenón; llevaba el yelmo negro con alas de cisne y su largo pelo negro, que solía untar de aceite para que brillara, caía desde el yelmo por la espalda suavemente, sobre una capa sujeta en los hombros. Tenía *Espada de Cristo* al costado y las piernas cubiertas con altas botas rojas de guerra. Tras él avanzaba su guardia sajona, de hombres altísimos armados con cota de malla plateada y hachas de guerra de ancha hoja donde se reflejaban las llamas de las hogueras. No vi a Morgana pero un coro de sus santas mujeres envueltas en blanco trataba vanamente de imponer su cántico a las exclamaciones y berridos de la exaltada turba.

Uno de los lanceros portaba una estaca, que colocó en un agujero preparado a tal efecto junto al Santo Espino. Por un momento temí que tendríamos que ver a un pobre pagano quemado en la hoguera y escupí para ahuyentar el mal. La víctima llegaba en la litera, pues los hombres que la transportaban depositaron la carga al lado del espino sagrado y se apresuraron a atar al prisionero a la estaca; pero cuando se apartaron y vimos con claridad, me di cuenta de que no se trataba de un prisionero ni habría sacrificios en la hoguera. Ciertamente, quien estaba atado al palo no era un pagano sino un cristiano, y no íbamos a presenciar una muerte sino unos esponsales.

Entonces me acordé de la extraña profecía de Nimue. Los muertos contraerían matrimonio.

Lancelot, el futuro esposo, se situó junto a la futura esposa, que estaba atada a la estaca. Era una reina, princesa de Powys en otro tiempo, princesa de Dumnonia después y, más tarde, reina de Siluria. Era Norwenna, nuera de Uther, rey supremo, y madre de Mordred, que llevaba muerta catorce años. Todo aquel tiempo había pasado en la tumba, pero había sido desenterrada, y sus restos atados al poste junto al Santo Espino, cargado de votos.

Yo miraba horrorizado, hice un gesto para ahuyentar el mal y toqué la cota de hierro de mi armadura. Issa me agarró por el brazo como para convencerse de que no era víctima de una pesadilla inimaginable.

La difunta reina era poco más que un esqueleto. Le habían cubierto los hombros con una capa blanca que no ocultaba los tétricos jirones de piel amarillenta y los gruesos pegotes de carne blanca y grasa que aún le pendían de los huesos. El cráneo, ladeado y sujeto por una de las cuerdas que la mantenían atada al poste, estaba medio cubierto de piel tensa, la mandíbula pendía del cráneo sólo por un lado, pues el otro se había roto, y los ojos no eran más que negras sombras en la máscara de la muerte de su rostro. Uno de los lanceros la había coronado con una guirnalda de amapolas, y de su cabeza colgaban unos húmedos mechones de pelo que caían lacios sobre la capa.

–¿Qué están haciendo? –me preguntó Issa en voz baja.

–Lancelot reclama Dumnonia –musité–, y casándose con Norwenna emparenta con la familia real de Dumnonia. –No podía haber otra explicación. Lancelot estaba adueñándose del trono de Dumnonia, y la macabra ceremonia entre las grandes hogueras le daría una magra justificación legal. Se casaba con la muerta para convertirse así en heredero de Uther.

Sansum pidió silencio y los monjes que llevaban flagelos gritaron a la exaltada multitud, que poco a poco fue calmando su frenesí. De vez en cuando gritaba una mujer y la muchedumbre se estremecía, pero por fin se hizo el silencio. Las voces del coro cesaron y Sansum levantó los brazos y rogó al dios todopoderoso que bendijera la unión de un hombre y una mujer, el rey presente y la reina presente, y luego indicó a Lancelot que tomara la mano de la esposa. Lancelot tomó los huesos amarillentos con su enguantada mano derecha; tenía levantados los protectores de las mejillas del yelmo y vi que sonreía. El gentío gritó alborozado; me acordé de las palabras de Tewdric sobre señales y portentos y supuse que para los cristianos, aquella boda irreverente sería una prueba de la inminente llegada de su dios.

–¡Por el poder que me otorga el Santo Padre y por la gracia del Espíritu Santo –dijo Sansum a voces– os declaro esposo y esposa!

—¿Dónde está nuestro rey? —me preguntó Issa.

—¿Quién sabe? —musité—. Muerto, seguramente. —Entonces vi a Lancelot levantando los amarillentos huesos de la mano de Norwenna; se los acercó a los labios y fingió que los besaba. Un dedo cayó rodando cuando hubo soltado la mano.

Sansum, que jamás perdió ocasión de predicar, comenzó a arengar a la congregación, y en aquel mismo momento se me acercó Morgana. No la había visto aproximarse, la primera señal que tuve de su presencia fue una mano que me tiraba del manto; me volví alarmado y vi su máscara de oro refulgente a la luz de las fogatas.

—Cuando descubran la ausencia de los centinelas de las puertas —me dijo entre dientes— registrarán todo esto y seréis hombres muertos. Seguidme, insensatos.

Bajamos de un salto, con sensación de culpabilidad, y seguimos su deforme silueta negra, que esquivó a la multitud y nos llevó a las sombras de la gran iglesia del santuario. Allí se detuvo y me miró a la cara.

—Dijeron que habías muerto —me contó—, que habías caído con Arturo en el santuario de Cadoc.

—Sigo vivo, señora.

—¿Y Arturo?

—Vivo estaba hace tres días, señora —respondí—. Ninguno de nosotros murió en Cadoc.

—Gracias a Dios —suspiró—, gracias a Dios. —Entonces, me agarró por el manto y me acercó la cara a la máscara—. Escucha —dijo en tono apremiante—, mi esposo se ha visto obligado a hacer lo que ha hecho.

—Si vos lo decís, señora —repliqué, sin dar el menor crédito a sus palabras; de todas formas, comprendí que Morgana hacía cuanto estaba en su mano por sortear los riesgos de la crisis que tan repentinamente se había declarado en Dumnonia. Lancelot estaba usurpando el trono y habían puesto en marcha una conspiración para que Arturo estuviera fuera del país cuando tal cosa sucediera. Y lo que era peor, pensé, se había conspirado para que Arturo y yo fuéramos enviados al alto valle de Cadoc y cayéramos en una emboscada. Alguien deseaba nuestra muerte; Sansum fue quien reveló en primer lugar el escondite de Ligessac, y Sansum también fue quien discutió la proposición de que Cuneglas se encargara de arrestar al antiguo traidor, y Sansum nuevamente era quien se hallaba en aquellos momentos ante Lancelot y un cadáver a la luz de las hogueras nocturnas. Todo el sucio asunto olía a intrigas del señor de los ratones, aunque me pareció que Morgana ignoraba la mitad de lo que su esposo había hecho o planeado. Era ya muy vieja y sabia como para dejarse contagiar de fanatismo religioso, y al menos trataba de encontrar una vía de escape entre la avalancha de horrores.

–¡Prométeme que Arturo vive! –me rogó.

–No murió en el valle de Cadoc –dije–. Eso os lo puedo prometer.

Guardó silencio unos momentos... creo que lloraba oculta tras la máscara.

–Dile a Arturo que no tuvimos elección –dijo.

–Sí –le prometí–. ¿Qué sabéis de Mordred?

–Ha muerto –dijo entre dientes–. Lo mataron en una partida de caza.

–Pero si han mentido a propósito de Arturo –dije–, ¿por qué no con respecto a Mordred, también?

–¿Quién sabe? –se persignó y volvió a tirarme del manto–. Venid –dijo bruscamente, y nos llevó por el lado de la iglesia hasta una pequeña cabaña de madera. Había alguien dentro, pues oí que golpeaban con los puños la puerta, cerrada con un látigo de cuero–. Debes ir con tu mujer, Derfel –me dijo Morgana mientras manipulaba el nudo del látigo con la única mano sana–. Dinas y Lavaine partieron a caballo hacia tu fortaleza a la caída de la noche, y llevaban lanceros consigo.

Sentí el azote del pánico, que me impulsó a cortar la tira de cuero con la punta de la lanza. Inmediatamente, la puerta se abrió de par en par y Nimue salió de un salto, con las manos como zarpas, pero al reconocerme, cayó sobre mí tambaleándose en busca de apoyo. Escupió a Morgana.

—¡Vete, insensata! —le dijo Morgana con desprecio—. Y no olvides que he sido yo quien te ha salvado de la muerte esta noche.

Tomé a Morgana por ambas manos, la sana y la quemada, y me las acerqué a los labios.

—Por todo lo que habéis hecho esta noche, señora —declaré—, estoy en deuda con vos.

—¡Vete, insensato! —exclamó—. ¡Vuela! —y echamos a correr por la parte de atrás del templo, pasando entre almacenes, chozas de esclavos y silos, hasta salir por la puerta de mimbre donde los pescadores guardaban sus barcas de junco. Tomamos dos embarcaciones y usamos las lanzas a modo de pértigas. Recordé el lejano día de la muerte de Norwenna, cuando Nimue y yo huimos de Ynys Wydryn de idéntica forma. En ambas ocasiones hubimos de dirigirnos a la fortaleza de Ermid y en ambas éramos fugitivos perseguidos en una tierra invadida por enemigos.

Nimue sabía poco de lo acontecido en Dumnonia. Dijo que Lancelot se había presentado y se había proclamado rey, pero de Mordred sabía lo mismo que Morgana, que el rey había muerto durante una cacería. Nos contó que habían llegado lanceros al Tor y se la habían llevado cautiva al templo, donde Morgana la había encerrado. Más tarde, oyó a una turba de cristianos que subía al Tor; asesinaron a cuanto ser viviente encontraron, derribaron las chozas y comenzaron a levantar una iglesia con las vigas que no destrozaron.

—Así pues, es cierto que Morgana te ha salvado la vida —dije.

—Quiere mi conocimiento —replicó Nimue—. ¿De qué otra forma hallarían la forma de utilizar la olla? Por eso Dinas y Lavaine han ido a tu casa, Derfel, a buscar a Merlín. —Escupió al lago—. Es como te lo he dicho —concluyó—, han desatado las fuerzas de la olla y no saben mantenerlas bajo control. Dos reyes han acudido a Cadarn. Mordred era uno, y Lancelot el otro. Fue allí por la tarde y se puso en pie sobre la piedra. Y esta noche los muertos son desposados.

—Y también dijiste —le recordé con amargura— que colocarían una espada sobre la garganta de un niño —y hundí mi arma en las aguas del lago, desesperado por llegar a la fortaleza de Ermid. Hacia allí estaban mis hijas. Allí estaba Ceinwyn. Hacia allí habían cabalgado los druidas silurios con sus lanceros hacía menos de tres horas.

* * *

Las llamas iluminaban nuestro camino a casa. Pero no eran las mismas que alumbraban la boda de Lancelot con una muerta sino otras que saltaban altas y rojas en la fortaleza de Ermid. Estábamos a la mitad del lago cuando se declaró el incendio, que se reflejó en las negras aguas.

Yo rogaba a Gofannon, a Lleullaw, a Bel, a Cernunnos, a Taranis, a todos los dioses, dondequiera que estuvieran, rogaba que al menos uno descendiera de su reino en las estrellas y salvara a mi familia. Las llamas trepaban más y más arrojando al aire ardientes pavesas de las techumbres envueltas en humo que soplaba de levante cruzando la triste Dumnonia.

Terminado el relato de Nimue, proseguimos en silencio. Issa tenía lágrimas en los ojos. Estaba preocupado por Scarach, la muchacha irlandesa con la que se había casado, y se preguntaba, como yo, por la suerte de los hombres que habíamos dejado protegiendo la fortaleza. Esperábamos que fueran suficientes para contener a los lanceros de Dinas y Lavaine. Sin embargo, las llamas nos hablaban de otra cosa y hundíamos el asta de las lanzas hasta el fondo para acelerar el paso de las embarcaciones.

A medida que nos acercábamos comenzamos a oír gritos. No éramos más que seis lanceros pero no lo dudé un instante ni traté de tomar tierra dando un rodeo, sencillamente, llevé las ligeras embarcaciones al arroyo ensombrecido por los árboles que discurría a lo largo de la empalizada de la fortaleza. Allí, junto a la pequeña nave de Dian que Gwlyddyn, el servidor de Merlín, le había hecho, saltamos a tierra.

Más tarde me relataron los acontecimientos de aquella noche. Gwilym, el hombre que dejé al frente de los lanceros que no nos acompañaron al norte con Arturo, avistó la distante humareda en el este y supuso que habían surgido problemas. Puso a todos los hombres en guardia y luego discutió con Ceinwyn la conveniencia de subir a las barcas y ocultarse en las marismas del otro lado del lago. Ceinwyn dijo que no. Malaine, el druida enviado por su hermano, había administrado a Dian un brebaje de hojas que le había bajado la fiebre, pero la niña aún estaba débil y, además, nadie sabía qué quería decir el humo ni habían acudido mensajeros con aviso alguno; Ceinwyn envió a dos lanceros hacia levante en busca de que trajeran noticias y se quedó aguardando tras la empalizada de madera.

Llegó la noche sin nuevas pero con cierto grado de alivio, pues pocos lanceros marchaban de noche y Ceinwyn se sentía más segura que durante el día. Desde dentro de la empalizada vieron las llamas al otro lado del lago, en Ynys Wydryn, y se preguntaron qué querrían decir, pero nadie oyó llegar a los jinetes de Dinas y Lavaine, que se ocultaron en los bosques cercanos. Los jinetes desmontaron a gran distancia de la fortaleza, ataron las riendas de las bestias a los árboles y luego, a la pálida y nublada luz de la luna, se acercaron sigilosamente a la empalizada. Gwilyn no se dio cuenta de que la fortaleza era atacada hasta que los hombres de Dinas y Lavaine tomaron la entrada por asalto. Los dos exploradores no habían regresado, no había centinelas en el bosque y el enemigo se encontraba a pocos pies de la puerta cuando se levantó la alarma por primera vez. La puerta de la empalizada no era inexpugnable, no más alta que un hombre; la primera fila de enemigos entró sin armaduras, lanzas ni escudos y lograron trepar antes de que los hombres de Gwilyn pudieran reunirse. Los guardianes de la puerta lucharon y mataron, pero sobrevivieron suficientes lanceros del primer ataque como para levantar la tranca de la puerta y franquear el paso a los lanceros bien armados de Dinas y Lavaine. Diez de dichos lanceros eran sajones de la guardia de Lancelot, y los demás, guerreros belgas al servicio del rey.

Los hombres de Gwilym se organizaron como mejor pudieron; el combate más encarnizado tuvo lugar a las puertas de la fortaleza. Allí yacía Gwilym muerto, junto con seis más de mis hombres. Otros seis agonizaban en el patio, donde habían incendiado un almacén, el origen de las llamas que nos habían alumbrado durante la travesía por el lago y a cuyo resplandor, cuando llegamos a la puerta abierta de la empalizada, contemplamos el horror del interior.

La batalla no había terminado. Dinas y Lavaine habían planeado bien su asalto pero sus hombres no habían logrado tirar abajo la puerta de la fortaleza y mis lanceros supervivientes resistían al pie de la gran edificación. Vi sus escudos y lanzas cerrando el arco de la puerta y distinguí otra lanza en una de las altas ventanas, por donde salía el humo procedente del extremo del hastial. En aquella ventana estaban apostados dos de mis cazadores, y sus flechas impedían que los hombres de Dinas y Lavaine llevaran el fuego del almacén incendiado al tejado de la fortaleza. Ceinwyn, Morwenna y Seren permanecían en el interior, junto con Merlín, Malaine y la mayoría de mujeres y niños que vivían en la casa, pero estaban rodeados y el enemigo era mucho más numeroso; además, los druidas silurios habían encontrado a Dian.

Dian estaba durmiendo en una de las cabañas. Solía hacerlo porque le gustaba la compañía de su vieja ama de cría, que era la esposa de mi zapatero, y tal vez la delatara su cabello dorado o tal vez la niña escupiera en actitud desafiante a los que la prendieron y les dijera que su padre se vengaría.

El caso es que Lavaine, vestido de negro y con la vaina vacía a un costado, sujetaba a mi Dian contra su cuerpo. Por debajo del pequeño vestido blanco que llevaba le asomaban los piececillos sucios, y se defendía con todas sus fuerzas, pero Lavaine la tenía firmemente asida por la cintura con la mano izquierda mientras con la derecha sujetaba el filo de la espada sobre la garganta de mi hija.

Issa me agarró por el brazo para evitar que me lanzara desesperadamente contra la fila de hombres armados que asediaba la fortaleza. Eran veinte. No vi a Dinas, pero imaginé que estaría con el resto de sus secuaces en la parte de atrás de la fortaleza, cerrando el paso a los prisioneros del interior.

–¡Ceinwyn! –gritó Lavaine con su voz grave–. ¡Salid! ¡Mi rey os llama!

Dejé la lanza en el suelo y desenvainé a *Hywelbane;* la hoja silbó suavemente en la boca de la vaina.

–¡Salid! –repitió Lavaine.

Toqué los huesos incrustados en el pomo de la espada y rogué a los dioses que me hicieran terrible aquella noche.

–¿Queréis que mate a vuestra hija? –gritó Lavaine, y Dian chilló al notar el filo de la espada más cerca de la garganta–. ¡Vuestro hombre ha muerto! –gritó Lavaine–. Murió en Powys, con Arturo, y no acudirá a salvaros. –Apretó otra vez la espada y Dian volvió a gritar.

Issa no me soltaba el brazo.

–¡Todavía no, señor! –musitó–. Todavía no.

Los escudos de la puerta se apartaron y salió Ceinwyn. Llevaba un manto oscuro cerrado en la garganta.

–Suelta a la niña –le dijo a Lavaine con calma.

–Soltaré a la niña cuando os acerquéis vos –replicó Lavaine–. Mi rey solicita vuestra compañía.

–¿Tu rey? –preguntó Ceinwyn–. ¿De qué rey hablas? –Sabía perfectamente quiénes eran aquellos hombres, pues sólo los escudos ya lo proclamaban, pero no quería facilitar las cosas a Lavaine.

–El rey Lancelot –contestó Lavaine–. Rey de los belgas y rey de Dumnonia.

Ceinwyn se abrigó más los hombros con el manto.

−¿Qué es lo que desea de mí el rey Lancelot? −preguntó. A su espalda, al fondo del salón, donde apenas llegaba el resplandor del incendio del almacén, vi a otros lanceros de Lancelot. Habían cogido los caballos de mis establos y observaban la confrontación entre Lavaine y Ceinwyn.

−Esta noche, señora −dijo Lavaine−, mi rey ha tomado esposa.

−En tal caso −replicó Ceinwyn encogiéndose de hombros−, no me necesita.

−La desposada, señora, no puede conceder a mi rey los privilegios que un hombre exige en su noche de bodas. Vos estáis destinada a darle placer. Es una vieja deuda de honor que tenéis pendiente. Por otra parte −añadió Lavaine−, ahora sois viuda y precisáis de otro hombre.

Me puse en tensión, pero Issa me apretó el brazo. Un guardia sajón que estaba cerca de Lavaine parecía inquieto e Issa me indicaba sin palabras que mantuviera la calma hasta que el soldado se tranquilizara de nuevo.

Ceinwyn bajó la cabeza unos segundos y luego volvió a levantarla.

−¿Y si voy contigo −dijo con voz apagada−, dejarás vivir a mi hija?

−Vivirá −prometió Lavaine.

−¿Y todos los demás? −preguntó, señalando hacia la fortaleza.

−Los demás también.

−Pues suelta a mi hija −exigió Ceinwyn.

−Venid vos primero −replicó Lavaine−, y traed a Merlín con vos.

Dian le dio una patada con los talones desnudos, pero el druida apretó la espada otra vez y la niña se quedó quieta. La techumbre del almacén cayó levantando chispas de paja que se apagaron en la noche. Algunas brasas, sin embargo, cayeron en el tejado de la fortaleza y parpadearon débilmente. La lluvia protegía la techumbre, de momento, pero yo sabía que no tardaría mucho en arder.

Me tensé, dispuesto a cargar, cuando Merlín apareció por detrás de Ceinwyn. Tenía la barba trenzada de nuevo, llevaba su gran báculo y se mantenía más erguido y más severo de lo que habíamos visto en mucho tiempo. Colocó la mano derecha sobre el hombro de Ceinwyn.

—Suelta a la niña —ordenó.

Lavaine negó con la cabeza.

—Obramos un hechizo con tu barba, viejo, y no tienes poder sobre nosotros. Pero esta noche, tendremos el placer de conversar contigo mientras nuestro rey se complace con la princesa Ceinwyn. Venid aquí —ordenó—, los dos.

Merlín levantó el báculo y señaló a Lavaine.

—En la próxima luna llena —le dijo— morirás a orillas del mar. Tu hermano y tú moriréis y vuestros gritos viajarán en las olas por los siglos de los siglos. Suelta a la niña.

Nimue resolló entre dientes a mi espalda. Había cogido mi lanza y se levantó el parche de la cuenca vacía del ojo.

Lavaine no se inmutó por la profecía de Merlín.

—En la próxima luna llena —dijo— herviremos los despojos de tus barbas en sangre de toro y daremos tu espíritu al gusano de Annwn —replicó—. Venid aquí —remató—, los dos.

—Suelta a mi hija —exigió Ceinwyn.

—Cuando lleguéis a mi lado —respondió Lavaine—, la soltaré.

Hubo una pausa. Ceinwyn y Merlín hablaron en voz baja uno con otro. Morwenna gritó en el interior de la fortaleza y Ceinwyn se giró a decir algo a su hija, luego tomó la mano de Merlín y comenzó a caminar hacia Lavaine.

—Así no, señora —le dijo Lavaine—. Mi señor Lancelot exige que acudáis a él desnuda. Mi señor desea que os llevemos desnuda por el campo, desnuda por el pueblo y desnuda a su lecho.

Le ofendisteis, señora, y esta noche os devolverá la ofensa cien veces.

Ceinwyn se detuvo y le clavó la mirada. Lavaine se limitó a presionar la hoja de la espada contra la garganta de Dian; la niña ahogó un grito de dolor y Ceinwyn, instintivamente, tiró del broche que le cerraba el manto y dejó caer la prenda; debajo llevaba un sencillo vestido blanco.

–Quitaos el vestido, señora –le ordenó Lavaine rudamente–, quitáoslo o vuestra hija muere ahora mismo.

En aquel momento me lancé a la carga. Grité el nombre de Bel y me abalancé cegado por la locura. Mis guerreros me siguieron y, de la fortaleza, salieron más y más hombres tan pronto como distinguieron las estrellas blancas de nuestros escudos y las colas de lobo en nuestros yelmos. Nimue cargó también, gritando y aullando, y vi que la hilera enemiga se volvía con el horror pintado en la cara. Corrí directo hacia Lavaine. Al verme, me reconoció y el horror lo petrificó. Se había disfrazado de sacerdote cristiano colgándose un crucifijo al cuello. No estaban los tiempos como para cabalgar por Dumnonia vestido de druida; pero a Lavaine le había llegado su hora y me arrojé sobre él gritando el nombre de mi dios.

Entonces un soldado de la guardia sajona se interpuso y la hoja del hacha brilló a la luz de las llamas al cernirse sobre mi cabeza. La detuve con el escudo y la fuerza del golpe me sacudió el brazo entero, pero lancé una estocada con *Hywelbane,* retorcí la hoja en el vientre del sajón y volví a sacarla desparramando tripas sajonas. Issa había terminado con otro sajón y Scarach, su feroz esposa irlandesa, había salido de la fortaleza para acuchillar a un sajón herido con una lanza de caza, mientras que Nimue hincaba la pica en las entrañas de un hombre. Detuve otro lanzazo, empujé al soldado al suelo con *Hywelbane* y busqué a Lavaine desesperadamente con la mirada. Lo vi corriendo con Dian en brazos. Trataba de alcanzar a su hermano detrás de la fortaleza cuando unos cuantos lanceros le cortaron el paso;

dio media vuelta y, al verme, huyó hacia la puerta. Se protegía con Dian como si de un escudo se tratara.

–¡Lo quiero vivo! –grité, y me lancé tras él entre el caos de llamas. Otro sajón se precipitó sobre mí gritando el nombre de su dios, pero no llegó a terminar de pronunciarlo porque le rajé la garganta con *Hywelbane*. Entonces, Issa dio un grito de alarma, oí ruido de cascos y vi que el enemigo que montaba guardia en la parte de atrás de la fortaleza cargaba a caballo al rescate de sus camaradas. Dinas, vestido de igual guisa que su hermano, con la toga negra de los sacerdotes cristianos, iba a la cabeza del pelotón espada en ristre.

–¡Detenedlos! –ordené. Oí gritar a Dinas. El enemigo era presa de pánico. Nos superaban en número, pero la irrupción de lanceros salidos de la negra noche les había hecho trizas el ánimo, y Nimue, con su único ojo, aullando, salvaje y armada de una lanza ensangrentada, debió de parecerles una especie de necrófago nocturno que acudía en busca de sus espíritus. Huyeron despavoridos. Lavaine esperó a que su hermano se acercara al almacén en llamas, pero sin dejar de amenazar a Dian con la espada. Scarach, silbando como Nimue, lo detuvo con una lanza, pero no se atrevió a poner en peligro la vida de mi hija. Otros enemigos trepaban por la empalizada, unos corrían en dirección a la puerta, otros quedaron atrapados en las sombras entre las cabañas y algunos escaparon corriendo junto a los caballos, que galopaban desbocados de terror y pasaron a nuestro lado hacia la oscuridad de la noche.

Dinas dirigió su montura hacia mí. Levanté el escudo, enarbolé a *Hywelbane* y grité para desafiarlo, pero en el último momento hizo virar a su caballo, que tenía los ojos en blanco, y me amenazó con la espada apuntándome a la cabeza. Sin embargo, se dirigió a su hermano gemelo y, al llegar junto a él, se ladeó en la silla y le tendió un brazo. Scarach se apartó de en medio de un brinco en el momento preciso en que Lavaine saltaba hacia el abrazo salvador de su hermano. Soltó a Dian, que cayó desparramada al suelo mientras yo perseguía al caballo. Lavaine se aferraba con desesperación a su hermano, el cual se agarraba con la misma desesperación al asidero de la silla al tiempo que la montura se alejaba a galope tendido. Les grité que se quedaran a luchar, pero los gemelos continuaron la huida hasta los negros árboles donde los demás enemigos supervivientes se habían refugiado. Maldije sus espíritus y me quedé en la puerta llamándoles gusanos, cobardes, criaturas del mal.

–Derfel –dijo Ceinwyn desde atrás–. Derfel.

Dejé de maldecir y me volví a ella.

–Estoy vivo –dije–, vivo.

–¡Ay, Derfel! –gimió, y entonces vi que sostenía a Dian y que su vestido blanco se había teñido de rojo.

Corrí junto a ella. Dian reposaba en los brazos de su madre, dejé caer la espada, me arranqué el yelmo de la cabeza y caí de rodillas a su lado.

–Dian –musité–, mi niña querida.

Vi en sus ojos el último suspiro de su espíritu. Y ella me vio –me vio realmente–, y también a su madre, antes de morir. Nos miró un instante y después su joven espíritu salió volando como un ser alado en la oscuridad, silencioso como una llama que apaga un soplo de aire. Lavaine le había cortado la garganta al saltar hacia su hermano, y en ese momento, su pequeño corazón dejó de luchar. Pero antes llegó a verme, sé que me vio. Me vio y después murió, y la abracé, a ella y a su madre, y lloré como un niño.

Lloré por mi amadísima pequeña Dian.

* * *

Tomamos cuatro prisioneros que no estaban heridos. Uno era de la guardia sajona y los tres restantes, lanceros belgas. Merlín los interrogó y, cuando terminó con ellos, los descuarticé a los cuatro. Los reduje a picadillo. Los maté en un arrebato de ira, llorando al mismo tiempo, ciego a todo excepto al peso de *Hywelbane* y a la vana satisfacción que me proporcionaba el acero penetrando en sus carnes. Uno a uno, ante mis hombres, ante Ceiwnyn, ante Morwenna y Seren, hice una carnicería con los cuatro, y cuando terminé, *Hywelbane* estaba empapada, roja desde la punta hasta la empuñadura, y yo seguí vapuleando los cuerpos sin vida. Tenía los brazos bañados en sangre, mi rabia llenaba el mundo entero y aun así, mi pequeña Dian no volvería a la vida.

Necesitaba matar a más hombres, pero ya habían cortado la garganta a todos los enemigos heridos y así, como no podía seguir vengándome y cubierto de sangre como estaba, me acerqué a mis aterrorizadas hijas y las abracé. Mi llanto era incontenible, como el de ellas. Las estreché entre mis brazos como si mi vida dependiera de ellas y luego las llevé junto a Ceinwyn, que todavía acunaba el cuerpecillo de Dian. Suavemente, le abrí los brazos, se los coloqué sobre sus hijas vivas y me llevé a Dian hacia el almacén en llamas. Merlín me acompañó. Tocó a Dian en la frente con la vara y me hizo un gesto de asentimiento. Quería decir que era el momento de dejar que el espíritu de Dian cruzara el puente de espadas, pero antes la besé. Deposité luego su cuerpo en el suelo y, con el puñal, le corté un mechón de pelo dorado y me lo guardé en la bolsa, hecho lo cual, la levanté de nuevo, la besé por última vez y arrojé el cadáver a las llamas. El pelo y el vestidillo blanco prendieron con una llama brillante.

–¡Alimentad la hoguera! –ordenó Merlín a mis hombres–. ¡Alimentadla!

Destruyeron una cabaña y convirtieron el fuego en un horno, que reduciría a Dian a nada. Su espíritu ya había partido al otro mundo en busca de su cuerpo de sombra y la pira crepitaba en la oscuridad; me arrodillé frente a las llamas con el espíritu vacío y estragado. Merlín me hizo levantar.

—Debemos irnos, Derfel.

—Lo sé.

Me abrazó y me estrechó entre sus largos y fuertes brazos como un padre.

—Si hubiera podido salvarla... —musitó.

—Lo intentasteis —dije, y maldije la hora en que se me ocurrió retrasarme en Ynys Wydryn.

—Vamos —dijo Merlín—, al alba debemos estar muy lejos de aquí.

Nos llevamos lo poco que cada cual pudo cargar. Dejé la armadura sucia de sangre que tenía puesta y tomé la cota de malla nueva, la que tenía eslabones de oro. Seren metió tres gatitos en una bolsa de piel, Morwenna se hizo cargo de una rueca y un hatillo de ropa y Ceinwyn empaquetó algunos víveres. En total éramos ochenta; lanceros, familias, servidores y esclavos. Todos arrojaron alguna prenda a la pira, un trozo de pan en la mayoría de los casos, aunque Gwlyddyn, el criado de Merlín, arrojó la embarcación de Dian a las llamas para que mi niña siguiera remando en los lagos y arroyos del otro mundo.

Ceinwyn, que caminaba junto a Merlín y Malaine, el druida de su hermano, preguntó qué les sucedía a los niños en el otro mundo.

—Juegan —replicó Merlín con su antigua autoridad—, juegan entre manzanos y te esperan.

—Será feliz —la consoló Malaine. Era un joven alto, delgado y encorvado que llevaba el antiguo báculo de Iorweth. Parecía afectado por los horrores de la noche y no ocultaba la inquietud que le producía Nimue, con su sucio y ensangrentado vestido. El parche del ojo había desaparecido y el horrible pelo le caía lacio e impregnado de barro.

Ceinwyn, aclaradas sus dudas respecto al destino de Dian, se puso a mi lado. Yo seguía mortificándome, culpándome por haberme entretenido a ver la ceremonia de Lancelot, pero Ceinwyn se había tranquilizado un poco.

–Era su destino, Derfel –me dijo–, ahora es feliz. –Me tomó del brazo–. Y tú estás vivo. Nos dijeron que habíais muerto; los dos, Arturo y tú.

–Está vivo –le aseguré. Seguí andando en silencio, siguiendo las túnicas blancas de los dos druidas–. Un día –dije al cabo de un rato– encontraré a Dinas y a Lavaine y su muerte será espantosa.

–Éramos tan felices –dijo Ceinwyn apretándome el brazo. Había empezado a llorar nuevamente y busqué palabras de consuelo, pero en vano, ¿por qué se habían llevado los dioses a Dian? A nuestra espalda, las llamas y el humo de la fortaleza de Ermid subían al cielo relumbrando en la noche. La techumbre de la fortaleza se había incendiado al fin y nuestra antigua vida fue reduciéndose a cenizas.

Seguimos un sendero serpenteante que discurría a la orilla del lago. La luna había salido de detrás de las nubes y proyectaba su luz plateada sobre los juncos y sauces y se reflejaba en la superficie del lago, rizada por el viento. Nos dirigíamos al mar, pero apenas había pensado en lo que haríamos una vez llegados a la playa. Los hombres de Lancelot nos perseguirían, sin duda; teníamos que buscar refugio.

Merlín había interrogado a los prisioneros antes de que yo acabara con ellos y le contó a Ceinwyn cuanto había averiguado. La mayor parte de la información ya la conocíamos. Se decía que Mordred había muerto en una cacería; uno de los prisioneros aseguró que el rey había sido asesinado por el padre de una muchacha a la que había violado. Se rumoreaba que Arturo había muerto y Lancelot se había proclamado rey de Dumnonia. Los cristianos lo habían acogido de buen grado pensando que Lancelot era su nuevo Juan Bautista, el precursor del primer advenimiento de Cristo a la tierra, es decir, Lancelot era considerado el precursor del segundo.

–Arturo no ha muerto –repliqué con amargura–. Querían que muriera, y yo con él, pero fallaron los planes. Y, si yo lo vi hace tan sólo tres días, ¿cómo es posible que Lancelot haya tenido tan pronto noticia de su muerte?

—No ha tenido noticia —respondió Merlín serenamente—. Sólo lo desea.

—Son Samsun y Lancelot —dije, escupiendo al suelo—. Seguramente, Lancelot preparó la muerte de Mordred y Sansum la nuestra. Ahora, Sansum tiene un rey cristiano y Lancelot tiene el trono de Dumnonia.

—Pero tú estás vivo —añadió Ceinwyn en voz baja.

—Y Arturo también —dije— y, si Mordred está muerto, el trono pasa a Arturo.

—Sólo si derrota a Lancelot —apostilló Merlín tajantemente.

—¡Pues claro que lo derrotará! —contesté con sarcasmo.

—Arturo se ha debilitado —me recordó Merlín suavemente—. Muchos de sus hombres han muerto. Toda la guardia de Mordred ha muerto, y también los lanceros de Caer Cadarn. Cei y sus hombres han caído en Isca, y si no, han huido. Los cristianos se han levantado, Derfel. Me han contado que pintaron en sus puertas el símbolo del pez, que entraron en las casas que no lo tenían y mataron a todos sus habitantes. —Siguió caminando en silencio, apesadumbrado—. Están limpiando Britania para el advenimiento de su dios.

—Pero Lancelot no ha matado a Sagramor —dije, con la esperanza de no equivocarme—, y Sagramor tiene un ejército.

—Sagramor vive —me aseguró Merlín, pero enseguida me dio las peores noticias de aquella noche nefasta—; ha sido atacado por Cerdic. Tengo la impresión —prosiguió— de que Lancelot y Cerdic han acordado repartirse Dumnonia entre ambos. Cerdic se quedará con las tierras fronterizas y Lancelot gobernará el resto del territorio.

Me quedé sin palabras. Me parecía incomprensible. ¿Cerdic campaba a sus anchas por Dumnonia? ¿Y los cristianos se habían levantado para entronizar a Lancelot? Había sucedido todo tan súbitamente, en pocos días... Antes de salir de

Dumnonia no habíamos percibido señal alguna de lo que se fraguaba.

–Señales hubo –comentó Merlín como si me hubiera leído el pensamiento–. Señales hubo, pero ninguno de nosotros las tomó en serio. ¿A quién le importaba que un puñado de cristianos pintara un pez en la puerta de su casa? ¿A quién le importaba su fanatismo? Nos acostumbramos tanto a los raptos de sus sacerdotes que ni escuchábamos ya sus palabras. ¿Quién de nosotros cree que su dios vendrá a Britania dentro de cuatro años? Señales hubo, Derfel, mas no las vimos. No obstante, la causa del horror no es ésa.

–Sansum y Lancelot son la causa –dije.

–La olla es la causa –me corrigió Merlín–. La han utilizado, Derfel, y su poder se ha desatado en la tierra. Sospecho que la poseen Dinas y Lavaine, aunque ignoran cómo controlarla, y así el horror se extiende sin tino.

Seguí avanzando en silencio. Ya se divisaba el mar Severn como una marea reptante de negro plateado a la luz de la luna. Ceinwyn lloraba en silencio y le tomé la mano.

–He descubierto –le dije, procurando distraerla del dolor– quién es mi padre. Ayer mismo lo averigüé.

–Tu padre es Aelle –intervino Merlín plácidamente, y me quedé mirándolo.

–¿Cómo lo sabéis?

–Lo llevas escrito en la cara, Derfel, en la cara. Esta noche, cuando irrumpiste por la puerta, sólo te faltaba la piel de oso para ser él. –Me sonrió–. Te recuerdo como un niño muy serio, siempre preguntando y frunciendo el ceño, pero esta noche te presentaste como un guerrero de los dioses, un ser terrorífico de hierro y acero, escudo y penacho.

–¿Es cierto eso? –me preguntó Ceinwyn.

–Sí –dije, temiendo su reacción. Pero no tenía motivos para temer.

–En tal caso, Aelle ha de ser un gran hombre –concluyó con firmeza, y me sonrió tristemente–, lord príncipe.

Llegamos al mar y viramos hacia el norte. No teníamos adónde ir, salvo hacia Gwent o Powys, donde la locura no se había extendido todavía, pero nuestro camino terminó en el punto en que la marea que subía rompía en blanca espuma sobre una gran extensión de barro. El mar nos quedaba a la izquierda y, a la derecha, las marismas de Avalon, y tuve la sensación de que estábamos atrapados; pero Merlín dijo que no había por qué preocuparse.

–Descansad –nos aconsejó–, porque enseguida recibiremos ayuda. –Miró hacia levante, donde una raya de luz despuntaba sobre las colinas que rodeaban las marismas–. Al alba –anunció–, cuando el sol haya salido del todo, llegará nuestra ayuda. –Se sentó a jugar con Seren y sus gatitos mientras los demás nos acostábamos en la arena, con los paquetes al lado, y Pyrlig, nuestro bardo, cantaba la canción de amor de Rhiannon, que siempre había sido la preferida de Dian. Ceinwyn lloraba rodeando a Morwenna con un brazo, y yo miraba fijamente el inquieto mar gris soñando con la venganza.

El sol salió anunciando otro agradable día de verano en Dumnonia, aunque aquel día los soldados de Dumnonia se desparramarían por el país buscándonos. Finalmente habían usado la olla, los cristianos se habían apiñado alrededor de la enseña de Lancelot, el horror se extendía por toda la tierra y los esfuerzos de Arturo estaban en peligro.

* * *

Aquella mañana, los hombres de Lancelot no eran los únicos que nos buscaban. La noticia del incendio en la fortaleza de Ermid había llegado a las aldeas de los pantanos, y también que la macabra ceremonia celebrada en Ynys Wydryn había sido una boda cristiana, y todo enemigo de los cristianos era amigo del pueblo marismeño, de modo que los barqueros, los rastreadores y los cazadores organizaron partidas por todos los pantanos para dar con nosotros.

Nos encontraron dos horas después de la salida del sol y nos llevaron hacia el norte siguiendo los senderos pantanosos donde el enemigo no osaría adentrarse. A la caída de la noche y fuera ya de las marismas, nos hallábamos cerca de la ciudad de Abona de donde partían barcos hacia las costas de Siluria cargados de cereales, alfarería, estaño y plomo. Un grupo de hombres de Lancelot montaba guardia en los embarcaderos situados en el puerto fluvial, pero el ejército estaba muy repartido y no había más de veinte lanceros vigilando los barcos, ebrios en su mayoría porque habían saqueado un cargamento de hidromiel. Acabamos con todos. La muerte había llegado ya a Abona, pues doce cuerpos de paganos yacían en el lodo sobre la línea, seca ya, de la marea. Los cristianos fanáticos que habían asesinado a los paganos habían partido ya a unirse al ejército de Lancelot, y las gentes que quedaban en la ciudad lloraban. Nos contaron lo sucedido y juraron ser inocentes de la matanza; luego cerraron con trancas las puertas de sus casas, pintadas todas con el símbolo del pez. A la mañana siguiente, con la marea alta, navegamos rumbo a Isca, en Siluria, la plaza fuerte de Usk donde Lancelot había construido su palacio cuando recibió de mala gana el poco propicio trono de Siluria.

Ceinwyn estaba sentada a mi lado, junto a los imbornales de la nave.

–¡Es curioso cómo vienen y van las guerras con los reyes! –exclamó.

–¿Qué? –pregunté.

–Uther murió –dijo–, y no hubo sino guerras hasta que llegó Arturo y mató a mi padre, luego tuvimos paz, y ahora, cuando Mordred sube al trono, volvemos a tener guerra. Es como las estaciones del año, Derfel. La guerra viene y va. –Apoyó la cabeza en mi hombro–. ¿Qué pasará ahora?

–Las niñas y tú iréis al norte, a Caer Sws –dije–, y yo me quedaré luchando.

–¿Arturo también luchará?

468

–Si han matado a Ginebra –dije–, luchará hasta que no quede un enemigo con vida. –Nada sabíamos de Ginebra, pero si los cristianos extendían el terror por toda Dumnonia, no parecía posible que la hubieran dejado al margen.

–Pobre Ginebra –dijo Ceinwyn–, y pobre Gwydre –apreciaba mucho al hijo de Arturo.

Tocamos tierra en el río Usk, a salvo por fin en territorio gobernado por Meurig, y desde allí caminamos hacia el norte, a Burrium, la capital de Gwent. Gwent era un país cristiano, pero la demencia que barría Dumnonia no se había extendido aún hasta su territorio. El rey de Gwent era cristiano, y tal vez dicha circunstancia hubiera bastado para que su pueblo mantuviera la calma.

–Arturo tenía que haber abolido el paganismo –comentó Meurig en tono de reproche.

–¿Por qué, lord rey? –pregunté–. Él mismo es pagano.

–Yo diría que la verdad de Cristo es cegadoramente cierta –dijo Meurig–. Si un hombre no es capaz de leer las mareas de la historia, sólo él tiene la culpa. El cristianismo es el futuro, lord Derfel, y el paganismo es el pasado.

–Un futuro que por lo visto será breve –comenté sarcásticamente–, si el fin de la historia se va a producir dentro de cuatro años.

–¡No será el fin, sino el principio! –exclamó Meurig–. ¡Cuando Cristo vuelva a la tierra, lord Derfel, llegarán días de gloria! Todos seremos reyes, todos seremos dichosos y todos seremos benditos.

–Excepto los paganos.

–Naturalmente, hay que alimentar el infierno. Pero aún estáis a tiempo de aceptar la verdadera fe.

Tanto Ceinwyn como yo rechazamos la invitación al bautismo y, a la mañana siguiente, Ceinwyn partió hacia Powys con Morwenna y Seren, acompañadas por otras mujeres con sus hijos. Los lanceros abrazamos a nuestras familias y las vimos alejarse hacia el norte. Meurig les proporcionó una escolta y yo envié a seis de los míos con orden de volver tan pronto como las mujeres quedaran a salvo en los dominios de Cuneglas. Malaine, druida de Powys, fue con ellas, pero Merlín y Nimue, que habían reemprendido la búsqueda de la olla con el mismo ardor con que lo habían hecho en la época del Sendero Tenebroso, permanecieron con nosotros.

El rey Meurig nos acompañó a Glevum; tratábase de una ciudad dumnonia situada en la frontera con Gwent, y sus murallas de tierra y madera guardaban el dominio de Meurig, de modo que éste, previsoramente, había enviado allí una guarnición de lanceros con el fin de asegurarse de que los tumultos de Dumnonia no se extendieran por el norte hasta Gwent. Tardamos medio día en llegar a Glevum y allí, en el espacioso salón romano donde había tenido lugar el último gran consejo de Uther, encontré al resto de mis hombres, a los hombres de Arturo y al propio Arturo.

Me vio entrar en la fortaleza y su expresión de alivio fue tan sincera que se me llenaron los ojos de lágrimas. Mis lanceros, los que se habían quedado con Arturo cuando me dirigí al sur en busca de mi madre, lanzaron vítores y luego se produjo un gran revuelo de reencuentros e intercambio de noticias. Les conté lo sucedido en la fortaleza de Ermid, les dije los nombres de los que habían muerto, los tranquilicé porque sus esposas seguían con vida y luego me dirigí a Arturo.

—Pero mataron a Dian —dije.

—¿A Dian? —Me dio la impresión de que no me creía.

—A Dian —repetí, y las malditas lágrimas me cegaron nuevamente.

Arturo me acompañó fuera del recinto, me pasó la mano por los hombros y recorrimos las murallas de Glevum; los hombres de Meurig con sus mantos rojos dominaban en aquel momento todas las almenas. Me obligó a repetir el relato completo, desde el mismo momento en que nos separamos hasta el instante en que tomamos la nave desde Abona.

–Dinas y Lavaine –pronunció los nombres con amargura, luego desenvainó a Excalibur y besó la hoja gris–. Hago mía tu venganza –anunció con solemnidad, y volvió a enfundar la espada.

Estuvimos un rato sin hablar, apoyados en lo alto de la muralla contemplando el ancho valle del sur de Glevum. Todo parecía en paz. El heno estaba a punto para la siega y entre el maíz destacaban las amapolas.

–¿Sabes algo de Ginebra? –preguntó Arturo rompiendo el silencio, y me pareció percibir un matiz de desesperación en su voz.

–No, señor.

Se estremeció pero enseguida se sobrepuso.

–Los cristianos la odian –dijo con un hilo de voz y, cosa extraña en él, tocó la empuñadura de hierro de Excalibur para ahuyentar el mal.

–Señor –dije, tratando de calmarlo–, tiene guardias a su servicio y el palacio está a la orilla del mar. De haberse encontrado en peligro, habría huido.

–¿A dónde? ¿A Broceliande? ¿Y si Cerdic ha enviado naves? –Cerró los ojos unos segundos y sacudió la cabeza–. Sólo nos cabe esperar noticias.

Le pregunté por Mordred pero no sabía más que el resto de nosotros.

–Sospecho que ha muerto –dijo sombríamente– pues si hubiera escapado, tendría que haber llegado ya aquí.

De quien sí tenía nuevas frescas era de Sagramor, pero eran poco halagüeñas.

–Cerdic le ha asestado un duro golpe. Caer Ambra ha caído, Calleva se ha marchado y Corinium está asediada. Supongo que resistirá unos cuantos días más, porque Sagramor consiguió añadir doscientas lanzas a la guarnición, pero se quedarán sin víveres a finales de mes. Al parecer, volvemos a estar en guerra. –Soltó una breve y ronca risotada–. No erraste en cuanto a Lancelot ¿verdad?, y yo estaba ciego. Creí que era amigo. –No dije nada, sólo lo miré y, para mi sorpresa, descubrí que le habían salido canas en las sienes. A mí seguía pareciéndome joven, pero supuse que cualquiera que lo viera en aquellos momentos por primera vez pensaría que era ya un hombre maduro–. ¿Cómo habrá sido Lancelot capaz de introducir a Cerdic en Dumnonia? –preguntó con furia–. ¿Y de arrastrar a los cristianos en su locura?

–Porque quiere ser rey de Dumnonia –dije– y necesita sus lanzas. Y Sansum quiere ser su consejero principal, su tesorero real y todo lo demás.

–¿Crees de verdad –preguntó con un estremecimiento– que Sansum había planeado nuestra muerte en el templo de Cadoc?

–¿Quién, si no? –pregunté a mi vez. Estaba convencido de que había sido Sansum el primero en relacionar el pez de la enseña de Lancelot con el nombre de Cristo, y quien había espoleado el fervor de la exaltada comunidad cristiana en favor de Lancelot con la intención de alzarlo al trono de Dumnonia. No creía que Sansum confiara a pie juntillas en la inminente llegada de Cristo, pero sí deseaba concentrar todo el poder que le fuera posible y Lancelot era su candidato para el reino de Dumnonia. Si Lancelot lograba hacerse con el trono, todas las riendas del poder revertirían en el señor de los ratones–. Es un canalla peligroso –dije rencorosamente–. Teníamos que haberlo matado hace diez años.

–¡Pobre Morgana! –suspiró Arturo, y luego sonrió de modo extraño–. ¿Qué hicimos de malo? –me preguntó.

–¿Nosotros? –pregunté indignado–. No hemos hecho nada malo.

–No hemos llegado a comprender lo que querían los cristianos –dijo–, pero ¿de qué nos habría servido comprenderlo? No habrían aceptado jamás nada que no fuera la más aplastante victoria.

–No es por lo que nosotros hayamos hecho, sino el efecto que ejerce el calendario sobre ellos. El año quinientos los trastoca.

–Tenía la esperanza –replicó en voz baja– de haber eliminado la locura de Dumnonia.

–Les disteis paz, señor, y la paz les dio la oportunidad de engordar su locura. Si hubiéramos seguido en lucha con los sajones durante todos estos años, habrían abocado sus energías en la batalla y en la supervivencia; pero les dimos tiempo para fomentar la imbecilidad.

–¿Y ahora qué hacemos? –preguntó encogiéndose de hombros.

–¿Ahora? ¡Luchar!

–¿Con qué? –preguntó amargamente–. Sagramor tiene suficiente con Cerdic. Cuneglas nos prestará algunas lanzas, no lo dudo, pero Meurig no luchará.

–¿No? –pregunté alarmado–. ¡Pero se comprometió con el juramento de la Mesa Redonda!

–¡Esos juramentos, Derfel! –replicó Arturo con una sonrisa triste–. ¡Cómo nos persiguen! Y al parecer, los hombres los toman a la ligera en estos malos tiempos. También Lancelot hizo el juramento, ¿no es cierto? Sin embargo, Meurig dice que habiendo muerto Mordred, no hay *casus belli*. –Lo dijo en latín con rabia, y me acordé del día en que Meurig había usado esas mismas palabras antes de la batalla del valle del Lugg, y Culhwch se había reído de la erudición del rey repitiendo el latinajo a gritos.

–Culhwch nos apoyará –dije.

–¿A luchar por la tierra de Mordred? Lo dudo.

–A luchar por vos, señor –repliqué–, pues si Mordred ha muerto, vos sois el rey.

–¿Rey de qué? –dijo con una amarga sonrisa–. ¿De Glevum? –Se rió–. Cuento contigo, con Sagramor, con lo que Cuneglas tenga a bien enviarnos, pero Lancelot cuenta con Dumnonia y con Cerdic. –Siguió caminando en silencio un momento y de pronto esbozó una sonrisa malévola–. Contamos con otro aliado al que no puedo llamar amigo. Aelle ha aprovechado la ausencia de Cerdic para volver a tomar Londres. Tal vez Cerdic y él se maten uno a otro.

–Aelle –dije– morirá a manos de su hijo, no a manos de Cerdic.

–¿Qué hijo? –preguntó mirándome intrigado.

–Se trata de una maldición –dije–, y yo soy el hijo de Aelle.

Se detuvo y me miró fijamente como si estuviera tomándole el pelo.

–¿Tú? –preguntó.

–Yo, señor.

–¿De verdad?

–Por mi honor, señor, soy el hijo de vuestro enemigo.

Me miró un rato más y súbitamente rompió a reír con unas carcajadas sinceras y extravagantes que terminaron en lágrimas, lágrimas que tuvo que secarse al tiempo que sacudía la cabeza con expresión risueña.

–¡Querido Derfel! ¡Si Uther y Aelle lo supieran!

Uther y Aelle, enemigos irreconciliables, y sus hijos convertidos en amigos. El destino es inexorable.

–Es posible que Aelle lo sepa –dije, al acordarme de la suavidad con que me había recriminado el haber dejado a Erce en el olvido.

–Ahora es aliado nuestro –comentó Arturo–, lo queramos o no. A menos que renunciemos a la lucha.

–¿Renunciar? –pregunté escandalizado.

–En algunos momentos –contestó Arturo hablando en un susurro–, sólo deseo estar junto a Ginebra y Gwydre en una casa pequeña y vivir en paz. Siento la tentación de hacer un juramento, Derfel; si los dioses me devuelven a mi familia, los dejaría en paz para siempre. Me iría a una casa como la que tenías en Powys, ¿recuerdas?

–Cwm Isaf –dije, y me pregunté cómo podía Arturo imaginarse que Ginebra viviría feliz en un lugar así.

–Exactamente como Cwm Isaf –dijo deseándolo de verdad–. Un arado, unos campos, un hijo que criar, un rey al que respetar y canciones por la noche al amor de la lumbre. –Se volvió mirando hacia el sur otra vez. Por levante se divisaban grandes montes verdes y escarpados, los hombres de Cerdic no se hallaban lejos de aquellas cimas–. Estoy harto de todo –dijo. Pareció que fuera a llorar–. Piensa en cuanto hemos construido, Derfel, caminos, tribunales, puentes..., y en las numerosas disputas que hemos arreglado, en la prosperidad que hemos hecho posible, y todo ha quedado reducido a nada por causa de la religión. ¡La religión! –Escupió por encima de la muralla–. ¿Crees que vale la pena luchar por Dumnonia, siquiera?

–Vale la pena luchar por el espíritu de Dian –repliqué–, y mientras Dinas y Lavaine sigan con vida yo no estaré en paz. Y ruego, señor, porque no hayáis de vengaros de muertes semejantes, pero aun así, tenéis que luchar. Si Mordred está muerto, sois rey, y si vive, todavía nos debemos a un juramento.

–Un juramento –repitió con resentimiento, y estoy seguro de que pensaba en las palabras que habíamos pronunciado junto al mar donde había de morir Isolda–. Un juramento –repitió.

Pero, en aquel instante, tan sólo contábamos con juramentos, pues ellos guiaban nuestros pasos en tiempos de caos, y el caos se extendía imparable por Dumnonia. Habían desatado el poder de la olla y el horror amenazaba con devorarnos a todos.

Aquel verano, Dumnonia era como un gigantesco tablero de juego, y Lancelot había echado su suerte acertadamente apoderándose de la mitad del tablero desde la primera tirada. Entregó el valle del Támesis a los sajones y se quedó para sí el resto del país, con el apoyo de los cristianos que luchaban por él ciegamente so pretexto de que lucía en su escudo el símbolo místico del pez. A juicio mío, Lancelot no era mejor cristiano que Mordred, pero los misioneros de Sansum habían propagado su insidioso mensaje y, para los pobres y engañados cristianos dumnonios, Lancelot era el heraldo de Cristo.

Lancelot, no obstante, no había ganado todas las tiradas. La artimaña para matar a Arturo no dio resultado y, mientras Arturo siguiera vivo, Lancelot estaba en peligro; al día siguiente de mi llegada a Glevum, trató de limpiar el tablero y adueñarse de él por completo.

Envió a un jinete con el escudo invertido y una rama de muérdago en la punta de la lanza, con un mensaje que conminaba a Arturo a presentarse en Dun Ceinach, una antigua fortaleza de tierra que se levantaba a pocas millas al sur de las murallas de Glevum. El mensaje ordenaba a Arturo que se presentara en la antigua plaza fuerte aquel mismo día, garantizándole inmunidad y licencia para hacerse acompañar de cuantos lanceros deseara. El tono imperioso de la misiva casi invitaba al rechazo, pero concluía con la promesa de hacerle llegar nuevas de Ginebra, y Lancelot debía de saber que tal promesa haría salir a Arturo de Glevum.

Partió una hora más tarde, bajo un sol ardiente, en compañía de veinte hombres armados de la cabeza a los pies, entre los cuales me contaba. Unas grandes nubes blancas surcaban el cielo por encima de las escarpadas montañas que se elevaban al este del amplio valle del Severn. Podíamos haber seguido los senderos que se internaban en las montañas, pero dichos caminos abundaban en rincones propicios para emboscadas, de modo que tomamos la vía del sur que cruzaba el valle, una calzada romana que discurría entre campos de centeno y cebada salpicados de llamativas amapolas. Al cabo de una hora nos desviamos hacia levante, continuamos a medio galope junto a unos matorrales blancos cuajados de flores de espino y atravesamos después una pradera de heno prácticamente madura para la hoz; así llegamos a la empinada ladera cubierta de hierba en cuya cima se hallaba la antigua fortaleza. Las ovejas se apartaban a nuestro paso, pero al borde del sendero se abría un precipicio cortado en vertical y preferí desmontar y llevar al caballo por las riendas. Entre la hierba florecían orquídeas rosadas y marrones.

Hicimos un alto a unos cien pasos de la cima y subí solo a comprobar que no hubiera emboscados aguardándonos tras los largos y herbosos muros de la fortaleza. Alcancé la cúspide sudando y jadeando y no vi enemigos agazapados al otro lado. Al contrario, el antiguo alcázar parecía vacío; sólo un par de liebres echaron a correr al verme aparecer súbitamente. El silencio de la cima me aconsejó sigilo; entonces, un jinete solitario se dejó ver entre los árboles bajos de la parte norte de la fortaleza. Arrojó la lanza al suelo con gesto ostentoso, colocó el escudo en posición invertida y se apeó del caballo. Seis hombres salieron tras él de entre los árboles, y también dejaron las lanzas en tierra como para confirmarme que la tregua era de veras.

Hice señas a Arturo para que subiera. Los demás caballos coronaron el muro y, luego, Arturo y yo nos adelantamos. Él llevaba su mejor armadura; no acudía para suplicar sino como guerrero, con yelmo empenachado y cota de malla de plata.

Dos hombres nos salieron al encuentro. Creía que se presentaría el propio Lancelot, pero sólo era su primo y paladín Bors. Era Bors un hombre alto y moreno, de abundante barba y anchos hombros, un guerrero experto que embestía la vida como un toro mientras su amo se deslizaba como una serpiente. No me desagradaba Bors, ni yo a él, pero nuestras respectivas lealtades nos enemistaban forzosamente.

Bors nos saludó con un gesto seco de la cabeza. Llevaba puesta la armadura, pero su compañero iba ataviado con ropas sacerdotales. Era el obispo Sansum, lo cual me sorprendió, pues Sansum solía tomarse la molestia de ocultar de parte de quién estaba; pensé que el señor de los ratones debía de creer firmemente en la victoria, pues hacía gala de su alianza con Lancelot abiertamente. Arturo miró a Sansum con desprecio y luego se dirigió a Bors.

–Tenéis noticias de mi esposa –le dijo someramente.

–Vive –repuso Bors– y está a salvo. También vuestro hijo.

Arturo cerró los ojos. No podía disimular el alivio que sentía y se quedó unos momentos sin palabras.

–¿Dónde están? –preguntó tan pronto como se sobrepuso.

–En su palacio del mar –replicó Bors–, bajo vigilancia.

–¿Hacéis prisioneras a las mujeres? –pregunté burlonamente.

–Están bajo vigilancia, Derfel –replicó Bors en idéntico tono burlón–, porque los cristianos dumnonios matan a sus enemigos. Y esos cristianos, lord Arturo, no aman a vuestra esposa. Mi señor el rey Lancelot mantiene a vuestra esposa e hijo bajo su protección.

–En tal caso, vuestro señor el rey Lancelot –replicó Arturo con un sutil tono de sarcasmo– puede hacer que los escolten hasta aquí.

–No –dijo Bors. Llevaba la cabeza descubierta y el fuerte calor del sol le hacía sudar.

–¿No? –preguntó Arturo de forma temeraria.

—Os traigo un mensaje, señor —replicó Bors en tono desafiante— y es el siguiente: mi señor rey os garantiza el derecho a vivir en Dumnonia junto a vuestra esposa. Seréis tratado honorablemente, pero sólo si juráis lealtad a mi rey. —Hizo una pausa y levantó la mirada al cielo. Era un día extraordinario en que la luna y el sol compartían la bóveda celeste, y Bors señaló hacia la luna, que estaba a medio camino entre creciente y llena—. Tenéis tiempo hasta que la luna sea llena para presentaros ante mi señor rey en Caer Cadarn. Podéis acudir con no más de diez hombres, pronunciaréis vuestro juramento y a partir de entonces, podréis vivir en paz en sus dominios.

Escupí para mostrar mi opinión sobre la promesa, pero Arturo levantó una mano para acallarme.

—¿Y si no me presento? —preguntó.

Otro hombre se habría avergonzado al comunicar tal mensaje, pero Bors no tuvo reparos.

—Si no os presentáis —dijo—, mi señor rey dará por supuesto que estáis en guerra con él, en cuyo caso tendrá que reunir cuantas lanzas sea posible. Incluso las que ahora protegen a vuestra esposa e hijo.

—¿Para que sus cristianos —replicó Arturo señalando a Sansum con la barbilla— los maten?

—Siempre podrían bautizarse —dijo Sansum y asió la cruz que colgaba sobre su negra vestidura—. Si se bautizan, garantizo su seguridad.

Arturo lo miró fijamente. Después, con toda su intención, escupió a Sansum en plena cara. El obispo dio un paso atrás. Vi que a Bors le hacía gracia y sospeché que el poco afecto que hubiera podido existir entre el paladín y el capellán del rey se había perdido. Arturo volvió a mirar a Bors.

—Habladme de Mordred.

Habría jurado que a Bors le sorprendió la pregunta.

—Nada hay que decir —repuso tras una pausa—. Está muerto.

—¿Habéis visto su cadáver? —inquirió Arturo.

Bors dudó nuevamente y luego negó con la cabeza.

—Murió a manos de un hombre a cuya hija había violado. No sé nada más, excepto que mi señor rey acudió a Dumnonia a sofocar la revuelta que siguió a su muerte. —Hizo otra pausa como si esperara una respuesta de Arturo, mas al no obtenerla, volvió a mirar a la luna—. Tenéis hasta que sea llena —le recordó, y dio media vuelta.

—¡Un momento! —dije, e hice volverse a Bors—. ¿Qué hay de mí? —pregunté.

Bors me miró fijamente a los ojos.

—¿De vos? —repitió burlonamente.

—¿Acaso he de jurar lealtad al asesino de mi hija?

—Mi señor rey no se ha pronunciado sobre vos —dijo Bors.

—Decidle que pido de él una cosa. Decidle que quiero el espíritu de Dinas y Lavaine y que lo tendré aunque sea lo último que haga en esta vida.

Bors se encogió de hombros como si la muerte de los druidas le fuera completamente indiferente y miró a Arturo otra vez.

—Estaremos esperando en Caer Cadarn, señor —dijo, y se alejó. Sansum se quedó y nos anunció a gritos que Cristo vendría en toda su gloria y que todos los paganos y pecadores serían barridos de la faz de la tierra antes del dichoso día. Le escupí, me di media vuelta y seguí a Arturo. Sansum nos siguió como un perro, ladrándonos por la espalda; de pronto me llamó por mi nombre, pero hice oídos sordos.

—¡Lord Derfel! —insistió—. ¡Señor de rameras! ¡Amante de rameras! —Sabía que tales insultos me harían volverme furioso y, aunque no deseaba verme furioso, sí quería que le escuchara—. No pretendía ofenderos, señor —dijo apresuradamente, mientras me acercaba a él—. Debo hablar con vos. Rápido. —Miró a su espalda para asegurarse de que Bors no le oía y luego me pidió que me arrepintiera a voz en grito, sólo para que Bors creyera que estaba arengándome—. Creí que Arturo y vos habíais muerto —dijo en voz baja.

—Fuisteis vos quién planeó nuestra muerte –le acusé.

—¡No, Derfel, por mi alma! –dijo, pálido–. ¡No! –Hizo la señal de la cruz–. ¡Si mi lengua miente, que los ángeles me la arranquen y se la den de comer al diablo! Juro por Dios Todopoderoso que no sabía nada. –Pronunciado el juramento en falso, volvió a mirar a su alrededor y añadió en voz baja–: Dinas y Lavaine vigilan a Ginebra en el palacio del mar. No olvidéis que he sido yo quien os lo ha dicho, señor.

—No deseáis que Bors sepa que me habéis desvelado tal cosa ¿verdad? –dije con una sonrisa.

—¡No, señor, os lo ruego!

—Entonces, esto le convencerá de vuestra inocencia –repliqué, y le propiné un sopapo que debió de resonarle en la cabeza como la campana grande de su templo. Cayó al suelo con una voltereta y empezó a lanzarme maldiciones mientras me alejaba. Entonces comprendí la razón de la presencia de Sansum en la elevada fortaleza. El señor de los ratones sabía que la existencia de Arturo amenazaba la permanencia de Lancelot en su nuevo trono y no podía mantener su fe despreocupadamente en un amo cuyo enemigo fuera Arturo. Sansum, igual que su esposa, quería que yo tuviera algo que agradecerle.

—¿Qué ha pasado, Derfel? –me preguntó Arturo cuando le di alcance.

—Me ha dicho que Dinas y Lavaine están en el palacio del mar, vigilando a Ginebra.

Arturo lanzó un gruñido y miró la blanquecina luna, que flotaba sobre nuestras cabezas.

—¿Cuántas noches faltan para la luna llena, Derfel?

—¿Cinco? –calculé–. Seis, quizá. Merlín lo sabrá.

—Seis días para tomar una decisión –dijo; se detuvo y me miró–. ¿Se atreverán a matarla?

—No, señor –dije, con la esperanza de no equivocarme–. No se atreverán a declararse enemigos vuestros. Quieren que acudáis a ofrecer vuestro juramento y mataros después. Luego podrán matarla a ella.

–Y si no me presento –dijo en voz baja– seguirán reteniéndola. Y mientras ella esté en sus manos, Derfel, yo no puedo hacer nada.

–Tenéis una espada, señor, una lanza y un escudo. Nadie diría que no podéis hacer nada.

A nuestra espalda, Bors y sus hombres montaron en sus caballos y se alejaron. Nosotros permanecimos unos momentos contemplando el paisaje que se extendía al oeste de las murallas de Dun Ceinach. Era uno de los paisajes más bellos de Britania, una vista aérea al oeste del Severn, hasta la lejana Siluria. Dominábamos millas y millas con la mirada, y desde tan elevada situación todo parecía verde y hermoso, bañado en la luz del sol. Merecía la pena luchar por aquello.

Y faltaban seis noches para la luna llena.

* * *

–Siete noches –dijo Merlín.

–¿Estáis seguro? –preguntó Arturo.

–Seis, tal vez –admitió Merlín–. Espero que no me obligues a echar la cuenta, es una tarea tediosa. ¡Cuántas veces tuve que hacerla a requerimiento de Uther! ¡Y casi siempre me equivocaba! Seis o siete, suficientes, ocho incluso.

–Malaine lo calculará –dijo Cuneglas. Al volver de Dun Ceinach supimos que Cuneglas había llegado de Powys, y con él, Malaine, pues se había encontrado con el druida que acompañaba a Ceinwyn y al resto de las mujeres hacia el norte. El rey de Powys me abrazó y juró vengarse también de Dinas y Lavaine. Llevaba consigo sesenta lanceros y nos anunció que otros cien se habían puesto en marcha tras él. Y llegarían más, dijo, pues Cuneglas esperaba luchar y había puesto en movimiento generosamente a todos los guerreros que estaban a su servicio.

Los sesenta hombres que lo acompañaban se hallaban sentados alrededor de los muros del gran salón de Glevum mientras sus señores conversaban en el centro. Tan sólo faltaba Sagramor, que continuaba hostigando al ejército de Cerdic cerca de Corinium con los pocos lanceros que le quedaban. Meurig acudió también, y no fue capaz de ocultar su fastidio cuando Merlín ocupó el gran trono que encabezaba la mesa. Cuneglas y Arturo lo flanqueaban, Meurig se sentó frente a Merlín en el otro extremo y Culhwch y yo ocupamos los puestos vacantes. Culhwch había viajado a Glevum con Cuneglas y su llegada fue como una corriente de aire fresco en el salón lleno de humo. Ardía de impaciencia por comenzar la guerra. Declaró que, con la muerte de Mordred, el rey de Dumnonia era Arturo, y estaba dispuesto a hacer correr la sangre para proteger el trono de su primo. Cuneglas y yo estábamos de acuerdo con él y Meurig cacareó algo sobre la prudencia. Arturo no se pronunció y Merlín parecía dormido, cosa que puse en duda por la leve sonrisa que se dibujaba en su boca, pero mantenía los ojos cerrados como poniéndose felizmente al margen de cuanto se hablaba.

Culhwch se burló del mensaje de Bors. Insistió en que Lancelot jamás mataría a Ginebra y que lo único que Arturo tenía que hacer era viajar hacia el sur a la cabeza de sus hombres y el trono caería en sus manos.

–¡Mañana! –dijo Culhwch a Arturo–. Partiremos mañana. En dos días estará todo solucionado.

Cuneglas se mostró un poco más cauto; aconsejó a Arturo que aguardara la llegada de sus lanceros de Powys y añadió que, tan pronto como llegaran, deberíamos declarar la guerra y marchar hacia el sur.

–¿Con cuántos hombres cuenta el ejército de Lancelot? –preguntó. Arturo se encogió de hombros.

–¿Sin incluir a Cerdic? –dijo–. ¿Trescientos, quizás?

–¡Nada! –exclamó Culhwch–. ¡Estarán todos muertos antes del desayuno!

–Y muchos feroces cristianos –le recordó Arturo.

Culhwch manifestó una opinión a propósito de los cristianos que hizo estallar de indignación al cristiano Meurig. Arturo calmó al joven rey de Gwent.

–Olvidáis todos una cosa –dijo afablemente–, y es que nunca he deseado ser rey, ni lo deseo ahora.

Se hizo silencio en la mesa, aunque algunos guerreros de la sala protestaron en voz baja por las palabras de Arturo.

–Ya no importa lo que deseéis –dijo Cuneglas rompiendo el silencio–. Al parecer, los dioses han tomado la decisión por vos.

–Si los dioses quisieran que fuera rey –replicó Arturo–, habrían procurado que mi madre se hubiera casado con Uther.

–Entonces, ¿qué es lo que deseáis? –preguntó Culhwch, desesperado.

–Quiero recuperar a Ginebra y a Gwydre –respondió Arturo en voz baja– y vencer a Cerdic –añadió, antes de bajar la vista hacia el deteriorado tablero de la mesa–. Quiero vivir –prosiguió– como un hombre común, con mi esposa y mi hijo, con una casa y unos campos que labrar. Quiero paz. –Por una vez, no se refería a toda Britania sino sólo a sí mismo–. No comprometerme con más juramentos, no quiero habérmelas toda la vida con la ambición de los hombres ni seguir siendo el árbitro de la felicidad de todos. Quiero hacer lo que ha hecho el rey Tewdric, un hogar en un verde paraje y vivir en paz.

–¿Y pudrirte? –le espetó Merlín, que dejó de fingir que dormía.

–Hay tanto que aprender, Merlín –contestó Arturo con una sonrisa–. ¿Por qué, si un hombre forja dos espadas del mismo metal y en la misma fragua, una resulta buena y la otra se dobla al primer envite? Hay tanto que averiguar...

–Ahora quiere ser fragüero –comentó Merlín a Culhwch.

–Lo que quiero es que me devuelvan a Ginebra y a Gwydre –declaró Arturo con firmeza.

–En tal caso, debéis jurar lealtad a Lancelot –sentenció Meurig.

–Si va a Caer Cadarn a prestar juramento –repliqué con rabia–, tendrá que enfrentarse con cien hombres y morirá despedazado como un perro.

–No si llevo reyes conmigo –dijo Arturo con suavidad.

Nos quedamos mirándolo todos y pareció asombrarse de que sus palabras nos hubieran dejado mudos.

–¿Reyes? –preguntó Culhwch sobreponiéndose antes que los demás.

–Si mi señor el rey Cuneglas –dijo Arturo sonriendo– y mi señor el rey Meurig quisieran cabalgar conmigo hasta Caer Cadarn, dudo que Lancelot se atreviera a matarme. Si se encuentra cara a cara con los reyes de Britania tendrá que hablar, y si habla llegaremos a un acuerdo. Me teme, pero si descubre que no hay nada que temer, me dejará vivir, y también a mi familia.

Digerimos su mensaje en silencio y, de pronto, Culhwch se manifestó en contra.

–¿Permitiréis que ese miserable de Lancelot sea rey? –Varios lanceros se sumaron al sentir de Culhwch.

–¡Ay, primo mío! –exclamó Arturo–. Lancelot no es miserable; es débil, creo, pero no miserable. No tiene planes ni sueños, sólo ojos ambiciosos y dedos largos. Atrapa las cosas tan pronto aparecen, las guarda y espera a que aparezca otra. Ahora desea mi muerte porque me teme, pero cuando descubra lo elevado que es el precio de mi vida, aceptará lo que se le ofrezca.

–Sólo aceptará vuestra muerte, ¡insensato! –Culhwch dio un puñetazo en la mesa–. Os mentirá mil veces, alardeará de su amistad con vos y os clavará la espada entre las costillas tan pronto como vuestros reyes vuelvan la espalda.

–Me mentirá –consintió Arturo plácidamente–. Todos los reyes mienten, ningún reino podría gobernarse sin mentiras, pues en las mentiras se basa nuestra reputación. Pagamos a los bardos para que conviertan nuestras magras victorias en grandes gestas, y a veces hasta creemos las mentiras que cantan sobre nosotros. Lancelot creería con gusto todas las canciones, pero en verdad es débil y necesita amigos fuertes como respirar. Ahora me teme porque cree que se ha ganado mi enemistad; si descubre que no soy enemigo, descubrirá también que me necesita. Necesitará hasta al último hombre del que pueda disponer, si es que quiere expulsar a Cerdic de Dumnonia.

–¿Quién invitó a Cerdic a Dumnonia? –preguntó Culhwch–. ¡Lancelot!

–Y no tardará en lamentarlo –añadió Arturo con calma–. Ha utilizado a Cerdic para hacerse con un trofeo, pero encontrará en Cerdic un aliado peligroso.

–¿Lucharíais por Lancelot? –pregunté horrorizado.

–Lucharé por Britania –declaró Arturo con convicción–. No puedo pedir a nadie que muera por hacer de mí algo que no quiero ser, pero sí que luchen por su hogar, por sus esposas e hijos. Y por eso mismo lucho yo. Por Ginebra. Y para derrotar a Cerdic, y tan pronto como sea derrotado, ¿qué importa que sea Lancelot el rey de Dumnonia? Alguien tiene que serlo, y me atrevo a decir que él hará mejor papel que Mordred. –Se hizo el silencio nuevamente. Un perro ladró en un rincón de la sala y un lancero estornudó. Arturo nos miró y vio que aún estábamos perplejos–. Si lucho contra Lancelot –prosiguió–, sería como retroceder a la Britania de antes de la batalla del valle del Lugg. Una Britania en la que nos enfrentábamos unos con otros en vez de unirnos contra los sajones. Sólo queda un principio aquí, y es el empeño eterno de Uther: evitar que los sajones llegaran al mar Severn. Y ahora –añadió vigorosamente–, están más cerca que nunca. Si lucho por un trono que no deseo, doy a Cerdic la posibilidad de tomar Corinium y después esta ciudad, y si se hiciera con Glevum, nos habría partido en dos. Si lucho contra Lancelot, los sajones habrán ganado todas las batallas. Se apoderarán de Dumnonia y de Gwent, y luego irán al norte, a Powys.

–Exactamente –dijo Meurig en tono elogioso.

–No estoy dispuesto a luchar por Lancelot –repliqué con furia, y Culhwch me aplaudió.

–Mi querido amigo Derfel –me contestó Arturo con una sonrisa–, no esperaba que lucharas por Lancelot, pero sí que tus hombres se enfrentaran con Cerdic. Y el precio de que ayudes a Lancelot a derrotar a Cerdic es entregarte a Dinas y Lavaine.

Me quedé mirándolo fijamente. Hasta aquel momento no me había dado cuenta de cuán profundamente había reflexionado. Los demás no habíamos visto más que la traición de Lancelot, pero Arturo pensaba sólo en Britania y la imperiosa necesidad de mantener a los sajones lejos del mar Severn. Dejaría a un lado las hostilidades con Lancelot, lo obligaría a cumplir mi venganza y luego proseguiría con la tarea de derrotar a los sajones.

–¿Y los cristianos? –preguntó Culhwch con desdén–. ¿Creéis que os dejarán volver a Dumnonia? ¿Creéis que no levantarán una hoguera para vos?

Meurig lanzó otra protesta que Arturo acalló.

–El fervor cristiano se apagará solo –dijo–. Es una especie de locura y, en cuanto se consuma, volverán a casa a recoger los restos de sí mismos. En cuanto derrotemos a Cerdic, Lancelot puede pacificar Dumnonia, y yo viviré simplemente con los míos, que es todo lo que deseo.

Cuneglas permanecía sentado en la silla, apoyado hacia atrás en el respaldo contemplando los restos de pintura romana del techo del salón. En aquel momento se enderezó y miró a Arturo.

–Decidme otra vez lo que deseáis –le pidió con suavidad.

–Quiero que los britanos vivan en paz, quiero obligar a Cerdic a retirarse y quiero a mi familia.

Cuneglas miró a Merlín.

–¿Y bien, señor? –invitó al anciano a que emitiera su juicio.

Merlín jugueteaba con dos de sus trenzas, haciéndoles nudos; la pregunta pareció tomarlo por sorpresa y deshizo los nudos rápidamente.

–Dudo que los dioses quieran lo mismo que Arturo –dijo–. Todos os habéis olvidado de la olla.

–Esto no tiene nada que ver con la olla –dijo Arturo con aplomo.

–Todo tiene que ver–manifestó Merlín con una brusquedad repentina y sorprendente–, y la olla trae el caos. Deseas orden, Arturo, y crees que Lancelot escuchará tus razonamientos y que Cerdic se rendirá a tu espada, pero el orden razonable que ansías no funcionará en el futuro, como no funcionó en el pasado. ¿Crees que los hombres y mujeres agradecen la paz que les procuraste? ¡Ahítos quedaron de paz! Y crearon sus propios conflictos para librarse del aburrimiento. Los hombres no quieren paz, Arturo, quieren distraer el tedio, mientras que tú deseas el tedio como un sediento el hidromiel. ¿Crees que puedes retirarte a una casa solariega y jugar a ser herrero? No. –Merlín sonrió malignamente y cogió su larga vara–. En este mismo momento –prosiguió–, los dioses te buscan las cosquillas. –Señaló con el báculo hacia las puertas de la entrada–. ¡He ahí tus problemas, Arturo ap Uther!

Todos nos volvimos y vimos a Galahad de pie en el umbral. Llevaba puesta la armadura con la espada a un lado e iba salpicado de barro hasta la cintura. Y con él, un mísero tullido de nariz de patata, cara redonda, barba rala y cabeza de cepillo.

Mordred aún vivía.

* * *

El asombro impuso silencio. Mordred entró renqueando y sus pequeños ojos delataron su resentimiento por la fría acogida. Arturo miraba fijamente al rey al que había ofrecido su juramento y supe que estaba deshaciendo mentalmente los detallados planes que acababa de describirnos. Sería imposible proponer una paz razonable con Lancelot, pues su rey aún estaba vivo. Dumnonia aún tenía rey y no era Lancelot, sino Mordred, y Mordred tenía el juramento de Arturo.

Los hombres rodearon al rey y le preguntaron las noticias rompiendo el silencio. Galahad se hizo a un lado y me abrazó.

–Gracias a Dios que está vivo –me dijo de todo corazón.

–¿Esperas que te agradezca –le pregunté con una sonrisa– que hayas salvado a mi rey?

–Alguien tendría que agradecérmelo porque él no lo ha hecho aún. Es una bestezuela desagradecida –dijo Galahad–. Sólo Dios sabe por qué él vive mientras mueren tantos hombres buenos. Llywarch, Bedwyr, Dagonet, Blaise. Todos han muerto.

–Eran los nombres de los guerreros de Arturo que habían caído en Durnovaria. De algunos ya tenía noticia, pero de otros nada sabía, aunque Galahad tenía conocimiento de las circunstancias en que habían muerto. Se hallaba en Durnovaria cuando los rumores de la muerte de Mordred impulsaron a los cristianos a la revuelta, pero Galahad juró que entre los sublevados había lanceros. Creía que los hombres de Lancelot se habían infiltrado en la ciudad disfrazados de peregrinos de camino a Ynys Wydryn y que ellos habían iniciado la matanza.

»Casi todos los hombres de Arturo estaban en las tabernas –dijo– y no tuvieron la menor oportunidad. Sobrevivieron unos pocos, pero Dios sabrá dónde están ahora. –Hizo la señal de la cruz–. Esto no es obra de Cristo, Derfel, te das cuenta, ¿verdad? Es obra del diablo. –Me miró apesadumbrado y temeroso–. ¿Es cierto lo de Dian?

–Es cierto –le confirmé. Galahad me abrazó sin decir una palabra. No había contraído matrimonio ni había tenido descendencia pero amaba tiernamente a mis hijas. En verdad, amaba tiernamente a todos los niños–. La mataron Dinas y Lavaine, y todavía respiran.

–Mi espada está a tu disposición –me dijo.

–Lo sé.

–Y si esto fuera obra de Cristo –dijo Galahad enervado– Dinas y Lavaine no estarían al servicio de Lancelot.

–No culpo a tu Dios –le dije– ni a ningún otro. –Me volví

a observar la conmoción que había levantado Mordred. Arturo pedía orden y silencio a gritos, se habían enviado sirvientes en busca de comida y ropas dignas de un rey y otros hombres trataban de enterarse de las novedades–. ¿Lancelot te ha pedido juramento? –pregunté a Galahad.

–No sabía que estaba en Durnovaria. Me hallaba con el obispo Emrys, el cual me proporcionó un hábito de monje para cubrirme –dijo, dándose un golpecito en la cota de malla–, y marché hacia el norte. El pobre Emrys está deshecho. Cree que sus cristianos se han vuelto locos, y yo también. Supongo que habría podido quedarme a luchar, pero no lo hice. Hui. Me dijeron que Arturo y tú habíais muerto pero no lo creí. Quería buscaros y, buscando, encontré al rey. –También me contó que Mordred había ido a la caza del jabalí al norte de Durnovaria y que, suponía él, Lancelot había enviado hombres para que lo interceptaran en el camino de regreso; pero Mordred se encaprichó con una joven aldeana y, cuando sus compañeros y él terminaron con ella era casi de noche, de modo que se instaló en la casa más grande del pueblo y ordenó que sirvieran comida. Sus asesinos aguardaban en la puerta norte de la ciudad mientras que él organizaba un festín a varias millas de allí y, en algún momento a lo largo de la noche, los hombres de Lancelot debieron de tomar la decisión de empezar a matar, a pesar de que el rey de Dumnonia había logrado zafarse de la emboscada. Hicieron correr el rumor de que había muerto y utilizaron dicho rumor para justificar la usurpación de Lancelot.

Mordred tuvo noticia de los problemas cuando llegaron los primeros fugitivos de Durnovaria. La mayoría de sus compañeros se había escabullido, los aldeanos estaban armándose de valor para matar al rey que había violado a una muchacha y robado gran cantidad de viandas, y Mordred se aterrorizó. Huyó hacia el norte con los pocos amigos que aún permanecían con él, disfrazados todos con ropas de campesinos.

–Querían llegar a Caer Cadarn –dijo Galahad–, donde esperaban hallar lanceros leales, pero me encontraron a mí. Yo me dirigía a tu casa y nos avisaron a tiempo de que habías huido; así pues, lo traje al norte.

–¿Habéis encontrado sajones? –Galahad negó con la cabeza.

–Campan por el valle del Támesis –dijo–, y no pasamos por allí. –Miró a la gente que se aglomeraba alrededor de Mordred–. ¿Qué va a pasar ahora? –preguntó.

Mordred tenía ideas inamovibles. Cubierto con un manto prestado y sentado a la mesa, se hartaba de pan y carne en salazón. Ordenó a Arturo que partiera inmediatamente hacia el sur y, cada vez que Arturo trataba de interrumpirlo, el rey daba un golpe en la mesa y repetía la orden.

–¿Acaso renegáis de vuestro juramento? –le gritó por fin, escupiendo fragmentos mordisqueados de pan y carne.

–Lord Arturo –dijo Cuneglas con acritud– trata de proteger a su esposa y a su hijo.

–¿Por encima de mi reino? –preguntó, mirando al rey de Powys torvamente.

–Si Arturo va a la guerra –trató de explicar Cuneglas a Mordred–, Ginebra y Gwydre morirán.

–¿Y por eso no hacemos nada?–bramó Mordred. Estaba histérico.

–Debemos reflexionar –dijo Arturo con amargura.

–¿Reflexionar? –gritó Mordred, y se puso en pie–. ¿Os limitáis a reflexionar mientras ese miserable usurpa mi reino? ¿Habéis hecho un juramento? –preguntó a Arturo en tono exigente–. ¿De qué os sirven estos hombres si no lucháis? –Señaló con un gesto a los lanceros, agrupados ahora alrededor de la mesa–. ¡Lucharéis por mí, y nada más! ¡Lo exige vuestro juramento! ¡Lucharéis! –Volvió a golpear la mesa–. ¡No reflexionéis! ¡Luchad!

Yo ya no podía soportarlo más. Tal vez el espíritu de mi hija asesinada me poseyera en aquel momento, pues sin pensarlo apenas, me adelanté y me quité el cinturón de la espada. Saqué a *Hywelbane*, la arrojé al suelo y doblé el cinturón de cuero por la mitad. Mordred me miraba e inició una débil protesta cuando me acerqué a él, pero nadie se aprestó a detenerme.

Llegué al lado del rey, hice una pausa y luego le azoté duramente en la cara con el cinturón doblado.

–Eso –le dije– no es la devolución de los golpes que me disteis a mí, sino por mi hija, y esto –y le golpeé mucho más fuerte– es porque habéis faltado al juramento de defender vuestro reino.

Los lanceros me respaldaron con grandes voces. A Mordred le temblaba el labio inferior como cuando, de niño, soportaba las azotainas. Tenía las mejillas enrojecidas de los golpes y un hilo de sangre le salía de un corte diminuto bajo el ojo. Se llevó un dedo a la sangre y me escupió un bocado de carne y pan medio masticados en la cara.

–Moriréis por esto –me prometió, y, henchido de rabia, trató de abofetearme–. ¿Cómo podía defender el reino? –gritó–. ¡Estabais ausente! ¡Arturo estaba ausente! –Por segunda vez trató de darme un bofetón, pero detuve el golpe con el brazo y levanté el cinturón dispuesto a sacudirle otro cintarazo.

Arturo, horrorizado por mi conducta, me bajó el brazo y me apartó a la fuerza. Mordred siguió blandiendo los puños contra mí, pero entonces, una vara negra le cayó en el brazo y se volvió furioso para abalanzarse sobre el nuevo agresor.

Pero era Merlín quien miraba desde lo alto al furibundo rey.

–Pégame, Mordred –lo amenazó el druida en voz baja– y te convierto en un sapo y te entrego a las serpientes de Annwn.

Quedose Mordred con la mirada clavada en el druida pero no dijo nada. Trató de apartar el báculo pero Merlín lo sujetaba con firmeza y, con él, fue haciendo recular al monarca hasta su asiento.

–Dime, Mordred –prosiguió el druida, obligándolo a sentarse–, ¿por qué enviaste a Arturo y a Derfel tan lejos?

Mordred sacudió la cabeza testarudamente. Le intimidaba el nuevo Merlín, erguido en toda su estatura. Sólo había visto al druida como un anciano frágil que tomaba el sol en el jardín de Lindinis, y al verlo tan fortalecido y con la barba trenzada se asustó.

Merlín levantó el báculo y lo dejó caer sobre la mesa con gran estrépito.

–¿Por qué? –preguntó en tono tranquilo, una vez apagado el eco del bastonazo.

–Para que arrestaran a Ligessac –musitó Mordred.

–¡Necio redomado! –exclamó Merlín–. Un niño habría bastado para arrestar a Ligessac. ¿Por qué mandaste a Arturo y a Derfel?

Mordred repitió el gesto negativo de la cabeza y Merlín suspiró.

–Hace mucho tiempo, joven Mordred, que no recurro a la gran magia y, desgraciadamente, he perdido práctica, pero creo que con la ayuda de Nimue podría convertir tu orina en ese pus blanco que escuece como la picadura de la avispa cada vez que orinas. Podría confundir el poco cerebro que tienes y podría reducir tus atributos masculinos –la vara tembló de pronto en la ingle de Mordred– al tamaño de una judía seca. Puedo hacerlo, y lo haré a menos que confieses la verdad. –Sonrió, y su sonrisa auguraba peores venganzas aún que la vara–. Dime, hijito, ¿por qué enviaste a Arturo y a Derfel al campamento de Cadoc?

A Mordred le temblaba el labio inferior.

–Porque así me lo dijo Sansum.

–¡El señor de los ratones! –exclamó Merlín como sorprendido por la respuesta. Volvió a sonreír, o al menos enseñó los dientes–. Aún tengo otra pregunta, Mordred –prosiguió–, y si no respondes la verdad, tus tripas descargarán sapos y lodo, tu estómago será un nido de gusanos y la garganta se te llenará de bilis. No dejaré que pares quieto, y toda tu vida, tu vida entera, la pasarás bailando sin cesar, cagando sapos, comido por los gusa-

nos y escupiendo bilis. Te haré –hizo una pausa y bajó la voz–
más horrendo de lo que te hizo tu madre. De modo que dime
qué te prometió el señor de los ratones que sucedería si envia-
bas a Arturo y a Derfel fuera del reino.

Mordred miraba a Merlín con cara de pánico.

Merlín aguardó. Al no recibir respuesta, levantó el báculo hacia el alto techo del salón.

–En el nombre de Bel –entonó con voz sonora– y Callyc,
señor de los sapos, y en el nombre de Sucellos y Horfael, amo
de los gusanos, y en el nombre de...

–¡Que los matarían! –gritó Mordred desesperado.

El báculo descendió poco a poco hasta apuntar a la cara de
Mordred.

–¿Qué fue lo que te prometió, hijito? –preguntó Merlín.

Mordred se retorcía en el asiento pero no había forma de
deshacerse de la vara. Tragó saliva, miró a diestra y siniestra pero
no halló respaldo en toda la sala.

–Que los matarían –admitió– los cristianos.

–¿Y por qué querías que los mataran? –inquirió Merlín.

Mordred vaciló, pero Merlín levantó el báculo hacia el techo
otra vez y el muchacho confesó atropelladamente.

–¡Porque no puedo ser rey mientras él viva!

–¿Creías que la muerte de Arturo te permitiría actuar a tu
libre albedrío?

–¡Sí!

–¿Y creíste que Sansum era amigo tuyo?

–Sí.

–¿Y no se te pasó por la cabeza ni una vez que Sansum deseara tu muerte? –Merlín sacudió la cabeza–. ¡Qué mocoso tan tonto eres! ¿No sabes que los cristianos jamás hacen nada al derecho? Hasta el primero que hubo acabó crucificado. No es propio
de dioses eficientes, no, no. Gracias, Mordred, por esta charla.
–Sonrió, se encogió de hombros y se alejó–. Sólo quería ayudar
un poco –comentó al pasar junto a Arturo.

Habríase dicho que Mordred comenzaba a experimentar la epilepsia con que Merlín lo había amenazado. Se agarró a los brazos del asiento temblando y se le llenaron los ojos de lágrimas por la humillación que acababa de recibir. Intentó recuperar el orgullo señalándome y pidiéndole a Arturo que me arrestara.

–¡No seáis necio! –le reconvino Arturo, furioso–. ¿Creéis que recuperaréis el trono sin los hombres de Derfel? –Mordred no dijo nada y tan petulante silencio aguijoneó a Arturo con el mismo furor con que me había aguijoneado a mí antes, cuando golpeé a mi rey–. ¡Podemos, sin vos! –le gritó–. ¡Y hagamos lo que hagamos, vos permaneceréis aquí, bajo vigilancia! –Mordred abrió la boca y una lágrima rodó por su mejilla y diluyó el diminuto rastro de sangre–. No como prisionero, lord rey –añadió Arturo inquieto–, sino para proteger vuestra vida de los cientos de hombres que desearían arrebatárosla.

–Así pues, ¿qué pensáis hacer? –preguntó Mordred, absolutamente patético, ya.

–Tal como os he dicho –repuso Arturo sarcásticamente– reflexionaré sobre el asunto. –Y no añadió más.

* * *

Al menos, el plan de Lancelot quedó claramente al descubierto. Sansum había planeado la muerte de Arturo, y Lancelot había enviado hombres para que mataran a Mordred, y luego continuó con su ejército creyendo que todos los obstáculos para llegar al trono de Dumnonia habían sido eliminados y que los cristianos, inducidos al desorden por los misioneros de Sansum, matarían a cuanto enemigo quedara, mientras Cerdic mantenía a raya a los hombres de Sagramor.

Pero Arturo estaba vivo, y también Mordred, y mientras Mordred viviera, Arturo debía mantener su juramento, lo cual significaba que tendríamos que ir a la guerra. No importaba si la guerra abría el valle del Severn a los sajones, teníamos que luchar contra Lancelot. Estábamos obligados por juramento.

Meurig no prestaría ningún lancero para luchar contra Lancelot. Arguyó que precisaba de todos sus hombres para defender sus fronteras contra un posible ataque de Cerdic o de Aelle, y nada que nadie dijera lo disuadiría. Se avino a dejar su guarnición en Glevum, con lo que la de Dumnonia quedaba libre para sumarse a las tropas de Arturo, pero no pondría nada más de su parte.

–Es un cobarde y un canalla –gruñó Culhwch.

–Es un joven sensato –replicó Arturo–. Su fin principal es mantener su reino a salvo. –Nos hablaba a nosotros, sus comandantes de guerra, en un salón de las termas romanas de Glevum. La estancia tenía azulejos en el suelo y el techo arqueado; todavía se distinguían en lo alto restos de una escena de ninfas desnudas perseguidas por un fauno entre guirnaldas de hojas y flores.

Cuneglas se mostró generoso. Los lanceros que había llevado de Caer Sws quedarían a las órdenes de Culhwch para acudir en socorro de Sagramor. Culhwch juró no hacer nada que ayudara a la restauración de Mordred en el trono, pero no puso reparos en luchar contra los guerreros de Cerdic, tarea que Sagramor todavía tenía entre manos. Tan pronto como el númida recibiera el refuerzo de los hombres de Powys, se dirigiría hacia el sur, aislaría a los sajones que sitiaban Corinium y empujaría al ejército de Cerdic a una campaña que les impediría ayudar a Lancelot en el corazón de Dumnonia. Cuneglas nos prometió toda la ayuda que pudiera reunir, aunque tardaría al menos dos semanas en congregar al grueso de sus fuerzas y llevarlo al sur, a Glevum.

Arturo contaba con pocos e insustituibles hombres en Glevum. Tenía a los treinta que habían ido al norte a arrestar a Ligessac, el cual permanecía encadenado en las mazmorras de Glevum, y a mis hombres, a los cuales podía añadir los setenta lanceros de la pequeña guarnición de Glevum. No obstante, las cifras engrosaban con los fugitivos que, a diario, acudían a refugiarse de las agresivas bandas cristianas que aún perseguían a los paganos en Dumnonia. Supimos que eran muchos los fugitivos que andaban por Dumnonia, algunos resistiendo en antiguas fortalezas de tierra o escondidos en los más profundos bosques, pero otros llegaron a Glevum y, entre ellos, Morfans el feo, que se había librado de la matanza de las tabernas de Durnovaria. Arturo le confió el mando de las fuerzas de Glevum y le ordenó marchar hacia el sur, hacia Aquae Sulis. Galahad iría con él.

–No presentéis batalla –les advirtió Arturo–, simplemente, hostigad al enemigo, aguijoneadlo, molestadlo. Permaneced en las montañas, manteneos ágiles y procurad que no dejen de mirar hacia aquí. Cuando llegue mi señor el rey –se refería a Cuneglas–, podéis uniros a su ejército y marchar hacia el sur hasta Caer Cadarn.

Arturo declaró que no lucharía con Sagramor ni con Morfans, sino que iría a solicitar ayuda a Aelle; sabía mejor que nadie que las noticias sobre sus planes se extenderían hacia el sur. Había suficientes cristianos en Glevum que lo tenían por enemigo de Dios y que veían en Lancelot al precursor celestial del segundo advenimiento de Cristo a la tierra; Arturo pretendía que esos cristianos esparcieran su mensaje por todo el sur de Dumnonia con la intención de que Lancelot se enterase de que no se atrevía a arriesgar la vida de Ginebra emprendiendo una campaña contra él, sino que iba a rogar a Aelle que llevara sus hachas y sus lanzas contra los hombres de Cerdic.

–Derfel me acompañará –nos comunicó.

Yo no quería acompañarlo. Había otros que podían actuar de intérpretes, y así lo declaré; sólo deseaba unirme a Morfans y adentrarme en el mediodía de Dumnonia. No deseaba enfrentarme con mi padre Aelle. Deseaba luchar, no para devolver a Mordred al trono sino para derrocar a Lancelot y buscar a Dinas y a Lavaine.

Arturo se negó a complacerme.

—Tú vendrás conmigo, Derfel —me ordenó, y nos llevaremos a cuarenta hombres.

—¿Cuarenta? —objetó Morfans. Eran muchos, mermarían la ya reducida banda de guerreros que había de distraer a Lancelot.

—No puedo permitirme aparecer débil ante Aelle —arguyó Arturo—, en verdad, tendría que llevarme más, pero bastará con cuarenta para convencerlo de que no estoy desesperado. —Hizo una pausa—. Queda otra cosa aún —dijo con una voz grave que llamó la atención de todos los que se disponían a salir del salón de las termas—. Algunos de vosotros no deseáis luchar por Mordred. Culhwch ya ha abandonado Dumnonia, Derfel sin duda hará otro tanto tan pronto como termine esta guerra, y quién sabe cuántos más de entre vosotros os iréis. Dumnonia no puede permitirse perder a tales hombres. —Hizo otra pausa. Había comenzado a llover y el agua se colaba por entre los ladrillos que asomaban en los descascarillados de la pintura del techo—. He hablado con Cuneglas —prosiguió Arturo, saludando al rey con un movimiento de cabeza—, y he hablado con Merlín, y conversamos sobre las leyes y costumbres antiguas de nuestro pueblo. Todo lo que yo haga se ajustará a los dictados de la ley, no puedo libraros de Mordred porque mi juramento me lo prohíbe y las leyes antiguas de nuestro pueblo no pueden aprobarlo. —Se detuvo de nuevo agarrando inconscientemente la empuñadura de Excalibur con la mano derecha—. Pero —prosiguió— la ley permite una cosa. Si un rey no es digno de reinar, su consejo puede hacerlo en su lugar hasta que al rey se le reconozcan los honores y privilegios de su rango. Merlín me asegura que es así y el rey Cuneglas afirma que un caso semejante sucedió en el reino de su bisabuelo Brychan.

—¡Estaba loco de atar! —comentó Cuneglas alegremente.

Arturo esbozó una sonrisa y volvió a fruncir el ceño al retomar el hilo de sus pensamientos.

—Nada más lejos de mis deseos —dijo con calma, y su voz sombría resonó en la sala llena de goteras— pero propondré al consejo de Dumnonia que reine en lugar de Mordred.

—¡Sí! —gritó Culhwch, y Arturo lo hizo callar.

—Abrigaba la esperanza de que Mordred aprendiera lo que es la responsabilidad, pero no ha sido así. No me importa que deseara mi muerte pero sí me importa que haya perdido su reino. Faltó al juramento que hizo el día de su proclamación y ahora dudo que jamás sea capaz de cumplirlo. —Hizo una pausa más; muchos de nosotros debíamos de estar pensando en el largo tiempo que se había tomado Arturo en comprender una cosa que a todos nos parecía clara desde el principio. Un año tras otro se había negado empecinadamente a reconocer la incapacidad de Mordred para reinar, pero en aquel momento, cuando Mordred había perdido el trono y, lo que aún era mucho más grave a ojos de Arturo, no había sabido proteger a sus súbditos, se sintió preparado por fin para afrontar la verdad. Le caía agua en la cabeza descubierta pero hizo caso omiso—. Merlín me dice —continuó con tono melancólico— que Mordred está poseído por un mal espíritu. Yo no soy ducho en cuestiones de esa índole, pero el veredicto no parece imposible y, por lo tanto, si el consejo está de acuerdo, propongo que después de devolver el trono a Mordred, le honremos como se merece un rey. Que viva en el palacio de invierno, que cace, que sea agasajado como un rey y sacie todos sus apetitos dentro de la ley, pero que no gobierne. Propongo mantener todos sus privilegios pero ninguno de los deberes del trono.

Lo vitoreamos, y de qué forma, pues al fin parecía que teníamos un motivo que defender. No Mordred, aquel sapo perverso, sino Arturo, porque a pesar del elocuente argumento a favor de que el consejo del reino gobernara Dumnonia en lugar de Mordred, todos comprendimos el significado de sus palabras. Arturo sería el rey de Dumnonia en todos los aspectos excepto en el título, y por tan buen fin llevaríamos nuestras lanzas a la guerra. Lo vitoreamos, pues ya teníamos una causa por la que luchar y morir. Teníamos a Arturo.

* * *

Arturo escogió a veinte de sus mejores jinetes e insistió en que yo escogiera a otros tantos de mis mejores lanceros para la misión con Aelle.

–Hemos de impresionar a tu padre –me dijo– y no se impresiona a un hombre presentándose con lanceros cansados y viejos. Llevémonos a los mejores. –También insistió en que Nimue nos acompañara. Habría preferido la compañía de Merlín pero el druida se declaró viejo en exceso para tan largo viaje y propuso a Nimue en su lugar.

Dejamos a Mordred bajo la vigilancia de los lanceros de Meurig. Mordred sabía lo que Arturo pensaba hacer con él, pero carecía de aliados en Glevum y en su espíritu podrido no había valor, aunque sí se permitió la satisfacción de ver estrangular a Ligessac en el foro y, tras la muerte lenta del prisionero, Mordred se plantó en la terraza del gran salón y farfulló un discurso en el que amenazó con un destino semejante a todos los traidores de Dumnonia. Después, se retiró de mal talante a sus habitaciones mientras nosotros marchábamos con Culhwch hacia levante. Culhwch se había adelantado a unirse a Sagramor para ayudarlo a emprender el ataque con que esperábamos salvar Corinium.

Arturo y yo viajamos por las altas y fértiles campiñas de la provincia oriental de Gwent. Eran tierras de lujosas villas, extensos campos de labor y abundante riqueza, proveniente en su mayoría de los lomos de las ovejas que pastaban en las onduladas colinas. Marchábamos bajo dos enseñas, el oso de Arturo y mi estrella, muy al norte de la frontera dumnonia, de modo que las noticias que llegaran a Lancelot apuntarían a que Arturo no amenazaba su trono usurpado. Nimue caminaba con nosotros. Merlín había logrado convencerla de que se lavara y buscara ropa limpia, y después, desesperado porque no podía desenredar la porquería incrustada en el pelo, se lo cortó y quemó los mugrientos mechones. Le sentaba bien el pelo corto, volvió a ponerse un parche y llevaba báculo, pero nada más. Iba descalza y avanzaba a regañadientes, pues no quería acompañarnos, pero Merlín la convenció nuevamente, aunque ella seguía pensando que su presencia era innecesaria.

–Cualquier idiota puede con un druida sajón –le dijo a Arturo cuando nos acercábamos al final del primer día de marcha–. Sólo hace falta escupirles, poner los ojos en blanco y agitar un hueso de pollo. Nada más.

–No vamos a ver druidas sajones –respondió Arturo con calma. Nos hallábamos en campo abierto, lejos de cualquier pueblo; detuvo a su caballo, levantó una mano y aguardó a que los hombres lo rodearan–. No vamos a ver druidas sajones –nos dijo– porque no vamos a ver a Aelle. Vamos a adentrarnos en el sur de nuestro país, muy al sur.

–¿Hasta el mar? –me aventuré a preguntar.

–Hasta el mar –replicó con una sonrisa. Unió las manos sobre la silla de montar–. Somos pocos y Lancelot cuenta con muchos, pero Nimue puede hacernos un encantamiento para pasar inadvertidos; marcharemos de noche, en largas jornadas. –Sonrió y se encogió de hombros–. Estoy atado de manos mientras mi esposa y mi hijo permanezcan prisioneros, pero si los rescatamos, quedaré libre. Tan pronto como sea libre estaré en condiciones de luchar contra Lancelot, pero sabed que estaremos lejos para recibir ayuda, en plena Dumnonia, en la parte de Dumnonia que está en manos de nuestros enemigos. Tan pronto como recupere a Ginebra y a Gwydre no sé cómo saldremos, pero contamos con la ayuda de Nimue. También cuento con la ayuda de los dioses, mas si alguno de vosotros teme esta tarea, que regrese ahora.

Nadie dio media vuelta, y él lo sabía. Los cuarenta que llevábamos eran los mejores y habrían seguido a Arturo a un pozo de serpientes. Naturalmente, Arturo no había revelado sus planes a nadie excepto a Merlín, de modo que a oídos de Lancelot no llegaría la menor pista; me dio un abrazo a modo de disculpa por haberme engañado, pero sabía la alegría que me había proporcionado, pues no sólo iríamos al lugar donde Ginebra y Gwydre permanecían como rehenes, sino también al escondite de los dos asesinos de Dian, que se creían a salvo de toda venganza.

–Partimos esta noche –dijo Arturo–, y no descansaremos hasta el alba. Nos dirigimos al sur; quiero llegar a las montañas de más allá del Támesis por la mañana.

Nos cubrimos la armadura con el manto, amortiguamos el ruido de los cascos de los caballos con trapos y emprendimos el viaje a través de la noche. Los jinetes llevaban a sus bestias y Nimue nos llevaba a nosotros, guiada por su raro don de encontrar el camino en territorio desconocido y en la oscuridad.

En algún momento de la noche volvimos a entrar en Dumnonia y, mientras descendíamos desde las colinas hasta el valle del Támesis, avistamos a la derecha, en la distancia, el brillo del campamento de los hombres de Cerdic, en las afueras de Corinium. Tan pronto como dejamos atrás las colinas, el camino nos llevó inevitablemente entre aldeas y pueblos oscuros donde los perros nos ladraban al pasar, pero nadie salió a preguntarnos. Los habitantes estarían muertos o temían que fuéramos sajones, y así pasamos ante ellos como fantasmas. Uno de los jinetes de Arturo era nativo de las tierras ribereñas y nos condujo hasta un vado donde el agua nos llegaba al pecho. Sostuvimos en alto las armas y las bolsas de pan y cruzamos desafiando la fuerte corriente hasta alcanzar la otra orilla, donde Nimue pronunció en voz baja un encantamiento de invisibilidad dirigido al pueblo próximo. Al amanecer estábamos en los montes del sur, sanos y salvos en una de las fortalezas de tierra del pueblo antiguo.

Dormimos al sol y, por la noche, reemprendimos la marcha hacia el sur. Cruzamos feraces tierras no holladas aún por los sajones, pero tampoco nos salió ningún campesino al paso, pues nadie sino un loco sería capaz de detener a una banda de hombres armados que viajaba al amparo de la noche en tiempos de turbulencias. Al rayar el día habíamos llegado a la gran meseta y el sol naciente proyectaba las largas sombras de los túmulos funerarios del pueblo antiguo sobre el claro césped. En algunos túmulos aún había tesoros guardados por necrófagos de ultratumba, y los evitamos al buscar una hondonada donde los caballos pudieran pastar y nosotros, descansar.

Durante la noche siguiente dejamos atrás Las Piedras, el gran corro misterioso donde Merlín entregara a Arturo su espada y donde, muchos años antes, habíamos entregado oro a Aelle antes de la campaña del valle del Lugg. Nimue paseó ceremoniosamente entre los grandes pilares coronados tocándolos con la vara; después se detuvo en el centro del círculo mirando a las estrellas. La luna estaba casi llena e iluminaba las piedras con un resplandor pálido.

–¿Todavía son mágicas? –le pregunté cuando volvió a reunirse con nosotros.

–Un poco –dijo–, pero cada vez menos, Derfel. Toda nuestra magia se está desvaneciendo. Necesitamos la olla. –Sonrió en la oscuridad–. No está muy lejos ya –dijo–, noto su presencia, aún está viva, Derfel; la encontraremos y se la devolveremos a Merlín. –Hablaba con pasión, con la misma pasión con que hablaba cuando nos acercábamos al final del Sendero Tenebroso. Arturo avanzaba en la noche por Ginebra, yo por venganza y Nimue para llamar a los dioses con la olla mágica, pero aun así éramos pocos, y los enemigos, numerosos.

Nos habíamos adentrado mucho en los nuevos dominios de Lancelot pero no se veían soldados suyos por ninguna parte, ni rastro de las virulentas bandas cristianas que, según decían, seguían aterrorizando a los campesinos paganos. Nada tenían que hacer los lanceros de Lancelot en aquella parte de Dumnonia, pues estaban vigilando los caminos de Glevum, y los cristianos debían de haber acudido a reforzar su ejército porque lo consideraban obra de Cristo, de forma que descendimos sin interrupciones de la gran meseta hasta las vegas del río de la costa meridional de Dumnonia. Rodeamos la ciudad fortificada de Sorviodunum y olimos el humo de las casas incendiadas allí. Pero nadie salió a detenernos porque marchábamos bajo una luna casi llena y nos protegían los encantamientos de Nimue.

La quinta noche llegamos al mar. Habíamos dejado atrás sigilosamente la fortaleza romana de Vindocladia, donde, según Arturo, habría una guarnición de tropas de Lancelot y, al amanecer, nos ocultamos en los profundos bosques que dominaban el arroyo donde se alzaba el palacio de invierno. El palacio se encontraba a una milla a nuestra izquierda, y habíamos llegado sin que nadie nos viera, en la noche, como fantasmas en nuestra propia tierra.

Atacaríamos por la noche. Lancelot utilizaba a Ginebra a modo de escudo, nosotros le quitaríamos el escudo y, una vez libre, llevaríamos nuestras lanzas hasta su corazón. Pero no por Mordred, pues luchábamos ya por Arturo y por el reino feliz que vislumbrábamos después de la guerra.

Tal como ahora lo cuentan los bardos, luchamos por Camelot.

* * *

Casi todos los lanceros durmieron aquel día, pero Arturo, Issa y yo nos arrastramos hasta el lindero del bosque a contemplar el palacio del mar, al otro lado del pequeno valle.

Se veía tan hermoso con la piedra blanca brillando al sol de la madrugada. Observamos el flanco oriental desde un pico ligeramente menos elevado que el palacio. En el muro de levante sólo se abrían tres pequeñas ventanas, de modo que parecía un gran alcázar blanco sobre una loma verde, aunque tal efecto quedaba deslucido por el enorme símbolo del pez que habían pintarrajeado torpemente con alquitrán sobre la encalada pared, seguramente para preservar el palacio de la ira de los cristianos itinerantes. Los constructores romanos habían abierto las ventanas en la larga fachada meridional que se asomaba al río, en cuya orilla sur se formaba una isleta arenosa; más allá, se extendía el mar. De la misma forma, los romanos habían relegado las cocinas, las habitaciones de los esclavos y los graneros al terreno norte de la parte de atrás de la villa, donde se encontraba la casa de madera de Gwenhwyvach. Allí había surgido además una pequeña aldea de chozas con techumbre de paja, que me imaginé servirían para acoger a los lanceros y a sus familias, y de los hogares salían pequeñas columnas de humo. Más allá de las chozas se encontraban los huertos y los campos de cultivo, y más allá aún, rodeados de profundos bosques, que en esa parte del país crecían densos, se extendían los campos de heno, segados en parte.

Frente al palacio, y tal como lo recordaba de aquel día lejano en que pronuncié el precioso juramento de la Mesa Redonda, los dos terraplenes cubiertos de arcos descendían hacia el arroyo. La luz del sol caía de lleno sobre el palacio, blanco, grandioso y bello.

–Si los romanos volvieran hoy –dijo Arturo con orgullo– no se darían cuenta en absoluto de que ha sido reconstruido

–Si los romanos volvieran hoy –comentó Issa–, tendrían una verdadera batalla. –Insistí en que mi segundo nos acompañara a la linde del bosque porque no conocía a nadie dotado de mejor vista, y aquel día teníamos que averiguar cuántos soldados había dejado Lancelot en el palacio del mar.

A lo largo de la mañana no vimos a más de doce. Nada más salir el sol, dos hombres subieron a una plataforma de madera construida sobre el tejado, desde la cual vigilaban el camino del norte. Cuatro lanceros más montaban guardia en la arcada más cercana, y parecía lógico suponer que habría otros cuatro en la arcada occidental, que quedaba oculta a nuestra vista. Los demás patrullaban por el terreno que mediaba entre una terraza de piedra con balaústres, al fondo de los jardines, y el arroyo; obviamente vigilaban los caminos que recorrían la costa. Issa, sin armadura ni yelmo, hizo el reconocimiento en aquella dirección, arrastrándose por el bosque para intentar situarse ante la fachada que había entre las arcadas gemelas.

Arturo no tenía ojos sino para el palacio; estaba discretamente eufórico porque se sabía a punto de protagonizar un rescate arriesgado que haría tambalearse al nuevo reino de Lancelot. En verdad, pocas veces había visto a Arturo tan alegre como aquel día. Al hallarse en el interior de Dumnonia se había desentendido de las responsabilidades del gobierno y en aquel momento, como en el pasado remoto, su futuro sólo dependía de su destreza con la espada.

–¿Piensas alguna vez en el matrimonio, Derfel? –me preguntó súbitamente.

–No, señor. Ceinwyn ha jurado no casarse jamás y no siento necesidad de forzarla. –Sonreí y toqué mi anillo de amante con su pequeña esquirla de oro de la olla–. Os aseguro que estamos más casados que muchas parejas que han comparecido ante un druida o un sacerdote.

–No me refería a eso. ¿No reflexionas nunca sobre el matrimonio? –repitió, haciendo énfasis en la palabra «sobre».

–No, señor. No mucho.

–Obstinado Derfel –bromeó–. Cuando me muera –dijo soñadoramente– creo que prefiero unos funerales cristianos.

–¿Por qué? –pregunté horrorizado, y me toqué la cota de malla para que el hierro ahuyentara el mal.

–Porque así yacería con mi Ginébra para siempre. Ella y yo, juntos en una tumba.

Pensé en la carne de Norwenna, que colgaba en jirones de sus huesos amarillos y me estremecí.

–Estaréis en el otro mundo con ella, señor.

–Nuestros espíritus sí –admitió–, y también nuestros cuerpos de sombra, pero ¿por qué no habrían de yacer también estos cuerpos, tomados de la mano?

—Que os incineren, a menos que deseéis que vuestro espíritu vague por toda Britania sin saber dónde ir.

—Tal vez tengas razón —comentó con ligereza. Estaba tumbado boca abajo, oculto a la villa tras una cortina de zuzón y aciano. Ninguno de nosotros llevaba la armadura puesta. Nos pondríamos el atuendo guerrero al anochecer, antes de salir de la oscuridad para matar a la guardia de Lancelot.

—¿Qué os hace felices a Ceinwyn y a ti? —me preguntó Arturo. No se había afeitado desde que salimos de Glevum y la nueva barba crecía gris.

—La amistad.

—¿Y ninguna otra cosa? —preguntó con el ceño fruncido.

Lo pensé un poco más. En la distancia se veía a los primeros esclavos salir hacia los campos de heno y el sol arrancaba brillos a las hoces. Unos niños pequeños corrían de un lado a otro de los huertos espantando a los arrendajos de las plantas de guisantes y de las hileras de uva espina, grosella y frambuesa, y un poco más cerca, donde unos convólvulos entretejían sus flores rosadas entre las zarzamoras, una bandada de verderones peleaba alborotadamente. Al parecer, allí no habían llegado los agitadores cristianos; en verdad, habríase dicho que en Dumnonia reinaba la paz.

—Todavía siento punzadas cada vez que la miro —confesé.

—¡Eso es! ¿Verdad que sí? —exclamó con entusiasmo—. ¡Punzadas! El corazón se acelera.

—Amor —resumí secamente.

—Somos afortunados, tú y yo —comentó sonriendo—. Es amistad, es amor y es algo más. Es lo que los irlandeses llaman *anmchara*, una amistad de espíritus. ¿Con qué otra persona deseas hablar al final del día? Nada hay que más me plazca que sentarme sin más y hablar mientras el sol se pone y las polillas acuden a la luz de los candiles.

–Y hablamos de las niñas –dije, y me arrepentí nada más decirlo–, de las disputas de los criados y de si la esclava bizca de la cocina está embarazada otra vez; nos preguntamos quién rompería el gancho de la olla y si hará falta reparar la techumbre o si durará un año más; buscamos una solución para el perro viejo que ya no puede andar o imaginamos la excusa que inventará Cadell para no pagar la renta la próxima vez; discutimos sobre si el lino estará suficientemente macerado o si habría que untar las ubres de las vacas con tirigaña para que den más leche. De esas cosas hablamos.

Arturo se rió.

–Ginebra y yo hablamos de Dumnonia, de Britania y, por descontado, de Isis. –Al pronunciar tal nombre, su entusiasmo se enfrió un poco, pero se encogió de hombros–. Aunque no pasamos juntos mucho tiempo. Por eso tenía yo la esperanza de que Mordred me quitara el peso de encima, pues así pasaría aquí el resto de mis días.

–¿Hablando del gancho de la olla que se ha roto, en vez de hablar de Isis? –bromeé.

–De esas cosas y de todas las demás –contestó con ternura–. Un día araré estos campos y Ginebra continuará con su trabajo.

–¿Con su trabajo?

–Conocer a Isis –dijo con una sonrisa irónica–. Me dice que si pudiera establecer contacto con la diosa, su poder afluiría de nuevo a la tierra. –Se encogió de hombros, escéptico como de costumbre ante tan extravagantes postulados religiosos. Sólo Arturo habría osado clavar a Excalibur en el suelo y retar a Gofannon a que acudiera en su ayuda, pues no creía verdaderamente que Gofannon fuera a comparecer. En una ocasión me había dicho que para los dioses somos como ratones en el tejado y que sobrevivimos, siempre y cuando pasemos desapercibidos. Sólo en nombre del amor toleraba sardónicamente la pasión religiosa de Ginebra–. Ojalá estuviera más convencido de la verdad de Isis –me confesó– pero, claro, los hombres no toman parte en sus misterios. –Sonrió–. Ginebra llama Horus a Gwydre.

–¿Horus?

–El hijo de Isis. ¡Qué nombre tan feo!

–No tanto como Wygga –dije.

–¿Cómo? –preguntó, y de pronto tensó el cuerpo–. ¡Mira! –dijo exaltado–. ¡Mira!

Levanté la cabeza para atisbar entre las flores y vi a Ginebra. Era inconfundible incluso a un cuarto de milla de distancia, pues su cabello rojizo caía en una masa desordenada sobre el largo vestido azul que llevaba. Caminaba por la arcada más cercana en dirección al pequeño templete abierto que daba al mar. Tras ella iban tres sirvientas con dos perros de caza. Los centinelas se hicieron a un lado e inclinaron la cabeza a su paso. Cuando llegó al templete, se sentó a una mesa de piedra y las tres doncellas le sirvieron el desayuno.

–Estará tomando fruta –comentó Arturo con cariño–. En el verano, es lo único que toma por la mañana. –Sonrió–. ¡Si supiera lo cerca que estoy!

–Esta noche, señor –le dije animosamente–, estaréis con ella.

–Al menos le dan buen trato.

–Señor, Lancelot os teme en exceso como para no dárselo.

Unos momentos después, Dinas y Lavaine aparecieron en la arcada con sus ropajes blancos de druida. Toqué la empuñadura de *Hywelbane* al verlos y prometí al espíritu de mi hija que los gritos de sus asesinos harían encogerse de miedo a todo el más allá. Los dos druidas llegaron al templete, se inclinaron ante Ginebra y se sentaron con ella a la mesa. Unos momentos después llegó Gwydre corriendo y vimos a Ginebra agitarle el pelo y mandarlo después al cuidado de una doncella.

–Es un buen muchacho –comentó Arturo con ternura–. No engaña, al contrario que Amhar y Loholt. No me he portado bien con ellos, ¿verdad?

–Todavía son jóvenes, señor.

–Pero ahora están al servicio de mi enemigo –contestó sombríamente–. ¿Qué haré con ellos?

Culhwch no habría vacilado en aconsejarle que los matara, pero yo me encogí de hombros.

–Enviadlos al exilio –dije. Los gemelos podrían unirse a los desgraciados que no tenían señor, vivir como mercenarios de quien fuera hasta que por fin encontraran la muerte en cualquier batalla olvidada contra los sajones, los irlandeses o los escoceses.

Llegaron más mujeres a la arcada. Unas eran doncellas y otras sirvientas de Ginebra que hacían de cortesanas. Lunete, mi antiguo amor, sería probablemente una de aquellas doce mujeres confidentes de Ginebra y sacerdotisas de su fe.

A media mañana me dormí con la cabeza apoyada en los brazos, arropado por el cálido sol estival. Cuando desperté, Arturo se había marchado e Issa había vuelto.

–Lord Arturo ha regresado con los lanceros, señor –me informó.

–¿Qué has visto? –dije tras un bostezo.

–Seis hombres más, todos de la guardia sajona.

–¿De los de Lancelot?

Issa asintió con un gesto.

–Están todos en el jardín grande, señor, pero los sajones solos. En total hemos contado dieciocho hombres, y habrá otros montando guardia por la noche, aunque no creo que sumen más de treinta en total.

Supuse que estaba en lo cierto. Treinta hombres serían suficientes para proteger el palacio, más sería un despilfarro, sobre todo cuando Lancelot necesitaba hasta la última lanza disponible para conservar el trono usurpado. Levanté la cabeza y vi la arcada vacía, sólo quedaban los cuatro centinelas, que parecían completamente aburridos. Dos se habían sentado con la espalda apoyada en una columna y los otros dos charlaban sentados en el banco de piedra donde Ginebra había tomado el desayuno. Las lanzas estaban apoyadas contra la mesa. Los dos que vigilaban en la plataforma de madera también holgaban. En el palacio del mar todo era grato ocio al sol veraniego y nadie creía que pudiera haber un enemigo en cien millas a la redonda.

–¿Informaste a Arturo de la presencia de los sajones? –pregunté a Issa.

–Sí, señor. Dijo que era de esperar. Lancelot quiere que esté bien protegida.

–Ve a dormir, yo me quedaré vigilando.

Issa se marchó y yo, a pesar de mis intenciones, caí dormido nuevamente. Había caminado toda la noche y estaba cansado y, además, no parecía haber peligro en el lindero de aquel bosque en pleno verano. Dormí, pues, hasta que unos ladridos y el retumbar de unas grandes zarpas me despertaron bruscamente.

Abrí los ojos y vi, aterrorizado, a un par de lebreles con la boca llena de espuma encima de mí, uno de ellos ladraba y el otro gruñía. Busqué el puñal, pero una voz femenina gritó a los perros.

–¡Echaos! –les ordenó secamente–. *¡Drudwyn, Gwen,* echaos! ¡Quietos!

Los perros se echaron en el suelo a regañadientes; me volví y me encontré con Gwenhwyvach, que me miraba. Llevaba una vieja saya marrón, un pañuelo a la cabeza y, colgada del brazo, una cesta en la que había recogido hierbas silvestres. Tenía la cara más rellena que nunca y le asomaban unos mechones despeinados y enredados bajo el pañuelo.

–Lord Derfel el durmiente –dijo riendo.

Me llevé el dedo a los labios y miré hacia el palacio.

–No me vigilan –dijo–, no se preocupan de mí. Además, muchas veces hablo sola. Cosas de locos, ya sabéis.

–Vos no estáis loca, señora.

–Pues me gustaría. Nadie tendría que desear otra cosa en este mundo. –Soltó una carcajada, se levantó un poco la saya y se sentó con todo su peso a mi lado. Se oyó un ruido a mi espalda, los perros gruñeron y ella volvió la cabeza sonriendo al ver a Arturo arrastrarse por el suelo hacia mí. Seguro que había oído los ladridos.

–¿Arrastrándoos sobre el vientre como las serpientes, Arturo? –preguntó.

Arturo también se llevó un dedo a los labios, igual que yo.

–De mí no se preocupan –repitió Gwenhwyvach–. ¡Mirad! –y empezó a agitar los brazos vigorosamente hacia los centinelas, los cuales se limitaron a hacer un gesto con la cabeza y luego nos dieron la espalda–. Para ellos no existo. Sólo soy la gorda loca que lleva a los perros de paseo. –Volvió a hacer señales con los brazos, y los soldados, nuevamente, hicieron caso omiso–. Ni siquiera Lancelot me presta la menor atención –añadió con tristeza.

–¿Está en el palacio? –preguntó Arturo.

–No, claro. Está muy lejos. Como vosotros, según me dijeron. ¿No habíais ido a hablar con los sajones?

–He venido a llevarme a Ginebra –dijo Arturo–, y a vos también –añadió con galantería.

–Yo no quiero que me lleven a ninguna parte –se opuso Gwenhwyvach–, y Ginebra no sabe que estáis aquí.

–Nadie debe saberlo –replicó Arturo.

–¡Ella sí! ¡Ginebra tendría que saberlo! Consulta el cuenco de aceite y dice que ve el futuro. Pero a vos no os ha visto. –Se rió con malicia y luego se volvió a mirar a Arturo como si su presencia le hiciera mucha gracia–. ¿Habéis venido a rescatarla?

–Sí.

–¿Esta noche?

–Sí.

–No os lo agradecerá; esta noche no. No hay nubes, ¿comprendéis? –Señaló al cielo, que estaba prácticamente limpio–. Cuando está nublado no se puede adorar a Isis, ¿sabéis? y esta noche habrá luna llena. Una luna grande y redonda como un queso fresco. –Acarició a uno de los perros de largo pelo–. Éste es *Drudwyn* –nos dijo–, un muchacho muy travieso. Y esta otra,

Gwen. ¡Plon! –exclamó inesperadamente–. Así llega la luna, ¡plon! Se cuela en el templo. –Volvió a reírse–. Cae por el cañón y hace ¡plon! en medio del pozo.

–¿Gwydre estará en el templo? –le preguntó Arturo.

–No, Gwydre no. Los hombres no pueden entrar, eso es lo que me han dicho –respondió con tono sarcástico, e iba a añadir algo más pero se encogió de hombros–. A Gwydre lo ponen a dormir –dijo. Se quedó mirando el palacio con un sonrisa lenta y maliciosa en su redonda cara–. ¿Cómo vais a entrar, Arturo? Esas puertas tienen muchas trancas y todas las ventanas están cerradas.

–Nos las arreglaremos –le respondió–, siempre y cuando no digáis a nadie que nos habéis visto.

–Siempre y cuando me dejéis quedar aquí –replicó Gwenhwyvach– no se lo contaré ni a las abejas. Y eso que a ellas se lo cuento todo. Es necesario hablarles, de lo contrario, la miel se amarga. ¿No es cierto, *Gwen*? –preguntó a la perra acariciándole las caídas orejas.

–Os dejaré aquí, si es lo que deseáis –le prometió Arturo.

–A mí sola, con los perros y las abejas. Es lo único que quiero. Yo sola con los perros, las abejas y el palacio. Que Ginebra se quede con la luna. –Volvió a sonreír y luego me tocó el hombro con la gordezuela mano–. ¿Os acordáis de la puerta de la bodega por la que os conduje, Derfel? ¿La que está en el jardín?

–Creo que sí –respondí.

–La dejaré desatrancada. –Soltó otra risita anticipándose a la diversión–. Me esconderé en la bodega y quitaré la tranca de la puerta cuando todos estén esperando a la luna. Allí no hay centinelas por la noche porque la puerta es muy sólida. Los centinelas se quedan en la parte de delante. –Se volvió hacia Arturo–. ¿Vendréis? –preguntó anhelosamente.

–Os lo prometo –replicó Arturo.

–Ginebra se alegrará –dijo Gwenhwyvach–, y yo también. –Estalló en carcajadas y se puso de pie con esfuerzo–. Esta noche, cuando la luna entre y haga ¡plon! –Y, con esas palabras, se alejó llevándose a los dos perros. Iba riéndose por el camino, y hasta hizo un par de torpes piruetas de baile–. ¡Plon! –dijo en voz alta, y los lebreles bajaron la verde loma retozando a su lado.

–¿Está loca? –preguntó Arturo.

–Está amargada, creo.

Se quedó mirando su rotunda figura que descendía sin gracia por la ladera.

–Pero nos abrirá las puertas, Derfel, nos abrirá las puertas. –Sonrió y cortó un ramillete de flores de aciano de la pradera. Hizo con ellas un pequeño pomo y me sonrió tímidamente–. Para Ginebra, esta noche –dijo.

Al anochecer, los segadores de heno volvieron de los prados habiendo concluido la siega, y los centinelas de la tarima bajaron la larga escala. Llenaron de leña los braseros de la arcada y los encendieron, más para iluminar el lugar que para advertir el posible acercamiento de enemigos, me imaginé. Las gaviotas iban recogiéndose en sus nidos de tierra adentro y el sol del atardecer les teñía las alas de rosa, como los convólvulos que medraban entre las zarzamoras.

Mientras tanto, en el bosque, Arturo se colocaba la cota de malla. Se ató a Excalibur por encima de la brillante coraza metálica y se echó sobre los hombros un manto negro. Raramente vestía de negro, pues prefería el blanco, pero por la noche las prendas oscuras nos ayudarían a pasar desapercibidos. Se taparía el casco con el manto para ocultar el vistoso penacho de largas y blancas plumas de ganso.

Diez jinetes permanecerían en el bosque aguardando a que sonara el cuerno de plata de Arturo, que sería la señal para que cargaran contra las cabañas donde dormían los lanceros. La ruidosa irrupción de los grandes caballos con sus jinetes vestidos de armadura en medio de la noche habría de bastar para provocar la desbandada entre los soldados que se atrevieran a interferir en nuestra acción. Arturo esperaba no tener necesidad de tocar el cuerno hasta que hubiéramos encontrado a Gwydre y a Ginebra y estuvieran listos para partir.

Los demás cubriríamos el largo camino hasta el flanco occidental del palacio y, desde allí, al amparo de las sombras de los huertos de las cocinas, alcanzaríamos la puerta de la bodega. Si Gwenhwyvach no cumplía su promesa, tendríamos que dar un rodeo hasta la fachada principal del palacio, matar a los guardianes y entrar rompiendo los postigos de una ventana de la terraza. Una vez dentro del palacio, tendríamos que acabar con cuanto lancero encontrásemos.

Nimue nos acompañaría. Cuando Arturo terminó de darnos las instrucciones, ella nos dijo que Dinas y Lavaine no eran druidas de verdad, como Merlín o el anciano Iorweth, pero nos advirtió que los gemelos silurios poseían extraños poderes y que seguramente tendría que enfrentarse a su hechicería. Había pasado la tarde husmeando por el bosque y nos enseñó un manto atado como un fardo que parecía moverse en el aire, y tan extraña visión hizo a mis hombres tocar la punta de la lanza.

—Aquí tengo con qué anular sus hechizos –nos dijo–, ¡pero tened cuidado!

—¡Quiero a Dinas y Lavaine vivos! –dije yo a mis hombres.

Aguardamos pertrechados con armas y armaduras, cuarenta hombres cubiertos de acero, hierro y cuero. Esperamos hasta que el sol se puso y, cuando la luna llena de Isis salió desde el mar como una gran bola de plata, Nimue pronunció sus encantamientos, y algunos rezamos. Arturo estaba sentado en silencio y me vio sacar de la bolsa un pequeño mechón de cabello dorado. Besé el mechón, que conservaba todo su color, me lo acerqué a la mejilla un momento y lo até a la cruz de *Hywelbane*. Una lágrima se me escapó mejilla abajo al pensar en mi pequeña, convertida en cuerpo de sombra; pero aquella noche, con la ayuda de los dioses, procuraría paz a mi Dian.

Me puse el yelmo, até el cierre de la barbilla y extendí la cola de lobo sobre los hombros. Doblamos los dedos, protegidos por rígidos guantes de cuero, pasamos el brazo izquierdo por el asidero del escudo, desenvainamos las espadas y se las ofrecimos a Nimue para que las tocara. Por un momento, pareció que Arturo fuera a tomar la palabra, pero tan sólo encajó el pequeño pomo de flores en el cuello de su cota e hizo un gesto de asentimiento a Nimue, la cual, envuelta en negro y con su misterioso fardo entre los brazos, nos condujo hacia el sur entre los árboles.

Más allá de los árboles se extendía una pequeña pradera que descendía suavemente hasta la orilla del río. Cruzamos la oscura pradera en fila india, aún no se columbraba el palacio. Unas cuantas liebres que comían a la luz de la luna se asustaron al vernos y huyeron presas de pánico mientras subíamos por entre unos matorrales bajos; descendimos después por la escabrosa orilla hasta alcanzar la playa de cantos del río. Desde allí seguimos hacia el oeste, ocultos a los guardianes de las arcadas del palacio tras el alto terraplén de la ribera. Al sur, el mar rompía y bramaba ahogando con su rugir el ruido de nuestras botas contra las piedras.

Me asomé por encima del terraplén una sola vez para mirar al palacio del mar, posado en la tierra oscura como un gran prodigio blanco a la luz de la luna. Su hermosura me recordó a Ynys Trebes, la ciudad mágica del mar destruida y saqueada por los francos. El palacio del mar poseía la misma belleza etérea y parecía rielar sobre el negro suelo como si estuviera hecho de rayos de luna.

Cuando quedamos frente al ala occidental del palacio subimos el terraplén ayudándonos unos a otros con el asta de las lanzas, y luego seguimos a Nimue por el bosque en dirección norte. Entre las hojas se filtraba el claro de luna, que nos iluminaba el camino; ningún centinela nos dio el alto. El rumor incesante del mar acolchaba la noche, aunque en un momento oímos un grito cercano y nos quedamos todos inmóviles, hasta que identificamos el grito: una liebre acababa de ser cazada por una comadreja. Respiramos aliviados y proseguimos la marcha.

El camino entre los árboles se nos hizo largo, pero, por fin, Nimue giró hacia el este, la seguimos hasta el final del bosque y avistamos los muros encalados del palacio. No estábamos lejos de la chimenea por donde se colaba la luna hasta el templo, y comprobé que aún faltaba un poco para que el astro ascendiera en el cielo y proyectara su luz por el cañón hasta la bodega de paredes negras.

Mientras aguardábamos en el confín del bosque oímos un cántico. Al principio, tan suave era, lo tomé por el gemir del viento, pero después fue alzándose y al cabo comprendí que era un coro de mujeres que entonaba una especie de planto extraño y sobrecogedor desconocido para mí. La música debía de colarse por la chimenea de la luna pues sonaba muy lejos, semejante a una canción de espíritus, un coro de muertos que nos cantara desde el más allá. No oíamos palabras pero supimos que era una triste balada, pues la melodía se deslizaba de una forma inusual subiendo y bajando en semitonos, hinchándose y deshinchándose hasta reducirse a un murmullo suave que se mezclaba con el murmullo distante del romper de las olas. Era una música muy hermosa, me hizo estremecer y toqué la punta de la lanza.

Si hubiéramos salido de entre los árboles, habríamos quedado a la vista de los centinelas de la arcada occidental, de modo que ascendimos un poco más por el bosque y, desde allí, nos acercamos al palacio entre las múltiples sombras que proyectaba la luna. Había un huerto, algunas hileras de arbustos frutales y hasta una alta valla que protegía las verduras de los corzos y las liebres. Caminábamos despacio, de uno en uno, y el extraño cántico seguía subiendo y bajando, deslizándose y gimiendo. Por el cañón de la luna se elevaba una débil columna de humo cuyo aroma nos llegó en la suave brisa nocturna. Olía a templo, una esencia penetrante, casi empalagosa.

Nos hallábamos ya a pocas yardas de las chozas de los lanceros. Un perro empezó a ladrar, luego otro, pero nadie sospechó que había motivo de alarma porque las únicas voces que oímos mandaron callar a los perros, los cuales fueron calmándose poco a poco hasta que sólo quedó el ruido de la brisa en los árboles, el lamento del mar y la melodía sutil y sobrecogedora del cántico.

Abría yo la marcha, pues era el único que había estado ya ante la pequeña puerta, y me preocupaba no encontrarla, pero enseguida di con ella. Bajé con sigilo los escalones de piedra y empujé la hoja suavemente. Se resistió y, por un instante, pensé que estaría atrancada todavía; sin embargo, enseguida cedió con un chirrido agudo de goznes metálicos y se abrió de par en par bañándome en un chorro de luz.

En la bodega había velas encendidas. Parpadeé aturdido y entonces oí la voz sibilante de Gwenhwyvach.

–¡Rápido! ¡Rápido!

Entramos en fila, treinta hombres grandes con armaduras, mantos, lanzas y yelmos. Gwenhwyvach nos pidió silencio, cerró la puerta tras nosotros y volvió a colocar la tranca en su lugar.

–El templo está allí –musitó, señalando al final de un pasillo flanqueado por teas de juncos encendidas que iluminaban el camino hasta la puerta del templo. Estaba exaltada y sofocada. El cántico del coro se oía mucho menos allí, pues quedaba amortiguado por las colgaduras del interior del templo y por la pesada puerta.

–¿Dónde está Gwydre? –preguntó Arturo a Gwenhwyvach en un susurro.

–En su alcoba –contestó Gwenhwyvach.

–¿Tiene guardianes? –pregunté yo.

–Sólo los criados de la noche –musitó ella.

–¿Dinas y Lavaine están aquí? –inquirí.

–Los veréis –dijo con una sonrisa–, os lo prometo. –Tiró a
Arturo de la capa para llevarlo hacia la puerta del templo–. Venid.

–Primero quiero ir a buscar a Gwydre –insistió Arturo sol-
tándose de ella; luego tocó a seis hombres en el hombro–. Los
demás, esperad aquí –musitó–. Esperad aquí y no entréis en el
templo. Dejaremos que terminen sus oraciones. –Pisando sin
ruido, se llevó a sus seis hombres por donde habían venido y
salieron por los peldaños de piedra.

Gwenhwyvach se reía a mi lado.

–He rezado a Clud –musitó–, y ella nos ayudará.

–Bien –le dije. Clud es la diosa de la luz y no era mala idea
contar con su ayuda aquella noche.

–A Ginebra no le gusta Clud –comentó Gwenhwyvach en
tono reprobatorio–. No le gusta ningún dios britano. ¿Está alta
la luna?

–No mucho todavía, pero ya ha empezado a subir.

–Entonces, todavía no es el momento –me dijo Gwenhwyvach.

–¿De qué, señora?

–¡Ya lo veréis! –dijo riendo entre dientes–. Ya lo veréis
–repitió, y se retiró temerosa al ver a Nimue abriéndose paso
entre el puñado de hombres inquietos. Nimue se había quitado el parche de cuero y la arrugada cuenca vacía era como un
agujero negro en su cara. Gwenhwyvach gimió aterrorizada ante
tamaño horror.

Nimue no le prestó la menor atención. Empezó a registrar
la bodega y a olisquear como un sabueso en busca de rastros. Yo
no veía sino telarañas, pellejos y frascos de hidromiel y no olía

más que el húmedo aire de la podredumbre, pero Nimue percibió algo repugnante, resopló y escupió en dirección al templo. El hatillo de sus manos se agitó despacio.

Los demás no nos movíamos. En verdad, una especie de temor nos invadió en aquella bodega iluminada por juncos. Arturo no estaba y no nos habían descubierto, pero la melodía y la quietud del lugar resultaban escalofriantes. Tal vez aquel terror fuera un hechizo que Dian y Lavaine hubieran producido, o acaso, sencillamente, que nada parecía natural allí. Estábamos acostumbrados al bosque, al suelo de hierba, y el oscuro recinto de arcos de ladrillo y suelo de piedra nos era ajeno y nos producía inquietud. Uno de los hombres temblaba.

Nimue lo acarició en la mejilla para devolverle el valor y luego se acercó sigilosamente, descalza como estaba, hasta la puerta del templo. Fui tras ella pisando con cuidado para no hacer ruido, con la intención de detenerla. Estaba empeñada en desobedecer las órdenes de Arturo de que esperásemos al final de las ceremonias, y temí que cometiera alguna imprudencia y alertara con ello a las mujeres del templo o que las hiciera gritar, atrayendo con sus voces a los soldados que dormían en las cabañas; pero con las pesadas y ruidosas botas no podía avanzar tan deprisa como ella con los pies desnudos, y desoyó el murmullo ronco con que la llamé. Puso la mano en uno de los picaportes de bronce de la puerta del templo, vaciló un instante, abrió la hoja y el etéreo planto se hizo de pronto mucho más fuerte.

Los goznes estaban bien engrasados y no chirriaron al abrirse la puerta a la oscuridad absoluta. Era una negrura total como no había visto en mi vida, procurada por las tupidas cortinas que colgaban a pocos pasos de la entrada. Hice un gesto a mis hombres para que se quedaran donde estaban y seguí a Nimue al interior. Quería sacarla de allí pero se resistió y cerró nuevamente la puerta del templo. El cántico era muy fuerte, no veía nada ni oía sino la música, pero el olor era intenso y nauseabundo.

Nimue palpó con la mano hasta que me encontró y me acercó la cabeza a ella.

—¡El mal! —dijo en un susurro.

—No tendríamos que estar aquí —murmuré.

Lejos de escucharme, tanteó en la oscuridad hasta tocar la cortina y, un momento después, una diminuta rendija de luz entró por un extremo. Me coloqué detrás de Nimue, encogido, y miré por encima de su hombro. Al principio, era tan reducido el resquicio que Nimue había abierto que apenas distinguí nada, pero después, en cuanto logré entender lo que había al otro lado, vi más de lo que habría querido. Vi los misterios de Isis.

Para comprender aquella noche tuve que conocer la historia de Isis, y la aprendí más tarde, pero en aquel momento, atisbando por encima del corto cabello de Nimue, no tenía la menor idea de lo que significaba aquella ceremonia. Sólo sabía que Isis era una diosa considerada muy poderosa por gran número de romanos, una diosa con los más altos poderes. También sabía que era protectora de los tronos, cosa que justificaba el bajo trono negro que seguía en el estrado del extremo opuesto de la caverna, aunque lo veíamos a medias a causa de la espesa humareda que flotaba y se retorcía por la negra estancia buscando la salida chimenea arriba. El humo provenía de los braseros; habían alimentado las llamas con hierbas que exhalaban un aroma acre y embriagador, el que habíamos percibido desde el lindero del bosque.

No vi el coro, que seguía cantando a pesar de la humareda, pero sí a las adoradoras de Isis y, al principio no di crédito a mis ojos. No quería creerlo.

Vi a ocho personas arrodilladas en el negro suelo de piedra, todas desnudas. Nos daban la espalda, pero a pesar de ello, supe que algunos eran hombres. Comprendí que Gwenhwyvach se hubiera reído tanto al pensar en aquel momento, debía de conocer el secreto. Ginebra siempre decía que no se permitía a los hombres entrar en el templo de Isis, pero aquella noche sí, y sospeché que sucedería igual todas las noches que la luna llena arrojaba su luz fría por el agujero del tejado de la bodega. Las llamas temblorosas de los braseros alumbraban con luz pálida las espaldas de los adoradores. Todos estaban desnudos, hombres y mujeres, todos desnudos tal como me dijera Morgana tantos años atrás.

Los adoradores estaban desnudos, pero no los dos oficiantes. Lavaine era uno de ellos; hallábase de pie a un lado del trono negro, y mi espíritu saltó de júbilo al verlo. La espada de Lavaine había cortado la garganta a Dian, y la mía se hallaba en aquel instante a la distancia de una bodega de él. Se mantenía erguido junto al trono, la luz de los braseros le iluminaba la cicatriz de la mejilla y su pelo negro y engrasado como el de Lancelot le caía por la espalda sobre la negra túnica. Aquella noche no llevaba el ropaje blanco de los druidas, sino un simple atavío negro, y sujetaba en la mano una fina vara negra con una pequeña luna dorada en la punta. No había rastro de Dinas.

Dos antorchas sujetas por sendos tederos de hierro alumbraban el trono donde se hallaba Ginebra encarnando a Isis. Tenía el pelo recogido en la cabeza y sujeto con un aro de oro del que sobresalían dos cuernos hacia arriba. Eran cuernos de algún animal que no había visto jamás y, más tarde, descubrí que estaban tallados en marfil. Alrededor del cuello lucía una gruesa torques de oro, pero no llevaba ninguna otra joya, sólo un enorme manto granate que le envolvía todo el cuerpo. No vi el suelo que tenía a los pies, pero sabía que allí estaba el pozo poco profundo y que estaban esperando a que la luz de la luna entrara por la chimenea y bañara de plata las negras aguas. Las cortinas del fondo, tras las que había un lecho, según me había contado Ceinwyn, permanecían cerradas.

De pronto, un rayo de luz tembló en el humo y los desnudos adoradores se estremecieron, expectantes. El delgado haz plateado indicaba que por fin el astro de la noche había ascendido lo suficiente como para arrojar el primer reflejo oblicuo al suelo de la gruta. Lavaine aguardó un momento a que la luz aumentara y después golpeó el suelo con la vara dos veces.

–Es la hora –dijo con su voz áspera y profunda–, es la hora. –El coro enmudeció.

Después no sucedió nada. Esperaron en silencio a que se ensanchara la columna de plateada luz lunar que se dibuja en el humo y creciera en el suelo, y me acordé de una lejana noche en que me hallaba agazapado en la cima del montículo de piedras cerca de Llyn Cerrig Bach; aquella noche vi la luz de la luna deslizarse y llenar el espacio en el silencioso templo de Isis. Se palpaba el portento en el silencio. Una de las mujeres arrodilladas exhaló un suave gemido y nada más. Otra se balanceaba de adelante atrás.

El rayo de luna se agrandó más aún y tiñó de un brillo pálido el rostro grave y hermoso de Ginebra. La luz entraba casi verticalmente ya. Una de las mujeres desnudas tembló, pero no de frío sino sacudida por el éxtasis; Lavaine se inclinó hacia delante y miró cañón arriba. La luna iluminó su gran barba y su cara ancha y dura con la cicatriz de guerra. Se quedó observando la boca de la chimenea unos instantes, volvió atrás y tocó a Ginebra solemnemente en el hombro.

Ella se puso en pie y los cuernos de la cabeza casi rozaron el bajo techo abovedado de la cueva. Mantenía los brazos y las manos bajo los pliegues del manto, que caía recto desde sus hombros hasta el suelo. Cerró los ojos.

–¿Quién es la Diosa? –preguntó.

–Isis, Isis, Isis –recitaron las mujeres en voz baja–. Isis, Isis, Isis.

La columna de luz lunar era casi tan ancha como el cañón, un gran pilar de humo plateado que brillaba y oscilaba en el centro de la cueva. Cuando vi por primera vez el templo, me había parecido un lugar de mal gusto, pero aquella noche, a la luz temblorosa de la columna de luz blanca, me pareció el templo más misterioso y estremecedor que había visto en mi vida.

–¿Y quién es el Dios? –preguntó Ginebra con los ojos cerrados aún.

–Osiris –respondieron los hombres desnudos con voces graves–. Osiris, Osiris, Osiris.

–¿Y quien se sentará en el trono? –preguntó Ginebra.

–Lancelot –contestaron hombres y mujeres a una–, Lancelot, Lancelot.

En cuanto oí ese nombre, supe que nada volvería a su lugar aquella noche. Aquella noche no nos devolvería a la vieja Dumnonia. Aquella noche no nos depararía sino horror, pues aquella noche destruiría a Arturo. Quise alejarme de la cortina y volver a la bodega, llevármelo de allí al aire fresco y a la limpia luz de la luna y hacerlo retroceder todos los años, todos los días, todas las horas para que aquella noche no volviera a suceder jamás. Pero no me moví y Nimue tampoco. Ninguno de nosotros se atrevió a moverse porque Ginebra había extendido la mano derecha para tomar el báculo de Lavaine, el gesto apartó el lado derecho del manto y vi que, bajo los gruesos pliegues, estaba desnuda.

–Isis, Isis, Isis –suspiraban las mujeres.

–Osiris, Osiris, Osiris –suspiraban los hombres.

–Lancelot, Lancelot, Lancelot –recitaban todos juntos.

Ginebra tomó la vara de la luna en la punta y se adelantó; el manto volvió a cerrarse y le ocultó el seno derecho. Después, muy despacio, con gestos exagerados, tocó con la vara algo que había bajo el agua justamente debajo del luminoso haz de humo que caía ya en vertical desde los cielos. Nadie más se movió, habríase dicho que nadie respiraba.

–¡Levántate! –ordenó Ginebra–. Levántate –y el coro empezó a cantar otra vez la misma melodía extraña y embrujadora.

–Isis, Isis, Isis –cantaban y, por encima de las cabezas de los fieles vi a un hombre emerger del estanque. Era Dinas, chorreando agua por su musculoso cuerpo desnudo y su largo pelo negro mientras se levantaba lentamente al son del cántico del coro, cada vez más fuerte.

–¡Isis! ¡Isis! ¡Isis! –cantaban, hasta que por fin, Osiris quedó erguido ante Ginebra, de espaldas a nosotros, desnudo también. Salió del estanque y Ginebra le entregó el báculo negro de Lavaine, levantó las manos y se desató el manto, el cual cayó en el trono. Allí estaba Ginebra, la esposa de Arturo, desnuda a excepción del oro que llevaba en la garganta y el marfil de la cabeza, y abrió los brazos para que el desnudo nieto de Tanaburs subiera al estrado al encuentro de su abrazo.

–¡Osiris! ¡Osiris! ¡Osiris! –gritaban las mujeres. Algunas se convulsionaban como los fieles cristianos que habíamos visto en Isca, presas de un éxtasis similar. Las voces iban en aumento–. ¡Osiris! ¡Osiris! ¡Osiris! –cantaban, y Ginebra dio un paso atrás cuando Dinas, desnudo, se giró a mirar a los fieles y alzó los brazos triunfante. Así mostró su magnífico cuerpo desnudo, y no cabía duda de que era un hombre, como tampoco cabía duda de lo que haría seguidamente cuando Ginebra, con su hermoso cuerpo alto y recto, mágicamente plateado por el temblor de la luz de la luna en el humo, lo tomó del brazo derecho y lo llevó hacia las cortinas de detrás del trono. Lavaine también los acompañó y las mujeres se retorcían en su adoración y se balanceaban adelante y atrás repitiendo a gritos el nombre de su poderosa diosa–. ¡Isis! ¡Isis! ¡Isis!

Ginebra abrió la cortina, entreví la estancia del otro lado, que me pareció luminosa como el sol, y el cántico desgarrado alcanzó nuevas alturas de exaltación cuando los hombres del templo tomaron a las mujeres que tenían al lado; en aquel preciso momento, las puertas que teníamos detrás se abrieron de par en par y Arturo, resplandeciente con su atuendo guerrero, entró en el reducido vestíbulo del templo.

–¡No, señor! –le dije–. ¡No, señor, os lo ruego!

–No tendrías que estar aquí, Derfel –me dijo en voz baja, pero recriminándome. En la mano derecha llevaba el pomo de flores de aciano que había recogido para Ginebra, y en la izquierda, la mano de su hijo–. Sal de aquí –me ordenó, pero en aquel momento, Nimue apartó la gran cortina y comenzó la pesadilla de mi señor.

* * *

Isis es una diosa que trajeron a Britania los romanos, aunque no procedía de Roma tampoco, sino de un país lejano al este de Roma, como Mitra, que también proviene de un lejano país al este de Roma, aunque no del mismo que Isis, creo. Galahad me contó que la mitad de las religiones del mundo se habían originado en el Oriente, donde, sospechaba yo, los hombres se parecían más a Sagramor que a nosotros. También el cristianismo es una fe procedente de aquellas tierras remotas donde, según me dijo Galahad, en los campos sólo crece la arena, el sol quema mucho más que en Britania y jamás nieva.

Isis procedía de aquellas tórridas tierras. Entre los romanos se convirtió en una diosa muy poderosa y muchas britanas adoptaron su religión, que permaneció después de que los romanos se marcharan. No llegó a extenderse tanto como el cristianismo, pues éste dejaba las puertas abiertas a cualquiera que deseara adorar a su dios, mientras que Isis, igual que Mitra, sólo aceptaba como adoradores a aquellos que se hubieran iniciado en sus misterios. Galahad me dijo que Isis se parecía en algunas cosas a la santa madre de los cristianos, pues era considerada como la madre perfecta de su hijo Horus, pero Isis poseía además otros poderes que la Virgen María jamás se adjudicó. Isis era para sus adeptos la diosa de la vida y de la muerte, de la curación y, naturalmente, de los tronos de los mortales.

Según el relato de Galahad, estaba casada con un dios llamado Osiris, pero, en una guerra entre dioses, Osiris murió y su cuerpo fue arrojado al río cortado en muchos fragmentos. Isis buscó todos los trozos y, tiernamente, los volvió a unir; después yació con el cuerpo reconstruido para devolverlo a la vida y Osiris resucitó gracias al poder de Isis. Galahad odiaba el relato y se santiguaba una y otra vez mientras lo contaba; supongo que lo que Nimue y yo contemplamos en aquel negro subterráneo lleno de humo fue la repetición de tal resurrección y del acto de una mujer que da vida a un hombre. Habíamos contemplado a Isis, la diosa, la madre, la dadora de vida, llevar a cabo el milagro que devolvió a su esposo a la vida y la transformó en guardiana de los vivos y los muertos y en árbitro de los tronos de los hombres. Y era precisamente ese último atributo, el de decidir qué hombres habían de ocupar los tronos de la tierra, el que Ginebra consideraba atributo supremo de la diosa. Ginebra adoraba a Isis porque poseía poder para conceder tronos.

Nimue apartó la cortina y la cueva se llenó de gritos.

Durante un segundo, un instante abrumador, Ginebra vaciló al pie de la otra cortina y se volvió a mirar el motivo de la intromisión en su ceremonia. Permaneció allí, alta y desnuda, temible en su pálida hermosura, y a su lado, un hombre desnudo. En la entrada de la cueva, plantado, con su hijo en una mano y unas flores en la otra, estaba su esposo. Arturo llevaba levantados los protectores de las mejillas; yo tuve que contemplar su rostro en aquel momento de horror; me pareció que el espíritu lo hubiera abandonado.

Ginebra desapareció tras la cortina llevando a Dinas y Lavaine consigo, y Arturo profirió un sonido espantoso, mitad de guerra mitad de hombre hundido en la más absoluta desgracia. Hizo salir a Gwydre, dejó caer las flores, desenvainó a Excalibur y cargó ciegamente entre los aterrorizados adoradores, que se apartaron de su camino con desesperación.

–¡Prendedlos a todos! –grité a los lanceros que seguían a Arturo–. ¡Que no escapen! ¡Prendedlos!

Eché a correr tras mi señor con Nimue a mi lado. Arturo saltó por encima del estanque tirando una antorcha al salvar el estrado de un brinco y abrió la cortina negra del fondo con la punta de la espada.

Y allí se detuvo.

Me paré junto a él. Había dejado la lanza atrás al cargar en el templo y llevaba a *Hywelbane* en la mano. Nimue estaba conmigo y lanzó un aullido triunfal al mirar lo que había en la pequeña estancia cuadrada que se abría al fondo de la cueva. Al parecer, estábamos en el santuario íntimo de Isis, y allí, al servicio de la diosa, se hallaba la olla mágica de Clyddno Eiddyn.

La olla fue lo primero que vi porque estaba sobre un pedestal negro, que debía de llegarme por la cintura, y había tantas velas en la estancia que la olla refulgía como el oro y la plata al reflejar su luz brillante. La fuerte luminosidad se intensificaba más aún porque todas las paredes, excepto la de la cortina, estaban cubiertas de espejos. Había espejos hasta en el techo, que multiplicaban las llamas de las palmatorias y reflejaban el cuerpo desnudo de Ginebra y Dinas. Ginebra, aterrorizada, se había refugiado en el espacioso lecho que ocupaba el fondo, y allí se tapó con una manta de pieles para ocultar su blanca piel. Dinas estaba junto a ella ocultándose la ingle con las manos y Lavaine nos miraba con expresión desafiante.

Miró a Arturo de arriba abajo, despreció a Nimue con sólo una mirada y me señaló con la fina vara. Sabía que había ido a darle muerte y se dispuso a evitarlo con la magia más poderosa de que disponía. Apuntó el báculo hacia mí y en la otra mano sujetó el fragmento de la verdadera cruz de Cristo guardado en un cristal que el obispo Sansum había regalado a Mordred el día de la proclamación. Sostenía el fragmento suspendido sobre la olla, que estaba llena de un líquido oscuro y aromático.

–Tus otras hijas también morirán –me dijo–, si tan sólo lo dejo caer.

Arturo blandió a Excalibur.

–Y tu hijo también –le advirtió Lavaine, y los dos quedamos petrificados–. Ahora, marchad –prosiguió con calma y autoridad–. Habéis invadido el santuario de la diosa y ahora os marcharéis y nos dejaréis en paz. De lo contrario, todos aquellos a los que amáis morirán.

Esperamos. A su espalda, entre la olla mágica y el lecho, se encontraba la mesa redonda de Arturo con la incrustación del caballo alado y, encima del caballo vi una insulsa cesta, un viejo cabestro, un cuchillo gastado, una piedra de amolar, un manto con mangas, una capa, un plato de loza, un tablero de dados, un aro de guerrero y un montón de maderos rotos y podridos. También estaba la trenza de la barba de Merlín con su cinta negra. Todo el poder de Britania se hallaba en aquella reducida estancia, aliado con un fragmento de la más poderosa magia cristiana.

Blandí a *Hywelbane* y Lavaine hizo el gesto de dejar caer la astilla de la verdadera cruz en el líquido, pero Arturo puso la mano en mi escudo para detenerme.

–Idos –insistió Lavaine. Ginebra no decía nada, sólo nos miraba, con los ojos desmesuradamente abiertos, por encima de la manta que la cubría a medias.

Nimue sonrió en aquel momento con el manto arrebujado entre las manos, miró a Lavaine y dejó caer la carga con un grito, un chillido espeluznante que resonó con fuerza por encima de los gemidos de las mujeres que teníamos a la espalda.

Las víboras saltaron en el aire. Había al menos una docena de áspides, que Nimue había recogido aquella tarde para soltarlas en aquel momento. Se retorcieron en el vacío y Ginebra dejó escapar un chillido al tiempo que tiraba de la manta para cubrirse el rostro. Lavaine, al ver la víbora que se le venía encima de los ojos, se movió instintivamente y se encogió. El fragmento de la verdadera cruz rebotó en el suelo mientras las serpientes, excitadas por la alta temperatura de la habitación, se deslizaban por encima de la cama y entre los tesoros de Britania. Avancé un paso y di a Lavaine un fuerte puntapié en el estómago. Cayó al suelo y gritó cuando una serpiente lo mordió.

Dinas se alejaba de las que reptaban por la cama pero se quedó inmóvil en el momento en que Excalibur le tocó la garganta.

Hywelbane se apoyaba en la garganta de Lavaine y, con la hoja, obligué al druida a levantar la cabeza hacia mí; le sonreí.

—Mi hija —dije en voz baja— nos está mirando desde el más allá y te manda saludos, Lavaine.

Quiso decir algo pero no le salieron las palabras.

Arturo miraba el bulto de su esposa, oculta bajo las pieles. Entonces, casi con ternura, limpió de víboras las pieles negras con la punta de Excalibur y retiró la manta hasta que el rostro de Ginebra quedó al descubierto. Ella lo miraba fijamente sin rastro de su altivo orgullo. Era simplemente una mujer aterrorizada.

—¿Tienes ropas aquí? —le preguntó con suavidad. Ella negó con la cabeza.

—En el trono hay un manto rojo —le dije.

—¿Vas a buscarlo, Nimue? —preguntó Arturo.

Nimue le llevó el manto y Arturo se lo pasó a su esposa prendido en la punta de Excalibur.

—Toma —dijo, hablando aún con suavidad—, para ti.

Un brazo desnudo surgió de entre las pieles y agarró el manto.

—Date la vuelta —me dijo Ginebra asustada, con un hilo de voz.

—Date la vuelta, Derfel, por favor —dijo Arturo.

—Primero, una cosa, señor.

—Date la vuelta —insistió, sin dejar de mirar a su esposa.

Alcancé el borde de la olla y la incliné hasta que cayó del pedestal. La preciosa olla dio en el suelo con estrépito y el líquido se derramó sobre las losas formando un charco oscuro. Eso le llamó la atención. Me miró fijamente y a duras penas reconocí su rostro de puro duro y frío, vacío de vida; pero aquella noche había que decir una cosa más, y si mi señor tenía que beber aquella copa de horrores, que la apurara hasta la última gota. Coloqué la punta de *Hywelbane* bajo la barbilla de Lavaine.

—¿Quién es la diosa? —le pregunté.

Movió la cabeza negativamente e hinqué la punta de mi espada lo suficiente como para hacerle sangrar.

–¿Quién es la diosa? –repetí.

–Isis –dijo en un susurro. Se apretaba el tobillo donde le había mordido la víbora.

–¿Y quién es el dios? –volví a preguntar.

–Osiris –dijo aterrado.

–¿Y quién se sentará en el trono? –Se estremeció de arriba a abajo pero nada dijo–. Señor, éstas son las palabras que no oísteis –dije a Arturo, con la espada todavía en la nuez de Lavaine–. Pero yo sí las oí, y también Nimue. ¿Quién se sentará en el trono? –insistí.

–Lancelot –dijo, en voz muy baja, apenas audible, pero suficiente para que Arturo lo oyera; además, acababa de ver el gran bordado blanco en la lujosa manta negra que había en la cama bajo la piel de oso en aquella habitación de espejos. Era el águila pescadora de Lancelot.

Escupí a Lavaine, envainé a *Hywelbane* y lo agarré por los largos cabellos. Nimue ya se había hecho cargo de Dinas. Los llevamos de nuevo al templo a rastras y dejé la cortina en su sitio al salir para que Arturo y Ginebra estuvieran a solas. Gwenhwyvach había presenciado toda la escena y reía con ganas. Los adoradores y el coro, todos desnudos, permanecían agazapados en un rincón de la bodega donde los hombres de Arturo los vigilaban a punta de lanza. Gwydre, aterrorizado, aguardaba acuclillado en la entrada de la bodega.

–¿Por qué? –gritó Arturo a nuestra espalda.

Y saqué a los asesinos de mi hija a la luz de la luna.

* * *

Al amanecer todavía estábamos en el palacio del mar. Teníamos que haber partido, pues un puñado de lanceros había logrado escabullirse de las chozas cuando por fin el cuerno de Arturo llamó a los jinetes desde la colina; dichos fugitivos estarían esparciendo las noticias hacia el norte de Dumnonia, pero Arturo parecía incapaz de tomar una decisión. Estaba completamente anonadado.

Cuando la aurora se asomó al mundo con su luz, Arturo aún lloraba.

Dinas y Lavaine murieron aquella noche a la orilla del río. No me tengo por hombre cruel, pero su muerte fue muy cruel y sumamente lenta. Nimue preparó la agonía y durante todo el tiempo, mientras cada espíritu abandonaba su carne, ella les decía al oído el nombre de Dian entre dientes. Cuando murieron ya no eran hombres, ya no tenían lengua y no les quedaba sino un ojo a cada uno, pequeña clemencia que les concedió sólo con el fin de que presenciaran la siguiente tortura; y así supieron la forma en que murieron. Lo último que vieron fue el lustroso mechón de pelo de Dian prendido a la cruz de mi espada, cuando me encargué de rematar lo que Nimue había comenzado. Los gemelos eran meros desechos a esas alturas, amasijos de sangre y estremecido terror y, cuando al fin dejaron de respirar, besé el mechón de pelo y lo llevé a uno de los braseros de las arcadas del palacio para arrojarlo a las brasas; de esa forma no quedaría ningún fragmento del espíritu de Dian vagando por esta tierra. Nimue hizo lo mismo con la trenza de la barba de Merlín. Dejamos los cadáveres tumbados sobre el lado izquierdo junto al mar y, cuando el sol salió, las gaviotas acudieron a rasgar la atormentada carne con sus largos picos curvos.

Nimue había recuperado la olla y los tesoros. Dinas y Lavaine confesaron todo antes de morir y quedó demostrado que Nimue no se había equivocado. Efectivamente, Morgana había robado los tesoros y se los había entregado a Sansum a cambio de que se casara con ella, y Sansum se los dio a Ginebra. Ginebra se había reconciliado con el señor de los ratones bajo la promesa de recibir tales presentes, mucho antes del bautismo de Lancelot en el río Churn. Cuando supe lo sucedido, pensé que si hubiera consentido en la iniciación de Lancelot en los misterios de Mitra tal vez habría evitado tan funestos sucesos. El destino es inexorable.

Las puertas del templo estaban cerradas y no escapó ninguno de los que se hallaban dentro. Tan pronto como Ginebra salió de allí y mantuvo una larga conversación con Arturo, éste volvió solo a la bodega con Excalibur en la mano y tardó una hora cumplida en salir de nuevo. Cuando por fin salió, su rostro era más frío que el mar y gris como la hoja de Excalibur, aunque en aquel momento, el precioso acero estaba rojo, teñido de sangre. En una mano llevaba el aro con los cuernos que Ginebra llevaba cuando encarnaba a Isis, y en la otra llevaba la espada.

–Están muertos –me dijo.

–¿Todos?

–Hasta el último –contestó con extraña indiferencia, a pesar de la sangre que tenía en los brazos, en la cota maclada y hasta en las plumas de ganso del yelmo.

–¿Las mujeres también? –pregunté, porque Lunete era adoradora de Isis. Ya no lo amaba, pero había sido mi amor en otro tiempo y le guardaba cierto cariño. Los hombres del templo eran los más bellos lanceros de Lancelot, y las mujeres, las doncellas de Ginebra.

–Todos muertos –repitió Arturo casi alegremente. Bajó despacio por el sendero de arena del jardín–. No era la primera noche que se reunían –dijo, casi confundido–. Al parecer, lo hacían frecuentemente, todos ellos, siempre que la luna lo permitía. Y fornicaban unos con otros, todos excepto Ginebra. Ella sólo lo hacía con los gemelos o con Lancelot. –Se estremeció, y fue el primer síntoma de emoción desde que emergiera de la bodega con la mirada glacial–. Al parecer, antes lo hacía por mí. «¿Quién se sentará en el trono?» «Arturo, Arturo, Arturo», pero a la diosa no debí de parecerle apropiado. –Había empezado a llorar–. O bien, me resistí a sus designios con excesiva firmeza, y por eso cambiaron mi nombre por el de Lancelot. –Rasgó el aire inútilmente con la espada–. Lancelot –repitió embargado por el dolor–. Lleva años yaciendo con Lancelot, y sólo por motivos religiosos, dice. ¡La religión! Él solía ser Osiris y ella siempre era Isis. ¿Qué otra cosa habría de ser? –Llegó a la terraza y se sentó en un banco de piedra desde el cual se veía el río bañado por la luna–. No tenía que haberlos matado a todos –dijo tras una larga pausa.

–No, señor –le dije–; no tendríais que haberlos matado.

–Pero no podía hacer otra cosa. ¡Era pura indecencia, Derfel! ¡Nada más! –Empezó a llorar. Dijo algo de la vergüenza, de los muertos que habían presenciado el deshonor de su esposa y el suyo propio y, cuando no pudo articular más palabras, siguió llorando inconsolablemente en silencio. No parecía importarle que yo estuviera allí o no, pero me quedé hasta la hora de llevar a Dinas y Lavaine a la orilla del mar para que Nimue les arrancara el espíritu del cuerpo pulgada a pulgada, terriblemente.

Y luego, en la gris aurora, Arturo permaneció sentado, vacío y exhausto ante el mar, con los cuernos de marfil a sus pies y el yelmo y Excalibur desnuda en el banco de piedra. La sangre de la hoja se había secado formando una gruesa costra marrón.

–Debemos alejarnos, señor –le dije, cuando el amanecer tiñó el mar del color de la espada.

–Amor –dijo con amargura.

–Debemos alejarnos, señor –repetí pensando que no me había entendido.

–¿Para qué?

–Para cumplir vuestro juramento.

Escupió y siguió sentado en silencio. Habían llevado los caballos del bosque, y la olla y los tesoros de Britania estaban preparados para el viaje. Los lanceros aguardaban pendientes de nosotros.

–¿Queda algún juramento por violar? –preguntó con amargura–. ¿Uno solo?

–Debemos alejarnos, señor –insistí, pero no se movió ni habló, de modo que me giré sobre los talones–. En tal caso, partiremos sin vos –añadí brutalmente.

–¡Derfel! –me llamó con verdadero pánico en la voz.

–¿Señor?

Miró su espada y pareció sorprenderse al verla tan sucia de sangre.

–Mi esposa y mi hijo están arriba en una estancia –dijo–. ¿Vas a buscarlos, por favor? Que monten en el mismo caballo, y luego partiremos. –Se esforzaba por imprimir a su voz un tono normal, como si la nueva madrugada fuera sólo una más.

–Sí, señor.

Se puso en pie y enfundó a Excalibur con sangre y todo.

–Entonces –comentó con amargura–, supongo que tendremos que rehacer Britania.

–Sí, señor. Es nuestro deber.

Me miró fijamente y supe que tenía ganas de llorar otra vez.

–¿Sabes una cosa, Derfel?

–Decid, señor.

–Mi vida jamás volverá a ser igual, ¿verdad?

–No lo sé, señor. No lo sé.

Las lágrimas le resbalaban por las mejillas.

–La amaré hasta el día de mi muerte. Pensaré en ella todos los días de mi vida. La veré todas las noches antes de dormirme, y todas las madrugadas, cuando me dé la vuelta en la cama, descubriré que ya no está. Todos los días, Derfel, todas las noches y todas las madrugadas hasta que me muera.

Recogió el yelmo con el penacho salpicado de sangre, dejó los cuernos de marfil y se alejó conmigo. Fui a buscar a Ginebra y a su hijo al dormitorio y nos marchamos.

Gwenhwyvach se quedó en el palacio del mar, a vivir sola allí, con el sentido perdido, rodeada de perros, en medio de tesoros maravillosos. Se asomaría a la ventana a aguardar la llegada de Lancelot, pues estaba segura de que un día su señor llegaría a vivir a su lado, a la orilla del mar, en el palacio de su hermana. Pero su señor jamás acudió, los tesoros fueron robados, el palacio se derrumbó y Gwenhwyvach murió allí, o eso nos contaron. Tal vez aún siga allí, aguardando en la ribera al hombre que nunca llega.

Partimos. En la orilla lodosa del río, las gaviotas devoraban la carnaza.

* * *

Ginebra, vestida con un largo vestido negro y tapada con un manto verde oscuro, el cabello severamente recogido hacia atrás y atado con un lazo negro, montaba a lomos de *Llamrei*, la yegua de Arturo. Iba sentada de lado, agarrada al asidero de la silla con la mano derecha y sujetando por la cintura a su lloroso y atemorizado hijo con la izquierda; el niño no dejaba de mirar a su padre, que caminaba como en sueños tras la yegua.

–Supongo que soy su padre –dijo Arturo.

Ginebra, con los ojos enrojecidos por el llanto, desvió la mirada. El caballo la hacía balancearse hacia delante y hacia atrás y, sin embargo, ella no perdía la gracia.

–De ningún otro, lord príncipe –dijo al cabo de largo rato–, de ningún otro.

A partir de aquel momento, Arturo caminó en silencio. No deseaba mi compañía, no quería a nadie a su lado, sólo su desgracia, de modo que me fui junto a Nimue, que encabezaba la procesión. Después iban los caballos, luego Ginebra, y mis lanceros escoltaban la olla en la retaguardia. Nimue recorría el mismo camino que nos había llevado a la costa, que en aquel tramo no era sino una senda accidentada que subía por un brezal desnudo jalonado por tejos y aulagas.

–Es decir, que Gorfyddyd tenía razón –comenté al cabo de un rato.

–¿Gorfyddyd? –preguntó Nimue asombrada de que sacara del pasado el nombre del viejo rey.

—En el valle del Lugg —le recordé— dijo que Ginebra era una ramera.

—Y tú, Derfel Cadarn —se volvió Nimue burlonamente—, eres todo un experto en rameras, ¿verdad?

—¿Qué es, si no? —pregunté con rabia.

—Una ramera no —dijo Nimue. Señaló a lo lejos, hacia unos jirones de humo que se levantaban por encima de los árboles, señal de que la guarnición de Vindocladia estaba preparándose el desayuno—. Tenemos que evitarlos —dijo; salió del sendero y nos condujo hacia un denso cinturón de árboles que crecía a la izquierda. Supuse que habrían llegado a la guarnición noticias de la incursión de Arturo en el palacio del mar y no tendrían el menor deseo de hacerle frente, pero seguí a Nimue obedientemente y lo mismo hicieron los jinetes.

—Lo que hizo Arturo —dijo Nimue al cabo de un rato— fue casarse con una rival, no con una compañera.

—¿Una rival?

—Ginebra podría reinar en Dumnonia tan bien como cualquier hombre y mejor que la mayoría. Es más inteligente que Arturo y posee la misma determinación. Si hubiera sido hija de Uther, en vez del loco de Leodegan, todo habría sido distinto. Habría sido la segunda Boudicca y habría cristianos muertos desde aquí hasta el mar de Irlanda, y sajones muertos hasta el mar alemán.

—Boudicca —le recordé— perdió la guerra.

—Y también Ginebra —añadió Nimue sombríamente.

—No me parece que sea rival de Arturo —dije al cabo—. Tenía poder, no creo que Arturo tomara nunca una decisión sin consultárselo.

—Y él consultaba al consejo, al que las mujeres no tienen acceso —dijo Nimue con acritud—. Ponte en el lugar de Ginebra, Derfel. Es más inteligente que todos vosotros juntos, pero cualquier idea que se le ocurriera había de enfrentarse con un montón de hombres obtusos y lentos. Tú y el obispo Emrys, y ese bellaco de Cythryn que se finge tan juicioso y justo pero que cuando llega a casa golpea a su esposa y la obliga a ver cómo se lleva a una muchacha enana al lecho. ¡Consejeros! ¿Crees que Dumnonia lo notaría si os ahogarais todos juntos?

—¡Los reyes necesitan un consejo! —repliqué indignado.

—No si fueran inteligentes —contestó Nimue—. ¿Para qué? ¿Acaso Merlín necesita un consejo? ¿Acaso Merlín recurre a una sala llena de necios pomposos para que le digan lo que debe hacer? Para lo único que sirve el consejo es para daros importancia a vosotros mismos.

—Y para más cosas. ¿Cómo sabría el rey lo que piensa su pueblo si no tuviera un consejo?

—¿A quién le importa lo que piensen los descerebrados? Deja que el pueblo piense por sí mismo y todos se harán cristianos; su capacidad de pensar paga tributo —escupió—. ¿Qué es lo que haces en el consejo, Derfel? ¿Contar a Arturo lo que dicen tus pastores? Y me imagino que Cythryn representa a los dumnonios que copulan con enanos. ¿No es así? —Se rió—. ¡El pueblo! El pueblo es idiota, por eso tienen rey y por eso el rey necesita lanceros.

—Arturo —contesté categóricamente— ha gobernado el país con rectitud y sin usar lanzas contra el pueblo.

—Y ya ves en lo que ha terminado el país —replicó Nimue. Guardó silencio unos minutos y, al cabo, suspiró—. Ginebra estuvo en lo cierto desde el principio, Derfel. Arturo tenía que ser rey, ella lo sabía y lo deseaba. Hasta se habría conformado con eso, porque si Arturo hubiera sido rey, ella habría sido reina, cosa que le habría dado todo el poder que necesitaba. Pero tu adorado Arturo no quiso aceptar el trono. ¡Qué moral tan elevada! ¡Cuántos juramentos sagrados! ¿Y qué era lo que quería en realidad? Ser campesino, vivir como Ceinwyn y tú, un hogar feliz, los niños, la risa. —Dijo tales cosas como si fueran ridículas—. ¿Hasta qué punto crees tú que Ginebra se habría conformado con semejante vida? ¡Se aburría sólo de pensarlo! Pero era lo único que Arturo deseaba. Es una mujer inteligente y de vivo ingenio y él quería convertirla en una vaca lechera. ¿Te extraña que buscara otras diversiones?

–¿La prostitución?

–¡No seas necio, Derfel! ¿Soy yo una ramera por haberme acostado contigo? –Habíamos llegado a los árboles y Nimue giró hacia el norte, metiéndonos entre los fresnos y los altos álamos. Los lanceros nos seguían como ovejas, creo que no habrían protestado aunque los hubiéramos llevado en círculos, de tan confusos y aturdidos como se encontraban por los horrores de la noche anterior–. Faltó al juramento del matrimonio –continuó Nimue–, ¿y qué? ¿Piensas que es la primera que lo hace? ¿Crees que tal cosa la convierte en ramera? De ser así, Britania estaría llena de rameras hasta los bordes. No es ramera, Derfel, es una mujer fuerte que nació bella y dotada de inteligencia, y Arturo se enamoró de su belleza pero nada quiso saber de su inteligencia. No permitió que lo convirtiera en rey y entonces ella se entregó a esa ridícula religión suya. Y lo único que hacía Arturo era decirle lo feliz que la haría cuando por fin colgara la espada y se dedicara a la crianza de ganado. –Tal pensamiento le provocó una carcajada–. Y como a Arturo no se le habría ocurrido engañarla jamás, no pensó que ella pudiera engañarlo a él. Los demás sí, pero Arturo no. Se decía sin cesar que el matrimonio era perfecto y, mientras él permanecía a millas de Ginebra, ella, con su belleza, atraía a los hombres como la carroña a las moscas. Hombres gallardos, inteligentes, ingeniosos, hombres ambiciosos, y uno era muy atractivo y deseaba todo el poder que pudiera reunir, de modo que Ginebra decidió ayudarlo. Arturo quería un establo de vacas, pero Lancelot quiere ser rey supremo de Britania y a Ginebra le parece una aspiración mucho más interesante que criar terneros o limpiar culos de niños. Esa estúpida religión le prestó ánimos. ¡Árbitro de tronos! –Escupió–. No se acostaba con Lancelot porque fuera ramera, gran necio, se acostaba con él para hacer que su hombre fuera rey supremo.

–¿Y Dinas y Lavaine?

–Eran los ministros. La ayudaban y, en algunas religiones, Derfel, la copulación entre hombres y mujeres forma parte de las ceremonias. ¿Por qué no? –Dio un puntapié a un guijarro, que salió botando por encima de unas correhuelas–. Y créeme, Derfel, era una pareja de hombres muy atractivos. Lo sé porque yo los despojé de su belleza, pero no por lo que hacían con Ginebra, sino por la forma en que insultaron a Merlín y por lo que hicieron con tu hija. –Continuó varias yardas en silencio–. No desprecies a Ginebra –me dijo después–. No la desprecies porque se aburriera. Y si has de despreciarla, hazlo por haber robado la olla y da gracias porque Dinas y Lavaine no lograran desatar todo su poder. Sin embargo, Ginebra sí lo consiguió. Se bañaba en ella una vez a la semana y por eso no envejecía. –Oímos unos pasos a la espalda y Nimue volvió la cabeza. Era Arturo, que corría para darnos alcance. Aún estaba trastocado, pero en algún momento durante los últimos minutos debió de percatarse de que nos habíamos desviado del camino.

–¿Adónde vamos? –preguntó en tono autoritario.

–¿Queréis que nos vea la guarnición? –preguntó Nimue, señalando de nuevo hacia el humo de los hogares.

No respondió; se quedó mirando las humaredas como si jamás hubiera visto cosa igual. Nimue me miró a su vez y se encogió de hombros al verlo tan confundido.

–Si quisieran pelear –dijo Arturo al fin–, habrían empezado a buscarnos ya. –Tenía los ojos enrojecidos e hinchados y, tal vez fuera mi imaginación, pero me pareció que la barba le había encanecido más–. ¿Qué harías tú si fueras el enemigo? –me preguntó. No se refería a la raquítica guarnición de Vindocladia, pero no pronunciaría el nombre de Lancelot.

–Tender una trampa, señor –dije.

–¿Cómo? ¿Dónde? –preguntó irritado–. Al norte ¿no? Es la ruta más rápida hacia los lanceros amigos, y lo saben. Así pues, no podemos ir al norte. –Me miró pero no daba señales de reconocerme–. Derfel, vamos a por sus gaznates ahora mismo –añadió con fiereza.

–¿A por sus gaznates, señor?

–Vamos a Caer Cadarn.

Tardé un rato en hablar. Arturo no pensaba correctamente; el dolor y la rabia lo habían trastocado y empecé a buscar la forma de alejarlo del suicidio.

–Sólo somos cuarenta, señor –dije en voz baja.

–Caer Cadarn –dijo, desoyendo mi objeción–. Quien tenga Caer Cadarn tendrá Dumnonia, y quien tenga Dumnonia tendrá Britania. Si no quieres venir, Derfel, ve por tu camino. Yo voy a Caer Cadarn –dijo, y dio media vuelta.

–¡Señor! –lo llamé–. Dunum se interpone en el camino. –Tratábase de una importante fortaleza y, aunque la guarnición estuviera diezmada sin duda, tendría lanzas más que suficientes como para destruir nuestras pequeñas fuerzas.

–Derfel, no me importaría aunque todas las fortalezas de Britania se interpusieran en el camino. –Arturo me escupió las palabras–. Haz lo que quieras, pero yo voy a Caer Cadarn. –Se alejó gritando a los jinetes que tomaran dirección oeste.

Cerré los ojos convencido de que mi señor buscaba la muerte. Sin el amor de Ginebra sólo deseaba morir. Quería caer bajo las lanzas del enemigo en el centro de la tierra por la que tanto había luchado. Yo no veía otra forma de justificar por qué habría de llevar a tan reducida banda de agotados lanceros hasta el centro mismo de la rebelión, a menos que quisiera morir junto a la piedra de los reyes de Dumnonia. Pero entonces, recordé un detalle y abrí los ojos.

–Hace mucho tiempo –le dije a Nimue– hablé con Ailleann. –Ésta era una esclava irlandesa mayor que Arturo que había sido su cariñosa amante antes de la aparición de Ginebra, y la madre de dos hijos ingratos, Amhar y Loholt. Aún vivía, era encantadora y de canos cabellos ya, y seguramente estaba sitiada en aquellos momentos en Corinium. De pronto, perdido en medio de la conmocionada Dumnonia, su voz me llegó a través del tiempo. «Fijaos en Arturo, cuando parece acabado, cuando se hunde en el pozo más oscuro, os asombrará. Triunfará», me dijo. Se lo conté a Nimue.

–Y también dijo –añadí– que después cometería el error de siempre, perdonar a sus enemigos.

–Esta vez no –contestó Nimue–. Esta vez no. Ese necio ha aprendido la lección, Derfel. ¿Y tú qué vas a hacer?

–Lo que hago siempre. Ir con él.

A la boca misma del enemigo, a Caer Cadarn.

* * *

Aquel día, Arturo estaba poseído por una energía frenética y desesperada como si la respuesta a todas sus preguntas aguardara en la cima de Caer Cadarn. No hizo el menor esfuerzo por ocultar su pequeña banda, sino que marchamos hacia el norte y el oeste con el pendón del oso ondeando por encima de nuestras cabezas. Montó en el caballo de uno de sus hombres y se puso su famosa armadura para que cualquiera identificara al que cabalgaba hacia el centro del país. Marchaba a la mayor velocidad que mis lanceros podían permitirse, y cuando un caballo se hirió en el casco, abandonó a la bestia en el camino y continuó adelante. Quería llegar al Caer.

Primero pasamos por Dunum. El pueblo antiguo había levantado una gran fortaleza en la cima de la loma, los romanos habían añadido la muralla y Arturo había reparado las fortificaciones y mantenido una guarnición. Aquellos soldados no habían visto jamás la batalla, pero si Cerdic hubiera atacado alguna vez por el oeste a lo largo de la costa de Dumnonia, Dunum habría constituido uno de los principales obstáculos y, a pesar de los largos años de paz, Arturo no había permitido que la plaza fuerte decayera. Una enseña se ondeaba en lo alto de la muralla; al acercarnos, vi que no era el águila pescadora sino el dragón rojo. Dunum seguía siendo leal.

De la guarnición quedaban treinta hombres. Los demás eran cristianos o habían desertado, o bien, temiendo que tanto Arturo como Mordred hubieran muerto, habían abandonado la posición y se habían evadido, pero Lanval, el comandante de la guarnición, permanecía allí al frente de las mermadas fuerzas, esperando contra toda probabilidad que la mala noticia no fuera cierta. Entonces, llegó Arturo y Lanval llevó a sus hombres a las puertas. Arturo bajó del caballo y abrazó al viejo guerrero. Éramos ya setenta lanzas, en vez de cuarenta, y pensé en las palabras de Ailleann. «Cuando más hundido está, empieza a triunfar.»

Lanval llevaba el caballo por las riendas y caminaba a mi lado; me contó que los lanceros de Lancelot habían pasado por la fortaleza.

–No pudimos detenerlos –dijo con amargura–, pero tampoco presentaron batalla. Sólo intentaron que me rindiera. Les dije que arriaría la bandera de Mordred cuando Arturo me lo ordenara y que no creería que Arturo estaba muerto hasta que me presentaran su cabeza en un escudo. –Arturo debió de decirle algo acerca de Ginebra porque, a pesar de haber sido en otro tiempo el comandante de su guardia personal, la evitó. En pocas palabras, le conté lo sucedido en el palacio del mar y él movió la cabeza con tristeza.

–Lancelot y ella lo hacían en Durnovaria –dijo– en el templo de Isis que ella construyó allí.

–¿Lo sabías? –pregunté horrorizado.

–No lo sabía –dijo cansinamente– pero me llegaban rumores, Derfel, meros rumores, y no quise averiguar más. –Escupió a la vera del camino–. Yo estaba presente el día en que Lancelot llegó de Ynys Trebes y recuerdo que eran incapaces de dejar de mirarse el uno al otro. Después lo ocultaron, naturalmente, y Arturo jamás sospechó nada. ¡Se lo puso tan fácil! Confiaba en ella y nunca estaba en casa, siempre ausente, inspeccionando una plaza fuerte o actuando en un juicio. –Volvió a sacudir la cabeza–. No dudo que lo llame religión, Derfel, pero te aseguro que si esa dama está enamorada de alguien, es de Lancelot.

–Yo creo que ama a Arturo –dije.

–Tal vez, pero Arturo es sencillo en exceso para ella; no oculta misterios en su corazón, lo lleva todo escrito en la cara, y a ella le gusta la sutileza. Te lo aseguro, quien le acelera el corazón es Lancelot. –Y sin embargo, pensé con tristeza, el corazón de Arturo late por Ginebra. No me atreví a imaginar siquiera lo que estaría padeciendo su corazón en aquellos momentos.

Aquella noche dormimos al raso. Mis hombres vigilaban a Ginebra, que se ocupaba de Gwydre. Nada se había dicho sobre su destino y nadie quería preguntar a Arturo, de modo que todos la tratábamos con distancia y amabilidad. Ella nos devolvía idéntico trato, no pidió favores y evitó a Arturo. Al caer la noche, contó unos cuentos a Gwydre, pero tan pronto como el niño se durmió, empezó a mecerse de delante a atrás llorando en silencio. Arturo también la vio, no pudo evitar las lágrimas y se alejó hasta el confín más distante de la ancha colina para que nadie fuera testigo de su desgracia.

Continuamos la marcha al amanecer y el camino nos llevó a un bello paisaje suavemente iluminado por el sol bajo un cielo limpio y terso. Era la Dumnonia por la que luchaba Arturo, una tierra rica y fértil que los dioses habían hecho tan hermosa. Los pueblos tenían gruesas techumbres y densos huertos de frutales, aunque muchas fachadas estaban desfiguradas con el símbolo del pez y algunas casas habían sido incendiadas; pero advertí que los cristianos no insultaban a Arturo como habrían hecho antes, cosa que me hizo sospechar los primeros síntomas de remisión de la fiebre que había atacado a Dumnonia. De pueblo a pueblo, el camino se curvaba entre rosadas zarzamoras en flor y praderas cuajadas de llamativas flores de clavo, margaritas, campanillas amarillas y amapolas. Los carrizos de sauce y los escribanos, últimos pajarillos en hacer los nidos, volaban con pequeñas pajas en el pico y, más arriba, por encima de unos robles, salió un halcón volando, aunque enseguida me di cuenta de que no se trataba de un halcón sino de un cuclillo joven que emprendía su primer vuelo. Y me pareció un buen augurio, pues Lancelot, como el tierno cuclillo, sólo se parecía al halcón pero en verdad no era sino un usurpador.

Nos detuvimos a pocas millas de Caer Cadarn, en un pequeño monasterio construido junto a un manantial sagrado que brotaba en un robledal. En otro tiempo era un santuario druida, pero aquel día, el dios cristiano guardaba sus aguas. Sin embargo, el dios no se resistió a mis lanceros que, a las órdenes de Arturo, derribaron la puerta de la empalizada y se apoderaron de los sayos marrones de doce monjes. El obispo del monasterio rechazó el pago que se le ofreció a cambio pero maldijo a Arturo, y éste, poseído ya de una furia incontenible, golpeó al obispo. Lo dejamos sangrando en la fuente sagrada y continuamos hacia el oeste. El obispo se llamaba Carannog y ahora es santo. A veces pienso que Arturo hizo más santos que Dios.

Llegamos a Caer Cadarn por el monte Pen, pero nos detuvimos al pie de la colina antes de avistar las murallas. Arturo escogió a doce lanceros y les ordenó que se tonsurasen al estilo de los sacerdotes cristianos y que se vistieran después con los hábitos de los monjes. Nimue les cortó los cabellos y puso todo el pelo a buen recaudo en una bolsa para que no les sobreviniera ningún mal. Yo quería ir con ellos, pero Arturo se negó so pretexto de haber escogido a hombres cuyo rostro no pudiera ser reconocido a las puertas de la fortaleza.

Issa se sometió a la navaja y me sonrió maliciosamente una vez rasurada la mitad de su cabeza.

–¿Me parezco a un cristiano, señor?

–Te pareces a tu padre, calvo y feo.

Los doce llevaban espada bajo el sayo, pero no pudiendo portar lanza, arrancaron las puntas de hierro a sus picas y usaron el asta desnuda a modo de arma. Las frentes rasuradas estaban más blancas que los rostros, pero con la capucha puesta, pasarían por monjes.

—Partid —les dijo Arturo.

Caer Cadarn no poseía una verdadera importancia militar, pero como emblema de la realeza de Dumnonia su valor era incalculable. Sabíamos que sólo por tal motivo, la fortaleza estaría muy defendida y que nuestros doce falsos monjes necesitarían buena suerte, además de valor, para engañar a la guarnición y lograr que les franquearan el paso. Nimue los bendijo, treparon hasta la cresta del Pen y enfilaron ladera abajo. No sé si sería porque llevábamos la olla mágica o debido a la habitual fortuna de Arturo en la guerra, pero el engaño funcionó. Arturo y yo nos tumbamos en la cálida hierba de la cima a observar a Issa y a sus hombres, que descendieron la escabrosa ladera occidental del pico entre resbalones y traspiés, cruzaron las anchurosas praderas y subieron por el empinado camino que llevaba a las puertas orientales de Caer Cadarn. Se declararon fugitivos que huían de la invasión de los caballeros de Arturo, convencieron a los guardias y éstos los dejaron pasar. Issa y sus hombres mataron a aquellos centinelas y se apoderaron de sus lanzas y escudos para defender la valiosa puerta abierta. Los cristianos jamás perdonaron a Arturo esa estratagema.

Arturo montó a *Llamrei* en el momento en que vio la toma de la puerta del Caer.

—¡Vamos! —gritó, y sus veinte jinetes espolearon a las bestias cuesta arriba hasta la cima del Pen y descendieron luego por la herbosa y escarpada falda del otro lado. Diez hombres siguieron a Arturo hasta la misma fortaleza, mientras que el resto se desplegó al galope alrededor del pie de la colina de Caer Cadarn para impedir la huida de los soldados.

Los demás corrimos a la zaga de los caballos. Lanval quedó a cargo de Ginebra y se puso en camino más despacio, pero mis hombres volaban sin miramientos cuesta abajo y por el camino pedregoso del Caer hacia el lugar donde aguardaban Issa y Arturo. La guarnición, una vez tomada la puerta, no opuso la menor resistencia. Allí había cincuenta lanceros, veteranos, cojos en su mayoría o jóvenes inexpertos, pero más que suficientes como para haber defendido las murallas de nuestro reducido contingente. Unos pocos que trataron de escapar fueron capturados fácilmente por nuestros jinetes y devueltos a los barracones. Issa y yo subimos a la muralla de la puerta occidental, arriamos la enseña de Lancelot e izamos el oso de Arturo en su lugar. Nimue quemó los cabellos cortados y escupió a los aterrorizados monjes que vivían en el Caer y dirigían la construcción de la gran iglesia de Sansum.

Aquellos monjes, que se mostraron más guerreros que los lanceros de la guarnición, habían ya cavado los cimientos reforzándolos con rocas del círculo de piedras de la cima de Caer. Habían derribado la mitad de los muros del salón de festejos y, con las vigas, habían empezado a levantar las paredes del templo formando una cruz.

–Arderá con facilidad –comentó Issa animado rascándose la reciente calva.

Ginebra y su hijo, a quienes se negó la entrada al salón, fueron instalados en la cabaña más espaciosa del Caer. Era el hogar de la familia de un lancero, pero se los expulsó de allí y a Ginebra se le ordenó entrar. Al ver la cama de paja de centeno y las telarañas de las vigas, Ginebra se estremeció. Lanval apostó a un lancero en la entrada y luego se quedó mirando al comandante de la guarnición, que un jinete de Arturo llevaba a rastras; lo había encontrado entre los que intentaban escapar.

El comandante derrotado era Loholt, uno de los hijos gemelos de Arturo, que habían convertido la vida de su madre, Ailleann, en puro sufrimiento y habían guardado rencor a su padre toda la vida. En aquel momento, Loholt, que servía a Lancelot, era arrastrado por el pelo a presencia de su padre.

Loholt cayó de rodillas. Arturo lo miró largamente, luego dio media vuelta y se alejó.

–¡Padre! –gritó Loholt, pero Arturo no escuchó.

Se acercó a la fila de prisioneros. Reconoció a algunos que antaño le habían servido; otros provenían del antiguo reino de los belgas. Aquellos hombres, diecinueve en total, fueron conducidos a la iglesia en construcción y allí les dieron muerte. Fue un castigo severo, pero Arturo no estaba de humor para mostrarse clemente con los invasores de su territorio. Ordenó a mis soldados que los mataran, y así lo hicieron. Los monjes se opusieron y las esposas e hijos de los prisioneros nos gritaron, hasta que ordené que los trasladaran a la puerta oriental y los expulsaran.

Quedaban treinta y un prisioneros, dumnonios todos. Arturo contó las filas y escogió seis hombres: el quinto, el décimo, el decimoquinto, el vigésimo, el vigesimoquinto y el trigésimo.

–Matadlos –me ordenó fríamente, y desfilé con los seis hasta la iglesia donde añadí sus cadáveres a los anteriores.

Postráronse de hinojos los cautivos restantes y uno por uno besaron la espada de Arturo para renovar su juramento, aunque antes de besarla, se obligó a cada uno a arrodillarse ante Nimue, y ella los marcó en la frente con un rejón de lanza que mantenía al rojo vivo en una hoguera. De tal modo, quedaron estigmatizados como guerreros sublevados contra el señor al que habían jurado lealtad; la señal de la frente significaba que morirían si volvían a traicionar alguna vez. A partir de aquel momento, con la frente quemada y doliente, quedaron convertidos en aliados poco fiables, pero aliados al fin, y Arturo engrosó sus filas hasta ochenta, un pequeño ejército.

Loholt aguardaba arrodillado. Aún era muy joven, tenía cara de inexperto y una barba mezquina por la cual lo asió Arturo para arrastrarlo hasta la piedra de los reyes, único resto del antiguo círculo; lo tiró al suelo junto a la piedra.

–¿Dónde está tu hermano? –le preguntó.

–Con Lancelot, señor –respondió mirando a su padre.

–Entonces, ve con él. –La expresión de Loholt reflejó un gran alivio al saber que no iba a morir–. Pero antes, dime sólo –añadió Arturo en un tono gélido– por qué has alzado la mano contra tu padre.

–Dijeron que habíais muerto, señor.

–¿Y qué hiciste tú, hijo, para vengar mi muerte? –preguntó Arturo; esperó la respuesta pero Loholt no tenía nada que decir–. Y cuando supiste que aún vivía, ¿por qué seguiste oponiéndote a mí?

Loholt miró el rostro implacable de su padre y sacó coraje del fondo de su ser.

–Jamás fuisteis un padre para nosotros –contestó con amargura.

Arturo torció el gesto en un espasmo y pensé que estallaría en una ira terrible, pero cuando volvió a hablar, lo hizo con una serenidad extraña.

–Pon la mano derecha en la piedra –le ordenó.

Loholt creyó que le tomaría juramento y colocó la mano obedientemente en el centro de la piedra de los reyes. Arturo desenvainó a Excalibur, Loholt comprendió entonces lo que su padre se disponía a hacer y retiró la mano inmediatamente.

–¡No! –gritó–. ¡Os lo ruego¡ ¡No!

–Derfel, sujétasela –me dijo Arturo.

Loholt forcejeó conmigo, pero nada tenía que hacer frente a mi fuerza. Lo dominé con un bofetón, le remangué hasta el codo y le obligué a dejar el brazo recto sobre la piedra sujetándoselo firmemente, mientras Arturo levantaba la espada. Loholt gritó.

–¡No, padre! ¡Os lo ruego!

Pero aquel día, Arturo no tenía clemencia, ni la tuvo durante muchos días.

–Alzaste la mano contra tu propio padre, Loholt, por ello,

pierdes mano y padre. Te repudio. –Y con tan terrible maldición, le asestó un tajo y un chorro de sangre brotó y se esparció por la piedra al tiempo que Loholt se apartaba retorciéndose violentamente. Lanzó un chillido al retirar el muñón ensangrentado y mirarse horrorizado la mano cercenada; se quedó gimiendo de dolor.

–Véndalo –ordenó Arturo a Nimue–, y después, que se marche. –Dicho esto, se alejó.

De un puntapié, arrojé fuera de la piedra la mano amputada con sus patéticos anillos de guerrero en los dedos. Arturo había dejado a Excalibur tirada en la piedra y la coloqué respetuosamente en medio del charco de sangre. Me pareció adecuado: la espada apropiada sobre la piedra que le correspondía. ¡Cuántos años había tardado en llegar allí!

–Ahora, esperaremos –dijo Arturo austeramente– a que venga ese mal nacido a buscarnos.

Aún no era capaz de pronunciar el nombre de Lancelot.

* * *

Lancelot llegó dos días después.

Su rebelión fracasaba pero él lo ignoraba todavía. Sagramor, con el refuerzo de los dos primeros contingentes de Powys, había cortado la retirada a los hombres de Cerdic en Corinium y el sajón sólo logró escapar huyendo a marchas forzadas por la noche, y aun así, perdió más de cincuenta hombres a cuenta de la venganza de Sagramor. La frontera de Cerdic se adentraba aún más por el occidente, pero las noticias de que Arturo vivía y de que había tomado Caer Cadarn, unidas a la amenaza del odio implacable de Sagramor, fueron suficientes para persuadirle de que abandonara su alianza con Lancelot. Se retiró a su nueva frontera y envió hombres a tomar cuanto pudieran de las tierras de los belgas pertenecientes a Lancelot. Al menos Cerdic sacaría buen provecho de la rebelión.

Lancelot llevó a su ejército a Caer Cadarn. El grueso de su ejército, constituido por la guardia sajona y doscientos guerreros belgas, contaba además con el apoyo de un ejército de leva de cientos de cristianos que creían cumplir los designios divinos sirviendo a Lancelot, pero cuando supieron que Arturo había tomado el Caer y que Galahad y Morfans luchaban al sur de Glevum, quedaron confusos y desanimados, de modo que empezaron a desertar, aunque aún había unos doscientos con Lancelot cuando llegó al anochecer dos días después de la toma del pico de los reyes. Le quedaba una posibilidad de conservar su nuevo reino si se atrevía a atacar a Arturo, pero se mostró indeciso y, al amanecer del día siguiente, Arturo me envió con un mensaje. Llevaba el escudo invertido y até una rama de hojas de roble en la lanza como señal de que iba a parlamentar, no a luchar, y un jefe belga salió a mi encuentro y juró mantener la tregua conmigo antes de conducirme al palacio de Lindinis, donde se había instalado Lancelot. Aguardé en el patio de armas vigilado por cariacontecidos lanceros en tanto Lancelot decidía si me recibiría o no.

Esperé más de una hora, pero por fin Lancelot compareció. Presentose ataviado con su blanca armadura esmaltada, con el yelmo dorado bajo el brazo y su *Espada de Cristo* a un costado. Amhar y Loholt, este último con el brazo vendado, lo seguían flanqueados por la guardia sajona y una docena de jefes, y Bors, el paladín, a su lado. Todos hedían a derrota, se les olía como si de carne podrida se tratara. Lancelot podría habernos sitiado en el Caer, haber ido a asaltar a Morfans y a Galahad y haber vuelto para hacernos morir de inanición, pero había perdido el valor. Su único deseo era sobrevivir. Observé con inquietud que Sansum no asomaba por ninguna parte. El señor de los ratones sabía retirarse a tiempo.

–Nos encontramos de nuevo, lord Derfel –me saludó Bors en el nombre de su señor, pero no le hice caso.

–Lancelot –dije al rey directamente, a secas, sin hacer honores a su rango–, mi señor Arturo será clemente con vuestros hombres con una condición –dije en voz alta para que me oyeran todos los lanceros del patio de armas. La mayoría de los guerreros llevaban el águila pescadora de Lancelot en el escudo, pero algunos habían pintado la cruz o las dos curvas del pez–. La condición de tal clemencia –proseguí– es que os enfrentéis a nuestro paladín, hombre contra hombre, espada contra espada, y si sobrevivís, seréis libre y podréis llevaros a vuestros hombres; si morís, vuestros hombres serán libres igualmente. Aunque prefiráis no luchar, vuestros hombres serán perdonados, todos excepto aquellos que hubieran jurado lealtad previamente a nuestro señor el rey Mordred, los cuales morirán. –La oferta era sutil. Si Lancelot luchaba, salvaría la vida a los que se habían cambiado de bando para apoyarle, pero si no se prestaba al combate singular, los condenaría a la muerte, acto que mancillaría su propio honor.

Lancelot miró a Bors y después a mí. En aquel momento lo desprecié con todo mi corazón. Tenía que haber estado luchando contra nosotros y no arrastrando los pies por el patio de armas de Lindinis, pero la osadía de Arturo lo había ofuscado. No sabía con cuántos hombres contábamos, sólo sabía que las almenas de Caer Cadarn estaban erizadas de lanzas y el ánimo de lucha se le había caído a los pies. Se acercó a su primo e intercambiaron unas palabras. Lancelot se dirigió a mí nuevamente tras el breve intercambio con su primo y esbozó una sonrisa.

–Mi paladín, Bors –dijo–, acepta el reto de Arturo.

–El reto es para que luchéis vos –dije–, no para que vuestro verraco amaestrado sea atado y abierto en canal.

Bors gruñó al oír esas palabras e hizo el gesto de desenvainar, pero el jefe belga que se había comprometido a respetar la tregua dio un paso adelante y Bors se detuvo.

–¿Y el paladín de Arturo sería él en persona? –preguntó Lancelot.

–No –dije, y sonreí–. Rogué que me concediera tal honor

y me lo concedió. Lo deseo por la forma en que ofendisteis a Ceinwyn, pues pretendisteis obligarla a desfilar desnuda por toda Dumnonia. Y en cuanto a mi hija, ya he vengado su muerte convenientemente. Los druidas yacen sobre el costado izquierdo, Lancelot. Sus cuerpos no han sido incinerados y sus almas vagan errantes.

Lancelot me escupió a los pies.

–Di a Arturo que enviaré la respuesta al mediodía. –Me dio la espalda y se marchó.

–¿Ningún mensaje para Ginebra? –pregunté, y la pregunta le hizo girarse de nuevo–. Tu amante se encuentra en el Caer. ¿No quieres saber lo que le va a suceder? Arturo me ha dicho el destino que le reserva.

Me miró con desprecio, volvió a escupir y se alejó nuevamente. Yo hice lo mismo.

Volví al Caer y encontré a Arturo en la muralla de la puerta occidental donde, hacía ya tantos años, me había hablado del deber del soldado, el cual consistía, me dijo, en luchar por los que no podían hacerlo por sí mismos. Tal era su credo y, a lo largo de todos aquellos años, había luchado por un niño: Mordred. Mas en aquel momento, finalmente, luchaba por sí mismo, perdiendo al hacerlo lo que más quería. Le transmití la respuesta de Lancelot; él asintió, guardó silencio y me despidió con un ademán.

Aquella misma mañana, más tarde, Ginebra envió a Gwydre a buscarme. El niño subió a las murallas donde me encontraba con mis hombres y me tironeó del manto.

–Tío Derfel –me miraba lánguidamente–, madre dice que vayas –me dijo temeroso y con lágrimas en los ojos.

Miré a Arturo, pero él no estaba pendiente de ninguno de nosotros y bajé con Gwydre; fui con él hasta la cabaña del lancero. A Ginebra hubo de dolerle profundamente en su herido orgullo pedirme que fuera a verla, pero deseaba enviar un mensaje a Arturo y sabía que en Caer Cadarn no había nadie tan cercano a él como yo. Se levantó cuando entré por la puerta agachando la cabeza. La saludé con una leve inclinación y esperé mientras le decía a Gwydre que fuera a hablar con su padre.

La cabaña apenas permitía a Ginebra mantenerse erguida. Estaba demacrada, casi ojerosa, pero la pesadumbre le prestaba una belleza luminosa que su habitual actitud arrogante ocultaba.

–Nimue me ha dicho que has visto a Lancelot –dijo en voz tan baja que tuve que aguzar el oído para entenderla.

–Sí, señora, así es.

Inconscientemente se manoseaba los pliegues del vestido con la mano derecha.

–¿Ha enviado algún mensaje?

–No, señora.

Se quedó mirándome con sus enormes ojos verdes.

–Te lo ruego, Derfel –insistió en voz baja.

–Le invité a hablar, señora, pero no quiso decir nada.

Se dejó caer en un rudo banco, permaneció un rato en silencio y vi que una araña caía del tejado e iba tejiendo el hilo cada vez más cerca de su pelo. Me quedé absorto mirando el insecto, preguntándome si debía apartarlo de un manotazo o dejarlo en paz.

–¿Qué le dijiste? –me preguntó.

–Lo reté en combate singular, señora, hombre contra hombre, *Hywelbane* contra *Espada de Cristo*. Y le prometí arrastrar luego su cuerpo desnudo por toda Dumnonia. –Ginebra sacudió la cabeza brutalmente.

–¡Combates! –gritó iracunda–. ¡Es lo único que sabéis hacer, salvajes! –Cerró los ojos unos segundos–. Lo lamento, lord Derfel –se disculpó cohibida–. No debería insultarte, menos aún cuando preciso que pidas un favor a lord Arturo. –Me miró a los ojos y vi que era tan desdichada como mi propio señor–. ¿Lo harás? –me rogó.

–¿Qué favor, señora?

—Pídele que me deje marchar, dile que me iré al otro lado del mar, que se quede con su hijo si lo desea y que es hijo de los dos y que me iré y jamás volverá a verme ni a saber nada de mí.

—Se lo pediré, señora –le dije.

Captó una duda en mi voz y me miró entristecida. La araña había desaparecido entre su espesa cabellera pelirroja.

—¿Crees que me lo negará? –preguntó atemorizada, con un hilo de voz.

—Señora, os ama. Os ama tanto que no sé si podrá dejaros marchar jamás.

Una lágrima asomó en un ojo y resbaló por la mejilla.

—Entonces, ¿qué piensa hacer conmigo? –preguntó, pero no contesté–. ¿Qué piensa hacer, Derfel? –preguntó de nuevo con algo de su antigua energía–. ¡Dímelo!

—Señora –dije con pesadumbre–, os llevará a un lugar seguro y os dejará allí bajo vigilancia. –Y todos los días, pensé, se acordaría de ella, y todas las noches la conjuraría en sus sueños y todas las madrugadas daría media vuelta en la cama y descubriría que no estaba–. Recibiréis buen trato, señora –le dije con suavidad.

—No –gimió. Tal vez esperara la muerte, pero la promesa de semejante encierro le parecía peor aún–. Dile que me deje marchar, Derfel. ¡Díselo, te lo ruego!

—Se lo diré, señora –le prometí–, pero no creo que acepte. Creo que no le es posible.

Lloraba amargamente con la cabeza entre las manos y, aunque permanecí a la espera, no me dijo nada más, de forma que me retiré. Gwydre había encontrado a su padre de un ánimo sombrío y deseaba volver con su madre, pero me lo llevé y juntos limpiamos y amolamos a Excalibur. El pobre Gwydre estaba asustado pues no comprendía lo que había sucedido, y ni Arturo ni Ginebra estaban en condiciones de explicárselo.

—Tu madre está muy enferma –le dije– y ya sabes que los

enfermos tienen que estar solos de vez en cuando –le sonreí–. A lo mejor vienes a vivir con Morwenna y Seren.

–¿De verdad?

–Creo que tu padre y tu madre te dejarán, y a mí me gustaría. ¡Pero no restriegues la espada! Tienes que afilarla con caricias largas y suaves. ¡Así!

Al mediodía me acerqué a la puerta occidental para ver si se acercaba el mensajero de Lancelot, pero nadie llegó. El ejército de Lancelot iba desparramándose como la arena se desparrama con la lluvia. Unos cuantos fueron hacia el sur y Lancelot cabalgaba con ellos, las blancas alas de cisne del yelmo relumbraban en la distancia; pero la mayoría se acercaron a los prados del pie de Caer Cadarn y allí dejaron las lanzas en el suelo, los escudos y las espadas, y se arrodillaron en la hierba en espera de la clemencia de Arturo.

–Habéis vencido, señor –le dije.

–Sí, Derfel –dijo, sentado todavía–, eso parece. –Su nueva barba tan cana lo envejecía sobremanera. No parecía más débil sino mucho mayor y más duro. Y le favorecía. Por encima de su cabeza, un soplo de aire levantó la enseña del oso. Me senté a su vera.

–La princesa Ginebra –dije, mirando al ejército enemigo que continuaba dejando armas en el suelo y arrodillándose a nuestros pies– me ha rogado que os pida un favor. –No dijo nada, ni siquiera me miró–. Quiere...

–Marcharse –me interrumpió.

–Sí, señor.

–Con su águila pescadora –añadió amargamente.

–No ha dicho eso, señor.

–¿A qué otra parte, si no? –preguntó, y me miró con ojos fríos–. ¿Él preguntó por ella?

–No, señor. No dijo nada.

Arturo se rió, pero fue una risa cruel.

–Pobre Ginebra. Pobrecita Ginebra. No la ama, ¿verdad?

No era más que otro objeto hermoso para él, otro espejo en que admirar su propia belleza. Tal desengaño debe de dolerle mucho, Derfel, mucho.

–Os ruega que la dejéis marchar –perseveré, tal como le había prometido a Ginebra–. Os deja a Gwydre, se irá...

–No puede poner condiciones –replicó Arturo furioso–. Ninguna.

–No, señor –dije, había hecho cuanto estaba en mi mano, pero había fracasado.

–Se quedará en Dumnonia –sentenció Arturo.

–Sí, señor.

–Y tú también –me ordenó bruscamente–. Aunque Mordred te libre del juramento, yo no. Eres mi hombre, Derfel, mi consejero, y te quedarás aquí conmigo. A partir de este día, eres mi paladín.

Me giré a mirar la espada, limpia y recién afilada, que reposaba en la piedra de los reyes.

–¿Todavía soy el paladín de un rey, señor? –pregunté.

–Ya tenemos rey –dijo–, y no pienso faltar a ese juramento, pero gobernaré este país. Nadie más, Derfel, sólo yo.

Pensé en el puente de Pontes, donde habíamos cruzado el río antes de enfrentarnos con Aelle.

–Si no vais a ser rey, señor, seréis nuestro emperador. Seréis señor de reyes.

Sonrió. Era la primera vez que lo veía sonreír desde que Nimue corriera la cortina negra en el palacio del mar. Una sonrisa pálida, pero una sonrisa al fin. Y no se opuso al tratamiento que le había dado. Emperador Arturo, señor de reyes.

Lancelot había partido y lo que había sido su ejército se hallaba en aquel momento aterrorizado, postrado ante nosotros. Habían caído sus enseñas, sus lanzas reposaban en tierra y sus escudos yacían junto a las lanzas. La sinrazón había abatido Dumnonia como una tormenta, pero había pasado y Arturo había vencido. Debajo de nosotros, bajo el alto sol del verano, un ejército entero se arrodillaba pidiéndole clemencia. Tal había sido el sueño de Ginebra en algún tiempo. Dumnonia a sus pies y la espada en la piedra, pero ya era tarde. Para ella era tarde.

Sin embargo para nosotros, que manteníamos los juramentos, era lo que siempre habíamos deseado, pues en aquel momento, en todo excepto en el nombre, Arturo era rey.

NOTA DEL AUTOR

Los relatos de ollas o marmitas son comunes en los cuentos tradicionales celtas; bandas enteras de guerreros se lanzaban en su búsqueda recorriendo lugares tenebrosos y erizados de peligros. Cuentan que Cúchulain, el gran héroe irlandés, robó una olla mágica en una imponente fortaleza; y en los mitos galeses se encuentran a menudo temas similares. El origen de tales mitos es muy difícil de desentrañar actualmente, pero podemos afirmar con relativa seguridad que las leyendas populares del Medioevo en torno a la búsqueda del Santo Grial no eran sino versiones cristianizadas de mitos anteriores sobre ollas mágicas. En una de dichas leyendas se habla de la olla de Clyddno Eiddyn, uno de los trece tesoros de Britania desaparecidos en las versiones más modernas de la saga artúrica pero presentes sin duda en tiempos anteriores. La lista de los tesoros varía en los diversos relatos, de modo que he recogido los ejemplos que me han parecido más representativos, aunque las explicaciones que Nimue da sobre los orígenes de cada uno son inventadas en su totalidad.

Las ollas y tesoros mágicos nos indican que estamos en territorio pagano, lo cual hace que nos choque el que los relatos posteriores de Arturo estén tan fuertemente cristianizados. ¿Arturo fue enemigo de Dios? Algunos relatos tempranos hacen pensar que la Iglesia celta era hostil a Arturo; así en la *Vida de san Padarn* se cuenta que Arturo robó la túnica roja del santo y que no accedió a devolvérsela sino cuando el santo lo hubo enterrado hasta el cuello. Del mismo modo se atribuye a Arturo el hurto del altar de san Carannog, que utilizó como mesa para comer; en verdad, en numerosas vidas de santos, Arturo es representado como un tirano cuyos planes sólo la piedad y las oraciones del santo en cuestión logran desbaratar. San Cadoc fue un famoso oponente de Arturo en cuya *Vida* es de notar el gran número de veces que vence al héroe, por ejemplo en un relato de bastante mal gusto donde Arturo, interrumpido durante una partida de dados por unos amantes en plena huida, trata de violar a la doncella. Ese Arturo ladrón, mentiroso y violador en potencia, no es, evidentemente, el Arturo de la leyenda moderna, pero los relatos sugieren que de alguna manera se había granjeado un fuerte rechazo por parte de la primera Iglesia, y la explicación más sencilla a tal rechazo es que Arturo fuera pagano.

No podemos estar seguros de eso, como tampoco podemos decir qué clase de pagano era. La religión nativa de Britania, el druidismo, había sufrido tan sistemática represión durante los siglos de dominio romano, que a finales del siglo V no era sino un mero cascarón vacío, aunque es indudable que persistía en la Britania rural. El druidismo sufrió su «golpe de gracia» en el año 60 antes de Cristo, cuando los romanos arrasaron Ynys Mon (Anglesey) y destruyeron el centro de culto druida. Llyn Cerrig Bach, el lago de Piedras Pequeñas, existió y, según estudios arqueológicos, fue un punto neurálgico de ritos druidas, pero, desafortunadamente, el lago y su alrededores quedaron arrasados durante la Segunda Guerra Mundial, cuando se amplió la base militar aérea de Valley.

Todos los credos que compitieron con el druidismo fueron introducidos por los romanos y, durante un tiempo, el culto de Mitra supuso una auténtica amenaza para el cristianismo mientras que otros dioses, como Mercurio o Isis, seguían recibiendo adoración; no obstante, el cristianismo fue con diferencia la religión foránea que mayor implantación alcanzó. Llegó incluso a Irlanda de la mano de Patrick (Padraig), un cristiano britano al que se atribuye el uso de la hoja de trébol para explicar el dogma de la Trinidad. Los sajones extirparon el cristianismo de las zonas britanas que conquistaron, de modo que los ingleses hubieron de esperar otros cien años a que san Agustín de Canterbury reintrodujera la fe en Lloegyr (la actual Inglaterra). El cristianismo agustiniano era de carácter diferente al de los antiguos cultos celtas; la Pascua se celebraba en otra época y, en vez de utilizar la tonsura de los druidas, que consistía en rapar la parte frontal y superior del cuero cabelludo, los nuevos cristianos impusieron el círculo de la coronilla que ha llegado a nuestros días.

Al igual que en *El rey del invierno*, me he permitido algunos anacronismos de manera deliberada. Las leyendas artúricas son endemoniadamente complicadas, sobre todo porque incluyen toda clase de relatos diversos, muchos de los cuales, como la leyenda de Tristán e Isolda, tuvieron su inicio independientemente y poco a poco quedaron incorporados a la engrosada saga de Arturo. En algún momento tuve la tentación de dejar al margen todos los añadidos posteriores, pero mantener tal decisión me habría privado, entre otras cosas, de Merlín y Lancelot, de modo que opté por dar preferencia al romanticismo sobre el rigor científico. Confieso que la inclusión de la palabra «Camelot» es un absurdo histórico total, pues tal denominación no fue acuñada hasta el siglo XII, de modo que Derfel no habría podido oírla.

Algunos personajes, como Derfel, Ceinwyn, Culhwch, Gwenhwyvach, Gwydre, Amhar, Loholt, Dinas y Lavaine, desaparecieron de los relatos antiguos para ser sustituidos por otros de nueva creación, como Lancelot. Otros sufrieron transformaciones a lo largo de los años; Nimue pasó a ser Vivien, Cei se convirtió en Kay y Peredur, en Perceval. Los nombres más antiguos son galeses y pueden entrañar dificultad, pero a excepción de Excalibur (en vez de Calefwlch) y Ginebra (Gwenhwyfar), he preferido conservarlos porque recogen mejor el espíritu del siglo V en Britania. Las leyendas de Arturo son galesas y Arturo es antepasado de los galeses, mientras que sus enemigos, como Cerdic y Aelle, serían los que darían origen al pueblo actualmente denominado inglés, y me pareció justo hacer hincapié en el origen galés de los relatos. No pretendo con ello que la trilogía del Señor de la Guerra retrate fielmente la historia de aquellos años, ni siquiera lo he intentado, simplemente he querido añadir una versión más a la fantástica y complicada saga heredada de una época de bárbaros que, sin embargo, todavía nos atrae hoy por estar tan llena de heroísmo, lirismo y sentido trágico.

ÍNDICE

TÍTULOS PUBLICADOS
EN LA COLECCIÓN POCKET

EL MITO DE JÚPITER
UN CADÁVER EN LOS BAÑOS
LOS FISCALES
ODA A UN BANQUERO
EN BUSCA DE INFAMIA
VER DELFOS Y MORIR

Philip K. DICK
BLADE RUNNER (GL)

Charles DICKENS
CUENTO DE NAVIDAD

J.P. DONLEAVY
CUENTO DE HADAS EN NUEVA YORK

Lawrence DURRELL
JUSTINE
BALTHAZAR
MOUNTOLIVE
CLEA
EL LABERINTO OSCURO
EL CUARTETO DE ALEJANDRÍA

Lawrence DURRELL
y Emmanuel ROYIDIS
LA PAPISA JUANA

Shusaku ENDO
EL SAMURÁI

William FAULKNER
LAS PALMERAS SALVAJES

Jean FLORI
RICARDO CORAZÓN DE LEÓN, EL REY CRUZADO

Paul GALLICO
LA AVENTURA DEL *POSEIDÓN*

Robert GRAVES
EL CONDE BELISARIO
EL SELLO DE ANTIGUA
EL VELLOCINO DE ORO
REY JESÚS
LAS AVENTURAS DEL SARGENTO LAMB

LA ISLA (GL)
LAS PUERTAS DE LA PERCEPCIÓN
EL GENIO Y LA DIOSA

P. D. JAMES
MORTAJA PARA UN RUISEÑOR
CUBRIDLE EL ROSTRO

Herman **KESTEN**
YO, LA MUERTE

Arthur **KOESTLER**
LOS GLADIADORES

Harold **LAMB**
CARLOMAGNO

Maurice **LEBLANC**
LA CONDESA DE CAGLIOSTRO

Richard **LEWELLYN**
QUÉ VERDE ERA MI VALLE

Bernard **LEWIS**
LOS ÁRABES EN LA HISTORIA

Jesús **MAESO DE LA TORRE**
AL-GAZAL, EL VIAJERO DE LOS DOS ORIENTES

George MacDONALD FRASER
HARRY FLASHMAN
ROYAL FLASH
FLASHMAN Y SEÑORA
FLASHMAN Y LA MONTAÑA DE LUZ
FLASHMAN EL LIBERTADOR
FLASHMAN SE VA AL OESTE
FLASHMAN Y LOS PIELES ROJAS

Ford **MADOX FORD**
EL BUEN SOLDADO
LA QUINTA REINA

Naguib **MAHFUZ**
CUENTOS CIERTOS E INCIERTOS
AKHENATÓN
LA BATALLA DE TEBAS

Rex **WARNER**
EL JOVEN CÉSAR
CÉSAR IMPERIAL
PERICLES EL ATENIENSE

Alan W. **WATTS**
EL CAMINO DEL ZEN

Thornton **WILDER**
EL PUENTE DE SAN LUIS REY
LOS IDUS DE MARZO

Richard **WILHELM**
I CHING. EL LIBRO DE LAS MUTACIONES

Mauricio **WIESENTHAL**
LIBRO DE RÉQUIEMS
EL ESNOBISMO DE LAS GOLONDRINAS

Virginia **WOOLF**
AL FARO
ORLANDO (GL)
LA OLAS

Marguerite **YOURCENAR**
MEMORIAS DE ADRIANO (GL)

Lin **YUTANG**
LA IMPORTANCIA DE VIVIR

(GL) Con guía de lectura

ESTA EDICIÓN DE *El enemigo de Dios*,
DE BERNARD CORNWELL,
SE TERMINÓ DE IMPRIMIR EN CPI BLACK PRINT,
EL 27 DE DICIEMBRE DE 2023